suhrkamp taschenbuch 4819

AF185521

Entschleunigend und weise, ohne zu belehren: Gerbrand Bakker schreibt über ein Jahr in der Eifel, über ein Jahr im Leben eines Mannes, der in Romanen wie *Oben ist es still* die Seelen der Menschen auslotet und sich nun einen Blick ins eigene innere Erleben erlaubt – mit packender Ehrlichkeit und unschlagbar trockenem Humor.

Ein altes Haus in der Eifel, ein eigenwilliger Hund, Nachbarn mit Charakter: Das ist der Alltag des Romanautors Gerbrand Bakker. Unterbrochen wird er von Reisen und Preisverleihungen, einem Lunch bei der niederländischen Königin – und immer wieder der Frage, wie es sich lebt als Mensch, der nur mit einer komplexen Bedienungsanleitung zu verstehen ist.

Warum einen das alles so in den Bann zieht, dass man nicht mehr aufhören möchte zu lesen? Weil Gerbrand Bakker seine Aufzeichnungen subtil verknüpft mit den Erinnerungen an früher, an Opa Bakker und den Bauernhof der Eltern, berufliche Wege und Irrwege. Und weil er ein Meister im Einfangen von Stimmungsnuancen ist.

Gerbrand Bakker, 1962 in Wieringerwaard geboren, ist Autor und Gärtner, hin und wieder auch Eisschnelllauftrainer. Für seine Romane, die in bisher mehr als 20 Sprachen übersetzt wurden, hat er zahlreiche Preise erhalten, darunter den hochdotierten IMPAC Dublin Literary Award (2010) und den Independent Foreign Fiction Prize (2013). Die Verfilmung seines Debütromans *Oben ist es still* hatte ihre Premiere bei der Berlinale 2013.

Im Suhrkamp Verlag erschienen *Knecht allein* (2022), *Echte Bäume weinen nicht. Warum wir die Natur Natur sein lassen sollten* (2019), *Oben ist es still.* Roman (st 4142), *Birnbäume blühen weiß.* Roman (st 4170), *Der Umweg.* Roman (st 4435), *Komische Vögel. Tiertagebuch* (it 4084), *Tage im Juni.* Roman (st 4251)

Gerbrand Bakker
Jasper und sein Knecht

Aus dem Niederländischen von
Andreas Ecke

Suhrkamp

Die Originalausgabe erschien 2016 unter dem Titel
Jasper en zijn knecht
in der Reihe privé-domain
bei De Arbeiderspers, Amsterdam.

2. Auflage 2023

Erste Auflage 2017
suhrkamp taschenbuch 4819
© der deutschsprachigen Ausgabe Suhrkamp Verlag AG, Berlin, 2016
© 2016 Gerbrand Bakker
Alle Rechte vorbehalten. Wir behalten uns auch eine Nutzung
des Werks für Text und Data Mining im Sinne von § 44b UrhG vor.
Umschlagfoto: Jan Tepass / plainpicture
Umschlaggestaltung: hißmann, heilmann, hamburg
Druck und Bindung: CPI – Ebner & Spiegel, Ulm
Printed in Germany
ISBN 978-3-518-46819-7

www.suhrkamp.de

Jasper und sein Knecht

3. DEZEMBER 2014 [SCHWARZBACH]   In drei Tagen hätte mein Großvater Geburtstag. Wenn Sinterklaas wieder fortgezogen war, hatten wir immer noch etwas in Reserve, das dieses Gefühl von Leere und Verlassenheit vertrieb. Meine Großmutter hatte am 7. August Geburtstag. Ich weiß sogar, in welchen Jahren die beiden geboren wurden: 1898 und 1904. Sie sind die Großeltern väterlicherseits, sie wohnten auf dem alten Land, in Barsingerhorn. Ich habe nicht die leiseste Ahnung, wann Opa und Oma Keppel Geburtstag hatten, und an ihre Geburtsjahre erinnere ich mich erst recht nicht. Sie wohnten auf dem neuen Land, an einer schnurgeraden, leeren Straße auf dem Wieringermeer-Polder. Oma Keppel ist eine Stiefoma, die aber schon längst da war, als ich geboren wurde. Für mich gehört sie einfach dazu. Meine richtige Oma war mit einem anderen Mann davongelaufen, einem niederländischen Nazi. Was in jener Zeit ziemlich ungewöhnlich war. Nicht das Nazi-Sein, das Davonlaufen. Sie ist nicht alt geworden. Krebs. Meine Stiefoma lebt – das ist doch etwas Besonderes, wenn ein Mann von zweiundfünfzig Jahren sagen kann, dass er noch eine Stiefoma hat. Wir haben aber keinen Kontakt mehr mit ihr, irgendwann muss etwas vorgefallen sein, das zum Bruch geführt hat. Manchmal, wenn ich an unsere Familie denke, habe ich ein wenig Mitleid mit meiner Mutter. Immer hat sich alles nur um die Bakkers gedreht, die Keppels wurden vergessen, zählten nicht wirklich.

Gerade bin ich mit Jasper die große Runde gegangen, im Schnee. Dem ersten Schnee dieses Winters, einer sehr dünnen Schicht, nicht viel mehr als hauchzarter Gardinenstoff in einer von Sonnenlicht durchfluteten Wohnung. Besonders kalt war es nicht, in diesem Teil der Eifel ist es selten windig. Im Wald haben wir einen Fuchskadaver gefunden, den Jasper vorsichtig beschnüffelte. Angenagt hat er ihn nicht, und als ich ihn so schnüffeln sah, fiel mir ein, dass der Fuchs ja auch zu den Hundeartigen gehört und dass Jasper vielleicht deshalb nicht davon fressen will. Neulich hatte er nämlich den Kopf in den Bauch eines toten Rehs gesteckt. Zwei Öfen brennen, in der Küche und im Schreibzimmer, es schneit nicht mehr.

Ich träume regelmäßig von Opa Bakker. Ich glaube, ich habe ihn sehr liebgehabt. In meinen Träumen nehme ich deutlich seinen Geruch wahr, einen typischen Altmännergeruch, der bei einem fremden alten Mann unangenehm oder sogar widerlich wäre. Bei Opa Bakker fand ich ihn angenehm, ich nahm Opa gern in den Arm. Nachdem Oma gestorben war, wollte auch er eigentlich nicht mehr, hat aber schließlich noch etwa sieben Jahre durchgehalten. Er aß sehr oft Bratkartoffeln und ging wieder zu dem Friseur, zu dem Oma ihn nicht hatte gehen lassen. Wenigstens langweilte er sich nicht und wohnte bis zu dem Tag, an dem er starb, in seinem eigenen Haus. Bestimmte Nachrichtensprecher hasste er, weil er sie nicht verstehen konnte. Manche Sprecherinnen verstand er leidlich bis ausgezeichnet, es waren vor allem die Murmelmänner, die er nicht ausstehen konnte. Er freute sich immer, wenn man ihn besuchte, und ich habe ihn nie klagen hören. Nein, das stimmt nicht ganz, manchmal sprach er davon, wie schrecklich es ist, wenn die vertrauten Menschen verschwinden, wenn die Frau, die Verwandten, die Freunde allesamt sterben. Er löste Kreuzworträtsel und kramte den ganzen Tag vor sich hin. Als er zu meiner Studienabschlussfeier kam – 1992, da war er dreiundneunzig –, hatte er am Vortag nicht den Rasen gemäht, um besonders frisch zu sein.

Ich glaube, er war zufrieden. Eine schöne Seinsweise, die Zufriedenheit. Bis zum Schluss hatte er volles Haar. Ein hübscher Mann.

Je älter er wurde, desto stärker prägte sich sein Schwimmbeckengang aus. Ich weiß, dass mancher versucht hat, diesen Schwimmbeckengang nachzuahmen oder herauszufinden, was genau ihn ausmachte, aber mein Großvater ging ganz automatisch so. Die Schultern leicht nach vorn, das Kreuz ein wenig hohl und dann mit den Armen weit nach hinten ausholen und mit den Händen die Luft wegschieben, als wäre sie Wasser. Das hat ihm bis ins hohe Alter eine sehr energische Ausstrahlung verliehen; er schien immer zielstrebig irgendwohin unterwegs zu sein. Mein Vater hat diesen Schwimmbeckengang zur Hälfte: die Schultern nach vorn gezogen und das Kreuz hohl, aber er wedelt nicht mit den Armen und schiebt erst recht nicht mit den Händen die Luft weg. Streng genommen hat er also gar keinen Schwimmbeckengang. Ich werfe manchmal einen Blick auf mein Spiegelbild, wenn ich an einer großen Scheibe vorbeigehe. Noch längst nicht die Haltung von Opa oder Vater.

Ich fürchte, ich habe viel mehr Ähnlichkeit mit meiner Oma als mit meinem Opa. Oma war zum Beispiel imstande, einen Pullover, den sie für mich strickte, sofort aufzuräufeln, als sie hörte, dass ich mit meiner Freundin Joke für ein Wochenende nach Paris fahren würde. Ihn aufzuräufeln und dann einen anderen Pullover zu stricken, mit einem anderen Muster, für einen meiner Brüder. Nach Paris, was denn noch? Für wen hielt ich mich eigentlich? Einen neuen Pullover hatte ich jedenfalls nicht verdient. Trotzdem liegen in meinem Kleiderschrank noch mindestens fünf von meiner Oma gestrickte Pullover. Sie sind unverwüstlich, modemäßig aber auch untragbar. Freitags mittags bereitete sie eine besonders große Portion Milchreis mit roter Grütze zu, damit ich den Rest aufessen konnte, wenn ich auf dem Heimweg von der Schule mit dem Rad bei ihnen vorbeikam. Ich aß, sie strickte, Opa redete. Sie war streng. So streng, dass Opa ein paar Wochen nach ihrem Tod glaubte sagen zu müssen: »Ihr habt sie im Grunde schlecht gekannt, wir haben immer so viel zusammen gelacht.« Man durfte auch nicht etwa erwähnen, dass man sich in Schagen Süßigkeiten gekauft hatte, das kostete einen mindestens ein Paar warme Socken. Ihr Butterkuchen schmeckte ganz anders als der meiner Mutter, was am Ingwer lag, mit dem sie ihn würzte. Und wenn man ein wenig zu früh kam, war ihr Mittagsschläfchen noch nicht beendet, und sie verließ das Schlafzimmer mit offenem Haar wie ein junges Mädchen. Meine Oma musste ihr Haar zweimal am Tag zu einem Knoten hochstecken. Ziemlich viel Arbeit, dachte ich damals.

Sie war sehr stolz. In der Zeit, als ich das Haus des Metzgers in Barsingerhorn anstrich, aß ich mittags mein Butterbrot bei meinen Großeltern. Ich hatte gedacht, es wäre doch nett, meiner Oma an meinem letzten Arbeitstag eine Schachtel Pralinen zu schenken. Es fehlte nicht viel, und sie hätte die Schachtel nach dem Auswickeln quer durchs Zimmer geworfen. Wie ich nur auf so eine Idee kommen könne. Sie befahl mir, die Pralinen wieder mitzunehmen und selbst zu essen oder sie jemand anderem zu schenken. Als sie starb, hatten wir gerade Streit. Sie wusste, dass ich Zopfmuster nicht mag, trotzdem strickte sie mir einen Pullover mit Zopfmuster. »So gefällt er mir aber nicht«, sagte ich. Sie wurde wütend. Räufelte den Pullover zwar nicht auf, strickte aber auch nicht weiter und bekam wenig später einen Herzinfarkt. Im Krankenhaus wollte sie niemanden mehr sehen. »Ich liege hier gut«, soll sie gesagt haben. Bei der Beerdigung habe ich heftig geweint. Wegen des Streits, wegen dieses Pullovers mit

Zopfmuster und natürlich, weil sie nicht mehr da war. Ihre Schwester, Großtante Jans, ist im vergangenen Jahr gestorben. Hundertfünf ist sie geworden. Und sie war genauso streng (»scharf« sagt man in Westfriesland) wie meine Oma. *Boven is het stil* war ihrer Ansicht nach ein schlechtes Buch, weil ich alles erlogen hätte.

4. DEZEMBER [SCHWARZBACH]   Wegen Opa Keppel ist mein Vater schon einmal gestorben. Ich wohnte damals in Leeuwarden, in einem alten Haus über einem Secondhandladen, ohne Telefon. In dem geräumigen Keller unter dem Laden lagen in einer Schicht Wasser große Haufen ausgemusterter Klamotten aus wer-weiß-wievielter Hand. Meine Mutter hatte für den Notfall eine Telefonnummer, vom Studentenklub Wolwêze, in dem ich alle zwei Wochen hinter der Theke stand. Eines Tages klingelte jemand bei mir, den ich flüchtig von der Akademie kannte.

»Dein Vater ist tot«, sagte er.

»Was?«, sagte ich.

»Dein Vater ist tot«, wiederholte er.

»Wie ist das möglich?«, fragte ich. Glaube ich. Kann sein, dass ich sogar »Warum?« gefragt habe.

Er wusste es nicht. Ob ich zum Klub mitkommen könne, fragte er, und meine Mutter zurückrufen. Er sah unglücklich und gehetzt aus und konnte mir im Grunde nichts weiter sagen. Ich wollte eigentlich nicht mitkommen, ich wollte auf der Treppe sitzen bleiben. Schließlich bin ich doch hinter ihm hergetrottet und habe meine Mutter angerufen. »Wie ist das denn möglich?«, fragte ich. Während meine Mutter ihre Antwort formulierte, wurde mir klar, dass sie von *ihrem* Vater sprach und auch gegenüber dem jungen Mann das Wort »Vater« gebraucht hatte, daher das Missverständnis. »Gott sei

Dank!«, rief ich. Das überhörte sie, aber später wurde mir ganz warm, wenn ich daran dachte. Zu seiner Mutter »Gott sei Dank« zu sagen, wenn ihr Vater gestorben ist – unverzeihlich. Jedenfalls war *mein* Vater nicht tot. Trotzdem weiß ich, wie es sich anfühlen wird, sollte es jemals so weit sein.

Als ich das Haus von Opa und Oma Keppel an der langen, leeren Straße zum letzten Mal betrat, kam ich, um Opa in seinem Sarg zu sehen. Es war ein Bauernhaus mit rotem Ziegeldach, genau wie das in einem halben Kilometer Entfernung. Überall auf dem Polder standen und stehen diese völlig gleichen Bauernhäuser. Von der Trauerfeier vor der Einäscherung ist mir kaum etwas im Gedächtnis geblieben. Gänse, an die glaube ich mich zu erinnern, eine riesige Schar schwarzweißer Gänse landete auf der Wiese, die man durch das große Fenster sah, das heißt, wenn man einmal nicht den Sarg anschaute. Es war Anfang der achtziger Jahre, und ich war todunglücklich in Leeuwarden, einer Stadt, die ich bis heute am liebsten meide.

Seine Enkel bedeuteten Opa Keppel nicht besonders viel. Wahrscheinlich reichten ihm schon seine drei Kinder aus erster Ehe, von der davongelaufenen Frau. Ich erinnere mich, dass ich ihn ein paarmal nach Den Helder zu Versammlungen der Heilsarmee begleitet habe, der mein Onkel Piet angehörte. Wenn dann Humtata-Musik gespielt wurde – ohne Humtata keine Heilsarmee –, blieben Opa und ich stur sitzen, während ringsum alle aufstanden. Ansonsten gab es kaum ein Gefühl der Verbundenheit. Er rauchte knochentrockenen Shag aus einer großen Dose und trank Jonge Jenever und blickte durch ein großes Fenster auf das quälend leere Land des Wieringermeer-Polders. Er hatte einen Mischbetrieb, riesige Schweine standen in einem kleinen Stall.

Ich weiß nicht, was für ein Leben Opa und Oma Keppel miteinander hatten. Oma Keppel schimpfte uns aus, wenn wir löchrige Hosen trugen – was sollten die Leute von unserer Mutter denken? Nachdem der Kontakt abgebrochen war, bin ich ihr noch einmal in Amsterdam begegnet, bei einer Ballettaufführung von einer meiner Cousinen. Oma Keppel fragte, wie es mir ging, weil sich das so gehört. »Gut«, antwortete ich, »Studium abgeschlossen und jetzt Sozialhilfe.« Sie brummte irgendetwas in sich hinein und sagte dann, ich sollte besser mal arbeiten, denn irgendwann käme nach der Sozialhilfe die Rente, und dann wäre ich bald tot, das ginge schneller, als man denkt. Sie gab sich die größte Mühe, nicht auf meine Kleidung zu achten. Eine mürrische Frau, groß und grobgliedrig, wahrscheinlich hat sie es mit sich selbst schwer genug. Sie muss inzwischen fast Mitte neunzig sein – sie war erheblich jünger als mein Opa –, ich weiß, dass sie ein neues Hüftgelenk hat. Und das Witzige ist, dass auch ich nicht gerade ein besonders heiterer Mensch bin; wenn man nicht wüsste, dass sie nur meine Stiefoma ist, könnte man glauben, ich hätte meine mürrische, abweisende Art von ihr geerbt. Ich weiß, dass Opa sich für seine Trauerfeier Drehorgelmusik gewünscht hatte, aber etwas anderes bekam, weil Oma keine Drehorgelmusik hören wollte. Irgendwann habe ich geschrieben, meiner Erinnerung nach sei *We'll meet again* von Vera Lynn gespielt worden. Dass ich mich jetzt auf diese Behauptung stützen muss, macht ihren Wahrheitsgehalt noch fragwürdiger. Sie hatten eine Zeitlang einen Deutschen Schäferhund, der in den Hinterläufen einknickte, wie bei dieser Rasse üblich, und so angestrengt ich auch nachdenke, einen Namen kann ich dem Tier nicht mehr geben. Einem Gerücht zufolge pflegte Oma Keppel verwaiste Küken zwischen ihren Brüsten zu wärmen, und einmal soll ein Probenehmer sie so gesehen haben. Aber das ist eben nur ein Gerücht.

»Probenehmer« – dies für die Nichtlandwirte unter den Lesern – waren meist männliche, nur selten weibliche Behördenmitarbeiter, die milchproduzierende Höfe aufsuchten und die Menge und vor allem Qualität der Milch prüften. Noch heute tun sie das, allerdings nur bei den Landwirten, die nicht mit einem Melkroboter melken, denn der Roboter nimmt selbst Proben. Ein Landwirtschaftsberuf, der wirklich ausgestorben ist, ist der des »Zeichners«. Der kam, wenn ein Kalb geboren worden war, und hatte ein Buch, das für jedes Kalb drei vorgedruckte Umrisse enthielt: beide Seiten und den Kopf. Er zeichnete das (schwarz- oder rotbunte) Kalb so genau wie möglich, damit auch die ausgewachsene Kuh jederzeit identifiziert werden konnte. Der Zeichner stand im Dienst des Zuchtverbands, er zeichnete also nur Herdbuchvieh. Nichtherdbuchvieh konnte, ohne je irgendwo verbucht worden zu sein, verkauft werden oder geschlachtet oder was auch immer. Der Zeichner ist durch große, hässliche Marken in den Kälberohren ersetzt worden. Wäre ich fünfzig Jahre früher zur Welt gekommen, hätte ich sicher gedacht: Was für eine wunderbare Arbeit, das Kälberzeichnen.

5. DEZEMBER [SCHWARZBACH]   Letztes Jahr habe ich am 6. Dezember in der Filiale der Volksbank in Bitburg einen Nikolaus gesehen, wie Sinterklaas hier heißt. Ganz seltsam kam mir das vor, wie Schnee im August oder ein Kaktus am Südpol. Gestern sagte mir mein Nachbar Klaus, dass natürlich auch in Deutschland Nikolaus gefeiert werde. »Mit *Zwarte Pieten*?«, fragte ich. Er schaute mich groß an und sagte: »Nein, mit Knecht Ruprecht.« Ob der denn auch schwarz sei, wollte ich wissen. »Manchmal ja«, sagte Klaus. »In den Niederlanden bekämpft man sich gerade bis aufs Blut wegen *Zwarte Piet*«, erklärte ich. »Schwarze als Knechte, so was

geht nicht mehr, meinen viele, das ist rassistisch. Ist das hier kein Thema?« Ist es nicht. Nachbar Klaus fügte aber noch verschmitzt hinzu: »Nur wenn Knecht Ruprecht Jude wäre, dann wär was los.« Klaus spottet gern über den Umgang der Deutschen mit ihrer Vergangenheit. Im letzten Sommer fand ich im Wald einen Umschlag mit Passfotos. Ein älterer Mann, der sich offensichtlich groß in Szene gesetzt hatte. Ich zeigte Klaus die Fotos und die Telefonnummer auf dem Umschlag. »Düsseldorf«, sagte er und schaute sich die Fotos noch einmal genauer an. »Er hat all seine Nazi-Orden angelegt.«

Ich fragte, ob Knecht Ruprecht von den Schornsteinen schwarz wird.

Klar.

Außerdem wollte ich wissen, wo der Nikolaus wohnt.

Darüber musste Klaus erst einmal nachdenken. »Am Nordpol«, sagte er schließlich.

»Ach was«, sagte ich, »in Spanien.«

»Spanien? Was hat er denn da verloren?«

»Na ja«, sagte ich, »ein bisschen Urlaub machen, auftanken fürs nächste Jahr.«

»Nein«, entschied Klaus, »der Nikolaus wohnt am Nordpol.«

»Aber da wohnt doch schon der Weihnachtsmann!«, sagte ich.

»Ja, aber Nikolaus und Weihnachtsmann, ist das denn nicht dasselbe?«

Deutsche. Die lassen sich keine Gelegenheit entgehen, etwas zu feiern und frei zu haben. Regelmäßig sind die Geschäfte hier wegen irgendeines mir völlig unbekannten katholischen Feiertags geschlossen. Ich brach mein Verhör ab, fragte Klaus nicht, ob er glaubt, dass Sinterklaas zum Nordpol zurückkehrt, sich umzieht und drei Wochen später wiederkommt, um noch einmal alle mit Geschenken zu überhäufen.

Heute Abend läuft in den Niederlanden *Boven is het stil* im Fernsehen. Ich habe hier eine Schüssel, mit der ich nicht weniger als tausendachthundert Sender völlig umsonst empfange. Der einzige niederländische ist BVN, und so bestimmt BVN, was ich als Expat zu sehen bekomme. Ziemlich viele für mich unverständliche flämische Sendungen und fast nie einen Film. Aber ich habe aus Amsterdam die DVD mitgebracht, und so werde auch ich heute den Film sehen, aber nicht erst um 23:55 Uhr wie auf NPO 2. Da dürfte wohl so mancher vor dem Fernseher einnicken.

Ich habe mich in nichts eingemischt. Irgendwann habe ich eine Version des Drehbuchs gelesen, weil Regisseurin Nanouk Leopold mich darum bat. Dazu geäußert habe ich mich kaum. Ich sehe die Sache so: Ich habe ein Buch geschrieben, und jetzt macht eine Filmemacherin einen Film, der auf dem Buch beruht. Ich verstehe nichts vom Filmemachen, kann kaum ein Drehbuch lesen, das heißt nicht die Bilder dahinter sehen. Bei Lesungen antworte ich auf Fragen zum Film (es wird gern nach meiner Einstellung dazu gefragt), dass ein Buchautor bei einer Verfilmung nie verlieren kann. Ist der Film gut und hat Erfolg in den Kinos, bedeutet das noch mehr Interesse am Buch, also vielleicht noch mehr verkaufte Exemplare, und der Autor ist glücklich. Ist der Film kein kommerzieller Erfolg und in den Augen von Kritikern und Kinobesuchern misslungen, steht also in allen Kritiken, das Buch sei viel besser, ist der Autor ebenfalls glücklich. Ich begreife wirklich nicht, warum Tommy Wieringa vor ein paar Jahren wegen des Drehbuchs nach *Joe Speedboat* einen solchen Aufstand gemacht und sogar gegen die Verfilmung geklagt hat. Das Ergebnis war: kein Film. Ich kann mir gut vorstellen, dass Filmproduzenten in Zukunft lieber die Finger von seinen Büchern lassen. Er hat sich ins eigene Fleisch geschnitten.

Als dann tatsächlich die Dreharbeiten begannen, in Seeländisch-Flandern, dachte ich: So etwas passiert mir wahrscheinlich kein zweites Mal. Muss ich diese Gelegenheit nicht beim Schopf packen? Und so schickte ich Nanouk, die ich inzwischen etwas näher kennengelernt hatte, eine Mail mit der Bitte, eine kleine Rolle spielen zu dürfen. Ohne Text. Ihr gefiel die Idee, und als wir beide unabhängig voneinander die gleiche Rolle vorschlugen, war die Entscheidung gefallen. Ein paar Stunden habe ich mich deshalb als Bettenlieferant betätigt und bin dabei ziemlich ins Schwitzen gekommen, denn Nanouk hält nicht viel von Proben, so dass Marc van Uchelen, der Hauptbettenlieferant (mit Text), und ich, ohne jemals ein Auping-Bett zusammengebaut zu haben, ein Auping-Bett zusammenbauen mussten. Nanouk hält nämlich viel von der Lass-die-Kamera-laufen-ich-kann-immer-noch-Cut-rufen-Methode. Im fertigen Film sind von alldem vielleicht zehn Sekunden übrig. Und natürlich habe ich auch nicht moniert, dass es sich um ein Auping-Bett handelte, während im Buch von einem noch teureren Bett die Rede ist, einer skandinavischen Marke mit einem ä darin. Es war ein unwirklich schöner Märztag, um die fünfzehn Grad, Sonne, wenig bis kein Wind und grelles Licht. So grell wie nur im März, wenn die Bäume noch ohne Blätter sind und nichts das Sonnenlicht schluckt. Das Catering-Essen war sehr lecker. Jeroen Willems trat sich die Gummistiefel von den Füßen und legte sich in dem Raum, in dem sämtliche Schauspieler und die Crew-Mitglieder redeten und aßen, aufs Sofa, um ein Nickerchen zu machen. Manche Menschen können das: so tun, als wären alle anderen gar nicht da, und sich vollkommen entspannen.

Im Oktober 2012 sah ich den Film zum ersten Mal, in einem kleinen Saal irgendwo in Amsterdam. Eine Rohfassung, mit

Musik von Philip Glass (auf die man später aus Kostengründen verzichten musste), blassen Farben und französischen Untertiteln, weil er kurz zuvor einem französischen Verleiher vorgeführt worden war. Jeroen Willems saß schräg hinter mir und verhielt sich reichlich ablenkend. Er seufzte und räusperte sich, lachte in den seltsamsten Momenten, manchmal stöhnte er auch, und er konnte nicht stillsitzen. Ich schaute und las – das kann ich nicht lassen – die für mich unverständlichen französischen Untertitel. In der Anfangsszene war ein paarmal der Ruf eines Fasans zu hören gewesen, und ab da war ich zuversichtlich, dass alles gut werden würde. Allmählich wurde mir klar, dass es für einen Hauptdarsteller eine schwere Prüfung sein muss, die erste Fassung des fertigen Films zu sehen. Er sieht weniger das, was er sieht, als das, was er nicht sieht, er denkt an all die wunderbaren Szenen, die geopfert wurden, er spürt, wie viel Arbeit ganz umsonst investiert wurde. Er kann den Film einfach nicht so sehen, wie er ist; was er sieht, kann sogar wehtun. Wenn ein Verlagslektor ein Romanmanuskript völlig umarbeiten, ganze Kapitel streichen, dafür neue schreiben, Personen eliminieren und andere einführen, den Schauplatz der Handlung ändern würde – einen Autor könnte das in den Wahnsinn treiben.

»So etwas passiert mir wahrscheinlich kein zweites Mal«, das ist schon überholt. Im Augenblick schreibt jemand die zweite Version einer Drehbuchfassung von *De omweg*, gefördert vom Filmfonds. Ich mische mich wieder nicht ein und weiß auch, dass vielleicht am Ende gar kein Film gedreht wird. Wenn doch, hätte ich aber wieder Lust auf eine kleine Rolle, mit etwas weiterer Anreise als nach Seeländisch-Flandern. »Und diesmal mit Text«, wie Els Vandevorst, eine der Produzentinnen, gedroht hat.

Anlässlich des Nederlands Film Festival in Utrecht 2013 sollte ich etwas über Jeroen Willems schreiben, für eine Gedenkveranstaltung. Ich sträubte mich mit dem Argument, dass ich ihn kaum gekannt habe. Man drängte mich, und ich ließ mich überreden. Im Fernsehen wird jedes Jahr der Abschlussabend übertragen, an dem die Goldenen Kälber überreicht werden. Ich saß vor dem Fernseher und sah und hörte alles Mögliche, aber was nicht kam, war mein Text:

Wir aßen an langen Tischen auf der Bühne des Rabo-Saals in der Stadsschouwburg Amsterdam. Auf einem behelfsmäßigen Podium sang Jeroen Willems, begleitet von fünf Musikern. Orfeo von Monteverdi, aber nach Willems-Art. Hinterher sagte eine gemeinsame Freundin: »Ich stelle dich ihm mal vor.« »Nein!«, rief ich, »ich bin überhaupt nicht interessant für ihn.« Ich war interessant für ihn. Er kam mir sehr nah und fragte: »Wie fandest du's?« Gespielt nervös, glaube ich. »Ich fand's gut«, antwortete ich, wirklich nervös.

Ein paar Monate später verkörperte er Helmer. Groß, gebräunt, selbstbewusst stolzierte er in Siebenmeilenstiefeln herum. »Hat man dich so gut geschminkt?«, fragte ich. Es war März. Er lächelte schief, ohne zu antworten. Ich spielte eine winzige Nebenrolle, und mir war speiübel vor Nervosität. Wieder kam er mir sehr nah, obwohl er gar nicht in meiner Nähe war. Nach dem Mittagessen schwätzten alle munter drauflos, und er legte sich auf das einzige Sofa im Raum. Ohne Stiefel, aber in den Helmer-Sachen. Er war ein Schauspieler. Groß war er. Ruhen wollte er.

Wieder ein paar Wochen später wurde eine Abendszene mit Kunstschnee aufgenommen, außerdem eine Making-of-Szene. Von mir verlangte man ohne Vorankündigung, ihn zu interviewen. »Davon hat mir keiner ein Wort gesagt!«, protestierte ich. Nie zuvor kamen wir uns so nah. Diesmal auch physisch, ich hatte das Gefühl, dass er sich auf Fußballen und Zehen mir zuneigte. Jeroen Willems konnte in einen hineinkriechen. Dem musste man dann einfach etwas gegenüberstellen. Vielleicht – ich bin ja kein Schauspieler – war es das, was ihn so gut machte. Nie zuvor habe ich mich selbst jemanden so anschauen sehen, wie ich ihn anschaute, als ich einen Bettenlieferanten spielte. Und vor ihm stand. Es war einfach unglaublich. Weil er das natürlich bei jedem bewirken konnte: Ganz gleich, welcher Schauspieler oder welche Schauspielerin vor ihm stand, sie mussten seiner Präsenz etwas gegenüberstellen.

10. DEZEMBER [SCHWARZBACH]   Ich habe Besuch. Wenn ich Besuch habe, kann ich nichts mehr. Ich muss irgendwann lernen, einfach mein eigenes Leben weiterzuleben. Jetzt kann ich mich nicht rasieren, nicht wie gewohnt duschen, telefonieren ist unmöglich, weil ich mich ständig mit meinen Besuchern beschäftige, ganz konkret, aber auch geistig. Es gelingt mir nicht, mich innerlich abzugrenzen. In diesem Moment fahren meine Besucher mit dem Auto nach Trier (»Unternehmt doch mal was Schönes zu zweit!«, hatte ich gesagt). Gerade war ich anderthalb Stunden mit Jasper unterwegs, und jetzt tippe ich. Dummerweise kann ich Geschehenes nur allein verarbeiten, und wenn ich Besuch habe, geschieht natürlich ständig etwas, das ich verarbeiten will und muss, aber nicht kann, *weil* ich Besuch habe. Mich zu entspannen ist gar nicht oder bestenfalls ab etwa fünf Uhr möglich, wenn Alkoholisches auf den Tisch kommt. Und eine Nacht zu schlafen reicht nicht, vor allem, wenn beim Frühstück wieder nett geplaudert wird. Nach vier Tagen stehe ich dann manchmal kurz davor zu platzen: So vieles kommt herein, so viele Reize, und alles häuft sich unverarbeitet an. Das habe ich eben wieder an meinem Verhalten gegenüber dem

Hund gemerkt. Ich habe geschimpft und geflucht, ihn vorwärtsgezerrt, ihm sogar einen Klaps auf den Hintern gegeben, weil er in der Nähe des Hauses hinter zwei Rehen her wollte, während ich genau das nicht wollte. Manchmal stelle ich mir vor, was es bedeutet, verheiratet zu sein, für jemanden wie mich, meine ich. Eine Katastrophe wäre das, Tag und Nacht auf Tuchfühlung. Niemals Ruhe, immer reden müssen. Ich glaube ein ähnliches Problem auch bei Maarten Koning aus Voskuils Romanzyklus *Das Büro* zu erkennen. Koning muss fortwährend psychologisieren, durchschaut fast immer, was er tut und warum, aber dass er allein sein muss, um Erlebtes zu verarbeiten, das begreift er dann wieder nicht. Ich lese zum vierten Mal Band vier, weil ich Band drei gelesen habe, um ein Nachwort für die deutsche Ausgabe schreiben zu können. Das ist das Schlimme an einem Romanzyklus, ist man einmal drin, muss man irgendwie wieder raus, und in meinem Fall bedeutet das schlicht und einfach, bis zum Schluss von Band sieben weiterzulesen. Der Hund wird übrigens ein bisschen mager. Da er normal frisst und anscheinend nicht krank ist, vermute ich, dass er Würmer hat. In zwei Tagen bin ich wieder in Amsterdam, dann besorge ich Wurmmittel. Heute ist trübes Wetter, Nieselregen, fast kein Wind, um die vier Grad. Das ungünstigste Wetter überhaupt für Holzöfen, die ziehen dann nämlich sehr schlecht.

15. DEZEMBER [SCHWARZBACH] Wieder in der Eifel nach ein paar Tagen Amsterdam und Wieringerwaard. Jasper hat inzwischen zwei Wurmtabletten bekommen (und bekommt am 1. Januar zwei weitere, damit auch die Eier der jetzt getöteten Würmer absterben), und ich habe fünf Exemplare der Jubiläumsausgabe von *Boven is het stil* abgeholt. Es ist die fünfundzwanzigste Auflage, das steht zumindest im Impres-

sum. In Wirklichkeit ist es schon die siebenundzwanzigste, aber damit braucht man die Leser ja nicht zu verwirren. Gestern hat meine Mutter, obwohl sie das Lebensjahr erst am 17. vollendet, ihren achtzigsten Geburtstag gefeiert. Mit einem Brunch bei Van der Valk in Wieringerwerf. Alles ging gut, niemand trank zu viel, niemand musste sich übergeben, es gab keinen Streit. Die beiden Labradorwelpen meines ältesten Bruders zerkratzten mir den Kopf, was aber meine eigene Schuld war. Nach dem Brunch sind mein »deutscher« Bruder, sein Sohn und ich noch zu unserem ältesten Bruder gefahren, damit Jasper (der im Haus meiner Eltern geblieben war) Romeo und Julia kennenlernte, so heißen die Welpen. Tatsächlich wollte mein Bruder zwei und nicht einen Labrador haben, um sie Romeo und Julia nennen zu können. Das Zusammentreffen war ein Erfolg, wenn man Jasper auch anmerkte, dass ihm zwei von diesen schwarzen Hündchen im engen Raum der Garage ein bisschen viel waren. Draußen fühlte er sich wohler mit ihnen. Mein Hund muss lernen, mit Labradoren umzugehen, denn er hasst sie aus tiefstem Herzen. Was zur Folge hat, dass ich selbst sie plötzlich viel weniger mag als früher. Um ehrlich zu sein, finde ich sie einfach blöd und ihre Herrchen und Frauchen vielleicht noch blöder, vor allem, wenn sie meinen, dass ihre Hunde mitten in der Stadt »doch auch mal frei laufen können müssen«. Peter und Maria aus Nimshuscheider Mühle, dem Dorf jenseits der Brücke, haben einen schwarzen Labrador, Ben, der mindestens 45 Kilo wiegt. Peter will einfach nicht wahrhaben, dass Ben und Jasper sich nicht vertragen, deshalb versucht er es immer wieder. Wenn er uns von weitem sieht, kommt er mit Ben auf uns zu, ohne ihn anzuleinen. Irgendwann werde ich noch sehr laut »Scheiße!« schreien und Peter sagen, dass er zwar wirklich ein netter Kerl ist, aber hiermit aufhören muss, weil es mich richtig wütend macht. Nimshuscheider Mühle besteht aus zwei Straßen, der Bergstraße und der Talstraße. Das nenne ich übersichtlich.

Ich bin mit meinem deutschen Bruder zurückgefahren, für ihn ein Umweg von gut zwei Stunden. Ungefähr bei Utrecht wurde es schnell dunkel; Jasper und ich dösten auf dem Rücksitz ein und wachten erst kurz hinter der belgisch-deutschen Grenze auf, wo der Wagen von zwei Polizeibeamten angehalten wurde. Als mein Neffe, der am Steuer saß, sagte, dass wir aus Holland kamen, mussten die beiden das Auto verlassen. Auch mein Rucksack musste es verlassen, aber als ich selbst mit Jasper ausstieg (ich dachte, ich könnte die Gelegenheit zum Rauchen nutzen und den Hund pinkeln lassen), wurde ich von einem der Polizisten angeschnauzt. »Einsteigen, aber schnell«, sagte er. »Den Hund hier auf der Autobahn pinkeln lassen wollen!« Vorher hatte er schon erklärt, er werde Jasper die Kehle durchschneiden, wenn der ihn beiße. Mein Neffe hielt neben dem Wagen meinen Rucksack auf, während der freundliche Polizist (er hatte wenigstens gefragt: »Kann ich ihn streicheln?«, als Jasper ihn anbellte) alles herausholte und auf dem nassen Asphalt ablegte. Ich beobachtete den Vorgang genau und verstand überhaupt nichts. Das war doch mein Rucksack, wieso musste ich dann im Wagen bleiben? Als sie fertig waren, öffnete ich doch noch kurz die hintere Tür und fragte vorwurfsvoll: »Wo ist mein Ausweis, bitte?!« Mein deutscher Bruder hatte zwölf Laibe Edamer im Kofferraum und ich zehn Päckchen Van Nelle Stevige Shag im Rucksack, aber dafür interessierten sich die Beamten nicht. »Sag bloß nie wieder, dass wir aus Holland kommen!«, ermahnte mein Bruder seinen Sohn.

Um richtig anzukommen, habe ich heute eine Maschine Wäsche gewaschen, ein Brot gebacken und den Briefkasten, den mein Vater für mich gebaut hat, an die Wand geschraubt. Ganz gerade dank Wasserwaage. Trübes Wetter, Nieselschnee.

Aus den Niederlanden habe ich sechs Exemplare *Komische Vögel* mitgebracht, die kann ich hier gut als Weihnachtsgeschenke verteilen. Das Original hat den Titel *Ezel, schaap en tureluur,* was übersetzt Esel, Schaf und Rotschenkel heißt, aber das fand mein Übersetzer Andreas Ecke wohl klanglich nicht so ansprechend.

17. DEZEMBER [SCHWARZBACH]   Offenbar habe ich in diesem Buch schon jetzt gelogen. Da ich am Samstag vor der Geburtstagsfeier meiner Mutter in Wieringerwaard übernachtet habe, konnte ich sie nach dem zweiten Mann ihrer Mutter fragen. So erfuhr ich, dass gar nicht er, sondern der Vater der Mutter meiner Mutter NSB-Mann gewesen ist. Meine Mutter ist also die Enkelin eines Nazis. Davon habe ich nie etwas gemerkt, und es spielt auch gar keine Rolle, weil niemand eine liebere Mutter hat als ich. Das erwähnte schwarze Schaf ist schon das einzig Besondere an meiner Familie, ansonsten findet man, egal, wie weit man zurückgeht, nur ganz gewöhnliche, hart arbeitende Menschen. Keine Urgroßmütter, die aus Estland oder Tschetschenien geflohen wären, keine Großonkel, die an der Côte d'Azur ein Bordell betrieben hätten, keine Tanten mit drei unehelichen Kindern. Sondern Bauern, Bäcker, Zimmerleute. Wenn man es sich recht überlegt, bin ich das schwarze Schaf, *the odd one out.* Aber auch wieder nicht wirklich, seit sich gezeigt hat, dass ich damit meinen Lebensunterhalt verdienen kann. Mit Schreiben, meine ich.

Seit kurzem schreibe ich wieder für den *Groene Amsterdammer.* Alle drei Wochen einen Artikel für die Website. Dafür zahlt man mir genauso viel wie vor ein paar Jahren für meine wöchentliche Kolumne in der Printausgabe. Kein großzügiges Honorar, bei *De Groene* ist man weiterhin der Ansicht, dass es eine große Ehre sei, für diese Wochenzeitschrift schreiben zu dürfen. Sie war, ist und bleibt ein elitär-linkes Blatt. Ich leiste mir schon seit langem eine eigene Meinung. Vor zwei Wochen habe ich einen Artikel über die Musical-Version von *Billy Elliot* geschrieben und heute Vormittag über zwei Eisschnellläufer, deren Verhalten mich oft ärgert. Artikel, die wiederum so manchen ärgern werden.

Warum ich das tue (mir eine Meinung leisten), ist mir noch nicht ganz klar. Seit ich mich vor mir selbst ekle, vor meinem Selbst ungefähr seit dem Jahr 2007 – besonders, wenn ich die alten Texte aus meinem Blog lese –, wollte ich eigentlich keine Meinung mehr haben. Nein, so ist es natürlich nicht, eine Meinung hat man immer, aber die äußere ich beispielsweise bei einem Essen mit Freunden, manchmal fluchend und tobend. Ich meine eine Meinung in der Öffentlichkeit. Nach wie vor habe ich Meinungen ziemlich satt, was natürlich nicht zuletzt an Facebook und Twitter liegt, den virtuellen Orten, an denen Leute ihre Meinungen öffentlich äußern können. Und das tun dann auch fast alle. Ich mache sehr oft »pfff«, wenn ich am Computer sitze. Bei Dingen, die ich selbst schreibe, möchte ich nicht »pfff« machen müssen, deshalb.

Zu dem ersten Artikel twitterte gleich jemand »Jetzt schon eine phantastische Rezension von Billy Elliot« (der Artikel erschien am Premierentag). Sieh an, dachte ich, so ist das: Kaum macht man den Mund auf, bekommt man schon Zustimmung. Ich meine: Wenn jemand ein großes Maul hat und eine deutliche, am besten verquere Meinung äußert, folgt man ihm auf Twitter, wenn er aber dann den Mut findet, seine Äußerung in einer Fernsehtalkrunde zu relativieren oder gar zurückzunehmen (obwohl er doch wegen des Provokanten daran eingeladen wurde), war das sein letzter Auftritt. »Den wollen wir nicht.«

Neulich war ich bei Jacobine Geel in ihrer Sendung *Het hoogste word*, »Das große Wort«, zu Gast. Wie dabei üblich musste ich einen Bibeltext als Gesprächsthema auswählen. Ich schwitzte Blut und Wasser, weil ich doch nicht gläubig bin. Schließlich kam ich mit ein wenig Unterstützung auf »Selig sind die Sanftmütigen; denn sie werden das Erdreich besitzen.« Ich hoffe, habe immer schon gehofft, dass es wahr ist. Dass es wirklich dazu kommen kann. Ich durfte es sogar noch auf Englisch sagen: »*Blessed are the meek, for they shall inherit the Earth.*« Das klingt schöner, man hört gleich eine dieser dunkelbraunen Stimmen im Trailer eines amerikanischen Films.

18. DEZEMBER [SCHWARZBACH]   BVN hat netterweise auch das *Groot Dictee* ausgestrahlt, das jährlich veranstaltete große Rechtschreibturnier des niederländischen Sprachgebiets. Das verstehe ich: Niederländer in der Diaspora haben Heimweh, das mit den Jahren zunimmt. Angeblich gibt es in Australien oder Kanada Alzheimerpatienten, die irgendwann nur noch Niederländisch sprechen können, selbst wenn sie schon vor sechs Jahrzehnten ausgewandert sind und nicht geahnt haben, dass all die seltsamen Wörter und Sätze noch irgendwo in ihrem Hinterkopf hausen. Wie immer machte ich viel mehr Fehler als der Durchschnitt, angefangen mit dem Wort *dictee*, das großgeschrieben werden musste. Verrückt. Es war ein Jubiläumsdiktat, das fünfundzwanzigste. In diesem ganzen Vierteljahrhundert wird es von dem Nachrichtenmoderator Philip Freriks präsentiert, und seit ich es sehe und entweder mitmache oder nicht, frage ich mich, warum das so ist. Freriks kann es zum Beispiel nicht lassen, mindestens ein Wort absichtlich falsch auszusprechen. Außerdem macht er beim Vorlesen völlig überflüssige Bemer-

kungen, so dass man leicht den Faden verliert. »Halt doch die Schnauze!«, rufe ich dann dem Fernseher zu. Ich habe, vorsichtig ausgedrückt, nicht sehr viel für Freriks übrig. Und das hat seinen Grund: Ich bin jemand, der bestimmte Dinge niemals vergisst. Niemals. Jacobine Geel stellte die unvermeidliche Frage: »Wie sanftmütig bist du selbst?« Ich dachte kurz nach und konnte nur antworten: »Ich gebe mir Mühe, mehr kann man nicht tun.«

De omweg stand 2011 auf der Shortlist des Libris-Literaturpreises. Ich freute mich irrsinnig darüber und wartete ganz aufgeregt im Hotel Krasnapolsky darauf, mit den anderen Nominierten zur offiziellen Vorstellung der Shortlist in der Nieuwe Kerk abgeholt zu werden. Dafür ist immer René Appel zuständig, der ist der sanftmütigste Abholer der Welt. Peter Buwalda schaute mich fassungslos an. Warum so froh, fast erleichtert, warum so gerührt? »Ach Mann«, sagte ich, »von dir ist gerade mal ein Buch erschienen.« Der Vorsitzende der Jury war in dem Jahr Philip Freriks. Nach dem offiziellen Teil der Vorstellung gab es noch einen kleinen Umtrunk und Imbiss. Irgendwann landete ich an einem Stehtisch, an dem auch Freriks stand. Oder er kam zu uns an den Tisch, da bin ich mir nicht sicher. Zuerst erkannte er mich nicht (wohlgemerkt nach der Vorstellung, die mindestens eine halbe Stunde gedauert hatte), und als er dann wusste, wer ich war, verpasste er mir gleich den ersten Schlag. *De omweg* gefiel ihm nicht. »Ich bin da auf allerlei seltsame Wörter gestoßen«, sagte er. »*Kissing gate*, *stile*, ich habe nur Bahnhof verstanden und nicht weitergelesen.« Ich kann mich beim besten Willen nicht erinnern, was danach noch so alles gesagt wurde, nur dass die Wörter frankophil (Freriks) und anglophil (Bakker) vorkamen. Und das war nun der Vorsitzende der Jury, die darüber entscheidet, welches Buch einen der wichtigsten niederländischen Literaturpreise erhält! Vielleicht hätte ich damals schon alle Hoffnung fahren lassen sollen. Jedenfalls habe ich dieses Gespräch nicht vergessen und muss immer, wenn ich ihn sehe, daran denken. Wie er einen eiskalt so herabwürdigen kann, dass einem der Schweiß ausbricht, dass man sich wie ein kleiner Möchtegernautor fühlt und sich fast an seinem trockenen Weißwein verschluckt. Kurz darauf bin ich ihm beim Eröffnungsball der *Boekenweek*, der Buchwoche, über den Weg gelaufen. Trotz allem sagte ich: »He, hallo!« Er starrte mich an, schüttelte leicht den Kopf, wie um eine Erinnerung wachzurütteln, ein Erkennen, wenn auch vielleicht ohne einen Namen. Aber es kam nichts, er erwiderte meinen Gruß nicht und ging weiter.

21. DEZEMBER [SCHWARZBACH]   Auf einem Feldweg, etwa drei Kilometer von meinem Haus entfernt, steht ein Grill. Ein roter Räuchergrill mit Klappe. Eine Zeitlang hat noch eine große Sonnenbrille darauf gelegen, aber die ist jetzt weg. Mit irgendjemandem kommuniziere ich über diesen Grill. Steht die Klappe offen, wenn Jasper und ich vorbeikommen, schließe ich sie. Ist sie geschlossen, öffne ich sie. Es muss jemanden geben, der immer das Gegenteil tut, aber ich habe nicht die leiseste Ahnung, wer das sein könnte. Gestern habe ich im Wald eine leere Flasche Asbach Uralt gefunden, nicht weit davon entfernt eine schwarze Campinggaskartusche. Zu den Dingen, die ich sonst so finde, gehören Babywannen, WC-Schüsseln, Umschläge mit Passfotos, Red-Bull-Dosen, Bitburger-Pils-Flaschen, sehr viele Papiertücher, vor allem die aus Spenderkartons, wie sie bei Therapeuten auf dem Tisch stehen, leere Deoroller, Farbeimer; hoch oben in einer Baumkrone flattert eine Plastiktüte.

Vorgestern Abend klopfte Hirschjäger Ewald an meiner Tür. Er kam mit einem durchsichtigen Plastikbeutel herein, in dem ich eine blutige Masse sah. »Ha, Hirsch!«, sagte ich, weil ich dachte, er brächte mir ein paar Hirschsteaks. Fehlanzeige: Pansen und Herz für Jasper. Wir machten gleich einen Versuch, und noch nie habe ich Jasper etwas so gierig verschlingen sehen. Ohne zu kauen natürlich. »Du musst größere Stücke schneiden«, sagte Ewald. Beinahe würgend schnitt ich ein riesiges Stück Pansen ab, doch sogar das schluckte der Hund einfach hinunter. Unglaublich widerliches Zeug, ich ekelte mich so, dass ich später selbst fast nichts essen konnte. Ewald trank in null Komma nichts zwei Gläser süßen Dornfelder. Fast alle hier trinken möglichst süßen Wein, richtiger Wein ist für sie Essig. Ewald ist sehr groß, und wenn große Leute in meine Küche kommen, fällt mir auf, dass ich eine Miniküche habe. Er ist der erste Mann der Tochter meiner Nachbarin Frau Trappen. Seine Stirn ist ein Schlachtfeld, er hatte einmal einen schlimmen Autounfall. Ich hängte den Beutel mit den Innereien an eine Wäscheleine im Hauswirtschaftsraum. Gestern habe ich Jasper wieder ein paar Stücke Pansen gegeben, und ich überlege, wie lange ich anstandshalber abwarten muss, bis ich den Rest irgendwo im Wald deponieren kann. Überall riecht es jetzt nach Pansen.

23. DEZEMBER [SCHWARZBACH]   Schon seit Wochen trübes Wetter. Viel Regen, Dauerregen. Es ist warm. Das Wetter macht mich allmählich etwas kribbelig. Der letzte Tag mit Sonne, an den ich mich erinnern kann, war der Sonntag, an dem meine Mutter ihren Geburtstag gefeiert hat.
Trotzdem bin ich jedes Mal, wenn ich mit Jasper losziehe, froh, dass ich ein Haus in der Eifel und nicht in Nordholland habe. Die Hügel und Wälder hier erinnern mich in nichts

an früher. Ich habe einen Mann gekannt, der auf dem Wog-meer-Polder zur Welt gekommen war, in einem der typi-schen, annähernd quadratischen Eindachhöfe, die bei uns *stolp*, in Deutschland meistens Haubarg heißen. Er war fort-gezogen, als Landwirtschaftsattaché weit gereist, hatte in Spanien, Deutschland, der Türkei gelebt. Er fand Freunde, einen Mann, lebte schließlich eine Weile im Iran. Irgend-wann kam er auf die Idee, eine Wohngemeinschaft zu grün-den. Der geeignete Ort dafür war der Hof seines Vaters, der die Landwirtschaft aufgegeben hatte. Der Hof wurde umge-baut, in kleine Einheiten aufgeteilt; für die Flächen ringsum entwarf ein Landschaftsarchitekt einen Bepflanzungsplan. In diesem Stadium stieß ich dazu, dachte mit über die Bepflan-zung nach, lernte die Leute kennen. Sogenannte Grüntage wurden veranstaltet: Wer einen Tag beim Fällen, Beschnei-den und Pflanzen half, bekam dafür ein Mittag- und Abend-essen und Getränke. Die Wohngemeinschaft stand kurz vor der Verwirklichung. Dann kam ein Grüntag im Juni, es war brütend heiß. Alle außer mir sagten ab, und auch ich hatte nach dem Vormittag genug. Selten habe ich einen einsameren Tag erlebt. Einen leeren, heißen Tag in einer Landschaft, die ich in- und auswendig kenne, seit ich sehen, riechen und hö-ren kann. Der Mann stand spät auf, setzte sich draußen an einen Tisch und drehte sich eine Zigarette. Er fühlte sich nicht gut, ich glaube, er hatte am Vorabend zu viel getrunken. Wir unterhielten uns ein wenig, auch ich rauchte. Nach mei-ner Erinnerung war sonst niemand da. Er hatte gesehen, wie sich das Bauernhaus und seine direkte Umgebung in relativ kurzer Zeit verwandelten. Trotzdem war und blieb es sein Geburtshaus, und das Land ringsum – viel Land, in Nord-holland reicht die Aussicht bis dahin, wo man die Erdkrüm-mung sehen kann – blieb das gleiche. Die gleichen hohen Bäume und Wolkenhimmel und dunstigen Tage, und jede

Art von Licht erinnerte ihn an bestimmte Tage in früherer Zeit, jeder Geruch brachte die Vergangenheit zurück. Ich stieg aufs Rad und fuhr zum Bahnhof in Hoorn. Es war das letzte Mal, dass ich den Mann sah. Noch in jenem Sommer verschwand er, sein Motorrad stand nicht mehr in der Scheune. Erst einen Monat später wurde er gefunden, an einem Baum in einem Wald. Das Motorrad war in der Nähe abgestellt.

Vielleicht ist es so, dass man nicht fort gewesen sein darf, um bleiben zu können. Ich meine, wenn man bleibt, verändert alles und jeder um einen herum und man selbst sich im gleichen Tempo; so wie die Eltern nie wesentlich älter zu werden scheinen, wenn man sie sehr oft sieht, erst ein Foto von früher macht einem klar, wie sie gealtert sind. Wenn man fort gewesen ist und zurückkommt, ist die Gefahr, von Melancholie überschwemmt zu werden, größer, gerade wegen der Lücke im gemeinsamen Sich-Verändern. Für empfindsame Seelen können Wehmut und Melancholie tödlich sein. Ich konnte den Mann gut verstehen, es ihm genau nachfühlen.

Schon lange wollte ich fort aus der Stadt, wieder auf dem Land leben. Aber ich wusste auch, dass ich nicht in meine Heimatgegend zurückkehren durfte. Dort würde ich es nicht aushalten. Deshalb bin ich so zufrieden mit den Hügeln und Tälern, Buchen- und Fichtenwäldern, Bächen und Flüssen, Schwarzstörchen, Ringelnattern und Blindschleichen (ich möchte Koos van Zomeren, der ja nicht nur Schriftsteller, sondern auch Biologe und Umweltschützer ist, und seine Frau einmal einladen), den Tausenden von Kranichen auf dem Zug, im März nach Norden, im November nach Süden, einer Sprache, die für mich Fremdsprache bleibt.

Jasper weiß inzwischen, wo der Beutel mit Pansen und Herz hängt. Wenn wir in den Hauswirtschaftsraum im Anbau gehen, dreht er durch. Heute Abend bekommt er das letzte Drittel Herz in sein Trockenfutter gemengt, zwischendurch noch ein paar Lappen Pansen, dann ist auch der weg. Und ich muss nicht mehr würgen und kann zu Weihnachten ohne Ekel von dem Roastbeef essen, das ich schon vor Wochen gekauft habe und das seitdem wie ein Stein im Gefrierschrank liegt. Laut meiner Wetter-App wird es ab Donnerstag, dem ersten Weihnachtstag, kalt, aber auch sonnig, später soll es Schnee geben. Die Wetter-App heißt *Weatherpro* und hat 4,99 gekostet, dürfte sich also nicht so leicht irren. Roastbeef soll es sein, weil wir früher, zu Hause, an Weihnachten auch Roastbeef gegessen haben. Für mich war und ist es das allerleckerste Rindfleisch. Dabei pflegte meine Mutter es durch und durch gar zu braten, wie überhaupt alles, sie ließ das Fleisch einfach so lange im Backofen, wie die Kartoffeln kochten. Ja, ich bin mit Roastbeef aufgewachsen, das ist der Vorteil, wenn man Bauernsohn ist. Roastbeef und Butter und Edamer.

24. DEZEMBER [SCHWARZBACH] Vor genau zwei Jahren und vierundzwanzig Tagen habe ich die Schlüssel zu diesem Haus bekommen. Der erste Winter war ein richtiger Winter; Schnee bis in den April hinein, und es fror Stein und Bein, was ohne das Heizband um die Wasserleitung herum zu Problemen geführt hätte. Die Wasserleitung verlief durch den alten Anbau, der halb eingestürzt war, Schnee lag darin, und eine dicke Schicht Moos bedeckte ein Sofa im Obergeschoss. Eigentlich sehr schön, dieses Sofa, so nahtlos bemoost vom Fußboden bis zum Sitzpolster. Das Obergeschoss zu begehen war wegen durchgefaulter Balken und großer Glasscher-

ben lebensgefährlich. Bei den ersten Besichtigungen lag dort noch kein Glas. Eines Tages versuchte mein ältester Bruder, der mit den Hündchen Romeo und Julia, die Balkontür gewaltsam zu öffnen. »Lass das!«, rief ich noch. Aber er zerrte so lange, bis die Scheibe zerbrach. Zwei der sechs Eigentümer waren anwesend. »Vielen Dank auch«, sagte ich. »Jetzt muss ich das Haus ja kaufen.« In den Augen der beiden Damen war er ein Berserker, ein grober Klotz. Er hätte auch tot sein können, das Glas war ihm in großen Dreiecken entgegengesprungen.

Zum ersten Mal sah ich das Haus, als ich mit meinem Gärtnerkumpel Han im Nachbardorf im Garten der Eigentümer der Bloemendaaler Buchhandlung Bloemendaal arbeitete. Das war im Juli 2012. Danach habe ich es mir noch einmal von außen angeschaut, und wieder etwas später bin ich mit einer Maklerin durch die Gegend gefahren, um weitere Häuser zu sehen, meistens Häuser auf Hügeln. Jedes Mal kehrte ich wieder zu diesem Haus in einem kleinen Tal zurück. Es gab mir ein Gefühl von Schutz und Sicherheit. An der Straße stand ein Zu-verkaufen-Schild. Eine Ausnahme, denn inzwischen weiß ich, dass hier unglaublich viel zum Verkauf steht, aber nirgendwo solche Schilder zu sehen sind. Fast alle Häuser werden unter der Hand verkauft, von Maklern hält man hier nicht viel.
Zur letzten Besichtigung kamen drei meiner vier Brüder mit. Der älteste machte also gleich etwas kaputt und lachte sich schlapp, als er sah, wie dünn die Heizungsrohre waren, mein jüngster Bruder schnalzte beim Anblick der Dachrinnen bedenklich mit der Zunge, und mein zweitjüngster Bruder merkte an, das Haus sei reichlich dunkel und feucht. Als wir dann in Kais Schlemmerstube in Schönecken aßen, fragte ich: »Und?« Alle drei rieten mir entschieden ab, außerdem

sagten sie: »Erst den Führerschein machen, dann ein Haus kaufen.« Deshalb beschloss ich, es zu kaufen. Das Inventar war im Preis inbegriffen.

Ich hoffte, dass man den Anbau renovieren könnte. Ich wurde ausgelacht. Mit meinem Freund Guus Bauer brach ich an einem schönen Sommertag die Sauna heraus, die Bretter bewahrte ich auf, ein Schrotthändler holte kostenlos jede Menge Metall ab, einschließlich Fässern voll übler Flüssigkeiten, Fässern mit Totenköpfen darauf. Außerdem nahmen sie das wunderschöne eiserne Balkongeländer mit, was ich später sehr bereut habe, es war mir in der Hektik entgangen. Ein Architekt arbeitete einen Entwurf für einen neuen Anbau aus, den ich mir erst genehmigen lassen musste, weil der alte nicht im Grundbuch stand, und über meinen Nachbarn Klaus beauftragte ich eine Baufirma. Sie schickte einen riesigen Bagger, der innerhalb eines Tages den alten Anbau und sehr viel Erde ringsum beseitigte. Der Fahrer (Bagger-Peter) schaltete aus irgendeinem Grund bei Arbeitsbeginn sein Gehirn ab und hob ein Loch aus, das dreimal so groß und tief wie geplant war. Als er wieder zur Besinnung kam, stieg er von der Maschine und begann laut zu schimpfen und zu toben, weil schon vierzehn Lastwagenladungen Schutt, Erde und Schiefer abtransportiert worden waren, und die würden nicht zurückgebracht werden. Die Sache hat Klaus einen Teil seines Gartens gekostet: Von irgendwoher musste schließlich Erde kommen, um das Loch nach der Fertigstellung des neuen Anbaus wieder halbwegs zu füllen.

Bis dahin bekam das Haus schon wesentlich mehr Licht, weil Gartenkumpel Han und ich gleich im Dezember 2012 eine Reihe dunkler Fichten, eine Zierkirsche und einen alten Apfelbaum im Vorgarten gefällt hatten. Danach sah es draußen schön aufgeräumt aus. Im Lauf der Zeit habe ich noch viel mehr aufgeräumt; ich heize in diesem Winter – zwei Jahre später, alles konnte also ausreichend trocknen – mit meinem eigenen Holz, hauptsächlich Pflaume. Der Anbau ist fertig, er hat, was bei Umbauten anscheinend normal ist, anderthalbmal so viel gekostet wie das alte Haus. Ich bin jemand, der auf der einen Seite das Geld mit vollen Händen ausgibt (der muss Geld wie Heu haben, sagt man hier), andererseits aber nervös wird, wenn es um kleine Anschaffungen, unbedeutende laufende Kosten oder eine Flasche Wein geht, die ich zu teuer finde. Der Anbau ist der einzige Raum mit Fenstern auf zwei Seiten. Eine Entscheidung im letzten Augenblick, wegen der teilweisen Abtragung des Gartens hinterm Haus, der auf dem Niveau der Dachrinne lag, denn das Haus steht an einem Hang. Ursprünglich sollte das Dach des Anbaus mit Gras bepflanzt werden, jetzt hat das Schreibzimmer im Obergeschoss auf ganzer Länge eine Reihe von kleinen Fenstern nach Norden.

Die Heizkörper und die zu dünnen Rohre habe ich entfernt, sie waren nie angeschlossen gewesen; auch die Rohrverkleidungen habe ich herausgebrochen, an der Rückseite hat das Haus eine neue Dachrinne (die sehr leicht sauberzuhalten ist, ich muss mich sogar ein bisschen dabei bücken), die Rinne vorn ist repariert, und ich schalte oft das Licht ein, damit es nicht so dunkel ist. Einkäufe erledige ich mit dem Rad im acht Kilometer entfernten Schönecken. Die Straße folgt der Nims, auf dem Hinweg leicht ansteigend, auf dem Rückweg – wenn das Rad bepackt ist – also leicht abfallend. Wenn Besucher mit dem Auto kommen, nutze ich die Gelegenheit, mich mit ein paar Kästen Bier und vielen Flaschen Wein einzudecken. Ich backe mein eigenes Brot, esse Mangold, Zuckerhut und Stangenbohnen aus dem Garten.

Ein Haus, ein Jahr später ein Hund aus Griechenland, und nach Jahren lähmender Flugangst fliege ich wieder. Jetzt müsste ich noch den Führerschein machen, aber wenn meine Brüder danach fragen, sage ich: »Mal langsam, ich hab schon das mit dem Fliegen geschafft, ich hab das Haus und den Hund, und ich bin depressiv, also immer mit der Ruhe. Man kann Menschen nicht zu viel auf einmal zumuten.«

27. DEZEMBER [SCHWARZBACH]   Letzte Nacht sind gut zwanzig Zentimeter Schnee gefallen. Ich war sehr gespannt, wie Jasper darauf reagieren würde. Schließlich stammt er von der griechischen Insel Thasos und hat, abgesehen von der hauchdünnen Schicht vom 3. Dezember, noch niemals Schnee erlebt. Aber er tat, was alle Hunde tun: sich wie verrückt freuen, große Sprünge machen und wie rasend im Kreis rennen. Gegen eins lief im Schnee vor dem Haus ein fremder Hund herum, ein Hund in einer knallgelben Weste mit einem großen Hundepfotenabdruck auf beiden Flanken. Ich habe ihn ins Haus geholt, wo ich einen Moment brauchte, um Jasper zu beruhigen. Es war ein junger Flat Coated Retriever. Er schien ausgehungert zu sein und fraß so schnell eine Handvoll Trockenfutter, dass er sich übergab. Auf dem Halsband stand eine Telefonnummer. Ich rief an. »Ja, hallo«, sagte der Deutsche am anderen Ende der Leitung in einem Ton, als hätte er schon eine ganze Weile sehr gelassen auf Nachricht gewartet. »Ich habe hier einen Hund«, sagte ich. »Vermissen Sie einen?« Eine Viertelstunde später war der Mann da, er fuhr in einem großen grünen Geländewagen vor und trug eine Weste in knalligem Orange. Ein Jäger. Der Hund hieß Nicky und war erst sieben Monate alt. Ein ganz lieber Hund, der vor Jasper Schutz suchte, indem er sich von hinten an meine Beine schmiegte. Der Mann war erleichtert, Nicky war schon vor zwei Stunden weggelaufen, nachdem er ein Reh gewittert hatte. Was er mir schuldig sei?

Nichts, natürlich. Später, auf unserer großen Runde, dachte ich, dass ich durchaus hätte sagen können: »Ein Viertel Hirsch, bitte.«

In letzter Zeit bestand Aussicht auf einen Mann. Am 14. Dezember bekam ich eine Mail von einer ehemaligen Buchhändlerin aus Hoorn, die jetzt in Frankreich lebt. Sie habe dort einen netten Nachbarn, und immer wenn sie ihn sehe oder mit ihm spreche, müsse sie an mich denken. Er sei Deutscher, habe zwanzig Jahre in England gelebt und seinen Ehemann vor die Tür gesetzt. »Er ist wirklich ein großartiger Typ, und ich habe das Gefühl, dass ihr beide euch mal treffen solltet.«

Am 17. Dezember schickte ich ihr eine Antwortmail mit ein paar wichtigen Fragen über meinen Zukünftigen: 1) Wie alt ist er? 2) Ist er auch nicht dick (sondern sogar ein bisschen mager)? 3) Hat er im Unterschied zu mir einen Führerschein? 4) Wie soll das denn gehen, er in Frankreich und ich in Deutschland? 5) Hast du ein Foto von ihm (und er von mir)?

Noch am gleichen Tag bekam ich neun Antworten auf meine fünf Fragen: 1) Er ist Anfang fünfzig, 2) er ist wunderbar schlank, ein toller Körper, stark, 3) er hat einen Führerschein, fährt einen Land Rover, 4) er ist regelmäßig in D. Seine Eltern wohnen in der Nähe von Hamburg (du musst nicht gleich zu ihm ziehen), 5) das Foto muss ich noch organisieren, 6) er baut sein Haus ganz allein um, er ist sehr geschickt, 7) er kann großartig mit Hunden umgehen, unser schwieriger Hund ist verrückt nach ihm, was ungewöhnlich ist. Wenn er sein Haus fertig hat, will er auch wieder einen, 8) er ist auch sehr lieb, aber nicht zu soft, 9) er kann sehr gut kochen.

Ich mailte zurück, dass ich das Gefühl hätte, sie würde mich beschreiben, und erinnerte sie daran, dass ich »ein nicht un-komplizierter Mensch« sei. Das habe sie nicht vergessen, sie habe ihrem Nachbarn schon gesagt, ich könne »*grumpy*« sein, aber das sei kein Problem, denn auch der Nachbar sei manch-mal ziemlich brummig. Und dann kam, was sie vielleicht von Anfang an im Sinn gehabt hatte: Er werde Weihnachten zu seinen Eltern fahren. »Vielleicht besucht er dich unter-wegs, wenn er sich traut, oder wie wär's, wenn ich ihm deine E-Mail-Adresse gebe?«

Am 18. Dezember mailte ich ihr, sie dürfe ihm ruhig mei-ne Mail-Adresse geben, und auf ihre Frage, was ich zurzeit so treibe, teilte ich ihr mit, dass ich an einem autobiographi-schen Buch arbeite. Worauf sie mir umgehend gratulierte und beiläufig erwähnte, der Nachbar werde zum Abendessen zu ihr kommen. Er wisse schon, dass sie »Postillon d'Amour« gespielt habe. Sie entpuppte sich mehr und mehr als Kupp-lerin, vielleicht erweckte das Nahen der dunklen Feiertage in ihr zärtliche Gefühle.

Am selben Abend schickte mir ihr Nachbar von ihrer Adres-se aus eine Mail:

Hi Mr. G.

Sorry for writing in English, after 20 years amongst the island apes, my mind still works in their ways. I am sitting with ** and ** over a glass of the local red and the usual »Saveur de Soir«, the tea of choice in the evening to bring you down after a long exciting day in very rural and quiet [...]. By the way, I am making this up as I go along, so please forgive my ramb-lings. I guess part of me feels a bit awkward, part embarrassed, but what the heck? Eh? Nothing ventured nothing gained ... actually I have a gun to my head as I am writing this ... **! Is there any stopping this woman?

But seriously, what to write? What were those questions again? Did ** answer them already? I am 53, Nivea did help to preserve the good looks ... did you ask sporty? I guess. I love my outdoors, walking, used to teach skiing and paragliding, played handball for years and years, dance too ... I did want to become a dancer when I was a wee lad, but I wasn't the intellectual giant you see before you now – my dad stopped a wonderful career cold! :-) Anyhoooow, the wine is getting warm and the tea cold, so I better stop. Here's my email and mobile number, I would very much love to hear from you: [...]
Look after yourself
R

Einen Tag später beantwortete ich seine Mail:

Hi R,
I don't mind writing in English, I will make much less mistakes than I would in German. ** has also recommended you to me. She said – and I hadn't heard from her in years – that every time she saw you, she thought of me. Which might mean that we are very much alike, but that I do not know.
I have this house here in the Eifel since December 2012. And, just like you, been working on it, but I'm mostly busy to create a garden. I have never had a real relationship, and the other day with my therapist, I said that that is, or has become, a deliberate decision: I'm quite depressed by nature, with every now and then a real deep, and this causes feelings of guilt and shame and what have you. I am you could say somebody with a manual, and I understand that men do not wish to live with a manual in their hands all the time.
On the other hand: I'm doing fine, started taking pills two years ago, and they keep me content. That is what I'm striving

for: contentness, I do not have to be happy. I have this fine house, a sweet but also difficult dog, a garden, and I even started writing again. I used to be a speed skater, doing competition and all. I'm 52, and this Nivea-stuff (is it Q10?) is something I used to use, but my acné marked face didn't have much use for it. People always say I have a ›markant gezicht‹, which means something like a distinctive face, but not really, maybe the English expression is ›a head‹. I'm thin, and I keep my body in shape by working in the garden and by making furniture, something I took up since I've got this house, and of course by walking 7 miles a day with Jasper, my dog.

Please don't be put off by what I wrote about being depressed, I'm fine and I like to eat and drink and smoke, and even to laugh, with the right person. I also like sex quite a bit. In a way I have always felt that people communicate more deeply in a physical way than by talking, but that is probably because talking is a bit hard for me. Maybe we should meet. I do not have a car, I don't even have a driver's license. I do my shopping in Schönecken, 8 kilometers by bike.

All best from […], right between Bitburg and Prüm,
Gerbrand

Darauf er:

Hi Gerbrand,

thank you so much for your lovely email. I am actually driving by your place tomorrow, I guess around 3pm or so, maybe a bit earlier, it will depend on traffic along the way.

I will set off quite early from here to drive to my brother who lives in Dusseldorf just over 1000 km. If you have a cup of coffee and time for a break, I'd be happy to swing by. It seems it's only a few kilometres detour.

My number is [...] and I have a hands-free in the car. It'd
be lovely to hear from you tomorrow.
I am attaching some pictures of me.
Have a wonderful evening, and maybe until soon.
Best
R

Darauf ich:

Hi R, two photos back. I'm here tomorrow, so please drop by.
What an enormous ride you have to make!
All best, safe journey!
Here's my mobile: **
Gerbrand

Unserem Postillon d'Amour teilte ich mit, dass ihr Nachbar um drei herum bei mir auftauchen würde. »Wow«, schrieb sie. Tja, dachte ich, ist das nun das richtige Wort? Wow? Ich wusste nicht so recht, was ich von alldem halten sollte, wurde aber allmählich ein bisschen unruhig.

Am 20. Dezember um Viertel vor drei stand ich – ohne Telefon – im Hauswirtschaftsraum, wo ich eine große 4 aussägte. Nach dem Neuverputzen der Fassade und dem Wegwerfen einer unerhört hässlichen Plastik-4 konnte niemand sehen, dass mein Haus die Nummer 4 ist. Das Sägen war keine Kleinigkeit, da ich nur einen gewöhnlichen Fuchsschwanz und eine kleine Eisensäge hatte. Ich war davon ausgegangen, dass er ohne weitere Nachfragen und Anrufe kommen würde. Als ich fünf Minuten nach drei aus dem Hauswirtschaftsraum zurückkehrte, sah ich, dass er angerufen hatte. Ich hörte die Nachricht ab: »*Hi, this is R. It's about quarter to three, and I just left Bitburg, am on my way to Prüm.*

41

So I can't be that far. If you get this in time give me a shout, if not maybe in a week's time when I'm driving back. Have a wonderful afternoon. Bye.« Ich rief ihn sofort zurück, ich wusste, dass man über die Autobahn für das Stück Bitburg – Nummer 4 etwa eine Viertelstunde braucht. Er nahm nicht ab. Seltsam, angesichts der Freisprechanlage. Ich sagte seiner Mobilbox, dass er gleich zu mir kommen könne und solle, ich sei zu Hause, ich warte auf ihn. Als er um halb fünf noch nicht aufgetaucht war, fand ich mich damit ab, dass er nicht mehr kommen würde.

Ich kam mir bedauernswert vor. Am Morgen hatte ich geduscht, mir die kurzen Härchen gewaschen, ein Oberhemd angezogen (ich laufe hier meistens in schmutzigen Arbeitsklamotten herum), und ich hatte wirklich gewartet. Vielleicht hatte ich mit Absicht vor drei Uhr mit dem Sägen der 4 angefangen, damit ich ihn durchs Fenster des Hauswirtschaftsraums kommen und er mich am Fenster stehen sehen konnte. Wie man sich dann selbst bemitleiden kann: Warten und zurückgewiesen werden; der Tisch schön gedeckt, und die Gäste kommen nicht; die Geburtstagstorte schon angeschnitten, und es klingelt nicht ein einziges Mal. Ich war auch ein bisschen beleidigt, dachte gleich: Leck mich am Arsch, Mann, wenn du unbedingt durchfahren musst, tu's doch. Wenigstens hatte ich nicht mein Bett frisch bezogen, das hätte noch gefehlt.

Ich mailte der ehemaligen Buchhändlerin, dass ihr Nachbar leider durchgefahren sei. »O je!«, schrieb sie und fragte nach dem Grund. Ich antwortete, diese Frage stelle ich mir auch, vielleicht sei es ein Kommunikationsproblem gewesen. Worauf sie wiederum antwortete, er habe ihr gesagt, dass er auf der Rückfahrt bei mir vorbeischauen wolle, und die Rückfahrt sei am 27. »Ich weiß nicht, was er dir gesagt hat, aber ich kann mir vorstellen, dass er einfach zu müde war und sich nicht getraut hat (verletzlich). Er hat in den letzten Tagen wie ein Pferd geschuftet. Noch abends im Regen Schutt weggebracht und so. Und er sehnte sich danach, seinen Bruder zu sehen.«

Ich mailte ihm:

Hi R,
so, something went wrong. I don't exactly understand what, but I thought that you would drop by, and you thought that a phone call was needed to drop by? Communication problems. I don't always have my mobile phone on me and when you made your call I was in the Hauswirtschaftsraum making a big 4 to hang on the wall beside the front door, so people know that my house is [...] 4. When I read back our email-conversations, and the text-messages, I realized that you didn't have my address. It's [...] 4 [...]. You are still very welcome to drop by on your way back. Which day will that be? I have guests over for Christmas and then again for New Year's Day, but that doesn't have to be a problem of course.
I hope your journey went well, and hope that you have a good Weihnachten.
All best!
xgerbrand

Ich bekam keine Antwort, deshalb schickte ich ihm eine SMS mit der Frage, ob er meine Mail erhalten habe. Er textete zurück, seine Eltern hätten kein Internet, er werde sich die Mail aber auf sein Telefon laden. Außerdem teilte er mit, dass er den *Umweg* gekauft habe und den Klappentext vielversprechend finde.

Der Hund

Ich bin mit einem Irish Red Setter aufgewachsen, Tasja, sprich Tascha. Ich glaube, es war mein Vater, der sie so genannt hat – ihr Name sollte mit einem T beginnen, wegen ihres Stammbaums (nein, kaum habe ich das geschrieben, fällt mir ein, dass es ein Name mit N sein sollte und dass sie mit vollem Namen Natasja hieß) –, weil es an der Straße schon eine Masja und einen Pasja gab. Mein Vater ist Jäger, wie mein Bruder, der den Hof übernommen hat. Der Irish Red Setter ist eine Jagdhundrasse. Eines Tages, als Tasja noch sehr jung war – ich schreibe jetzt über das Jahr 1968 oder 1969 –, gab mein Vater in ihrer Gegenwart zum ersten Mal einen Schuss mit seinem doppelläufigen Jagdgewehr ab. Tasja floh ins Haus, noch nie war sie so schnell gerannt, und verkroch sich zitternd in ihren Korb. (Es kostet mich immer Überwindung, »sie« und »ihr« zu schreiben. Solange ich zurückdenken kann, waren alle Tiere für mich »er«, ich glaube, das ist typisch nordholländisch, vielleicht aber auch typisch bäuerlich. Noch so etwas: Wenn mich jemand dabei erwischt, dass ich ein Butterbrot »Bütterchen« nenne, esse ich zur Strafe eins auf. Sprachliche Eigenarten, die sich auch nach vier Romanen und Kontakten zu Menschen aus ganz anderen Milieus nicht abzuschleifen scheinen.) Das gefiel meinem Vater gar nicht, weshalb er vor dem nächsten Versuch ihre Leine an einem Zaun festmachte. Der zweite Schuss war für die Hündin derart traumatisch, dass an eine Jagdkarriere nicht mehr zu denken war.

Tasja muss dabei gewesen sein, als mein kleiner Bruder Ariën ertrank. Was genau damals passiert ist, wird man nie wissen, und das war natürlich ein Problem. Die beiden sind am 27. Juni 1969 zusammen zum Wassergraben zwischen dem

Vorgarten und der Straße gezockelt, und nach einer Weile war nur noch der Hund übrig, der am Rand des Grabens saß. Jemand aus dem Dorf, der auf dem Rad vorbeikam, sah irgendetwas. Genaueres kann ich darüber nicht sagen, nicht obwohl, sondern gerade weil ich darüber geschrieben habe, denn wenn ich erst einmal über etwas geschrieben habe, ist es vollkommen unscharf, und ich weiß selbst nicht mehr, was ich erfunden habe und was nicht. Manche Leser meiner Romane glauben wahrscheinlich zu wissen, dass der Bäcker aus Wieringerwaard etwas mit der Sache zu tun hatte. Das ist nicht der Fall, es war, wie erwähnt, »jemand aus dem Dorf«.

Ich liebte Tasja sehr. Wenn alle anderen Bakkers im Wohnzimmer fernsahen, saß ich auf einem harten Stuhl vor dem kleinen Schwarzweißgerät in der Küche, und das lag nicht nur an meinen Programmvorlieben. Der Hundekorb stand neben dem Schreibmöbel meines Vaters und darauf wiederum der Fernseher. *Soap* konnte ich dann im Wohnzimmer sehen, auf einem der Kanäle lief diese Serie zu einer Zeit, zu der alle anderen schon im Bett waren. Der Hund ist 1982 oder 1983 gestorben. Ich war nicht dabei, weil ich damals schon in Leeuwarden wohnte. Eines Tages, als ich nach Hause kam und mich gleich auf den Hundekorb stürzen wollte, war er leer. Mein Bruder hatte den toten Hund dem Mann von der Tierkörperbeseitigung mitgeben wollen. Das ist jemand, der mit einem Lastwagen Bauernhöfe anfährt, um tote Nutztiere abzuholen. Dazu ist es aber glücklicherweise nicht gekommen, mein Vater hat Tasja am Fuß einer neu gepflanzten Kopfweide begraben. Ich hatte immer geglaubt, der Lastwagen der Tierkörperbeseitigung hätte einen geschlossenen Aufbau, eine Art großen Container. Bis ich eines Tages hoch oben auf einer Leiter einen Giebel anstrich, beim Metzger Louw in Barsingerhorn. Der hatte natürlich tierische Abfälle. Ich war so unvernünftig, auf den

Lastwagen hinunterzublicken, als er gerade vom Grundstück auf die Straße einbog. Eine graue, langsam wabbelnde Masse totes Fleisch, von der ein unbeschreiblicher Gestank aufstieg. Ich konnte tagelang nichts essen, ohne zu würgen.

Viel später haben wir meinen Eltern einen schwarzen Labrador aufgedrängt, dem mein Vater den Namen Godfried gab, nach dem Humoristen Godfried Bomans, der ihn immer sehr zum Lachen gebracht hatte. Jemand aus Sint Maartensbrug hatte den Hund im *Schager Courant* inseriert, ich rief an, und wir konnten gleich kommen. Erst dann erzählte ich meinem Vater, worum es ging und dass er nicht mehr Nein sagen könne, weil wir schon zugesagt hätten. Godfried ist nicht sehr alt geworden, und er war mir in jedem Sinn nie sehr nah, weil ich anderswo wohnte. Er liegt neben dem Hühnerstall, sein Grab ist von einer hübschen Buchsbaumhecke umgeben, in der Mitte steht ein Gartenzwerg. Es liegt in einem besonders im Frühjahr wunderschönen Teil des Gartens mit allerlei heimischen Pflanzen, Schachblumen, Hasenglöckchen und Aronstab. Fünfzig Meter Luftlinie von Tasja entfernt. Nach Godfried war für meine Eltern Schluss mit Hunden. Meine Brüder haben auch Labradore. Wenn ein Labrador stirbt, kann es sein, dass gleich zwei seinen Platz einnehmen.

Von den Hunden kurz zu den Kühen. An dem Tag, an dem mein Vater als Landwirt in den Ruhestand ging – 1996, da wurde er fünfundsechzig –, haben wir ihm noch etwas aufgedrängt. Ein Lakenvelder-Kalb, das Linda hieß. Wenn man darüber nachdenkt, kann man nur den Kopf schütteln: Einem Viehhalter, der in den Ruhestand geht, ein Kalb schenken, das ist so, als würde man einem Flugkapitän bei der Pensionierung anbieten, künftig eine Cessna zu fliegen, oder jemandem, der vierzig Jahre im Büro gearbeitet hat, einen neuen Schreibtisch mitgeben. Trotzdem hat er sich, glaube ich, nicht geärgert, er liebt die Lakenvelder. Alle Nachkommen von Linda bekamen Namen mit einem L. Lindsey, Lotje, Leonard und noch viele mehr, an die ich mich nicht erinnern kann.

In einem Bed and Breakfast in St. Michael, einem Städtchen am Pembrokeshire Coast Path, lebt ein marmorierter Bullterrier, der Tawr (sprich »Tauwer«) heißt, das walisische Wort für Stier. Im Sommer 2009 ging ich mutterseelenallein und ziemlich erschüttert von den Reaktionen auf meinen Roman *Juni* diesen Fernwanderweg und blieb zwei Nächte in dem B&B, weil die Inhaberin seit kurzem verwitwet war und ich dem Garten ansah, dass er dringend ein bisschen Pflege brauchte. Zum Dank bekam ich genau ein Pint Ale im örtlichen Pub. Nach beiden Nächten wurde ich morgens von Tawr geweckt. Er kam ganz leise ins Zimmer und stupste mich wach, blieb sitzen, bis ich aufstand, und trippelte dann vor mir her in den Frühstücksraum, wo er sich an meine Wade und das Stuhlbein schmiegte. Ich verliebte mich ein bisschen in Tawr und wollte selbst auch gern einen Bullterrier haben. Einige Zeit vorher hatte ich auf einem Campingplatz irgendwo in den Pyrenäen einen Boxer vor einem Zelt sitzen sehen. Er saß da wie eine ägyptische Anubis-Skulptur, mit seiner breiten Brust beschützte er unerbittlich Herrchens Zelt. Danach wünschte ich mir einen Boxer. Eine Weile gefielen mir Irish Terrier sehr. Einen Labrador wollte ich nie, wirklich nie. Bei einem Literaturfestival traf ich schließlich Jan Siebelink mit seinen beiden Whippets, und als wir uns im letzten März beim Bücherball, dem Eröffnungsball der *Boekenweek*, wiederbegegneten, stand er weinend vor mir: Einer der beiden Hunde war gestorben, sie waren Brüder. Jan war untröstlich. Ich hatte sein Buch über den Hund Tikker gelesen und las alles, was Koos van Zomeren über seine Hunde Rekel und Stanley schrieb. Unbegreiflich ist mir, dass Maarten 't Hart nie ein Buch über seinen (toten) Hund geschrieben hat. Den kleinen Roef, den er immer bis über den Kopf heben musste, wenn sie in Warmond dem »vierschrötigen Hund« begegneten. Mit Yvonne Kronenberg saß ich einmal in Hoogeveen zusammen, weil ich den Text für das *Groot Hoogeveens Dictee* geschrieben hatte und Yvonne den für das Diktat im Vorjahr; ihr Hündchen Keessie – sehr scharfe Zähnchen – lag unterm Tisch; auf der Hinfahrt, in ihrem Auto, hatte es auf meinem Schoß gesessen. Gartenkumpel Han und seine Frau hatten einen Dackel, der Kaninchen hieß, später kam ein weiterer dazu, ein unglaublich lieber, wenn auch dickköpfiger Rauhaar-Zwergdackel mit Namen Jet. Jan van Mersbergen hatte ein ziemlich eigenartiges Hündchen, Duchi, einen unansehnlichen kleinen Kläffer, der, wenn ich mich recht erinnere, von einer surinamischen Familie aus dem Amsterdamer Problemviertel Bijlmermeer kam und jetzt bei seiner Exfrau lebt. (Ich habe nachgefragt, keine surinamische Familie, aber Duchi heißt »Schätzchen« auf Papiamento, so weit daneben lag ich also doch nicht.) Immer blieb es bei einem vagen Vorhaben, und ich gab mich mit den Hunden zufrieden, die ich kannte, Hunden, die mich mochten, mit denen ich eine Zeitlang zusammen sein konnte, für die ich aber nicht zu sorgen brauchte. Ich wohnte in der Großstadt, ein paar Treppen hoch, ich war allein und außerdem oft unterwegs.

Anfang September 2013 machte ich in Vlissingen während des jährlichen *Film-by-the-Sea*-Jurytreffens einen Strandspaziergang. Dabei sah ich einen schwarzen Hund, den ich so schön fand, dass ich den Besitzer ansprach. »*Marktplaats*«, sagte er. »Was?«, fragte ich. »Einfach auf *marktplaats.nl* gucken, unter ›Windhunde‹.« Das kam mir seltsam vor, *marktplaats*, da inserierte man doch gebrauchte Sofas und Fahrräder oder Eichenparkett, dachte ich. Wieder zu Hause, unternahm ich trotzdem gleich einen Versuch und stieß auf einen gewissen Jasper. Ein paar Fotos, eine Beschreibung. Eine Promenadenmischung, aber offensichtlich mit etwas Windhund darin. Die Anzeige stammte von einer Frau in Huizen. Ich rief sie an und erfuhr, dass Jasper gar nicht bei ihr, sondern bei einem Ehepaar in der Nähe von Mönchengladbach lebte. »Schauen Sie doch mal auf deren Website«, sagte sie. Auch das tat ich. Fast genau die gleichen Informationen, und natürlich eine Mail-Adresse und eine Telefonnummer. In den folgenden Tagen klickte ich mich regelmäßig zu den Windhunden auf *marktplaats.nl*, sah mir diesen und jenen Hund an, doch jeder Besuch endete bei Jasper.

Wenig später hatten wir unser Brüdermountainbikewochenende in Drente. Außer mir ebenjene Brüder, die mir beim Kauf des Eifelhauses so nützliche Ratschläge erteilt hatten. Irgendwann aßen wir in einem Restaurant Apfelkuchen, und plötzlich, ich weiß nicht mehr, wieso und warum, stand ich draußen und telefonierte mit dem deutschen Ehepaar. Wahrscheinlich hatten meine Brüder mir abgeraten, vor allem mit dem Argument: Du brauchst erst einen Führerschein, bevor du dir einen Hund zulegst. Ich durfte »von Herzen gern« sofort kommen. Und so rief ich Gartenkumpel Han an, mit dem ich Ende September in die Eifel zurückfahren würde. Ob es ihm etwas ausmache, einen Umweg über Mönchengladbach zu fahren. Meinem Gartenkumpel Han macht nichts etwas aus, er ist unglaublich lieb. Ich rief wieder in Deutschland an. Ende September? Wunderbar. Erst danach aß ich meinen Apfelkuchen auf. »Na«, sagte mein jüngster Bruder, »das wird ja wieder was werden.«

»Da läuft er«, sagte ich zu Han, als wir am Rande von Mönchengladbach auf den Sandweg einbogen. Drei Hunde flitzten hinter einem hohen grünen Zaun neben dem Auto her. Han parkte den Smart vor dem Tor. Das Erste, was Jasper tat, nachdem man uns ins Haus gebeten hatte, war, dass er sich an mich schmiegte. Vielleicht hatten Gastherrchen und -frauchen ihm das antrainiert. Ich schnupperte an ihm, er roch wundervoll. Manche Hunde können fürchterlich stinken. Später, wieder draußen, rannten die drei Hunde, als hinge ihr Leben davon ab. Jasper rannte am schnellsten. Wir plauderten noch ein wenig, tranken Kaffee. Jasper war von einem niederländischen Paar am Strand der Insel Thasos aufgelesen worden. Er war dort schon ein paar Tage wie wild hin und her gerannt, schien irgendetwas oder irgendjemanden zu suchen, und er fing an, die Menschen auf den Caféterrassen zu belästigen. Man hatte ihn mit Stöcken weggejagt. Ich schaute Han an und fragte: »Kann ich ihn gleich mitnehmen?« Das konnte ich, ich musste nur ein paar Papiere unterschreiben und zweihundert Euro bezahlen. In diesem Augenblick dachte ich nicht nach, ich fand Jasper unglaublich schön. Mach's! Jetzt!

Jasper saß gut anderthalb Stunden bei mir auf dem Schoß, ein Smart hat keinen Rücksitz. Jet war auch im Wagen. Jet war der erste Hund, den er sah, seit er mein Hund war. Jet ist seine allerbeste Freundin geworden. Das Eifelhaus war das erste Haus, das er als mein Hund betrat.

Ich habe immer gedacht, der wesentliche Unterschied zwischen Katzen und Hunden bestehe darin, dass eine Katze sich Liebe holt und ein Hund Liebe bringt. Wie sich bald zeigte, entsprach Jasper nicht ganz meinem Hundebild. Er schien ein wenig autistisch zu sein. Kein Lecken, keine Anhänglichkeitsbezeugungen, nichts. Kaum eine Reaktion, wenn ich zwei Stunden weg gewesen war. Ich war derjenige, der ihm Liebe bringen musste. Nach etwa drei Wochen waren wir mit Gartenkumpel Han, seiner Frau Trijntje und ihren beiden Hunden am Strand bei Bloemendaal. »Ich kann ihn doch jetzt mal loslassen?«, fragte ich. Han war dafür, er riskiert gern was. Jasper rannte in einem Höllentempo eine riesige Runde um uns herum und verschwand dann in den Dünen. Weg. Ich kannte keinen Befehl, mit dem ich ihn hätte zurückrufen können, so etwas hatte er nicht gelernt. Es regnete. Ich ging in die Dünen, Han und Trijntje blieben am Strand. Ich rief und rief. Was für ein Mist, dachte ich, ich habe diesen Hund gerade einmal drei Wochen! Als ich nach einer Stunde wieder den Strand betrat, standen dort Han und Trijntje mit Jasper. Er war über den Strand zurückgekommen. Später habe ich gelernt, dass man immer dort bleiben muss, wo man vom Hund getrennt wurde. Er kommt zurück.

Außerdem hatte ich mir nie klargemacht, welche Art Hund Jasper ist. Er hat sich als echter Jagdhund erwiesen. Ich nehme inzwischen an, dass er eine Mischung aus Windhund und English Pointer ist. In Deutschland gibt es ein Labor, dem man einen Abstrich von der Mundschleimhaut seines Hundes einschicken kann; nach ein paar Wochen erfährt man dann, von welchen Rassen der Hund abstammt. Das will ich irgendwann versuchen. Es wimmelt hier von Rehen, Rothirschen, Füchsen, Eichhörnchen, Mäusen. Hinter allem will Jasper her, und er ist auch ständig hinter allem her. Nur kommt er, wenn wir zusammen unterwegs sind, nicht weit, weil ich ihn an der Rollleine habe. Das führt manches Mal zu Wutausbrüchen, denn früher oder später bin ich das Gezerre leid. Eine Zeitlang habe ich ihn dann einfach laufen lassen, er kam ja doch wieder zurück. Nie ist er länger als vier Stunden weggeblieben, und wenn ich mir überhaupt Sorgen machte, sorgte ich mich um *ihn*. Irgendwann sagte mir jemand, ich solle mir lieber Sorgen um die vielen Motorradfahrer machen, die im Sommer hier unterwegs sind. Schlimm genug, wenn der Hund tot ist, noch viel schlimmer, wenn ein Motorradfahrer ums Leben kommt. Seitdem lasse ich ihn nicht mehr von der Leine. Hin und wieder entschlüpft er mir doch, und immer noch – vierzehn Monate später – kenne ich keinen Befehl, mit dem ich ihn zurückrufen kann. Und das, obwohl er sehr lernwillig ist. An einem einzigen Tag hat er begriffen, dass der Korb sein Korb ist und dass er sich dort hineinzubegeben hat, wenn ich es ihm sage. Sehr schnell habe ich ihn auch dazu gebracht, erst zu fressen, wenn ich es ihm erlaube. Ich stelle seinen Napf auf den Boden, und von dem Moment an blickt er mir in die Augen, wenn er es auch nicht lassen kann, zwischendurch einen schrägen Blick auf sein Fressen zu werfen. Er darf sich erst darüber hermachen, wenn ich »Bitte sehr« gesagt habe. Bevor wir losgehen, muss er sich hinsetzen. Tut er auch, denn wenn er sich nicht setzt, gehen wir nicht. Es gibt vieles, was er bereitwillig tut, auch draußen; wenn ich an einer stark befahrenen Straße »Warte!« sage, wartet er. Jedes Mal. Das bringt mich zu dem Schluss, dass er schlichtweg nicht hören *will*, wenn ich »Komm!« oder »Hierhin!« oder »Komm her!« rufe. Sein Instinkt ist stärker, als ich je werde sein können.

Eigentlich ist er der geborene Alpharüde, wenn auch in Wirklichkeit nur ein halber. Er spielt gern den Chef. Wenn wir in Amsterdam das Haus verlassen, schaut er sich oft gleich nach anderen Hunden um, die er anbellen oder einschüchtern kann. Wie schon erwähnt, hegt er offenbar eine besondere Abneigung gegen Labradore, ihr Anblick allein provoziert ihn, und er geht auf sie los. Manchmal lasse ich ihn ganz in der Nähe meiner Wohnung auf einer kleinen Grünfläche von der Leine: Wenn er mit anderen Hunden spielt, läuft er nicht weg. Bis sein Interesse am Spiel nachlässt und er sich doch noch davonmacht. Spielen mit Stöckchen oder Ball ist auch nicht das Wahre für ihn, es reizt ihn wenig. Obwohl er mit mir schon spielen will, aber für ihn bedeutet das, mich wild zu umkreisen und mich in Arm oder Hand zu zwicken. Im Grunde wie ein Welpe, obwohl er schon zwei Jahre alt ist.

Ein schlimmes Erlebnis hatten wir zusammen. Weihnachten 2013. Wir waren bei meinen Eltern, und ich ging mit ihm über den Hof meines Bruders, gleich nebenan. Irgendwann entdeckte Jasper Schafe, die er sich aus der Nähe ansehen wollte. Zwischen ihm und den Schafen stand ein Elektrozaun. Ich sah den Draht, dachte aber nicht nach. Er verlief in niedriger Höhe, Schafe sind ja nicht sehr groß. Jasper blieb sofort mit seinem Geschirr am Draht hängen und jaulte laut auf. Wie ich später erfuhr, hatte dieser Zaun ein australisches Weidezaungerät mit höherer Spannung als gewöhnlich. Ich versuchte, Jaspers Geschirr vom Draht zu lösen. Es gelang mir nicht. Und der Hund jaulte die ganze Zeit. Er lag im Matsch und trat wild mit allen vieren aus. Ich kniete mich hin, bekam das Geschirr aber immer noch nicht los, merkte nicht einmal, dass er mich biss, spürte auch keine Stromstöße. Es war einfach nichts zu machen. Ich rannte links und rechts am Zaun entlang und suchte das Zaungerät. Ich fand es nicht. Jasper hörte nicht auf zu jaulen, es war kaum zu ertragen. Noch einmal versuchte ich, ihn loszumachen, und plötzlich sah ich überall Blut an meinen Händen. Irgendetwas musste ich tun. Ich rannte ins Haus, wobei ich immer wieder »Jasper!« brüllte, um ihm klarzumachen, dass ich ihn nicht vergaß. Kaum war ich im Haus und sah meine Mutter entsetzt auf meine Hand starren, wusste ich, was ich brauchte: etwas zum Schneiden. Mein jüngerer Bruder suchte rasch eine Astschere, und zusammen rannten wir zurück. Jasper lag natürlich immer noch am Zaun, jaulend und mit Matsch verschmiert, inzwischen schon seit fast fünf Minuten. Mit einem Schnitt war es überstanden. Seine Schnauze war blutig, ich dachte, weil er versucht hatte, den Draht durchzubeißen. Jetzt kam auch mein Vater, er schaffte es nach etwa zehn Minuten, den Hund loszumachen. Von mir wollte Jasper nichts mehr wissen, ich durfte ihm nicht zu nah kommen. Ich setzte mich auch in den Matsch.

Während ich mit nassem, schmutzigem Hosenboden in Schagen in der Ambulanz saß, lag Jasper, an einem Tischbein festgebunden, im Wohnzimmer meiner Eltern, ich glaube, mein Vater hatte ihn hereingeholt. Er ließ niemanden an sich heran, schnappte nach meiner Mutter. Und zwei Stunden später begann unser weihnachtliches Abendessen. Es wurde fröhlich geschmaust und getrunken und gescherzt. Über meine Hand, über den Hund. Allen in unserer Familie fällt es schwer, mit unerfreulichen Situationen umzugehen. Jasper wollte nicht mehr nach draußen. Nach einer Weile durfte ich ihn immerhin berühren. In der Nacht setzte er drei große Haufen ins Wohnzimmer, die ich beseitigte, bevor die anderen aufstanden, wobei ich darauf achtete, meine dick verbundene Hand nicht zu beschmutzen. Mit einem Napf Katzenfutter konnte ich ihn einen Meter vor die Tür locken, die von der Küche in den Garten führt. Ein paar Stunden später saßen wir im Zug nach Amsterdam. Ruhe. Doch danach fingen die Schwierigkeiten erst an. Er misstraute mir, ich wiederum nahm mich in Acht vor ihm, zwischen uns herrschte eine enorme Spannung. Wir waren wie ein Ehepaar, bei dem der Haussegen gewaltig schiefhängt, das aber nicht darüber spricht. Wenn ich die Jacke anzog, die ich zu Weihnachten getragen hatte – eine weiße, meine Eislauftrainerjacke –, wollte er nicht mit. Er erkannte sie, mit dem Träger dieser Jacke wollte er nichts zu tun haben, wenn er die Jacke sah, stand ihm etwas Schlimmes bevor. Nach etwa zwei Wochen gab ich auf. Er musste weg, so ging es nicht weiter, ich war mit den Nerven am Ende. Seine Mönchengladbacher Betreuer waren bereit, ihn zurückzunehmen, wollten ihn aber nicht selbst behalten. Was nicht ganz der Abmachung entsprach (»Wenn's nicht geht, bring ihn zurück, dann behalten wir ihn, wir haben den Hund so liebgewonnen«).

In der Eifel hörte ein Pferdehalter aus Schönecken, dass ich meinen Hund loswerden wollte. Er besuchte mich und ließ mir seine Telefonnummer da. Ein freundlicher Mann, aber konnte ich ihm vertrauen? Ich redete nur noch über den Hund, wog alles sorgfältig ab, schwankte immer wieder zwischen Weggeben und Behalten, sprach mit Gartenkumpel Han darüber und merkte, dass im Laufe der Zeit, wenn wir nur oft genug in der Eifel waren, alles ins Lot kam, dass Jasper langsam wieder Vertrauen zu mir fasste. Es war eine Krise, und die Krise ließ sich überwinden. Immer noch befürchtete ich, dass Jasper den Elektrozaun nicht vergessen hat, dass die Erinnerung daran ein schwarzer Gedanke ist, den er ständig mit sich herumschleppt. Dass er sich deshalb immer noch nicht ganz hingegeben hat. Aber um ehrlich zu sein: Ich habe mich ihm auch nicht ganz hingegeben. Manchmal tragen wir noch heute einen stillen Kampf aus. Es gibt Augenblicke, in denen ich ihn ansehe und denke, dass ich dieses Tier nur vorübergehend in Pension habe, als würde er nicht mir gehören. Vielleicht stimmt das ja auch: Ein Hund gehört einem nicht, und aus der Perspektive des Hundes ist es natürlich so, dass ich sein Mensch bin. Mit ein bisschen Glück.

Diese Woche ist mir aufgefallen, dass er kaum feste Gewohnheiten hat. Zum Beispiel wechselt oft sein Lieblingsplatz; mal legt er sich hierhin, mal wieder dorthin. Wochenlang auf das ungemachte Bett im Gästezimmer, dann eine Zeitlang in seinen Korb vor dem Holzofen in der Küche, dann auf ein Sofa oben im Wohnzimmer. Vielleicht hängt es mit den zwei Behausungen zusammen. In Amsterdam hat er noch nie versucht, in mein Schlafzimmer zu kommen, hier in der Eifel kratzt er an der Tür und fiept und winselt. Ich glaube, ich bin inzwischen so weit, dass »Weggeben« nicht mehr in Frage kommt. Ich habe für ihn zu sorgen, und obwohl er nicht der anhängliche Freudensprüngehund ist, der mir vorgeschwebt hatte, sehe ich es ihm mittlerweile an, wenn er sich freut, weiß ich, was er mit bestimmten Blicken sagen will. Jasper ist ein Hund, der seine Anhänglichkeit nur schwer zeigen kann, vielleicht ist er wirklich ein klein wenig autistisch. Und da kann sein Herrchen mitreden. Herrchen hat inzwischen noch etwas erkannt: Wenn der Hund ein schwieriges Verhalten an den Tag legt, wenn wir Probleme haben, liegt das an Herrchen selbst, weil es zum Beispiel sein Citalopram abgesetzt hat, obwohl das keine gute Idee war. Der Hund kann die Dinge nicht ändern, Herrchen schon. Es ist wie mit der Wut auf andere Menschen: Wenn man einmal gründlich darüber nachdenkt, stellt man fest, dass sich die Wut fast immer gegen einen selbst richtet, die anderen haben viel weniger oft Schuld, als man sich wünschen würde.

29. DEZEMBER [SCHWARZBACH] Nichts mehr gehört oder gesehen natürlich. Einerseits schade, denn die Bemerkung der Ex-Buchhändlerin über den »tollen Körper« hatte meine Phantasie beflügelt. Andererseits kann ich mich damit abfinden, weil solche Dinge nun mal passieren. Und immer noch bin ich ein bisschen wütend: Ich nehme an, dass er plötzlich keine Lust mehr hatte und deshalb der Einfachheit halber so tat, als hätte ihn meine Mail nicht erreicht (war-

um sollte er die ersten beiden erhalten haben und die spätere nicht?), und nicht abnahm, wenn ich anrief, und auf meine letzte Frage per SMS, ob er meine Mail bekommen habe, einfach gar nicht mehr antwortete, also auch nicht fragte, was ich denn gemailt hätte. Vielleicht haben ihm die beiden zugeschickten Fotos nicht gefallen. Aber ich bin ein erwachsener Mann und er auch – noch etwas erwachsener sogar. Also sag doch verdammt noch mal, dass du lieber nicht willst. Lass mich hier in meinem einsamen Eifelhäuschen nicht einfach hängen, mit gewaschenem Haar und frisch duftendem Hemd. »Verletzlich«, verletzlich, ha. Bin ich vielleicht nicht verletzlich? Und natürlich habe ich am Samstag doch heimlich ein bisschen gewartet.

Zum Glück ist Jasper heute Morgen zu mir aufs Bett gekrochen, er weiß von diesen Dingen nichts. »Du bist brav«, sage ich dann. »Aber auch ein Mistköter. Versprichst du, nie mehr abzuhauen?« Gestern ist er mir nämlich auf dem Weg von der Haustür zum Anbau weggelaufen. Es wurde schon ein bisschen dunkel, wir hatten fünf Grad minus, und es lag immer noch ziemlich viel Schnee. Anderthalb Stunden später stand er wieder vor der Tür. Da habe ich ihn längere Zeit stehen lassen. »Hast du gedacht, ich lasse dich rein?!«, rief ich durch die dicke Glasscheibe.
Ich möchte nun doch noch etwas unternehmen, will R. doch sagen, dass ich sein Verhalten nicht ganz korrekt finde. Eine Erklärung möchte ich. Es kann ja sein, dass ich in seinen Augen einen entscheidenden Fehler begangen habe.

Hätte mir die Ex-Buchhändlerin nicht diese Mail geschickt ... ich tue solche Dinge sonst nicht. Ich glaube, in meinem ganzen Leben bin ich gerade zweimal auf ähnliche Weise mit Männern in Kontakt gekommen oder eben im letzten Moment nicht in Kontakt gekommen. Nein, doch dreimal: Ein bekannter Fernsehmoderator hat einmal versucht, mich mit einem Freund von ihm, einem bekannten Rundfunkmoderator, zu verkuppeln, bei einer Party eines bekannten Fernseh- und Filmproduzenten. Lange her. Der Rundfunkmoderator ist – so glaube ich mich zu erinnern – buchstäblich vor mir davongerannt, mir ist bis heute nicht ganz klar, warum. Er hatte mich gefragt, ob ich es mal mit meinen Brüdern gemacht hätte. Ich fand die Frage so abwegig, dass vielleicht mein Blick ihn verjagt hat. Außerdem war ich kein schlanker Vietnamese, der Männertyp, auf den er stand. Später trat er manchmal im Fernsehen auf, und da sah ich, dass er eine Perücke trug.

Was ich in meiner Mail an R. schrieb, stimmt wirklich: dass ich irgendwann unbewusst bewusst (das geht) beschlossen habe, es lieber sein zu lassen, weil ich ein so schwieriger Mensch bin. Dass ich wirklich jemand mit einer sehr ausführlichen Gebrauchsanweisung bin, in der ganze Abschnitte auf Chinesisch geschrieben sind. Man kann von einem anderen Menschen nicht erwarten, dass er mit einer Gebrauchsanweisung in der Hand seine Tage mit mir teilt. Das ist auch einer der Gründe, warum ich jetzt hier wohne, nur hin und wieder für ein, zwei Wochen nach Amsterdam fahre. Ich will hier allein zusammen mit meinem Hund zufrieden sein, vielleicht etwas in mir selbst wiederzufinden versuchen, das mich dazu bringt, eines Tages einen neuen Roman zu schreiben. Die Sache mit R. hat mich aus diesem Zustand herausgerissen, hat mich unruhig gemacht, mir eine Hoffnung gegeben, die ich gar nicht will.

Und ja: Wenn in meinen Büchern ein Junge mit schwarzem Haar auftaucht, ist es das, wonach ich selbst, als Autor, als

Mensch, mich sehne. Ein Junge mit schwarzem Haar. Seltsam, ein so spezieller Wunsch, ein so idealisiertes Bild, die Spur wird letztlich wohl zu Brammetje Smit zurückführen, einem Freund meines ältesten Bruders. Ich war verliebt in ihn, vier oder fünf dürfte ich da gewesen sein. Unauslöschlich, dieser Eindruck. Meine erste, völlig unverstandene und gerade deshalb so felsenfest in meinem Hinterkopf verankerte Liebe. Ein paar Jahre später steigerte sich diese Verliebtheit dramatisch, als Bram, nicht mehr Brammetje, Smit auf dem Voorsloot seine Schlittschuhe anzog und dabei ein Hosenbein hochstreifte. Es muss an dem Tag ziemlich kalt gewesen sein, aber das und anderes spürte ich nicht. Von jenem Moment an träumte ich fast unaufhörlich von behaarten Beinen im Gemüsegarten. Der Gemüsegarten, tja, ich weiß auch nicht, was der zu bedeuten hat. Und: nur Beine, kein Rumpf, keine Arme, kein Kopf. Ungefähr zu dieser Zeit kamen noch die Hände eines angeheirateten Onkels dazu, eines Knechts. Knechtshände. R. hatte – wie ich auf den Fotos sah, die er mir mailte – kein schwarzes Haar, er hatte sogar ziemlich wenig Haar. Auf keinem einzigen Foto waren Hände zu sehen.

11. JANUAR 2015 [SCHWARZBACH] Sonne, eilende Wolken, Grün, nach gut zwei Wochen Schnee und Kälte. Meine Nachbarin Frau Trappen ist vergangene Nacht aus dem Bett gefallen, die junge Frau von der Pflegehilfe hat sie heute Morgen auf dem Fußboden vorgefunden. Klaus hat es mir erzählt. Frau Trappen ist mit dem Rettungswagen nach Prüm ins Krankenhaus gebracht worden. Ich habe es verschlafen, Jasper auch. Ihre Tochter Sigrun aus Bonn, die sie an den Wochenenden betreut, ist verkatert hinterhergefahren. Eben kam ein Krankenwagen, Frau Trappen ist also wieder zu

Hause. In einem Monat hat sie Geburtstag, fünfundneunzig wird sie. Was den Kater der Tochter angeht, habe ich einen Verdacht, gestern Nachmittag war sie schon gegen sechs stockbetrunken, nach einem Besuch ihres Exmannes, Hirschjäger Ewald. Jasper und ich gingen nämlich zu Frau Trappen, um uns zu wiegen. Ich machte mir Sorgen, weil er so mager ist, aber er wiegt achtzehn Kilo, nur ein Pfund weniger als normal. Ich wog übrigens fünfundsiebzig Kilo, zusammen kamen wir also auf dreiundneunzig.

R. hat auf meine Mail geantwortet, in der ich um eine Erklärung bat. Eigentlich wollte ich alles auf sich beruhen lassen, merkte aber, dass ich mich aufregte, und das lässt sich nur ändern, indem man einfach fragt, was Sache ist. Er sei auf dem Rückweg durchgefahren, wegen sehr schlechter Straßenverhältnisse unterwegs. Zwei Tage habe er für den Rückweg gebraucht, klagte er, in Dijon habe er übernachten müssen. Er entschuldigte sich für den Fall, dass er etwas falsch gemacht habe, obwohl er wirklich nicht wisse, was. Der denkt also nur an sich selbst. Schluss.

12. JANUAR [SCHWARZBACH]   Seit jeher liebe ich den 1. Januar. Ich habe mir immer vorgestellt, dass aller Unrat und Plunder im alten Jahr zurückbleibt, dass man frisch von vorn anfangen kann; dass im neuen Jahr all die Dinge geschehen, die ich mir erhoffe, ohne zu wissen, welche Dinge das genau sind. In diesem Jahr war der Neubeginn allerdings nicht ganz so frisch. Ich saß auf der Toilette, einen Eimer zwischen den Beinen, mir war hundeelend, alles quoll aus allen Öffnungen heraus. Wie ich später hörte, hatten Nachbar Klaus und Nachbarin Monika (die gehören zusammen) ebenfalls eine Magen-Darm-Infektion erwischt. In gewisser

Weise ist das ja auch eine gute Sache: am ersten Tag des neuen Jahres buchstäblich den Schmutz des alten Jahres auskotzen. Ich hatte Besuch. Er hat sich vorbildlich selbst versorgt, gekocht, die Öfen geheizt, Jasper ausgeführt. Ich lag oben, benommen, zwischen Schlafen und Wachen, ein sehr angenehmer Zustand (seitdem ich spürte, dass ich mich nicht mehr würde übergeben müssen), ohne jegliche Verantwortung für irgendwen oder irgendwas. Hin und wieder hörte ich Stimmen (»Möchtest du Tee?« – »Nein! Lass mich!«), tauchte dann wieder ab. Nichts wurde von mir verlangt.

Die erwähnte Hoffnung war es, von der ich jahrelang gelebt habe. Sie hielt mich aufrecht. Eine vage Hoffnung, nicht auf etwas Spezielles gerichtet. Ziellose Hoffnung. Vielleicht ist Erwartung das bessere Wort. Heute weiß ich, dass es nicht zuletzt die Vorstellung war, mich irgendwann besser, normaler zu fühlen. Nicht mehr gegen etwas Unsichtbares kämpfen zu müssen. Und immer stümperte ich vor mich hin, wurstelte irgendwie weiter. Spielte ein bisschen Laientheater, weil ich glaubte, mich dadurch ausdrücken zu können. Schrieb romantische Briefe aus Leeuwarden nach Amsterdam, an den Jungen, der mein erster Freund auf dem Gymnasialzweig gewesen war. Nicht, weil wir so verrückt nacheinander gewesen wären, eher, weil kein anderer da war. Das Briefeschreiben lag uns viel mehr als das körperliche Zusammensein, das sehr zu wünschen übrigließ. Er imitierte Gerard Reve, was ich nicht merkte, weil ich damals noch kaum etwas von Reve gelesen hatte. Ich imitierte mich selbst, etwas anderes konnte ich nicht. Viel später hat er gesagt, meine Briefe seien sehr schön gewesen, vielleicht schämte er sich für seinen Nachahmungsdrang. Er schickte mir auch Briefe zum Hof meiner Eltern, damit ich sie dort vorfand, wenn ich am Wochenende nach Hause fuhr. Dann saß die ganze

Familie – alle, die noch zu Hause wohnten – unter den Neonröhren in der Küche, bereit zum Essen, und ich schlitzte einen Umschlag auf und entnahm ihm einen Brief mit der Anrede »Erbarmungslos schöner junger blonder Meister«. Mein Vater nahm sich eine Frikadelle, alle redeten durcheinander, niemand beachtete mich. Während ich nicht wusste, wohin ich mich verkriechen sollte vor Elend und Verrücktheit, und vorher nur mit äußerster Mühe auf dem Fahrrad die vierzehn Kilometer zwischen Wieringerwerf und Wieringerwaard hatte zurücklegen können. Nicht wegen Kälte oder Gegenwind, nein, weil ich meine Gedanken zusammenhalten und versuchen musste, diese Küche als möglichst normal wirkender Mensch zu betreten. Ich hatte bei Leuten in Wieringerwerf ein Fahrrad stehen, von dort nahm ich immer den Bus nach Leeuwarden. Und umgekehrt. Jedes Wochenende fuhr ich nach Hause, zumindest im ersten Jahr. Der Winter 1981/82 war ein strenger Winter mit viel Schnee. Nachts konnte ich nur nach der Lektüre harmloser Comics oder eines alten Kinderbuchs einschlafen, und ich musste möglichst an Sinterklaas denken. An etwas, das mir ein Gefühl der Geborgenheit gab. Und hoffen. Dass dieser Zustand vorbeigehen, dass alles besser werden, dass ich bitte eines Tages schlafen können würde. Ich sah mich selbst im Bett liegen, in einem Zimmer, das nicht mein Kinderzimmer war, denn darin schlief inzwischen ein jüngerer Bruder. Ich versuchte, alle anderen auch in den Betten liegen zu sehen, jeden in seinem, jede in ihrem. Zählen. Ich zählte immer alle meine Brüder und die eine Schwester, meine Eltern, Freunde. Und ich sah den Bauernhof von außen und darin das Zimmer mit mir. Der Hof stand in einer gewaltigen, offenen Weite, flach, kalt, schneebestäubt; kahle Bäume, Kläffen von Blässhühnern. Nein, dachte ich dann, nein. Ans Sinterklaasfest denken, noch zu der Zeit, als beide Großmütter selbstgebackene

Spekulatius mit Mandelfüllung oder Marzipan mitbrachten, den Raum auf das Wohnzimmer beschränken, nicht hinausdenken, nicht die Eisblumen auf den Fensterscheiben sehen, um Gottes willen nicht hinaus, dahin, wo nichts ist, oder im Gegenteil viel zu viel. Drinbleiben, mir einbilden, dass ich einen neuen *Suske-und-Wiske*-Comicband auspacke. Und nein, nicht umdrehen jetzt, mit dem Gesicht zur Wand liegen bleiben. Hinter mir könnte mein ertrunkener Bruder erscheinen, es war schon öfter passiert, dass er neben meinem Bett stand. Nicht als Zweijähriger, sondern älter, als wäre er mitgewachsen. Unbeschreibliche Angst hatte mir das eingejagt, nie wieder wollte ich so etwas erleben. Einmal war er sogar in die Ferien mitgereist. Wir waren in irgendeiner waldreichen Gegend, es könnte Norg gewesen sein oder Holten. Wir reisten niemals ins Ausland, mein Vater konnte nie länger als eine Woche von den Kühen fort, ich glaube nicht, dass er je einen Urlaub genossen hat. Die kleinen Fenster des Ferienhäuschens standen offen, es roch nach Kiefern, ganz anders als zu Hause. Ich lag zusammen mit meiner Schwester und einem meiner Brüder in einem großen Bett. Konnte natürlich nicht schlafen. Und plötzlich war er da, kroch über meine unter der Decke angezogenen Knie hinüber, als wäre er auf dem Weg zu einem der offen stehenden Fenster, zu dem unbekannten Kiefernduft. Nein, besonders normal war ich nicht. »Sorgenkind«, sagte meine Mutter. Ich war ein Kind, das Sorgen machte und hatte. Übersensibel. Und was mir jetzt in der Rückschau einfällt: ein Mensch, der nur reagierte. Etwas geschah, ich reagierte darauf. Ohne jede Initiative, ohne jeden Ehrgeiz, immer einen Schritt zu spät.

In Leeuwarden lebte ich hauptsächlich abends und nachts, im Dunkeln fühlte ich mich am wohlsten. Dann radelte ich durch die Außenbezirke und schaute durch die erleuchteten Fenster. Ich wohnte bei einem Bestatter in De Meenthe (Nummer 117), einer Straße, in der man nicht einmal tot aufgefunden werden möchte. Zwei Zimmer hatte ich in dem noch recht neuen Haus gemietet. Das Hineinglotzen in anderer Leute Wohnungen brauchte ich, es gab mir Halt und Sicherheit, gleichzeitig empfand ich es aber als so beklemmend, dass mir übel davon wurde. Ich trank Campari, lungerte an der Theke des Studentenklubs herum, blieb bis zum frühen Nachmittag im Bett. (Wenn man heute die Straße De Meenthe sucht, findet man sie nicht. Ein Teil der Häuser wurde abgerissen, ein Teil renoviert, der neu entstandene Platz heißt Rietveldplein, aber ein erfreulicher Anblick ist das Ganze immer noch nicht.)

Später kam noch einmal so ein Mahlzeitmoment. Ich wohnte inzwischen in Amsterdam, mein Studium der »Kulturarbeit« an der Agogischen Akademie Friesland hatte ich erfolgreich abgeschlossen. Ich hatte diesen Studiengang gewählt, weil ein Klassenlehrer zu mir gesagt hatte, ich würde ein guter Sozialarbeiter werden, genau zu der Zeit, als ich Yvonne Keuls' Buch *Jan Rap en z'n maat* über Ereignisse in einem Heim für obdachlose jugendliche Ausreißer las. Ich war so geschmeichelt, dass ich wirklich diese Richtung einschlug. In dem Buch von Keuls kam ein Homosexueller vor, das half dabei. Schon nach wenigen Monaten wusste ich, dass dieses Studium überhaupt nichts für mich war, trotzdem machte ich weiter. Als ich mein Diplom hatte, 1985, wurde mit einem Schlag die Hälfte aller Stellen im Bereich Kulturarbeit gestrichen, überall musste plötzlich strikt gespart werden. Das gab mir die Möglichkeit, gleich nach Amsterdam zu wechseln und dort Niederländisch zu studieren. Im Grunde die erste Entscheidung, die ich aus eigenem Antrieb getroffen habe.

Besagter Moment kam in dieser Zeit, als ich wieder einmal zu Hause war. »Zu Hause« war inzwischen nicht mehr der Bauernhof, sondern das ehemalige Knechtshaus nebenan. Wir aßen, meine beiden jüngeren Brüder werden auch da gewesen sein. Ich weiß nicht, was in mich gefahren war, jedenfalls konnte ich es nicht für mich behalten. »Ich bin so schrecklich unglücklich«, sagte ich. Meiner Erinnerung nach haben die anderen mich nicht einmal angeschaut. Sie füllten sich schweigend auf. Wieder Frikadellen, bei uns zu Hause gab es oft Frikadellen. Und Kartoffeln und Rote Bete, ich weiß es noch genau. Niemand sagte etwas, niemand reagierte. Später, es kann noch am selben Abend gewesen sein, sagte meine Mutter: »Wir können dir nicht helfen.« Das war bestürzend ehrlich, und es half sogar. Ich musste allein damit zurechtkommen, was ich im Grunde auch längst wusste. Ich konnte und durfte von meinen Eltern und Geschwistern nicht verlangen, dass sie mir halfen. Wie denn auch, wenn mir selbst nicht einmal klar war, was mir fehlte?

Morgen kommt Gartenkumpel Han mit den Hunden Lure und Jet. Über Jets Kommen wird sich Jasper sehr freuen. Lure ist blind, für ihn ein höchst sonderbares, unberechenbar herumstolperndes Hündchen, das ihn zu seinem Schreck auch noch böse anknurren kann. Han bleibt zwei Nächte, danach fahren wir zusammen nach Amsterdam. Er hat aus gesundheitlichen Gründen das Rauchen aufgegeben. Hier wird es nicht leicht für ihn sein, ich habe das Rauchen nämlich nicht aufgegeben. Zum Glück ist ausreichend Doppelkorn im Haus, so kann er wenigstens etwas trinken.

13. JANUAR [SCHWARZBACH]   Vorhin konnte ich Jasper dazu bringen, an der Nase eines der drei Haflinger zu riechen, die wir bei unserer kleinen Talrunde oft antreffen. An der Nase von Rocky. Vermutlich hat er ein bisschen Angst vor den großen Tieren, weshalb er bellt, wenn wir uns ihnen nähern. Aber diesmal konnte ich ihn heranlocken, auch weil sich das Pferd von seinem Bellen nicht aus der Ruhe bringen ließ. Sie wiehern immer, wenn sie uns sehen, zur Begrüßung, nehme ich an.

Marja Pruis hat mir eine Mail geschickt. Weil ich alle drei Wochen einen Artikel für die Website des *Groene Amsterdammer* abliefern muss, habe ich sie gebeten, mich zu erinnern. Ich kann mir nicht merken, wann so ein Dreiwochenzeitraum zu Ende geht. »Es ist wieder so weit«, schrieb sie. »Könntest du etwas über Paris schreiben?« Worauf ich antwortete: »Ha! Nein, über Paris schreibe ich bestimmt nicht. Vielleicht die Begleiterscheinungen ...«

Der Wochenspiegel
Hier auf dem Land, in der Eifel, sind in anderthalb Tagen dreißig Zentimeter Schnee weggeschmolzen, nur vereinzelt liegen noch Häuflein in den letzten Zügen. Wir haben zwölf Grad, und es stürmt, was sehr ungewöhnlich ist, zumindest in meinem kleinen, beschützten Tal. Jasper schaute gerade irritiert aus den Fenstern an der Rückseite des Schreibzimmers. Was war das nun wieder? So etwas hatte er noch nie erlebt, so viel Lärm, der durch den Fensterspalt hereinweht. Er ist froh, dass dieses weiße Zeug weg ist, der vereiste Schnee tat ihm an den Pfoten sehr weh. Ich blättere im Prümer Wochenspiegel. *Er wird jeden Donnerstagabend von einem dicken Jungen vor meine Tür geschmissen, obwohl ich – unter anderem für seine Zeitung – endlich einen Briefkasten neben*

der Tür hängen habe. Der Wochenspiegel *kündigt an, dass es hier in der Gegend Mitte 2015 schnelles Internet geben wird, dank eines dann entlang der L5 von Bitburg nach Prüm verlegten Glasfaserkabels. Ich habe Glück: Mein Zuhause, mein behagliches kleines Tal, grenzt direkt ans Nimstal, durch das sich die L5 schlängelt. Denn je weiter entfernt von einem Glasfaserkabel man wohnt, desto langsamer das Internet. Die Eigentümer der Buchhandlung Bloemendaal zum Beispiel (sie besitzen ein Haus in Feuerscheid, anderthalb Kilometer von hier auf einer Hochfläche) haben Pech. Außerdem wird gemeldet, dass jetzt der* Wochenspiegel Marktplatz *online ist: keine Sonderangebote, keine Kauf- und Verkauf-Börse, sondern eine Art digitales Branchenbuch. Ansonsten die üblichen »Jahrgedächtnisse«, ein oder fünf oder zehn Jahre nach dem Tod eines lieben Angehörigen in die Zeitung gesetzt. Werner Meyers, Johann Hayen, Irmgard Krämer, Susanne Diewald. Alle verstorben, alle nicht vergessen. In Bitburg wird am 27. Januar eine »szenische Darstellung« des Briefromans* Adressat unbekannt *von Kressmann Taylor aufgeführt, Salon Anita wünscht uns ein »wunderbares neues Jahr und viele gemütliche Stunden«, und in Niederweiler sind im letzten Moment fünfundzwanzig Kühe aus einem brennenden Stall gerettet worden.*

Was in dieser Ausgabe vom 7. Januar besonders auffällt, sind die Fotos. Solche Fotos habe ich im Prümer Wochenspiegel *nie zuvor gesehen, bisher gab es ausschließlich Bilder von aufgereihten Menschen. Versammlungen zu Ehren von diesem oder jenem. Reichlich langweilig und austauschbar. Jetzt sehe ich ein Foto von einem von der Straße abgekommenen Streuwagen, ein Foto von der Feuerwehr in Aktion, ein Foto von einem Geigenbauer (»Musik hängt in der Luft – unvollendete Violinen und Bratschen hängen an der Decke wie schwebende Noten, die nur darauf warten, Flügel zu bekommen«) und noch ein Foto von der Feuerwehr in Aktion, diesmal bei der Rettung der fünfundzwanzig Kühe in Niederweiler. Frischer Wind, vielleicht hatte die Redaktion Beschwerden wegen der austauschbaren Gruppenfotos erhalten. Oder die Redaktion hat von sich aus bei der ersten Sitzung im neuen Jahr diese drastische Kursänderung beschlossen. Trotzdem ist und bleibt es ein verschlafenes Blättchen. Keine Weltnachrichten. Todesfälle und Geburten, ein Preis für einen Eifeler, die Eröffnung eines neuen Ladens, die Erhöhung des Briefportos von sechzig auf zweiundsechzig Cent zum 1. Januar, eine Sitzung der Ortsgruppe des Bauernverbands. Das ist die Eifel. Eine kleine, behütete, übersichtliche Welt, Täler und Hügel, Nadel- und Laubwald, Pferde, Schafe, Oldtimer-Traktoren, ordentliche Vorgärten, eine warme Hauptmahlzeit zu Mittag und Schlafengehen um zehn.*

In meinem nagelneuen Briefkasten heute Vormittag zwei Briefe. Einer von meiner Mutter, die über die vergangene Woche plaudert und nach meinem Magen-Darm-Infekt fragt, und einer von Torsten Krug mit einem Vertrag (dieses Wort gebrauche ich manchmal sogar, wenn ich Niederländisch spreche, ich merke, dass ich allmählich deutsch zu denken beginne) für eine Lesung am 27. Februar in Wuppertal. Post, mit Briefmarken, in meinem eigenen Briefkasten, in meinem geschützten kleinen Tal in der Eifel, in der nichts passiert. Na ja, nichts – als ob die Rettung von fünfundzwanzig Kühen nichts wäre.

18. JANUAR [AMSTERDAM] Was bin ich doch für ein schrecklicher Schwätzer. Gerade mit Jasper die gewohnte Amsterdammorgenrunde gegangen. Unterwegs schaut ein Mann angestrengt über den niedrigen Zaun vor einem Beet. Ich muss dann einfach etwas sagen. Und was sage ich?

»Wächst das Gras schon?« Wie mein Vater. Erst blickt der Mann nur irritiert zur Seite, aber als wir uns schon ein Stück entfernt haben, erklärt er: »Ich suche eine kleine Schraube.« Eine Viertelstunde später stellt eine Frau Flaschen vor ihre Tür, sie trägt einen Morgenmantel. »Hu, kalt«, sagt sie zu jemandem im Haus. Und was sage ich? »Ja, nasskalt!«, als wäre ich Experte. Jasper zieht an der Leine. Es ist ein nichtssagender, unverbindlicher Austausch von Worten. Und genau so etwas mag ich. Ein kurzer Kontakt ohne irgendwelche Absichten. Angenehm. Ungefährlich. Arglos. Arglose Menschen zusammen. Als wir nach Hause kamen und ich frühstücken wollte, rief meine Mutter an. Das ist dann plötzlich wieder verbindlich, und ich spürte, dass ich sehr ungeduldig war, außerdem hatte ich nichts zu erzählen. Weil ich nämlich essen wollte. »Was machst du?«, fragte sie. »Nichts«, sagte ich. »Mal ausruhen.« Und dann musste mein Vater noch kurz übernehmen. Neuerdings haben sie einen Computer mit Internetanschluss. Das bedeutet, dass sie plötzlich meinen Blog lesen können, und das tut mein Vater. Neulich habe ich etwas über das Vermehren von Kakteen durch Stecklinge geschrieben, wie ich das in der Eifel mache. Nun wusste er, dass man Kakteen auch aus Samen ziehen kann. Schön und gut, aber dazu habe ich keine Lust, ich pflücke Ausläufer von Kakteen ab und setze sie in Töpfchen mit Kakteenerde. Nun ja, er meint es gut.

Sonntag. Heute Nachmittag der zweite Durchgang der Niederländischen Meisterschaft im Eisschnelllaufsprint, heute Abend kommt jemand zum Essen, Freund Sjoerd. Ich werde Chili con carne zubereiten, weil er das zu Hause nie bekommt. Eine Woche bleibe ich noch in Amsterdam, Dienstag bringe ich Jasper zu seinem gewohnten Babysitter in Assendelft. Manchmal ist es angenehm, mich ein paar Tage nicht um ihn kümmern zu müssen. Auch etwas, worüber ich nicht nachgedacht habe, als ich ihn aus Mönchengladbach mitnahm: Ich muss alles allein machen, es gibt niemanden, zu dem ich sagen könnte: »Geh du jetzt mal mit dem Hund raus.«

21. JANUAR [AMSTERDAM]   Gestern Jasper weggebracht. Heute Morgen habe ich ihn vermisst. Konnte nach dem Aufstehen zu niemandem »guten Morgen!« sagen. Wo ich gerade in seltsam düsterer Stimmung bin. Nachdem ich bei dem Babysitter einen Kräutertee getrunken und ihm noch einmal den Speiseplan erklärt hatte, begleitete er mich mit Jasper zum Bahnhof Krommenie-Assendelft. Dort gaben wir uns die Hand, und ich ging zum Bahnsteig hinauf, über eine kurze, aber sehr breite Treppe, die ungefähr ein Viertel der Länge des Bahnsteigs einnimmt. Jasper setzte sich brav hin und blickte mir nach. Ich hob noch einmal die Hand. Und dann wollte Jasper nicht mit dem Babysitter fortgehen, er blieb sitzen und schaute mich an. Erst nachdem ich mich eine Weile hinter einem Fahrkartenautomaten versteckt hatte, waren sie zehn Meter weiter. »Das ist ein gutes Zeichen!«, rief der Babysitter. In dem Sinne, dass Jasper mich nicht einfach gehen lässt, dass er sich anscheinend immer stärker an mich bindet. Das fällt ihm nicht leicht, mein Hund leidet unter Bindungsangst. Es dauerte noch zehn Minuten, bis der Zug nach Amsterdam einfuhr, und erst dann sah ich die beiden in der Ferne hinter einer Häuserreihe verschwinden. Am Abend mailte mir der Babysitter ein Foto von Jasper auf seiner dortigen Decke, mit dem Text: »Ruhe und Harmonie nach einem schweren Abschied von Herrchen.«

Vorgestern war ich bei meinem Therapeuten, zur letzten Sitzung einer kurzen »Revisionsphase«. Als ich im Flur meinen

Mantel anzog, erzählte ich von den Zwangsgedanken, unter denen ich während meines Niederländischstudiums an der Universität von Amsterdam gelitten hatte. »Das klingt eher nach einer Art Tourette-Syndrom«, meinte er. Er hatte verdammt noch mal recht, ein mentales Tourette-Syndrom. Über diese Dinge hatten wir offenbar nie richtig gesprochen. Er schaute mich forschend an. »Ja, jetzt willst du mich behalten, was?!«, sagte ich. Er umarmte mich und sagte: »Drecksack.« Guter Kerl, ein Ungar.

Nun werde ich Geld ausgeben. Mitte Dezember war ich drei Tage in Amsterdam, und an einem dieser Tage fand ich in meinem Briefkasten einen unbeschrifteten Umschlag, darin vier Fünfzig-Euro-Scheine. Ich ließ den Umschlag auf meinem Schreibtisch liegen, weil ich nicht wusste, was ich machen sollte. Ich twitterte: »Wer hat einen Umschlag mit 200 (ZWEIHUNDERT) Euro in meinen Briefkasten gesteckt?! Und wenn ja: warum?« Jemand antwortete: »Irrtum. Kann ich es zurückhaben?« Ein anderer schrieb: »Seltsame Ausdrucksweise für einen selbsternannten Schriftsteller. Vollidiot!« Ich fragte vorsichtig bei den Nachbarn nach, doch niemand erwartete Geld. Und nun habe ich beschlossen, es auszugeben. Aber rätselhaft bleibt die Sache.

22. JANUAR [AMSTERDAM]   Ich habe es gestern nicht geschafft, das Geld auszugeben. Nichts gefiel mir, und trotz Schlussverkauf fand ich alles noch zu teuer. Ich kann mich schlecht daran gewöhnen, ohne Hund zu sein, sei es auch nur, weil ich pro Tag ein paar Stunden mehr Zeit habe. Viel zu viele Stunden. Ich ertappte mich bei dem Gedanken, doch wieder mit einem Roman anzufangen, nur um diese Stunden zu füllen. Aber wenn ich ein bisschen länger darüber philosophiere, befällt mich erneut ein leichter Widerwille. Noch ein

Buch in die Welt werfen, mich wieder unter all die Kollegen mischen, die ich im Augenblick wegen ihrer Eingebildetheit nicht ertragen kann, oder nicht einmal wegen ihrer Eingebildetheit, sondern ganz einfach weil sie sich so selbstverständlich Schriftsteller nennen oder von »meinem Roman« sprechen. Dieser leichte Widerwille – den ich jetzt schon seit etwa fünf Jahren empfinde – ist einer der Gründe, dieses Buch zu schreiben. Ich will herauszufinden versuchen, wo er herkommt, und ihn wenn möglich sogar überwinden. Paradox ist natürlich, dass ich dabei eben doch ein Buch schreibe, dieses Buch. Aber dieses Buch ist kein Roman.

Mein guter Freund Dolf Verroen meint, dass die Bücher, die ich bisher geschrieben habe, zusammen ein abgeschlossenes Ganzes bilden – er meint, glaube ich, hinsichtlich ihrer Thematik und Atmosphäre. Das würde bedeuten, dass die Zeit für etwas Neues gekommen ist. Ich habe das auch zu meiner Verlegerin Eva Cossee gesagt, als ich zu hören bekam, dass man vielleicht mal wieder ein neues Projekt in Angriff nehmen müsse. »Aber etwas ganz anderes«, sagte ich. »Nur wie anders?« Eva selbst drängt mich übrigens nicht, sie hat inzwischen verstanden, dass es nicht viel Sinn hätte. Dabei spielt es sicher auch eine Rolle, dass die Bücher, die ich geschrieben habe, noch lebendig sind. So erscheint der Roman *Juni* dieses Jahr im Juni in England (später folgt Australien mit einer eigenen Ausgabe, in den Vereinigten Staaten wird er im Augenblick gelesen), *De omweg* wird verfilmt, und im Herbst geht die Theatergruppe Kwatta aus Nimwegen mit *Perenbomen bloeien wit* auf Tournee. Natürlich habe ich sehr viel Glück mit all den Übersetzungen gehabt und mit einem Preis hier und einem Preis da. Von dem Preisgeld des International IMPAC Dublin Literary Award habe ich das Haus in der Eifel kaufen können. Da ich jede Woche eine Kolumne für *Trouw* schreibe, kann ich es mir leisten, keinen Roman zu schreiben; um ehrlich zu sein, auch ohne diese Kolumne könnte ich unbesorgt in meinem deutschen Garten arbeiten. Ich bin keine zwanzig mehr, ich bin zweiundfünfzig, in dreizehn Jahren bekomme ich Rente. Wenn ich beim Spazierengehen auf Jaspers Hinterteil schaue, fange ich manchmal an zu rechnen. Angenommen, denke ich, der Hund wird fünfzehn Jahre alt. Dann erlebt er noch, dass mir meine erste Rente ausgezahlt wird. Schaffe ich mir nach ihm noch einen Hund an? Angenommen, auch der wird fünfzehn, dann bin ich achtzig, oder tot, und wer kümmert sich dann um ihn?

Wenn ich noch einmal einen Roman schreibe, tue ich es für mich selbst. Ich hasse alles Drumherum. Dolf Verroen hält – wie viele andere – für sein Leben gern Lesungen. Er genießt sie, er liebt den Applaus, all das verleiht ihm Energie. Mich kostet es nur Energie. Ich höre mich schwätzen und schwadronieren, und auf der Heimfahrt im Zug hasse ich mich selbst, was sich einmal beim Nachhausekommen darin äußerte, dass ich gleich hinter der Haustür durch wüstes Zerren einen Reißverschluss ruinierte, weil ich meine Jacke nicht schnell genug aufbekam. Das heißt nicht, dass ich mir keine Mühe geben würde, die Besucher sollen schließlich einen »netten Abend« haben, das ist man ihnen schuldig. Ich erinnere mich an eine meiner ersten Lesungen, in 's-Hertogenbosch, zusammen mit Arthur Umbgrove. In der Pause, erfuhr ich später, war ein Paar gegangen, weil mein Auftreten überhaupt nicht dem Charakter von Helmer van Wonderen, dem Bauern aus *Boven is het stil*, entsprochen habe. »Ja aber«, sagte ich, als man mir davon erzählte, »ich kann doch nicht eine Stunde lang schweigen!« Damals kam ich noch nicht auf den Gedanken zu sagen: »Ich bin doch wohl nicht mein Buch. Ich habe es nur geschrieben.« Und weil es so viel Energie aus mir heraussaugt, bin ich konsequenter geworden. Ich halte eine Lesung, und das richtig, aber wenn sie vorbei ist, muss es auch wirklich vorbei sein. Das sind nämlich die Augenblicke, in denen Menschen einem etwas anvertrauen wollen. Wenn ich signieren soll, mache ich das in der Pause, aber niemals nachdem ich – am liebsten draußen – geraucht habe. Denn es gibt immer Besucher, die auch rauchen wollen oder müssen, und die stellen sich dann gern zu einem und labern drauflos, und das ist das Letzte, was ich mir in einem solchen Moment wünsche. Meine abweisende Reaktion verblüfft die Leute, weil ich während der Lesung scherze und manchmal auch sehr Persönliches preisgebe. Aber das ist Arbeit, dafür bekomme ich fünfhundert Euro. Ich bin vor und nach der Lesung nicht derselbe wie während der Lesung. Deshalb versuche ich es zeitlich so hinzubekommen, dass ich gleich anschließend wegmuss, um einen Zug zu erwischen, und wenn kein Zug fährt, tue ich einfach so. Kontakt zu Menschen ist ganz und gar nicht meine Stärke, wenn es auch, wie ich inzwischen weiß, anders zu sein scheint, und das macht alles nur noch schwieriger. Wenigstens kommt es nicht mehr oft vor, dass ich beim Nachhausekommen eine Jacke oder ein Hemd oder Schnürsenkel kaputt reiße.

Ein anderes Problem ist, dass ich unempfänglich für Lob bin. Mir schwillt nicht die Brust, wenn Menschen mir sagen, dass sie mein Werk großartig finden. Es gibt mir nichts, es stärkt mich nicht, ich schöpfe daraus nicht die Energie, die ich vielleicht brauche, um weiterzumachen. Es ist eher umgekehrt: Wenn man mich lobt und dazu noch erklärt, warum, denke ich oft: Wie um alles in der Welt habe ich jemals so ein Buch schreiben können? In welchem Zustand war ich damals? Das wird mir bestimmt nie wieder gelingen! Eine Zeitlang versetzte mich dieser Gedanke in eine gelinde Panik, was unter anderem zur Folge hatte, dass ich vor etwa vier Jahren einmal

anderthalb Stunden im Lektorat des Verlags Van Oorschot verbracht und über eine eventuell von mir zu schreibende Voskuil-Biographie gesprochen habe. Irgendwie ist davon etwas nach außen gedrungen, weshalb ich regelmäßig Mails mit der Frage erhalte, wie weit ich mit der Biographie gekommen sei. Man könne das Buch nämlich kaum erwarten. »Das war kein wirklicher Plan«, antworte ich dann. »Es war ein Panikanfall.«
Schön wäre es, wenn ich ebenso unempfänglich für Kritik wäre. Das ist leider nicht der Fall.

»Wenn ich noch einmal einen Roman schreibe, tue ich es für mich selbst«, steht weiter oben, als hätte ich meine bisherigen Bücher für »den Leser« geschrieben. Das ist Unsinn, ich habe es immer für mich selbst getan. Es waren Versuche, die Welt um mich herum zu begreifen, herauszufinden, welchen Platz ich darin einnehme. Vielleicht liegt hier die Ursache jener Unempfänglichkeit für Lob, sobald jemand etwas Positives über mein Werk sagt; vielleicht denke ich deshalb: Was weißt du denn? Das muss ich schon selbst beurteilen.

26. JANUAR [AMSTERDAM]   »Was man *scheint*, hat jedermann zum Richter, was man *ist*, hat keinen.« Das sagte Chris Nietvelt vergangenen Samstag in der Stadsschouwburg, sie spielte Königin Elisabeth in Schillers *Maria Stuart* und ließ im weiteren Verlauf des Stücks – auf höchst listige Weise, ohne ihre Hände mit Blut zu beflecken – ihre Schwester Maria Stuart umbringen. Ein schönes Drama, zweieinhalb Stunden lang habe ich an nichts anderes gedacht, während meine Gedanken sonst bei Opern oder Theaterstücken fast immer abschweifen. Der Ausspruch ist mir im Gedächtnis geblieben.

Heute Nachmittag war ich im Gemeentemuseum in Den Haag, zusammen mit meinen Eltern und meiner Ex-Schwägerin. Ich nehme an, dass es deshalb so gerammelt voll war, weil die Rothko-Ausstellung vor einigen Monaten Thema der Talkshow DWDD war. Die verdirbt einem wirklich alles. Meine Mutter sagte nach einiger Zeit: »Das ist aber ein schönes Gebäude.« Ja, da konnte ich ihr nur beipflichten, es ist ein unglaublich schönes Gebäude. Aber mich störten die vielen Menschen sehr, ich sah nur Menschen. Und die standen natürlich vor all den Bildern von Rothko, die mir – so war auf einer der Wände zu lesen – das Gefühl geben sollten, in sie eintauchen zu können, eine Art religiöse Erfahrung. Es waren hauptsächlich große, dunkle Werke mit Titeln wie Without Title oder Number 6(?). Von einem Bild konnte ich mir durchaus vorstellen, dass es mir etwas gesagt hätte, wäre ich allein gewesen, hätten nicht zwei Leute in totenstiller Kontemplation davorgesessen. Ich konnte nur diese beiden Leute ansehen, sie lenkten mich ab. »Was kostet ein Rothko eigentlich?«, fragte ich einen Museumswärter. »Ach«, sagte er gleichgültig, mit einer Handbewegung in Richtung der völlig ungeschützten Werke, »der teuerste achtzig Millionen Euro.«
Wir blieben ziemlich lange, sahen auch vieles andere, darunter »erotisch wirkende Formen« von Hans Hovy. Aus Speckstein, glaube ich. Schließlich, gegen halb vier, nahmen wir unseren Lunch ein, nicht weit von der Stelle entfernt, an der das Auto geparkt war. »Warum bauen sie beim Museum kein Parkhaus?«, hatte meine Ex-Schwägerin gefragt. »Sie könnten es einem ruhig ein bisschen bequemer machen.« Alles schmeckte sehr gut, darüber waren wir uns einig, wir tranken noch einen Kaffee. Auf dem Rückweg fuhren wir an der Eikenhorstlaan vorbei, blickten alle vier sehnsüchtig nach rechts, sahen aber nichts. Keinen König, keine Königin, keine kleinen Prinzessinnen. Es war ein sehr gelungener Tag.

Ein Text in meinem Blog. Wir waren Freitag in Den Haag. Ich werde den Text kurz analysieren. Ex-Schwägerin, schon das wirft bei manchen Bloglesern Fragen auf. Wieso ist sie meine Ex-Schwägerin? Nun, ganz einfach, weil ich inzwischen eine neue Schwägerin habe. Aber in einem so kurzen Text muss man sich Informationen wie diese sparen, sie sind eigentlich auch nicht notwendig. Ich kann aber nicht »Schwägerin« schreiben, weil ich dann lügen würde. »Immy« ginge, denn so heißt sie. Das kann ich aber wieder nicht schreiben, ohne zu erklären, wer Immy ist, was den Text unnötig verlängern würde.

Dass die erwähnte Talkshow einem alles verdirbt, hätte ich natürlich nicht zu schreiben brauchen, und es stimmt auch nicht. Zur Strafe ging am Samstagabend der Talkmaster vor mir in die Stadsschouwburg. Ich nehme an, *Maria Stuart* interessierte ihn, weil die Titelrolle von Halina Reijn gespielt wurde, einer seiner festen Tischdamen. Ich bildete mir ein, forschend von ihm angeschaut zu werden, als wüsste er, dass ich etwas Hässliches über seine Sendung geschrieben hatte.

Was ich über Rothkos Werke gesagt habe, könnte den Blogleser glauben machen, dass ich überhaupt nichts damit anfangen konnte. Das stimmt nicht, und ich habe mir große Mühe gegeben, die Bilder zu ergründen. Was aber stimmt, ist, dass die Überfülle an Besuchern das schwierig machte. Ich habe viele Fotos mit meinem iPhone aufgenommen. Wir haben über viel mehr gesprochen als nur darüber, wie schön das Gebäude ist und wie teuer ein Rothko sein kann. Einen ganzen Nachmittag habe ich auf dreihundert Wörter eingedickt. In Wirklichkeit bin ich zum Beispiel Marja Käss begegnet, die ich aus meiner Zeit als Jurymitglied des Woutertje-Pieterse-Preises kenne. Sie war damals Vorsitzende, nicht der Jury, sondern, tja, von was eigentlich? Des Stiftungsrates, glaube ich. Und danach sagte wiederum meine Mutter:

»Was bist du doch berühmt.« Ich wurde von meinem Zahnarzt angerufen, weil ich ihm wegen einer Krone gemailt hatte, die mir zum dritten Mal herausgefallen war. Er hatte nichts dagegen einzuwenden, dass ich in die Eifel zurückfahre, und gab mir noch einen wertvollen Tipp: Zahnpasta an den Stift, dann saugt die Krone sich mehr oder weniger fest. Ein erfreuliches Gespräch, denn Malheur mit meinem Gebiss kann mich furchtbar aufregen. Ende Februar nehmen wir eine Brücke in Angriff, die Krone klebt er nicht noch einmal an.

Was den Lunch angeht – »Mensch, sag doch Mittagessen!«, hätte Königin Juliana gesagt –, habe ich gelogen. Meine Mutter trank eine heiße Schokolade. Wieder gilt: Es hätte den Text überflüssigerweise verlängert. Meine Eltern haben ja seit kurzem einen Laptop und Internet. Sie können jederzeit meinen Blog lesen. Das behagt mir gar nicht, da ich gern über sie schreibe. Nicht oft, aber gern. Und wenn ich das tue, lüge ich regelmäßig oder verdrehe etwas. Jetzt können sie das also genau beobachten. Mit Sicherheit hat meine Mutter schon zu meinem Vater gesagt: »Ich habe doch gar keinen Kaffee getrunken!« Noch etwas anderes habe ich nicht erwähnt: dass ich es geschafft habe, das Mittagessen zu bezahlen – meine Mutter hat es damit meistens sehr eilig und wedelt schon mit ihrem Portemonnaie, bevor alle mit dem Essen fertig sind. Weil ich von den zweihundert Euro in meinem Briefkasten erzählte und dass es mir nicht gelungen war, sie für etwas anderes auszugeben, war meine Mutter einverstanden. »Oh, na dann!«, rief sie.

Ein Detail ganz am Schluss entspricht überhaupt nicht der Wahrheit. Ich saß vorn im Auto neben meiner Ex-Schwägerin, die fuhr. Hätten wir alle vier nach rechts geschaut, hätte ich das gar nicht sehen können. Es kommt noch hinzu, dass ich von den vier Leuten im Auto wahrscheinlich der royalistischste bin. Das liegt an Königin Juliana, darum habe ich sie auch eben erwähnt. Juliana war meine Königin: Sie war es schon vor meiner Geburt und bis zu meinem achtzehnten Lebensjahr, genau in den Jahren also, die endlos dauern, in denen der Mensch die meisten, die tiefsten Eindrücke empfängt und mancher orientierungslos im Dunkeln tappt. Nichts war beruhigender und schöner, als im Fernsehen das Defilee vor dem Palais Soestdijk zu sehen.

Es kommt vor, dass Fragesteller bei einer Lesung oder Journalisten die Texte meines Blogs wörtlich nehmen und mich mit meinen Behauptungen konfrontieren. Das dürfen sie, denn was man *scheint*, hat jedermann zum Richter, was man *ist*, hat keinen. Trotzdem muss ich dann etwas richtigstellen. »Ich bin doch kein Zimmermann!«, sage ich. »Der muss Arbeiten auftragsgemäß ausführen, das kann man kontrollieren und Abweichungen gegebenenfalls monieren. Glauben Sie denn wirklich, was ich schreibe, muss der Wahrheit entsprechen?« Ich verstehe zwar, dass manche das tun, denn all meine Blogtexte scheinen so etwas wie Tagebucheinträge zu sein. Aber ich bin ja nicht so verrückt, öffentlich alles preiszugeben, denn öffentlich ist der Blog nun einmal, im Unterschied zu meinen Büchern schreibe ich diese Texte wirklich für Leser, und wenn es meiner Ansicht nach für die Leser schöner (und vor allem kürzer) ist, wenn meine Mutter wie wir anderen Kaffee trinkt, trinkt sie Kaffee und keine heiße Schokolade.

Heute Nachmittag um fünf wird mein Freund Henk hier vorfahren, Hündchen Bas auf dem Rücksitz. Bis dahin werden ein paar Kartons mit Büchern und vier Kissen an der Haustür bereitstehen. Nachbar Klaus hat mir heute Morgen ein Foto geschickt. Mein Haus, davor jungfräulicher Schnee und sein Kater Felix. »Ich sehe eine Katze!«, mailte ich zurück. Er soll nicht glauben, ich wüsste nicht, was er tut. Ohne dass es abgesprochen zu werden braucht, wird er am späten Nachmittag den Holzofen in der Küche anzünden, damit wir dort nicht vier, sondern vielleicht fünfzehn Grad haben, wenn wir nach Hause kommen.

28. JANUAR [SCHWARZBACH]   Es waren zwölf Grad. Auch wunderbar, und noch genügend Glut im Ofen, um ihn wieder zum Bullern zu bringen. Schnee. Nässe. Kälte. Schneeglöckchen, die sich in die Erde zurückgezogen haben. Ich habe Klaus einen Strauß Tulpen und zwei Stück Ziegenkäse mitgebracht; der Ziegenkäse, den er hier kauft, schmeckt nach nichts, meint er. Es ist vor allem seine Frau Monika, die gern Ziegenkäse isst. Von meinem Kaffee ist ihm einmal so übel geworden, dass er sich übergeben musste. Er hat einen schwachen Magen, und ich brühe Espresso in einer dieser italienischen Sprudelkannen. Trotzdem sagt er niemals Nein, wenn ich ihn frage, ob er eine Tasse Kaffee möchte.

Ich bin ganz aufgeregt. Auf der Futterstation sitzt ein Haubenmeisenpaar. Vor einigen Wochen saß einmal eine einzelne im Mahonienstrauch. Nie zuvor hatte ich eine Haubenmeise gesehen. Und jetzt ein Paar, das bestimmt hier zu Gast ist. Damit steigt die Zahl der Meisenarten in dieser Gegend auf fünf bis sechs. Kohlmeise, Tannenmeise, Blaumeise, Weiden- oder Sumpfmeise (die beiden sind sich so ähnlich, dass ich nicht erkennen kann, um welche es sich handelt) und Haubenmeise. Gartenkumpel Han sagt, ihm seien Schwanzmeisen begegnet, aber bis ich sie mit eigenen Augen gesehen habe, bleibt der Meisenstand bei fünf. Ausgerechnet bei ornithologischen und botanischen Namen gibt es große Unterschiede zwischen dem Deutschen und dem Niederländischen. Mein Deutsch ist ganz leidlich, wer genau hinhört, versteht fast alles, was ich sage, und seit ich weiß, dass ein Fehler bei den Fällen nicht so tragisch ist, mache ich mir darüber auch keine Sorgen mehr. Ich spreche gern über Vögel und Pflanzen, vor allem mit Klaus und Dachdecker Rudi. Aber dann beginnen bald die Probleme. Denn niederländisch *glanskop* ist auf Deutsch Sumpfmeise, *matkop* Weidenmeise, *kuifmees* Haubenmeise, *zwarte mees* Tannenmeise, *pimpelmees* Blaumeise, *koolmees* Kohlmeise. Übereinstimmung also nur bei der letzten Art. Wo das Niederländische mit *mat-* und *glanskop* nach dem Aussehen unterscheidet, tut es das Deutsche offenbar nach dem Habitat: in dem einen Fall Weidenbäume, im anderen Fall Sumpf. Das Gleiche gilt für die *zwarte mees*: In Deutschland sitzt das Vögelchen anscheinend am liebsten in einer Tanne (nicht Fichte: auch das ist für mich schwierig). Und eine Haube ist ja eigentlich etwas anderes als ein Schopf, was *kuif* entspräche. Die *merel* ist Amsel, *lijster* Drossel, *(Vlaamse) gaai* Eichelhäher. Etymologisch sind mir die meisten deutschen Vogelnamen ein Rätsel, ich muss sie einfach auswendig lernen. *Winterkoning* ist der Zaunkönig (wobei ich vermute, dass Zaun hier die ältere Bedeutung »eingehegter Platz« hat), *gierzwaluw* der Mauersegler, der ja auch gar keine Schwalbe ist.

Wenn ich in Nordhorn, Stuttgart oder Neuss, Nottuln, Kiel, Münster oder München, Berlin, Bonn, Köln oder Aachen, Leipzig, Bitburg oder Bremerhaven, Oldenburg, Friedrichstadt oder Saarbrücken aus *Oben ist es still* vorlas, wo auf Seite 13 steht: »Er sagte irgendetwas zu dem anderen Jungen, das ich nicht verstand, weil gerade ein Rotschenkel zu lärmen anfing. Ein später Rotschenkel, meistens sind sie Ende Juli alle verschwunden«, machte ich manchmal eine Pause und fragte die Zuhörer, ob sie wüssten, was ein Rotschenkel ist. Nein, nie wusste das irgendjemand. »Welchen Sinn hat es dann, dass Andreas Ecke diesen Vogelnamen übersetzt hat?«, fragte ich. Mit dieser Frage konnte niemand etwas anfangen. Es war ja auch eine völlig sinnlose Frage. In *Juni* kommen Säbelschnäbler vor. Ich habe immer gern das Kapitel vorgelesen, in dem diese Vögel eine Rolle spielen, vor allem, weil meine Lieblingsfigur Johan Kaan dort zum ersten Mal auftritt. »Rechts die Straße, an einigen Stellen ist der Teer geschmolzen, links eine Wiese, über die zwei Vögel stelzen, sie haben lange, krumme Schnäbel. ›Klüüiit!‹ ruft er, trotzdem fliegen sie nicht auf. Blöde Viecher.« Zuhörer, die bis dahin halb eingenickt waren, schraken bei diesem »Klüüiit!« auf. Ich glaube zu verstehen, warum Andreas Ecke den Vogelnamen nicht übersetzt hat. Im Niederländischen heißt der Vogel *kluut*, (»klüüt«), also ungefähr so, wie er ruft, und dem Rufer geht es hier eher um den Ruf als um den Namen. Abgesehen davon, dass es auch für mich als Vorleser schwieriger wäre, vier Silben statt einer zu brüllen.

Haubenmeisen, dafür keine Goldammern. Im vorigen Winter war hier ein Paar. Nie oben auf der Futterstation, immer unten am Boden, wo sie aufpickten, was die Meisen in ihrer wilden Fressgier vergeudeten. *Geelgors*, Goldammer. Laut Duden-Wörterbuch kommt Ammer von althochdeutsch amar = Dinkel, »also eigtl. ›Dinkelvogel‹; der Vogel ernährt sich vorwiegend von Getreidekörnern«.

Jemand sollte einmal ein Buch über das Wie und Warum von Vogelnamen in verschiedenen Sprachen schreiben. Etymologisch wäre das verdammt spannend. Die englischen Meisennamen stimmen auch nur teilweise mit den deutschen überein, Sumpfmeise ist *marsh tit*, Weidenmeise *willow tit*, aber Tannenmeise *coal tit* und Kohlmeise *great tit*. Warum? Warum lebt die Schleiereule bei uns in Kirchen (*kerkuil*) und in

England in Scheunen (*barn owl*), während die Deutschen sie nach ihrem Äußeren benennen?

Das Gleiche gilt für botanische Namen. Auch darüber dürfte gern ein dickes, international vergleichendes Buch geschrieben werden. Einmal habe ich Klaus klarzumachen versucht, dass ich an einer bestimmten Stelle Geißblatt pflanzen wollte, kannte aber nur den niederländischen Namen *kamperfoelie*, sprich kamperfuli. Ich probierte alles Mögliche, sprach das Wort mit »fulije« am Ende aus, was manchmal hilft, ich versuchte die Pflanze zu beschreiben; schließlich zog ich das siebensprachige Gartenbau-Wörterbuch zu Rate, das mir eine nette *Trouw*-Leserin zugeschickt hat, nachdem ich in einer Kolumne dieses Problem erwähnt hatte. Geißblatt also. Ich hatte immer gedacht, *geit* wäre Ziege, es kann aber offenbar auch Geiß sein. In *kamperfoelie* stecken das lateinische *capra*, Ziege/Geiß, und *folia*, Blatt, und das gilt letztlich auch für das deutsche Wort. *Lijsterbes* ist Eberesche, *maagdenpalm* Immergrün, *mansoor* Haselwurz, *vlier* Holunder, *jeneverbes* Wacholder und *hulst* Stechpalme. Andererseits gibt es auch viele Baumnamen, die sich etymologisch entsprechen. *Eik* –Eiche, *beuk* – Buche, *Es* – Esche, *kastanje* – Kastanie.

Die Titel der beiden Bücher, mit denen ich mein Schreibleben begann, lauten übersetzt »Etymologisches Wörterbuch für Anfänger oder Wie das Männchen Mannequin wurde« und »Das zweite etymologische Wörterbuch für Anfänger oder Wie der Karren Karriere machte«, wobei »Anfänger« als »die Jugend« zu verstehen ist. Beide erschienen im Verlag Piramide, 1997 und 1998. Im Jahr 2006 wurden sie zusammen in einem dicken, orangefarbenen Band unter dem Titel *Junior Etymologisch Woordenboek* vom Rotterdamer Verlag Ger Guijs herausgebracht. Bis dahin gab es ein furchtbares

Theater mit allerlei Mauscheleien und Machenschaften und halb illegalen Aktionen, weil der Verlag De Fontein, der Piramide inzwischen übernommen hatte, sich weigerte, die Satzdateien herauszurücken. Obwohl die Rechte inzwischen an mich zurückgefallen waren und De Fontein keine Neuausgabe beabsichtigte. Ich erinnere mich, dass ich die Satzdateien des zweiten Bandes schließlich ausgerechnet vom Einbandgestalter der ursprünglichen Ausgabe zugemailt bekam. Kurz nach dem Erscheinen des dicken orangefarbenen Buches ging der neue Verlag bankrott. Die Folge ist, dass irgendwo, ich vermute, in Rotterdam, noch ungefähr viertausend Wörterbücher verstauben. Und niemand kommt an sie heran, es ist unmöglich, mit dem Verleger Kontakt aufzunehmen. Jammerschade. Das Honorar kann ich natürlich auch in den Wind schreiben. Die Lust am Etymologisieren vergeht mir deshalb aber nicht: Sie ist stärker als finanzielle Interessen und stille Wut auf einen Verleger, der sein Handwerk nicht versteht.

30. JANUAR [SCHWARZBACH] Weiß. Kalt. Grau. Vergangene Nacht kam Jasper um 03:34 Uhr ins Schlafzimmer. Ich vermute, dass er fror. Er durfte unter die Bettdecke. Hund im Glück. Heute Morgen trafen wir den kleinen Henri an einer ganz anderen Stelle als sonst an. Sonst heißt: bei seinem Haus. Diesmal ging sein Frauchen mit ihm spazieren. Henri ohne Leine, Frauchen mit Nordic-Walking-Stöcken. Jasper ergriff die Gelegenheit, ihn anzugreifen. Dieser Hund bleibt mir in vielem ein Rätsel. Das eine Mal spielt er mit einem anderen Hund oder ignoriert ihn, das nächste Mal geht er auf ihn los. Bestrafung hilft nicht, habe ich von meinem persönlichen Hundeflüsterer gelernt. Es soll etwas mit dem Angeleintsein zu tun haben, und genau deshalb bin ich mit Jasper

in einer Zwickmühle: Ich kann ihn nicht loslassen, sonst läuft er weg. Mit dem schon erwähnten Peter und seinem Ben sind wir inzwischen zweimal ein Stück gegangen. Vier Hunde waren es insgesamt, Ben, Jule, Jack und Jasper. Das könnte eine gute Lösung sein: Wenn sie alle in die gleiche Richtung laufen, gibt es anscheinend keinen oder zumindest weniger Grund für Zoff. Ich hoffe, dass Jasper etwas daraus lernt, dass irgendwann der Tag kommt, an dem er sogar bei einer frontalen Begegnung ruhig bleibt. Meine Mutter dachte, ich hätte den Hund schon drei Jahre. »Ach was, nein«, sagte ich, »genau ein Jahr und vier Monate.« Es gibt Tage, an denen ich das niederländische Paar, das ihn auf Thasos zur Auffangstation gebracht hat, still verfluche. Hättet ihr den Hund doch frei unter der griechischen Sonne herumstreunen lassen, ein Jahr lang hatte er ja schon so überlebt. Diese Straßenhunde finden immer irgendwo etwas zu fressen, es ist dort schön warm, und sie können sich frei bewegen. Sobald der Hund im Flugzeug nach Deutschland gebracht wurde, gab es kein Zurück mehr; erst recht nicht, als ich ihn in den Smart von Gartenkumpel Han trug. Es geht ihm am besten, wenn er durchbrennt, wenn er stundenlang rennen kann, ohne dass so ein lästiger Mensch mit einer langen Leine an ihm festhängt. Durchschnittlich einmal pro Woche gelingt ihm das. Von der Haustür bis zur Tür des Anbaus sage ich ununterbrochen »Bleib«, doch manchmal bleibt er nicht. Ob ich mir denn gar keine Sorgen mache, fragt Frau Trappen. Nein, ich mache mir keine Sorgen. Er wird schon zurückkommen, und wenn er nicht zurückkommt, nun, dann eben nicht. Inzwischen weiß ich ja, dass er winselt und bellt, wenn er vor einer geschlossenen Tür steht, weshalb ich nicht einmal mehr hinter der Glasscheibe der Haustür auf ihn warte. Ich tippe einfach weiter, manchmal schaue ich auf und aus dem Fenster, weil er laut jaulend die Straße überquert, hinter einem für mich unsichtbaren Beutetier her. Jasper kann unglaublich schön jaulen, wenn er ein Waldtier sieht, allerdings glaubt meine Nachbarin Monika dann jedes Mal, er wäre von einem Auto angefahren worden. Ich fürchte, dass er einfach losläuft, ohne aufzupassen, dass also schon seit sechzehn Monaten mehr oder weniger zufällig alles gutgegangen ist. Meine größte Angst ist, dass er einmal mit einem Motorrad zusammenstoßen könnte, von denen es hier im Sommer nur so wimmelt. Motorradfahrer sind sehr verletzlich. Ganz ohne Sorge bin ich also nicht. Da haben wir's wieder: Man ist, was man zu sein scheint, nicht, was man ist. Meine erste größere Anstrengung im Frühjahr wird sein, dass ich einen Zaun baue – oder bauen lasse. Um mein gesamtes Grundstück.

31. JANUAR [SCHWARZBACH]   Endlich der 31. Morgen ist der 1. Februar, was bedeutet, dass meine Internetverbindung wieder etwas schneller wird. Ich brauchte ein unbegrenztes Europa-Abonnement, weil ich hier in der Eifel mein iPhone als Modem benutze. Bald merkte ich, dass ich nur bis fünfhundert MB »schnelles« Internet hatte, danach sank die Geschwindigkeit drastisch. Als ich deshalb wütend bei T-Mobile anrief, hieß es: »Ja, aber Sie *haben* unbegrenztes Internet!« Tja, dagegen konnte ich nichts sagen, trotzdem habe ich mich sehr aufgeregt. Schnell steht hier in Anführungszeichen, weil die Eifel nun einmal die Eifel ist; das schnelle Internet macht auf allen Seiten einen Bogen um sie herum, sie ist ein grauer Fleck in der Ansammlung von Bundesländern, die Deutschland bis heute ist. Hier leben viele Bauern und andere Landbewohner, die diesen ganzen neumodischen Quatsch nicht brauchen.

Es geht mir (hoffentlich) vorübergehend nicht besonders gut. Ein Grauschleier hat sich auf alles gelegt, was ich tue und denke. Angekündigt hatte sich das eigentlich schon bei dem Telefongespräch mit meinen Eltern am 18. Januar. Mit dieser Ruhelosigkeit, dieser Unfähigkeit, mich zu konzentrieren. Egal, was gesagt wurde, alles war mir zu viel. Jetzt merke ich es vor allem an meinen Reaktionen auf Jasper: Ich möchte ihn bestrafen, wenn er etwas tut, das mir nicht passt, und so gut wie nichts passt mir. Ich seufze und schreie und summe zwanghaft vor mich hin. In einer solchen Phase habe ich das Gefühl, mich nicht richtig um ihn kümmern zu können. Ich kann kaum erwarten, dass es siebzehn Uhr wird, dann darf ich einen Doppelkorn trinken. Nach einem Schnaps ist das Leben milder und erträglicher. Glücklicherweise habe ich keine Veranlagung zum Alkoholiker, denn nach einer bestimmten Menge Alkohol muss ich mich übergeben. Ich versuche, möglichst wenig nachzudenken. Warte ab. Verfeuere Holz. Koche Abendessen. *Summen*, das ist nicht gut, das hat etwas Beschwörendes.

Es ist erfreulich, wenn man dann etwas unter den Händen hat. Der Garten kommt im Augenblick nicht in Frage. Dann eben der alte Ofen. Als ich das Haus kaufte, standen zwei Öfen darin. Ein Nordica in der Küche und oben im Wohnzimmer ein bleischweres gusseisernes Ungetüm. Der Nordica ist ein wunderbarer Ofen, ziemlich teuer, wie ich im Baumarkt HELA feststellte, wo ein paar neue auf Lager sind. Der gusseiserne Ofen war ein viel zu schweres Kaliber für das kleine Wohnzimmer, gedacht für einen mindestens viermal so großen Raum. Eines Tages habe ich das Ding zusammen mit meinem Bruder, der vor zwanzig Jahren nach Deutschland gezogen ist, nach unten befördert. Wie wir das geschafft haben, ist mir bis heute ein Rätsel, das Ding wiegt sicher hundertfünfzig Kilo. Allerdings ist mein deutscher Bruder ungewöhnlich stark, und wir hatten vorher alles abgeschraubt, was sich abschrauben ließ. Am Ende ist er im neuen Hauswirtschaftsraum gelandet, wo er nun nutzlos herumsteht. Und im Weg ist. Verkauf ihn, dachte ich neulich, weg mit dem Ding. Ich sah nach, um welches Fabrikat es sich handelt. Cashin, nie gehört. Ich ging ins Internet – es dauerte ewig – und fand ein Geschäft in Kalmthout, das diese Öfen führt, Cebo-Eco, sonst gab es kaum Treffer. Über die Website dieses Ladens kam ich auf die des Herstellers. Eine französische Firma, in den Vogesen, eine ziemlich exklusive Marke. Nirgends ein Preis zu finden, was ja oft darauf hindeutet, dass man es mit etwas sehr Teurem zu tun hat. Bei einem der Modelle war als Gewicht hundertfünfzig Kilo angegeben, das gefühlte Gewicht meines Monsters. Ich schickte dem Kalmthouter Lieferanten eine Mail und fragte nach den Preisen dieser Öfen, damit ich weiß, wie viel ich für meinen alten verlangen kann. Das war gestern. Schon heute Morgen hatte ich eine Antwort von Philip Celen. »Dieses Fabrikat gehört zu den besseren und teureren, durchschnittlich viertausend Euro für die Holzöfen.« Er fragt, ob ich ihm die Seriennummer mailen könne, dann werde er den Neupreis heraussuchen. Außerdem erwähnt er, dass ein Ofen, der älter als fünfzehn Jahre ist, viel weniger einbringt. Gut, ein sehr teurer, exklusiver, aber wahrscheinlich nur noch wenig einbringender Ofen. Was kann ich verlangen? Fünfhundert Euro? Das wäre ein Achtel des Neupreises. Ich weiß nicht, wie alt der Ofen ist, aber das lässt sich vielleicht feststellen, wenn ich die Seriennummer finde und Philip Celen zumaile. Falls es ein seltenes Exemplar ist, übernimmt er es am Ende selbst, Kalmthout ist gar nicht so weit weg, glaube ich.

Etwas unter den Händen haben. Den Ofen also, und dieses Buch. Einfach immer weiterschreiben. Sitzen und tippen. Keine schädlichen Gedanken dulden, wie zum Beispiel: »Was für ein Gelaber« oder »Warum mache ich das eigentlich?«. Mich heimlich aber doch fragen, wann ich nun endlich auf die Geschichte meiner psychischen Verfassung zu sprechen komme. Das schiebe ich vor mir her, sicherer ist es jetzt, etwas über einen Cashin-Ofen zu schreiben und über Jasper und das Wetter und Haubenmeisen. Vögel sind etwas sehr Tröstliches.

Update und Korrektur: Nachdem ich ihm eine Typenbezeichnung zugemailt hatte (Cashin T3-01/F-68370 ORBEY/DIN 18891), bekam ich von dem netten Mann aus Kalmthout blitzschnell eine Antwort. Leider ist ausgerechnet mein Ofen aus der »preisgünstigeren Serie«. Neupreis tausendsiebenhundertneunzig Euro plus Mehrwertsteuer. Gewicht: hundertsiebenundachtzig Kilo! Philip Celen rät mir, hundertfünfzig bis dreihundert Euro dafür zu verlangen, und fügt feinsinnig hinzu, den höheren Preis würden wahrscheinlich nur Cashin-Kenner zahlen.

6. FEBRUAR [SCHWARZBACH]   Fertig mit Band sieben von Voskuils *Bureau*. Mit Ausnahme von Band eins und zwei habe ich den gesamten Zyklus zum vierten Mal gelesen. Band eins und zwei nicht, weil ich, wie schon erwähnt, ein Nachwort zur deutschen Ausgabe von Band drei geschrieben habe und es aus chronologischen Gründen unmöglich fand, danach die ersten beiden Teile zu lesen. Das Buch erscheint im Berliner Verbrecher Verlag unter dem Titel *Plankton*. Der Übersetzer ist Gerd Busse. Er hat auch mein Nachwort übersetzt.

Das gelegentliche Sich-bis-aufs-Blut-Triezen –
ich kann davon gar nicht genug bekommen.
Nachwort zu *Das Büro drei, Plankton*
von Gerbrand Bakker

Mitte der Achtzigerjahre war ich regelmäßig im P. J. Meertens Instituut, dem *Büro,* das durch Voskuils Roman als A. P. Beerta-Institut berühmt wurde. Ich besuchte die Seminare des Dialektforschers Jan Stroop, den *Büro*-Lesern besser bekannt als Flip de Fluiter. Das Institut befand sich in einem ehemaligen Bankgebäude, in dessen Tresorräumen – düster, feucht, mit Türen so dick wie Oberschenkel – Stapel alter Fragebogen aufbewahrt wurden. Wir zeichneten die Karten dazu. Ich erinnere mich, dass ich eine Karte für das Wort »Apfelmus« machen musste – sowie eine für einen bestimmten Teil der Sense, der Begriff dafür ist mir entfallen, ich meine mich zu erinnern, dass es »der Arend der Sense« war, der Haken, mit dem das Sensenblatt am Stiel befestigt wurde. Kaffee tranken wir in der ehemaligen Halle des Gebäudes, dort, wo auch alle anderen Mitarbeiter des Instituts Kaffee und Tee tranken. Ich muss Voskuil dort begegnet sein, aber ich habe keinerlei Erinnerung daran. Später – nach Voskuils Pensionierung – habe ich zwei Jahre lang die Toponymikseminare von Professor Blok besucht, den die *Büro*-Leser als Jaap Balk kennen. Ein äußerst liebenswürdiger und freundlicher Mann, sehr sachkundig, aber auch ein wenig streng. Anfang der Neunzigerjahre dann habe ich viel Zeit in der Bibliothek des Instituts zugebracht, in der ich an meiner »*Doctoraalscriptie*«, der Studienabschlussarbeit, schrieb, die die Übereinstimmungen zwischen dem Friesischen und dem Westfriesischen behandelte.
Ende der Neunzigerjahre, inzwischen waren die ersten fünf

Bände von *Het Bureau* erschienen und hatten sich bei uns in den Niederlanden zu einem Riesenerfolg entwickelt, konnte ich es kaum erwarten, dass auch die Teile sechs und sieben des Romanzyklus erscheinen würden. Sie umfassten nämlich die Jahre, in denen Voskuil mich hätte »observieren« können, und vielleicht hatte er für seinen Roman ja sogar aus irgendeinem Grund einen pickligen und unsicheren Wichtigtuer gebraucht. Das wäre doch phantastisch: in einem der monumentalsten Romane, die jemals in den Niederlanden erschienen sind, als Figur aufzutreten. Doch leider: kein Gerbrand Bakker, »der den *Büro*-Lesern besser unter dem Namen Ijsbrand Slager bekannt ist« …

Einmal bin ich Voskuil dann doch begegnet, in einem brechend vollen Zug von Amsterdam nach Nimwegen. Das war 2004. Er und Marianne van Zuijlen, die im Roman Tjitske van den Akker heißt (und die ich – die Welt ist klein – wiederum von der Eislaufbahn kannte), standen auf der Plattform am Ende des Waggons, ihre Fahrräder lehnten an der Wand. Ich hatte ebenfalls das Fahrrad dabei. Voskuil hustete so fürchterlich, dass mir angst und bange wurde. Ich erinnere mich, dass ich dachte: Der macht es nicht mehr lange. Ich unterhielt mich mit Marianne, wir sprachen übers Schlittschuhlaufen, und über sie versuchte ich, auch an Voskuil heranzukommen. Das habe ich folgendermaßen angestellt: »Ich bin eigentlich ein Kollege von Herrn Voskuil, denn ich habe ein Jugendbuch geschrieben.« Damit spielte ich auf meinen Jugendroman *Perenbomen bloeien wit* an, der 1999 erschienen war (auf Deutsch: *Birnbäume blühen weiß*). Voskuil hat mich dabei zwar angesehen, doch er sagte nichts. Er hustete. Marianne führte das Wort. Sie erzählte, dass sie in der Nähe von Nimwegen ein bisschen Fahrrad fahren wollten, und mein vollkommen nutzloses und reichlich pedantisches Bekenntnis blieb in der Luft hängen, meine Scham wuchs. Doch dann erreichten wir den Bahnhof, und Voskuil fing plötzlich an zu reden, sanft und freundlich. »Na, dann wünsche ich eine schöne Radtour, nicht wahr?«, sagte er zu mir. Erst später verstand ich: Im vollen Zug hatte er sich eingesperrt, vielleicht sogar bedroht gefühlt. Erst als sich die Türen in die Freiheit aufschoben, konnte er wieder atmen und sogar etwas sagen, in dem Wissen, dass dieser Moment das Ende unserer »Begegnung« bedeutete.

Nach Voskuils Tod im Jahre 2008 bat mich die Literaturzeitschrift *Tirade*, etwas für eine Ausgabe zu schreiben, die ganz und gar ihm gewidmet sein sollte. In diesem Artikel habe ich eine Reihe von Texten meines Weblogs zusammengefasst. In einem davon machte ich meinem Ärger Luft, der mich nach dem Lesen der Reisetagebücher Voskuils (*Terloops*, *Buiten schot* und *Gaandeweg*) befallen hatte. (Deutsche Leser haben keine Ahnung, was sie noch so alles nach dem *Büro* erwartet.) Diese drei Tagebücher erschienen zwischen 2004 und 2006. Hier ein Fragment aus meinem Blog:

»Und damit bin ich vorläufig erst einmal fertig mit der Voskuil-Lektüre. Weinen, Entsetzen und ohnmächtige Wut beim Anblick toter Katzen, Hunde und Vögel auf der Straße (L.: ›Keine Sorge, kleines Tierchen. Diese Drecksäcke, ich werde dich rächen!‹). Stunden zu spät irgendwo ankommen, weil alle Schnecken vom Weg aufgesammelt und in Sicherheit gebracht werden müssen. Andere Wanderer sind ›Rindviecher‹, haben ›Drecksvisagen‹, sind ›Dummköpfe‹ und ›Schreihälse‹, deren Anwesenheit man nur mittels eingeschobener Ruhepausen entgehen kann. Sie suchen die Einsamkeit, und es darf auf keinen Fall ›warm‹ sein, sonst ist es bei ›L.‹ mit der guten Laune vorbei (›Siehst du! Das hatte ich schon befürchtet! Ich will das nicht!‹). Unverschämt intolerant, dieser Voskuil. Eine Eigenschaft, die ich bis zum letzten Reisetagebuch eigentlich nett fand, vor allem, da ihm selbst dabei völlig klar ist, dass er auch nur ein Mensch ist, und er sich regelmäßig schuldig fühlt wegen diesem oder jenem. Doch das Beschönigen war mir irgendwann über. Ich begann, mich maßlos über den Fleischkonsum des häufig griesgrämig dahinwandernden Ehepaars zu ärgern. Sie stopfen sich mit Nierchen, Leber, Kalbs-, Lamm- und Hühnerfleisch voll, als wäre dieses Fleisch nicht auch einmal ein lebendiges Wesen gewesen. Sie benutzen Taxis und Flugzeuge, obwohl gerade das die Beförderungsmittel sind, die Katzen, Hunde, Vögel und Schnecken ›ermorden‹, und sehen nicht, dass sie ebenfalls Wanderer sind, von denen andere Wanderer denken könnten: ›Warum gehen mir diese alten Schluffis nicht mal aus der Sonne?‹«

»L.«, das ist Lousje Voskuil-Haspers, die Frau Voskuils, *Büro*-Lesern als Nicolien vertraut. Sie selbst hat einmal gesagt, dass sie sich kaum in dieser Romanfigur wiedererkennt – wobei sie feinsinnig anmerkte, dass ihr Mann sie nahezu ausschließlich in ihren »*boze buien*«, also in ihrer schlechten Laune, gezeichnet habe. In den Reisetagebüchern sind Maarten und Nicolien Koning einfach »Ich« und »L.«. Ich bekam einen Brief von ihr, eine Weile nach dem Erscheinen des *Tirade*-Sonderheftes. Man könnte erwarten, dass es ein böser Brief gewesen wäre, doch ganz im Gegenteil. Er begann folgendermaßen: »Ihren Beitrag in der *Tirade* fand ich sehr schön. Dass Sie sich so maßlos über unseren Fleischkonsum geärgert haben, finde ich natürlich nett.« Der Brief war drei Seiten lang und mit Hand geschrieben. Ich hüte ihn wie meinen Augapfel, und das nicht nur, weil er endet mit: »Und Sie? Wird noch ein Buch von Ihnen erscheinen? Ihr Roman *Oben ist es still* steht hier so einsam im Regal. Wir fanden, dass es so ein gutes Buch ist, Han und ich. Ich darf doch wohl hoffen?« Womit endlich die Scham über mein kindisches Bekenntnis im Zug die Chance erhielt, sich allmählich zu verflüchtigen.

Wiederum einige Zeit danach saß ich im Verlag G. A. van Oorschot, in dem *Het Bureau* erschienen ist, und sprach vom Schreiben einer Biographie über Voskuil. Es war ein sehr nettes Gespräch, und irgendwann saßen alle Mitarbeiter des Verlages (der ziemlich klein ist) am Tisch. Es war sehr gemütlich, doch ich habe diese Biographie nie geschrieben, weil mir schon bald klar wurde, dass ich es nur mit einer Panikattacke über das Ausbleiben eines eigenen neuen Buchs zu tun hatte. Ich suchte – vielleicht ein wenig verzweifelt – nach etwas, womit ich meine Zeit ausfüllen konnte, nach etwas Schreibarbeit, ohne dabei gleich einen Roman zusammenphantasieren zu müssen.

Dieses Nachwort hier bot mir die Gelegenheit, *Plankton* ein viertes Mal zu lesen. Jawohl: Ich habe den gesamten Romanzyklus schon dreimal gelesen, und das ganz bestimmt nicht, um mich selbst zu quälen. Die Bücher lassen sich ungemein gut mehrfach lesen, es ist jedes Mal wieder ein Fest, in die Welt des ehemaligen Bankgebäudes an der Amsterdamer Keizersgracht zu kriechen, um monatelang in der sicheren – und für mich vertrauten – Atmosphäre zu verkehren. Ich habe mich gefreut, als ich gefragt wurde, ob ich ein Nachwort schreiben könnte, und das ausgerechnet auch noch zum dritten Band, dem letzten, in dem Herr Beerta eine aktive Rolle spielt. Ich mag Beerta und wünschte, dass ich ihn gekannt hätte. Die subtilen Spielchen, die Maarten Koning und Beerta miteinander spielen, oft ein wenig homoerotisch geladen, die Frotzeleien, das gelegentliche Sich-bis-aufs-Blut-Triezen – ich kann davon gar nicht genug bekommen. Im vorliegenden Band sind es vor allem die Winkelzüge Beertas bezüglich *Ons Tijdschrift* und die starre Haltung Maartens, die aufeinanderprallen. Und immer wieder Beertas Lächeln, das ironische Spitzen der Lippen, so dass Maarten nie sicher ist, ob sein alter Lehrer sie gerade wieder einmal alle übers Ohr haut oder nicht. Der Wirbel rund um *Ons Tijdschrift* ist ohnehin der zentrale Aspekt in *Plankton*, vielleicht ist er sogar ein einziger, riesiger Anlauf hin zu Beertas Schlaganfall. Wenn dem so ist, ist es ein neuerlicher Hinweis darauf, dass Voskuil nicht einfach bloß all die Tagebücher aus seiner Zeit am Meertens Instituut abgetippt hat – es gab nämlich Leser, die das dachten, als die *Bureau*-Bände erschienen. Denn Voskuil hat durchaus Literatur daraus gemacht. Er hat dramatische Linien eingezogen, Dinge absichtlich verschwiegen und weggelassen sowie anderes hinzugefügt, wenn es ihm als Romancier gerade so passte. Die Klage manches ehemaligen Kollegen, dass es »so doch wirklich nicht gelaufen ist«, ist sicherlich begründet: So ist es tatsächlich nicht gelaufen. *Das Büro* ist ein Roman, er ist ein Abbild der Wirklichkeit, nicht die Wirklichkeit selbst.

Voskuil ist daneben ein Meister im nahezu punktgenauen Zeichnen eines Charakters:

»Beerta ging mit kurzen Schritten.«

»Balk kam in den Durchgangsraum, schnaubend und niesend, und verschwand durch seine Tür.«

»›Herr Koning!‹, sagte Dé Haan, sie stand in der Tür. ›Könnten Sie gleich kurz zu mir kommen, wenn Sie mit dem Kaffeekränzchen fertig sind?‹«

Gerade dadurch, dass er seine Romanfiguren nicht ausgedehnt beschreibt, sondern sie mit ein paar charakteristischen

Verhaltensweisen oder Merkmalen versieht, erhält der Leser ein Bild von ihnen, das ihm nicht vom Autor vorgekaut wird. Auch sein vielfältiger Gebrauch des Ausrufezeichens – etwas, wovon angehenden Schriftstellern nachdrücklich abgeraten wird – trägt hierzu bei. Ich kenne keinen einzigen anderen niederländischen Autor, der seinen Ausrufezeichen so viel Bedeutung zu verleihen vermag.

Nach dem zweiten Band *Schmutzige Hände* ist *Plankton* ein »häuslicher« Band. Bereiste Maarten Koning in Band zwei noch intensiv das In- und Ausland, um verschiedene Kongresse zu besuchen, mit dem dramatischen Höhepunkt eines Vortrags über den Weihnachtsbaum in Münster, spielt sich Band drei vor allem im Institut selbst ab – mit einer wichtigen Ausnahme: dem internationalen Kongress in Visegrád in Ungarn, auf dem Maarten einen Aufstand anzettelt, der zur Entmachtung des selbstherrlichen Professors Horvatić als Vorsitzenden des Atlas-Projekts führt. Doch ansonsten stehen das Leben im Büro und das Leiden an den Verhältnissen im Mittelpunkt der Handlung. Und auch das Leiden an den Kollegen: Bart Asjes, der sich vor der Verantwortung drückt, dass es kaum noch zu ertragen ist, Ad Muller, der ständig krank und misstrauisch ist, Joop, die ihre Unfähigkeit lautstark übertönt, Sien, die vor Nervosität immer wieder schluckt, und Tjitske, die völlig undurchschaubar bleibt. Maarten versucht, den Laden demokratisch zu führen, und verzweifelt fast daran: Wollen seine Mitarbeiter nun mitreden und mitentscheiden, oder wollen sie mit harter Hand regiert werden? Warum sind sie nicht nett? Warum geben sie sich nicht freundlich? Warum wehren sie sich alle so? Die Antwort ist natürlich einfach: Alle Mitarbeiter glauben an das, was sie tun, während Maarten – laut oder auch leise – an der Idee festhält, dass

»die Wissenschaft« nichts darstelle. Wie lässt sich dann in einem Büro, in dem man eng aufeinanderhockt, jemals eine harmonische und herzliche Beziehung aufbauen? Und wie soll das weitergehen? Es warten noch vier Bände auf den begierigen Leser! Eines kann ich ihm jetzt schon verraten: Beerta ist noch lange nicht tot, auch wenn man ihn ab Band vier kaum noch verstehen kann …

Zum Schluss noch etwas über Voskuil als Vorbild. Ich vermute – ich schreibe mit Absicht »ich vermute«, da es fast nie gelingt, über ein »Früher« zu einem sauberen Urteil zu kommen, und weil man manchmal so ausgiebig über ein bestimmtes Thema gesprochen hat, dass man sich zu fragen beginnt: »Rede ich nun irre, oder ist es wirklich so gelaufen?« –, ich vermute also, dass es zwei Bücher waren, die mit zu meinem Roman *Oben ist es still* geführt haben. Bei vorangegangenen Anläufen, einen Roman zu schreiben, war ich der Versuchung erlegen, zu weitschweifig und zu bedeutungsvoll zu sein. Ich trug viel zu dick auf und war dabei am liebsten auch noch moralistisch, also mit viel »Botschaft«. Kurzum, ich wusste nicht, worüber ich schreiben sollte, ich wollte ein Schriftsteller sein und nicht ein schönes Buch schreiben. *Lord of Dark Places* von Hal Bennett und *Das Büro* von J. J. Voskuil haben mir etwas gezeigt, was ich brauchte, wenn auch auf jeweils unterschiedliche Weise. Das erste Buch ist eine völlig wahnsinnige Geschichte über einen Vater und seinen im Kopf nicht ganz richtig tickenden Sohn, die beide evangelisierend durch den Süden der Vereinigten Staaten ziehen, wobei der Sohn – mehr oder weniger von seinem Vater gezwungen –, wo es nur geht, sein stattliches Geschlechtsteil einsetzt. Ich las es und dachte: Es ist erlaubt, man darf über solche Dinge auf diese Weise schreiben. Es ist ein wildes Buch. *Das Büro* ist dagegen alles andere als ein wildes Buch, doch auch hier dachte ich: Es ist erlaubt, man darf fünftausend Seiten über etwas schreiben, das stinknormal und vielleicht sogar langweilig ist, über etwas, das man bis in die letzten Feinheiten kennt, eine alltägliche Existenz, gar nicht glamourös. Womöglich – für jeden anderen Autor außer Voskuil – überhaupt kein Thema oder Stoff für Literatur. Ich habe für *Oben ist es still* nichts recherchiert, sondern die Situation auf dem Bauernhof der Hauptperson einfach so sein lassen, wie ich sie noch aus meiner Jugend kannte. Darüber habe ich eine ausgedachte Geschichte gelegt – schreiben über das, was man kennt oder was einem am Herzen liegt, führt nicht immer automatisch zu einem autobiographischen Roman. Auch Voskuils Stil hat mich beeinflusst: trocken, ohne Metaphern, mit unterkühltem Humor. Wie in einem Ich-Roman ist Maarten Koning der Einzige, der reflektiert beziehungsweise reflektieren kann, was er auch hin und wieder tut, und fast immer mit dem Ziel, sich mit der Art Mensch, die er ist, oder dem Leben im Allgemeinen zu versöhnen. Alle anderen Romanfiguren dagegen *sind*. Sie machen. Sie reden. Sie gewinnen ausschließlich Kontur durch ihre Handlungen. Vor allem Letzteres ist eines der schönsten Dinge, die es für mich in einem Roman gibt.

Warum möchte ich auch niederländischen Lesern zumuten, dieses Nachwort auf Deutsch zu lesen? Weil Voskuil selbst so etwas ebenfalls fertigbrachte. Seitenlang Deutsch, wenn er irgendeinen europäischen Atlas-Kongress beschreibt, dabei zwischendurch mal ein englischer Satz, wenn Maarten Koning mit Kollege Stanton spricht. Beim ersten Lesen habe ich am Schluss des Bandes herumgeblättert, in der Erwartung, dort eine Übersetzung zu finden. Fehlanzeige. Es ist eine Hommage an Voskuil, zu dessen Literaturauffassung diese

Sprachmischung gehörte. Dass ich mit Band sieben fertig bin, ist schlimm, weil ich jetzt wieder etwas anderes lesen muss und mir das nach Voskuils Sprache sehr schwerfällt. Ich habe keine Lust, seine Welt zu verlassen, sondern möchte jeden Abend aufs Neue in sie eintauchen. Das macht ein Buch für mich zu einem guten Buch: wenn ich gern in eine Atmosphäre eintauchen möchte, die mir gefällt. Die Geschichte ist mir weniger wichtig, glaube ich, obwohl das auch vom Stil abhängt. Die Atmosphäre zählt. Ein bisschen wie früher bei *Één van de Acht*, dem Vorbild für Carrells *Am laufenden Band*. Schon am Samstagnachmittag, wenn ich mit einem Freund irgendwo im Grünen herumstreifte, freute ich mich auf den Abend mit Mies Bouwman, dem laufenden Band, einem Glas Limonade und einer großen Jakobsmuschel voll Erdnüssen oder Chips.

9. FEBRUAR [SCHWARZBACH]   Der Ofen ist weg. Klaus hat mich auf ebay.de eingewiesen, und ich habe den Ofen inseriert. Noch am selben Abend meldete sich jemand per Mail, am nächsten Abend kamen die Leute vorbei, eine Frau und zwei Männer. Die Frau wusste genau, wo mein Haus steht, sie ist die Briefträgerin. Der eine Mann war ihr Ehemann, in welcher Beziehung das Paar zu dem anderen stand, ist mir entgangen, jedenfalls war er der Wortführer. Kleiderschränke, die beiden Männer. Sie kamen eine Viertelstunde zu früh, ich war noch beim Essen, als der Wagen vorfuhr. Es wurde eine Weile geschaut, gemessen und diskutiert. Sie sprachen Eifelisch, ich ließ sie reden. Schließlich bekam ich hundertsiebzig Euro, am Telefon hatte mich die Frau schon auf zweihundert heruntergehandelt. Ich kann nicht verhandeln, und ich schämte mich ein bisschen, weil der Ofen im Kaufpreis des Hauses inbegriffen gewesen war. Solche Gedanken

muss man natürlich mit unbewegter Miene für sich behalten. Zu dritt versuchten wir, den Ofen zu heben. »Geht's?«, fragte mich der Wortführer. »Na ja …«, sagte ich. Sie schoben mich zur Seite und stemmten das bleischwere Ding zu zweit hoch. Bis es auf dem Anhänger war, stand ihnen der Schweiß auf der Stirn, bei fünf Grad minus. Ich ging wieder ins Haus, um mein Essen aufzuessen. Es war aber kein Essen mehr da. Stattdessen lag ein Hund auf der Bank am Küchentisch und schlug wild mit dem Schwanz auf die Kissen. »Verflixt!«, rief ich. »Was soll ich jetzt essen?« Darauf hatte Jasper keine Antwort. Er begann mich abzulecken, das macht er immer, wenn er weiß, dass er etwas Verbotenes getan hat. Ofen weg, Essen auch. Ich richtete den Hauswirtschaftsraum neu ein, ohne den Ofen ist darin richtig viel Platz.

Ich habe ein ziemlich schlechtes Gedächtnis. Fast nichts weiß ich mehr. Freunde aus meiner Schulzeit können sich noch genau daran erinnern, was bei der und der Scheunenfete passiert ist, wer was gesagt hat, wer mit wem eine feste Beziehung hatte. Ich weiß kaum noch etwas von alldem, außer dass ich sehr verliebt in Robèr Glas war. Sollte er das hier jemals lesen, wird er furchtbar wütend sein, das ist mir klar. Ich habe nämlich einmal einen Brief bei ihm zu Hause in den Briefkasten gesteckt. Vorher hatte ich sehr viel getrunken, bei der Geburtstagsfeier meines ältesten Bruders, der damals ganz in der Nähe von Robèr Glas wohnte und ihn ebenfalls eingeladen hatte. Das Einzige, was Robèr zu diesem Brief zu sagen hatte, war – Jahre später –, ob mir klar sei, dass seine Eltern den Brief hätten finden können. Als hätte meine Verliebtheit ihn zu einem Mitschuldigen gemacht, als hätten seine Eltern ihren Sohn wegen eines solchen Briefs vielleicht für eine Schwuchtel gehalten. Er war ein Falschspieler. Ich weiß noch genau, dass er bei einer Fete den Discjockey gab und *I'm coming out* von Diana Ross auflegte, wobei er übers Mikrofon verkündete, dieser Song sei speziell für mich. So war er: Hoffnungen machen, schmeicheln und einem dann die kalte Schulter zeigen. Natürlich war ich während meiner Schulzeit oft unglücklich verliebt. Fast nur. So muss es auch sein, glaube ich.

Am letzten Augusttag 2014 fuhr ich mit David Colmer, der meine Bücher ins Englische übersetzt, nach Wieringerwaard. Das kann ich nur deshalb so genau sagen, weil ich in meinem Blog darüber geschrieben habe. David übersetzte gerade *Juni* und wollte dem Ort einen Arbeitsbesuch abstatten. Dem Schwimmbad, dem Friedhof. Ich erinnere mich, dass ich mit finsterer Miene neben ihm saß, weil es mir nicht leichtfällt, mit jemandem, den ich erst später in meinem Leben kennengelernt habe, mein Heimatdorf zu besuchen. Und wegen des empfundenen Widerspruchs zwischen der Wirklichkeit dessen, was wir taten, und der Tatsache, dass *Juni* ein Roman ist. Und weil ich plaudern musste. Glücklicherweise übernahm mein Vater teilweise das Plaudern, der ist ziemlich gut darin. Er führte David durch die Stallscheune. »Wo hat denn das Stroh gelegen?«, wollte David wissen. Da, zeigte mein Vater, und dort hatten wir das, und so und so und hier und da und deshalb. Nach dem Kaffee fuhren wir zum Schwimmbad. Das hatte sich sehr verändert. Neue Badekabinen, eine riesige Rutschbahn, ein fremder Bademeister. Im Schwimmbecken gerade einmal drei kleine Jungs. David machte Fotos. Danach fuhren wir zum Friedhof. Wieder machte David Fotos, ich zeigte ihm das Grab meines Bruders und das Grab meiner ersten kleinen Freundin und die uralten Gräber von Urgroßonkeln. Dann wurde es höchste Zeit, etwas zu essen, und das taten wir im Wasserturm. Auch etwas Neues: Der Wasserturm, früher nicht zugänglich, ist jetzt ein Café. Jasper sprang auf die Theke, weil er leckere Sachen sah. Ich hatte das Gefühl, in einem fremden Dorf zu sein. Neben dem Wasserturm wurden in einer großen Lagerhalle Antiquitäten und sündhaft teure Schränke aus Abbruchholz verkauft. Ich kannte die Inhaber nicht. Wir gingen zu Davids Mietwagen zurück, der noch beim Friedhof stand.

Kurz bevor David losfahren wollte, rief ich: »Stop!« Ich sah im Seitenspiegel Tante Joek näher kommen, mit einem mir unbekannten Mann. Tante Joek und Onkel Eef – keine Verwandten, aber wir nannten alle Freunde meiner Eltern und die Nachbarn Tante und Onkel. Onkel Eef lebt nicht mehr, er ist vor etwa anderthalb Jahren gestorben. Ich stieg aus. »Tante Joek«, sagte ich. »Ach, Ger«, sagte sie. Wir umarmten uns, Tante Joek musste weinen. »Wie viel Zeit doch vergangen ist«, sagte sie. Sie war auch am Grab meines Bruders gewesen. Ich stellte sie David vor und sie uns ihrem Begleiter, einem alten Schulfreund von ihr. Erst da fiel mir ein, dass Tante Joek eine Rolle in *Juni* spielt, aber ich hatte keine Lust, das David zu erklären, es wurde mir selbst viel zu kompliziert, mir schwirrte der Kopf. »Das ist mein Hund«, sagte ich deshalb nur und zeigte auf den Rücksitz des Wagens. Später hörte ich von meiner Mutter, Tante Joek habe erzählt, dass auch ich geweint hätte. Soweit ich mich erinnern kann, stimmt das nicht. Aber ich war gerührt, wie immer, wenn ich Tante Joek sehe.

Ich mag Tante Joek sehr, wie auch Onkel Eef, als er noch lebte. An dem Tag, an dem mein kleiner Bruder ertrank, radelte ich vom Schwimmbad nach Hause. Ende Juni. Kurz bevor ich zu Hause ankam, holte Onkel Eef mich mit dem Rad ein. Ich sollte mitkommen. Ich begriff nichts. Tante Joek nahm sich unser an, meine Schwester und ich bekamen Brei und feuchte Küsse und Liebe und ein warmes Bad. Ich nehme an, dass wir mehrere Nächte dort geblieben sind, bin mir aber nicht sicher. Bestimmt habe ich meine Mutter später danach gefragt, doch auch das habe ich vergessen. Dafür habe ich noch eine lebendige Vorstellung von der Küche, dem Fenster an der Seite mit Aussicht auf das kleine Haus nebenan. Kempenhout hieß der Hof von Onkel Eef und Tante Joek, später sind sie in ein anderes Bauernhaus im selben Dorf umgezogen. Wieso diese Erinnerung? Warum weiß ich noch, dass der Bauernhof Kempenhout hieß, habe aber völlig vergessen, wie jene Tage verlaufen sind? Sieben Jahre alt war ich damals. Alles kam herein, nichts fand seinen Platz. In diesem Alter registriert man, begreift aber nicht – vielleicht sollte ich statt »man« lieber »ich« schreiben. Allerdings weiß ich, dass ich von jenem Tag an kaum noch einschlafen konnte, etwas, das mir dann jahrzehntelang zu schaffen gemacht hat. Und dass ich viel und heftig träumte, oder halbträumte. Unendlichkeit. Durch den Raum taumelnde Skelette, keine Begrenzungen; nirgends eine Baumreihe, ein Wassergraben oder eine Straße, die diese Unendlichkeit eingedämmt hätten. Die Decke über den Kopf ziehen, zu mir selbst sagen: »Und jetzt wird es Morgen.« Und dieser Morgen kam immer. Sehr früh sogar, es waren noch die längsten Tage. Ich glaube mich zu erinnern, dass wir in den Sarg geschaut haben, ich sehe sein blasses Gesicht und habe einen nagelneuen blauen Pyjama vor Augen. Als er noch lebte, hatte er Flanellhosen getragen, ebenfalls blau. Der Sarg stand am Fenster des Schlafzimmers im Erdgeschoss. Vermutlich war ich die ganze Zeit bei Tante Joek – ihr Sohn Johan war ein Schulfreund von mir –, da ich mich sonst bestimmt an Angst erinnern könnte. Angst davor, in der Nähe dieses Sargs, dieses toten Körpers zu sein. Auch meine Schwester war bei Tante Joek. Wo meine beiden älteren Brüder waren, weiß ich nicht.

Ich glaube, dass ich es einfach nicht verarbeiten konnte, jahrelang habe ich es mit mir herumgeschleppt. Es hat sich auf seltsame Weise mit einem vagen Schuldgefühl verknüpft, das ich schon damals hatte und von dem ich heute weiß, dass es selbst wiederum mit einer Depression verknüpft ist, meiner Begleiterin seit früher Jugend. Eine Depression macht egoistisch, macht den Umgang mit Menschen zum Problem, wirkliches Interesse für jemand anderen oder Empathie zu empfinden ist schwierig, die eigenen Gefühle zu ergründen unmöglich, da man sie ja gerade auf Distanz halten will. »Unverträglich«, hat Klassenlehrer van Dijk in mehreren meiner Zeugnisse vermerkt. Das passte auch noch ins Bild. Daher dieses Schuldgefühl: Etwas ist nicht richtig, ich mache etwas nicht richtig, mit mir stimmt etwas nicht. Schuld und Scham. Und die Menschen können mir vom Gesicht ablesen, dass ich nicht bei der Sache bin, dass es mir fast unmöglich ist, zuzuhören, weil mich dabei oft eine blinde Panik erfasst; weil ich das unbedingt nötige Interesse an den Äußerungen meines Gegenübers nicht aufbringen kann, kein wirkliches jedenfalls. Dann will ich wegrennen, so schnell ich kann, flüchten. Vielleicht hat diese Erinnerungsschwäche auch damit zu tun. Wie kein anderer konnte ich von klein auf verdrängen. Verdrängen und verschleiern. Niemanden merken lassen, was wirklich in mir vorging. Nicht mit Absicht, o nein, das ging ganz von selbst, allein schon, weil ich ja kaum begriff, was in mir vorging. Ohne jede Initiative, ohne jeden Ehrgeiz, immer einen Schritt zu spät, habe ich geschrieben. Es war schwer genug, mich im Hier und Jetzt zu behaupten, und ich war zufrieden, wenn mir das gelang. Der erwähnte Klassenlehrer van Dijk meinte übrigens, mehr als ein mittlerer Schulabschluss sei bei mir nicht zu erwarten. Dem habe ich es dann gezeigt, indem ich auf dem Weg über die Fachhochschulreife schließlich noch die allgemeine Hochschulreife erworben habe. Zwar mit einer Wiederholungsprüfung, aber das tut nichts zur Sache. Ausgerechnet in Deutsch hatte ich die schlechteste Note.

Das Rauchen werde ich nicht aufgeben. Ich war einverstanden mit dem Rauchverbot an vielen öffentlichen Orten und bei Bekannten zu Hause. Rauchen bedeutet jetzt: flüchten können, wann immer ich will.

10. FEBRUAR [SCHWARZBACH]   Gestern Morgen hatte ich mich dick eingepackt, Jasper sein Geschirr angelegt und mir die Bergschuhe angezogen. Die Rollleine hatte ich in der Hand. Ich öffnete die Haustür, und Jasper lief ganz gemächlich fort. Erst da merkte ich, dass ich die Leine nicht an seinem Geschirr eingehakt hatte. Er blieb viereinhalb Stunden weg. Hin und wieder sah ich ihn, einmal holte ich ihn aus dem Garten von Frau Trappen, die Geburtstag hatte, was mir aber erst mittags einfiel. Ich trug ihn zum Haus und setzte ihn vor der Tür auf den Boden, weil ich dachte: Jetzt bleibt er, er muss doch Hunger haben. Wieder weg. Unterwegs verlor er irgendwo sein Geschirr, es wird wohl an einem Ast hängen geblieben sein. Sehr schade, ich hatte dieses Geschirr, das etwas zu weit war, meinem Geschmack und seinen Maßen entsprechend umgearbeitet und an schnell verschleißenden Stellen Stofflappen angenäht. Pauline Slot, eine Kollegin, die ebenfalls hier in der Gegend ein Haus besitzt, meinte, das Geschirr sei wunderschön »*customized*«. Schon das zweite, das verlorengeht, er ist ein teurer Hund. Obwohl: Jetzt trägt er das Geschirr von Paulines verstorbener Hündin Molly, über die sie ihr Buch *De hond als medemens* (»Der Hund als Mitmensch«) geschrieben hat. Das hat mich nichts gekostet. Ja, Blut an den Fingern, weil auch dieses Geschirr »*customized*« werden musste und ich die Nadel kaum durch die

Kunststoffriemen bekam. Jasper hat schwierige Maße, Geschirre sind ihm entweder zu klein oder zu groß, Molly hatte einen viel tieferen Brustkorb als er. Aber besser ein verlorenes Geschirr als ein Hund, der irgendwo im Wald, wo ich ihn nicht finden kann, an einem dicken Ast festhängt. Unsere Abendessenrunde dauerte genau drei Minuten, und um elf Uhr hatte er immer noch wenig Lust. Heute Morgen sind wir die Morgenrunde mit der Leine zwischen uns gegangen, und später überwand er die paar Meter zwischen Haustür und Anbau ohne Fluchtversuch. Komisches Tier. Jetzt träumt er. Er klopft mit dem Schwanz und schmatzt und seufzt tief.

Dick einzupacken braucht man sich nicht mehr, der Winter scheint vorbei zu sein, auch wenn man das hier in der Eifel nie wissen kann. Gestern und in der vergangenen Nacht ist fast aller Schnee weggeschmolzen, und heute haben wir bis zu fünf Grad. Wind: neun Stundenkilometer. Das ist nichts. Ich mag das sehr, wenig bis kein Wind, einer der größten Vorteile, wenn man hier lebt und nicht in Holland.

Um halb sechs habe ich kurz Frau Trappen gratuliert. Ich hatte kein Geschenk und brachte ihr nur ein Glas selbstgemachte Marmelade mit. Das Geburtstagskind war nicht sehr empfänglich für Glückwünsche, gar nicht eigentlich. »Ach, hört doch auf«, sagte sie, »wenn man fünfundneunzig wird, was hat man denn dann noch zu feiern?« An der auch anwesenden Monika ließ sie ihren Ärger darüber aus, dass man sie am vergangenen Wochenende im Stich gelassen habe, dass niemand sich um sie kümmere, dass sie im Krankenhaus habe liegen müssen. »Nein«, entgegnete Monika, »du warst im Pflegeheim, weil Sigrun krank war, sie konnte nicht kommen.« »Ja«, sagte ich, »ein schöner kurzer Urlaub zwischendurch!« »Pfui«, sagte sie und stiefelte aus der Küche (»Immer dieser Schwindel!«), um im überheizten Wohnzimmer auf ihren riesigen Fernseher zu starren. Wahrscheinlich war es Zeit für die *Lindenstraße*. Sie ließ sich nicht mehr blicken.

Neben der Grundschule, an sie angebaut sogar, stand die Feuerwache. Wer sich das ausgedacht hat, hatte bestimmt keine Kinder. Eine sehr deutliche Erinnerung. Einer der Keysper-Jungen, nicht Piet, der ältere, der andere, dessen Vornamen ich vergessen habe, wurde eines Tages in der Pause beim Ausrücken der Feuerwehr angefahren. Der Schulhof bestand aus Gehwegplatten, die Feuerwachenausfahrt aus scharfem Kies, dazwischen kein Zaun, man konnte einfach hin- und herlaufen. Es war ein heißer Tag, nirgendwo auf dem Schulhof gab es Schatten. Den Unfall selbst habe ich nicht gesehen, nur wie das Opfer hereingebracht wurde. Ein Erwachsener trug ihn in die Schule, der Junge blutete und schrie. Er war hübsch, makellos, und zu sehen, wie er blutend und übel zugerichtet vorbeigetragen wurde, war für mich wie eine Szene aus einem Fassbinder-Film. Das mache ich natürlich heute daraus, damals hatte ich noch nie von Fassbinder gehört, wahrscheinlich überhaupt noch nie einen Film gesehen. Ein Märtyrer, ein verwundeter Junge. Der gerettet werden musste. Es wühlte so vieles in mir auf, Klischeevorstellungen von Leiden, Schmerz, Liebe; es war erregend, schrecklich und schön zugleich. Nur das weiß ich. Nicht, wie es ihm ging. Er ist jedenfalls nicht gestorben.
Nicht klischeehaft war, dass die Hitze dieses Tages und der verletzte Junge in meiner Vorstellung miteinander verschmolzen. Vielleicht war es schon damals der Gedanke, wie schrecklich es sein muss, gerade an einem heißen Tag so verletzt zu werden, Schmerzen zu haben. Einer der schlimmsten Unfälle überhaupt ist in meiner Erinnerung die Explosion eines mit Propen beladenen Tanklastzugs bei dem spanischen Campingplatz Los Alfaques, am 11. Juli 1978. So furchtbar fand

ich diesen Unfall – die genaue Ursache wurde nie ermittelt, man fand Teile des Tanks Hunderte Meter entfernt, und sogar Menschen auf Luftmatratzen im Meer kamen ums Leben, die Angaben zur Zahl der Todesopfer, eine offizielle gab es nie, schwanken zwischen zweihundertfünfzehn und zweihundertsiebzig –, dass ich bis heute nicht ohne Angst einen Tankwagen sehen kann, vor allem nicht im Sommer.

Damals nahm ich an, dass alle Jungen schwul wären. Wir hatten Sex, und nie waren Mädchen dabei. Natürlich hatte ich in der Grundschule nicht das Wort »schwul« im Kopf. Das hatte niemand. Wir waren es aber. Jeder zog vor anderen die Hose aus, jeder molk den anderen, oft taten es mehrere Jungen zusammen. Irgendwo im Grünen, in warmen Kinderzimmern, im Heu. Einer, den ich Kees nennen werde, hatte den Größten, einen gewaltigen Schwanz. Mit Kees ging ich am weitesten, oder er mit mir. Wir versuchten uns gegenseitig zu ficken, schoben dem anderen unseren steifen Schniedel zwischen die Pobacken, nahmen Spucke zu Hilfe. Er brachte es fertig, wenn wir draußen unterwegs waren, seinen steifen Schwanz aus der Hose zu holen, ihn in ein Loch in der Erde zu stecken und zu sagen: »Ah, Ficken ist schön.« Zehn, elf, zwölf Jahre alt waren wir. Kees hatte schon Schamhaar. Wir legten den Kopf auf den Hintern eines anderen, steckten die Nase in die Gesäßspalte. Ein süßlicher, ranziger Geruch. Wir ließen unsere Schwänze auf Bäuche klatschen, pumpten und streichelten und schnupperten. Kommen gehörte nicht dazu, das ging noch nicht, dafür muss man älter sein. Trotzdem war da eine Art Befriedigung, ein Glühen, noch keine vollständige Befriedigung allerdings, sondern ein Vorstadium. Schön war das. Fast alle taten es, es war völlig normal, man sprach nicht darüber, weil man es als selbstverständlich empfand. Später habe ich mich dahin zurückgesehnt, zu diesem Selbstverständlichen. Sogar heute sehne ich mich manchmal noch zurück. In die Zeit, als alle Jungen schwul waren, der eine etwas mehr, der andere etwas weniger. In der ersten Klasse der weiterführenden Schule, in der großen Stadt Schagen, als wir dreizehn waren, hörte all das abrupt auf. Plötzlich spielten *Mädchen* eine wichtige Rolle (ihnen gebe ich, ehrlich gesagt, die Hauptschuld) und begann das Nicht-mehr-Kinder-Leben, in dem Beziehungen oft mühsam sind, vieles besprochen und bedacht werden muss, Eifersucht sich meldet und nichts mehr selbstverständlich ist. Ich erinnere nur an die »Aussicht auf einen Mann«, über die ich zuerst am 27. Dezember geschrieben habe. Geht man da nicht lieber zwei Stunden mit dem Hund spazieren? Oder arbeitet ein halbes Jahr an einem Buch? Schreiben ist nicht viel mehr als sublimierte Sexualität.

Meine Mutter hat Kees und mich eines Tages »ertappt«. Ohne dass wir sie hatten kommen hören, betrat sie plötzlich mein Zimmer. »Was macht ihr da?«, fragte sie. Wir antworteten natürlich nicht. Was soll man in so einer Situation sagen? »Dämel«, sagte sie schließlich. Zur Strafe mussten wir sofort nach unten und meinen Vater begleiten, der im Dorf Wolle ablieferte. Vater auf dem Traktor, wir auf der Heckklappe des Anhängers mit der Wolle. Auch er sagte noch »Dämel« zu uns, davon abgesehen ist mir von dieser Fahrt kein Wort im Gedächtnis geblieben, wahrscheinlich, weil sonst kein Wort gesprochen wurde. Ich erinnere mich, dass wir nebeneinanderstanden und zusahen, wie die Wolle in Ballen gepresst und gewogen wurde, in einer warmen Scheune, in der es überwältigend nach Schaf roch. Ich war also ein Dämel. Wenn ich heute daran zurückdenke, empfinde ich keine nennenswerte Scham, was wohl bedeutet, dass mich auch damals kein nennenswertes Scham- oder Schuldgefühl erfüllte. Selbstverständlich wurde der Vorfall nie wieder erwähnt.

Noch etwas anderes fällt mir ein. Als ich etwa vierzehn war, passte ich manchmal auf die Deutsche Dogge von Leuten aus dem Dorf auf, die einen umgebauten Bauernhof bewohnten. Es waren »besondere« Leute: Sie hängten Trockenblumensträuße an die Deckenbalken, aßen Schweizer Reibekäse, brühten Tee aus losen Blättern, was im Dorf damals sonst niemand tat, und frühstückten von Holztellern. Wenn man im Hängesessel fernsah, legte die Dogge einem gern ihren riesigen Kopf auf die Schulter. Ich nahm dort jedes Mal ein Bad, weil das bei uns zu Hause nicht ging. Die Leute hatten außerdem eine Munddusche, so etwas hatte ich noch nie gesehen; auch sie benutzte ich. Eines Tages waren zwei Jungen zu Gast, die im Garten ihr Zelt aufgestellt hatten. Man hatte mir gesagt, sie würden vielleicht ab und zu ins Haus kommen. Wenn sie etwas brauchten. Irgendwann kamen sie wirklich, beide in richtigen Schlafanzügen. Sie waren ein paar Jahre älter als ich. Bei dem einen stand der Hosenschlitz so weit offen, dass ich seinen Schwanz sah, zumindest die Silhouette. Dunkles Haar hatte der Junge, schönes Haar, und einen großen Mund. Er sah sehr sauber und frisch aus, als hätte er gerade geduscht, was aber nicht sein konnte, da ich ihn dann schon hätte sehen müssen. Diese Silhouette von einem Schwanz, schwer herabhängend, in einer dunklen Öffnung. Etwas so Schönes hatte ich noch nie gesehen; dass der Junge für mich ein völlig Fremder war, spielte dabei vermutlich auch eine Rolle. Ein Schwanz in einer Schlafanzughose, ein gepflegter Junge aus irgendeiner Großstadt. Ich weiß nicht, was sie wollten, und habe keine Erinnerung an den anderen. Es war wie mit den Fußknöcheln und Waden von Brammetje Smit, nur einen Schritt weiter, auch eine vage Ahnung von einer bestimmten Art Leben gehörte dazu. Für mich ist eine Zeichnung von einem nackten Mann schöner als der nackte Mann selbst; in Unterhose ist ein Mann mir lieber als nackt; lieber eine Silhouette als etwas deutlich Sichtbares; lieber eine Ahnung als ein Wissen.

Als ich etwas älter war und immer noch hin und wieder auf die Dogge aufpasste, kam einmal der Familienvater früh nach Hause, vielleicht früher als verabredet. Allein, keine Frau, keine Kinder. Meine Aufgabe war erledigt, ich wollte nach Hause. »Du kannst gern noch etwas bleiben«, sagte er und schaute mich auf eine ganz bestimmte Weise an. Ich konnte den Blick nicht genau deuten, hatte aber das Gefühl, dass ich besser gehen sollte. Diesen Mann wollte ich nicht, viel lieber seinen jungen Gast, der inzwischen bestimmt neunzehn war und an den ich immer wieder gedacht hatte, vor allem in diesem Haus.

17. FEBRUAR [SCHWARZBACH]   Karneval. Aus dem *Groene Amsterdammer*

Pinguine

Weiberdonnerstag. Verkleidete Frauen kommen mit ihren Kindern an meine Tür. Die Kinder singen Lieder – einige zu meiner Überraschung deutsche Fassungen unserer St.-Martins-Lieder – und verlangen Süßigkeiten. Den Frauen muss man einen Schnaps anbieten. Meine Besucherinnen (vier) lehnten dankend ab, da ich nicht der Erste war, bei dem sie anklopften. Am Morgen hatten bei Edeka in Schönecken fünf fröhlich verkleidete Frauen an einem Tisch gestanden, auf dem sich schon ziemlich viele leere Gläser angesammelt hatten. Eine fragte, ob ich ein Gläschen Sekt wolle. »Nein danke«, sagte ich mürrisch. »Ich hab's nicht so mit Karneval.« Ich glaube, sie war schon ein bisschen betrunken. »Ja, nein«, erwiderte sie, »nur dass Sie später nicht sagen, die Weiber beim Edeka hätten Ihnen gar nichts zu trinken angeboten!« Man zieht den Karneval hier unendlich in die Länge, oder besser gesagt: Man fängt sehr früh damit an, denn am Aschermittwoch muss doch wirklich alles vorbei sein, glaube ich zumindest. Ob ich denn aus Holland gar keinen Karneval kennen würde, fragte eine der vier Frauen, die an meine Tür kamen. »Nein«, antwortete ich energisch. »Ich komme aus dem Norden von Nordholland, wir sind nicht katholisch. Ich habe Karneval nie verstanden und will ihn auch nicht verstehen. Er ist völlig überholt. Er macht mir Angst, wie eine Sekte, die nach der Weltherrschaft greift, außerdem ist Karneval heute nur noch ein Vorwand fürs Saufen, Saufen, Saufen.« Die Kinder, alle vier Mädchen, starrten mich mit großen Augen an, aber sie bespuckten mich nicht; in ihren Taschen hatten sie dicke Mars und Snickers, alle von dem netten Herrn aus Holland.

Diesen Text hatte ich in meinem Blog veröffentlicht. Für meine Verhältnisse geradezu ein Statement. Und natürlich stimmte nur wenig davon: Ich habe zwar etwas über den Karneval gesagt, aber bestimmt nicht in diesen Worten. Ein paar Tage später ging ich mit Jasper nach Feuerscheid, wo am Rosenmontag um 14:11 der Karnevalszug beginnen sollte. So bin ich; an einem Tag dies sagen, an einem anderen jenes tun, gar kein Problem. Ich stellte mich irgendwo an den Straßenrand und schwätzte ein bisschen mit anderen Wartenden. Darunter ein junger Mann, der sich geschminkt und sehr sorgfältig kostümiert hatte. »Sie sind Araber, oder?«, fragte ich. Natürlich. Ich fand ihn unheimlich, sah aber auch, dass sich unter der Schminke ein hübscher Kerl verbarg. Bei uns stand ein geistig Behinderter, der Jasper anschaute und fragte, ob das nun ein Hund sei. Ja, antwortete ich, das ist nun ein Hund. Ah, der Zug. Es war nasskalt, die Leute waren viel zu dünn angezogen, hatten rote Nasen, weiße Hälse, blaue Hände. Wir wurden rücksichtslos mit Süßigkeiten beworfen. Traktoren zogen geschmückte Wagen. Ich erkannte den ehemaligen Bürger-

meister und winkte ihm zu. Er winkte zurück. Sein Sohn stand auf dem Wagen, winkte aber nicht, er schämte sich. Einer der Wagen gefiel mir, er war mit Gemüse beladen. Neben jedem Wagen ging jemand her, der Schnaps und Likör verteilte. Ich bekam kaum Schnaps ab, weil Jasper durchdrehte, der gewaltige Lärm und die Gruppe von sechzehn Pinguinkindern waren zu viel für ihn, er bellte wie verrückt, was die Schnapsverteiler abschreckte. Der Behinderte hatte nach kurzer Zeit zwei Plastikbeutel voll Süßigkeiten. Auch in seinem Mund sehr viele Süßigkeiten. Nach einer Viertelstunde war alles vorbei. Wir hatten schrecklich gefroren, in der Ferne zog das Humtata weiter, vielleicht wurde ja noch eine zweite Runde gedreht. Wir verließen das Dorf und begegneten einer Frau mit einem Dalmatiner, der so aussah, als hätte auch er sich kostümiert: Seine Punkte waren pechschwarz, zu schwarz für einen, wie ich hörte, neun Jahre alten Dalmatiner. Sein Frauchen erklärte, sie sei weggegangen, weil ihr Hund von lauter Musik schrecklich nervös werde. Jasper und der Dalmatiner spielten ein bisschen. Wir gingen in die Stille hinein. Bächlein rauschten, Vöglein sangen, kein Mensch weit und breit. Einsamkeit. »Trotzdem machen wir das nie wieder, Jasper«, sagte ich. »Jetzt wissen wir Bescheid.« Er sah mich an. »Stimmt's?« Er bellte zufrieden Reh, Eichhörnchen und Fuchs an. Hier begegnete man jedenfalls keinen Pinguinen.

23. FEBRUAR [AMSTERDAM]   Ich habe Dachdecker Rudi im Krankenhaus besucht. Wenn man bei uns in der Eifel ins Krankenhaus muss, geht man entweder nach Bitburg oder nach Prüm, und wenn es etwas schlimmer ist, nach Wittlich oder sogar Trier. Rudi liegt in Bitburg. Ich hatte nicht vorgehabt, zu ihm zu fahren, aber ich hatte Besuch, und wir mussten ohnehin zum Einkaufen nach Bitburg. Meine Besuche-

rin blieb im Auto sitzen. Ich kaufte schnell zwei Sträuße rote Tulpen (deutsche Tulpen, eigentlich schon nicht mehr guten Gewissens zu verkaufen) und betrat das Krankenhaus. Am Aufnahmeschalter musste ich einen Moment warten, weil die Frau hinter der Theke telefonierte. Ein Mann stellte sich neben mich. Nicht hinter mich, sondern neben mich. Er schaute mich an und nickte energisch in Richtung der Telefonierenden. Na frag schon, danach bin ich an der Reihe, bedeutete das. Ich erwiderte seinen Blick, sagte nichts, sondern fragte erst nach Beendigung des Telefonats, in welchem Zimmer Herr Coumont liege. Vierte Etage, Zimmer 402. Ich nahm die Treppe. Auf der zweiten Etage kam mir Rudis Frau Christa entgegen, sie war mit zwei anderen Leuten auf dem Weg nach unten. Ihr hatte ich noch am Vorabend gesagt, ich würde Rudi nicht besuchen, weil ich am Tag danach wieder in die Niederlande fahren würde. Vor Rudis Zimmer fragte ich eine Krankenschwester, ob ich eintreten dürfe. Ich durfte. Es war ein Zweibettzimmer, zwischen den beiden Betten hing ein Vorhang. In dem Bett in Türnähe lag niemand, hinter dem Vorhang Rudi.

»Ach, du«, sagte er.

»Ja, ich«, sagte ich.

Gleich darauf kam der Mann herein, der neben mir am Aufnahmeschalter gestanden hatte. Zuerst befürchtete ich, dass auch er zu Rudis Besuchern gehörte, doch er wollte zu dem leeren Bett. In seiner aufdringlichen Art blieb er stehen, fragte nach dem Verbleib des Bettnachbarn, sprach mit Rudi Eifelisch. Ich dachte: Verzieh dich zu deinem eigenen Kranken, hau ab. Wir können es nicht ändern, dass deiner nicht da ist. Ich nahm Rudis Hand. Sie war sehr warm oder meine sehr kalt.

»Ich habe dir Tulpen mitgebracht«, sagte ich.

»Tulpen aus Amsterdam!«, rief der aufdringliche Mann.

Glücklicherweise kehrte in diesem Moment Christa zurück. Sie besorgte eine Vase und stellte die kläglichen Tulpen auf ein Tischchen. Schöne Tulpen, behauptete sie.

Ich redete drauflos. Von dem Glasfaserkabel im Anmarsch, schon kurz vor Lasel, wie ich vor ein paar Tagen gesehen hatte, als ich mit dem Rad nach Schönecken fuhr. Irgendwann musste Rudi lachen, was er besser nicht tut, weil in seinem Bauch nichts mehr so ist, wie es sein sollte. Unter der Decke schauten Schläuche heraus, die zu einem Beutel führten. An diesem Beutel konnte ich sehen, dass Galle wirklich die Farbe von Teer hat. Grünem Teer.

Nach einem Unfall vor längerer Zeit war seine Milz entfernt worden. Als im vergangenen Herbst Magenkrebs festgestellt wurde, mussten vier Fünftel seines Magens und ein kleines Stück der Leber wegoperiert werden. Er hatte die Krankheit verschleppt, schon seit Monaten hatte er im Magen einen Knoten gespürt, aber nicht weiter darauf geachtet. Im Winter hat er sich einer Chemotherapie unterzogen, die aber unterbrochen werden musste, als Gallensteine entdeckt wurden. Deshalb ist die Gallenblase entfernt worden, und von dieser Operation erholt er sich gerade. Er schloss oft die Augen. Erst wenn er diese Sache hinter sich hat, kann er die Chemotherapie fortsetzen.

Wie ich eigentlich hergekommen sei, wollte Christa wissen. Beim letzten Mal, vor einigen Monaten, war ich mit dem Rad zum Krankenhaus gefahren. Unterwegs war ich bergab in einer scharfen Kurve gestürzt, so dass ich mit einem Loch in der Hose und einer blutigen Hand bei ihm ankam. »Mit einer Freundin«, antwortete ich. »Sie wartet draußen, ich bleibe auch nicht lange.«

»Hast du denn auch Freundinnen?«, fragte Christa. Sie hielt mir eine Schachtel mit Pralinen hin. Die solle ich aufessen, Rudi könne es ja doch nicht.

»Aber sicher«, sagte ich. »Ich habe Freunde und Freundinnen und Eltern und Brüder und eine Schwester und einen Hund.«

Rudi musste erneut lachen. »Er hat alles«, sagte er. Dann schloss er schnell wieder die Augen. Er hatte die ganze Nacht gezittert, obwohl sein Bett vor der Heizung stand.

»Ich gehe«, sagte ich.

»Bis die Tage«, sagte Rudi.

Erst beim Verlassen des Zimmers merkte ich, dass der aufdringliche Mann verschwunden und das andere Bett immer noch leer war.

Hin und wieder besuche ich Christa, abends. Daran ist meistens Jasper schuld, er kratzt schon an der Haustür und winselt, wenn ich noch acht Meter hinter ihm bin. Im Krankenhaus sagte Rudi etwas darüber, der Hund beschädige die Tür. Ich versprach, sie neu zu lackieren. Er schüttelte den Kopf, so habe er es auch wieder nicht gemeint. Christa lässt uns dann herein, meistens ist das um elf Uhr herum. Wir trinken zusammen ein Bierchen in dem Teil des Hauses, der früher ein Café war, und rauchen. Dabei sprechen wir über Rudis Krankheit und die Situation im Allgemeinen und wie es weitergehen soll. Ich bitte sie, Jasper keine Leckerli mehr zu geben, weil die der Grund dafür sind, dass er an der Tür hochspringt und winselt. Rudi und Christa sind noch nicht lange zusammen, vor ein paar Wochen bin ich mit ihnen nach Bitburg gefahren, als sie eine neue Sitzgarnitur und einen bequemen Sessel für Rudi kaufen wollten. Einen ausziehbaren Fernsehsessel. Rudi ist Traktorfan und Mitglied einer Gruppe von Männern, die Oldtimer-Traktoren besitzen. Einmal im Monat, manchmal auch öfter, fahren sie mit ihren Traktoren zu irgendeinem Treffen. Einmal habe ich einen Traktortag miterlebt, in Lasel, wo ich mit Jasper zu Fuß hingehen konnte. Eine ziemlich triste Angelegenheit, es regnete wie aus Eimern, alle standen unter Zeltplanen, manche hielten ein Bier in der Hand, ein großer Grill rauchte. Besucher waren fast keine gekommen. Die Traktormänner trugen alle sehr ähnliche Arbeitssachen. Von einem bekam Jasper ein Stück Wurst.

Ich habe Rudi kennengelernt, als er sich meine Futterstation aus der Nähe anschaute. Er liebt Vögel sehr und bastelt selbst Futterhäuschen, die er so konstruiert, dass die Vögel das Futterbrett nicht mit ihrem Kot beschmutzen können. Es stört ihn, dass Vögel in ihr eigenes Futter scheißen. Später hat er das Dach des neuen Anbaus gedeckt, während meiner Abwesenheit. Ich kam zurück, als es fast fertig war, und stellte fest, dass an dem schiefernen Rand drei schieferne Mauersegler befestigt waren. Das fand ich nicht schön, sondern kitschig. »Können die wieder ab?«, fragte ich. Ja, natürlich könnten sie wieder ab. Aber er habe sie mit Absicht angebracht, weil ich doch Vögel liebe, erklärte er und schlug vor, mein Haus »Das Schwalbennest« zu nennen. Da wusste ich, dass die schiefernen Mauersegler für immer hängen bleiben würden. Rudi ist ein lieber Mann. Es tut mir leid, dass er nun so krank ist, ich hoffe, dass er nicht stirbt. Nicht jetzt, meine ich, irgendwann stirbt er natürlich doch, wie jeder.

Im vorletzten Sommer saß er mit Klaus auf der Bank vor meinem Küchenfenster. Wir hatten sehr schönes Wetter. Die beiden sprachen Eifelisch. Ein paar Minuten lang versuche ich dann, dem Gespräch zu folgen, bevor ich aufgebe. Wenn sie mich brauchen, werden sie sicher wieder Deutsch sprechen. Irgendwann verstummten sie und schauten mich beide an. »Ja?«, fragte ich. Ja, nein, sie hätten über Frauen gesprochen, die Frauen lieben, und über Männer, die Männer lieben. »Ach«, sagte ich. Das meinte Klaus auch. Und dann sag-

te Rudi, das sei natürlich einfach »gewöhnungsbedürftig«.
Dieses Wort fand ich so unerhört schön, dass ich es nicht
mehr vergessen habe. Außerdem zeugte die Bemerkung von
großer Sanftmut, typisch für einen Mann wie Rudi. Beide tranken noch ein Radler. Alle drei waren wir sehr zufrieden.
Ich schreibe immer »Eifelisch«, obwohl ich mir nicht sicher
bin, ob das korrekt ist. Altbürgermeister Ernst Görgen
meint, richtig wäre »Eifel-Platt«.

Jetzt wieder Amsterdam. Demnächst habe ich zwei Lesungen
in Deutschland, aber weil mein Wohnort in der Eifel dermaßen abgelegen ist, erreiche ich Wuppertal und Bremerhaven
viel leichter von Amsterdam aus. Ich sollte doch bald mal die
Sache mit dem Führerschein angehen. Wozu mich meine
Brüder schon so lange drängen.

1. MÄRZ [AMSTERDAM]

Das Domeinenkantoor *in Wieringerwerf, 12. April 1957. Ich
erkenne drei Personen im Hintergrund. Der kleine Junge ist*

Onkel Piet, ein Halbbruder meiner Mutter. Onkel Bert, der Mann ganz links, freut sich. Tante Lief, die hübsche, schwarzhaarige Frau, scheint zu denken: Wann werde ich wohl heiraten? Mein Vater reibt sich die Hände, vielleicht hätte er sich fast noch die Lippen geleckt. Mit der Unterschrift meiner Mutter ist es endgültig: auf ewig zusammen, komme, was kommen mag. Warum sehe ich einen untröstlich schluchzenden Onkel Bert bei der Beerdigung eines Enkelkinds meiner Eltern vor mir? Mein Arm um seine Schultern, der Kloß in meinem Hals, der Gedanke: Onkel Bert ist sehr lieb. Er hatte sein Toupet nicht aufgesetzt. Warum denke ich: Onkel Piet weiß noch nicht, wie schwer er es haben wird? Schreibe ich kaum etwas über meine Eltern, weil sie mir so nah sind, so vertraut, so selbstverständlich? Und sie sind hübsch, das auch. Es war sehr schönes Wetter, sonnig, wahrscheinlich kalt. Eine unbewölkte Welt.

»Wir haben doch gar nicht im *Domeinenkantoor* geheiratet!«, sagt meine Mutter.

»So?«, frage ich. »Wo denn?«

»Na, ganz normal im Rathaus.«

»Wo steht das denn?«

»Ein paar Straßen weiter. Wie kommst du bloß darauf, dass wir im *Domeinenkantoor* geheiratet haben?«

»Ich weiß auch nicht, so hatte ich es in Erinnerung.«

»Unsinn.«

»Außerdem klingt *Domeinenkantoor* viel schöner als ›Rathaus‹.«

Text und Foto waren in *Trouw* abgedruckt, am Wochenende vor Weinachten. Die Aufgabe lautete: Suche ein Foto von deinen Eltern, bevor sie deine Eltern waren, und schreibe darüber.

»Und noch was«, sagt meine Mutter. »Wie kannst du schreiben, ich hätte die Kartoffeln, das Gemüse und das Roastbeef gleichzeitig aufgesetzt?«

Ich denke angestrengt nach, aber mir fällt auf die Schnelle nicht ein, wo sie das nun wieder gelesen haben könnte. Ich weiß, dass es so ähnlich in diesem Buch steht, weiter vorne, aber das kann sie natürlich nicht wissen. »War es denn nicht so?«

»Natürlich war es nicht so! Ich weiß doch wohl, wie man kocht?«

»Aber das Roastbeef war immer ganz durchgebraten.«

Ja, da muss sie mir recht geben. »Nur haben wir nie Roastbeef mit Kartoffeln und Gemüse gegessen. Zu Roastbeef aßen wir Brot und angebratene Champignons.«

Verflixt, da hat sie nun wieder recht. Roastbeef mit Weißbrot, das es bei uns unter der Woche nicht gab. »Ja nun, ich kann es jetzt auch nicht mehr ändern«, bringe ich zur Entschuldigung vor. »Und ist das so schlimm? Wenn ich etwas schreibe, kommt es nicht so auf die Wahrheit an. Worauf es ankommt, ist eine schöne Geschichte.«

Sie schmunzelt. Ich glaube aber, dass es sie wirklich stört. Vielleicht weniger um ihrer selbst willen als wegen der Vorstellung, dass man ehrlich sein und nicht das Blaue vom Himmel herunterlügen sollte.

Einmal hatte ich eine Lesung in meinem Heimatdorf, in der kleinen weißen Kirche, die auch *Witte Kerkje* heißt. Es gibt einen Verein *Vrienden van het Witte Kerkje*, der mich eingeladen hatte. Ich sah meinem Auftritt mit einiger Unruhe entgegen. Denn ich würde dort nicht der Schriftsteller Gerbrand Bakker sein, sondern Gerbrand, der Sohn von Kees und Ans Bakker, die natürlich auch da sein würden, wie nicht wenige andere Dorfbewohner, die ich von früher kenne und die mich von früher kennen. Der pensionierte Malermeister des Dorfes hatte mich angerufen, vermutlich der Vorsitzende des Vereins. Ich zögerte lange, fragte nach dem Honorar, um die Entscheidung aufzuschieben. Ein Honorar gab es, wie ich schon erwartet hatte, eigentlich nicht. Schließlich versprach er mir hundert Euro. Vor der Lesung schüttelte er mir herzlich die Hand, hinterher sogar zweimal, dann verschwand er. Die hundert Euro habe ich nie gesehen. Ich wollte in der Kirche nicht aus einem meiner Bücher vorlesen und probierte deshalb etwas anderes aus: Ich las Kolumnen aus dem *Groene Amsterdammer* und fragte nach jeder: »Darf man das?«, weil in den Texten ziemlich oft Verwandte vorkommen. Zwei dieser Verwandten saßen im Publikum. Niemand rief: »Nein!«, außer meiner Mutter, die es dafür gleich mehrmals tat. Trotzdem saß sie in der ersten Reihe. Wenn sie es so schlimm fand, dass ihr Sohn Familiäres öffentlich machte, hätte sie natürlich auch irgendwo weiter hinten oder sogar auf der Empore Platz nehmen können.

Ich sehe meine Mutter immer noch in ihren Sechziger-Jahre-Kleidern, die sie auch in der ersten Hälfte der Siebziger getragen haben wird. Ärmellose Kleider, grün mit großen Punkten, oder ein verspieltes Muster aus geometrischen Figuren. Ich sehe meine Mutter auf einem bemerkenswerten Foto aus einer Zeit, als sie weit über diese sonnigen Kleider hinaus war. Sie hat auf der Heide ein Sträußchen Blumen gepflückt und läuft damit fröhlich auf die Kamera zu. Ich vermute, dass dieses Foto von einem Freund aufgenommen wurde, mit dem meine Eltern einen Radurlaub machten. Sie läuft leichtfüßig wie ein Rehkitz, obwohl sie bestimmt schon über sechzig ist. Auch der Stamm einer Kiefer ist auf dem Foto. Ich sehe meine Mutter immer noch als das Mädchen, das sie gewesen ist, das ich zwar nicht gekannt habe, das aber die Zeit nicht auslöschen kann.

Wenn man mit jemandem altert – und das gilt auch für meinen Vater, seltsamerweise aber nicht für meine Geschwister und mich –, streicht das gemeinsame Leben Falten und Runzeln glatt. Meine Mutter ist nicht alt. Sie ist eine hübsche junge Frau mit einem Sträußchen Heideblumen in der Hand, in einem grünen Kleid mit großen Punkten, meinem ewigen Lieblingskleid. Sie ist fröhlich, trotz allem, sie lacht gern und viel. In gewisser Weise bin ich, so seltsam das klingen mag, viel älter als meine Mutter. Manchmal sagt sie: »Mein Gott, in einem Jahr wirst du fünfzig.«

Ich höre sie noch oft rufen, nachts, kurz bevor ich einschlafe. Sie ruft meinen Namen, ich soll aufstehen, zur Schule oder vom Heu herunter, essen kommen. Manchmal schrecke ich dann auf und weiß, dass ich in der nächsten Stunde nicht werde einschlafen können, ihre Stimme hallt in diesem Haus aus Beton wider, einem Haus, in dem sie niemals meinen Namen so laut gerufen hat.

Dieser Text steht im *Winterboek*, sie wird ihn gelesen haben. Nie hat sie einen Kommentar dazu abgegeben. Sie hat aufgehört, meine Romane zu lesen, irgendwo mitten in *Juni* war für sie Schluss. Sie findet die Geschichten viel zu düster und trist. Wenn bei einer Lesung jemand eine Bemerkung über den Gehalt an Trübsinn in meinen Büchern macht, zitiere ich immer meine Mutter. Viele reagieren dann überrascht oder belustigt. Ich selbst finde es gar nicht so seltsam, und es kränkt mich nicht. Auch ein paar Freunde lesen meine Bücher nicht, weil sie hinter jedem Satz mich sehen und deshalb den Text nicht ernst nehmen können. Vor allem bei Lesungen in Deutschland habe ich in diesem Zusammenhang schon oft einen Vergleich angestellt. Ich sage dann, dass mein jüngster Bruder Installateur ist, »spezialisiert auf Heizung, Dachentwässerung, Sanitäranlagen, Erdwärme und Kanalisation«. Und ich frage, ob im Publikum jemand glaubt, dass meine Mutter, wenn er irgendwo eine WC-Schüssel aufgestellt hat, zur angegebenen Adresse reist, alles gründlich inspiziert und dann sagt: »Junge, dieses Klo hast du aber schön angeschlossen!« Dann lachen alle, aber ich hoffe, dass ihnen beim Nachhausekommen das Lachen vergeht, weil ihnen klar wird, dass ich verdammt noch mal recht habe. Meine Mutter kann nichts dafür, dass ich Schriftsteller geworden bin, füge ich oft hinzu, sie ist keineswegs verpflichtet, meine Bücher oder Kolumnen zu lesen. »Hauptsache, du bist glücklich und kannst davon leben.« So sieht sie es. Mit dem ersten habe ich erhebliche Schwierigkeiten, das zweite gelingt mir ganz gut. Während ich dies schreibe, fällt mir ein, dass sie vielleicht – bewusst oder unbewusst – sieht, wie viel von mir selbst in den Büchern steckt, und gar nicht alles so genau wissen will. Und dass sie es schon gesehen hat, bevor es mir selbst bewusst wurde.

8. MÄRZ [AMSTERDAM]   In den letzten Tagen ist Jasper sehr populär. Egal, wo wir unterwegs sind, überall ruft jemand, dass er so ein schöner Hund ist, und alle Kinder wollen ihn streicheln, sogar marokkanische Kinder, die normalerweise große Angst vor Hunden haben oder sie eklig finden. »Ja, nicht wahr?«, sage ich dann. Oder: »Finde ich auch.« Eigentlich würde ich aber gern einmal sagen, dass ich ihn ausgesucht habe, *weil* er so schön ist, in der Hoffnung, dass Herr und Hund sich im Lauf der Zeit ähnlich werden. Als ich vom Bücherball heimkehrte, fand ich einen zerkauten Streifen Paracetamol. Ich konnte so schnell nicht feststellen, wie viel davon er verschluckt hatte. Nicht besonders viel, glaube ich, denn Paracetamol schmeckt widerlich. Am Tag danach – gestern – war er unglaublich sanftmütig

und fröhlich. Er wollte mit anderen Hunden nur spielen, ohne das kleinste bisschen Aggression. Jetzt kann ich ihn weiter trainieren – denn das tue ich schon eine Weile: Ich will erreichen, dass er im Umgang mit Artgenossen nicht fremdelt – oder ihm jeden Morgen zwei Paracetamol geben.

15. MÄRZ [SCHWARZBACH] Manchmal liegt, so wie jetzt, eine Woche oder mehr zwischen einem Text und dem nächsten. Das bedeutet natürlich nicht, dass in der Zwischenzeit nichts geschieht. Außerdem kehre ich regelmäßig zu einem Datum zurück und schreibe an einem Text mehrere Tage, so dass ich in Wirklichkeit mit den Daten schummele. Die Daten sind nicht mehr als ein Element der Form, weil dieses Buch nun einmal die Form eines Tagebuchs haben soll.

Die Geschichte meiner Zähne

Vor einiger Zeit musste ich mir einen Backenzahn ziehen lassen. Nun ja, Backenzahn, es war eher ein Wurzelsystem mit einer meiner ersten Kronen. Sie war schon mehrmals ausgefallen, und Dirk, mein Zahnarzt, wollte sie nicht noch einmal einsetzen und festkleben. Ich bräuchte eine Brücke. Das Entfernen der Zahnreste dauerte eine Dreiviertelstunde, in der Dirk fröhlich vor sich hin pfiff und hin und wieder Worte wie: »Ilja, bitte den Werkzeugkasten« an seine Assistentin richtete. Als er fertig und die Wunde vernäht war, mit einem Faden von einer erstmals »im Golfkrieg« verwendeten Sorte, und verschlossen mit einer Membran der gleichen Provenienz, sagte ich: »Das wird bestimmt noch wehtun, oder?« Ja, ich sollte in etwa zwei Stunden »mal eine Ibuprofen« nehmen. Die Bemerkungen über Material, das im Golfkrieg verwendet wurde, sollten natürlich Fortschrittlichkeit suggerieren und beruhigen, aber als ich später darüber nachdachte, fiel mir ein, dass der Golfkrieg schon ein Vierteljahrhundert zurückliegt. Vielleicht meinte Dirk den Irakkrieg von 2003. Eigentlich auch schon lange her.

Eine Woche lang habe ich Ibuprofen und zusätzlich noch Paracetamol geschluckt. Lieber Himmel, was für Schmerzen. Mein Kiefer schien sich an den Anschlag zu erinnern, den zwei ausgesprochen furchterregende Männer vor fünf Jahren in derselben Gegend rechts unten verübt hatten.

Im mittlerweile nicht mehr als Krankenhaus genutzten Prinsengrachtziekenhuis sind noch einige Ambulanzen untergebracht, eine davon eine kieferchirurgische. Beim Eintreten hat man das Gefühl, dass die Räume Ende der fünfziger Jahre des vergangenen Jahrhunderts plötzlich verlassen worden sind, mit Ausnahme der Kieferchirurgie, die wegen eines Verwaltungsirrtums an Ort und Stelle verblieben ist. Das liegt unter anderem an den Ulmen entlang der Gracht und daran, wie das Licht hereinfällt, auch im Winter. Im Behandlungszimmer stehen ein schwarzer Stuhl und ein Tisch, auf dem jede Menge Instrumente liegen, die man aber nicht sehen kann, weil sie mit einem grünen Tuch abgedeckt sind. Sonst gibt es dort nichts. Zimmer, Stuhl, Tisch, Fenster, Ulmen. Zuerst hat einer der beiden grauslichen Männer mich örtlich betäubt. Das geschah in einem kleinen Nebenraum und war an sich schon Schwerstarbeit. Anschließend ließ er mich etwa zehn Minuten allein. In diesen zehn Minuten wurden mein Kopf und Hals an der rechten Seite hart und taub. Dann kamen sie zu zweit herein, beide in weißen Kitteln mit nichts darunter, man sah ihre schauderhaften kahlen Nacken. Sie kamen mir vor wie zwei sadistische Homosexuelle, die dort wohnten und hin und wieder zu zweit ein Ritual an einem Patienten vollzogen. Vielleicht hatten sie noch einen dritten Raum, in dem es gemütliche Sofas und Orchideen gab und in dem abends die köstlichsten Gerichte zubereitet wurden. Und ein dicker roter Kater sich am Fenster räkelte. Ich ließ mich zur Schlachtbank führen. Es wurde kein Wort gesprochen. Ich musste mich auf den schwarzen Stuhl legen, ein grünes Tuch mit Ausschnitt für den Kopf wurde mir übergezogen, eine Baustellenleuchte auf meinen Mund gerichtet, und es ging los. Trotz all der Spritzen tat es furchtbar weh, was ich den beiden durch Kehllaute deutlich zu machen versuchte, aber sie unternahmen nichts dagegen; der Chef-Kieferchirurg sagte nach einiger Zeit nur, ich sei ein »tapferer Mann«. Der Weisheitszahn lag halb unter dem benachbarten Backenzahn, weshalb geschnitten, gesägt und gemeißelt werden musste. Ich versuchte, mich in alles zu ergeben, wurde darin aber durch die Frage gestört, ob ich meinen Mund nicht noch ein bisschen weiter öffnen könne. Das konnte ich nicht. Der Hilfskieferchirurg – er hatte rotes Haar – war so fürsorglich, beim Aufsperren nachzuhelfen. Wenn ich mich recht erinnere, hatten sie sogar beide rotes Haar. Es war der 19. Dezember 2009. Nach drei Tagen war das hochdosierte Ibuprofen aufgebraucht, und noch beim weihnachtlichen Familienessen wurde ich vor Schmerzen fast ohnmächtig. Wochenlang habe ich gelitten und sogar ein weiteres Mal das unheimliche Prinsengrachtziekenhuis aufgesucht, weil ich davon überzeugt war, dass irgendwo in meinem Kiefer Splitter von dem gezogenen Zahn verblieben waren. Ein dritter Kieferchirurg, etwas freundlicher als die beiden Metzger, empfing mich in einem Raum, den ich noch nicht gesehen hatte, einem winzigen Zimmerchen, und erklärte, solche Schmerzen seien ganz normal, es sei eine schwere Operation gewesen und Schmerzen bedeuteten außer Leiden auch Heilung. Erst Anfang 2010 sah ich ein schwaches Licht in der Finsternis, allerdings dauerte es noch eine ganze Weile, bis die Schmerzen völlig verschwunden waren.

In der Woche nach der Extraktion durch Dirk hatte ich zwei Lesungen in Deutschland. Zwei Stunden lang schwätzen und schwadronieren, zwei Stunden lang die Zunge auf die Wunde drücken; schlaflose, durchschwitzte, durchwälzte Nächte. Es war wirklich so, als würde mein Kiefer sich an das Elend vor fünf Jahren erinnern und begierig die Gelegenheit ergreifen, auch mich daran zu erinnern. Nach sechs Tagen rief ich Dirk an. Ich konnte sofort kommen, seine Praxis ist vier Fahrradminuten von meiner Wohnung entfernt. Alles war in bester Ordnung, die Wunde heilte sehr gut, er zog schon einmal die Fäden. »Aber warum dann diese Schmerzen?«, fragte ich. Tja, der eine sei eben empfindlicher als der andere. »Dann sag mir beim nächsten Mal wenigstens, dass es so schlimm werden und viele Tage so bleiben kann, ich dachte, irgendwas wäre völlig schiefgegangen.« Weitere fünf Tage später lag ich wieder eine Stunde auf dem Stuhl; als ich ging, hatte ich eine Brücke. Eine vorläufige; die endgültige wird in ein paar Wochen eingesetzt.

Neulich erzählte mir meine Freundin Andrea Kluitmann, es sei inzwischen wissenschaftlich gesichert, dass Rothaarige – zu denen ich gehöre – viel schmerzempfindlicher sind als Menschen mit blondem, braunem oder schwarzem Haar. Es gebe sogar schon Krankenhäuser und hoffentlich auch Kieferchirurgen, die das bei der Dosierung der Betäubungs- oder Narkosemittel berücksichtigten. Ein weiteres Indiz dafür, dass die beiden im Prinsengrachtziekenhuis irgendwo in den fünfziger Jahren hängengeblieben waren und trotz ihrer Haarfarbe von Tuten und Blasen keine Ahnung hatten.

Schon mein Leben lang sind die Zähne meine Schwachstelle. Nie habe ich in einem Krankenhaus gelegen (abgesehen von einer Nacht im Krankenhaus von Bitburg, wegen unklarer Beschwerden, die ich auf einen Zeckenbiss zurückführte),

aber die Zähne ... Mein erster Zahnarzt war van den Berg in Wieringerwaard und später in Schagen. Zähne und Kinder interessierten ihn nicht besonders. Er betäubte nicht, bohrte Löcher und stopfte sie mit Amalgam voll. Todesängste stand ich aus. Als er seine Praxis von Wieringerwaard nach Schagen verlegt hatte und ich dort die weiterführende Schule besuchte, radelte ich mit bleiernen Beinen zu ihm. Ich hatte kaum Kraft genug, die Pedale zu bewegen, und dachte die ganze Zeit: Wenn ich jetzt aufhöre zu treten, komme ich nie beim Zahnarzt an. Dann sagte ich mir: In einer Stunde ist es überstanden. Während der Behandlungen versuchte ich mit aller Kraft, mir meine Mutter beim Bügeln oder beim Backen eines Gewürzkuchens vorzustellen. Und für eine Weile jemand anders zu sein, jemand, der nicht wusste, was mir in diesem Moment widerfuhr. Das bin nicht ich, dachte ich, und außerdem ist es fast schon vorbei. Nur wollte das alles nicht viel nützen. Und dann keine Informationen, keine Zahnputzanweisungen, nichts. Bohren und füllen und ein bisschen brummeln und weg. Er trank. Nach einem Autounfall unter Alkoholeinfluss hat er seine Praxis aufgegeben, aufgeben müssen wahrscheinlich. In unserer Grundschule hatte er manchmal den Schulzahnarzt gespielt. Mir hatte das jedes Mal einen Termin in seiner richtigen Praxis eingebracht.
Immer Schmerzen und Leiden, wenn ich weit von meinen Zahnärzten entfernt war. Allein der Gedanke an einen Auslandsaufenthalt konnte Zahnschmerzen auslösen. Ich erinnere mich an eine Nacht auf einen Campingplatz in Antwerpen. Mit Freundin Joke. Die ganze Nacht wand ich mich vor Schmerzen. Joke verstand das nicht, sie kannte nur Kopfschmerzen, die ich wiederum nicht kannte. Ich sagte immer zu ihr: »Einfach den Kopf stillhalten.« Ihr kam nicht die Idee, das zu mir zu sagen. Am nächsten Tag musste ich gleich nach Hause. Jokes Vater hatte für mich einen Termin bei

seinem Zahnarzt in Schagen vereinbart, der äußerst sorgfältig meine Wurzelkanalwände ausfeilte. Immer kleinere und kleinere Feilen nahm er dafür. Warum ich nicht zu van den Berg ging, weiß ich nicht mehr, vielleicht hatte er die Praxis damals schon aufgegeben. Der Prinsengracht-Weisheitszahn musste gezogen werden, kurz nachdem ich ein paar Wochen in England verbracht hatte, wegen einer Art Gastdozentur an mehreren Universitäten. Die ganze Zeit hatte ich bohrende Schmerzen gehabt, mit einigen Extremen zwischendurch. Da lag ich in meinem authentisch eingerichteten Zimmer im Gonville and Caius College in Cambridge, einem Gebäude aus dem Jahr 1348, das ohne weiteres als Kulisse für einen Harry-Potter-Film dienen könnte, und hatte nichts davon, weil ich nur damit beschäftigt war, gegen die Schmerzen anzukämpfen. Schmerzen, die mich schon lange quälten. Zahnarzt Dennis – siehe unten – hatte mich bereits öfter gedrängt, den Zahn ziehen zu lassen, aber ich hatte gedacht: nur wenn die Schmerzen unerträglich werden, denn dann werde ich froh sein, wenn er gezogen wird.

Meinen zweiten Zahnarzt hatte ich in Leeuwarden, an seinen Namen kann ich mich beim besten Willen nicht erinnern. Er musste in Ordnung bringen, was van den Berg durch Unterlassen oder Stümperei verdorben hatte, von ihm bekam ich meine ersten Kronen. Woran ich mich noch sehr gut erinnere, ist das riesige Aquarium im Behandlungsraum, gleich neben dem Stuhl. Wenn er gerade einmal nicht in meinem Mund hantierte, drehte ich den Kopf und starrte auf die beruhigenden Fische. Und ich weiß noch, wie er mir, ohne dass ich es ahnte, einen Weisheitszahn zog, indem er es einfach tat und erst danach sagte, was er getan hatte. Was mich zu dem Irrtum verleitete, das Ziehen von Weisheitszähnen sei keine große Sache. Ich lernte örtliche Betäubung kennen, ich lernte, in eine Paste zu beißen, die langsam hart wurde.

Mein dritter Zahnarzt war Dennis Verhoeven in Amsterdam, der die Kronen- und Brückenarbeiten fortsetzte. Zuerst in der Sarphatistraat,, später weit weg in Amsterdam-Süd. In der Sarphatistraat-Zeit radelte ich nach dem Zahnarztbesuch immer zu einer Bäckerei, die sehr leckere Marzipantörtchen hatte. Ich sagte mir: Jetzt habe ich Kronen, da können Süßigkeiten nicht mehr schaden. Dennis hat zum Beispiel meine Schneidezähne mit Kronen und einer Brücke versehen. Er hatte kein Aquarium, er hatte ein Pappmaschee-Engelchen, das über meinem Kopf langsame Pirouetten drehte. Das Engelchen hielt ein kleines Schild in der Hand, auf dem *I love you* stand. Weil ich manchmal zwei Stunden auf dem Stuhl lag, durfte ich meine eigene Musik mitbringen. Ich wählte Mendelssohn Bartholdys *Elias* oder das Requiem von Dvořák. Zu der Praxis in Amsterdam-Süd gehörte ein unglaublich hässlicher und feuchter Garten mit immergrünen Sträuchern. Ich glaube, dass ich bei Dennis im Behandlungsstuhl lernte, mich dem zu entziehen, was geschah, mich wegzudenken. Er sagte immer, er wünschte, all seine Patienten wären so wie ich. Dennis war Bergsteiger, es kam vor, dass er mit einem gebrochenen Daumen oder Zeigefinger arbeitete. In der Dennis-Zeit wurde mir der dritte Weisheitszahn gezogen, links oben. Das geschah im Onze Lieve Vrouwe Gasthuis, in dem einfach alles modern war, ich einen Blick auf sämtliche Instrumente werfen durfte und der Kieferchirurg angeregt mit seiner Assistentin plauderte. Als ich nach Hause kam und mir eine Zigarette anzündete, zog sie nicht. Ein Falschluftphänomen: Beim Ziehen des Weisheitszahns war zwischen Mund- und Nasenhöhle eine Öffnung entstanden. So kann man nicht rauchen, denn dafür muss man einen Unterdruck erzeugen. Wieder zurück, sofort. Im Krankenhaus versicherte man mir, dass sich innerhalb kürzester Zeit ein Blutpfropf bilden und die dünne Knochenschicht sich dann allmählich schließen würde. Etwas war ärgerlich: Wenn man wegen irgendwelcher Beschwerden in Dennis' Praxis anrief, bekam man regelmäßig zu hören, dass er erst in einem Monat wieder da sein werde. Für seine Art des Bergsteigens braucht man einen langen Atem, man muss sich akklimatisieren, muss Basislager einrichten. Eines Tages kehrte er nicht mehr zurück, er war in Nepal abgestürzt. Dort liegt er immer noch auf etwa fünftausendzweihundert Metern Höhe.

Zeit für Zahnarzt Nummer vier. Ich kannte Dirk von der Eisbahn, hatte ihn ein oder zwei Winter lang trainiert, ihm gezeigt, wie man Kurven fährt, tief in die Hocke geht und sich mit dem kurveninneren Bein nach außen abstößt. Bei Dirk läuft immer Musik, so etwas wie *Sky Radio*, oft pfeift er leise mit und sagt ab und zu »pom pom pom«. Dirk hat kein Aquarium und auch kein *I-love-you*-Engelchen. Er hat zwei Leichtbaudeckenplatten durch LED-Leuchtbilder von einem austreibenden Apfelbaum und einem Kastanienbaum ersetzt. Neben diesen Fotos sitzt eine überlebensgroße Fliege, die laut Assistentin Ilja schon seit Jahren zu dem Apfelbaum unterwegs ist. Wenn man will, kann man Dirk bei der Arbeit zuschauen: In den Schwenkarm der OP-Leuchte ist eine kleine Kamera eingebaut, und hinter den beiden Fotos hängt ein Monitor. Dirk zeigt mir dieses und jenes und sagt, wenn ich Lust hätte, würden »wir« nun dies und jenes tun. Und wenn es einmal sehr schlimm sein sollte, was er mit mir anstellt, könnte ich zur Not auf den Knien nach Hause kriechen; noch nie hatte ich einen Zahnarzt, dessen Praxis so nah bei meiner Wohnung war. Außerdem habe ich noch nie so sorgfältige Zahnpflege betrieben, womit ich allerdings schon unter Dennis angefangen habe. Für gute Zahnpflege ist es nie zu spät. Ich besitze sogar zwei elektrische Zahnbürsten. Und große Mengen an Interdentalbürsten, hölzernen

Zahnstochern und Zahnseide. Bei meinem letzten Besuch habe ich Dirk gefragt, ob schlechte Zähne genetisch bedingt sind. Meine Brüder und vor allem meine Mutter haben oder hatten schlechte Zähne. »Nein«, sagte Dirk energisch, »ganz bestimmt nicht. Man hat nur früh Fehler gemacht, hat nicht genug auf eure Zähne geachtet.« Meine Mutter bekam schon vor ihrer Hochzeit eine Zahnprothese, weil sie »den Wolf in den Zähnen« hatte. Genau das empfahlen die Eltern von Maarten 't Hart: Sorg dafür, dass dir alle Zähne weggefault sind, bevor du heiratest, dann hast du später keinen Ärger mehr. Nie Zahnschmerzen, keine scheußlichen Wurzelkanalbehandlungen.

Gerade fällt mir ein, dass ich einen Weisheitszahn vergessen habe. Das Fehlen der beiden oberen kann ich erklären, das des Weisheitszahns rechts unten auch, aber was ist mit links unten? Ganz vage erinnere ich mich, dass eine gewisse Sandra, die nach Dennis' Tod vorübergehend in seiner Praxis arbeitete, etwas damit zu tun hat. Zumindest spüre ich noch, welch gewaltige Kraft sie aufwenden musste, um einen meiner Zähne zu ziehen, sie war eine grazile Frau. Aber ob sie an einem gewöhnlichen Wochentag Weisheitszähne zog? Ich kann es mir nur schwer vorstellen.

21. MÄRZ [SCHWARZBACH] In den vergangenen Tagen habe ich in meinem Wald gesägt. Nicht aus waldpflegerischer Notwendigkeit, sondern weil ich Baumaterial brauche. Ich baue eine Treppe in den Hang, dafür säge ich Buchenstämmchen zu Balken zurecht. Aus den dickeren Ästen säge ich kurze Pfosten, die ich in den Boden ramme; ich bohre Löcher in die Pfosten und befestige die Buchenstamm-Stücke mit langen Schrauben. Die Pfosten sind an der Rückseite, von vorn sieht man zwei oder drei Stämmchen übereinander. An-

schließend ebne ich den Boden hinter der Kante der neuen Stufe und belege ihn mit kleinen Gehwegplatten. Dann kommt die nächste Stufe, und so entsteht allmählich eine richtige Treppe. Sie wird sehr schön und kostet fast nichts. Natürlich weiß ich, dass die Balken und Pfosten mit der Zeit verrotten, dass es keine Treppe für die Ewigkeit sein wird. Aber wie sage ich zu Klaus, wenn er mich dafür tadelt, dass ich beim Pflastern einer Terrasse Sand verwende, und mir prophezeit, dass ich ständig Unkraut in den Ritzen haben werde: »Das heißt im Garten arbeiten, Klaus: Unkraut jäten!« Die meisten Deutschen wünschen sich anscheinend den völlig wartungsfreien Garten. Den gibt es nicht, den kann es nicht geben. Es sei denn, man asphaltiert das ganze Grundstück.

Ich sägte und sägte und merkte zu spät, dass die Kette ein wenig zu straff gespannt war, weshalb meine Husqvarna sich überhitzte und die Kette plötzlich stumpf war. Glücklicherweise war eine Ersatzkette mitgeliefert worden, und ich nutzte die Gelegenheit, den ganzen Apparat zu zerlegen und zu säubern. Eigentlich sind mir Kettensägen nicht geheuer, es kostet mich immer Überwindung, sie anzuwerfen, aber wenn ich dann erst einmal säge, genieße ich auch die Vorteile. Weil das Wetter in den vergangenen Tagen so schön war, bluteten die abgesägten Buchen stark. Und immer fällt irgendein Baum in die falsche Richtung, genau dahin, wo ich mit der Säge in den Händen stehe. Ich hatte Klaus versprochen, vier Fichten in seinem Garten zu fällen. Klaus mag keine Fichten, er meint, sie würden doch nur umgeweht. Es war viel Arbeit, vor allem das Aufräumen. Ich erwarte dann, dass man mir sagt, wie gut ich meine Sache gemacht habe, oder sich bedankt. Das geschah nicht. Am nächsten Tag ging ich mit Jasper am Haus vorbei, als er und Monika in der Tür standen. Ich deutete mit dem Kopf zu der Stelle hin, an der die Fichten gestanden hatten. »Ja, hab ich schon gesehen«, sagte er nur. »Bist du böse?«, fragte ich. »Ja«, antwortete er, »jetzt habe ich eine Lücke im Garten.« Wahrscheinlich gehört er zu den Leuten, die nicht Danke sagen können, obwohl ich davon in den letzten zwei Jahren nichts gemerkt hatte. Trotzdem ärgert es mich und brüte ich darüber, während Jasper mich hinter sich herzieht. Ich glaube, wenn ich etwas für jemanden tue, geht es mir weniger darum, dass man mir dankt, als darum, dass man sieht, was ich getan habe. Jetzt habe ich das Gefühl, zwei Stunden lang für nichts geschwitzt zu haben.

Die Arbeit der vergangenen Tage war nebenbei doch auch Waldpflege, denn in meinem Wäldchen ist jetzt deutlich mehr Platz. Da ich einmal mit Sägen angefangen hatte, habe ich gleich auch umgestürzte und halb verrottete Bäume aus dem Weg geräumt und zersägt. In den Öfen brennen Eichenholzscheite, den Rest habe ich fein säuberlich aufgestapelt. Einige Stellen bekommen jetzt so viel Licht, dass ich dort ein paar Edelkastanien pflanzen werde, die ich im vorigen Jahr von Gartenkumpel Han bekommen habe. Für mich ist das Forstwirtschaft: Bäume fällen, Platz schaffen, das Holz nutzen, aber zugleich auch Neues pflanzen.

Heute Morgen rief mein jüngerer Bruder an. Ob ich Lust hätte, eine dreißig Meter lange Koniferenhecke ein paar Meter zu stutzen, in Oudesluis bei einem Haus, in dem er zu tun gehabt hatte. »Auf keinen Fall«, sagte ich. Seit ich hier meinen eigenen Garten besitze, habe ich die Pflege fremder Gärten nach und nach aufgegeben, bis keiner mehr übrig war. Nein, es war anders: Ich habe keine Aufträge abgegeben, sie fielen weg. Die eine Gartenbesitzerin zog um, die andere nahm sich nach wiederholten Klagen meinerseits (»Ich habe diesen Garten langsam wirklich satt«) endlich einen anderen

Gärtner, und der dritte Auftrag fiel weg, weil Han und ich nicht weiterbeschäftigt wurden, das Gartenbesitzerpaar hatte kein Geld mehr für uns. Die (Schwieger-)Mutter war zwar bereit, die Kosten für die Gartenpflege zu übernehmen, aber nur, wenn ein bestimmter Gärtner damit beauftragt wurde. Nicht wir, obwohl sie gern »zufällig« vorbeikam, wenn wir da waren. Die Vorstellung, in einem fremden Garten zu schwitzen, während in meinem eigenen noch so viel zu tun ist, gefällt mir sowieso nicht. Ich erzählte meinem Bruder von der Sägerei und dass ich morgens kaum aus dem Bett komme, weil ich von der Arbeit steif bin, sogar die Muskeln in den Oberschenkeln tun weh. »Dann nimm doch einen Zugeher«, sagte mein Bruder. »Bitte?«, fragte ich. »Einen Zugeher! Dann kannst du sägen, und er räumt auf.« Aha. Einen Zugeher. Woher mein Bruder diesen altertümlichen Ausdruck hat, ist mir ein Rätsel. Er hatte mich wach geklingelt, und nach dem Auflegen dachte ich noch eine Weile über diesen Zugeher nach. Bis Jasper mich aus dem Bett jagte.

Ich glaube, ich habe das Eifelhaus vor allem wegen des tausendsechshundert Quadratmeter großen Grundstücks genommen. Als ich es kaufte, war ich fünfzig und hatte erst kurz zuvor entdeckt, dass ich keine dreißig mehr war. Immer denkt man: Später, später kommt das alles, obwohl längst später ist. Ich bin eigenartig lange in den Dreißigern geblieben, als ich über die vierzig hinaus war. Es wurde also höchste Zeit, statt anderer Leute Gärten meinen eigenen zu pflegen. Er war völlig verwildert, eine uralte Rhabarberpflanze war praktisch das einzige Nichtwilde. Kurz nach dem Hauskauf bat mich *Trouw*, eine zweiwöchentliche Kolumne zu schreiben, über die Fortschritte meines Gartens. Für die jeweils andere Woche hatte man eine »Haus-Kolumne« von Diet Groothuis. Seit sie aufgehört hat, schreibe ich jede Woche eine Kolumne. Nicht mehr nur über den Garten, weil das im Winter wirklich nicht geht. Die Nachbarn sind als Thema dazugekommen, die nähere Umgebung und die umliegenden Dörfer.

Der Garten besteht grob gesagt aus vier Teilen. Einem Vorgarten, einem seitlichen Garten in Etagen, einem gerodeten Stück Wald und dem Wald. In den seitlichen Garten habe ich bis jetzt die meiste Arbeit gesteckt. Die Mäuerchen, die dort standen oder hätten stehen sollen, waren entweder völlig verfallen oder gar nicht da. Für die letzte Mauer, die ich gebaut habe, brauchte ich Monate. Ich hatte (und habe) oft einen Rucksack bei mir, wenn ich mit dem Hund spazieren ging (gehe) und kam dann mit zwanzig Kilo Zusatzgewicht auf dem Rücken nach Hause. An Steinen. Ganz allmählich habe ich so die Mauer zusammengesammelt. Sie ist ungefähr einen Meter hoch und sieben Meter lang. Vielleicht ist der Bau dieser Mauer das Schönste und Nützlichste, was ich in meinem Leben getan habe. Den ersten Winter und ein paar starke Fröste hat sie überstanden. Wenn Boden gefriert, kann er sich heben. Insgesamt gibt es vier Etagen. Mit dem Bepflanzen halte ich mich sehr zurück, ich finde es schwierig. Außerdem ist mir die Form viel wichtiger, und jetzt, bei sparsamer Bepflanzung, ist die Form schön zu erkennen, vor allem, weil ich die einzelnen Etagen durch niedrige Hecken aufteile. Je größer eine Fläche, desto schwieriger das Bepflanzen, und kleine Zäune und Hecken oder ein Weg machen sie übersichtlicher. Die erste Etage mit der größten Ausdehnung wird eine Terrasse: eine sauber gepflasterte Fläche vor der Mauer, die mich Monate Arbeit gekostet hat. Im Augenblick grabe ich den Boden ab, Eimer für Eimer. Für den nächsten Schritt liegt schon ein Haufen Sand bereit, den ich im Nachbardorf Lasel abholen konnte, als Klaus dort zu tun hatte, und bei Altbürgermeister Ernst Görgen wartet eine große Menge Steine, die ich mir holen darf. Nein, noch besser: die wir dort auf den Anhänger seines Traktors stapeln und die er dann zu mir fährt.

Es kann mir nicht langsam genug vorangehen. Ich möchte, dass die Gestaltung des Gartens außergewöhnlich viel Zeit in Anspruch nimmt. Und wenn er sich dann irgendwann einmal der Vollendung nähert, soll es ein Garten sein, der außergewöhnlich viel Pflege erfordert. Giersch ist das lästigste Unkraut, das ich habe, gefolgt von Brennnessel. Und ich will nicht spritzen. Nicht, weil ich grundsätzlich gegen Spritzen wäre, sondern weil es das Problem zu schnell, zu einfach löst. In kleinen Schritten erobere ich den Teil des Gartens hinterm Haus, lege durch Stämme begrenzte Beete an und halte sie dann von Unkraut frei. Wenn man einen Ozean von Giersch beseitigen will, weiß man nicht, wo man anfangen soll, in einem deutlich eingegrenzten Rechteck ist die Aufgabe zu bewältigen. Der Garten ist im Augenblick meine Arbeit, eine Arbeit, die ich tun will und tue. Die uralte Rhabarberpflanze habe ich ausgegraben und in fünf Teile geschnitten. Im letzten Sommer sind sie gewachsen, ich habe aber nichts davon geerntet. Dieses Jahr kann und werde ich es. Vor allem für die Nachbarn, sie lieben Rhabarber, aber fast keiner hat welchen. Ich werde ihr Hoflieferant.

9. APRIL [SCHWARZBACH] Am Ostermontag hielt sich von morgens bis abends ein Buntspecht an meiner Vogelfutterstation auf. Na und?, höre ich Leser denken. Leser, die täglich Buntspechte, Mittelspechte oder Kleinspechte sehen. Nie zuvor war er hier, deshalb. Für mich war er etwas Besonderes. Ich werde niemals die Engländer vergessen, die bei uns in Wieringerwaard zu Besuch waren, Ende der siebziger Jahre.

Der Mann flippte fast aus, als er einen Graureiher sah. »*Grey heron*«, rief er. »*Grey heron!*« *Yes?*, dachten wir uninteressiert. Der Graureiher war – damals – offensichtlich in England noch eine Seltenheit. Beim Essen taten sie sich eine Frikadelle nach der anderen auf, bis jemand sie vorsichtig darauf hinwies, dass es in den Niederlanden oder zumindest bei uns üblich sei, sich nur eine zu nehmen. Der Reihermann bekleisterte seine mit Unmengen Senf, irgendwann sagte dann seine Frau: »*Just taste it! Taste it as it is!*« Die Englischkenntnisse meiner Mutter waren sehr begrenzt, so ungefähr das einzige Wort, das sie kannte, war *cookie*, ein Handtuch nannte sie »*lovel*«. Den ganzen Tag schüttelte sie eine Dose voller selbstgebackener Kekse und fragte dabei erwartungsvoll: »*Cookie?*«

Am Dienstag kam der Specht nicht wieder, auch Mittwoch und heute nicht. Ich würde gern noch einmal einen Schwarzspecht sehen. Ein einziges Mal habe ich einen beobachten können, bei einer Wanderung in einem Wald bei Driebergen. Ein wunderschöner Vogel, überraschend groß.

Schon im Alter von zwölf Jahren verstand ich viel vom Verdrängen und Verbrämen, und noch dazu war ich ein großer Lügner. Lügen ist natürlich eine andere Form des Verdrängens, nur dass man Dinge nicht vergisst, sondern verdreht, alles schöner, besser, vielleicht auch verständlicher macht, als es ist. Meine Mutter bezeichnete mich als Phantasten, ich glaube, weil es weniger schlimm klingt als »Lügner«. Ein Dämel und ein Phantast war ich also, kaum zwölf Jahre alt. Das Verrückte ist, dass ich auch ganz unnötigerweise log, nicht unbedingt, um einen Vorteil davon zu haben. Die Mutter von Harry Kaal backte an Harrys Geburtstagen fast immer Kartoffelplätzchen. Die aß ich sehr gern, und Harry war einer meiner besten Freunde. *Fast* immer backte sie welche.

Einmal nicht. Ich kam von Harrys Geburtstagsfeier nach Hause, und meine Mutter fragte mich, ob die Kartoffelplätzchen gut geschmeckt hätten. »Ja, ganz toll«, sagte ich. Ein paar Tage später sprach sie mit Harrys Mutter, die ihr sagte, dass sie gar keine Kartoffelplätzchen gebacken hatte. Woraufhin meine Mutter mich fragte, warum ich ihr denn erzählt hätte, die Kartoffelplätzchen hätten mir ganz toll geschmeckt. Ich hatte keine Antwort. Es war einfach idiotisch. Warum wegen so etwas lügen, warum?

Gegen Ende meiner Schulzeit habe ich zweimal bei Theateraufführungen des Bühnenvereins DEV '77 mitgespielt. DEV steht für »*Door Eendracht Verenigd*«, zwei konkurrierende Vereine hatten sich zusammengetan. In einem der Stücke spielte ich einen ehebrecherischen italienischen Pizzabäcker, der nach einer Explosion im Badezimmer auf die Bühne wanken musste. Die Explosion, das war Getöse von Töpfen und Pfannen, die Mitspieler hinter der Bühne auf einen Haufen warfen, auch ein Gefäß mit Flüssigstickstoff war beteiligt. Bei den Proben im *Wapen van Wieringerwaard* gab es natürlich immer eine Kaffeepause, und während dieser Pausen log ich, dass sich die Balken bogen. Ich weiß nicht einmal mehr, was ich mir ausdachte, es spielt auch keine Rolle, denn ich glaube, ich log um des Lügens willen. Vielleicht wollte ich mich wichtigmachen. Oder von den Erwachsenen ernst genommen werden. Eines Tages wurde ich von der ganzen Theatergruppe auf meine Lügerei angesprochen. Ein unendlich peinlicher Moment, das zumindest weiß ich noch genau. Danach versuchte ich die Neigung zum Phantasieren möglichst zu unterdrücken. Manchmal, selten, erliege ich noch heute der Versuchung. Und wie schon erwähnt ist fast kein Text in meinem Blog, keine Kolumne in *Trouw* wahrheitsgetreu. Immer muss ich aufbauschen, auslassen, verdrehen. Im Grunde habe ich das Lügen oder Phantasieren zu meinem

Beruf gemacht, es ist jetzt erlaubt, besser noch: Im Gegensatz zu früher ist es nicht mehr sinnlos, ich verdiene mein Geld damit.

Aber das mit dem Buntspecht und dem Schwarzspecht ist wahr. Auch wahr ist, dass wir heute unglaublich schönes Wetter haben. Wäsche flattert an der Leine, die Sonne scheint, bestimmt sind es um die siebzehn Grad. Waschen gehört zu meinen größten Vergnügungen, es macht mir richtig Spaß. An der Vogelfutterstation herrscht ein Gedränge von Kohlmeisen, Blaumeisen, Weidenmeisen, Kleibern, Heckenbraunellen, Goldammern und Rotkehlchen. Hin und wieder verjagt ein dicker Eichelhäher die kleinen Vögel. Mein Nachbar Max freut sich wie ein Kind: Zum ersten Mal in diesem Jahr mäht er. Was für mich die Wäsche ist, ist für Max das Mähen, eine größere Lust kennt er nicht. Die Tür zum Balkon des Schreibzimmers steht weit offen, obwohl der Ofen brennt. Jasper läuft manchmal auf den Balkon, wo er mit gestrecktem Hals schnüffelt und leise fiept. Wenn ich mit dem Schreiben fertig bin, arbeite ich im Gemüsegarten weiter. Er ist zur Hälfte von Unkraut gesäubert, umgegraben und geharkt. Jetzt die andere Hälfte, die noch von Gras überwuchert ist. Mit Klaus' Schubkarre werde ich eine Ladung Pferdemist holen. Bestimmt bekomme ich lange Arme, wie Maria es ausgedrückt hat, da der Pferdemisthaufen achthundert Meter entfernt ist. Maria, das ist Peters Maria, die Frau des Pferdehalters mit den drei Hunden Ben, Jule und Jack.

Theater

Mit dem italienischen Pizzabäcker begann eine Art Bühnenkarriere. Ich weiß, dass ich in zwei Schwänken mitgespielt
habe, doch vom zweiten ist mir nichts im Gedächtnis geblieben. An die Tanzerei danach kann ich mich aber erinnern.
Man könnte meinen, all die Possen und Schwänke von Ama-
teurtheatern in kleinen Dörfern wären nur ein Vorwand für
den »Tanz danach«. Und der wiederum ein Vorwand für
übermäßigen Alkoholkonsum und Fremdgehen. *Die Maus
und der Speck*, so hieß das eine der Stücke, vielleicht das mit
dem Pizzabäcker. In Leeuwarden kam meine Bühnenkarriere ins Stocken, abgesehen von einer Veranstaltung im Rahmen von »Kunsterziehung« oder »Ausdruck und Gebärde«
oder wie auch immer das Fach geheißen haben mag. (*Inter-
muze*, so hieß es, ich habe bei der einzigen Freundin nachgefragt, die ich aus der Zeit an der Agogischen Akademie
Friesland noch habe.) Auf dem Zaailand im Zentrum von
Leeuwarden hatte man Absperrgitter aufgestellt, und dazwischen mussten wir stundenlang tun, was uns gerade in den
Sinn kam, uns bewegen und »spontane Interaktionen auslösen«. Sprechen durften wir dabei nicht. Ich vermute, es war
beabsichtigt, die Einwohner der Stadt zu verwirren oder ihnen »neue Sichtweisen« zu ermöglichen. Niemand blieb stehen, und wenn doch, dann um uns zu beschimpfen oder
auszulachen. Worauf wir wiederum keinesfalls reagieren durften. Ich schäme mich, wenn ich daran zurückdenke. Ich trug
eine Wildlederjacke von meinem Vater. Um den inoffiziell
Zaailand und offiziell Wilhelminaplein genannten Platz war
es schon vorher nicht allzu gut bestellt, und von dieser Veranstaltung hat er sich nie wieder erholt, er bleibt eine gesichts-
lose Fläche vor dem Gerichtsgebäude, die alle zehn Jahre kom-

plett aufgerissen und umgewühlt wird. Meine Freundin hat mir übrigens noch erzählt, dass ich in einem Theaterstück mit dem Titel *Isolation* mitgespielt habe. Darin soll ich einen Monolog gesprochen haben, eine Art Outing, aber »sehr subtil«, wie sie versicherte. Diesen Monolog soll ich selbst geschrieben haben. Außerdem haben wir angeblich zusammen ein Lied gesungen (»wenn du nicht bist wie der Rest, wenn du nicht über Mädchen schwätzt«) und waren am Anfang des Stücks frisch geschlüpfte Küken, eines davon ein verstoßenes Küken. All das hinter einer durchscheinenden weißen Leinwand mit einem Scheinwerfer im Hintergrund, eine Art Schattenspiel. Aufgeführt haben wir das Stück in Schulen. Trotz der vielen Details, die sie erwähnt hat: Ich kann mich an nichts davon erinnern. An überhaupt nichts. Aus meiner Sicht läuft das aufs Gleiche hinaus wie die Aussage »In Leeuwarden kam meine Bühnenkarriere ins Stocken«.

Später, in Amsterdam, wo ich ab 1985 an der Universität von Amsterdam Niederländisch mit dem Schwerpunkt historische Sprachwissenschaft studierte, setzte ich sie fort. Ich spielte in einer Theatergruppe, die von unserem Studentenklub Helios gegründet worden war. *De Stoel van Stanislavski* hieß das Stück. Von einem Belgier, Guido Van Meir. Weil es zu viele Darsteller gab, wurden die Rollen aufgeteilt. Ich spielte eine gefährliche Person mit einem Messer, zwei andere dieselbe Person mit Messer. Esther Scheldwacht führte Regie. Dort lernte ich Leonard kennen, der einer meiner besten Freunde wurde. Er studierte an der Freien Universität Amsterdam, entdeckte aber eines Tages im P. C. Hoofthuis einen Zettel mit dem Hinweis, dass Darsteller für unser Stück gesucht würden. Ich komme noch auf Leonard zurück. Er ist tot.

Ich besuchte einen Improvisationskurs im Kulturzentrum CREA und ging mit dem Dozenten ins Bett. Joost hieß er und wusch sich niemals die Haare, weil er meinte, wenn man das nur lange genug durchhalte, werde sich irgendwann das »natürliche Gleichgewicht« wiederherstellen. Eine Übung nannte sich *jabbertalk*. Dabei musste man vor sich hin brabbeln, man durfte keine richtigen Wörter bilden. Ich konnte das nicht, ich schämte mich so sehr, wenn ich es tun sollte, dass ich völlig blockiert war. Nie habe ich es gelernt, egal wie oft Joost versuchte, gerade mich dazu zu bringen. Und er versuchte es sehr oft. Regisseure, vor allem von Amateurgruppen, haben nicht selten diktatorische Charakterzüge.

Ich glaubte, im Theaterspiel ein Ventil gefunden zu haben. Irgendetwas wollte oder musste aus mir heraus, es war ein unbestimmter Drang. Nach dem Improvisationskurs landete ich in der fRi-Theatergruppe unter der Leitung von Liliana Alexandrescu. Es war die Gruppe von CREA, und fRi stand für Französisch, Rumänisch, Italienisch. Liliana ist rumänischer Herkunft, deshalb, so vermute ich, der einzige Großbuchstabe im Namen. Es war keine feste Gruppe, für jedes neue Stück suchte Liliana die Darsteller aus, man musste vorsprechen. Auch dort spielte ich zusammen mit Leonard. Und mit Jessica Stuij, die über meine Großmutter väterlicherseits mit mir verwandt sein musste, weil sonst so gut wie niemand in den Niederlanden Stuij oder Stuy heißt. Ich war der Richter in *Todesurteil für den Zuschauer* von Matei Vişniec (1991), Prinz Friedrich von Homburg in Kleists gleichnamigem Drama (1994) und Sigmund Freud in *Dora* von Hélène Cixous (1995).

In dem ersten Stück werden beliebige »Zuschauer« aus absurden oder auch keinen Gründen zum Tod verurteilt. Der Richter gibt sich praktisch gar nicht mit dem Verfahren ab, er und der Protokollführer sitzen an einem großen Tisch mit dem Rücken zum Publikum. Vermutlich sollte das Stück die politische Situation in Rumänien karikieren. Ich erinnere

mich an einen Meta-Moment: Leonard spielte den Proto-
kollführer, wir lasen zusammen die Veranstaltungszeitschrift
Uitkrant (manchmal hatten wir zwanzig Minuten lang nicht
das Geringste zu tun) und fanden darin den Hinweis, dass
am 5. Juni 1991 die fRi-Theatergruppe im CREA-Theater
Todesurteil für den Zuschauer spielte, auch unsere Namen
waren genannt. Wir wurden mit diesem Stück im gleichen
Jahr zu einem Theaterfestival in Costineşti eingeladen. Ein
Teil der Gruppe reiste im Auto an, der andere Teil flog. Mit
TAROM, der staatlichen rumänischen Fluggesellschaft. Der
Pilot brauchte wegen dichten Nebels drei Landeversuche.
Dass ich nicht schon nach diesem Flug von entsetzlicher
Flugangst gepeinigt wurde, war Bram-Willem Schulte zu verdanken, der neben mir saß und mich in seiner ungemein beruhigenden Art durch jede Situation hindurchredete. Damals durfte man in Flugzeugen noch ganz selbstverständlich
rauchen, was wir im Vorraum bei der Tür taten. Wir wurden
in einem Ferienpark am Schwarzen Meer untergebracht, er-
baut im Auftrag von Nicu Ceauşescu, dem Sohn. Wir aßen
jeden Tag im dazugehörigen Restaurant. »Nein!«, rief nach
einigen Tagen Birgit Truyens. »Nein! Nicht schon wieder
Fleisch! Ich kann nicht mehr!« Gemüse gab es fast gar keins;
nach der brutalen Ermordung Ceauşescus und seiner Frau
Elena anderthalb Jahre zuvor hatte sich entgegen allen Er-
wartungen nicht gleich alles gebessert. Wir spielten das Stück
auf Niederländisch in einer riesigen Freiluftarena. Nach einer Viertelstunde waren schon tausend Zuschauer gegangen.
Und dann geschah etwas Wundersames: Wir schalteten kur-
zerhand aufs Englische um. Ich hatte gerade als Richter das
Wort, sah immer größere Lücken in den Zuschauerreihen
entstehen und fing an, Englisch zu sprechen. Einen Augenblick herrschte Verwirrung, aber dann übersetzte jeder seinen
Text auf der Stelle ins Englische. Mit Emmanuelle Favreau

spielte ich sogar einen ganzen Abschnitt auf Französisch, obwohl ich kaum Französisch spreche. Glücklicherweise gab es auch Musik, Edith Piaf, die Beatles und Pink Floyd. So blieben schließlich noch etwa zweihundert Zuschauer übrig, und wir gewannen den Prix d'Honneur, worüber das rumänische Fernsehen berichtete.

Am Schwarzmeerstrand lag ein völlig verrostetes Schiffswrack. Liliana »badete« im Meer, das dort ein dicker Algenbrei war. Überall Sandwege mit Karrenspuren, angepflockte Ziegen, kleine Bauernhöfe mit Gemüsegärten. Alles sehr malerisch. Jeden Abend entzündeten wir irgendwo am Strand ein Lagerfeuer, über dem wir an Stöcken Schweinebauch brieten, dazu tranken wir billigen Kognak, etwas anderes gab es nicht. Ich ging mit Wim Klei ins Bett, einem der zum Tode Verurteilten und dem einzigen Mitspieler, der wegen des Wechsels zum Englischen wütend gewesen war. Aus heutiger Sicht war diese Rumänienreise der Höhepunkt meiner Bühnenkarriere.

Liliana ließ gerne mich die Hauptrollen spielen, weshalb ich mich für einen ausgezeichneten Schauspieler hielt. Der Prinz in *Prinz Friedrich von Homburg* ist nur selten einmal nicht auf der Bühne. Ich fand das schade, denn ich mochte den Aufenthalt hinter den Kulissen, alles dort war aufregend: die geflüsterten Gespräche, der Moment, kurz bevor man auf die Bühne muss, die Panik wegen eines vergessenen Requisits, die Wut über vergessenen oder verhaspelten Text. Zum Bühnenbild gehörte ein Piedestal mit einem großen Glas darauf. In dem Glas stand eine einzelne Blume. Irgendwann ist der Prinz so durcheinander, dass er die Blume aus dem Glas reißt und das Blumenwasser in einem Zug austrinkt. Ein schwieriges Stück war es, mit getragenen Worten, für die ich ähnlich wie beim *jabbertalk* große Scham überwinden musste. Auch hier spielte ich wieder zusammen mit

Leonard, der den Kurfürsten von Brandenburg darstellte. Jessica Stuij war Prinzessin Natalie, meine Geliebte. Oder ich ihr Geliebter. Es gab immer irgendein Problem mit ihr. Oder mit mir. Wir verstanden uns nicht, sie empfand mich als Flegel, ich sie als übersensibel. Einmal sagte sie: »Ich wette, du hast dich kalt und ungemütlich eingerichtet, mit wenig Möbeln und viel Metall.« Ich schrieb ein Stück Text für Hendrien Schaap, die Leonards Frau, die Kurfürstin, spielte und zu wenig Text hatte. Ob sie selbst dieser Ansicht war oder ob Liliana sie länger auf der Bühne haben wollte, weiß ich nicht mehr. Wie dem auch sei, unter »*Prins van Homburg, fRi-Theatergroep CREA*« auf der Seite *theaterencyclopedie.nl* ist deshalb als Autor des Stücks nach Heinrich von Kleist Gerbrand Bakker aufgeführt. Dabei war es ein langes, endlos langes Stück, dem ich dann noch anderthalb DIN-A4-Seiten hinzugefügt habe. Ich kann mich gut an ein paar Momente erinnern, kurze Momente nur, in denen ich eine Verbindung zum Publikum spürte. Eine echte Verbindung, von beiden Seiten, und das löste bei mir ein euphorisches Gefühl aus, als stünde die Zeit still, als nähme für einen Augenblick alles seinen richtigen Platz ein. Es sind Momente äußerster Konzentration. Sehr selten erlebe ich so etwas auch bei einer Lesung, dann ist beim Vorlesen die Konzentration so hoch – ebenfalls auf beiden Seiten (das nehme ich zumindest an, ohne Wechselwirkung keine Elektrizität, oder redet man sich das nur ein?) –, dass sie körperlich spürbar ist, dass sich einem sogar die Nackenhaare aufstellen können und man sich fragt: Geht es letztlich hierum, um diese kurzen, intensiven Momente?

Dora ist ein sehr schönes, verträumtes Stück. Auch schwierig, für die Zuschauer. Im Grunde erzählt es die Geschichte einer Psychotherapie. Freud und Dora. Übertragung, Verliebtheit. Eine wahre Geschichte. Liliana hatte sich ausgedacht, dass

Freud im Hintergrund der Bühne in einem großen Sessel sitzen sollte, mit dem Rücken zum Publikum. Seitenweise Text habe ich gegen einen schwarzen Vorhang gesprochen, wobei das Publikum an meinem Nacken ablesen musste, wie ich mich fühlte oder welche Gefühle ich spielte. Ich durfte rauchen. Ich trug eine kleine Brille und eine Taschenuhr. Später wurde ein Lied von Alma Mahler eingespielt, *Ich wandle unter Blumen*, das Freud, rauchend, nachdenkend, das Gesicht nun dem Publikum zugewandt, von einem Spot beleuchtet, über sich kommen lassen musste. Diesen Augenblicken fieberte ich während jeder Vorstellung entgegen, es waren ein paar unglaublich aufregende Minuten.

Gleichzeitig war ich Mitglied der Theatergruppe Konserven, die ihre Basis im Stadtteil De Pijp hatte. Wir probten im Gemeinschaftshaus Quellijn auf der obersten Etage, wo es einen Sportsaal gab. Weil Cor im Quellijn als Verwalter arbeitete, durften wir den Saal kostenlos nutzen. Cor war auch Mitglied der Truppe, der Querköpfigste von allen. Er brachte es fertig, bei einer Vorstellung plötzlich etwas anderes zu tun, als einstudiert war, oder einen ganz anderen Text zu sprechen. Fast alle waren ständig wütend auf ihn. Er trank nur Sprudel, weil er keinen Alkohol mehr anrühren durfte. Ein Mann, randvoll mit unterdrückten Aggressionen. Diese Gruppe hatte eine mehr oder weniger feste Zusammensetzung. Ich war nicht immer dabei, manchmal spielte ich in einer Inszenierung von Liliana Alexandrescu mit. Stücke lesen, Regisseure auswählen, Bühnenbild und Kostüme gestalten – alles machten wir selbst, wie gesagt einschließlich des Engagierens und Entlassens von Regisseuren. Die Theatergruppe Konserven liebte es, Regisseure zu entlassen. Ich selbst habe drei kommen und gehen sehen, die alle drei großen Wert aufs Singen legten. Das war das Beste an den Probenabenden: Sie begannen mit einer halben Stunde »Einsingen«. Auch in den meisten Stücken, die wir spielten, sangen wir. Sogar Mozarts *Più non si trovano* (KV 549). Grotesk. Das war in Shakespeares *Sturm*. Alle flogen und rollten im Sturm quer über die ganze Bühne, und plötzlich klumpten wir in der Mitte zusammen und sangen sehr innig und leise Mozart. Eine großartige Idee. Wenn man singt, ist man viel nackter und verletzlicher als beim Theaterspiel. In *Mahagonny* von Brecht spielte ich eine Hure. Ich trug ein knallrotes Top, einen kurzen schwarzen Rock, Netzstrümpfe und hochhackige Pumps. Zusammen mit Karin van der Pas sang ich – gleich zu Beginn – zweistimmig *Moon of Alabama*. Jedes Mal musste ich mich vorher vor Aufregung fast übergeben. Aber ich bekam zu hören, ich hätte so schöne »Gazellenbeine«. Wir spielten überall, wo sich ein Raum dafür fand: im Ostadetheater, im Pleintheater, im Polanentheater, im Badhuis. Meistens nur zwei- oder dreimal. Einer der Regisseure gab sich die größte Mühe, jeden von uns ins Bett zu bekommen. Mann oder Frau, das war ihm gleich. Ein anderer Regisseur hatte bei seiner Ausbildung allerlei Methoden erlernt, Schauspieler zu brechen, sie zu erschöpfen, sie in Tränen ausbrechen zu lassen, sie dahin zu bringen, dass sie ihre »wahre Natur« offenbarten. All das selbstverständlich nur um besserer schauspielerischer Leistungen willen. Wir hatten auch einen Regisseur, der für einen kommerziellen Fernsehsender arbeitete, er würde uns wohl ins Fernsehen bringen, dachten wir. Unter seiner Regie spielten wir *Der Park* von Botho Strauß. Das ist ein Stück, das meiner Ansicht nach schon Botho Strauß selbst nicht verstanden hat, ganz zu schweigen von uns oder dem Regisseur. Der absolute Tiefpunkt in der Reihe der Stücke, in denen ich mitgespielt habe. Sosehr ich mich auch anstrenge, ich kann mich an kaum etwas davon erinnern. Kein Text, kein Bühnenbild, auch sehr wenig von den Proben. Ich sehe mich nur durch einen Haufen Holzspäne rollen, zusammen mit Lotus Zweers. Wir gaben uns Zungenküsse, als ob unser Leben davon abhinge, und wir waren halbnackt. Keine Ahnung, warum.

Unabhängig von fRi und Konserven, aber mit Leonard und drei anderen, spielte ich in *Tropenjaren* von Adriaan van Dis, dem ersten seiner zwei Dramen. In De Boomspijker am Rechtboomsloot. Ich weiß nicht mehr, wie wir unsere Truppe nannten, kann so schnell auch das Jahr nicht herausfinden. Es war ein enormer Aufwand, wir hatten das Gefühl, noch mehr selbst organisieren zu müssen als bei Konserven. Cok Henneman führte Regie, ein feiner, sehr kleiner und zarter Mann. 1996 bin ich zu seiner Beerdigung gegangen, als einer von wenigen, er hatte keine Verwandten. Es war eine dieser Trauerfeiern, bei denen sich die Anwesenden mehr oder weniger heimlich mustern: Wer könnte denn das sein? Wir wurden gefragt, ob einer von uns etwas sagen wollte. Es war kurz vor dem Jahreswechsel und sehr kalt. Ich hatte einen Strauß Blumen mitgebracht, auch im Namen von Leonard, der nicht kommen konnte. Tagelang habe ich mir danach Vorwürfe gemacht, weil ich nicht ein paar Worte gesprochen habe. Ich vergesse immer wieder, Adriaan zu sagen, dass ich in seinem Stück Vic gespielt habe. Es könnte sein, dass er dann »Ach, du Armer!« sagt, weil er das Stück inzwischen als Jugendsünde betrachtet (es ist von 1986) und meint, dass er in eine Bühnenstunde fünf Stunden Drama gepackt hat. Ich könnte ihm natürlich auch dieses Buch schicken, dann ist es egal, dass ich immer wieder vergesse, ihm von unserer Aufführung zu erzählen.

Und wir lebten in der Überzeugung, großartiges Theater zu zeigen, mutig und mit Tiefgang; ganz bestimmt waren wir nicht die erstbeste Amateurtheatertruppe. Schließlich war nach den Aufführungen jeder voll des Lobes, sogar meine Eltern und Geschwister. Autor und Kritiker Dolf Verroen und sein Mann Gerard Hemmes kamen manchmal extra wegen uns aus Friesland nach Amsterdam. Ich war nach den Vorstellungen oft ungenießbar. Unzufrieden. Und je mehr Komplimente man mir machte, desto launischer wurde ich. Im Grunde wie eine richtige Diva. Dazu kam dann noch der Alkohol, mir ist nie richtig klargeworden, warum. Oft die Hauptrolle spielen dürfen und Komplimente gewohnt sein, es ist nicht schwierig, dann ein verzerrtes Bild von sich selbst zu bekommen. Aber ich habe nicht geahnt, mir nicht vorstellen können, *wie* schrecklich das Zuschauen für Freunde und Verwandte gewesen sein muss, bis ich vor ein paar Jahren die Aufführung einer Amateurtheatertruppe in Alkmaar besuchte. Ich schaute zu und lauschte wie alle anderen im Saal, doch ich sah und hörte fast nichts. In Gedanken taumelte ich durch die Zeit zurück, sämtliche Stücke, in denen ich mitgespielt hatte, gingen mir durch den Kopf, und plötzlich schämte ich mich rückwirkend zu Tode. Mir wurde heiß, am liebsten wäre ich aufgestanden und gegangen. Eine Illusion war zerstört worden. Sicherheitshalber habe ich bei dem einen oder anderen nachgefragt und bekam zu hören, dass unsere Darbietungen tatsächlich nicht zum Aushalten gewesen waren. »Hast du das denn nicht gewusst?«, fragte mein Freund Sjoerd van Tiel. »Hast du das wirklich nicht geahnt?« Nein, hatte ich nicht. Nun muss ich dazu anmerken, dass Sjoerd jemand ist, der allen Ernstes glaubt, er werde irgendwann, wenn er endlich einmal Zeit dafür hat, den besten niederländischen Roman aller Zeiten schreiben. Viel besser als zum Beispiel – ich nenne einfach ein Buch, das auch er selbst nannte – *Boven is het stil*.

Das Erarbeiten eines Stücks, die Proben, der Sex mit Mitspielern oder Mitspielerinnen, ob unter Alkoholeinfluss oder nicht, all das gefiel mir sehr. Auch das Singen war schön. Der Streit, die Eifersucht, die Zusammenbrüche, das Biertrinken nach den Vorstellungen, ich fand es wunderbar. Und doch war es offenbar nicht das, was ich suchte. Nach einer Gelegenheitsaufführung im Schloss Zuylen, einem Stück über das Leben der Autorin Belle van Zuylen, inszeniert von Liliana, hatte ich genug. Wieder die mir schon bekannte altertümliche Kleidung, ein schwarzer Umhang, den jemand anders vor Jahren in einem anderen Stück getragen hatte, die Kunstblumen, die Leute, die Liliana immer zusammensuchte, ich hielt es einfach nicht mehr aus. Ich sah mich selbst dort barfuß und laut schwadronierend hin und her gehen, wobei ich ab und zu die Knie der älteren Damen in der ersten Reihe streifte, ein Blatt Papier in der Hand, weil es ein »Lesestück« war. Ich schämte mich, ich konnte all die freundlichen und wohlwollenden Blicke der Zuschauer nicht mehr ertragen. Damals hatte ich schon zwei etymologische Wörterbücher zusammengestellt und aus dem Stand und völlig ohne Konzept mit dem Schreiben eines Jugendromans begonnen, weil meine damalige Verlegerin mir den Auftrag erteilt hatte. So gut wie nie habe ich danach noch den Drang verspürt, selbst auf der Bühne zu stehen, nicht einmal, wenn ich eine Aufführung in der Stadsschouwburg sah. Nur mit ein paar Leuten zusammen singen, das würde ich gern noch einmal. Ich wusste es natürlich längst: Hinter den Kulissen ist es schöner. Abseits der Bühne sieht man mehr, wenn man etwas sehen will.

Noch etwas fällt mir ein. Einer der Regisseure – ich glaube, es war der, der mit allen ins Bett wollte – war auch Trainer. Damit verdiente er sein Geld. *Trainer.* Eine vagere Berufsbezeichnung gibt es wohl nicht. Einmal hatte er einen Auftrag an der Seekadettenakademie in Den Helder. Dort wollte man die Seekadetten auf ihre Stressfestigkeit prüfen. Mit ziemlich miesen Tricks. Der Regisseur und ich stellten Wartungstechniker dar, die im kleinen Nebenraum eines Unterrichtssaals irgendeine Arbeit zu erledigen hatten. In dem Unterrichtssaal saß dann ein Seekadett, manchmal auch zwei, weil dort angeblich gleich ein Gespräch mit einem Vorgesetzten stattfinden sollte. Im Nebenraum gab es Gegenstände, mit denen man einen gewaltigen Knall erzeugen konnte, außerdem einen Apparat, der Rauch produzierte. Beinahe war ich wieder auf der Bühne im *Wapen van Wieringerwaard*, beinahe war ich wieder der italienische Pizzabäcker mit der Explosion im Badezimmer. Wir betraten also den Unterrichtssaal, grüßten den oder die Seekadetten und gingen in unseren kleinen Nebenraum. Nach einer Weile »explodierte« darin eine Gasflasche, und wir mussten schreien und stöhnen. Und abwarten, was der Seekadett tun würde. Wie gesagt: ziemlich miese Tricks. Die meisten, vielleicht auch alle, kamen sofort in den Nebenraum, um zu sehen, ob noch etwas zu retten war. Und wir schauspielerten weiter. Es wurde sehr gut bezahlt, das weiß ich noch. Ich stellte fest, dass *Trainer* gar kein so übler Beruf war.

21. APRIL [SCHWARZBACH]   »Klingeling«, sagt Marja Pruis. Ich liefere am gleichen Tag oder am Tag danach, und der Artikel kommt direkt auf die Website des *Groene Amsterdammer*. Der vorige vom 27. März über die niederländischen Fernsehnachrichten brachte mir übrigens meinen ersten *twitterstorm* ein, jeder hatte irgendeine Meinung dazu, die andere dann wieder retweeteten. Diesmal dachte ich bei einem langen Spaziergang mit Jasper anderthalb Stunden nach, und das Ergebnis war ein Text, der einen völlig anderen Ton hat.

Als Erstes mein Haus

Als Erstes mein Haus. Hinter dem Haus ein Hügel, das Haus steht sogar halb in ihm. Dann folgt ein Stück Wald, das mir gehört. Dort habe ich vor kurzem Waldpflege betrieben: viele Buchen gefällt und neue Bäumchen gepflanzt, darunter eine Ulme (die sieht man hier nirgends) und drei Edelkastanien. Hinter meinem Wald der Wald meiner Nachbarn von Nummer 7. Meiner fast nie anwesenden Nachbarn, es sind die Tochter der früheren Bewohnerin und ihr Mann, die in Köln leben. Sie ist weit über achtzig, er sogar zweiundneunzig. Die Mutter ist schon vor etwa zehn Jahren gestorben, wie man sich leicht vorstellen kann. Trotzdem wollen sie das Haus behalten, um einmal im Monat darin oder drum herum zu »kramen« und den Rasen zu mähen. Ein Pfad führt durch den Wald, im Hintergrund sieht man ein Tor: Dort ist in der Baumreihe eine Lücke, die ich selbst hineingeschnitten und -gesägt habe. Und es geht immer weiter aufwärts, der Hügel ist noch viel höher. Jasper liebt den Wald. Wenn er sich freut, kann er dort in Haufen abgefallener Blätter herumspringen und das Laub mit seinen langen Beinen in alle Richtungen verteilen. Und ich liebe die Wiese, die hinter dem Wald beginnt.

Dort nisten nämlich Feldlerchen. Schon sehr früh im Jahr. Ich weiß nicht viel über Vögel, aber in meiner Vorstellung sind Feldlerchen Zugvögel. Aus den Niederlanden jedenfalls kenne ich sie nur als typische Sommervögel. Sehe ich eine Lerche, bewegt sich mein Gemüt, wie sie fliegt: höher und höher, wobei sie ununterbrochen trillert, und dann plötzlich, pfeilschnell, wieder abwärts. Wenn es irgendwie geht, lässt mein Gemüt die Schlussphase aus. Die letzte Feldlerche habe ich in den Niederlanden auf Texel im Naturreservat De Slufter gehört, vor etlichen Jahren. Meine Mutter war mit mir dort, und Monate später hörte ich sie zu einer Freundin sagen, dass sie im De Slufter eine Lerche gehörte habe, etwas so Besonderes

war es damals also schon. Vor noch längerer Zeit habe ich ein-
mal ein Lerchennest gefunden, in den Dünen bei Noordwijk.
Indem ich den Vogel ganz genau beobachtete. Die Eier waren
von einem sehr schönen Grau. Für mich sind Feldlerchen in
den Niederlanden ausgestorben. So ist es zwar nicht, das weiß
ich auch, aber wenn ich sie nicht mehr sehe oder höre, ist es in
gewisser Weise doch so. Hier, hinter meinem Haus auf der hü-
geligen Wiese, gibt es sie noch. Ich glaube auch zu wissen, war-
um. Schon vor einiger Zeit hat der Bauer auf dem Land Gülle
ausgebracht. Seitdem liegt es einfach nur da, noch nie habe ich
Kühe darauf weiden sehen. Heu wird erst spät gemacht, und
so haben Vögel jede Menge Zeit und Ruhe zum Brüten. Ich
begreife wirklich nicht, warum all die Rotschenkel und Ufer-
schnepfen aus Waterland nicht hierherkommen. Vielleicht müss-
te mal jemand eine Bodenbrüterinitiative gründen?
Früher. Die rechteckigen Stücke Land hinter dem Bauernhof.
Ein blasslila Schleier von spätem Wiesenschaumkraut. Und
die Lerchen. Auf dem Rücken im Gras liegen, die kleinen Vö-
gel beobachten, die ohnehin schon nicht groß sind, obendrein
sehr unscheinbar, ohne Rot oder Blau oder Gelb, und immer
noch kleiner werden. Aber man hörte sie, auch wenn man
sie gar nicht mehr sehen konnte. Und dann langsam aufste-
hen, den Pultstock nehmen und weiter über die Wassergräben
springen, Graben für Graben, bis wir zur Oostpetter Vaart
kamen. Die war zu breit zum Drüberspringen. Lerchen mach-
ten den Sommer, genau wie Mauersegler den Sommer ma-
chen. Ich glaube, von allen Vögeln sind mir Lerchen, Mauer-
segler und Rauch- oder Mehlschwalben am liebsten. Sie stehen
für etwas. Eine Kohlmeise ist zweifellos ein niedliches, braves
Vögelchen, aber sie steht für nichts. Sie ist immer da. Wie Rot-
kehlchen, Kleiber und wer weiß wie viele andere. Wenn man
einen Sperling sieht, würde man nie denken: Meine Güte,
jetzt wird es schon wieder … Beim Anblick eines Stars kommt

einem nie der Gedanke: Aha, jetzt ist wieder die Zeit ... Vögel, die – wenn man sie sieht oder hört (Kraniche!) – etwas ein- oder ausläuten, sind allein deshalb schon etwas Besonderes. Vor einer Woche sah und hörte ich die ersten Mehlschwalben. Das stimmte mich fröhlich. Sie können so lieb girren und unermüdlich hin und her fliegen, immer auf der Jagd nach Mücken. Mücken, die nur da sind, wenn die Temperatur eine bestimmte Höhe erreicht. Mit meinem Vater und einem Freund in Amsterdam veranstalte ich jedes Jahr einen Mauerseglerwettbewerb. Wer den ersten sieht, so einfach, und es ist kein Preis ausgeschrieben. Interessanterweise veranstalten wir keinen Wettbewerb, wenn sie wieder fortziehen, etwa hundertundein Tage später. Aber das wäre natürlich auch kaum machbar. Etwas, das vorher nicht da war, fällt gleich auf; was plötzlich weg ist, vermisst man erst ein paar Tage oder sogar Wochen später. Ein bisschen traurig macht es mich immer, wenn die ankerförmigen Segler wieder nach Afrika aufbrechen. Andererseits aber auch wieder froh, weil dieser völlig überflüssige Monat August, dieser eine Monat, der den Sommer verdirbt, dann nicht mehr lange dauert. Eh man sich's versieht, ist es Herbst, man blinzelt ein paarmal, und schon fliegen Tausende Kraniche von Norden nach Süden.

Der Hund war gestern wieder einmal drei Stunden unterwegs. Ich hatte mit ihm geübt: Leine ab und alle paar Sekunden »Bleib« sagen. Das geht eine Zeitlang gut, wenn er auch immer stärker zittert. Dann gehen wir ein Stück, ebenfalls mit ständigem »Bleib«. Wenn wir zur Treppe nach oben kommen, hält er es nicht mehr aus und ist weg. Gestern ist hier kein einziges Motorrad entlanggefahren. Ruhe, für ihn und für mich. Das Weglaufen passiert oft an Tagen, an denen ich einfach keine Lust habe, anderthalb oder zwei Stunden mit ihm durch die Gegend zu ziehen. Es ist also auch Egoismus im Spiel. Ein paarmal schaute er zwischendurch vorbei, ich arbeitete hinter dem Anbau im Gemüsegarten. Das ist eine recht neue Gewohnheit von ihm; ich glaube, dass er sich immer weniger weit vom Haus entfernt und ab und zu das Bedürfnis hat, sich sehen zu lassen oder mich zu sehen. Ich weiß deshalb nicht, ob er gestern wild im Wald herumgesprungen ist oder Laub im weiten Umkreis verteilt hat. Schließlich habe ich ihn vor der Haustür von Klaus erwischt, eine weitere Stunde später. Er war sehr dreckig, und heute Morgen hat er drei steinharte, pechschwarze Würste aus sich herausgedrückt. Da frage ich mich natürlich schon, wie das kommt. Was hat er unterwegs gefressen? Jasper scheißt sonst nie pechschwarze Würste. Eigentlich will ich sowieso nicht wissen, was er alles ausfrisst. Manchmal frage ich weiter entfernt wohnende »Nachbarn« mit Hund, ob Jasper zu ihnen kommt. Nie. Ich weiß, dass er Weidetiere in Ruhe lässt. Schafe, Pferde. Die sind hinter Stacheldraht, und dann interessieren sie ihn nicht. Er achtet nicht einmal mehr auf die Hirsche in dem Gehege in der Nähe von Pauline Slots Haus. Anscheinend frisst er bei meiner Nachbarin Hannelore, fünf Häuser weiter, das Katzenfutter. Als sie mir das erzählte, sagte ich, dann sei es ja kein Wunder, dass er hin und wieder Durchfall habe. Sie fand das nicht witzig. Ich bin mir auch darüber im Klaren, dass er eines Tages nicht mehr wiederkommen könnte. Und versuche einzuschätzen, wie ich darauf reagieren würde. Im Augenblick bedeutet er mir sehr viel. Jasper ist ein schüchterner Hund, ein Hund, der sich nicht hingeben kann. Und ein Hund, der *wegwill*.

»Nein, so ist es nicht«, meint Pauline.

»Aber er tut es doch von sich aus«, sage ich.

»Das ist sein Instinkt«, erwidert Pauline. »Er kann nicht anders. Und es ist deine Pflicht, auf ihn aufzupassen.«

Dieses Weglaufen kann Folgen haben. Werde ich untröstlich

sein, wenn ihm etwas passiert? Werde ich es nicht sein, weil ich ihn absichtlich laufen lasse? Wird er mir fehlen? Das sicher. Aber gegen das Weglaufen werde ich etwas unternehmen. Ich habe auf den Anrufbeantworter der Firma Ritter in Lambertsberg gesprochen, und ein paar Tage später rief Frau Ritter zurück. Demnächst kommt ein Mitarbeiter zum Ausmessen, und dann wird um mein Grundstück ein Zaun gebaut. Nicht um andere Leute am Betreten, sondern um Jasper am Weglaufen zu hindern. Gestern habe ich mit Hansi darüber gesprochen, dem Sohn der steinalten Frau Trappen. Es ist lustig, sagte ich, der Hund hat mich zweihundert Euro gekostet. Sein Fressen und der Tierarzt kosten auch etwas, aber das ist zu vernachlässigen. Jetzt brauche ich einen Zaun, und ich weiß, dass ich dafür mindestens dreitausend Euro ausgeben muss. So wird er doch noch ein ziemlich teurer Hund. An diesen Zaun denke ich übrigens schon seit dem Tag, an dem ich hier eingezogen bin. Auch nicht, weil ich Menschen fernhalten wollte, sondern um der Übersichtlichkeit und der Eingrenzung willen. Das spricht mein leicht autistisches Wesen an. Ein Zaun steht für Sicherheit, Klarheit. Das gehört mir und das nicht mehr.

Gestern habe ich mit Dolf Verroen telefoniert. Er fragte, wie ich mit diesem Buch vorankomme. »Ach«, sagte ich. »Du weißt, wie das ist: Mal ist man zufrieden, wenn man ein Stück fertig hat, und beim nächsten Mal denkt man: Mein Gott, was für ein Gelaber.« Ja, das kannte Dolf gut, er hat damit schon fünfunddreißig Jahre länger Erfahrung als ich. Ich habe in sieben Tagen Geburtstag. Dann werde ich dreiundfünfzig. An dem Tag, dachte ich plötzlich, fange ich mit Teil II an. Wieso, ist mir nicht ganz klar, aber ich wünsche mir einen zweiten Teil. Warum schreibe ich über meinen Hund, obwohl ich gern schreiben würde, dass ich Tommy

Wieringa für einen fürchterlichen Schnösel halte? Darauf hätte ich wirklich Lust. Und müsste ich nicht mehr darüber schreiben, wie ich mich fühle oder »was mich bewegt«? Müsste ich nicht mehr übers Schreiben schreiben? Ich habe zum zweiten Mal zwei Bände von Maarten 't Hart aus der Reihe Privédomein gelesen, in der auch dieses Buch erscheinen wird. Er schreibt nie übers Schreiben. Warum schreibe ich nicht, dass mein Citalopram eine ganz unerwartete, aber erfreuliche Nebenwirkung hat: Es hilft gegen Holznägel. Ich sollte den Herstellern des Medikaments mal eine Mail schicken, dann können sie das auf dem Beipackzettel erwähnen.

25. APRIL [SCHWARZBACH]   Mein Vater hat Geburtstag. Heute Morgen um halb neun habe ich ihn angerufen, ich wollte der Erste sein. Das ist mir nicht gelungen: Meine Cousine Guus war schneller. Vierundachtzig ist er geworden. Anschließend die kleine Morgenrunde mit Jasper. Wie froh doch ein Hund sein kann, wenn er seinen Darm geleert hat. So froh, dass es auch mich froh macht. Alle froh. Es regnete. Nach Monaten der Trockenheit endlich Wasser. Werktagsnachbar Hansi hat mir neulich etwas Erfreuliches erzählt: Jasper war wieder einmal weggelaufen, aber diesmal war auch ich nicht zu Hause geblieben, sondern hatte mich auf den Weg nach Nimshuscheider Mühle gemacht. Jasper kam bei Hansi vorbei, immer hält er Ausschau nach etwas zu fressen, und danach kehrte er regelmäßig zum Haus zurück. Meinem Haus. Er verschwand für kurze Zeit, kam dann wieder und sah sich um. »Er sucht dich«, sagte Hansi. »Er liebt dich.« So sollte ich die Sache mit Jasper vielleicht anpacken: Wenn du deiner Wege gehst, gehe ich auch meiner Wege, und dann schauen wir mal, wer wen sucht.
Vorgestern kam Dachdecker Rudi. Er sollte mir ausrichten,

dass Frau Ritter von der Firma Ritter in Lambertsberg seine Frau Christa angerufen und gesagt hatte, sie habe meine Telefonnummer nicht. »So ein Unsinn«, sagte ich. »Sie hat mich letzten Montag noch angerufen.« Tja, darüber wusste Rudi natürlich nichts. Er hatte rote Flecken auf den Lippen, vom Fieber. Zusammen beobachteten wir längere Zeit ein Vögelchen, das ganz gemächlich und gar nicht ängstlich am Fuß der Vogelfutterstation herumpickte. »Goldammer«, sagte ich. Es war sehr warm, die Sonne brannte. Rudi machte sich auf den Rückweg. Er geht möglichst viel, das Loch, das durch die Entfernung seiner Gallenblase entstanden ist, schließt sich langsam. Er braucht Geduld, die Heilung muss von innen her erfolgen, und so etwas dauert sehr lange. Ich begleitete ihn, er hatte ein paar »kleine Sträucher« ausgraben lassen, die er loswerden wollte. Ich schaute ihn von der Seite an und sah, wie dünn er geworden ist. Und ich sah noch etwas anderes, das mich sehr beunruhigte. Er wird immer schöner. Nicht hübscher, schöner. Ich musste an Adriaan Jaeggi denken, mit dem ich im März 2008 beim Bücherball zum letzten Mal gesprochen hatte. Ich hatte ihn dabei auch berührt, ich konnte nicht anders. Er war damals so maßlos schön. Drei Monate später war er tot. Ich dachte: Jetzt darfst du aber nicht noch schöner werden, Dachdecker Rudi. So bist du schön genug. Die »kleinen Sträucher« erwiesen sich als ziemlich große, mit einem Bagger ausgegrabene Exemplare, die jetzt mit ihrem ganzen Wurzelsystem über der Erde stehen. Viel zu sperrig und zu schwer, um sie zu bewegen. Schade, es waren ein Flieder, ein Europäischer Pfeifenstrauch und ein Spierstrauch.

Inzwischen habe ich einen Ausmesstermin für den Zaun, Frau Ritter und ich haben es geschafft, in Kontakt zu treten. Am Montag um 07:30 Uhr kommt ein Herr Michels zum Vermessen des Grundstücks, dann sage ich, was ich haben will, und anschließend macht Frau Ritter mir ein Angebot. Und was will ich haben? Holzpfähle und Schafdraht im Wald, ein Meter vierzig hoch, mit einer Öffnung, für die ich selbst eine Art Naturschutzgebiet-Klappgatter bauen will, eins von diesen Gattern, die sich durch die Schwerkraft schließen, wenn man sie nach dem Hindurchgehen wieder loslässt. Was den Zaun entlang der Straße und das Tor angeht, möchte ich Beispiele sehen. Auf jeden Fall wird es kein deutscher Zaun. Selten hässlichere Zäune als deutsche Zäune gesehen.

TEIL II

26. APRIL [SCHWARZBACH]   So. Teil II. Warum bis zu meinem Geburtstag warten? Was ist das überhaupt für ein Markierungspunkt? Ich gehe in der Zeit zurück. Die kommenden Seiten werden vielleicht etwas unübersichtlich, ich kann es nicht ändern. »Bear with me«, sagen die Engländer dann. Was wir in so einem Fall sagen, fällt mir auf die Schnelle nicht ein. Hab etwas Geduld mit mir? Ich bitte um Nachsicht?
Dreh- und Angelpunkte sind zwei Zeitabschnitte: Frühjahr 2013 und Sommer 2011.

Ich bin in der Eifel, sehe die Tulpen blühen, die ich am 5. Dezember 2012 gepflanzt habe. Eigentlich hätte ich anderswo in der Welt sein sollen, wie so viele, die nicht zu Hause sind, die sich irgendwo herumtreiben, wie Millionen Menschen, die man einfach nie zu Hause antrifft. Ein paar Leute und Hunde waren da, es gab unerwarteten Geburtstagskuchen, ich habe Stauden und Sträucher gepflanzt, den Etagenteich mit einem Überlaufrohr vervollkommnet, gesät und gemäht, das Wohnzimmer gestrichen, am Straßenrand Buschwindröschen gestohlen und sie unter der großen Stechpalme eingepflanzt. Es hat geregnet, die Sonne hat geschienen, eine tote Blaumeise war zu beklagen, und bei einem anderen Haus sahen wir einen Buchfinken mit einem gebrochenen Bein, der tapfer weiterpickte. Ich habe mir brutal den Kopf gestoßen und bis jetzt noch nicht nach geronnenem Blut auf der Kopfhaut getastet, dreimal habe ich Canto Ostinato *gehört und zusammen mit einigen anderen Leuten eine Königin abdanken und einen König antreten sehen. Morgen fahre ich mit Klaus nach Luxemburg, um ein paar Sachen zu schmuggeln, unter anderem Hochprozentiges und Pflanzmaterial. Heute Nachmittag kam der Bauunternehmer, er wird nächste Woche mit dem Abbrechen anfangen und anschließend aufbauen, wie überhaupt hier und natürlich nicht nur hier ständig abgerissen und aufgebaut wird. Er nahm gern einen Kaffee und machte sich keine Sorgen wegen der Kolonie Blindschleichen im hinteren Teil des Gartens. »Die sind hier heimisch«, bemerkte er einfach, was wohl heißen soll: Dieses Problem löst der Bulldozer. Ein Postbote teilte mir mit, er habe längere Zeit ein Auge auf mein Haus geworfen, sich aber schließlich dagegen entschieden. »Was haben Sie letztendlich bezahlt?«, wollte er dann doch wissen. Ich habe ihm wahrheitsgemäß geantwortet, und er verzog sich grün vor Neid.*

Nicht dort zu sein, wo man sein sollte, in gewisser Weise ist das gar nicht so schlecht. Auch wenn anderen dadurch Nachteile oder Unannehmlichkeiten entstehen, wofür ich demütig um Vergebung bitte.

Diese Absätze schrieb ich am 1. Mai 2013. Am 26. April – heute vor zwei Jahren – hätte ich in Buenos Aires sein sollen. Dort fand ein großes Literaturfestival statt, an dem mehrere niederländische Autoren teilnahmen. Der Nederlands Letterenfonds hatte für mich einen Flug am 25. April gebucht, über Atlanta, Georgia. Während die anderen zusammen reisten und einen Direktflug hatten, sollte ich allein fliegen und wäre insgesamt etwa zwanzig Stunden unterwegs gewesen, bis ich in der fernen südamerikanischen Metropole angekommen wäre. Ich nehme es den Leuten vom Fonds noch heute übel, dass sie mich allein so endlos lange fliegen lassen wollten, obwohl sie besser als jeder andere wussten, dass ich schon beim Hören des Wortes »Flugzeug« durchdrehte.

Als ich nach vielen Jahren ausschließlicher Fortbewegung zu Lande und zu Wasser wieder einmal flog, nach Istanbul, auch zu einem Literaturfestival, tat ich das ebenfalls für den Letterenfonds. Das war 2012. Dem Flug nach Istanbul schloss sich gleich ein Inlandflug nach Izmir mit Turkish Airlines an, und ich erinnerte mich sehr genau daran, dass ein Flugzeug dieser Gesellschaft sich in den Lehm des Haarlemmermeer-Polders gebohrt hatte, gar nicht lange zuvor. Aber alles ging gut. Auf einen Schlag und ganz ohne Hilfe hatte ich meine Angst überwunden. Dass ich es ausgerechnet für den Fonds tat, lässt sich leicht dadurch erklären, dass ich ihn schon ein paarmal hatte hängenlassen. Aber ein Flug von dreieinhalb Stunden ist natürlich nicht das Gleiche wie einer von zwanzig Stunden. Zwischendurch bin ich auch noch nach Kopenhagen und nach Dublin geflogen. Ganz allein, mithilfe von anderthalb Oxazepam.

Am 24. April 2013 fand die Premiere des Films *Boven is het stil* in der Stadsschouwburg Amsterdam statt. Ich saß in meinem guten Anzug im Saal, obwohl ich meinen Koffer erst zur Hälfte gepackt hatte. Ich spürte etwas kommen. Meine Verlegerin Eva Cossee spürte das auch. Als ich sie am 25. April frühmorgens anrief und ihr mitteilte, dass ich meinen Koffer nicht fertig packen würde, war sie jedenfalls kaum überrascht. Ich musste weinen. Eine solche Entscheidung ist so bedeutend, dass ich sie nicht treffen kann, ohne zu weinen. Nicht vor Kummer, sondern aus einem Gefühl der Ohnmacht heraus, verbunden mit Schuldgefühl, auch Erleichterung. Sie wollte es dem Letterenfonds sagen. Ich fuhr nach Wieringerwaard, um meinem Vater zu gratulieren. Dort war man nicht wenig erstaunt, als ich hereinkam und anfing, Rutte-Jenever zu trinken. Ich nahm an diesem Tag alles, wie es kam. Am nächsten reiste ich mit Gartenkumpel Han in die Eifel, wo ich tatsächlich blühende Tulpen antraf. Beim Fonds war man wütend. Später habe ich die Sache halbwegs wiedergutgemacht, indem ich anderthalb Tage lang kostenlos – zusammen mit Han, den ich dafür bezahlte – den Garten hinterm Grachtenhaus des Fonds in Ordnung brachte. Ich hörte, dass Pieter Steinz, damals noch Direktor des Fonds, in Buenos Aires über mein Buch *De omweg* gesprochen hatte, quasi als mein Ersatzmann. Das war bitter, denn Pieter Steinz war einer der wenigen Rezensenten, die nichts damit anfangen konnten, er hatte mir in seiner Besprechung geraten, einmal eine längere Auszeit zu nehmen, denn dieses Buch sei eine Enttäuschung.

Ich schaffte es einfach nicht. Ich war fertig. Die Arbeitsbelastung war zu groß gewesen. Vor allem aber hatte ich nicht auf meinen Körper gehört. Kurz vor der Premiere hatte ich den Text für das *Groot Hoogeveens Dictee* geschrieben und ihn auch in Hoogeveen vorgetragen, übernachtet hatte ich in einem kleinen Dorf in der Nähe. Am nächsten Vormittag, bei einem Spaziergang durch die Landschaft Drentes, dachte ich ununterbrochen an die Flugreise, ich konnte an nichts anderes mehr denken. Ich stand vor einem Berg. Zur Premiere war die ganze Familie nach Amsterdam gefahren. Jeder in seinen besten Sachen. Und ich fühlte mich für alles verantwortlich, ich kam mir vor wie vor einem Geburtstag, an dem ich unzählige Geschenke bekommen würde. Wenn ich Geschenke bekomme, weiß ich nicht, was für ein Gesicht ich machen, wie ich reagieren soll, ich bin dann angespannt. Falls meine Erinnerung nicht trügt, konnte ich aber unerwartet gut schlafen, nur ein bisschen kurz.

Es war wie die Wiederholung eines Erlebnisses zwei Jahre zuvor. Darüber habe ich damals (am 7. August 2011) in meinem Blog die folgenden Zeilen geschrieben: *Es ist ziemlich lange still gewesen. Obwohl ich zu Hause war. Ich hätte über das Ehepaar schreiben können, das in einem großen Wagen bei meinen Eltern vorfuhr und fragte, ob sie die Eltern von Gerbrand Bakker seien. »Hast du ihnen eine Tasse Kaffee angeboten?«, fragte ich meine Mutter. Nein, das nicht, aber Kekse hätten sie bekommen, weil die Dose noch auf dem Tisch stand. Die Frau war, wie sich herausstellte, Mitglied der Ersten Kammer. Über die beiden Gärten, in denen ich letzte Woche gearbeitet habe, hätte ich schreiben können, über eine Vogelwanderung in den Dünen, bei der ich einen Schwarzhalstaucher und einen Eisvogel gesehen habe. Heute hätte ich über einen völlig verregneten Abend im Amsterdamer Zoo schreiben können, über Elefantenkälber oder Löwenjunge, über Flughunde, über die Sängerin Pearl Jozefzoon. Das Problem ist, dass ich all dies wie durch eine Art Schleier erlebt habe. Was ich auch tat, sah und empfand, im Hintergrund war – schon wochenlang – ein Gefühl großer Bedrohung. Eigentlich war ich nicht ganz da. Dieses Gefühl hat mich sogar abmagern lassen. Und wenn man eigentlich nicht ganz da ist, ist Schreiben fast unmöglich (das gilt zumindest für mich). Die Bedrohung im Hintergrund ist jetzt beseitigt. Ich bleibe zu Hause, na ja, nicht ganz: Morgen fahre ich für ein paar Tage in die Ardennen, aber danach bleibe ich zu Hause. Reise also nicht nach China. Heute Nachmittag habe ich ziemlich entspannt beim Festival im Rotterdamer Vroesenpark gelesen. Nur »ziemlich«, weil es doch immer irgendetwas Neues gibt, über das man sich Gedanken machen oder das man verarbeiten muss.*

Davon abgesehen schrieb ich nichts. Überhaupt nichts. Es muss mich gewaltige Mühe gekostet haben, Texte für meinen Blog zu schreiben, weiterzumachen wie sonst. Mein Pass war bei einer Visastelle, ich sollte nämlich zur Buchmesse in Peking. Nicht mit dem Flugzeug, sondern mit der Transmongolischen Eisenbahn. Auch damals war eine ganze Gruppe niederländischer Autoren eingeladen. Die anderen bestiegen aber alle ein Flugzeug. Schon das Organisieren meiner Reise war ein Albtraum. Ich erledigte das selbst, weil es den Leuten vom Letterenfonds – verständlicherweise – viel zu viel Arbeit war; schließlich war ich schuld, wenn ich nicht fliegen wollte. Von dem auf Zugreisen spezialisierten Reisebüro erfuhr ich nach und nach, für welchen Abschnitt der Reise ich einen Platz bekam und für welchen noch nicht. Manchmal gab es einen in der ersten, manchmal nur in der zweiten Klasse; ich hatte die erste haben wollen. Die Fahrt ließ sich einfach nicht an einem Stück buchen. Irgendwann war sie dann fast vollständig gebucht, wofür ich auch schon ziemlich viel hatte blechen müssen; einige wenige Abschnitte fehlten aber immer noch. Zermürbend war es, nervenaufreibend. Vor allem, weil ich in meinem tiefsten Inneren wahrscheinlich schon wusste, dass ich gar nicht reisen würde. Ich konnte mir mich nicht in diesem Zug vorstellen, sah mich beim besten Willen nicht neun Tage allein durch ferne, fremde Länder reisen. Ich hatte furchtbare Angst, mich in der Mongolei zu verlieren. Mein ältester Bruder hatte sich bereit erklärt, mich auf der Rückreise zu begleiten, ebenfalls im Zug, denn im Jahr 2011 flippte ich beim Hören des Wortes »Flugzeug« nicht nur aus, sondern wurde beinahe ohnmächtig.

Fünf Tage später schrieb ich in meinem Blog ganz einfach Folgendes: *Es war in der Tat ziemlich kafkaesk, vorhin im Postamt. Trotzdem hielt die quälende Unsicherheit nur kurz an, ich gab der Frau am Schalter eine Kopie meines Reisepasses, und sie suchte schnell die beiden Pakete heraus, es gab nämlich noch ein Paket, mit dem* Gartenkalender 2012, *das ich vorher in Ermangelung von Ausweispapieren nicht hatte abholen können. Wie selbstverständlich man gefragt wird: »Haben Sie denn keinen Ausweis bei sich?«, das finde ich schon lustig. Nein, der ist nämlich in einem der Pakete! »Führerschein?« Nein, auch nicht.*

Gestern Badminton in einem riesigen Garten in den Ardennen gespielt. Ein geradezu sommerlicher Tag. Trotzdem wurde am Abend der Ofen angezündet, viel Holz aus dem angrenzenden Wald ging in Flammen auf. Auch gekocht wurde auf dem Ofen. Es gibt dort einen schwarzen Kater, Kareltje, der zu einem anderen Haus gehört, zu welchem, ist nicht ganz klar, aber er bekommt sündhaft teures Sheba-Futter, fläzt sich mit seinem dicken Bauch auf der einen oder anderen Bettdecke und pennt. Gestern habe ich aber nicht nur Badminton gespielt, sondern bin auch in der Sonne Fahrrad gefahren, nach Luxemburg und zurück, mit nagelneuen Shimano-Radschuhen, an die ich meine alten SPD-Cleats geschraubt habe. Das Rad selbst ist und bleibt Vorkriegsstandard mit den Schalthebeln am Unterrohr. Radrennfahrer lachen mich deshalb aus. Aber es ist ein Columbus-Rahmen, und die Schalthebel sind wunderschönes italienisches Design, Precision Chesini *ist in den Rahmen gestanzt. Unverwüstlich, vor anderthalb Jahrzehnten dem alten Nachbarn aus der Wohnung über mir abgekauft, der es selbst schon aus zweiter Hand hatte. Die vielen Kilo mehr nehme ich in Kauf. Ich könnte ja selbst neunzig Kilo wiegen, was aber nicht der Fall ist.*

Badminton spielen und Fahrrad fahren und ein zufriedener schwarzer Kater, während es in mir geschwirrt und gestürmt haben muss und ich wahrscheinlich immer dachte: gut zuhören, was die anderen sagen, einfach zuhören, und dann Fragen stellen, das Gespräch in Gang halten und nur ja nicht von dem beirren lassen, was in dir schwirrt und stürmt, hoffen und beten, dass du schlafen kannst, immer bei der Sache bleiben, im Hier und Jetzt bleiben.

27. APRIL [SCHWARZBACH]   Vor kurzem habe ich den Roman *Die Freien* von Willy Vlautin gelesen. Darin folgende Passage: »Mein Onkel ist eines Morgens ins Veteranenkrankenhaus gegangen und hat dort erzählt, er versinke in einer Depression. Er war außer sich. Sie gaben ihm Medikamente, Antidepressiva, und schickten ihn wieder nach Hause. Ich weiß nicht genau, warum er gerade da zusammengebrochen ist. Manche Menschen sind irgendwann verbraucht. Früher habe ich das nicht geglaubt, aber heute schon.«

Genauso erging es mir im August 2011. Ich war verbraucht. Von einem lebenslangen Kampf gegen »etwas«. Keine Ahnung, was. Bis dahin war ich mit allem fertiggeworden. Plötzlich war es genug. Die für mich viel zu große, weite, unübersichtliche Reise war der kritische Punkt. Wenn es mich nach dem Absagen der Peking-Reise wieder einmal ansprang, beruhigte ich mich mit dem Gedanken: Du brauchst nirgendwohin. Immer wieder sagte ich mir das vor, es war wie ein Mantra in meinem Kopf. Erst nach einiger Zeit wurde mir klar, dass es sich nicht auf diese Reise bezog, sondern auf mein ganzes Leben.

Endlich fiel bei meinem Therapeuten und mir der Groschen. Ich besuchte ihn da schon seit einigen Monaten, ich glaube, seit Oktober 2010. Damals hatte mich ein Gefühl überfallen, von dem ich wusste, dass ich es nie wieder haben wollte. Ich könnte es vorläufig Angst nennen, und etwas wie Depersonalisation, später werde ich noch versuchen, es zu beschreiben. Ich machte sofort einen Termin bei meiner Hausärztin aus, und sie brachte mich sehr schnell bei diesem Therapeuten unter. Wir sprachen über Autismus, Asperger, wahrscheinlich auch über meinen kurzen Flirt mit dem Begriff Body Dysmorphic Disorder oder Dysmorphophobie. »Du bist ein verdammt zäher Kerl«, sagte der Therapeut irgendwann im September oder Oktober, als wir gemeinsam herausfanden, dass ich eine Depression hatte. Und dass es nicht die erste war. Doch auch Zähigkeit reicht früher oder später nicht mehr aus. Er wollte mir wieder Johanniskraut verordnen, das ich erst ein halbes Jahr zuvor abgesetzt hatte. Weil aber Naturheilmittel oder Homöopathie bei mir überhaupt nicht anschlagen, hat er mir dann Citalopram verschrieben.

In meinem Blog plauderte ich die ganze Zeit weiter, als ob nichts wäre. Erst am 3. Januar 2012, nach einem halben Jahr, schrieb ich etwas über mein Befinden: *Hier ist es stockdunkel, ich habe sämtliche Lampen eingeschaltet, der Vogelfutterstab schwingt wild hin und her. Ich bin auf Seite 414 meiner Übersetzung von* Border Country *angekommen: Der Sohn geht ins Krankenhaus, um seinen toten Vater zu sehen. Ich stelle das noch einen Moment zurück.*

Ich weiß nicht, ob ihr – Besucher dieser Seite – so etwas bemerkt, aber der Ton dieses Blogs hat sich sehr stark verändert. Das habe ich selbst festgestellt, als ich mich im vergangenen Sommer hier herumgetrieben und nach winterlichen Szenen für das Winterboek *gesucht habe. Vor allem die Jahrgänge 2006-2007 waren für mich schwer zu ertragen. Dieser Lärm um nichts, diese Aufgeblasenheit, dieses völlige Fehlen von Selbstrelativierung, stattdessen Selbstbauchpinselung. All das ekelte mich an, und seitdem halte ich mich im Zaum. Im vergangenen Sommer – Nachwehen gibt es noch jetzt, Vorankündigungen hatte es viele gegeben – brachte ich es kaum fertig, neue Blogtexte zu schreiben, weil eine schwere Depression mich in ihren Klauen hatte. Es gab Leute, die das spürten, die es zwischen den Zeilen lesen konnten.*

Im vergangenen August führte all das zum (unvermeidlichen) Abblasen meines Buchmessenbesuchs in China. Was natürlich einiges nach sich zog, alle waren wütend, enttäuscht oder in hel-

ler Aufregung, nicht zuletzt ich selbst. Nach Wochen, in denen ich mich so schlecht gefühlt hatte, dass ich kaum einen Bissen herunterbekam, hoffte ich auf Erleichterung, auf Erlösung. Sie kam nicht. Im Gegenteil, jetzt verlor ich erst richtig den Boden unter den Füßen. Wenigstens folgte dann eine andere Erlösung: die Feststellung, dass ich an einer Depression litt, und nach einiger Zeit die befreiende Erkenntnis, dass ich schon einmal eine schwere Depression gehabt hatte, als ich achtzehn, neunzehn Jahre alt war und in Leeuwarden wohnte. Nicht dass ich damit schon aus allem heraus gewesen wäre, eine Depression wird man nicht von einem auf den anderen Augenblick los. Sie muss sich gewissermaßen abnutzen. Man muss über sie sprechen. Aber auch still sein. Gut für sich sorgen, möglichst lieb zu sich sein. Ein paar Menschen um sich herum haben, die einen einerseits im eigenen Saft schmoren lassen, andererseits aber einfach da sind, nicht für immer weglaufen. Gegen manchmal gereiztes Leugnen anderer – »Ich merke dir aber gar nichts an!« – muss man sich wehren. Wenn es sein muss, erklären, dass oft das Innere eines Menschen (dieses Menschen) nicht mit dem äußerlich Sichtbaren übereinstimmt, und später, dass ich nun einmal ein ziemlich zäher Kerl bin. Das schreckliche Duell durchstehen zwischen dem (Zwang zum) Sich-Ergeben und dem Willen, gegen die Krankheit anzukämpfen. Ruhe bewahren muss man also auch, jeder Tag ist ein neuer Tag, ein schlechter Tag bedeutet nicht, dass der nächste ebenfalls schlecht sein wird. Vor allem ist es ein Balanceakt: Man muss ein Gleichgewicht finden zwischen dem, was man kann, und dem, was man will, und spüren, wenn man in einem Augenblick »hängenbleibt«, in dem man einen Schritt vorwärts machen könnte. Sich auch immer darüber klar sein, dass es für »Außenstehende« nicht leicht ist, dass es für Freunde und Verwandte sogar sehr schwierig ist, einen zu verstehen und Verständnis aufzubringen. Eine Art sanftes Kämpfen ist es, Kämpfen, ohne sich selbst Gewalt anzutun.

Sanftes Kämpfen, weil man sich der Krankheit ergeben muss, durch sie hindurchmuss, aber zugleich gesund werden will, am liebsten möglichst schnell.

Border Country ist ein Roman von Raymond Williams, der auf Niederländisch in der Cossee-Century-Reihe erschienen ist. Ich habe das Buch zum größten Teil im Sommer 2011 und in der ersten Hälfte von 2012 übersetzt. Es kam dann unter dem Titel *Grensland* im Frühjahr 2014 heraus. Außerdem habe ich im Sommer 2011 am *Winterboek* gearbeitet, das im Dezember des gleichen Jahres erschien. Diese beiden Aufgaben haben mich buchstäblich durch den Sommer hindurchgeschleppt. Übersetzen ist Arbeit: sich hinsetzen und zum Beispiel aus Englisch Niederländisch machen. Man braucht nichts zu erfinden, alles steht schon da, und wenn man auf Probleme stößt, sind es angenehme Probleme, die gelöst werden wollen. Auch das *Winterboek* empfand ich als zu bewältigende Aufgabe: Ich stellte eigene Texte zusammen, schrieb ein paar neue dazu und lud Kollegen ein, selbst Winterliches beizutragen. Das war übersichtlich. Klar. Eingegrenzt. Vor allem ein Teil des Buches, »Der Winter von A bis Z«, in dem ich die Etymologie von Winterwörtern erkläre, nahm viel Zeit in Anspruch. Gute Zeit, in der ich mich in Wörter wie Lawine, Matsch und Ofen verbeißen konnte. So wie ich mich vor einigen Monaten – in viel milderer Form – in die Sache mit dem Cashin-Ofen verbissen habe.

Weitere zweieinhalb Jahre später, 2014, habe ich in einer Geschichte für *Trouw* ausführlicher über 2011 geschrieben. Sechs Autoren steuerten für eine Sommerserie zum Thema »Die lieben Verwandten« eine Geschichte bei.

Nach Collalbo

Schon bei unserem Brüderfahrradwochenende im gleichen Jahr hatte er zu mir gesagt, ich ginge ganz krumm. Auf dem Mountainbike fällt ein gebeugter Rücken nicht auf; wenn man dann zu Fuß in ein Restaurant geht, aber schon. »Du lässt die Schultern hängen«, sagte er. Mein ältester Bruder, sehr gerade. Die anderen Brüder murmelten zustimmend. Während dieses Wochenendes ging es mir gut: ein bisschen Rad fahren, ein bisschen dumm labern, etwas mehr als ein bisschen trinken. Damals wusste ich schon, dass ich einige Monate später zur Buchmesse nach Peking sollte. Vom 31. August bis zum 4. September 2011 waren die Niederlande dort Gastland, dafür brauchte man niederländische Autoren. Auch ich sollte mich auf den Weg nach Osten machen, nur würde ich dabei die Kirche ums Dorf tragen. Ich bestieg damals kein Flugzeug, bei dem bloßen Gedanken daran wurde mir übel, verspürte ich den Wunsch, mich im höchsten Baum mit der dichtesten Krone zu verstecken. Es kann sein, dass ich selbst die Transmongolische Eisenbahn als Reisemöglichkeit vorgeschlagen habe: in neun Tagen, einschließlich der Zugfahrt Amsterdam–Moskau, nach Peking, und ebenso zurück. Ich verabredete mit meinem ältesten Bruder, dass er nach Peking fliegen und zusammen mit mir zurückfahren sollte. Die Buchung der Reise war höllisch schwierig, beim Treinwinkel konnte man für mich immer nur stückchenweise reservieren und musste dann wieder telefonisch oder per E-Mail nachfragen, ob für das nächste Stück, sagen wir: Irkutsk–Ulaanbaatar, noch ein Platz frei war. Das bedeutete Unsicherheit, Stress, Angst. Es wurde Juli, es wurde August. Ich schlief nicht mehr, ich konnte mir mich nicht in diesem Zug vorstellen. Panik ergriff mich, mit meinem damaligen Therapeuten konnte ich nicht darüber sprechen, weil er in Urlaub war. Mein Bruder rief mich an und teilte mir mit, dass er sein Flugticket gekauft hatte. Es wurde Ende August. Ich war fix und fertig, wusste nicht, wohin ich mich verkriechen sollte. Und so sagte ich die ganze Chose ab, telefonierte heulend mit meiner Verlegerin. Was ich mir erhoffte, war Ruhe, Erleichterung. Stattdessen versank ich noch tiefer in meiner Misere. Das war furchtbar: Wenn man denn einmal eine Entscheidung trifft, ist es auch nicht richtig. Zu allem Überfluss hat mich die Sache ziemlich viel Geld gekostet.

Im September war ich mit meinem ältesten Bruder deshalb nicht in Peking oder Ulaanbaatar oder Omsk. Wir waren in Collalbo, Norditalien. Klobenstein eigentlich, die Gegend ist deutschsprachig. Ich hatte das Gefühl, ihn um seinen Urlaub gebracht zu haben, und deshalb – obwohl ich lieber einen Monat lang im Bett geblieben wäre – vorgeschlagen, für eine Woche in das Südtiroler Dolomitendorf zu fahren. Ich kenne es sehr gut, weil ich dort etwa fünfzehnmal im Trainingslager für Eisschnellläufer gewesen bin. Wir nahmen selbstverständlich den Zug. Der fährt bis Bolzano/Bozen, von wo es mit der Seilbahn oder dem Bus weitergeht. Ich liebe Bozen. Nun war ich da und musste mich mit aller Gewalt zusammenreißen. Denn ich war ja nicht allein da, sondern mit meinem Bruder, für den ich mich – obwohl er der Ältere ist – verantwortlich fühlte, weil es ein Ersatzurlaub für ihn war und ich die Gegend kannte.

Mein Bruder redet sehr viel. Im Grunde redet er ununterbrochen. Und er ist immer positiv. Er hat mich gedemütigt, früher. Konnte die schlimmsten Dinge zu mir sagen, oft mit einem einzigen Wort. Möglich, dass er es nur zu meinem Besten tat; möglich, dass ältere Brüder dafür da sind. Es hat Jahre gegeben, in denen wir uns nicht gesehen oder gesprochen haben. Denn eines Tages habe ich beschlossen, ihn nicht mehr ernst zu nehmen. Und auf keinen Fall zu versuchen, ihn zu verstehen. Meine Schwägerin sagte: »So ist Jan, was er sagt, muss *man erst einmal entschlüsseln, er meint etwas anderes.« Ich hätte dieses andere dann gern einmal gehört, man kann nicht immer alles mühsam entschlüsseln.*

In Klobenstein war ich bis dahin entweder zu Weihnachten oder im Februar gewesen. Tagsüber eine Art Frühjahrsurlaub auf dem Balkon, nachts zehn Grad minus, Wettkämpfe meistens bei fünf Grad minus. Zu Weihnachten herrschte seltsamerweise fast immer Nebel, dann klangen die Tubas vor dem Kirchlein des Nachbardorfs Lengmoos besonders melancholisch. Der Südtiroler September war etwas Neues. Es war wie im Hochsommer, Sonnenschein und Wärme, und wir wohnten nicht in der Pension Wiesenheim, sondern im Hotel Ameiserhof bei Familie Mur. Andere Eisschnellläufer waren nicht da. Mir kam alles so fremd vor, manchmal wusste ich buchstäblich nicht, wo ich war. Und mein Bruder redete. Schon morgens beim üppigen Frühstück. Wir waren die einzigen Gäste, er hatte den ganzen Speisesaal für sich allein. Ich saß ihm gegenüber, ich musste zuhören. Er redet nicht nur viel, er ist auch sehr zufrieden mit sich und meint, dass er die Dinge richtig anpackt. Was auch stimmt. Erst gegen Abend, wenn Alkohol auf den Tisch kam, ging es mir wieder etwas besser. Alkohol ist für mich seit jeher ein Dämpfer gewesen, ich habe darüber einmal einen Text mit dem Titel »Immer zwei Gläser Weißwein« geschrieben. Nicht mehr, nicht weniger. Aber das schafft man nicht, man muss den angenehmen Zustand mit dem Zwei-Gläser-Weißwein-Bewusstsein wieder verlassen, weil man immer ein drittes (viertes, fünftes, sechstes) Glas trinkt oder ganz aufhört zu trinken.

Wir wanderten sehr viel, an Wanderwegen herrscht dort kein Mangel. Mein Bruder gewöhnte sich an – und hielt an der Gewohnheit fest –, in jeder Kapelle, die wir sahen, eine Kerze anzuzünden. Kerzen, für die er gewissenhaft bezahlte, also mussten sie eigentlich wirken. Kapellen sind in Südtirol so et-

was wie Forellen in einem Forellenteich; man kann sie nicht verfehlen, und sie gehen einem nie aus. Wir stiegen aufs Rittner Horn, an dessen Hängen man im Winter Ski läuft, wir gingen und gingen. Und mein Bruder redete. Außerdem ließ er sehr laut Winde, wie er es schon sein Leben lang tut. Nicht nur draußen, sondern auch im Speisesaal des Hotels oder auf dem Balkon meines Zimmers. »Auauau«, sagt er manchmal dabei, zum Scherz, als wäre es sehr schmerzhaft. Er raucht fertige Zigaretten, ich glaube, Marlboro, und er schnarcht. So laut, dass es durch die geschlossene Tür des Nebenzimmers zu hören war. Ich schlief schlecht, wälzte mich, zerwühlte die Bettwäsche, unverfrorene Angst machte mir zu schaffen. Im Dunkeln wusste ich überhaupt nicht mehr, wo ich war. Lag ich in einem Schlafwagenbett der Transmongolischen Eisenbahn? Im Grunde hatte ich aber keine Ahnung, was mit mir los war, warum ich mich so schlecht fühlte.

Mein ältester Bruder bedeutet mir sehr viel. Weil er mein ältester Bruder ist. Weil er redet und redet und redet und laut Winde lässt. Weil er mich durch diese Woche hindurchschleppte, ohne sich darüber im Klaren zu sein. Ohne dass ich mir wirklich darüber im Klaren war. Weil er so positiv ist und sich freute wie ein Schneekönig, als wir mit der Seilbahn nach Klobenstein fuhren, und ebenso auf der Rückfahrt nach Bozen; weil er morgens Tee trinkt und ein Weizenbrötchen mit Honig isst. Jeden Morgen, ohne Ausnahme. Weil er kein einziges Mal den Namen Peking fallenließ. Weil er sagte: »Mein Gott, wie schön es hier ist, hier fahre ich mit ** hin.« ** war seine neue Freundin, die in sein Leben getreten war, nachdem meine Schwägerin das Entschlüsseln vielleicht ebenso sattgehabt hatte wie ich. Wir lernten im Bienenmuseum das großartige Wort »Drohnenschlacht«, ein Wort vom gleichen Kaliber wie »Götterdämmerung«. Allein wäre ich nie ins Bienenmuseum gegangen. Und ich bin mir sicher, dass er im

Schlafwagenbett auf der Rückfahrt sehr viele Winde gelassen hat. Und kein einziges Mal hat er mich »Lümmel« oder »Flegel« genannt, weil ich so zahm war, so antriebslos, so ängstlich, so begierig nach Behaglichkeit oder Sicherheit in egal welcher Form. Und die konnte er mir bieten, weil ich ihn schon mein Leben lang kenne; trotz allem ist mir niemand näher als mein ältester Bruder. Weil er einen lieben Hund hat, der mir immer übers Gesicht leckt. Weil er, was auch geschieht, aus allem das Beste zu machen versucht.

Nicht nach Peking zu reisen, allein im Zug, sei vielleicht die beste Entscheidung meines Lebens gewesen, sagte mein Therapeut wenig später. Endlich machten wir zusammen die Entdeckung, dass ich an einer gewaltigen Depression litt und deswegen nicht gewusst hatte, wohin ich mich verkriechen sollte. Weil ich so ein »verdammt zäher Kerl« war, hatte ich sogar ihm etwas vormachen können. Der Begriff »Dysthymie« kam ins Spiel, und ich erkannte, warum ich immer dieses unverstandene Gefühl des Kämpfenmüssens gehabt hatte. Kämpfen müssen, bis man sich nicht mehr wehren kann. Wie bei einem umgekehrten Domino-D-Day nahmen die Dinge bis zurück in meine Kindheit ihren richtigen Platz ein. Auch eine Phase von etwas mehr als einem halben Jahr, als ich achtzehn war und glaubte, verrückt geworden zu sein. Und endlich kam ein richtiges Medikament, nicht dieses kraftlose Johanniskraut. Meine Schultern hatten meinen Seinszustand angenommen, und er hatte es gesehen. Er, mein Bruder. Gesehen, aber nicht benannt. Gesehen, aber umsichtig so gelassen, wie es war. Besser kann man mit einem Depressiven nicht umgehen. Ich glaube bis heute, dass er all die Kerzen für mich angezündet hat. Aber danach frage ich ihn natürlich nicht.

Es bleibt schwierig, darüber zu schreiben. Wenn es einem gut- oder bessergeht, will man nicht daran denken, will man es vergessen, denkt man immer wieder gern: Ach, so schlimm war es doch nun auch wieder nicht, oder? Wenn man mittendrin steckt, bleibt man ebenfalls still. Solange man nicht darüber spricht oder schreibt, ist es nicht wirklich, jedenfalls nicht für die Menschen um einen herum. Wenn man mittendrin steckt, kann man nicht viel mehr tun, als weiterzuwursteln, so gut es eben geht. Es ist unvorstellbar schwer, genau zu benennen, was mit einem geschieht, wie man sich dabei fühlt. Oft muss man Vergleiche bemühen, um es zu verdeutlichen. Irgendwo weiter oben steht das Wort »Depersonalisation«. Ich weiß, wie sich das anfühlt, wie das ist, aber es jemandem zu erklären, der es nicht kennt, ist so gut wie unmöglich. Sich selbst als fremd zu empfinden, in den Spiegel zu schauen und zu erschrecken; jemand anderen zu sehen und deshalb nie mehr in den Spiegel zu blicken. Angst bekommen bei dem Gedanken, dass man mit seinen Augen sehen kann, das nicht begreifen und deshalb noch mehr Angst haben. Während man in der Küche mit Spülen beschäftigt ist, versuchen, möglichst keinen einzigen Gedanken zuzulassen, und dann das Sofa im Wohnzimmer sehen und *spüren*, dass nicht einmal mehr dieses Sofa Geborgenheit schenkt, wenn man sich dort hinsetzt, und gleich darauf erkennen, dass es dann keinen einzigen Ort mehr gibt, an dem man sich verkriechen kann, keinen Stein, unter dem man sich verstecken könnte. Nicht begreifen, wo man ist oder warum man dort ist. Mit dem Fahrrad unterwegs sein zu einem Mittagessen mit Marja Pruis, eine Strecke fahren, die man schon viele hundert Mal gefahren ist, große Angst haben, sich zu verirren, und nur an ein Lichtpünktchen in weiter Ferne denken können – Marja Pruis an einem Tisch in Luxemburg, ein Glas Weißwein neben ihrem Teller, und neben meinem Teller zwei Gläser Weißwein –, während man das Gefühl hat, buchstäblich aus dieser Welt hinauszustürzen.

Und wie gesagt: Man muss es aussitzen. Konsequent aussitzen, Geduld haben, Ruhe bewahren. Ein Gleichgewicht finden zwischen dem innigen Wunsch nach Besserung, möglichst schnell, und Selbstschonung, Selbstschutz; anerkennen, dass etwas nicht in Ordnung ist, und das berücksichtigen. Noch heute – es ist der 27. April 2015 – spüre ich die Nachwehen des Sommers 2011. Es dauert seine Zeit. Aber es ist zu bewältigen. Unterwegs habe ich allerdings eine Reihe von Freunden verloren. Das gehört offenbar dazu, das muss man in Kauf nehmen. Man hat nun einmal keinen gebrochenen Arm, dessen Anblick bewirkt, dass andere sich um einen kümmern möchten, Mitleid empfinden, fragen, ob man Schmerzen hat, einem die Kaffeetasse oder zwei Gläser Weißwein an die Lippen setzen. Man hat etwas in seinem Inneren, das niemand sehen kann, andere können einem nur glauben, dass es wirklich da ist. »Sei doch mal ein bisschen zupackend! Deine Schwester ist auch zupackend!«, hat einmal ein früherer Freund zu mir gesagt. So etwas hilft einem nicht. Überhaupt nicht. Dieser Freund ist ein früherer, weil er mir in einer langen Mail die Freundschaft gekündigt hat. Wenn man nämlich behaupte, depressiv zu sein, könne man das »von da an immer« benutzen, um sich vor allem zu drücken«.
Ich war trotzdem froh über das Etikett, wie es gern genannt wird. Ein Etikett. Viele Menschen haben etwas gegen Etiketten. Weil sie angeblich im Grunde nichtssagend sind, einem nicht weiterhelfen. Mir hilft es schon. Ich bin untergetaucht und habe die Sache ausgesessen. Die Diagnose empfand ich als Befreiung, auch als Neuanfang. Das Beste daran war vielleicht, mein bisheriges Leben im Rückblick zu begreifen. Begreifen im Sinne von erklären können, was mir fehlte.

Was ich hier aufschreibe, ist rekonstruiert. Anhand von Texten aus meinem Blog und durch Nachfragen bei diesem und jenem bringe ich die vergangenen Jahre wieder in eine chronologische Ordnung.

29. APRIL [AMSTERDAM]   Gestern war das Wetter so, wie es zu dieser Jahreszeit in den siebziger Jahren des letzten Jahrhunderts of gewesen ist. Kälte, frischer Wind, klarer Himmel, weiße Wolken. Im Laufe des Tages musste ich oft an vergangene Geburtstage denken, an denen ich schon früh (jedenfalls, wenn ich nicht in der Schule war) am seitlichen Fenster saß, um nach meinen Großeltern und Tante Guus Ausschau zu halten, die alle drei aus der gleichen Richtung angeradelt kommen würden. Mit fünf Gulden, oder zehn. Ich sah die Pyramidenulme im Vorgarten mit einem hauchfeinen grünen Schleier, die aufschießenden Rohrkolben im Wassergraben. Und sobald ich mein Geburtstagsgeld hatte, interessierte mich der Rest nicht mehr, dann machte ich andere Dinge und überließ meinen Geburtstag den Erwachsenen. Tante Guus ist schon vor sehr langer Zeit an Krebs gestorben, auch meine Großeltern sind tot. Die Aussicht aus dem seitlichen Fenster ist noch da, wenn auch teilweise versperrt durch ein paar Eichen und enorm gewachsene Trauerweiden.

Gestern Vormittag habe ich Folgendes getwittert (froh über die Gelegenheit, denn sonst habe ich nie etwas zu twittern): »Jaspers Geburtstagsgeschenk für mich war eine Wurst im Zimmer. Immerhin eine schöne trockene; er ist ein sehr aufmerksames und empathisches Tier.« Nur ganz selten macht er das, wenn er einen Tag hinter sich hat, an dem er stundenlang durch die Gegend gestreunt und völlig überdreht zurückgekehrt ist, so aufgeregt, dass er nicht weiß, wo im Haus er sich hinlegen oder herumrennen soll. Er hatte im Hauswirtschaftsraum gestanden, die Tür vor dem Aufgang zum

Schreibzimmer mit seinen Matschpfoten beschmiert und, als ich immer noch nicht reagierte, zu jaulen angefangen. Wo er mich zuletzt gesehen hat, dorthin muss er zurück, glaubt er. Ich hörte ihn, öffnete die Haustür und rief: »He, hier bin ich!« Dann kamen meine Ex-Schwägerin und ihr Freund, sie brachten Kuchen vom Bäcker in Waxweiler mit. Den aßen wir zusammen mit Teilzeitnachbar Hansi, anschließend fuhren wir zum Campingplatz in Heilhausen, wo ihr Wohnwagen stand, auf einem Gelände unmittelbar am Ufer der Prüm. Am Nachmittag sind wir dann nach Amsterdam gefahren. Das Auto des Freundes meiner Ex-Schwägerin hat ein durchsichtiges Dach, ich konnte ungehindert stundenlang in diesen typischen Siebziger-Jahre-Himmel starren und an früher denken.

Gestern Abend rief Freund Sjoerd an, und wir stellten fest, dass ich seit meinem Umzug in die Wohnung im Östlichen Hafengebiet von Amsterdam (Dezember 2000) meinen Geburtstag nicht mehr gefeiert habe. Mit einem Fest, meine ich. Davor, als ich in der Atjehstraat wohnte, habe ich das nämlich getan. Meistens unternehme ich schon noch irgendetwas zur Feier des Tages, aber nur eine Kleinigkeit, etwas Übersichtliches. Nie bin ich ganz allein. Seit Jasper da ist, sowieso nicht.

Jeder andere Bakker feiert seinen oder ihren Geburtstag. Ich denke an den meines jüngsten Bruders im September 2011. Es war angenehmes Wetter. Er hat am 9. September Geburtstag, feierte aber am Samstag, dem 10. Ich fuhr nachmittags mit dem Zug nach Anna Paulowna, stieg dort auf mein mitgebrachtes Fahrrad und musste nach einem Kilometer noch einmal zurück zum Bahnhof, als mir einfiel, dass ich das Auschecken mit meiner Chipkarte vergessen hatte. Weil ich Gegenwind hatte, legte ich nach alter Gewohnheit die Unterarme auf den Lenker und trat kräftig in die Pedale, wie ein Zugpferd läuft, das an nichts denkt. Molenweg, Kreisverkehr, Brücke. Links das Oude Veer, an dem 1969 eine Tribüne aufgebaut worden war, damit Königin Juliana die Wasserskivorführung anlässlich ihres Arbeitsbesuchs gut beobachten konnte. Dann der Kerkweg, in der Ferne der Wasserturm von Wieringerwaard. Dieser Wasserturm ist eine Landmarke: Egal, von welcher Seite man kommt, schon in etlichen Kilometern Entfernung weiß man, dass man sich Wieringerwaard nähert. Ich glaube nicht, dass ich nachdachte. Ich trat, kämpfte gegen den Wind an. Irgendwo unterwegs bin ich an einem Mädchen vorbeigefahren, einer meiner Nichten, wie sich später herausstellte. Sie hat beim Nachhausekommen gekränkt und verwundert berichtet, dass Onkel Gerbrand wortlos an ihr vorbeigeradelt sei. Ich sah nichts. Ich hörte nichts. Ich fuhr. Rechts der Deich, meistens grasen dort Schafe, links der Veerweg und der Zwinweg. Wenn man ins Dorf hineinfährt, kommt man wieder in einen Molenweg. Nach links in den Noord Zijperweg, der irgendwann in den Sluizerweg übergeht, und an dieser Straße wohnt mein jüngster Bruder in einem Bauernhof. Zusammen mit seiner Frau und zwei Kindern. Weil schönes Wetter war, saßen die meisten Geburtstagsgäste draußen. Meine Mutter war auch da, ob mit meinem Vater, weiß ich nicht mehr. Bei einer Geburtstagsfeier oder einem anderen Fest als neuer Besucher ins Haus zu kommen (in diesem Fall aus dem Haus) ist ohnehin nie sehr angenehm. Gespräche verstummen, der Neuankömmling muss begrüßt werden, begrüßt und befragt. Dabei würde ich in der ersten Viertelstunde am liebsten ganz in Ruhe gelassen werden. Sitzen, Kaffee trinken, Kuchen essen, mich umschauen. Und erst dann in aller Ruhe anfangen zu kommunizieren.

Meine Mutter erkennt meine Lasst-mich-erst-mal-in-Frieden-Signale nicht. Hat sie noch nie. Und je schroffer diese Signale, desto hartnäckiger ihr Fragen und ihre Zuwendung. Es ist schlimm, aber ich ertrage das nicht, ich habe dann das Gefühl, dass mir der Schädel platzt. Ich wusste nicht, wohin ich mich verkriechen sollte. Wenn ich von meinem Platz geradeaus blickte, konnte ich in der Ferne unser Land sehen, dahinter den Westfriese Dijk und dahinter wiederum das Dorf Barsingerhorn, in dem die Großeltern Bakker wohnten. Früher. Vorbei. Und meine Mutter hörte nicht auf zu stochern und zu bohren. Es waren keine besonderen Fragen, nur ganz alltägliche – »Wie geht's dir?«, darauf mein schulterzuckendes: »Gut«, dann: »Wie war die Fahrradfahrt, hattest du Gegenwind?«, oder so ähnlich und noch ein paar Fragen im Stil von: »Wie war's vorige Woche bei dem und dem?« Nichts Besonderes. Normale, unverfängliche Fragen, auf die jemand, dem nichts fehlt, ganz normal antworten kann. Sie meint es natürlich nur gut, und gerade weil ich das weiß, mischen sich in meinen Ärger über ihre Fragerei Scham- und Schuldgefühle. »Nun hör mal auf!« ist etwas, das ich nicht sagen kann. Auch nicht sagen darf. Ich sehe ihr an, wie es sie beunruhigt, dass ihr Sohn irgendetwas hat, lese ihr die Unsicherheit und Verwunderung vom Gesicht ab.

Auch Loek war da. Loek ist der kleine Sohn von Freunden meines Bruders. Soweit ich weiß, wurde sein Gehirn bei der Geburt durch Sauerstoffmangel geschädigt, jedenfalls ist er stark behindert. Loek war der Einzige, mit dem ich wirklich in Kontakt treten konnte. Nein, es war umgekehrt: Loek trat mit mir in Kontakt. Er griff ein paarmal nach meiner Hand, brummte, riss den Mund mit den wenigen Zähnen darin auf. Es war, als versuche er mir etwas klarzumachen, er wollte etwas. Vielleicht wollte er mir einen Kuss geben, mich auf seine Weise in diese Welt zurückholen oder wenigstens in den Garten meines Bruders. Ich trank drei Gläser Weißwein.

Das war eins zu viel. Nie gelingt sie, die Beschränkung auf die erwünschte, abgemessene Menge von zwei Gläsern. Und Loek brummte und brummte. Ich hätte nichts lieber getan, als mitzubrummen, als wären wir beide Tiere und bräuchten nichts anderes, um einander zu verstehen. Ein bisschen körperlicher Kontakt und Gebrumm. Ohne den Zwang, an diesem verteufelt komplizierten und undurchschaubaren Erwachsenenleben teilzunehmen, mit Fragen und Bemerkungen, jeder Menge unterschiedlicher Empfindlichkeiten, Verständnislosigkeit, Schuldgefühl und Scham. Ich verfluchte mich dafür, dass ich gekommen war, ich hätte auch *nicht* kommen können. Sobald es ein klein wenig zu dämmern begann, brach ich auf: um noch bei Tageslicht zurückradeln zu können, behauptete ich.

Am nächsten Tag nahm ich an einem Literaturfestival in Den Haag teil. Einer der Veranstaltungsorte war das Souterrain eines Antiquitätenladens, in dem den ganzen Nachmittag Schriftsteller schreiben sollten, ein Mikrofon neben dem Laptop, damit man das Tippen auf der Straße hörte.

[...] Gar nicht gefällt mir, dass ein antiker Spiegel an der Wand vor mir hängt und diese Wand vierzig Zentimeter entfernt ist. Gerade hielten sich hinter mir Leute auf, die sich in dem Antiquitätengeschäft umsahen. Die Frau sagte: »Hier sitzt der Mann vom roten Läufer.« Das also bin ich, jedenfalls heute Nachmittag. Der Mann vom roten Läufer. Jetzt kniet sich draußen ein Junge am offenen Fenster hin. »Klappt's?«, fragt er. »Ja«, antworte ich. Und ich möchte wissen, ob er mich draußen hören kann. Ja, ohne weiteres, vor allem das Tippen auf dem Laptop sei ganz deutlich zu hören. Das ist gut, dann wissen die Leute auf der Straße, dass hier gearbeitet wird. Dass ich hier nicht nichts tue und Gelder der Autoren-

rechte-Stiftung verschwende. Denn natürlich sitze ich nicht ganz umsonst im Untergrund. Der Schornstein muss rauchen, die Zugfahrt nach Bozen, die mein Bruder und ich nächsten Donnerstag antreten, kostet einiges. Ich habe bisher nur ein einziges Mal geraucht. Trotzdem quillt der Aschenbecher fast über, was daran liegt, dass der Antiquitätenhändler schon den ganzen Tag seine Zigaretten darin ausdrückt. Gerade erst fällt mir auf, dass draußen in einiger Entfernung jemand singt und Gitarre spielt. Es klingt ein bisschen nach Bob Dylan, es wird also ein Singer-Songwriter sein. Jetzt drehe ich mir eine zweite Zigarette. Den Himmel kann ich nicht sehen, merke aber trotzdem, dass es grau und dunkel ist, vielleicht fängt es gleich an zu regnen. Egal, ich sitze hier im Trocknen, und wenn es zu schlimm wird, schließe ich das Fenster, damit wir keine Überschwemmung bekommen.

Manche trauen sich nicht so recht, zu mir hereinzuschauen. So würde es auch mir gehen, ich würde mich schämen, einen Schriftsteller in einem Keller zu beobachten. Ich sitze hier genau richtig, spüre ich, unter der Erde, aber nicht ganz, sondern halb. Gerade hat mich Kollege Gustaaf Peek von der Arbeit abgehalten. Jetzt ist er wieder weg. Der Antiquitätenhändler verwöhnt mich mit Leckereien von einer neuen Konditorei in Scheveningen. Himbeertorte; ein Stück Schokoladentorte hat er mir auch noch versprochen. Mein Rücken und Nacken sind schon ein bisschen verspannt, weil ich immer aus dem Spiegelrahmen zu fallen versuche. Diese Formulierung wäre wirklich etwas für ein Gedicht, scheint mir.

»So ganz geheuer ist dir das nicht, was?«, fragt ein Mann, der sich an meinem Fenster hinkniet.

Das bestätige ich, sage aber auch: »Immerhin bekomme ich hier den leckersten Kuchen, von einer Konditorei in Scheveningen!« Es ist elf Minuten nach zwei; wenn ich telefonieren oder eine SMS schicken wollte, ginge das nicht, weil man hier

unten kein Netz hat. Saskia de Coster möchte von hier aus facebooken, habe ich gelesen, kurz bevor ich in den Zug gestiegen bin. Tja, das wird ihr nicht gelingen, sogar die Lampe auf meinem Schreibtischchen verliert hin und wieder an Kraft.
Ich kann mit Leichtigkeit eine ganze Stunde tippen und nur über das schreiben, was gerade geschieht, draußen. Und hin und wieder über etwas von früher oder zumindest vor heute, in diesem Fall gestern [ich hatte über den Geburtstag meines Bruders und über Loek berichtet, GB]. *Ich würde mir sogar zutrauen – übermütig geworden nach einem Espresso, den ich ebenfalls vom Antiquitätenhändler bekommen habe –, aus dem Stand Gedichte zu schreiben, was Hagar Peeters tun will, jedenfalls hat sie mir das vor einer Woche erzählt, als sie aus dem Flevopark-Bad kam und ich aus Holysloot. Ihr war nicht ganz wohl bei dem Gedanken, denn angenommen, es fällt einem nichts ein, wenn man dasitzt und einem etwas einfallen muss, was dann? Ich finde Hagar außergewöhnlich schön. Gerade schauen zwei Frauen ziemlich halbherzig zu mir herein, auch sie schämen sich offenbar ein bisschen, einen Schriftsteller in einem Keller zu beobachten. »Was schreibst du denn da?«, fragt ein Mann. Ich lese ihm den vorletzten Satz vor, woraufhin ein anderer Mann mich darauf hinweist, dass alles, was ich sage, draußen deutlich zu hören ist. »Ich weiß«, antworte ich. Jetzt wird auf der Straße jemand geküsst, von der Antiquitätenhändlerin, und sie küsst nicht den Antiquitätenhändler, aber das ist nicht mein Problem. Mir gefällt das hier, ich bin nun mal Schriftsteller, und das ist ein Handwerk, Job, Beruf; eine Arbeit, der ich jetzt nachgehe. Ich tue, was ich bin, ich bin, was ich tue, hier in diesem Keller bin ich deckungsgleich mit mir selbst. Ich will hier nicht weg, will nicht, dass Gustaaf mich ablöst. Lieber möchte ich noch ein Stück Himbeertorte. Ich sage »Atem«, weil eine Dichterin über mir einen Satz mit diesem Wort ausspricht. Jetzt ma-*

che ich Schluss, denn da kommt Gustaaf, und wenn Gustaaf
kommt, macht man ihm Platz.

Das war schön, die eine Stunde im Keller dieses Antiquitätenladens. Ich war. Ich schrieb. Ich war tatsächlich gewissermaßen deckungsgleich mit mir selbst, während ich mich
dort halb unter der Erde in *automatic writing* übte. Ich hatte einen Auftrag. Und wenn man einen Auftrag bekommt,
führt man ihn aus. Beim Durchlesen wird mir klar, dass
dem arglosen Leser nichts Merkwürdiges oder Ungewöhnliches auffallen wird. Doch ein Satz wie »Ich will hier nicht
weg« ist ernst gemeint. Es war wirklich so. Ich wollte nicht
in meine Wohnung zurück, nicht auf die Straße, nirgendwohin. Ich hätte den Antiquitätenhändler gern gefragt, ob ich
nicht dort einziehen könnte, so dass er für immer einen unablässig tippenden Schriftsteller im Keller hätte, dem er nur hin
und wieder ein Stück Himbeer- oder Schokoladentorte zu
bringen bräuchte. Ein paar Tage später reiste ich mit meinem
ältesten Bruder nach Collalbo.

3. MAI [AMSTERDAM]   Gestern signierten Willeke Alberti
und Belinda Meuldijk Willekes (Auto-)Biographie. (Ist ein
Buch eine Autobiographie, wenn man den Text von jemand
anderem schreiben lässt?) Das Signieren fand in der Buchhandlung Blokker in Heemstede statt. Ich kenne Arno Koek,
den Chef, ziemlich gut und beschloss hinzufahren. Nicht
unbedingt aus übergroßer Liebe zu Willeke. Ich nahm ein
Exemplar von *Boven is het stil* für sie mit, die dreiundzwan-
zigste Auflage, weil darin die Rede abgedruckt ist, die ich
in Dublin am 17. Juni 2010 gehalten habe, ins Niederländische zurückübersetzt. Wie ich vermutete, hatte Willeke nämlich nie erfahren, dass ich dort über sie gesprochen hatte,

außerdem erschien mir ein solcher Büchertausch doch ganz nett: für mich ihr Buch, für sie mein Buch. Als ich endlich vor ihr stand – bis dahin hatte sie mir schon große Bewunderung eingeflößt, weil sie sich für jeden Zeit nahm und jeder schamlos viel Zeit beanspruchte, zum Beispiel die ältere, korpulente Frau vor mir, die von Willeke alles über die Weight Watchers wissen wollte –, als ich also endlich vor ihr stand, sagte sie: »He, dich kenne ich doch.« Nun, das glaubte ich nicht. Ich begann ein wenig zu stammeln. Gab ihr mein Buch und sagte, das Buch selbst sei auch ganz schön, vielleicht würde das Nachwort sie aber besonders interessieren. Das Unverständnis und die Sprachlosigkeit nahmen zu, obwohl ich es doch möglichst kurz machen wollte, weil hinter mir noch Leute Schlange standen und es schon nach zwölf war, sie aber nur von elf bis zwölf signieren sollte. Sander Knol, ihr Verleger, sagte mir, er würde ihr im Auto auf der Fahrt zur Buchhandlung Paagman in Den Haag alles erklären. Wir wurden zusammen fotografiert. Und das war's. Kurz danach rauchte ich mit Sander Knol draußen vor dem Laden, und ausgerechnet in dem Moment spielte der tragbare CD-Spieler *Where is the sun*. Auf Englisch klingt Willekes Song-Contest-Lied viel weniger schön als auf Niederländisch.

Ich hatte eine Rede geschrieben. Das wurde von einem erwartet, wenn man den International IMPAC Dublin Literary Award entgegennehmen durfte. Auf YouTube hörte ich mir die Rede an, die Per Petterson drei Jahre zuvor gehalten hatte, ich wollte mich davon inspirieren lassen. Irgendwann sagte er: »*A writer can never be wiser than the book he has written.*« Das empfand ich als sehr schön und wahr, das wiederholte ich in meiner eigenen Rede. Ansonsten schrieb ich über Coetzee (mit dem ich eine Radtour durch Waterland unternommen hatte) und seine Art zu schreiben, über einen lange zurückliegenden Besuch in Oxford, wo ich vor einem Buchladen zu meinen Mitreisenden sagte: »Da einmal liegen zu dürfen«, über Tonko Dops Filmaufnahme von der Verleihung des Libris-Literaturpreises 2007. Als ich die Rede fertig hatte, dachte ich, ich sollte sie meinen Verlegern zu lesen geben. Nur zur Information. Nach ein paar Tagen bekam ich sie zurückgemailt. Mit Anmerkungen und Beanstandungen in Rot, dazu »Verbesserungen«. Manche Verleger und Lektoren können einfach nicht anders. Darüber habe ich mich so aufgeregt, dass ich die Rede in den Papierkorb befördern musste. Es war mein Preis – und der meines Übersetzers David Colmer natürlich – und meine Rede. Fand ich. Aber nun hatte ich keine Rede mehr.

Ein paar Tage vor der Reise nach Irland besuchte ich ein Konzert des Schwulenchors Manoeuvre im Kulturzentrum De Rode Hoed. Durch die Veranstaltung führte der Travestiekünstler Dolly Bellefleur. Dolly musste unbedingt auch ein Lied singen. Sie sang Willekes *Waar is de zon*, aber erst, nachdem sie die Geschichte des Songs erzählt hatte: Eurovision Song Contest Dublin 1994. Vier Punkte. Platz 23. Ich sah, dass ich da einen Anknüpfungspunkt hatte, und außerdem finde ich *Waar is de zon* sehr schön. Also schrieb ich eine neue Rede, und die habe ich an jenem 17. Juni 2010 auch gehalten. Ich konnte nicht viel vom Publikum sehen, sah nicht die Gesichter meines Verlegerehepaars. Die beiden bekamen etwas ganz anderes zu hören als das, was ich sie hatte lesen lassen. Ich brauchte nicht über mich selbst oder über mein Buch zu sprechen. Es war eine Art gutmütige Rache: Willeke nicht, aber ich, und so konnte ich noch einmal die Aufmerksamkeit auf sie lenken und sagen, es sei eine Schande gewesen, dass sie für ein so schönes Lied nur vier Punkte bekommen habe. Wofür die Iren natürlich nichts konnten. Die kurze Rede endete damit, dass ich erneut *Waar is de zon* durch Dublin schallen ließ. Auf Niederländisch. Es waren ziemlich lange drei Minuten, die Bürgermeisterin, die neben mir saß, rutschte ein wenig auf ihrem Stuhl hin und her. (Für alle, die irgendwann einmal mit einer Bürgermeisterin von Dublin zu tun haben sollten: Sprechen Sie sie unbedingt mit »*Lord Mayor*« an, so merkwürdig das auch klingen mag.) Seit jenem Tag habe ich das Gefühl – vielleicht ist das normal –, dass mich etwas mit Willeke Alberti verbindet. Ohne dass Willeke sich dessen bewusst ist. Ich wollte sie gern einmal leibhaftig vor mir sehen. Und dann sagt sie auch noch: »He, dich kenne ich doch.« Wäre ich Arthur Japin, hätte ich jetzt geschrieben, wir seien Seelenverwandte, wir hätten sofort *etwas* im anderen wiedererkannt.

Später hat meine Mutter ein Foto von Willeke und mir gesehen, bei Facebook. »Was ist denn das wieder?«, fragte sie. »Bist du das zusammen mit Willeke Alberti?«

»Äh, ja«, antwortete ich.

»Unglaublich.«

Heute bin ich wieder einmal da, wo ich nicht sein sollte. Eigentlich sollte ich auf dem Weg nach Deutschland sein oder dort schon auf einem Mountainbike sitzen. Mein Collalbo-Bruder und ich hatten verabredet, dass wir am Sonntag – heute – zu meinem deutschen Bruder fahren würden, um dort am Montag und Dienstag unser jährliches Brüderradwochenende zu veranstalten. Zu dritt, denn zwei Brüder hatten schon abgesagt, und meine Schwester ist kein Bruder. Da schickte er mir am Freitag eine SMS mit dem Text: »Morgen Nachmittag 3 Uhr Abfahrt aus Amsterdam! 8 Uhr Kaffee bei Sigrun.« Sigrun ist die Exfrau meines deutschen Bruders, sie hatte vor kurzem den Wunsch geäußert, uns beide noch einmal zu treffen. Ich wüsste nicht, weshalb ich bei ihr Kaffee trinken sollte, was es zu besprechen geben könnte. Ich habe keine Lust, meine Nase in ihre Privatangelegenheiten zu stecken. Zumal sie früher zu denen gehörte, die mich für einen Schnösel und ein Arschloch halten, aber seit ich in Deutschland ein bisschen bekannt bin, möchte sie mich sehen und mit mir sprechen. Ich schickte meinem Bruder eine Antwort-SMS: »Ach, das wird nicht gehen ... Wollten wir nicht Sonntag fahren?« Ich hatte nämlich am Samstag noch Verabredungen, und außerdem wollte ich ja zu Willeke. Nach meiner SMS hörte ich nichts mehr. Das kann alles Mögliche bedeuten. Heute Morgen um halb zehn habe ich dann doch noch eine SMS geschickt, denn vielleicht musste ich meine Sachen packen, weil er auf dem Weg nach Amsterdam war, um mich abzuholen. »Bist du jetzt schon in Deutschland?« Die Antwort kam unverzüglich: »*Yes*«. Warum er auf Englisch antworten musste, weiß ich nicht. Er bringt es also fertig, mich einfach sitzenzulassen und allein nach Deutschland zu fahren. Und das Beste ist, dass er sich wahrscheinlich keiner Schuld bewusst ist, dass er der Ansicht ist, ich sei derjenige, der etwas falsch gemacht hat. Offensichtlich kann er sich nicht vorstellen, dass ein anderer (ich) auch Verabredungen hat, dass mancher (ich) auf klare Absprachen Wert legt, dass für manche (mich) Sonntag Sonntag heißt. Es ist eine Art passiv-aggressives Verhalten. Machoverhalten. Heteromännerkonkurrenz. Möglicherweise will er mich sogar fühlen lassen, dass er recht hatte mit seiner Ansicht, ich solle das Haus nicht kaufen, ohne vorher den Führerschein zu machen. Wie dem auch sei: Er hat erreicht, dass ich wieder völlig durcheinander bin. Dass ich ihn anschreien möchte: »Könntest du vielleicht *einmal* Rücksicht auf mich nehmen und bedenken, wie ich bin?!«

Wie komme ich jetzt in die Eifel? Soll ich es per Bahn versuchen, also gut sechs Stunden mit Jasper unterwegs sein? Dem sehe ich mit Schrecken entgegen, außerdem muss ich dann erst Klaus anrufen und fragen, ob er mich vom Bahnhof Bitburg-Erdorf abholen könnte.

Noch etwas. Dieses »Rücksicht nehmen«. Welchen Maßstab gibt es dafür? Woher weiß man, wer im Recht ist und wer nicht? Wann nötigt oder manipuliert man, wann darf man getrost von anderen verlangen oder sie bitten, Rücksicht zu nehmen? Hätte ich in diesem Fall nicht auf ihn Rücksicht nehmen müssen? Verabredungen absagen, damit er nicht auf die offensichtlich erwünschte Begegnung mit der Exfrau seines Bruders verzichten muss? Deshalb sage oder brülle ich so gut wie niemals, dass andere auf mich Rücksicht nehmen oder – noch schlimmer – mich mit Respekt behandeln sollen. (Was, wie oben deutlich geworden ist, nicht heißt, dass ich es nicht denke.) Schrecklich, die Leute, die Respekt fordern. Die wütend sind und sich völlig unangemessen als Opfer darstellen, weil sie Respekt vermisst haben. Junge Nichtstuer, die eine Bushaltestelle demolieren und später bei der Polizei erklären, sie hätten eine trostlose Jugend. Ändert gefälligst selbst etwas dran! Niemand verdient einfach so Respekt. Überhaupt niemand. Oder jeder, auch das ist möglich. Wie bei einem Radrennen, bei dem das Fahrerfeld aus hundertachtundneunzig Dopern besteht, dann ist es nämlich nicht schlimm, wenn gedopt wird, weil alle die gleichen Chancen haben, genau wie bei einem komplett sauberen Peloton. Wenn ein Schriftsteller es auf die Shortlist des AKO- oder Libris-Literaturpreises schafft und Leute dann auf Facebook schreiben: »Großartig! Und so verdient!«, frage ich mich: Warum? Hat er es mehr verdient als andere? Weil er schon alt ist und noch nie einen Preis bekommen hat? Weil er eine trostlose Jugend gehabt hat? Und die fünf anderen

Nominierten haben es nicht verdient? Aber ja, denn die Facebook-Freunde der anderen sagen über diese fünf, ihre Nominierung sei völlig verdient. Also haben alle sechs sie verdient. Aber dann ist es wie bei dem Fahrerfeld aus Dopern, und es ist ganz sinnlos, von Verdienst zu sprechen, weil alle gleich sind. Ich kenne es nicht, überhaupt nicht, dieses Gefühl, etwas verdient zu haben, beispielsweise einen schönen Preis oder hundertfünfzigtausend verkaufte Bücher. Das war ein Versehen, oder Glück.

Das Problem ist, dass heute beinahe jeder glaubt, auf praktisch alles ein Anrecht zu haben. Woher das kommt, seit wann das so ist? Ich weiß es nicht. *»Blessed are the meek, for they shall inherit the Earth.«* Nur dass es fast keine Sanftmütigen mehr gibt. Vielleicht sollte ich Jacobine Geel fragen, ob ich noch einmal in ihrer Sendung zu Wort kommen darf.

Es hat sich eine Lösung gefunden. Nächsten Donnerstag, vielleicht schon Mittwoch, wollte Nanouk Leopold mit Freund und Kind von ihrem Feriendomizil in Brabant aus zu mir kommen und einmal bei mir übernachten. Ich habe Nanouk angerufen und sie gebeten, zu mir mitfahren zu dürfen, damit ich die drei empfangen kann. Das lässt sich machen, sie haben einen geräumigen Wagen. Mit dem Zug nach Eindhoven und dann zweieinviertel Stunden mit dem Auto. Die paar Tage in Amsterdam überstehe ich. So habe ich noch Zeit, Prinzessbohnen zum Aussäen in meinem Garten zu besorgen.

5. MAI [AMSTERDAM]   Seit jeher bin ich sehr empfindlich, was Düfte angeht, vielleicht sollte ich besser Duftnoten sagen. Angefangen habe ich mit Aramis Devin. Wie lange genau ich diesen Duft verwendet habe, weiß ich nicht, je-

denfalls wurde er irgendwann aus dem Handel genommen. Danach kam wahrscheinlich wieder ein Aramis, nein, halt: Drakkar Noir. Ebenfalls nach einiger Zeit vom Markt verschwunden. Anschließend jahrelang Escape von Calvin Klein, herrlicher Duft. Ich möchte alles einheitlich haben; manche Männer schwören auf ihr Aftershave oder Eau de Toilette, verwenden aber irgendein beliebiges Deo. Das kann ich nicht, beides muss aus der gleichen Reihe sein. Es soll sogar Männer geben, die einfach den Duft verwenden, den sie zum Geburtstag bekommen. Unglaublich. Man ist, wie man riecht. Bei mir kommt es sehr genau darauf an, ich suche wirklich nach einem Duft, der zu mir passt, und Düfte sind höchst subtil, die Suche kann also eine Weile dauern. Jedenfalls war nach ein paar Jahren auch Escape nicht mehr lieferbar. Meistens kann man dann noch eine Zeitlang übers Internet, oft auf deutschen Seiten, Deosticks oder Eau de Toilette bestellen, aber es kommt der Moment, in dem vor allem der Deostick endgültig nicht mehr zu haben ist. Ich bin dann zu Crave von Calvin Klein übergegangen. Für mich der allerangenehmste Duft, den ich je gehabt habe, glaube ich. Und es sollte Calvin Klein bleiben, weil ich vermutete, dass dann der Schritt von dem einen zu einem anderen Duft nicht so groß wäre. Doch auch Crave wurde schon vor Jahren aus dem Handel genommen. Trotzdem konnte ich noch lange – bei immer obskureren Internetanbietern – sowohl Deosticks als auch Eau de Toilette bestellen. Vor kurzem war dann allerdings wirklich Schluss: Ich kann kein Finnisch lesen, und bei einem slowenischen Internet-Parfümanbieter mit meiner Kreditkarte zu wedeln … nein.

Zeit für einen neuen Duft, tapfer sein. Im Laden konnte ich nach zweimaligem Versprühen von zwei verschiedenen Düften nichts mehr riechen. Ich hatte beschrieben, was ich wollte: kräftig und frisch. Die junge Verkäuferin gab sich große

Mühe. Als ich ihr sagte, dass ich überhaupt nichts mehr riechen und deshalb auch das eine nicht mehr vom anderen unterscheiden könne, brachte sie ein Döschen mit Kaffeebohnen und hielt es mir unter die Nase. Und ob man's glaubt oder nicht, ich konnte wieder. Nach einer Viertelstunde rang ich mich zu einer Entscheidung durch, Gentlemen Only von Givenchy sollte es sein. »Sind Sie sicher?«, fragte die Verkäuferin, was mich ein wenig beunruhigte. »Ja«, sagte ich, »ich bin mir sicher.« Sündhaft teures Zeug, allein der Deostick kostet schon fünfundzwanzig Euro. Heute Morgen habe ich ihn zum ersten Mal benutzt, und immer wenn ich ihn rieche, will ich mich umdrehen, um zu sehen, ob sich nicht ein Mann eingeschlichen hat, der einen bestimmten, mir unbekannten Duft trägt. Schrecklich. Ich bin nicht mehr ich, dieser Duft ist für einen anderen Mann gedacht, ich habe nach Crave zu riechen. Da bleibt mir nur, die Ohren steif zu halten. Irgendwann wird der Moment kommen, in dem der Duft mir vertraut ist, der Moment, in dem Jasper mich nicht mehr so komisch ansieht, der Moment, in dem vielleicht jemand sagt: »Du riechst aber gut!« Ich hoffe, der Moment kommt bald, denn zur Verbesserung meiner Stimmung trägt der jetzige Zustand nicht bei.

11. MAI [SCHWARZBACH] Zwei Dinge, die ich wunderschön finde: verwittertes Holz und rostiges Eisen. Es gibt Holz, das vermodert, das langsam von Feuchtigkeit zerstört und von kleinen Organismen zersetzt wird, das morsch wird. Und es gibt Holz, das verwittert: das von (Salz-)Wasser konserviert wird, weiß wird, aber nicht von kleinen Organismen zersetzt. Das findet man am Strand oder an Flussufern. Manchmal, unter günstigen Bedingungen, auch im Wald. Dieses verwitterte Holz ist hart und bleibt es. Ich benutze es gern,

um im Garten das eine oder andere damit zu bauen oder die Vogelfutterstation zu reparieren. Es kann aussehen wie Stein, und vor allem Fichtenholz hat eine herrliche Struktur, besonders, wenn doch Käferlarven Gänge unter der früheren Borke gegraben haben. Holz bedeutet »hier«. Rostiges Eisen bedeutet Amsterdam. Mit Jasper gehe ich häufig über die Kais der Java- und der KNSM-Insel. Dort liegen Boote, und manche der Boote haben sehr unordentliche Besitzer. Mir gefällt das, Decks voll altem Plunder. Oft ist der Plunder aus Eisen. Neulich sah ich in einer kleinen Holzkiste eine verrostete Kette mit sehr großen Gliedern liegen. Eigentlich möchte ich so etwas dann mitnehmen. Stehlen, könnte man auch sagen. So wie ich hier regelmäßig den einen oder anderen steinharten, verwitterten Ast aus dem Wald trage. Die Kombination von verwittertem Holz und rostigem Eisen ist unwiderstehlich. Wäre ich doch ein Künstler, der Objekte aus Holz und Eisen schafft. Vielleicht kann ich das noch werden. Auf jeden Fall will ich im kommenden Sommer in Weißenseifen, zwölf Kilometer von hier, an einem Kurs zur Holzbearbeitung teilnehmen. Jeden Tag zwei Stunden sägen, schneiden, stechen und raspeln. Weißenseifen ist eine Künstlerkolonie im Wald, etwas Hippiehaftes. Wenn ich das Rennrad nehme, bin ich in einer Dreiviertelstunde da. Zurück wahrscheinlich in einer halben, dann geht es hauptsächlich bergab. Das ist kurz genug, um Jasper zu Hause lassen zu können, er hatte einmal eine nicht so erfreuliche Begegnung mit den Künstlerhunden, die dort wohnen.

Im Garten hüpft seit einigen Tagen eine Wacholderdrossel durchs Gras. Ich glaubte erst eine Misteldrossel zu sehen, bis ich feststellte, dass sie dafür zu bunt war. Der Buntspecht vom 9. April verhält sich inzwischen so, als gehöre der Garten ihm, und das Goldammerpaar begeistert alle Besucher:

Selten hätten sie ein so schönes gelbes Vögelchen gesehen. Ich habe endlich auch wieder ein paar Blindschleichen im Garten. Dass Bagger-Peter die ganze Kolonie weggegrapscht hat, wurmt mich immer noch, wenn ich auch um der Gewissensberuhigung willen gerne annehme, dass sie schon vor seinem Verwüstungswerk geflüchtet waren. Eine lag am Rand des Gemüsegartens. Sie biss sich in den eigenen Schwanz. Bis ich genauer hinsah und feststellte, dass sie eine andere Blindschleiche biss. Vielleicht paarten sie sich gerade. Es war ideales Wetter dafür, ziemlich warm, die Sonne brannte. Später fand ich die beiden unter der schwarzen Dachpfanne, die ich in das gerodete Stück Wald gelegt hatte, um sie zurückzulocken.

Gestern Abend habe ich auf dem Sofa gesessen und einen *Tatort* gesehen. Immer öfter ignoriere ich BVN und sehe deutsches Fernsehen, als wäre ich Deutscher. Wenn ich wollte, könnte ich so gut wie jeden Abend einen *Tatort* sehen, weil es eine ganze Reihe regionaler Sender gibt, die Wiederholungen bringen. Ich hörte Mauersegler, was mich verwirrte. Hörte ich wirklich bei mir welche, oder kamen die Laute aus dem Fernseher? Schon seit Wochen wartete ich auf die Mauersegler, aus allen Himmelsrichtungen kamen Meldungen, mein Vater und der Freund an der Weesperzijde in Amsterdam haben den Großen Mauerseglerwettbewerb längst gewonnen, in Andijk hatte man sie gesichtet, ebenso in Wieringen und in Seeländisch-Flandern. Ich nahm die Fernbedienung und drückte den Ton weg. Stille. Ton zurück: doch wieder Mauerseglerrufe. Ich versuchte herauszubekommen, zu welcher Jahreszeit diese *Tatort*-, genauer gesagt: *Polizeiruf-110*-Folge spielte. Der Schauplatz war glücklicherweise eine ländliche Gegend Brandenburgs, wo Polizeiwachtmeister Krause ständig mit seinem Motorradgespann auf schmalen Straßen unterwegs war, Hund Haduk im Beiwagen. Es schien mir Herbst zu sein, früher Herbst. Auf jeden Fall eine Zeit, zu der keine Mauersegler zu hören sind. Ich vergaß die Sache wieder und ging schlafen. Heute habe ich sie gesehen und gehört, sie sausten wie verrückt am Himmel über Nimshuscheider Mühle hin und her, als wären sie überglücklich, wieder zu Hause zu sein. Ich fühlte mich auch glücklich. Aber zu Hause sind sie natürlich nicht, sondern in Urlaub. Immerhin aber jedes Jahr am vertrauten Urlaubsort, einem Ort, nach dem man sich sehnen kann. 11. Mai. Noch nie habe ich sie erst so spät gesehen. Ich nehme mir vor, darauf zu achten, wann sie wieder wegfliegen, vermutlich auch zwei Wochen später als normalerweise.

Offensichtlich war es schon wieder drei Wochen her, dass ich die letzte Webkolumne für den *Groene Amsterdammer* geschrieben habe, Marja Pruis verfolgt das sehr genau.

Fluchen

Ich habe eine Mail bekommen, von einem Mann. Wie es öfter geschieht. Mails, in denen Leute beispielsweise über meine AussieBum-Unterhosen schreiben, und dass sie (ältere Männer) mich gern einmal darin sehen würden, oder sogar ohne. Oder von einem aufgeregten Gärtner, der meint, dass Trouw *jemand anderen über Gärten schreiben lassen sollte, weil ich wirklich keine Ahnung hätte. Die neueste Mail war nun von einem Mann, der* Boven is het stil *gelesen hatte. Ein schönes Buch, schrieb er, nur schade, dass darin Flüche vorkämen. Das sei verletzend und wecke Gottes Zorn. Ein Schriftsteller von meinem Kaliber habe so etwas doch nicht nötig. Ob ich bitte in Zukunft mehr Rücksicht nehmen könne.*
Ich antworte fast nie auf solche Mails. Ganz einfach, weil ich mich nicht dazu berufen fühle. Was soll ich jemandem schrei-

ben, der mich in AussieBums (oder auch ohne) bewundern möchte? »Besuchen Sie mich ruhig einmal«? Dem Gärtner könnte ich noch schreiben, dass ich ihm meine Kolumne gern für einen Monat überlasse, aber das wäre auch eine Art passiv-aggressive Reaktion, deshalb lasse ich es lieber. Über die religiöse Mail habe ich dann doch eine Weile nachgedacht. Kann ich auf solche Gefühle Rücksicht nehmen? Natürlich, das mache ich schon in den Kolumnen für Trouw, darin darf nicht geflucht werden, ich vermeide es deshalb und kann gut damit leben, schließlich ist Trouw eine Zeitung mit christlicher Ausrichtung. Wenn ich fluchen möchte, muss ich Kolumnen für den NRC, den Telegraaf oder eben den Groene Amsterdammer schreiben. Aber in einem Roman? Darin sprechen und denken Romanfiguren, nicht ich. Das klingt, als wolle sich der Autor hinter seinen Figuren verstecken, aber darum geht es nicht. Die Personen müssen frei sein, sich entwickeln, tun und lassen, wofür sie geschaffen sind. Ich meine: Ich bin kein Krimineller, kann aber einen Kriminellen als Romanfigur schaffen; ich bin keine Frau, kann und darf aber ein Buch schreiben, in dem eine Frau die Hauptrolle spielt. Und wenn diese Frau aus einem bestimmten sozialen Milieu stammt oder launisch ist, wird sie sicher manchmal fluchen und schimpfen.

Wichtiger ist natürlich die Frage, wer sich die Freiheit nimmt, etwas zu sagen oder zu tun, und wer der Ansicht ist, dadurch werde er oder sie so verletzt, dass eine entscheidende Grenze überschritten wird. Dieser Mann hätte das Buch nach dem ersten Fluch weglegen können; sich ein wenig verletzt fühlen können, nicht genug, um mir deswegen eine Mail zu schicken, genug, um nie wieder ein Buch von mir lesen zu wollen. Aber er entschied sich fürs Weiterlesen. Eines Buchs, in dem übrigens kaum Flüche vorkommen. Ich habe keine Lust, mein eigenes Buch deshalb noch einmal zu lesen, aber wenn ich darin *mehr als vier finden würde, wären das schon mehr als erwartet.*

Für noch wichtiger halte ich die Frage, was das eigentlich für ein Gefühl der Verletzung ist, nicht nur bei ihm, sondern bei allen Gläubigen, die ihre religiösen Gefühle verletzt sehen. Meine Flüche verletzen ihn und erzürnen (seinen) Gott. Warum? Ich bin nicht gläubig, insofern kann ich schreiben, was ich will. Er liest die Flüche nur, liest, was jemand anders geschrieben hat. Kann er dann nicht einfach – eventuell sogar schadenfroh – denken, dass ich verdammt bin? Was kümmert es ihn, ob ich in irgendeine Engelschar aufgenommen werde oder nicht? Oder wird man beim Lesen eines Fluchs durch das Böse infiziert? Weshalb immer dieses Beleidigtsein, diese Empfindlichkeit und auch, wie mir scheint, diese Zweifel bei Gläubigen? Zweifel, da doch anscheinend der erstbeste Heide, nur dadurch, dass er irgendetwas äußert, dessen Bedeutung ihm nicht einmal klar ist, ein ganzes Glaubensgebäude ins Wanken bringen kann. Warum denken sie nicht: Das ist mein Glaube, ich glaube, es ist etwas zwischen meinem Gott und mir, und niemand kann zwischen uns treten? Mehr noch: Ich kann Gott gar nicht erzürnen, eben weil ich nicht an ihn glaube.

Ich denke nie lange darüber nach, aber tatsächlich bin ich immer fassungslos, wenn ich Fernsehberichte über so etwas wie den IS sehe. Ziemlich oft werde ich als naiv bezeichnet, weil ich gern ganz simple Fragen stelle, nach den Ursachen oder dem Kern der Dinge. Wenn die meisten – jedenfalls in den Medien – sich schon lang und breit über Folgen auslassen und darüber, was zu tun ist, fehlt mir oft ein Schritt davor, und ich schreie den Fernseher an, man solle doch bitte erst einmal zurück zum Wesentlichen. So fassungslos macht mich der IS, dass ich im Grunde nicht einmal darüber nachdenken will. Es ist so vollkommen unbegreiflich. Wieso andere Men-

schen töten wollen, weil sie nicht an das glauben, woran man
selbst glaubt? Was spielt das für eine Rolle! Seid glücklich mit
dem eigenen Glauben und allem, was dazugehört, aber zwingt
nicht andere, so zu sein wie ihr! Nie höre oder sehe ich in
Fernsehdiskussionen über derart unbegreifliche Dinge einmal
wirkliche Fassungslosigkeit. Nie brüllt einmal jemand oder
bricht in Tränen aus. Dann denke ich, dass wir alle, fast alle,
schon einen Knacks haben. Nur deshalb können wir so unbe-
greifliche, verstörende Dinge einfach zur Kenntnis nehmen
und dann vernünftig darüber reden. Irgendetwas stimmt mit
uns nicht mehr.

Wir müssen zurück, meine ich. Zu einer kleinen, übersicht-
lichen, verständlichen Welt. Den Mailschreiber, der mir prak-
tisch verbietet, in Büchern zu fluchen, finde ich unduldsam
und bevormundend, das habe ich für mich schon einmal ge-
klärt. Er will mir aufgrund eines Glaubens, in dem ich nichts
anderes als Märchen aus dem am besten verkauften Buch aller
Zeiten sehen kann, Vorschriften machen. Das ist sein gutes
Recht, aber natürlich ist es mein gutes Recht, ihm nicht Folge
zu leisten. Das war ein kleines, übersichtliches und verständ-
liches Problem, und ich habe es gelöst.

HIMMELFAHRT [SCHWARZBACH]   Nachbar Klaus hat
mir gerade gesagt, wenn ich heute mähen würde – was ich
vorhatte –, könne es passieren, dass die Polizei kommt und
mir eine Buße aufbrummt. Ich habe ihn angestarrt, als hätte
er den Verstand verloren. Du machst Witze, sagte ich. Nein,
bestimmt nicht. Heute ist ein Feiertag, und an Feiertagen
darf man solche Arbeiten nicht machen. Bevor ich zu tippen
anfing, hätte ich ihm am liebsten vom Schreibzimmerbalkon
aus die Frage zugerufen, ob man denn wenigstens schreiben
darf.

Vorgestern habe ich Jasper zum ersten Mal waschen müssen. Nicht ganz, nur seinen Hals. Er hatte sich in irgendetwas gewälzt, das so entsetzlich stank, dass ich mich genötigt sah, mein Shampoo und einen Eimer Wasser zu holen. Er ließ es sich ergeben gefallen, wälzte sich aber gleich danach im Gras, wobei sein Kopf gelb wurde von dem vielen Löwenzahn, den er zerquetschte. »Jasper und sein Knecht«, sagte mein Teilzeitnachbar Hansi, der uns von der Hecke aus zusah. Er hat natürlich recht. Wir nennen uns gern Herrchen oder Frauchen, aber das ist Unsinn. Wenn hier jemand diktatorhafte Züge hat, dann ist das Jasper. Gestern lief er mir am späten Nachmittag weg, erst um neun kam er zurück. Und wieder hatte er, das roch ich sofort, die Stelle mit dem entsetzlichen Gestank aufgesucht. Er hatte einen Bärenhunger, sprang an Türen und Möbeln hoch und schüttelte den Kopf, wodurch dieses gebieterische Ohrenklatschen entsteht. Anderthalb Stunden später war er dagegen kaum noch von der Stelle zu bekommen. Verärgert zog ich ihn einen halben Kilometer durch Nimshuscheider Mühle hinter mir her und gab dann auf, obwohl ich wusste, was geschehen würde. Und das geschah auch. Glücklicherweise war er auf meinen Befehl hin die ganze Nacht in seinem Korb in der Küche liegen geblieben, so dass die beiden Haufen nicht auf dem teuren Wollteppich im Wohnzimmer, sondern auf dem billigen, lebhaft gemusterten HELA-Teppich landeten. Ich muss dann noch vor dem Frühstück auf die Knie, um seinen Kot zu beseitigen, während er schuldbewusst (oder Schuldbewusstsein vortäuschend, falls mein Verdacht zutrifft) in seinem Körbchen mit dem Schwanz wedelt. Dann die Morgenrunde, dann sein Futter. Erst danach frühstücke ich. Wobei er mich ununterbrochen beobachtet.

Und wie ein Knecht nicht auf Zuneigung oder ein nettes Wort von seinem Herrn zu hoffen braucht, so brauche ich anscheinend nicht darauf zu hoffen, dass Jaspers eigentümliche Reserviertheit verschwindet, diese Angst, wie mir scheint, etwas Liebes zu tun. Immer weicht sein Kopf nach unten oder zur Seite aus, wenn meine Hand sich ihm nähert.

Das Angebot der Firma Ritter aus Lambertsberg gefiel uns gar nicht. Allein der Zaun entlang der Straße sollte mit Tor viertausend Euro kosten. Ich bekam einen Riesenschreck, zumal sie schrieb, das gesonderte Angebot für den Zaun im Wald werde spätestens nächsten Montag folgen. Ich habe das nicht abgewartet, sondern ihr per Mail sehr für das Angebot gedankt und mitgeteilt, dass ich über andere Möglichkeiten nachdenken werde. Das bedeutet, dass Jasper noch länger warten muss, bis er endlich im Garten frei herumlaufen darf und kann. Bisher hoffe ich immer noch, dass zwischen ihm und mir so etwas wie ein Einvernehmen entsteht. Ein Einvernehmen, zu dem unter anderem gehört, dass er bleibt, wenn ich »Bleib« sage, und kommt, wenn ich »Komm« sage. Die Freiheit, die er in seinem ersten Lebensjahr auf Thasos hatte, hat ihn unwiderruflich geprägt. Und natürlich täuscht er mich immer wieder, indem er sich brav hinsetzt, wenn ich das von ihm verlange, sich in seinen Korb legt, wenn ich es befehle, nicht die Straße überquert, wenn ich »Warte!« sage. Dennoch ist er der Herr. Gestern war ich kurz der Verzweiflung nah: Ich würde es ihm so sehr gönnen, hier frei rennen und springen zu können, aber es geht einfach nicht, zumal der Sommer naht. Sommer bedeutet Motorradfahrer. Und dann kein Zaun, weil der viel zu teuer würde.

Vielleicht sollte ich noch eine Erklärung zu der Geschichte mit den AussieBums nachliefern. Seit ich vor Jahren in einem feinen dänischen Kaufhaus meine erste AussieBum-Unterhose gekauft habe – mit dem Text *PROPERTY OF DEN-*

MARK auf dem Bund –, bin ich sozusagen süchtig nach dieser ziemlich teuren Marke. Nirgends gibt es sie mehr zu kaufen. In keinem Laden, meine ich. Es ist mir ein Rätsel, warum. Vielleicht muss ich es in Kopenhagen versuchen, wenn ich wieder einmal dort bin. Ansonsten kann man sie nur übers Internet bestellen, in Australien, mit Kreditkarte. Das bedeutet, dass die Unterhosen per Schiff kommen und dass ich in den Niederlanden, wenn nach Wochen der Paketbote klingelt, auch noch fünfundzwanzig Euro Einfuhrzoll bezahlen muss. Inzwischen habe ich mir schon zweimal eine Ladung zu meinem Eifelhaus schicken lassen. Beim ersten Mal musste ich fünf Euro Einfuhrzoll bezahlen, beim zweiten Mal fand ich das Päckchen in meinem Briefkasten vor. Wegen ihrer sehr hohen Qualität verschleißen sie kaum oder gar nicht. Nur selten passt eine nicht so gut, obwohl ich immer Größe L bestelle. Ich besitze schon viel zu viele und schreibe hin und wieder in meinem Blog etwas darüber. Daher also wusste der Mann, der mir mailte, er wolle mich in einer AussieBum sehen, was ich am Hintern trage. Vielleicht erregte ihn das L. Aus irgendeinem Grund bekam er dann übrigens die Webkolumne des *Groene Amsterdammer* zu sehen, weshalb es ihn drängte, mir eine weitere Mail zu schicken, in der er sich entschuldigte und erklärte, mich mit oder ohne AussieBum sehen zu wollen sei ein Scherz gewesen. Diesmal habe ich ihm geantwortet, wenn auch nur knapp: »Macht nichts. So hatte ich ein Thema.« Wenn dieses Buch erscheint, wird er wahrscheinlich lesen, was ich jetzt schreibe, und erneut glauben, mir eine Mail schicken zu müssen. So geht es immer weiter. In Nimshuscheid wohnt seit kurzem eine niederländische Familie in dem Haus, in dem die Mutter von Dachdecker Rudi bis zu ihrem Tod gewohnt hat. Vater, Mutter und der kleine Bram. Neulich saß ich bei ihnen auf dem Rasen. Bram weinte herzzerreißend, weil er zum Friseur in Lasel sollte; als ich ihm meine Hundeleckerlis gab, damit er Jasper und die beiden Jack Russells der Familie damit fütterte, hörte er auf. Dann schmiegte er sich an mich und hielt meinen Arm fest. »Die Friseurinnen dort sind sehr lieb«, sagte ich. »Du brauchst keine Angst zu haben.« Die Eltern wussten, dass der Friseur in Lasel auch mein Friseur ist, weil der Vater von seiner Mutter eine meiner *Trouw*-Kolumnen zugeschickt bekommen hatte, über die Friseurinnen. Das meinte ich mit: »So geht es immer weiter.« Ganz gleich, über wen ich schreibe, es kommt heraus, es kommt auf irgendeinem Weg zu mir zurück. Schon eine Weile denke ich darüber nach, ob ich das, was ich viele Seiten zuvor über Frau Trappens Tochter Sigrun geschrieben habe, nicht streichen sollte. Andererseits – und deshalb noch das Nachdenken – frage ich mich: Wäre ich wütend, wenn jemand über mich schreibt, dass ich betrunken bin? Ich glaube nicht. Es wäre mir im Grunde egal. Zu Klaus, der inzwischen mit Grillen beschäftigt war, habe ich eben gesagt, dass ich über ihn geschrieben hätte und dass ich das mit dem Bußgeld für Arbeit am Feiertag immer noch nicht glauben könne. Er lachte und sagte, das sei wirklich so, aber schreiben dürfe ich, weil das keine öffentlich sichtbare Arbeit sei. Dann lud er eine Ladung Würste auf einen Teller und ging ins Haus. »*Schmecklich!*«, rief ich ihm nach.

16. MAI [SCHWARZBACH]   Ein Bengel von zwölf oder dreizehn Jahren – strohgelbes Haar, Sommersprossen, ein »Sorgenkind« (der Junge hat Schluckbeschwerden, Atembeschwerden, die vage Ahnung, dass die Welt, wie sie ist, nicht für ihn gedacht ist, dass er nicht glatt in sie hineinpasst) – radelt in einer riesigen Gruppe nach Schagen. Vielleicht ist er von allen Radfahrern der im uneigentlichen Sinn größte, der beste,

der uneigentlichste *Mit*fahrer. Im eigentlichen Sinn gilt: Je mehr Radfahrer zusammen, desto weniger Probleme mit Gegenwind. Die Zeit, in der alle Jungen ganz selbstverständlich schwul waren, ist vorbei, mindestens die Hälfte der Kolonne besteht aus Mädchen. Man manövriert sich listig in eine – windmäßig und mädchenmäßig – möglichst günstige Position. Der Junge hört vieles von dem, was um ihn herum gesprochen wird, Wichtiges bleibt ihm im Gedächtnis. Pickel scheinen ein Zeichen dafür zu sein, dass man ein Mann wird. Pickel bedeuten Schamhaar und einen Pimmel, der wächst und seine volle Funktionsfähigkeit erlangt. Der dann nicht mehr Pimmel oder Pillermann heißt, sondern Schwanz oder Latte. Eines Tages – auf dem Teetjesweg, noch sieben Kilometer bis Schagen – spürt er am Kinn einen Pickel. Fast nichts, es hätte auch ein Krüstchen sein können oder hart gewordene Zahnpasta. Er drückt ihn sorgfältig aus und verschmiert den Inhalt über sein Kinn. Er wird lächeln, verschwörerisch vielleicht, sich nach all den anderen Jungen umsehen – die meisten haben wie er strohgelbes Haar –, Jungen mit unversehrten Gesichtern. Er ist ein Mann.

Erst dreizehn Jahre später ist es annähernd ausgestanden, nach einer grässlichen Behandlung mit Roaccutane in Kombination mit einer Art flüssigem Napalm, das in Ein-Kilo-Töpfen geliefert wurde. Und Salbe, die das von dem flüssigen Napalm verursachte Craquelé glätten sollte. Monatelang musste ich zwischen Lehrveranstaltungen nach Hause, um diese Salbe aufzutragen, weil ich sonst nachmittags bei einem Seminar zum Frühneuniederländischen mit einem Gesicht wie aus getrocknetem Lehm dagesessen hätte. »Nach Hause«, das hieß damals zu einer schmalen Wohnung im Stadtteil De Pijp, der Wohnung des Jungen, der auf dem Gymnasialzweig mein erster Freund gewesen war. Ich schlief dort auf einer Matratze im Wohnzimmer. Er war so nett, mir den Rücken einzureiben. Bei der Napalm-Anwendung wurde die Haut seiner Hände braun und trocknete völlig aus, wie mein Gesicht. Wohnen konnte ich bei ihm nur vorübergehend, ich musste mir eine eigene Behausung suchen. Ich unternahm nichts, ich hatte ja das Eckchen in seinem Zimmer und meine Matratze. Es herrschte eine starke Spannung zwischen uns. Er wollte mich weghaben. Trotzdem verteilte er treu das flüssige Napalm auf meinem Rücken.

In den dreizehn Jahren habe ich alle möglichen Mittel ausprobiert, die meisten davon hat mir Dr. Griep aus Barsingerhorn verschrieben. Ein Hausarzt, kein Dermatologe. Ja, und er hatte wirklich diesen ungesund klingenden Namen. Er verordnete mir Teerseife. Wenn ich das Wort schreibe, ist der scheußliche Geruch wieder da. DDT. Ach nein, es wird DDD gewesen sein, DDT ist ja dieses längst verbotene, furchtbare Agrargift.

Vor dem Zubettgehen trage ich mit Watte irgendein Mittel auf mein Gesicht auf. Es riecht kalkartig, schwefelig und hat eine schmutzig weiße Farbe. Ich mache das vor dem Spiegel, der über dem Waschbecken im Dachgeschoss hängt. Mein ältester Bruder kommt auf dem Weg zu seinem Zimmer vorbei. Er bleibt stehen, ich sehe ihn im Spiegel. »Schwuchtel«, sagt er. Geht weiter und verschwindet hinter seiner Tür. Schwuchtel? Bin ich eine Schwuchtel, weil ich mit Watte etwas auf meinem Gesicht verteile, das gegen Pusteln helfen soll? Ich werde mich wohl im Spiegel betrachtet haben. Die kleine Neonröhre überm Spiegel war schwach, das Licht blassgelb. Schon seit Tagen kam kein Wasser mehr aus dem Hahn des Waschbeckens, die Leitung muss irgendwann eingefroren sein. Es war ein vernachlässigter Winkel in dem großen, weiten Dachgeschoss. Ich roch Schwefel.

Dieses Mittel habe ich ziemlich lange angewendet, ich werde

jahrelang einen milden Kalkgeruch an mir gehabt haben. Eines Tages war ich bei den Nachbarn. Die älteste Tochter hatte neuerdings einen Hund. Einen großen, schwarzen, struppigen Hund mit wunden, entzündeten Stellen auf der Haut, die sie liebevoll behandelte. Während sie mit einem Fläschchen und Wattebäuschen hantierte, fiel mir ein bekannter Geruch auf. Bestimmt dachte ich zuerst, es wäre mein eigener. Nein, dafür war er zu stark, zu frisch. Die Nachbarstochter behandelte die schlimmen Stellen auf dem Bauch ihres räudigen Hundes mit genau dem Mittel, das ich mir jeden Abend vor dem Zubettgehen ins Gesicht schmierte.

Trotzdem gab es da einen Jungen aus Tuitjenhorn – wie ich auf dem Fachoberschulzweig –, der mir später anvertraute, ihm seien »Stare aus dem Hintern geflogen«, als er mich zum ersten Mal sah. Ein hübscher Junge mit markanten Gesichtszügen; wir haben viel zusammen unternommen, spielten Karten in einer festen Runde, regelmäßig bei einem von uns zu Hause. An einem dieser Kartenabende lernte ich rauchen, es war eine Camel ohne Filter. Nie hat einer von uns gegenüber dem anderen eine Andeutung gemacht. Ich vielleicht nicht, weil mein Gesicht und mein Rücken so ramponiert waren, brennende und schmerzende Teile meines Körpers. Oder weil nun einmal die Zeit, in der alle Jungen schwul waren, hinter uns lag. Er möglicherweise nicht, weil er glaubte, allein so zu empfinden, und Angst hatte, etwas zu zerstören. Dennoch hat er dann zu mir gesagt, ihm seien Stare aus dem Hintern geflogen. Das war Jahre später, nach einem Treffen unseres Fachoberschuljahrgangs. In Schagen, an einem Samstagabend. Er hatte eine Ausbildung zum Physiotherapeuten begonnen, ich war – weil ich einfach nicht wusste, was ich tun sollte oder wollte – auf den Gymnasialzweig gewechselt. Wir küssten uns auf dem Markt, in meiner Erinnerung stundenlang. Aber es war zu spät. »Ich mag Menschen«, sagte er, reichlich kryptisch. Später hat er eine Physiotherapeutin aus Deutschland geheiratet und ist mit ihr in die Schweiz gezogen. Es gab eine Zeit, in der alle Physiotherapeuten in die Schweiz zogen, ich weiß nicht, warum. Ein eigentümlicher Ausdruck, den ich nie von jemand anderem gehört habe. Trotzdem verstand ich sofort, was er mit den Staren und dem Hintern meinte.

Erst als ein Dermatologe, Overbeeke an der Weteringschans, mir die Roaccutane-Behandlung verordnete, kam die Befreiung von den brennenden Pusteln, den Eiterblasen, die sich entzündeten und nicht öffnen wollten, was schrecklich wehtat. Mein Hausarzt drängte mich, das Mittel abzusetzen, alles trocknete aus, auch die Schleimhäute, ich konnte oft nur verschwommen sehen, meine Lippen platzten auf. Trotzdem machte ich noch eine Weile weiter. Es half. Roaccutane ist ein Medikament, dessen Hersteller schon wegen der Schädigung von Föten verklagt worden ist, ein schreckliches Giftzeug. Im Internet gibt es Foren dazu, mit vielen Berichten über schlimme Nebenwirkungen. Aber: Es wirkt. Gegen Pusteln. Der Körper kann nicht allzu viel Vitamin A vertragen, und da Roaccutane große Mengen davon enthält, durfte ich auf keinen Fall Karotten essen, damit sie die Vitamin-A-Dosis nicht um das entscheidende Quäntchen erhöhten.
Und dann war ich auf einmal »sauber«. Ich hatte ein glattes Gesicht. Man sollte erwarten, dass ich froh gewesen wäre. Aber ich fand es schrecklich. Ich hatte nichts mehr, wohinter ich mich verstecken konnte. Wahrscheinlich geschah es damals, dass die Zwangsgedanken noch mächtiger wurden, als Ausgleich. Ich musste mir über irgendetwas Sorgen machen können, vielleicht um mich abzulenken.
Ich habe eine Schwäche für Jungen oder Männer mit Pi-

ckeln. Picklige Gesichter finde ich nicht hässlich, im Gegenteil. Die Lippen und die Augen bilden dann einen so schönen Kontrast, Gesichter werden sozusagen auf einen Mund
und Augen reduziert. Blitzende, klare Augen, feingeschnit-
tene Münder. In letzter Zeit habe ich wieder Pusteln. Wie
mein Schwager, der Mann meiner Schwester. Nicht im Gesicht, sondern über den Ohren und am Hinterkopf. Wir sind
zu dem Schluss gekommen, dass es eine Art Menopause ist.
Männermenopause. Etwas Vorübergehendes. Meine Schwester war dabei, als wir darüber sprachen. Sie nickte. Meine
Schwester arbeitet in einem Krankenhaus.

23. MAI [DUBLIN]

Tournee

Gestern war ich in Amsterdam, wo ich mir bei HEMA drei
Cremeschnittchen kaufte. Ich habe sie alle drei allein aufge-
gessen, Jasper konnte mich bettelnd anblicken, solange er
wollte, er bekam nichts. Er hatte in letzter Zeit wieder öfter
Durchfall, weshalb ich aufgehört habe, ihm als Leckerchen
zwischendurch Nudeln, Brot oder Karotten zu geben. Offensichtlich verträgt er diese Dinge nicht, er hat einen empfind-
lichen Darm. Seit zwei Tagen macht er wieder schöne, harte
Würste. Erfreulich für Gartenkumpel Han, bei dem er sechs
Tage zu Gast ist. Heute bin ich in Dublin. Ich staune immer
noch darüber, wie schnell man an einen ganz anderen Ort in
Europa gelangen kann. Am E-Check-in-Automaten änderte
ich meine Sitznummer von 4D in 24A, damit ich am Fenster
sitzen konnte. Es ist grotesk, aber allmählich macht mir Fliegen fast Spaß. Oben war schönes Wetter, viele Wolken und
noch viel mehr Sonne. Den Mount Snowdon habe ich nicht
gesehen, das war schade.

Hier in Dublin sind es immerhin fünfzehn Grad, weshalb fast alle halb nackt herumlaufen. Komische Vögel, die Iren. Und die Engländer und Schotten, »*for that matter*«, denn auch sie haben immer viel zu wenig an und meinen, dass der Sommer bei zehn Grad und wässriger Sonne beginnt. Besonders krass war, was ich vor ein paar Jahren auf einer der Orkneyinseln nördlich von Schottland erlebt habe, wo ich mit einem Freund Urlaub machte. Es war August. Wir trugen Mützen, mein Freund sogar Fäustlinge. Sämtliche Orkneyonen liefen in Hemden, kurzen Hosen und Röcken herum. Denn Sommer ist Sommer.

Heute habe ich nichts zu tun, meine erste Lesung beginnt erst morgen um 14 Uhr. Ich habe versucht, mich mit einem Mann zu verabreden, den ich im vorigen Jahr bei der *Writers' Week* in Listowel getroffen habe. Listowel ist ein schönes Städtchen in der irischen Grafschaft Kerry, man fliegt bis Cork. Vor einer Stunde habe ich über Facebook bei ihm angefragt, ob wir etwas essen oder trinken gehen sollen. Noch nichts gehört, gut möglich, dass er heute Abend gar keine Zeit hat. Dann bin ich allein in einer fremden Stadt. Was natürlich bei Lesereisen im Ausland öfter vorkommt, ein bisschen habe ich mich schon daran gewöhnt. Im schlimmsten Fall sehe ich mir den Eurovision Song Contest an. In Irland sind alle verrückt danach.

In Listowel hätte ich übrigens einen Anruf aus Dublin bekommen können. Wenn einem der IMPAC zuerkannt wird, erfährt man das einen Monat vor der Preisverleihung, das heißt, man wird angerufen. Die anderen Nominierten wissen nicht, ob sie den Preis nun bekommen oder nicht, mit Ausnahme derjenigen, die schon einmal nominiert waren und den Preis erhalten haben, weil sie aus eigener Erfahrung wissen, dass der Gewinner angerufen wird. Er muss dann im folgenden Monat den Mund halten. Im vorigen Jahr stand *The Detour* auf der Shortlist. Und wie man es auch dreht und wendet: Es ist ein nervenaufreibender Tag, genauso nervenaufreibend wie der Morgen, an dem man erfährt, ob das eigene Buch auf der Shortlist des Libris-Literaturpreises steht. Ich war ein paar Tage in Listowel und beschloss, an diesem Tag zu den *Hot Seaweed Baths* in Ballybunion zu fahren. Während ich in einem glühend heißen Salzwasserbad mit Algen lag, lag mein Telefon auf einem Stuhl am Fußende der Wanne. Ich solle mich entspannen, hatte der Mann gesagt, der die Wanne füllte. »*Close your eyes, think of nothing, and let everything go.*« Das gelang mir nicht, allein schon, weil ich in heißem Wasser stark schwitze und schnell an Überwärmung leide. Und es rief einfach niemand an. Ich brauchte sehr lange, um aus Ballybunion wegzukommen, weil keine Taxis verfügbar waren. Am Abend trank ich ein Smithwick's mit Paul. Den ich nun hier treffen werde oder auch nicht. »Ach«, sagte er, »du hast ihn doch schon mal gewonnen, übertreib's nicht.« Ich strich immer wieder über meine Arme, die sich schön weich anfühlten. Dem Angestellten des Algenbads gegenüber hatte ich das Wort *snotty* gebraucht, was ihm gar nicht gefiel. »*Oil!*«, rief er. »*It feels oily!*« Paul will Schriftsteller werden, bei der *Writers' Week* im vorigen Jahr hat er an einem Schreibkurs teilgenommen.

Ich habe bei H&M zwei T-Shirts gekauft, anschließend gegessen und nach dem Essen zum zweiten Mal heute geduscht. Um mich auf den schlimmsten Fall vorzubereiten. Jetzt sehe ich den Song Contest. Alle sind fertig mit Singen, es wird abgestimmt. Wenn ich vom Laptop aufblicke, schaue ich in einen riesigen Spiegel. Ich muss immer an Derek de Lint denken, wie er in irgendeinem älteren niederländischen Film vor einem Hotelspiegel wichst. Bis er sich plötzlich in die Augen sieht und ein Handtuch über den Spiegel wirft. Ich möchte nicht an den wichsenden Derek de Lint denken, und der Spiegel hier ist so groß, dass man dafür einen Bettbezug bräuchte. Warum die vielen Spiegel in Hotels, warum glauben Hoteliers, dass die Gäste sich überall sehen wollen? Ich will im Badezimmer nicht meinen Hintern sehen. Meinen Hintern nicht, meinen Schwanz nicht, meine Waden nicht, mein Gesicht nicht. Befürchten diese Hotelleute, dass wir uns zu Hause nicht oft genug im Spiegel betrachten? Oder halten sie Spiegel immer noch für Statussymbole und Luxus? Unbegreiflich.

Überall in der Stadt sind Menschen mit Regenbogenfahnen unterwegs, man hört Gesang und Sprechchöre. Aber auch ein paar einsame Christen melden sich zu Wort, sie tragen große Schilder, auf denen steht, dass Jesus für unsere Sünden gestorben sei. Heute wurde bekanntgegeben, dass beim gestrigen Referendum über zweiundsechzig Prozent der Iren für die Homoehe gestimmt haben. Wenigstens einen Tag ist Dublin die *Gay Capital* der Welt. Aber für einen guten Platz beim Song Contest hat es nicht gereicht, wie ich in den letzten zwei Stunden feststellte; Irland hatte sich nicht fürs Finale qualifiziert. Man kann nicht alles haben.

24. MAI   Sehr schlecht geschlafen. Alles schön und gut, umsonst reisen und im Hotel übernachten, aber im Hotel steht ein Hotelbett, das nicht das eigene Bett ist, meistens ist es in Hotelzimmern sehr warm, und das Brooks Hotel steht in der Drury Street, die sich als äußerst belebte Ausgehstraße erwiesen hat. Schweden hat gewonnen. Schade, ich war für Belgien. Der belgische Sänger heißt Loïc Nottet, ein schöner Name. Dem schwedischen Sänger traute ich nicht, er trug ein eng anliegendes Hemd, und kein einziges Mal sah ich

feuchte Stellen unter seinen Achseln, nicht einmal, als es zwischen Russland und Schweden knapp wurde. Das scheint mir nicht normal zu sein. Ich könnte auch schreiben, dass ich neidisch auf ihn bin. Denn obwohl ich inzwischen vor Lesungen kaum noch Angst habe und Nervosität eigentlich der Vergangenheit angehört, sieht mein Körper das anders, und dieser Körper tut seine Ansicht durch übermäßiges Schwitzen unter den Achseln kund. Mein Körper sagt: Nein, Junge, so haben wir nicht gewettet.

Soeben gefrühstückt: Würste, Rührei, Schinken, Tomaten und Champignons. Von Paul noch nichts gehört. DBC Pierre hat wenigstens gleich zurückgemailt, als ich ihm diese Woche mitteilte, dass ich in Dublin sein würde. Er ist nicht da, er musste nach England, Norfolk. Als ich ihm schrieb, dass ich später in Hay-on-Wye sein werde, mailte er: Kein Interesse, Norfolk ist ein *shithole* und Hay ein noch schlimmeres *shithole*. Ich bin ihm beim letzten Bücherball begegnet, wir rauchten zusammen auf der Ajax-Terrasse.

Ich bin hier, weil *June* herauskommt. Rechtzeitig zur *Dublin International Writers Week*. Meinem Lektor bei Harvill Secker, Stuart Williams, hatte ich geschrieben, dass ich diesmal schon gern ein bisschen PR hätte; *The Twin* und *The Detour* waren ohne Buchpräsentation oder Lesereise erschienen. Innerhalb von zwei Tagen wurde eine kleine Lesereise organisiert. Dublin, Hay-on-Wye, London. Morgen mit der Fähre nach Holyhead und weiter mit dem Zug. Ich komme durch Orte, die ich gut kenne, in denen ich oft gewesen bin. So habe ich es gern: Ich kann mich auf den Anblick des walisischen Festlands am Horizont freuen, auf das Umsteigen in Shrewsbury. Hätte ich die Reise mitorganisiert, hätte ich versucht, einen Tag fürs Besteigen des Mount Snowdon zu stehlen. Ich habe den Snowdon schon zehnmal bestiegen und würde die jährliche Wiederholung gern zur Tradition machen.

Ich liebe England, Schottland, Wales und Irland sehr. Es ist ein Gefühl, als würde ich dort – hier – hingehören, schon beim allerersten Mal, 1978. Erklären lässt sich das nicht, ich jedenfalls kann es nicht. Alles passt.

25. MAI [IRISCHE SEE] Gestern Nachmittag die Lesung – blablabla –, und dann war auch Paul da. Erst nach der Lesung wurde mir richtig klar, welche Wirkung das »*Yes for gay equality*« hat. Wir besuchten ein paar Kneipen, und alle dort waren so unglaublich froh und glücklich. Ich war bald ebenfalls froh und glücklich, weil ich auf ziemlich nüchternen Magen drei Pint Bier trank. Paul hatte am Samstagabend gar nicht auf sein Telefon geschaut, so betrunken war er. Ist dir eigentlich bewusst, fragte er immer wieder, dass du in einem historischen Moment in Irland bist? Dass du das hier aus nächster Nähe erlebst? Eigentlich hatte es ein Abendessen mit ein paar Schriftstellern geben sollen, aber als ich zehn Minuten zu spät wieder im Brooks Hotel ankam, war niemand da. Dabei war ich nur wegen dieses Essens zurückgegangen, hatte mich von netten, glücklichen Männern, darunter eine Menge *redheads*, losreißen müssen, hatte mich von Paul an der Tür verabschiedet. Und nun aß ich dort mutterseelenallein und ziemlich betrunken Ente mit Orangensoße. Während der Lesung hatte ich mich übrigens irgendwann sagen hören: »*I'm not particularly interested in my own books.*« Das war neu, so etwas hatte ich noch nie gesagt. Jetzt auf dem Weg nach Holyhead. Für meinen Geschmack sind etwas zu viele kleine Kinder an Bord der *Jonathan Swift*, und eben sprach der Kapitän von »*slight swell*«. Die Irische See ist eigentlich immer mehr als nur leicht bewegt; eine einzige ruhige Überfahrt habe ich bisher erlebt.
Im ersten Satz habe ich etwas zu schnell »blablabla« getippt.

Aus irgendeinem Grund ist eine Lesung oder ein Interview in einer Fremdsprache etwas anderes als in der eigenen. Als wäre ich dann ein anderer, nur weil ich Englisch oder Deutsch spreche. Als wäre ich ein richtiger Schriftsteller. Nicht nur anders ist es im Ausland für mich, auch besser. Deshalb sage ich diese unerwarteten Dinge; dadurch, dass ich in einer Sprache nachdenke, die nicht meine Muttersprache ist, scheine ich zu neuen Erkenntnissen zu gelangen.

[HAY-ON-WYE] Hay-on-Wye. Das liegt am Offa's Dyke Path. Vor langer Zeit bin ich eine Hälfte dieses Fernwanderwegs von Chepstow aus mit einem Freund zusammen gegangen, später dann allein die zweite Hälfte, aber vom anderen Ende her. Von Prestatyn aus, und so ging ich gewissermaßen mir selbst entgegen und in der Zeit zurück. Außerdem ist Hay-on-Wye ein Städtchen mit einer ungeheuren Dichte an alten Buchhandlungen. Oder Buchhandlungen voller alter, muffig riechender Bücher. Für viele ist es eine Art Büchermekka, aber mir liegt nicht viel an alten Büchern, für mich riechen neue Bücher viel angenehmer. Unbegreiflich finde ich, dass nicht hier sämtliche Folgen von *Inspector Barnaby* gedreht werden. Es ist ein typisch britisches (walisisches) Dorf, in dem die Leute morgens eine Zeitung kaufen gehen, nur um zu jedem fröhlich »*good morning*« sagen zu können, obwohl sie die Zeitung abonniert haben und sie schon zu Hause auf der Matte liegt. Trotz der muffig riechenden Bücher gefällt es mir hier sehr. Ich bin diesmal in einem wunderbaren B&B untergebracht, Dol-y-Gaer, habe von dem Hügel, auf dem das Haus steht, Aussicht auf Hay, und hinterm Haus gibt es einen weiteren Hügel mit Hunderten von Schafen und drei alten Eichen. Wer die Reise und die Unterbringung organisiert und bezahlt, weiß ich im Grunde gar nicht. Das Festival oder der Verlag? Zu Fuß bin ich in einer halben Stunde auf dem Festivalgelände. Angenehmes Wetter, kein Regen.

Das Schöne an Lesungen und Festivals in Irland und Großbritannien ist, dass man hier große Worte nicht scheut. In Dublin war ich »*one of the leading figures in contemporary European fiction*«. Morgen sind Per Petterson und ich »*Giants of European literature*«. Und wenn so etwas in Festivalbroschüren oder Zeitungen steht, ist es wahr. Ich kenne Per Petterson nicht persönlich, aber eines verbindet uns, weshalb wir auch im gleichen Programmteil auftreten: Wir sind die einzigen Schriftsteller, die sowohl den IMPAC als auch den Independent Foreign Fiction Prize bekommen haben.

26. MAI In der Saison 1986/87 wurde ich Mitglied des Eislaufvereins der Universität von Amsterdam, und das bin ich bis 2001 geblieben. Im Jahr 1999 oder 2000 riss bei einem fliegenden Start (bei dem man nicht aus dem Stand, sondern aus einem sehr langsamen Gleiten heraus startet) eine Sehne in meiner Leiste, und danach konnte ich nie wieder so eislaufen wie vorher. Ich konnte nicht mehr gut starten, und wenn man nicht mehr gut starten kann, wird man über fünfhundert Meter nie wieder eine gute Zeit laufen. Der Sprint war immer meine Lieblingsdisziplin. Ich glaube, dass die ungefähr anderthalb Jahrzehnte, in denen ich den Eisschnelllaufsport betrieben habe, die schönste Zeit meines Lebens gewesen sind. Trainieren, noch mehr trainieren, an Wettkämpfen teilnehmen, Marathons laufen. Ein Ziel haben. Die Technik verbessern, Mitte März fast untröstlich sein, den Winter mehr lieben als die anderen Jahreszeiten. Wenigstens gab es im Sommer Rennradwochenenden und jede Woche Waldtraining im Amsterdamer Stadtwald. Eisschnelllauf ist

ein Individualsport, aber man ist Mitglied in einem Verein, Teil einer Gruppe. In der zweiten Saison hatte ich keine Pusteln mehr und konzentrierte mich ganz aufs Eislaufen. Ich bin sehr gern durch irgendetwas mit Menschen verbunden, ob durch Sport oder Gartenarbeit oder eine andere gemeinsame Aufgabe. Aktivitäten sind der Zement zwischenmenschlicher Beziehungen. Ich entwickelte mich zum Schrittmacher, zum Witzbold, manchmal sogar Clown der Gruppe. Mit Gerbrand gab es was zu lachen. Aus heutiger Sicht war das idiotisch, weil es mich viel zu große Anstrengung kostete; es war eine Rolle, die ich nicht auf Dauer spielen konnte. Was man von mir erwartete, überforderte mich. Irgendwann habe ich aufgehört, diese Rolle zu spielen, plötzlich, während einer Trainingswoche in Collalbo. Es muss Mitte der neunziger Jahre gewesen sein. Einfach so, von einem auf den anderen Tag. Es war eine seltsame Woche, denn eine solche Verwandlung eines der Rädchen im Getriebe wird nicht ohne weiteres akzeptiert. Aber ich blieb hart, zog mich zurück. Instinktiv, es war nichts, worüber ich gründlich nachgedacht hätte. Inzwischen habe ich das Eislaufen ganz aufgegeben. Nach 2001 habe ich mich noch jahrelang als Eisschnelllauftrainer bei einer Jugendorganisation betätigt, auf der Jaap-Eden-Bahn, und hin und wieder lief ich auch einfach zum Vergnügen. Mit dem Wohnen in der Eifel lässt sich das nicht vereinbaren. Es fehlt mir nicht, und ich wundere mich über Freunde von damals, die nach wie vor eislaufen, sogar noch an Wettkämpfen im *Master Circuit* teilnehmen.

Vor drei Jahren war ich auch in Hay und hörte, dass Monty Don hier sein werde. Don ist einer meiner Helden; wenn es irgendwie geht, sehe ich seine Sendung *Gardener's World* auf BBC, und zufällig hatte ich kurz vorher ein Buch von ihm gelesen, eine Zusammenstellung seiner Kolumnen für den

Observer. Ich wollte ihm unbedingt begegnen. Im Green Room saß ich bei Stephen Fry auf dem Sofa, aber Fry interessierte mich nicht, ich wollte Monty Don. Im Programmheft sah ich, dass Monty, Stephen Fry und Ruby Wax zu dritt über das Thema Depression sprechen würden. Damals nahm ich seit gut drei Monaten Citalopram, es ging mir besser, das Mittel schlug an. Ich holte mir eine Karte für die Veranstaltung.

Doch erst kam die Begegnung mit Monty Don. Ich sah ihn hereinkommen und bat meine Begleiterin, mich ihm vorzustellen. Das tat sie, aber es wurde ein so peinliches Zusammentreffen, dass ich es am liebsten sofort vergessen hätte. Ich war dermaßen beeindruckt, als ich plötzlich diesem Star gegenüberstand, dass ich kaum wusste, was ich sagen sollte, und er ist sehr schüchtern. Ich murmelte etwas über sein Buch, er murmelte eine Antwort, ich murmelte wieder etwas, und dann musste er weg, um sich vorzubereiten. Ich hielt zusammen mit einem kanadischen Autor vor etwa fünfzig Leuten meine Lesung. Noch während der Lesung war das laute Krachen eines Feuerwerks zu hören. Anschließend ging ich zu einem Zelt, in dem mindestens zwölfhundert Menschen saßen; alle waren zu Stephen, Ruby und Monty gekommen.

Auf der Bühne geschah etwas Eigenartiges. Jedenfalls für mich. Ich sah mit eigenen Augen, hörte mit eigenen Ohren, was ich vor langer Zeit bei der erwähnten Trainingswoche in Collalbo getan hatte; anscheinend habe ich es erst in Hay vor drei Jahren verstanden. Fry und Wax und Don leiden alle drei an Depressionen. Fry und Wax sind Maulhelden geworden, Witzbolde, Aufmerksamkeitsjunkies, Don dagegen ist sehr ruhig und *humble*. Niemand sprach das aus, man sah es. Fry und Wax redeten und redeten, das Publikum lachte sich schlapp, Monty saß dabei und wartete geduldig auf sein Stichwort, falls das denn jemals kommen würde. Nach einiger Zeit wurde Stephen Fry sich der Tatsache bewusst, dass noch eine dritte Person auf der Bühne saß, er drehte sich zu Monty hin und sagte: »*Say, Don* ...« Worauf Monty ihn sehr ruhig unterbrach und entgegnete: »*My name is Monty, Stephen.*« Ich *war* Monty Don, ich hatte seinen Weg gewählt. Es hatte nichts mit dem zu tun, was sie sagten, was sie zu vermitteln versuchten. Es war das Bild: diese drei Menschen nebeneinander auf der Bühne. Zwei Maulhelden, ein in sich Gekehrter. Zwei Arten, mit einer Depression umzugehen. Nein, letztlich ist es nicht einmal ein Umgehen damit, die Frage ist eher, in welche Richtung es einen treibt, wie man es erträglich macht, vielleicht nach dem höchsten erreichbaren Maß an Zufriedenheit strebt. Meine Sympathie gehörte Monty Don, ich verstehe ihn auch am besten. Ich könnte mir vorstellen, dass Fry und Wax jeden Abend so erschöpft sind, so viel Energie verbraucht haben, dass sie nur noch wie nasse Säcke auf dem Sofa liegen können. Sich leer fühlen. Unzufrieden sind. Nach diesem Abend war ich ein noch größerer Fan von Monty Don.

Das Theaterspielen gab ich ungefähr zur gleichen Zeit auf wie das Witzboldspielen im Eisschnelllaufverein. Vielleicht empfand ich auch das Auftreten als Maulheldentum, vielleicht wurde es höchste Zeit, Zuschauer zu werden, in einem Zustand größtmöglicher Demut.

Oben habe ich das Adjektiv *humble* gebraucht, weil ich nie eine präzise Übersetzung gefunden habe. »Bescheiden« trifft es nicht ganz, das ist mir zu schwach, und »demütig« klingt für mich zu christlich, wenn ich auch gerade von Demut gesprochen habe. Ich selbst habe damals in Hay eine *humbling experience* gemacht. Zuerst vergaß man, mich vom Bahnhof

Hereford abzuholen. Ich kam schließlich nach Hay, weil eine Gruppe von Musikern mich in ihrem Kleinbus mitnahm. Salman Rushdie wurde mit einem Hubschrauber gebracht und abgeholt. Vor der Rückfahrt nach Hereford ging ich extra zum Taxischalter bei der Touristeninformation, um zu fragen, wann das Taxi bei meinem B&B vorfahren würde. Alles schien geregelt zu sein. Wenn ich mich recht entsinne, kam ich mit drei Stunden Verspätung in London an, weil man es doch wieder geschafft hatte, mich zu vergessen.

Gestern habe ich das B&B von damals wiedergefunden. Kingfisher House. Ich klingelte, weil ich so gern noch einmal den Springer Spaniel Ben sehen wollte. Ein wildfremder Mann öffnete. »*Now I'm surprised*«, sagte ich. Zwei kleine Kläffer umsprangen meine Beine. Das Haus war kein B&B mehr, Ben wohnte nicht mehr dort. In meinem jetzigen B&B lebt eine schwarze Hündin, Olive. Sie ist auch sehr lieb, eine Kreuzung zwischen Labrador und Springer Spaniel. So sollte es immer sein, keine reinen Labradore mehr.

28. MAI [LONDON]   Gestern bin ich vom St. Pancras Renaissance Hotel zur National Portrait Gallery in der Nähe des Trafalgar Square gegangen. Nicht ein einziges Mal verlaufen, eine Dreiviertelstunde war ich unterwegs. Offenbar fehlen mir die Wege mit Jasper, ich muss täglich ein wenig gehen. Nachdem ich mir ziemlich viele Porträtgemälde und Fotos angesehen hatte, war es Zeit, etwas zu essen, und ich fand ein Lokal, in dem niemand saß. Eine Wohltat in einer Stadt wie London. Ich kenne kaum eine Stadt mit mehr Menschengewimmel. Ich aß, trank zwei Gläser Weißwein und dachte, dass ich ein Foto von Jasper für Per Petterson suchen müsste. Er hatte mir nämlich am Vortag, noch in Hay,

ein Foto von seiner Katze gezeigt. Eine Art zerzauster Flokati-teppich, der noch nie gesaugt wurde, lang und breit auf einem Sessel. Ich musste Per bitten, mir zu zeigen, wo der Kopf der Katze war, und er tat das auch noch. Im Fotoalbum meines iPhones fand ich ein schönes Foto von Jasper, und plötzlich überfiel mich ganz unerwartet eine tiefe Rührung. Mein Hund. Dieser wunderschöne Hund von einer griechi-schen Insel. Beinahe stiegen mir Tränen in die Augen. Ob-wohl ich an den vergangenen Tagen oft nicht an ihn gedacht hatte, froh war, nicht immer sein Knecht sein zu müssen, Olive streichelte, als hätte ich nicht selbst einen Hund. Jas-per ist übrigens beim Babysitter in Assendelft.

Ich habe einmal »Mister Petterson« gesagt, danach war er Per. Er spricht Englisch mit einem überstarken norwegischen Akzent; obwohl sein Englisch eigentlich gut ist, versteht man ihn kaum, bei unserem Interview in Hay fragte ich mich ständig, ob das Publikum etwas von dem mitbekam, was er sagte. Ich brauchte jedenfalls einen Tag, bis ich mich einge-hört hatte. Ein lebhafter, nervöser kleiner Mann, während ich einen gelassenen, großen Norweger erwartet hatte. Nun war ich der ruhige, lange Niederländer. Befragt wurden wir von Daniel Hahn, Schriftsteller, Übersetzer und Kritiker. Ich war ihm früher schon begegnet. Er sagte mir, dass er *June* für den *Guardian* besprechen werde. So etwas finde ich selt-sam, und es bereitet mir Unbehagen. Ich lege Wert auf mög-lichst große Distanz zwischen Rezensent und Autor, bei Facebook bin ich ganz bewusst nicht oder kaum mit Kriti-kern »befreundet«.
Jedenfalls ist es ein merkwürdiges Gefühl, von jemandem in-terviewt zu werden, der in ein paar Wochen ein Buch von einem besprechen wird. Man sucht dann hinter jedem Wort ein anderes. Per und ich hörten ihn über mein Buch mindes-

tens zweimal »*most wonderful*« sagen. Daran kann ich ihn später gegebenenfalls sarkastisch erinnern. Bei dem Gespräch habe ich übrigens erfahren, dass es noch einen dritten Schriftsteller gibt, der sowohl den IMPAC als auch den IFFP bekommen hat: Orhan Pamuk.

Per und seine norwegische Lektorin Ingrid waren in einem Silo untergebracht. Darüber musste ich laut lachen, sie selbst fanden es nicht komisch, vor allem, weil es dort kein Frühstück gab. Außerdem wussten sie nicht mehr ganz genau, in welcher Richtung das Silo lag und wie weit entfernt. Sie glaubten sich an eine Brücke über einen Fluss zu erinnern. Nach dem Abendessen und einem Pint in einem Pub in Hay gingen wir zusammen in Richtung meines B&B, über die Brücke, die den Wye überspannt. Gestern hörte ich, dass sie anschließend noch eine halbe Stunde unterwegs waren. Und dass sie morgens gerade einmal eine Tasse Instantkaffee bekommen haben. Schlüssel unter dem Blumentopf neben der Tür.

Hier in London wurden wir gestern Abend in einer Buchhandlung – Luytens & Rubinstein – von einer jungen Frau indonesischer Herkunft interviewt, die reichlich nervös war. Vielleicht fünfundzwanzig Leute waren gekommen. Die Besitzerin gab mir einen Tipp für die Rhabarbermarmelade, die ich nächste Woche in der Eifel machen will: ein wenig geriebenen Ingwer hineingeben. Per und ich bekamen nichts. Kein Honorar, das wussten wir, aber ein Buch oder eine Flasche Wein oder eine reife Ananas ist doch wohl das Mindeste. Anschließend gingen wir mit den PR-Frauen vom Verlag Harvill Secker, meinem Lektor Stuart Williams und Pers Lektor Geoff Mulligan essen. Wir hatten viel Spaß. Um zwölf Uhr war ich wieder im Hotel. Einem Hotel, das ich übrigens niemandem empfehle. Es ist ein Fünf-Sterne-Hotel, aber das merkt man nur in der Halle. Das Zimmer ist einfach ein Zimmer, dessen Fenster sich nicht öffnen lassen; gestern fand ich einen unter der Tür durchgeschobenen Zettel mit der Bitte, mich möglichst bald mit meiner Kreditkarte zur Rezeption zu begeben (obwohl der Verlag alles bezahlt), und in der vergangenen Nacht hat wieder jemand einen Zettel unter der Tür durchgeschoben, diesmal mit dem Hinweis auf die Möglichkeit des »*Express Check-Out*«. Das bedeutet, dass man eine Rechnung mit zwei fiktiven Getränken aus der Minibar bekommt, diese Rechnung zusammen mit der Schlüsselkarte in einen Kasten einwirft und dann gehen kann. Die endgültige Rechnung folgt später. Und wenn man sich ins WLAN einloggt, stellt man fest, dass man dafür sieben Pfund fünfzig bezahlen muss. Bei so etwas platzt mir der Kragen. In einem Hotel, in dem ein Zimmer dreihundert bis vierhundert Pfund die Nacht kostet! Ist WLAN heute nicht so etwas wie WC oder Dusche? Es hat einfach kostenlos zu sein. Aber sogar – oder vielleicht gerade – Fünf-Sterne-Hotels lassen sich alles Mögliche einfallen, um noch über die exorbitanten Zimmerpreise hinaus an ihren Gästen zu verdienen. Gleich checke ich aus. Die U-Bahn-Station St. Pancras liegt praktisch vor der Tür, in fünf Minuten bin ich im Eurostar-Terminal. Es ist auch eine Art Wiedererleben früherer Reisen; bis Amsterdam braucht man fünf Stunden. Das nächste Mal fliege ich vielleicht doch. Per und Ingrid reisen heute nach Listowel weiter. Ich bin ein wenig neidisch, ich muss zurück nach Amsterdam.

11. JUNI [SCHWARZBACH]   »Jasper leckt«, sagte ich zu Peter. Peter aus Nimshuscheider Mühle, mit den Hunden Ben, Jule und Jack. Er schaute mich irritiert an, und ich wusste

gleich, warum. Ich habe immer noch nicht herausbekommen, welches Verb die Deutschen statt »lecken« gebrauchen, wenn es nicht um Boote oder Tanks geht. »Er ist undicht«, verdeutlichte ich der Einfachheit halber. Diesen Ausdruck kannte ich noch aus der Zeit, als es durch das nagelneue Dach über dem Schreibzimmer zu tropfen begann. »Ach«, sagte Peter. Er konnte in diesem Moment wenig Mitgefühl für Jasper aufbringen, zwei seiner Pferde hatten am Wochenende davor getötet werden müssen. Eins davon hieß Cora, das wusste ich, und deshalb empfand auch ich es als ganz schrecklich. Wenn man den Namen eines Tieres kennt, ist sein Tod noch ein bisschen trauriger. Vor ein paar Wochen, als wir hinter seiner Scheune zwischen den damals noch fünf Pferden standen, brach er bei der Erinnerung an ein anderes, schon seit Jahren totes Pferd in Tränen aus. Das war sehr rührend, ich musste ihm die Hand auf die Schulter legen. Ein weinender Mann bleibt doch etwas Besonderes.

Dann kam Kollege Anton Dautzenberg zu Besuch. Es fing sehr gut an, er brachte mir eine Flasche Dalwhinnie mit, genau den Whisky, den mir die Jungs von der Zeitschrift *Das Magazin* geben, wenn ich etwas für sie geschrieben habe. Normalerweise bekommen *Magazin*-Autoren eine Flasche Sekt, aber den mag ich nicht. Anton verliebte sich gleich unsterblich in Jasper. Zwei Tage lang konnte ich nicht mit Jasper spazieren gehen, weil Anton immer schon mit der Rollleine bereitstand; nach einem Tag schaffte er es sogar, ihm das Geschirr richtig anzulegen. Ich konnte Jasper ansehen, dass er Anton auch sehr mochte. Anton Dautzenberg kenne ich von Buchvorstellungen und vom Bücherball. Er wollte gern einmal vorbeikommen, um zu sehen, wo ich wohne. Das konnte und durfte er. Er lieh sich den Wagen seiner Freundin und fuhr über Tilburg zu mir. Ich hatte mich innerlich gewappnet, denn ich hielt ihn für einen überaus lebhaften Menschen, der unablässig redet. Diese Einschätzung erwies sich als völlig richtig, nur war er der Ansicht, ich sei derjenige, der unablässig redete, er rede nur mit.

»Spinnst du?«, fragte ich.

»Spinnst *du*?«, entgegnete er.

Wir wurden uns nicht einig und ließen es auf sich beruhen.

Anton bekam einen Anfall von Heuschnupfen. Zuerst noch harmlos, aber bald immer schlimmer. Er hatte kein Medikament dagegen. Er nieste, schniefte, rieb sich die roten Augen wund. Morgens ließ ich Jasper ins Gästezimmer, der ihn dann ab*leckte*.

Anton hat auf einem Unterarm eine beachtliche Narbe. Eine Brandwunde? Nein, er hatte dort ein großes Muttermal gehabt, das sich verfärbte und entfernt werden musste, als er zwölf oder dreizehn war. Die Ärzte verpflanzten ein Stück Haut von seiner Leiste auf den Arm. Als er etwas später Schamhaar bekam, wuchs in der einen Leiste nichts, dafür aber auf dem Arm. Anton Dautzenberg hat Schamhaar auf dem linken Unterarm. Das scheint mir doch der Erwähnung wert zu sein, deshalb schreibe ich es auf.

Wenn jemand mit dem Auto hier ist, muss ich das opportunistisch ausnutzen. Wir fuhren nach Pronsfeld zum Gartencenter Schmitz. Nichts von dem, was ich wollte – Strandgrasnelke, eine Schlaffe Palmlilie, vielleicht auch zwei –, war auf Lager. Anton schob den Einkaufswagen, das machte ihm Spaß. Ich kaufte ein paar andere Sachen und bezahlte bar, das hat man dort gern. Auf dem Rückweg machten wir bei Edeka in Waxweiler Halt. Wieder wollte Anton den Einkaufswagen schieben. Ich musste mich konzentrieren; wenn ich das nicht tue, stelle ich beim Nachhausekommen jedes Mal fest, dass etwas Wesentliches fehlt. Irgendwann hatte Anton *Donald Duck* in der Hand, kein Heft, sondern einen dicken Sammelband mit Pappumschlag. Er war neugierig auf die deutsche

Version. Neben der Kasse entdeckte er Caramac und kaufte zwei Riegel. Nach dem Einladen der Einkäufe fuhren wir nicht gleich los, sondern aßen erst jeder ein Caramac. Ich hatte nicht gewusst, dass es sie noch gibt. Beim ersten Bissen sah ich den Lebensmittelhändler in Wieringerwaard vor mir, nicht den Mann, den Laden. Alles war wieder da: wie es dort roch, wie ich samstags von meiner Mutter kurz vor dem Mittagessen noch schnell zum Laden geschickt wurde, um eine Dose Apfelmus zu holen; der breite Wassergraben mit dicken Pappeln am Ufer, das Gebimmel, wenn man die Tür öffnete, der immer leicht ranzige Geruch von etwas überlagerter Ware. Erst als wir beide unser Caramac gegessen hatten, wurde der Motor angelassen.

Am Nachmittag las Anton eine *Donald-Duck*-Geschichte. Kwik, Kwek und Kwak heißen in der deutschen Fassung Tick, Trick und Track. Nach der Lektüre war er ziemlich durcheinander, beinahe verstimmt. »Gefällt mir überhaupt nicht«, sagte er. Katrien Duck, in der deutschen Fassung wie im Original Daisy Duck, die in den niederländischen *Donald-Duck*-Geschichten immer eine starke Frau ist und Donald unter der Fuchtel hat, sei in dieser deutschen Geschichte als braves Hausmütterchen dargestellt, meinte er. Nein, das gefiel Anton überhaupt nicht.

Er mag keinen Käse und auch keine Butter. Wenn er Butter sieht, muss er sich fast übergeben. Ich briet alles in Öl und hatte statt Nudeln mit Schimmelkäse unverhofft Nudeln mit Forellenfilet zuzubereiten. Morgens trinkt er Tee, erst nach einiger Zeit verträgt er Kaffee. Er isst wenig. In meinem Gästezimmer hat er gut geschlafen. Er war schockiert, als er hörte, dass ich Nacktschnecken einsammle – immer eine Handvoll – und sie dann auf die Straße werfe, am liebsten, wenn ich ein Auto kommen höre.

Allmählich wurde mir klar, dass mit Jasper etwas nicht in

Ordnung war. Abgesehen von der Pinkelei hatte er zweimal nachts einen Haufen auf den teuren Wollteppich im Wohnzimmer gesetzt. »Dem Hund geht es wirklich nicht gut«, sagte ich zu Anton. »Könntest du uns zum Tierarzt in Bickendorf fahren?« Es war ein kalter Tag, Anton hatte sich vor dem Ofen in der Küche eingerichtet, das große blaue Taschentuch ständig in der Hand, immer heftiger niesend, schniefend, augenreibend. Ja, gern. Wir konnten um vier Uhr kommen, wir waren die Ersten.

12. JUNI [SCHWARZBACH]   Ich habe das Schreiben unterbrochen, weil ich nach Trier sollte. Dort ist das nächste Rundfunkstudio; man wollte mich für die BBC-Sendung *Open Book* interviewen. Das ist gut, denn diese Sendung hören sehr viele. Und es musste am 11. Juni sein, weil in England genau an diesem Tag *June* erschien. Ich glaube trotzdem nicht, dass es eine Lifesendung ist, und verstand deshalb nicht, warum wir das Interview nicht beispielsweise am 2. Juni aufgenommen hatten, da war ich noch in Amsterdam und hätte einfach mit dem Rad zu den Desmet-Studios fahren können. Wie dem auch sei: Es war ein Glücksfall, ich freute mich, hatte Lust auf einen Ausflug nach Trier und ein Radio-Interview auf Englisch. Kurz und gut: geduscht, Härchen gekämmt, frisches Hemd angezogen, ein paar Sachen in einen Plastikbeutel gesteckt. Gewartet. Schnell noch zu Klaus gegangen, damit er mir mit einer Pinzette eine Zecke aus der rechten Achselhöhle entfernte, das kann man unmöglich selbst machen.

Nach anderthalb Stunden Warten auf den Abholer verließ ich mit Jasper das Haus. Zu allem Überfluss stürzte er sich eine halbe Stunde später auf ein Rehkitz, das sich im hohen Gras versteckt hatte. Ich begriff zuerst gar nicht, was geschah, hörte ein herzzerreißendes Fiepen, sah dann vier Rehläufe und darüber Jasper. Ein Rehkitz schreit fast wie ein Menschenkind, es tut einem in der Seele weh. Ich zog Jasper weg, das Rehkitz sprang sofort auf und hüpfte davon. Weiter unten an einem Bach fiepte es noch einmal, und jetzt antwortete ihm die Mutter, irgendwo hinter uns, mit einem brüllenden Bellen. Rehe können bellen, das hatte ich auch nicht gewusst, bisher hatte ich diesen Laut Füchsen zugeordnet. Das Rehkitz war unverletzt. Jasper beißt nicht, jedenfalls nicht richtig. Das tut er auch nie, wenn er auf einen anderen Hund etwas zu forsch losgeht. Braver Hund. Erleichterter Knecht.

Vor langer Zeit schrieb ich, nachdem ich *Götterdämmerung* auf einer riesigen Leinwand im Oosterpark verfolgt hatte, ein kleines Gedicht, das eigentlich gut zu meiner Situation gestern passt:

Weh mir,
Weh den Zähnchen,
Weh dem Herzchen, den Händchen.
Den Öhrchen, Äuglein,
Härchen, Bärtchen,
Kniechen, Füßchen.
Weh, Popöchen, Pimmel,
Bäuchlein, Brüstlein, Rücklein.

Weh mir,
weichem Fleisch,
leerem Leib,
strebendem Köpfchen.

Dass man frisch gewaschen, nach Gentlemen Only von Givenchy duftend – hoch dosiert, damit man sich möglichst schnell an den immer noch fremden Geruch gewöhnt –, einen

Plastikbeutel mit den benötigten Sachen in der Hand, auf etwas wartet, das nicht kommt. So traurig, so einsam, so demütigend auch. So schade.

Zurück zu vorgestern: Weil ich wieder einmal viel zu früh losfahren wollte, waren wir eine Viertelstunde vor unserem Termin in Bickendorf. Um die Zeit totzuschlagen, schlenderten wir in eine Nebenstraße. Ein kleiner Junge rannte blind auf die Fahrbahn, sein Vater kam ganz ruhig hinter ihm her. Ein Vater, der wahrscheinlich die Autos zählt, die pro Tag durch seine Straße fahren. Die beiden gingen zu einer kleinen schwarzen Ziege, die in der Nähe angepflockt war. »Ziege«, sagte ich zu Anton Dautzenberg. Nun, das Wort kannte er auch, er ist in der Provinz Limburg nahe der deutschen Grenze aufgewachsen, hat als kleiner Junge deutsches Fernsehen gesehen und hatte außerdem eine deutsche Oma. Das Hündchen, das der Mann an der Leine führte, bellte Jasper aufgeregt an. »Lissy ist noch jung«, sagte er. Ich fragte ihn, ob Lissy schon Tierarzt Juncker kennengelernt habe. Natürlich, toller Tierarzt, zu dem würde er am liebsten sogar dann gehen, wenn dem Hündchen gar nichts fehle.

Vor einem Jahr war ich zum ersten Mal bei Herrn Juncker, damals hatte Jasper eine Darmentzündung. Nach der Behandlung ging es ihm wieder gut. Klaus, der uns gebracht hatte, glaubte fast, dass Jasper im Behandlungszimmer abgeschlachtet würde, so furchtbar jaulte er. Nicht wegen Spritzen oder anderer schrecklicher Dinge, sondern wegen eines Thermometers in seinem Po. Das hasst er. Auch ich halte Juncker für einen guten Tierarzt. Er dürfte auf die achtzig zugehen, hustet beängstigend, trägt immer einen sehr schmuddeligen Kittel (der Kittel der Assistentin ist blütenweiß) und lebhaft gemusterte Socken in Sandalen. Er ist klein und hat eine typische Altmännernase. »Knollig« nannte Anton diese Nase, als wir nach Hause kamen. Juncker junior versorgt das Umland, der Vater wird wohl bis zu seinem Tod in der Kleintierpraxis arbeiten, erst recht, da seine Frau vor anderthalb Jahren gestorben ist. Anders als Klaus blieb Anton nicht im Wartezimmer sitzen, natürlich nicht. Anton liebt den Hund, er wollte dabei sein, Jasper tröstende Worte zuflüstern, ihn vielleicht sogar festhalten. Sein Heuschnupfen war noch schlimmer geworden, das große blaue Taschentuch verschwand gar nicht mehr in der Hosentasche. Zunächst äußerte Juncker die Vermutung, Jaspers Inkontinenz könnte eine Komplikation bei seiner Kastration vor etwa zwei Jahren in Griechenland sein. Doch dann ging er in die Hocke und begann den Bauch abzutasten, wobei Jasper ein paarmal heftig zusammenzuckte. »Blasenentzündung!«, sagte Juncker. Und er fügte hinzu, Jasper bleibe eben ein griechischer Hund, womit er nach Antons Ansicht meinte, dass Jasper das kalte Eifeler Klima nicht verträgt, und meiner Ansicht nach, dass so ein Straßenhund eben anfälliger für bestimmte Krankheiten ist. Jasper bekam eine Spritze; erst als die Nadel in einen Muskel eindrang, jaulte er kurz auf. »Ach, du Jammerlappen«, sagte Juncker. Anschließend ging er noch einmal in die Hocke, um Medikamente aus einem niedrigen Schränkchen zu nehmen. Er bekam einen üblen Hustenanfall und erhob sich schwankend. Ich bezahlte die Behandlung (achtundfünfzig Euro) und fragte dann: »Sagen Sie mal, Herr Juncker, können Sie dem Mann da nicht auch eine Spritze gegen Heuschnupfen geben?« Anton Dautzenberg blickte erschrocken auf. Juncker antwortete, als hätte ich ihm eine ernsthafte Frage gestellt, das werde nicht gehen.

»Schade, Anton«, sagte ich.

»Ja, schade«, sagte Anton.

Am nächsten Morgen stand Anton früher auf als ich und grub auf dem noch nicht bearbeiteten Teil dessen, was die unterste Terrassen-Terrasse werden soll, die Erde ab. Als ich ihm einen Becher Tee hinstellte, hatte er schon fürchterliche Blasen. Nach dem Frühstück transportierten wir in anderthalb Stunden die Erde nach oben, hinters Haus. Er hatte gut geschlafen, wie schon in der ersten Nacht, und seinen Heuschnupfen schien er einigermaßen unter Kontrolle zu haben. Wir tranken noch einmal Kaffee, ich gab ihm ein Glas selbstgemachte Rhabarbermarmelade (die sehr gut geraten ist), und er fuhr weg. Von mir aus kann Anton Dautzenberg jeden Monat zu Besuch kommen. Jasper vermisste ihn, er war den Rest des Tages lustlos, was aber möglicherweise an der Spritze und den Medikamenten lag.

13. JUNI [SCHWARZBACH]   Band drei von Voskuils *Büro* ist endlich ausgeliefert, sah ich bei Twitter. Jetzt hoffe ich, dass der Verlag, wie von Übersetzer Gerd Busse angemahnt, die Belegexemplare hierher und nicht nach Amsterdam schickt. Ich bin nicht in Amsterdam, und eh man sich's versieht, ist so ein Paket verschwunden oder auf dem Rückweg nach Berlin. Heute Vormittag Regen. Endlich. Wie das vorige ist auch dieses Frühjahr sehr trocken. Regen ohne Gewitter. Wenn ich aus dem Fenster schaue, sehe ich dunkle Wolken, vielleicht, hoffentlich, kommen noch mehr. Mit Jasper geht es aufwärts. Die vergangene Nacht hat er völlig trocken überstanden. Heute Morgen entdeckte er, dass ich die halbe Tablette, die er jetzt noch vier Tage lang schlucken muss, in sein Fressen gemengt hatte. Napf geleert, Tablette einsam zurückgelassen. Ich drückte sie in ein Stück Käse, das er komplett hinunterschlang. Er ist ein kluges Tier. Andererseits auch strohdumm: Schon zweimal wollte er mich zu der Stelle führen,

an der er das Rehkitz gefunden hatte, als würde sich das Tierchen immer wieder dort hinlegen, um ihm eine Freude zu machen.

Weil ich die (Auto-)Biographie von Willeke Alberti nun ohnehin im Haus hatte, habe ich sie gelesen. Es fiel mir nicht ganz leicht. Mir ist klar, dass ich nicht zur eigentlichen Zielgruppe gehöre, aber das rechtfertigt meiner Ansicht nach nicht, dass Belinda Meuldijk regelmäßig völlig Unverständliches schreibt. Fußballstar Søren Lerby (Mann Nummer drei) wird irgendwann wegen Betrugsverdachts festgenommen. Meuldijk notiert Folgendes aus Willekes Mund: »Sørens Verhaftung war das Schlimmste, was ich je erlebt habe. Sie hat viele Menschen das Leben gekostet, wie viele Köpfe in wie vielen Familien sind da gerollt, bei wie vielen prominenten und nicht prominenten Niederländern?« Abgesehen von sprachlichen Unbeholfenheiten – ich kann mir beim besten Willen nicht vorstellen, dass tatsächlich irgendwelche Menschen infolge der Verhaftung von Søren Lerby ums Leben gekommen sind. Trotzdem las ich das Buch zu Ende, vor allem, weil Belinda Meuldijk hier und da ein hübsches Bonmot notiert und weil ich gern wissen wollte, ob es in Willekes Leben nach Søren Lerby noch einen Mann gegeben hat.

June ist nun also in Großbritannien und Irland erschienen. Ich bin außerordentlich gespannt auf die Besprechungen. Bis heute verstehe ich nicht ganz, was nach dem Erscheinen des Originals in den Niederlanden passiert ist. Das war 2009. Von sehr wenigen positiven Rezensionen abgesehen, wurde das Buch verrissen, ein paar Zeitungen gaben ihm gerade mal einen Stern oder Punkt. Ich erinnere mich noch genau an den Tag der Buchvorstellung. Sie fand im *Polderhuis* in Wieringerwaard statt, wo auch einige Passagen des Romans spielen. Ich habe an diesem Tag gelernt, dass man eine Buchpremiere niemals, aber auch niemals ein paar Tage nach Erscheinen veranstalten darf. Ich musste mich fröhlich und erwartungsvoll geben, obwohl es schon zwei vernichtende Kritiken in *Het Parool* und im *Noord-Hollands Dagblad* gegeben hatte. Musste gemütlich plaudernd Fleischkroketten im *Wapen van Wieringerwaard* essen, obwohl ich mich am liebsten wie ein geprügelter Hund mit eingekniffenem Schwanz davongeschlichen hätte. Ein seltsamer Automatismus kam in Gang: Es fing schlecht an, und jeder folgende Rezensent schien noch eins draufsetzen zu wollen, um nicht zurückzustehen. Jeroen Vullings fand anscheinend Spaß daran, mein Buch – und mich – möglichst lächerlich zu machen, und Daniëlle Serdijn ließ aus purem Desinteresse oder aus Boshaftigkeit den ganzen Roman auf Texel spielen, obwohl erst auf den letzten Seiten jemand dort ankommt. Es ist so verführerisch wie einfach, das mit dem überwältigenden Erfolg von *Boven is het stil* zu erklären. Oder mit dem Bild, das sich die Rezensenten von mir persönlich gemacht haben – mürrisch, abweisend, schwierig, deswegen vielleicht arrogant. Ich habe schon erwähnt, dass ich nicht lange nach dieser Buchpräsentation den Pembrokeshire Coast Path im Süden von Wales ging und ziemlich erschüttert war. Ich verstand die Welt nicht mehr. So schlecht war das Buch doch nicht. Hatte ich mir denn alle Sympathien verscherzt? Würde es sich trotzdem noch leidlich verkaufen? Ich wanderte bis zur Erschöpfung, an manchen Tagen dreißig Kilometer in brennender Sonne, erreichte stolpernd ein B&B und trank gedankenleer eine Tasse Tee mit Milch. Doch in der Nacht ging es wieder los: grübeln, wälzen, wühlen. Glücklicherweise war ich in diesen beiden Wochen nicht zu Hause in Amsterdam, wo das Buch in Stapeln auf dem Wohnzimmertisch lag; ich konnte es fast nicht ansehen, ohne dass mir übel wurde. Nach meiner Rückkehr wurden die Stapel kaum kleiner, man schenkt doch niemandem ein

Buch, das nur einen Stern wert ist. Ich empfand eine sonderbare Art Scham für den Roman, später auch Mitleid. Es ist doch seltsam, dass man wegen allzu vieler schlechter Besprechungen ein ambivalentes Verhältnis zum eigenen Werk entwickelt, dass man versucht, durch Grübelei alles wieder ins rechte Lot zu bringen, dass im Kopf ein Kampf zwischen zwei Gedanken tobt: »Es ist wohl wirklich völlig misslungen« und »Ich stehe dahinter, es ist gut«. Ein zermürbender Kampf, zumal es fast unmöglich ist, dass einer der Gedanken als Sieger daraus hervorgeht.

In den Jahren danach ist es in mehreren Sprachen erschienen. Das Schöne ist, dass in einem anderen Land das Werk einzig und allein als solches beurteilt wird. Die Person des Autors spielt ebenso wenig eine Rolle wie der vielleicht nach Ansicht mancher Leute unverdiente Erfolg eines früheren Werkes. Ich sehe noch meinen Verleger Christoph Buchwald auf einer Bank auf dem Amstelveld sitzen, vor dem Verlag, in der Hand *Die Zeit*. Er versuchte, mir eine zweiseitige Besprechung von *Juni* vorzulesen, schaffte es aber nicht, weil ihm die Tränen kamen. Eine durchdachte, lange, tiefschürfende, begeisterte Besprechung. Auch aus Dänemark und Italien kamen schöne Rezensionen. Insgesamt in einem solchen Maße positiv, dass der Verdacht, die niederländischen Verrisse hätten tatsächlich andere als literarische Gründe gehabt, sich fast nicht von der Hand weisen ließ. Ich weiß, dass man mit solchen Äußerungen vorsichtig sein muss. Im Grunde muss man immer den Mund halten; es kann sonst schnell passieren, dass man ein »schlechter Verlierer« oder ein »verkannter Schriftsteller« ist.

Gerade mailt Übersetzer David Colmer: »Sie liebt dich wieder!« Mit einem Link zu einer Besprechung in der *Irish Times*.

»Sie« ist Eileen Battersby, die eine wunderbare Rezension über *The Twin* geschrieben hatte, aber von *The Detour* nicht besonders angetan war, deshalb das »wieder« in Davids Mail. Wir haben sie 2010 kennengelernt, als sie für dieselbe Zeitung David und mich interviewte. Sie war begeistert von David, mich empfand sie als leicht mürrischen Schweiger, mit einem wettergegerbten Gesicht wie ein Seemann (schrieb sie so in der Zeitung), der lieber aus dem Fenster schaute, als zu antworten. Ein paar Zitate aus der Rezension unter dem Titel *»Stunningly humane«*:

> *»Dutch writer Gerbrand Bakker is brilliant on the complexities lurking within the apparently simple. He also has unusually astute powers of description and sees things in a way that consistently makes one look twice. In* June, *his grasp of detail is innate. [...]*
>
> *This astonishing novel not only matches the laconic genius of Bakker's debut,* The Twin *(2006; translated 2008), which won the 2010 International Dublin Literary Award, it could even surpass it. Bakker has many gifts; a precise prose style, a superb ear for dialogue, dry humour in abundance, and the ability to be profoundly moving without venturing into sentimentality. Above all (and this is vital) Bakker, it seems, only writes when he has something to say and enjoys a unique collaboration with his translator, Australian David Colmer. There is nothing forced or faked about Bakker's eerily perceptive work. His three adult novels to date send the mind racing. [...]*
>
> *It should be pointed out that* The Detour, *which was published in the Netherlands in 2010, a year after* June, *and appeared in English translation three years ago, won the British Independent Foreign Fiction Prize. It is his third novel, whereas now we have* June, *which may be his most accomplished to date.«*

Ich bin froh. So froh, dass ich aufhöre zu tippen und mit Jasper eine besonders große Runde gehen werde. Inzwischen scheint die Sonne, und die Vöglein singen, als täten sie es allein für mich. Am schönsten ist das Gefühl, dass ich etwas zurückbekomme, das zerstört zu sein schien. Jetzt, Jahre später, wird mir bestätigt, dass ich nicht verrückt war und bin. Dass dieses Buch kein »Ausrutscher« war, sondern ein wesentlicher und passender Teil meines bisher aus vier Büchern bestehenden Romanwerks.

Später erschien auch im *Irish Independent* eine schöne Besprechung.

17. JUNI [SCHWARZBACH]   Gestern Abend habe ich das erste Glühwürmchen gesehen, etwas später auch ein fliegendes Exemplar, weshalb es sich um ein Johanniswürmchen gehandelt haben muss. Da es jetzt so lange hell bleibt, gehe ich mit Jasper gern in der Dämmerung spazieren, die bis nach elf Uhr dauert. Ich hatte mir sehr gewünscht, einmal Glühwürmchen zu sehen. Sie sind Weichkäfer, bei denen je nach Art beide Geschlechter oder nur die Weibchen Leuchtorgane entwickeln und bei zwei hier heimischen Arten die Männchen Flügel. Lebendige Leuchten, die sich selbst ein- und ausschalten können. Ein magisches Schauspiel bei mir im Wald hinterm Haus. Erst hier in der Eifel habe ich welche gesehen.

Jasper bekam gestern Abend seine letzte Tablette. Er scheint wieder gesund zu sein, jedenfalls ist er nicht mehr inkontinent. Ich fragte meinen Teilzeitnachbarn Hansi nach einem Verb, das man statt »lecken« gebrauchen könnte. Ihm fiel nur »tropfen« ein, was natürlich nicht das Gleiche ist. Gestern fand Jasper einen jungen Fuchs, halb versteckt im hohen Gras am Rand einer Wiese. Er beschnüffelte ihn, sonst tat er nichts. Mir war nicht klar, warum der Fuchswelpe nicht weglief, bis ich merkte, dass er verletzt war, er konnte nicht fort. Als Jasper dann doch zu bellen anfing, zog er sich ein bisschen weiter zurück, das Hinterteil war gelähmt. Vielleicht hatte ihn die Mähmaschine des Bauern erwischt, der kurz zuvor die Wiese gemäht hatte, vielleicht ein Auto. Die Fähe war weggelaufen, als wir uns näherten. Herrgott noch mal, dachte ich, das hat mir gerade noch gefehlt. Wir gingen unsere Runde zu Ende, und erst bei der Abendessenrunde dachte ich wieder an den Fuchswelpen. Wir überquerten die Nims und fanden ihn; wieder rannte die Fähe bei unserem Eintreffen davon. Der kleine Fuchs lag noch an derselben Stelle; als Jasper sich näherte, fauchte er schwach. Mich schaute er mit seinen braunen Äuglein an, die er manchmal zusammenkniff, und verhielt sich nicht aggressiv. Ich ging zu Dachdecker Rudi und Christa, um zu fragen, was ich tun sollte. Ich hätte mir denken können, dass es hier keinen Tierrettungsdienst gibt, so etwas ist typisch für (Groß-)Städte. Christa rief den Jagdaufseher von Nimshuscheid an, der sie und mich an den Jagdaufseher von Feuerscheid verwies, weil der Fuchswelpe auf der Feuerscheider Seite der L5 lag. Später rief ich den Bürgermeister an, um ihn zu fragen, wer der Jagdaufseher ist. Es war niemand zu Hause, ich hinterließ eine Nachricht mit meiner Telefonnummer. Der Bürgermeister – Harold Kinnen – hat noch nicht zurückgerufen. Es geht mir natürlich darum, den Fuchswelpen von seinem Leiden zu erlösen. Das kann ich nicht selbst tun. Wie? Ihm mit einem Vorschlaghammer den Schädel einschlagen, während er mich mit diesen braunen Äuglein anschaut? Ihn in einem Karton nach Hause mitzunehmen ist auch keine Lösung. Dann muss ich mich um ein halb gelähmtes Füchslein kümmern, aus dem ein halb gelähmter Fuchs wird.

Vorgestern bei Altbürgermeister Ernst Görgen einen Anhänger mit Klinkern vollgeladen. Görgen half sogar mit, wenn auch nicht allzu eifrig, zusammen mit seinem Sohn Olaf. Irgendwann sagte ich: »Das müsste jetzt aber reichen.« Ernst und Olaf glauben, dass es noch nicht reicht. Wir werden sehen. Nachdem wir die Klinker auf meinem Grundstück wieder abgeladen hatten, bekamen die beiden ein Glas selbstgemachten Apfelsaft, außerdem gab ich jedem zwei Bücher und ein Glas Rhabarbermarmelade. Das sei alles nicht nötig, meinte Ernst. »Kann sein«, sagte ich, »ich möchte es aber gern.« Ein Anhänger voll Klinker umsonst, da finde ich »Danke schön« nicht genug. Gestern habe ich das erste Stück Terrasse gepflastert, und das ist nicht einfach, weil die Steine unterschiedlich groß sind. Heute wieder ein Stückchen, und morgen und übermorgen. Nicht zu eilig, es darf alles nicht zu schnell fertig werden, immer soll etwas liegen bleiben. In gewisser Hinsicht wie beim Schreiben eines Romans: nie am Ende eines Schreibvormittags zu einem glatten Abschluss kommen; lieber ein paar Fäden lose lassen, um am nächsten Tag dort anzuknüpfen. Jahrelang bin ich bei Lesungen nach Gemeinsamkeiten zwischen dem Gärtnern und dem Schreiben gefragt worden. Viel mehr, als dass man im eigenen Text »nach Herzenslust jäten, schneiden und sägen« könne, fiel mir nie ein. In Zukunft könnte ich noch hinzufügen, was ich hier über das Liegenlassen geschrieben habe. Es darf bezweifelt werden, dass man mir eine solche Frage auch gestellt hätte, wäre ich Fliesenleger oder Eigentümer eines Unterwäschegeschäfts gewesen. Offensichtlich hat das Gärtnern für viele Menschen eine metaphorische Bedeutung.

18. JUNI [SCHWARZBACH]   Weil sich einfach nichts tat, wollte ich noch einmal nach dem Fuchswelpen sehen. Peter folgte mir auf dem Rad, Hund Ben lief nebenher. Der Welpe war nicht mehr da; in der Mulde lag ein wenig Kot. Auch in der unmittelbaren Umgebung war er nicht, weshalb ich zu Peter sagte, wir sollten annehmen, dass doch noch alles ein gutes Ende gefunden habe. Darauf erzählte er mir ein paar Gräuelgeschichten von angefahrenen Hirschen, die auf zwei-einhalb Beinen in den Wald gehumpelt waren und erst an-derthalb Tage später abgeschossen wurden. »Das Fell an dem halben Bein war bis oben hin abgestreift.« Jasper schnüffelte ein bisschen herum, als wollte er nicht glauben, dass ein Tier, das dort gelegen hatte, jetzt nicht mehr da sein könnte. Peter und Ben trollten sich, Peter schob sein Rad. Als ich mich noch einmal umdrehte, schnäuzte er lautstark die Nase in sein T-Shirt. Ein Fall für sich, dieser Mann. Abends rief der Bürgermeister an. Diesmal nahm ich nicht ab, weil ich drau-ßen war. Er hinterließ eine Mailbox-Nachricht, aber die höre ich nie ab, sondern rufe gleich zurück. Ich sagte ihm, die Sa-che habe sich von selbst erledigt. Er sagte noch dies und das, ich ebenfalls, es war ein seltsames Gespräch, als könne er es einfach nicht beenden. Vielleicht sollte ich doch seine Nach-richt abhören, möglicherweise hat er irgendetwas gesagt oder gefragt, worauf er eine Antwort erwartete. »Bis dann«, sagte er schließlich. So etwas erlebt man mit dem Bürgermeister von Amsterdam bestimmt nie. Nun ja, da braucht man auch nur die Tierrettung anzurufen, und schon steht sie vor der Tür.

Inzwischen gab es auch im *Independent* eine sehr gute Bespre-chung von *June*. »*Bakker's novel sends reverberations into its characters' future, even as their past haunts them. It makes for a splendid, illuminating reading.*« Dazu ein schönes Foto von Königin Juliana und Prinz Bernhard. Den Pro- und Epilog aus Julianas Perspektive bezeichnet der Rezensent als »*audacious*«. Es ist gar nicht selbstverständlich, in irischen oder britischen Zeitungen besprochen zu werden. Im englischen Sprachgebiet wird viel weniger übersetzt (in den Vereinigten Staaten macht übersetzte Literatur anscheinend nur drei Prozent des gesamten Bücherangebots aus, und in England wird es wohl nicht viel mehr sein), und so nimmt die einheimische Literatur im Feuilleton den meisten Raum ein. Wir sind deshalb alle zufrieden: Lektor Stuart Williams, David Colmer und ich.

21. JUNI [SCHWARZBACH]   Heute habe ich noch einmal fünf Gläser Rhabarbermarmelade eingekocht, war eine Stunde mit Jasper im strömenden Regen unterwegs – das war sehr angenehm, ich ging weiter, bis ich keinen trockenen Faden mehr am Leib hatte –, schrieb eine Webkolumne für den *Groene Amsterdammer* ...

Lektionen in Lyme

»Mensch, das sieht aus, als hätte Jasper zwei After«, dachte ich, als ich meinen Hund mit erhobenem Hinterbein an einen Strauch pinkeln sah. Bei näherer Inspektion stellte ich fest, dass unter seinem Schwanz eine Zecke saß. Eine, die sich komplett mit Blut vollgesaugt hatte. Ich wollte sie entfernen, aber das lässt Jasper sich nicht ohne weiteres gefallen, er hat ein sehr sensibles Hinterteil. Als wir mit unserer Runde fertig waren, war die Zecke weg, vermutlich ist sie abgefallen, als Jasper Kot herausgedrückt hat. Es ist wieder die Jahreszeit, einen Teil des Tages verbringe ich mit dem Entfernen von Zecken. Bei meinem Hund und mir selbst. Im Augenblick gibt es an meinem Körper ungefähr zehn Stellen, die ich auf eventuelle rote Kreise oder runde Flecken hin beobachten muss. Das ist ziemlich

anstrengend. Bei mir sind Zecken auch schwierig zu entfernen: Nie habe ich eine dieser grauen, vollgesogenen, die sich kaum noch halten können. Nein, die Zecken sind dieses Jahr klein. Nicht einmal meinen in Dänemark extra erworbenen tægefjerner kann ich ansetzen – eine Art Design-Bankkarte aus hartem Kunststoff mit eng zulaufenden Aussparungen –, so klein sind sie. Weshalb ich einfach eine Pinzette nehme. Regelmäßig bleibt der Kopf stecken, was oft zu einer Entzündung führt. Letzte Woche hatte ich rings um einen ehemaligen Zeckenfutterplatz kurze Zeit einen roten Fleck. Kurze Zeit – soll man dann zum Hausarzt gehen und sich für einen Monat Antibiotika verschreiben lassen? Oder nimmt man an, dass es nur eine Entzündungsreaktion war?

Zecken sind Parasiten vom Stamm der Gliederfüßer. Ich finde, sie sehen Filzläusen sehr ähnlich, obwohl die in meiner Erinnerung (wer hat heute noch Sackratten?) rotbraun sind. Zecken sind pechschwarz und, wenn sie sich vollgesaugt haben, metallisch grau. Ein Parasit ist ein Organismus, der sich auf Kosten eines anderen, bei dem er sich einnistet (dem Wirt), erhält und vermehrt. Bei einer Zecke findet auf dem Wirt allerdings keine Vermehrung statt, diesem sogenannten Ektoparasiten geht es nur um Nahrung. Die Vorstellung, dass Zecken sich von Bäumen auf Menschen und Tiere fallen lassen, ist übrigens kompletter Unsinn. Stattdessen – und das weiß ich aus eigener Erfahrung – halten sie sich, auf Gräsern und niedrigen Büschen lauernd, an vorbeistreifenden Knöcheln oder Waden fest. Sie erkennen den Wirt an Stoffen wie Kohlendioxid, und der Temperaturunterschied sagt ihnen, dass sie »gelandet« sind. Eigentlich würde ich gern einmal ein Experiment ausführen und eine Zecke so lange stecken lassen, bis sie kugelrund ist und von selbst abfällt. Nur ist das nicht ganz ungefährlich. Schon dreimal habe ich mich mit Antibiotika behandeln lassen müssen, weil mich eine »böse« Zecke erwischt *hatte. Das Schlimme an einer »bösen« Zecke ist, dass sie von Borrelia-Bakterien befallen ist. Die können die Lyme-Borreliose auslösen, und wenn man einmal Borreliose gehabt hat, das ist das zweite Problem, können die Erreger im Körper bleiben. Deshalb kann es passieren, dass man sich wegen im Blut nachgewiesener »alter« Bakterien einer Antibiotikabehandlung unterziehen muss. Es kommt noch hinzu, dass die Lyme-Symptome sehr diffus sind und fast jeder Mensch anders reagiert. Bei mehr als fünfzig Prozent der Infizierten tritt eine Spontanheilung ein, gleich oder nach vielen Jahren.*

Auch Jasper kann an Lyme-Borreliose erkranken, und bei einem Hund oder jedem anderen Tier gilt ebenfalls: Je früher eine Zecke entfernt wird, desto geringer die Wahrscheinlichkeit einer Infektion. Das Problem ist natürlich, dass Jasper es mir nicht sagen kann, wenn er Gelenkschmerzen oder Fieber hat. Und noch etwas Unerfreuliches: Oft ist einem gar nicht klar, dass man eine Zecke am Rücken oder in der Leiste oder am Hodensack hat. Es juckt, man kratzt, es juckt noch mehr, man kratzt wieder. Erst nach einer Weile entdeckt man ein hartes kleines Ding, und dieses harte kleine Ding erweist sich dann als Zecke, die bis dahin vielleicht wegen des vielen Gekratzes längst ihren »Magen«-Inhalt von sich gegeben hat. Vor einem Jahr fand ich mich plötzlich im Krankenhaus von Bitburg wieder, zwischen Herrn Bier und Herrn Olm. Ich hatte anderthalb Tage lang ein seltsames Fieber gehabt und war sehr müde. Am folgenden Tag konnte ich kaum gehen, weil eins meiner Knie fürchterlich schmerzte. Mir fiel einfach nicht ein, woran das liegen könnte. Am dritten Tag fühlte ich mich wieder gut, allerdings ging mir plötzlich eine Szene mit Klaus durch den Kopf. Ich mit erhobenem Arm, Klaus, der mir mit einer Pinzette eine Zecke aus der Achsel pult, die Zunge zwischen den Lippen. Das Ergebnis war nicht ganz befriedigend, die Stelle entzündete sich. Das lag etwa zwei Wochen zurück. Garten-

kumpel Han war in der Eifel, und Gartenkumpel Han hat ein Auto und wollte am Abend wieder weg. »Lass uns doch kurz zur Ambulanz im Krankenhaus fahren«, sagte ich. Das macht man hier, wenn man keinen Hausarzt hat. Eine Stunde später hatte man mir schon eine Infusion gelegt, über meinem Kopf hing an einem Ständer die Flasche mit der Antibiotikalösung. Ich wurde nicht einmal gefragt, ich musste bleiben. »Das geht nicht«, rief ich. »Ich habe einen Hund! Ich kann nicht einfach hierbleiben!« »Sie sind sehr krank, Herr Bakker«, wurde mir gesagt. Ich fühlte mich pudelwohl. Mein lieber Gartenkumpel Han blieb in der Eifel, um auf Jasper aufzupassen. An mir wurden allerlei Tests durchgeführt.

Die Nacht war schrecklich. Herr Behr war nicht so schlimm, er hatte nur schweren Durchfall und war ansonsten sehr ruhig, aber Herr Ulm hatte einen Herzinfarkt gehabt. Er konnte nur »Uuuhh« sagen und zerrte sich einmal pro Stunde sämtliche Schläuche aus dem Körper. Nein, ich lüge, er konnte auch »Warum?« fragen. Mit flehendem Blick, eine Ansammlung von Schläuchen in der Hand. Ich musste mich die ganze Zeit um ihn kümmern, weil in neun von zehn Fällen niemand kam, wenn man auf den Klingelknopf drückte. »Bleiben Sie bitte ruhig, Herr Ulm«, sagte ich immer wieder. »Wollen Sie etwas trinken?« Dann sagte er »Uuuhhh«, und ich goss ihm ein Glas Apfelsaft ein. Um sechs Uhr morgens bekam ich eine zweite Flasche Antibiotikalösung, von einem erschütternd hübschen Arzt mit iranischem Akzent, der mir um halb vier schon mitgeteilt hatte, das Ergebnis eines Tests (welches, konnte ich nicht verstehen) sei negativ. Was mir nicht weiterhalf, denn abgesehen davon, dass ich nicht wusste, um was es ging, kann negativ positiv bedeuten. Dies war der eine von zehn Fällen, in dem Herrn Ulm geholfen wurde. Der hübsche Arzt war stinkwütend, weil er mitten in der Nacht unappetitliche Arbeiten erledigen musste, obwohl das natürlich Aufgabe der Kranken-

schwestern war. Es war alles so fürchterlich, dass ich mich am nächsten Mittag selbst entließ, nach Unterzeichnung einer vorgedruckten Erklärung, in der stand, dass die Klinik jede Verantwortung ablehne. Ich hätte nämlich bleiben müssen, bis die Ergebnisse aller Tests vorlagen, was bis zu vier Tage dauern konnte.

Aus den später meinem Amsterdamer Hausarzt zugeschickten Testergebnissen ging hervor, dass ich die Borrelia-Bakterie im Körper hatte. Tja, nun war die da aber schon längst. Was genau mit mir los gewesen ist, werde ich also nie erfahren. Ich sage mir, dass es ein sehr akuter Lyme-Anfall war, der mit zwei Flaschen Antibiotika-Infusion unterdrückt werden konnte. Das ist Deutschland: Hier ist man äußerst wachsam, was Lyme angeht, man greift sofort ein und untersucht. Ich weiß auch, dass Lyme-Patienten in dieses Land kommen, um gut behandelt zu werden, oder sogar, um endlich die Bestätigung zu erhalten, dass sie – wie sie schon vermuteten – Lyme haben. Es scheint eine Menge niederländischer Hausärzte zu geben, die mit dieser Krankheit reichlich lax umgehen. Sie rechnen nicht mit Lyme, oder – noch schlimmer – sie glauben nicht so recht daran, weil die Symptome zu diffus und vielfältig sind.

… und stapelte alle Klinker, die beim Pflastern übrig geblieben sind, sorgfältig auf. Und das am Sonntag, einem Tag, an dem man hier keinen Lärm zu machen hat. Die Terrasse ist also fertig, Ernst und Sohn Olaf haben sich geirrt: Es waren mehr als genug Klinker. Und genau die richtige Menge Sand. Alles kam gut hin, das ist auch etwas Erfreuliches. Ich habe mir nur ein einziges Mal auf den linken Zeigefinger geschlagen.

22. JUNI [SCHWARZBACH]   Es kommen also englische und irische Besprechungen von *June*, aber aus Italien keine einzige von *La Deviazione*, das dort gerade erschienen ist. Doch das interessiert mich nicht. Weil mich der dortige Verlag nicht interessiert. Mein neuer Verlag in Italien ist Einaudi, zuerst war es Iperborea. Ich habe starke Vorbehalte gegen Italiener, gegen die Mentalität und die anscheinend in diesem Land herrschenden Umgangsformen. Mit Iperborea hatte es kleinere Differenzen gegeben, die mich aber immerhin dazu brachten, sofort zuzustimmen, als Einaudi *De omweg* haben wollte. Bei Cossee fand man das heikel, aber ich sagte: »Ihr könnt die Schuld ruhig auf mich schieben, ich hab genug von den unsympathischen Leuten bei Iperborea.« Einaudi hat nun *La Deviazione* ohne weitere Rücksprache mit mir herausgebracht. Eine einzige Mail habe ich bekommen, eine Woche vor dem Erscheinen, mit der Frage, ob ich eventuell für Interviews zur Verfügung stünde. Ich habe mit »Ja« geantwortet, und nur dank dieser Mail wusste ich überhaupt, dass mein Buch herauskam. Kein Wort vom Verleger oder Lektor, zum Beispiel »Schön, Ihr Buch im Programm zu haben« oder »Wir werden für dieses Buch tun, was wir können, weil wir es sehr gut finden«. Völliges Desinteresse. Auch von der Übersetzerin kein Lebenszeichen, anscheinend hatte sie keine einzige Frage. So etwas macht mich immer ein wenig misstrauisch. Im vergangenen Oktober war noch von einem Literaturfestival die Rede, zu dem ich eingeladen werden sollte. Nichts mehr davon gehört. Dann verzichte ich lieber darauf, dass ein Buch von mir in einer anderen Sprache erscheint, dann ist mir der Gedanke sogar unangenehm, so sehr, dass ich mich wie ein Esel benehme – ein Esel, der sein Hinterteil gegen die Futterkrippe drückt – und wie die Italiener selbst völlig desinteressiert bin, was das weitere Schicksal des Buches angeht. Als wäre es das eines anderen. Deren Sache,

was daraus wird. Reichlich autodestruktiv, aber das kenne ich ja von mir. Nein, Italiener und ich, ich fürchte, daraus wird nichts mehr.

Harvill Secker ist ein großartiger, engagierter Verlag. Wie Suhrkamp in Deutschland, Gyldendal in Dänemark, Scribe in Australien, Rayo Verde in Spanien und Gallimard in Frankreich. Mit diesen Leuten habe ich Kontakt, esse mit ihnen, korrespondiere mit ihnen, tausche mich mit ihnen aus, in diese Länder fahre ich zu Lesungen oder Buchvorstellungen. Ist das nicht möglich, interessiert mich die Sache nicht, wenn ich auch darauf bestehe, zwei Belegexemplare zu bekommen, die ich ins Regal stellen kann. Aber aus einigen Ländern habe ich nie etwas gehört. Kein Wort vom Übersetzer, keine einzige weitergeleitete Rezension, nichts. Dann gebt das Buch gar nicht erst heraus. Was hat man davon? Ich jedenfalls habe keine Freude daran. »Ja, aber Einaudi ist ein sehr anspruchsvoller, großer Verlag, der jedes Jahr viele Bücher herausbringt«, bekommt man dann zu hören. Na und?, denke ich. Sollen sie doch etwas weniger Bücher herausbringen und etwas mehr in den Kontakt mit den Autoren investieren.

Die Gleichgültigkeit meinerseits kann übrigens leicht in ein sehr hartnäckiges Verfolgen des jeweiligen Verlags umschlagen. Rayo Verde hat den argentinischen Verlag Bajo la Luna *Todo está tranquilo arriba* in Lizenz herausbringen lassen. Ich glaube zu wissen, dass Laura Huerga, die spanische Verlegerin, dafür nie einen Cent bekommen hat, und ich habe noch nie ein argentinisches Exemplar in der Hand gehabt. Gesehen schon, im Internet, und für mich gehört der Umschlag zu den schönsten aller Umschläge der Übersetzungen von *Boven is het stil*. Dieses Buch möchte ich – zweifach – für mein Bücherregal haben. Ich habe den Argentiniern ein paar Mails geschickt. Keinerlei Reaktion. Irgendwann stellte ich fest, dass der Verlag bei Twitter ist, und twitterte von da an ziemlich regelmäßig, dass ich nun gern einmal ein Exemplar sehen würde. Immerhin bin ich der Autor des Buches, da habe ich doch wohl einen Anspruch darauf?! Keinerlei Reaktion. Rasend vor ohnmächtiger Wut kann ich dann werden. Ich hasse diesen Verlag. Komplett vergeudete Wut und dadurch auch Energie, aber ich kann es nicht ändern. Zwei lausige Exemplare! Schickt mir die! Scheiß-Argentinier. Vielleicht sind Argentinier ja eine andere Art von Italienern. Meine Freundin Andrea Kluitmann mahnte zur Ruhe und sagte, es sei vielleicht einfacher, einen Freund von ihr, ebenfalls Übersetzer, zwei Exemplare für mich kaufen zu lassen, wenn er wieder einmal in sein Herkunftsland fliege. »Gern«, sagte ich, aber jetzt beim Schreiben flackert die ohnmächtige Wut doch wieder auf. Ohnmächtige Wut ist furchtbar, Wut über Dinge, über die andere leicht sagen: »Reg dich nicht so auf, nimm's, wie es kommt, du kannst doch nichts dran ändern.« Gerade deshalb explodiere ich: *weil* ich nichts dran ändern kann.

Eben hat Jasper das dritte seiner persönlichen *Big Three* erwischt: ein Eichhörnchen. Die beiden anderen hatte er ja schon in den vergangenen zwei Wochen gehabt. Es saß mitten auf dem Weg, lief oder sprang nicht weg. Ich vermute, es war krank. Ich hatte das Eichhörnchen für ein Stück Holz angesehen, weshalb Jasper sich darauf stürzen konnte, bevor ich begriff, was los war. Ich zog ihn weg, wie neulich von dem Rehkitz; das Tierchen lag auf dem Bauch, die vier Beine flach auf dem Boden, vor allem die Händchen sehr menschlich. »Nein«, sagte ich immer wieder. »Nein.« Schnüffeln ja, sonst nichts. Wir ließen das Eichhörnchen in Ruhe. Immer noch Regen, wieder triefnass nach Hause gekommen.
Zwei Öfen brennen, in der Küche und im Schreibzimmer. Draußen sind es dreizehn Grad.

Am 17. Juni sollte ich ans Glasfaserkabel angeschlossen werden. Ein Bengel mit kahlgeschorenem Kopf, Tablet und Schraubenzieher kam, blickte in das Loch in der neuen Mauer, aus dem ein Dutzend haarfeiner Kupferdrähte herausschaute, und pfiff durch die Zähne. Aha. Ich hatte doch gewusst, dass etwas nicht klappen würde. Beim Vertragsabschluss im Telekom-Laden in Bitburg hatte ich extra darauf hingewiesen, dass ich keinen Festnetzanschluss habe, aber schon eine Art Kabel. Der junge Mann, der mich bediente, blickte genau wie Carol Beer in *Little Britain* fast ausschließlich auf seinen Monitor, nur dass kein »*Computer says no*« kam, seiner sagte Ja. Alles in Ordnung, ich bräuchte weiter nichts zu tun. Und dann tauchte dieser Bengel auf, praktisch ohne Werkzeug. »Sie haben keinen Telefonanschluss«, sagte er. Ich versuchte, meinen Ärger zu unterdrücken, aber tief seufzen musste ich. Nach einer Weile fand er heraus, dass mein Telefonanschluss aus irgendeinem Grund bei Klaus im Haus ist. Er könne nichts machen, es werde jemand kommen, um die Sache in Ordnung zu bringen. Kein schnelles Internet also. Während Jasper und ich mit dem Eichhörnchen beschäftigt waren, kamen sie. Glücklicherweise ist Klaus stets hilfsbereit in der Nähe. Das Problem ist noch nicht behoben: Das Dutzend Kupferdrähtchen ist kaum noch als Telefonkabel zu bezeichnen. Deshalb muss gegraben und ein neues Stück Kabel mit dem noch intakten Stück, irgendwo unter der Erde, verbunden werden. Ein Glück, dass ich nicht zu Hause war. Auch das ist Deutschland, vielleicht typisch Eifel: ohne vorherige Terminvereinbarung kommen. Und wenn dann niemand zu Hause ist: Pech gehabt.

24. JUNI [SCHWARZBACH] Wie alt kann der Knirps auf dem Foto sein? Drei? Vier? Ein von Oma Bakker gestrickter Pullover – ich war noch viel zu jung, um sie so zu ärgern, dass sie den Pullover aufräufeln und für einen meiner Brüder neu stricken musste. Kuhmist auf der hölzernen Trennwand, staubtrockener Mist. Auch im Stroh dürfte Mist gewesen, der Pullover also kurz darauf gewaschen worden sein. Es gibt ein Foto, auf dessen Rückseite das Alter vermerkt ist. »Gerbrand, 7 Jahre« steht dort in der Handschrift ebendieser Oma Bakker. Es ist eins von fünf Fotos in ovalen Kitschrähmchen, an einer Kette übereinander an der Wand aufgehängt. Unter mir meine Schwester Alice und darunter Bruder Ariën. Vielleicht das letzte Foto, das von ihm gemacht wurde. Meine jüngsten Brü-

der, Cees-Jan und Jeroen, waren noch nicht geboren. Die Fotoserie hängt bei meinen Eltern im Schlafzimmer. Wenn mein Vater, wie ich annehme, das oben abgebildete Foto gemacht hat, dürfte er gedacht haben: Der Junge wird kein Bauer. Dieser Gedanke wird ihn nicht traurig gestimmt, sondern eher erleichtert haben. Ich hatte ja zwei ältere Brüder, Jan und Piet, und einer würde den Betrieb übernehmen können. Das tat dann nicht der älteste, der hatte nicht das geringste Interesse an Schafen, Kühen und Heumachen.

Letzten Sonntag musste ich ans Heumachen denken, als ich die Klinker aufstapelte und der Stapel umzukippen drohte. Niemals ist ein Stapel Heu, den ich gestapelt hatte, vom Wagen gekippt. Nie. Ich war der Stapler, die anderen wuchteten die Ballen hoch, sogar wenn ich Bauern in der Umgebung half, stapelte meistens ich. »Altmodisch!«, rief ich dem alten Herrn Meyers aus der Bergstraße zu, als ich auf der Wiese neben seinem Haus kleine Ballen liegen sah. »Stimmt!«, antwortete er. Heutzutage gibt's nichts mehr zu stapeln.

Morgens, schon bevor mein Vater aufstand, um zu melken, war ich unten in der Küche, auch mitten im Winter. Das harte Neonlicht schaltete ich nicht ein. Ich drehte den Ölofen hoch und legte den Hebel des Gebläses um. Die Fußknöchel gekreuzt, saß ich dann vor dem Ofen und starrte in die Flammen, während warme Luft an meinem Leib entlang aufwärts strömte. Ich glaube nicht, dass ich an etwas dachte. Die dunkle Küche, warme Luft, das Summen des Ofens. Ich war allein, die anderen schliefen noch, vermutlich wollte ich allein sein, nicht immer nur Teil einer reichlich lauten Ansammlung von Geschwistern plus Eltern. Einen Hund gab es noch nicht, oder es gab ihn schon und er blieb in seinem Korb liegen, was ich mir aber nicht vorstellen kann. Wenn dann mein Vater aufstand und hinter mir zur Außentür der Küche ging, sagte er nie etwas. Ich kann mich auch nicht erinnern, dass er jemals mit der Hand kurz meinen Kopf berührt hätte. Das war nicht schlimm, überhaupt nicht. Gerade dieses stille Vorbeigehen, als hätten wir eine Art Bund, war vertraut und beruhigend. Er ließ mich allein. Worte hätten auch nicht zu diesem Moment gepasst, manchmal ist ein Schweigen nicht dazu da, unterbrochen zu werden.

Cees Bakker, Aris Appel, Albert (Ab) Kaan und Jan Vijzelaar. Die Kartenrunde. Ich nehme an, dass sie einmal im Monat bei uns zusammenkam, die übrigen drei Male bei den anderen. Aris Appel wohnte in Lutjewinkel, Jan Vijzelaar in Wieringen, Ab Kaan in Wieringerwaard. Meiner Erinnerung nach rauchte mindestens einer von ihnen Zigarren. Sie saßen an dem hohen Tisch im Wohnzimmer, dem Tisch, der sonst nur zu Weihnachten in Gebrauch war, einem unmöglichen antiken Tisch mit geschweiften Kanten, die Platte war geformt wie ein altmodisches Deckenornament, nicht schön rund oder rechteckig oder quadratisch. Sie spielten und sprachen und lachten. Manchmal schlug einer hart mit der flachen Hand auf den Tisch, Jan Vijzelaar konnte das sehr gut, auch mein Vater. Mein Vater konnte außerdem mit der flachen Hand knallend auf die Lehne seines Sessels schlagen, wenn beim Fußball ein Tor geschossen wurde oder eben nicht. Sahen er und meine Brüder Fußball, schaute ich mit, obwohl es mich kaum interessierte. Ich wartete gespannt auf Eckstöße, weil ich schnell heraushatte, dass die immer gefährlich waren; fast jedes Mal schlug mein Vater ein paar Sekunden später auf die Sessellehne. Plötzlich ein solcher Gewaltausbruch. Ich freute mich sehr, wenn die Kartenrunde bei uns zusammenkam. Ich erlebte nur das Hereinkommen, das Hinsetzen und noch kurz den Spielbeginn. Dann musste ich zu Bett. Im Bett versuchte ich, möglichst lange wach zu bleiben, um von unten das Gebrumm mit gelegentlichen Lautstärkespitzen hören zu können. Das gab mir ein Gefühl der Geborgenheit. Trotzdem spürte ich gleichzeitig Angst. Wegen der Wörter, die sie gebrauchten. Wörter, die ich nicht kannte. Ein anderes Kind hätte vielleicht einfach versucht herauszubekommen, was sie bedeuteten, mich erfasste Angst, weil ich wusste, dass ich all diese Wörter nie würde lernen können. Dass ich nie einen so großen Wortschatz haben würde. In gewissem Sinne hat sich das sogar bewahrheitet. Oft hat Jahre später ein Redakteur von Subtitling International in Rot auf die Ausdrucke meiner Untertitel geschrieben: »Warum hier nicht …« (dieses oder jenes Wort)? Tja, sagte ich dann, weil es mir nicht einfällt. Sehr viele Wörter gehören nicht zu meinem aktiven Wortschatz. Ich kenne sie natürlich und weiß, was sie bedeuten, aber sie kommen nicht an die Oberfläche. Ich vermute, dass für meine Bücher das Gleiche gilt: Auch darin finden sich sehr viele Wörter deshalb nicht, weil ich sie nicht parat habe.

Die Kartenrunde löste sich auf, weil Aris Appel weit wegzog oder weil mein Vater überarbeitet war oder weil Ab Kaan starb. Das weiß ich nicht mehr so genau.

Jedes Jahr fuhren wir für eine Woche in Urlaub. Und sogar diese eine Woche hielt mein Vater kaum aus. Wir machten es uns schön, ob in Holten oder Schin op Geul, aber für ihn war es kein Vergnügen. Er konnte eigentlich nicht von seinen Tieren weg, vertraute dem Knecht oder der Betriebshilfe nicht ganz. Ich fand es wunderbar an diesen »weit entfernten« Orten. Es gab dort keine Wassergräben; keine Wassergräben, das bedeutete Ferien. Nur selten zog mein Vater einmal eine Badehose an. Eine einzige kenne ich von ihm, eine große dunkelblaue, die er getragen haben wird, bis sie vor Altersschwäche zerfiel, danach hat er, soweit ich weiß, keine Bade-

hose mehr besessen. Nie habe ich ihn beim Schwimmen erlebt. Ich sehe ihn auf einem Gartenstuhl auf der Terrasse
vor einem Ferienhaus sitzen, den *Telegraaf* in der Hand. Er
war anwesend und nicht anwesend zugleich, blieb am Rand
des Familienlebens, vielleicht am Rand des Lebens überhaupt.
Bis zu einem gewissen Punkt schien er alles ertragen zu können, und er bemühte sich, diesen Punkt nicht zu erreichen.
Dreimal habe ich ihn weinen sehen. Das erste Mal am Ess-
tisch kurz nach der Beerdigung meines kleinen Bruders. Ich erinnere mich dunkel, dass meine Mutter »tröste ihn mal« sagte und ich ihm den Arm um die Schultern legte. Nicht ganz
einfach für einen Siebenjährigen, der Arm dürfte kaum lang
genug gewesen sein. Das zweite Mal, als seine Mutter gestorben war. Die ganze Familie war im Haus der (Groß-)Eltern
versammelt. Irgendwann kommt der Moment, in dem der
Bestatter sagt, jetzt sei die letzte Gelegenheit, sich zu verab-
schieden. Mein Vater stand plötzlich laut schluchzend auf
und verschwand im Schlafzimmer, wo sie aufgebahrt war.
»Plötzlich laut schluchzend«, daran erinnere ich mich noch
sehr deutlich: ein Ausbruch, fast ein Sich-Übergeben, eine
Art peristaltische Bewegung, wie aus dem Nichts. Das letzte
Mal in einer Folge von *Benali Boekt*, der Literaturfernsehsen-
dung von Schriftstellerkollege Abdelkader Benali. Vor etwa
einem Jahr war *Boven is het stil* das Thema, und auch meine
Eltern wurden interviewt und gefilmt. Ich durfte nicht dabei
sein. »Du wirst dich über deinen Vater wundern«, warnte
mich meine Mutter nach den Aufnahmen. Als ich die Folge
sah, wusste ich, warum. Er sagt Abdelkader Benali, ihm und
seiner Frau sei nie klar gewesen, dass Ariëns Tod einen so tiefen Eindruck auf mich gemacht, dass er mich so beschäftigt
habe. In diesem Moment bricht es wieder aus ihm heraus, ein
trockenes Aufschluchzen, die Kamera schwenkt zu meiner
Mutter, die schräg hinter ihm am Küchentisch sitzt. Sie

knüpft nahtlos an seine Worte an. Beinahe professionell, sachlich.

Dieses Überarbeitetsein war eine merkwürdige Phase, die etwa anderthalb Jahre dauerte. Ich wohnte noch zu Hause, es wird Ende der siebziger oder Anfang der achtziger Jahre gewesen sein. Damals gab es viel Streit zwischen ihm und meiner Mutter, obwohl sie sich sonst nie gestritten hatten. Er zog sich aus allem zurück, war nicht mehr Sekretär der Jagdgenossenschaft, trank jeden Abend ein Glas Pleegzuster Bloedwijn, wurde dicklich. Tat aber weiter seine Arbeit. Stand früh auf, molk die Kühe, mechanisch. Neulich haben wir noch darüber gesprochen, auch mit meiner Mutter und meiner Schwester, weil dieser Zustand zurückzukehren schien und meine Mutter ständig »Das geht schon wieder vorbei« sagte. Wenn meine Mutter »Das geht schon wieder vorbei« sagt, kann das nur bedeuten, dass sie nicht oder kaum darüber reden, dass meine Mutter ihn jedenfalls nicht fragt, was ihm fehlt. In einem Punkt wurden wir uns mehr oder weniger einig: Was vor dreieinhalb Jahrzehnten Überarbeitung genannt wurde, könnte sehr gut eine Depression gewesen sein. Weil ich auf dem Umschlag des *Volkskrant Magazine* mit dem Text »Therapie ist toll« abgebildet war und aus diesem Anlass mit meinen Eltern über meine Depression gesprochen hatte, war die Hemmschwelle niedriger geworden, so dass wir auch über ihn reden konnten. Ich gab ihm ein noch halb volles Fläschchen Johanniskrauttabletten, die ich übrig behalten hatte. Er nahm sie. Es ging vorbei. Nie weiß man, ob es wirklich dank der Tabletten vorbeigeht oder ganz einfach durchs Aussitzen. Wenn mein Vater tatsächlich depressiv veranlagt ist, scheint auch er für sich die ruhige »Monty-Don-Variante« gewählt zu haben, als die am besten zu ihm passende. Wie ich sucht er Sicherheit und Schutz. Beide wollen wir einen

Zaun um unseren Garten, wollen Klarheit und Übersichtlichkeit, Abgrenzung. Er hält sich oft in der Garage auf, wo
er alles Mögliche zusammenbastelt, sägt und leimt und la-
ckiert, immer mit eingeschaltetem Radio, vielleicht um bestimmte Gedanken zu übertönen, wie ich es jahrelang getan
habe. Wenn ich irgendwo etwas anstrich, ob innen oder außen, bei Metzger Louw in Barsingerhorn oder bei jemand anderem, brauchte ich ein Radio. Stille konnte ich nicht ertragen,
in der Stille ging etwas mit mir durch. Ich musste beschwichtigt werden, *etwas* musste beschwichtigt werden.

27. JUNI [SCHWARZBACH]   »Falls du deinen Chef suchst,
der rennt da bei Max rum«, rief Teilzeitnachbar Hansi. Seit
ich ihm erzählt habe, dass er – ohne sich dessen bewusst zu
sein – einen möglichen Titel für dieses Buch ersonnen hat,
spielt er gern darauf an. Weshalb er sich sogar regelmäßig ver-
tut und mich über seinen Zaun hinweg mit »Jasper« an-
spricht.

Gestern dachte ich, ich würde sterben, dabei war ich nur in
den Wald gegangen, um ein paar junge Fichten zu klauen. Im
Grunde kann man es kaum Stehlen nennen, nie nehme ich
ein angepflanztes Exemplar mit, aber ich spreche von Klauen,
weil Klaus das so witzig findet. Genau wie mein Wort »Häpperchen« für Bagger oder »Schmecklich« für Guten Appetit.
Fast die Hälfte von dem, was in meinem Garten steht, habe
ich aus der Natur. Junge Fichten, Wald-Ziest, Magerwiesen-
Margeriten, Lupinen, Roter Holunder, Roter Fingerhut,
Waldveilchen, Buschwindröschen und Besenginster. Ich hatte – zum Teil aus Faulheit – in der neuen Terrasse ein Qua-
drat Erde ausgespart. Da muss noch etwas hinein, obwohl ich
gar nichts dagegen habe, die Erde lange schwarz zu lassen,

die Fertigstellung hinauszuzögern. Oberhalb des Gemüsegartens plane ich schon seit einiger Zeit eine kleine Fichtenplantage; den Anblick einer Gruppe junger Fichten liebe ich sehr.

Jasper und ich brachen mit einem Rucksack und einem großen Einkaufsbeutel auf. Der Form halber tat ich so, als würden wir eine Runde spazieren gehen, ich sah aber nur die Stelle vor mir, an der die meisten Bäumchen stehen. Eine junge Fichte bekommt man ganz leicht aus der Erde, dafür braucht man nicht einmal einen Spaten. Man rüttelt und zieht ein bisschen, und schwupp, schon hat man sie, samt einem feinen Wurzelballen. Ich band den Hund an einen Baum. Als ich einige beisammen hatte, wollte ich noch ein paar ganz kleine. Ich zog und wurde sofort von einer Wespe gestochen, was ich allerdings erst nicht merkte, dann von weiteren Wespen. Ein Nest im Boden. Und ich mittendrin. Ich rannte weg, zum Glück verfolgten sie mich nicht. Ich drehte mich um. Ein Einkaufsbeutel voll junger Fichten, ein kleinerer Plastikbeutel neben dem schwarzen Rucksack, ein Hund, der von alldem nichts mitbekommt, weil er nach Mäusen gräbt. Ich glaube, ich habe mehr Angst vor der Angst vor einem anaphylaktischen Schock als vor dem anaphylaktischen Schock selbst. Wie dem auch sei, ich hatte gleich ein Gefühl der Beklemmung. In Amsterdam habe ich mir einmal bei einem Arzt Tabletten holen müssen, weil der gestochene Arm schon doppelt so dick war wie normal. Aber Jasper hing noch an dem Baum fest, und meine Fichten lagen noch auf der Erde. Zuerst raffte ich Rucksack und Beutel zusammen, dann machte ich Jasper los. Er wollte nicht mit, weil er seine Maus noch nicht erwischt hatte. Ihn hatte keine einzige Wespe gestochen. Unterwegs saugte ich einen Stich an meinem Arm aus und bildete mir ein, das Gift auf der Zunge spüren zu können, einen eiskalten, säuerlichen Strahl.

Als wir nach Hause kamen, war ich immer noch nicht tot. Ich habe einmal gehört, dass man innerhalb einer Viertelstunde ersticken kann. Um den Schreck zu überwinden, ging ich zu meiner Nachbarin Frau Trappen, bei der schon Teilzeitnachbarin Sigrun und ihr Bruder Rainer waren. Sie aßen draußen. »Ach, die armen Wespen!«, rief Sigrun. Ich starrte sie fassungslos an. »Arme Wespen?«, fragte ich. »Und was ist mit mir?« Ich trank zwei Gläser Apfelwein. Frau Trappen fragte nicht weniger als fünf Mal, wo der »Wauwau« sei. Rainer war der Einzige, den mein Pech interessierte. Einreiben mit einer Zwiebel und dann eiskalte Tücher drumwickeln, riet er mir. »Wo ist denn dein Wauwau?«, fragte Frau Trappen zum sechsten Mal. Zwischendurch sprach sie aber auch weise Worte, »Eichen muss man weichen, Buchen muss man suchen«, als wir über ein möglicherweise heraufziehendes Gewitter redeten. Ich ging nach Hause, rieb die Stiche mit Zwiebeln ein und wickelte um die Stelle mit dem schlimmsten – anscheinend gibt es da Unterschiede: Haben Wespen nicht immer genug Zeit, ihr ganzes Gift einzuspritzen, oder können sie mehrmals hintereinander stechen, wobei die Giftdosis immer geringer wird? – ein Handtuch mit Eiswürfeln. Anschließend wurden die jungen Fichten eingetopft. Ein schöner Anblick. Um mir etwas Gutes zu gönnen, lud ich mich zu Kalbssteak in Weißwein mit saurer Sahne und Salbei ein.

Um halb elf gingen Jasper und ich durch Nimshuscheider Mühle und den Hügel hinauf. Noch nie habe ich so viele Glühwürmchen gesehen. Oben angekommen, blieb Jasper stehen und betrachtete verwundert das viele Licht. Hunderte waren es, im Gebüsch und im hohen Gras. Sie *geben* kein Licht, sie *sind* Licht. Wenn der Hund so dasteht, mäuschenstill, ruhig, neugierig, habe ich ihn so lieb, dass ich ihn fressen könnte. Von den Wespenstichen spürte ich nichts mehr, und die Schwellung um den schlimmsten herum war fast ganz zurückgegangen. Dieser Rainer ist ein patenter Kerl. »Mit dem gewinnt man den Krieg«, würde meine Mutter sagen; im Hinblick darauf, in welchem Land ich wohne, wäre das allerdings eine etwas fragwürdige Äußerung.

Das große Loch ist gegraben, das Kabel gefunden. Am Tag darauf kam ein Mann, der das Kabel mit einem neuen Stück verlängerte und an der Wand im Hauswirtschaftsraum ein Kästchen anbrachte. Jetzt hatte ich ein Kästchen mit einem Kabel, aber immer noch keinen Telefonanschluss, ich meine eine dieser Steckdosen, in die man ein Telefonanschlusskabel einstöpselt. Am nächsten Tag funktionierte bei niemandem das Telefon. Das liege dann wohl an der neuen Kabelverbindung bei mir, meinte Klaus, da müsse Feuchtigkeit hineingekommen sein, ich dürfe das Loch auf keinen Fall wieder zubuddeln lassen. Ein Irrtum, wie sich später zeigte, die Ursache des Übels befand sich weiter weg an der Straße. Wiederum einen Tag später kamen die beiden Männer mit ihrem »Häpperchen« und baggerten das Loch zu. Als sie damit fertig waren, fragte ich, ob sie für mich vielleicht dort, wo das eiserne Tor hinsoll, zwei Löcher ausheben könnten. Das taten sie, und ich gab jedem zwanzig Euro. Ich finde es schrecklich, Leuten Geld für etwas zu geben, was sie für mich tun, ich schäme mich dafür. In diese beiden neuen Löcher wird Beton gegossen, und in den Beton kommen die Pfosten für das Tor. Hätte ich sie selbst graben müssen, wäre ich mit meiner Spitzhacke stundenlang beschäftigt gewesen. Aber: immer noch kein superschnelles Glasfaserkabelinternet. Bis jetzt sind alle und alles gekommen, ohne dass ich irgendwo hätte anrufen müssen, und eine Weile halte ich es noch so aus. Das Wichtigste, was ich zu mailen habe, ist die Kolumne für *Trouw*, aber die hat ab 4. Juli Sommerpause, und die letzte habe ich schon abgeliefert.

Wir haben das Eichhörnchen wiedergefunden. Es lag zwei Meter neben dem Weg, auf dem Rücken, die Händchen vor der Brust gekreuzt. Mausetot. Jasper beschnüffelte es uninteressiert. Ein totes Tier, nein, damit kann man nichts erleben.

Ansonsten weiß ich nicht so recht, wie es mir geht. Jedenfalls nicht so, dass ich in aller Herrgottsfrühe aus dem Bett springe. *June* ist für die *Financial Times* ein »*recommended read*«, eines der Bücher, die man in diesem Sommer lesen sollte. »*Tender and compassionate*« findet der Rezensent das Buch. Das ist schön. Dann wissen die Briten, was sie lesen sollen. Natürlich weiß ich, wie es mir geht, ich möchte nur nicht schreiben, dass ich mich mies fühle. Schweigen, dann ist es nicht wirklich.

28. JUNI [SCHWARZBACH]   Was ich hier über die Depression schreibe, schreibe ich weniger, um es mir selbst zu erklären oder um Erkenntnisse über meine bisherigen Bücher zu gewinnen und eventuell zu vermitteln oder um Menschen, die mich einfach nicht verstehen, dahin zu bekommen, dass sie mich verstehen. Was mich fassungslos macht, ist das Unsichtbare der Depression. Dass Verhalten und Haltung eines Menschen oft nichts davon verraten. Dass Menschen einen so täuschen können; dass es eine Welt für eine einzelne Person gibt, an der kein anderer teilhat. Das gilt für andere, aber genauso für mich: dass ich in einer Welt lebe, an der kein anderer teilhat. In gewisser Weise trifft das natürlich auf jeden Menschen zu; der Depressive hat kein Monopol darauf. Der

Unterschied zu »frohen« Menschen ist, dass sie sich nicht rechtfertigen müssen, oder besser gesagt, dass sie sich nicht dazu berufen fühlen, alles mit sich allein auszumachen. Niemals ist man deckungsgleich mit einem anderen, auch nicht in der Liebe: Letztendlich ist man immer allein und wird einen anderen nie wirklich verstehen und ergründen. Ich glaube, das ist einer der Gründe, weshalb ich nonverbale Kommunikation sehr schätze: Dabei kommt man einem mitfühlenden Verstehen oder Erkennen wenigstens ein ganzes Stück näher als durch Sprache. Vielleicht ist das eine Antwort auf die oft gestellte Frage von Lesern, warum ich Tiere so liebe. Mit einem Tier kann man ausschließlich nonverbal kommunizieren.

Die Ungenauigkeit, die Klischees, die Unfähigkeit von Wörtern, Gefühle einzufangen. »Aber warum bist du denn so trübsinnig? Alles läuft doch gut, du hast Erfolg, du hast Geld.« Trübsinnig? Ich bin gar nicht trübsinnig! Ich bin wütend, rasend manchmal, ich bin nichts, versuche, nichts zu sein, ich schneide stundenlang Unkraut mit einer Rasenschere, ich bin allein, ich bin ein Zwei-Gläser-Weißwein-Trinker.

Leonard. Alter Freund, großer Freund. Er war auch buchstäblich groß, lang und schwer. In einem Schwimmbecken war Leonard sehr schön. Wenn er mit diesem großen Leib durchs Wasser glitt, erinnerte er an ein Walross: auf dem Land unbeholfen und plump, im Wasser gewandt, schnell und anmutig. Mit Leonard konnte ich lachen, sehr laut lachen. Vielleicht – aus heutiger Sicht, alles immer aus heutiger Sicht –, weil wir gleich waren. Lachen über nichts, das ist das beste Lachen. Gott sei Dank erzählte er keine Witze, damit kann ich nichts anfangen, ich selbst erzähle auch nie welche. Niederländisch hatte er studiert, an der Freien Universität. Eine

Stelle beim Amt für Studienbeihilfe bekommen, deshalb nach Groningen umgezogen. Heirat, zwei Söhne, Reiheneckhaus mit Garten davor und dahinter, den ich hin und wieder gepflegt habe. Wir spielten Theater, wir gingen schwimmen, und irgendwann hatten wir zusammen mit Marit einen Lyrikzirkel. Zu dritt übersetzten wir englische und amerikanische Dichter. Alle drei dasselbe Gedicht, und dann vergleichen und viel Rotwein trinken und Cocktailnüsse essen. Nach einer Weile wurden wir frecher, begannen selbst Gedichte zu schreiben. Marit und ich hatten viel Freude an Leonards Gedichten. Er wagte es, Dinge wie »Schuld sprühte ihm aus sämtlichen Poren« zu schreiben. Außerdem kamen in fast all seinen Gedichten Eck-, Schneide- und Backenzähne vor. Er hatte eigentlich Zahnarzt werden wollen, das Studium aber schon nach einem Jahr abgebrochen. Immer betrachtete er Zähne, er war besessen von Zähnen. Leonard war katholisch, ich bin mir nur nicht sicher, ob er es von Geburt an war. Enorm katholisch. Gerard Reve war sein großer Held. Ich wusste sofort, dass Leonard schwul war. Er selbst war sich darüber nicht ganz im Klaren. Vielleicht wollte er es nicht wissen. Jedenfalls ging er, ob bewusst oder unbewusst, dagegen an, deshalb Heirat, Haus, Kinder. Ich vermisste ihn furchtbar, nachdem er nach Groningen gezogen war. Wir sahen uns aber noch regelmäßig, oft übernachtete ich in seinem Haus. Er spielte weiter Theater. Ich habe ihn in einer Freiluft-Aufführung von Esther Gerritsens *Gras* gesehen, im Mai 2007. Darüber schrieb ich in meinem Blog: *Letztes Wochenende zwei sehr schöne Wörter gelernt. Campingbuße und Flatterfummel. Das erste Wort fiel am Samstagabend und kommt in* Gras *von Esther Gerritsen vor. Es bedeutet: »Geldbuße, die wegen Verstößen gegen Campingregeln verhängt wird«. Das zweite Wort fiel Samstagnacht und stammt von einem Darsteller in dem erwähnten Stück, er gebrauchte es für Kleidung, die korpu-*

lente Frauen tragen müssen, weil »normale« Kleidung einfach nicht passt. »Geschirrtuchartige Klamotten«, präzisierte er. »Und Schals.« Campingbuße hörte ich in Uithuizen, das liegt bei Doodstil, und Godlinze ist auch nicht weit. Während der Vorstellung, auf einem Campingplatz, flogen zwei Enten über uns hinweg, ein schöner Mann drückte sich in sehr ablenkender Weise bei seinem Zelt herum, und zwei Männer kamen ostentativ kurz vor Schluss aufs Gelände geradelt, denn ihnen stand nicht der Sinn nach Theater, und so hatten sie sich vorher demonstrativ davongemacht, auf den Rädern nämlich. Außerdem gab es dort zwei liebe große Pferde und ein tückisches Shetlandpony und eine schwarze Katze, vom Campingplatzverwalter »Zwartje« genannt, was aus dem Mund eines Brockens von Mann mit Schaufelhänden und Groninger Akzent ganz sonderbar klang.

Der Wind legte sich während der Aufführung, und aus dem ordentlich gemähten Gras stieg Kälte auf. Pferdedecken waren ausgelegt, Frösche lärmten, entweder balzten sie oder paarten sich schon. Es war wahrhaftig wie im Sommer. Am Sonntag war auch in Garnwerd Sommer, das liegt am Reitdiep. Dort gab es sehr viele tückische Shetlandponys, die Kinder abwarfen. Der bereits erwähnte Darsteller legte sich in der Vorortsiedlung rücklings auf die Straße, um eine Zigarette zu rauchen, obwohl es seine Kinder waren, die von den Shetlandponys herunterpurzelten, auf der anderen Seite des Deichs. Ein Hund kam, um zu sehen, was er da machte, biss oder bellte aber nicht, es war auch ein sehr schöner English Setter, ein edles Tier.

Vor allem dieses Sich-auf-den-Rücken-Legen, mitten auf der Straße, das war Leonard. Mit Hunden konnte er nicht viel anfangen, wahrscheinlich hat er das Tier kaum angeschaut. Einfach daliegen, rauchen, die kleinen Söhne vergessen. Er schlug oder trat mich oft. Am liebsten verpasste er mir einen Schlag mit der flachen Hand schräg aufwärts gegen den Hinterkopf. Ich schlug oder trat ihn nie. Er konnte plötzlich laut brüllen oder bellend lachen, so unerwartet, dass jeder vor Schreck zusammenzuckte. Man hätte all das für Tourette-Symptome halten können. Er war ein unkonventioneller Vater, seine Frau war diejenige, die auf Erziehung Wert legte. Er rauchte fertige Zigaretten. Und die ganze Zeit gärte etwas in ihm. Bei mir dagegen gärte zu jener Zeit nicht viel, ich ließ mich bereitwillig vom Erfolg von *Boven is het stil* fortreißen. Ich *wurde* zu diesem Erfolg, lief mit stolzgeschwellter Brust herum, hungerte nach Preisen, nach Beachtung. Wir lachten, wir rauchten, wir tranken und gingen spät schlafen.

Am 8. November des gleichen Jahres hatte ich eine Lesung in Roden. Leonard war inzwischen in Therapie – und dann wieder nicht –, er nahm Tabletten – aber manchmal auch wieder nicht –, und er hatte schon einen Psychiater gefragt, ob er nicht Elektroschocks bekommen könnte. Er fühlte sich beschissen. Er sprach darüber – und dann wieder nicht. Aber immer mit einem Lächeln, in lockerem Ton. Er war schwul, das wusste er jetzt, er wollte mit mir gewisse Kneipen in Amsterdam besuchen, ich sollte ihn sozusagen an die Hand nehmen. »Kommt nicht in Frage«, sagte ich. »Ich gehe selbst nie in solche Kneipen. Allein schon der Gedanke.« Er erzählte von einer Verabredung in Amsterdam mit einem Jungen, einem schwarzen Jungen. »Er hatte sehr schöne Zähne«, sagte er. Ansonsten sei alles ziemlich verwirrend und enttäuschend gewesen. Er hatte sich in ein Leben verstrickt, das ihm nun fremd erschien, seine Söhne wurden älter, er stand bei Fußballspielen an der Seitenlinie und sah größere Jungen auf einem Platz weiter hinten spielen. Ich wusste all das, vergaß es aber auch wieder. So ist das.

Er kam mit nach Roden. Natürlich war es anders: Ich wurde von ihm mitgenommen, Leonard fuhr. Vor der Lesung aßen wir zusammen in einem Restaurant im Dorf. Zwei Tage später schrieb ich in meinem Blog nur über die Lesung. Über Lesungstypisches, über die frechen Bemerkungen, die ich wieder von manchen Frauen zu hören bekam, über meine schlagfertigen oder weniger schlagfertigen Antworten. Es war ein Text, über den Autoren mit längerer Erfahrung im Literaturzirkus vermutlich nur mitleidig gestöhnt hätten, so wie ich heute ähnliches Geblöke von Debütanten nicht ohne Ärger lesen kann. Ich weiß, unverträglich, wie Klassenlehrer van Dijk schon in meinem Grundschulzeugnis vermerkt hatte, aber so bin ich nun mal. Erst zweieinhalb Jahre später – wie bei mir üblich – schrieb ich über das eigentliche Geschehen an jenem Abend. 3. Mai 2010: *Heute hat ein toter Freund Geburtstag. Heute vor zwei Jahren und knapp sechs Monaten haben wir zum letzten Mal zusammen gegessen, in Roden. Ich hatte dort eine Lesung, er brachte mich von Groningen aus hin. Daran, was ich aß, kann ich mich beim besten Willen nicht erinnern, er aß zum ersten Mal im Leben Ente. Wir tranken Rotwein. Er erzählte beiläufig, er sei neulich von einem Nachbarn gestört worden, er habe in der Garage gehangen, als es klingelte. Trotz allem habe er dann doch die Tür geöffnet und an den Tagen danach einen Rollkragenpullover tragen müssen. Währenddessen verschwand die Ente in seinem Magen und in meinem etwas anderes. Wir tranken noch etwas Wein. Beim Nachtisch wusste ich auf einmal, was ich sagen sollte. Ob er vergessen habe, den Hocker wegzutreten. Richtig, er habe den Hocker nicht weggetreten. Außerdem ließ er mich noch wissen, dass die Ente für seinen Geschmack trocken gewesen sei, eigentlich viel weniger lecker, als er erwartet habe. Kurz vor der Lesung trat er mich dann doch, vielleicht trat er mich weg, da bin ich mir nicht sicher. Er machte das öfter, ich empfand es als Ausdruck von Liebe und – manchmal – Ohnmacht. Später, in der Nacht, wieder in Groningen, leerten wir eine Flasche roten Portwein, und wir lachten und redeten und gingen sehr spät schlafen. Immer noch vergeht kaum eine Woche, in der ich nicht daran denke, wie ich in diesem Restaurant in Roden gesessen habe. Ich vermute inzwischen, dass es nichts geändert hätte, wäre ich ernsthaft und tiefschürfend auf seinen Bericht eingegangen. Trotz der Tatsache, dass er zwei Wochen danach genau das Gleiche wieder tat, nur dass er den Hocker nun wegtrat und niemandem die Tür öffnete. Heute ist sein Geburtstag, er wäre wie ich achtundvierzig Jahre alt geworden. Sein Name ist Leonard.*

Bei diesem Essen hatte ich ihm ein Buch empfohlen. *Der wunderbare Massenselbstmord* von Arto Paasilinna. Am 16. November schickte er mir eine SMS dazu: »Der wunderbare Massenselbstmord ist kein nettes Buch, aber ich habe doch lachen müssen.« Ich antwortete: »Jetzt schon aus? Das ist schnell. Na also, Lachen ist immer gut …« Knapp zwei Wochen später rief seine Frau mich an. Sie sagte nur: »Er hat es getan.« Als hätten alle darauf gewartet. Ich nicht. Sie ja, sie hatte ihn natürlich jahrelang Tag und Nacht erlebt, sie wusste viel besser als ich, was mit ihm los war. Besser, aber nie ganz genau. Auch sie, seine Frau, konnte nie mit ihm deckungsgleich werden.

Ich fuhr nach Groningen, ich glaubte es nicht. Mariska Boerema (die Frau von Sjoerd, dem Mann, der den besten niederländischen Roman aller Zeiten schreiben wird) begleitete mich, ich wollte nicht allein hin und wagte es nicht. Leonard war nicht zu Hause aufgebahrt, sondern in einer schrecklichen Trauerhalle des Sterbeversicherungs- und Bestattungsunternehmens Yarden. Was Leonards Frau empfand, war – gut nachvollziehbar – eine eigentümliche Mischung aus Wut und Trauer, deshalb dieser kleine Raum mit Backsteinwänden, weit vom Haus entfernt, weit von der Garage, die keine Garage mehr war, sondern ein Tatort. Und wirklich, da lag er, die Finger schon schwarz, am Hals trotz Schminkbemühungen ein Streifen. Er war wirklich tot. Auf der Trauerkarte stand: ER KONNTE NICHT MEHR. Eine sehr schöne Umschreibung, finde ich. Kurz, aber erschöpfend. Zuerst habe ich noch manches Mal gedacht: Hättest du doch abgewartet, Junge. Wer weiß, ob sich nicht alles noch ganz anders hätte entwickeln können. Später dachte ich das nicht mehr. Erst ungefähr ein Jahr nach seinem Tod habe ich sein Grab gesucht und gefunden. Außer Familienangehörigen durfte niemand an der Beerdigung teilnehmen. Nicht einmal ich. Das machte mich wütend. Möglicherweise hegte Leonards Frau den Verdacht, ich hätte ihn in die Homosexuellenszene hineingezogen, so wie es Trijntje, der Frau von Gartenkumpel Han, merklich schwerfällt, mir nicht die Schuld zu geben, wenn er bei mir wieder zu rauchen anfängt. Gartenkumpel Han hat das Rauchen nämlich aufgegeben. Denkbar auch, dass Leonards Frau sich einfach für ein Begräbnis im engsten Kreis entschieden hatte und keine Ausnahmen machen konnte oder wollte, auch nicht, nachdem ich an ihrem Küchentisch ganz sachlich gesagt hatte, dass ich gern dabei sein wollte. Als ich zum Friedhof ging, war Winter, Schnee lag auf seinem Grab. Der Grabstein ist furchtbar hässlich.

Ich habe diese Sache liegenlassen, Leonards Selbstmord. Darin bin ich sehr gut, irgendwie schaffe ich es, solche Dinge auszusperren, sie fast zu vergessen. Im Dezember 2012 rief Mariska mich an – ich war hier, ganz mit meinem Neuerwerb beschäftigt, mit Streichen und Umbauen –, um mir zu sagen, dass Jeroen Willems auf der Bühne des Theaters Carré tot zusammengebrochen war. Ich konnte nicht darauf eingehen, hatte nur mein neues Haus im Kopf, der Holzofen brannte, Gartenkumpel Han trank am Küchentisch Doppelkorn. Es kann sein, dass ich ganz kühl »Ach ja?« gesagt habe.

»Mein Gott, was bist du doch für ein Autist!«, rief Mariska in Haarlem.

Meine unmittelbare Reaktion habe ich am 2. Dezember 2007 in meinem Blog festgehalten. Ich bat den Webmaster – Eislauffreund Richard de Waard –, die Kommentarfunktion zu deaktivieren, denn ich schreibe solche Dinge nicht, um eine Lawine von Mitleid und warmen, lieben Worten auszulösen: *Heute Vormittag war ich am Strand. Hohe Wellen und sehr viele Hunde, die sich gegenseitig am Hinterteil beschnüffelten. Meine Eltern, mein deutscher Bruder und drei Neffen waren auch da. Das Meer und der Horizont waren grau und sehr leer. Nein, nicht leer, eher weit weg sozusagen. Es fing an zu regnen, und wir fuhren zurück, überall an der Landstraße standen Pferde, die Kruppe dem Wind und Regen zugewandt. Ich erwischte noch den 12:50-Uhr-Zug, weil er erst um 12:56 Uhr abfuhr. Ich verspürte den starken Wunsch, endlich nach Hause zu fahren. In den vergangenen Tagen konnte nichts meine emotionale Straßensperre wegräumen. Nicht einmal die alte Frau, die, weil sie offenbar schlecht zu Fuß war, schon eine Dreiviertelstunde vor Beginn der Aufführung des* Deutschen Requiems *als einziges Chormitglied auf der Bühne Platz genommen hatte. Mutterseelenallein saß sie in einem Meer von Stühlen und blickte glücklich in die mehr als vollbesetzte Kirche. So etwas bricht sonst meistens meinen Widerstand. Sie trug eine dicke Brille und »bequeme« Schuhe, ihre Hände ruhten still in ihrem Schoß. Das Requiem selbst (bombastisch und großsprecherisch) berührte mich ebenso wenig. Ein paar Stunden vorher hatte nicht einmal der Anblick meines toten Freundes es geschafft, mich in die Knie zu zwingen. Dabei hatte ich wirklich lange und genau hingesehen. Das Requiem nahm, wenn auch völlig ungeplant, einen passenden Platz zwischen dem Nicht-in-die-Knie-Gehen und dem wirklichen Abschiednehmen einen Tag später ein.*

Heute Vormittag also war ich am Strand. Ich war so froh dar-
über, meine Eltern bei mir zu haben, froh, dass es sie gibt, dass
sie noch leben. Meine Mutter rannte sogar hinter dem Ball mei-
ner drei Neffen her. Mein Vater fand einen vom Salzwasser an-
gefressenen Bauhelm. All die fröhlichen Hunde am Strand, und
wir sahen zwei Knutts, sahen andere Leute, die sich ebenfalls
»mal durchpusten« ließen, die Pferde mit der Kruppe zum Wind
und Regen hin. Ich zweifle sehr an mir selbst, an anderen Din-
gen aber auch.

Warum gehe ich nicht in die Knie? Ich grüble und grüble, das
gehört offenbar zum Errichten einer emotionalen Straßensperre,
ich habe also über sehr vieles nachgedacht. Im Zug dachte ich
weiter nach. Dieser Freund hat mich manchmal getreten. Vor
drei Wochen trat er mich zum letzten Mal, das wunderte mich
nicht, denn es kam öfter vor, dass er keine Worte fand, wenn ich
etwas sagte, das ihm nicht gefiel. Und mir kam der Gedanke,
dass seine Tat, in diesem Licht betrachtet, eine Art metaphori-
sches und sehr definitives Treten ist.

(Weil ich es nicht fertigbrachte, in dem Haus in Groningen
zu schlafen, übernachtete ich zwischen dem letzten Besuch
und dem Trauergottesdienst in Leeuwarden, bei der Freundin von der Agogischen Akademie. Sie sang damals im Ko-
ninklijk Toonkunstkoor Concordia.)

Ich habe eine Theorie. Psychologen und Psychiater werden
mich bestimmt tüchtig auslachen. Sie lautet, dass es grob gesagt zwei Arten von Depressiven gibt. Die Ängstlichen und
die Ich-leg-mich-ins-Bett-und-steh-nie-wieder-auf-Depres-
siven. Die Ängstlichen leiden öfter an allerlei »Begleiterscheinungen« wie Zwangsgedanken, Phobien und noch viel mehr.
Sie wollen von dieser *Angst* befreit sein, sie wollen keine Zwangsgedanken haben, sie wollen nicht immer leise gegen ein unsichtbares Etwas kämpfen müssen. Selbstmord ist für sie eine

vage Idee, die nur für andere eine Bedeutung besitzt, oder vielleicht eine Tat, die beim bloßen Gedanken daran noch mehr Angst auslöst. Die andere Gruppe dagegen – ich kann mich nur schwer in sie hineinversetzen, sogar ich – hat irgendwann so sehr genug, dass Selbstmord die Lösung ist, ein Ausweg. Alles besser als dieses grässliche Nichts. Wahrscheinlicher als diese Einteilung in zwei Arten ist aber, dass es ebenso viele Arten von Depression wie Depressive gibt.

Manchmal kehrt er gewaltsam zurück. Wenn ich nicht schlafen kann. Dann sehe ich die schon ein wenig schwarzen Finger, das tote Gesicht, die Backsteinwände. Und dann trifft es mich mit voller Wucht. Ich werde angesogen, obwohl ich nur wegwill, dieses Bild nicht in meinem Kopf haben will; es tut weh, an ihn zu denken, an den Entschluss, den er gefasst hat, ganz allein und einsam, vielleicht aber auch in hoffnungsvoller Erwartung (er war ja arg katholisch), auf jeden Fall unter Ausschluss von allem und jedem; so gern wollte er es, dass er nicht mehr an seine Söhne dachte, und niemand wusste und spürte es, weil das nicht geht, denn ein Mensch ist ein Wesen mit Augen, die Welt wahrzunehmen, aber einem Geist, der einzig und allein ihm oder ihr gehört. Gedanken wie »Hätte ich etwas tun können?« oder »Hätte ich ihn doch zurückgehalten« sind hochmütig und wertlos und überflüssig.

29. JUNI [SCHWARZBACH]   Gestern bin ich mit dem Rennrad nach Zendscheid gefahren. Dieses Rad verstaubt sonst hier im Hauswirtschaftsraum, ich vergesse immer wieder, dass ich es besitze. Das Chesini, bleischwer, unverwüstlich, vor einem Vierteljahrhundert meinem damaligen Nachbarn abgekauft, der selbst schon Jahre damit gefahren war. Kolle-

gin Elke Geurts hat in Zendscheid – um dorthin zu kommen, musste ich aus meinem Nimstal ins Kylltal – für eine Woche eine kleine Ferienwohnung bei einem Hotel gemietet. Die Fahrt schlauchte mich ganz schön, machte aber auch Spaß; ich muss öfter mal dieses Rad nehmen. »Ich bin teils zum Schreiben hier«, erklärte Elke, »aber vor allem auch, um mich selbst zu suchen.« Danke, sagte ich, das schreibe ich auf. »Nein!«, rief sie. »Bloß nicht. Als Schriftstellerin allein in einer kleinen Wohnung, jeden Abend warmes Essen in einem Speisesaal voller Greise, und dann auch noch sich selbst suchen! Die Leute hier fragen sich sowieso schon, was ich wohl für eine bin!« Zu spät, sagte ich, du hast es gesagt, ich kann das nicht vergessen.

Anschließend wollte ich gern das Hotel sehen. Ich besichtigte es in Radsachen und auf Socken. Es gab ein Schwimmbad, und ich fand auch die Sauna. Bis dahin hatte sich uns ein älterer Flame angeschlossen, der gewaltig schwitzte. Er habe von mehreren Leuten im Dorf gehört, das Hotel tauge nichts. Er machte sich Sorgen. Ich sagte ihm, das Essen im Hotel sei vorzüglich und man könne überall in der Umgebung wunderbar wandern, obwohl ich noch nie in Zendscheid gegessen hatte und erst recht nicht gewandert war. Mir gefiel das Dorf. Elke dagegen meinte, dort herrsche eine Friedhofsruhe. »Wie ist es denn in deinem Dorf?«, fragte sie. »Na ja«, antwortete ich, »wir haben kein Hotel.« Achtzehn Kilometer hin, achtzehn Kilometer zurück.

Zu Hause stellte ich fest, dass Jasper auf den teuren Wollteppich gepinkelt hatte, vermutlich aus einer Art Trennungsangst. Elke teilte mir per SMS mit, der junge Mann, der nachmittags den Speisesaal vorbereitet (und mich weder angeschaut noch gegrüßt) hatte, habe ihren Tisch für zwei gedeckt: »Ich dachte, vielleicht …, sagte er. Er ist wieder gegangen, sagte ich. Ach so, sagte er und zündete die Kerze für mich allein an.« Zeit für eine Runde mit dem Hund. Ich legte ihm nicht das Geschirr an, sondern machte die Leine am Halsband fest. Nach fünfzig Metern bellte er wie verrückt ein Auto an und zog den Kopf mit einem Ruck aus dem Halsband. Weg. Um halb neun fuhr Pauline Slot vor, unterwegs zu ihrem Haus, im Wagen einen Freund und einen Holzofen. Ich bemerkte ihr Kommen, weil ich auf einmal Jasper sehr laut bellen hörte, er begrüßte sie und war sofort wieder verschwunden. Pauline gab mir ihr neues Buch über Museumsbesuch. »Du kommst drin vor«, sagte sie. »Das trifft sich gut, weil du auch bei mir vorkommst«, entgegnete ich. Erst um halb elf gelang es mir, Jasper einzufangen, als er auf dem niedrigen Stamm einer Kopfbuche gegenüber vom Haus hockte und zu einem unsichtbaren Tier in höheren Baumregionen hinaufwinselte und -jaulte. Pauline und ihr Freund brachen auf. Um elf Uhr ging ich noch einmal mit Jasper hinaus, die Leine am Geschirr. Er wollte nicht laufen. Es kommt neuerdings öfter vor, dass er stocksteif stehen bleibt. Als ich heute Morgen aufstand, fand ich im Wohnzimmer eine riesige Pfütze vor. Nicht auf dem Teppich, denn der war noch halb über den kleinen Tisch gelegt, um nach dem gestrigen Malheur zu trocknen. Ein bisschen Urin war sogar über die Treppe auf die Fliesen unten in der Diele gesickert. Irgendetwas läuft hier ganz und gar nicht gut. Aber was, weiß ich nicht. Vielleicht haben wir wieder eine neue Phase unserer Beziehung erreicht. Wie dem auch sei: Noch vor dem Frühstück kniete ich auf dem Boden, um den Urin aufzuwischen, während der Chef auf seinem Sofa lag, mich hin und wieder ein wenig verlegen ansah, meistens aber mit einem Blick, der sagte, dass er mit dieser Sache nun wirklich überhaupt nichts zu tun hatte.

30. JUNI [SCHWARZBACH] Heiß. Ich schaffe es, auf der Schattenterrasse sitzen zu bleiben und nichts zu tun. Zwischendurch brühe ich mir einen Tee mit Minzeblättern aus dem eigenen Garten. Dem Hund ist auch warm. Wenn ich mit ihm spazieren gehe, sorge ich dafür, dass wir immer an irgendeinem Bach vorbeikommen. Ab morgen gilt der Nims-Dienstplan: Dann laufen wir durch den Fluss und tauchen hin und wieder unter. Mein iPhone bleibt zu Hause, alles bleibt zu Hause. Sporthose an, ausgetretene Turnschuhe an und los. Ich glaube, ich durchschaue Jasper. Wenn er frei herumgelaufen ist, ist er oft so unglaublich aufgeregt, dass er nachts ins Haus pinkelt. Letzte Nacht ist er trocken geblieben, wir hatten gestern aber auch einen ausgesprochen ruhigen Tag, sehr geordnet. Er legt großen Wert auf Ordnung, obwohl er das selbst nicht selten vergisst.

Manchmal kann mich dieser Hund zur Verzweiflung treiben. Dann brennt er nach einem anderthalbstündigen Spaziergang durch, sobald ich die Leine losmache, und bleibt fünf Stunden weg. Fiept dann vor der Haustür, ich lasse ihn herein und gebe ihm zu fressen. Danach pinkelt er dreimal in die Küche, so dass ich ausrutsche. Schließlich noch dunkelgrüner Durchfall. In solchen Augenblicken denke ich: Von jetzt an lasse ich ihn immer laufen. Lass ihn laufen, das ist offensichtlich das, was er tun muss. Die Konsequenz ist vielleicht, dass er nicht mehr zurückkommt. Kann ich das mit meinem Gewissen vereinbaren? Ich glaube schon. Ich las noch einmal die Gebrauchsanweisung, die Klaus und Claudia in Mönchengladbach mir beim Kauf ausgehändigt hatten.

»Schutzvertrag« heißt das Papier. Es umfasst vier Hauptpunkte. 1. Ich habe dem Hund eine liebevolle Familiensituation zu bieten. 2. Ich habe den Hund ordnungsgemäß zu halten und zu versorgen, ihn nicht zu quälen oder zu misshandeln oder ihm notwendige medizinische Versorgung vorzuenthalten. 3. Ich habe ihn täglich zu füttern und ihm frisches Wasser zu geben. 4. Es ist mir verboten, den Hund an die Kette zu legen oder in einem Zwinger zu halten. Ich erfülle sämtliche Bedingungen. Von Anleinen oder nicht steht nichts im Vertrag. Ich nehme ihm seine Bewegungsfreiheit. Außerdem denke ich über Bindung nach. Es fällt ihm schrecklich schwer, sich an mich zu binden. Wie eifersüchtig war ich neulich auf Bekannte aus Santpoort, die für eine Übernachtung mit ihrem neuen Kleinen Münsterländer kamen. Kaum ist dieser Hund morgens aufgestanden, legt er den Kopf auf Herrchens Schoß, den Blick liebevoll und folgsam aufwärts gerichtet. Jasper hat ihn anderthalb Tage lang angebellt. Mir fällt es – wegen Jaspers Bindungsschwierigkeiten – schwer, mich an ihn zu binden. Wie bindet man sich an ein derart eigensinniges Tier, das bei jeder Gelegenheit wegrennt, so schnell es kann?

3. JULI [SCHWARZBACH]   Noch heißer. Gestern war ich in Trier wegen eines Rundfunkinterviews mit dem irischen Sender RTÉ. Wenn man nur Geduld hat, kommt man irgendwann nach Trier. Dort waren es vierzig Grad. Hier fahren Traktoren mit halbnackten Bauernsöhnen hin und her, überall wird Gras gemäht, die Mahd gewendet, Silage oder Heu zu Ballen gepresst. Klaus hat auf meiner Schattenterrasse einen Kaffee getrunken, nur mit Turnhose bekleidet. Schon zweimal sind Jasper und ich durch die Nims gelaufen. Vor ein paar Tagen bin ich mit dem Rennrad zu Herrn Juncker gefahren, im Rucksack ein Marmeladenglas voll Urin. Den hatte ich morgens aufgefangen, hauptsächlich in der Hand, teilweise im Glas. Er wurde auf der Stelle untersucht. Der Hund hat keine Entzündung, alle Urinwerte waren völlig normal, und später kam auch kein Anruf wegen eventueller Hinweise

auf Blasensteine. Die Inkontinenz muss also eine andere Ursache haben, allmählich befürchte ich, dass Herr Juncker recht gehabt haben könnte mit der Bemerkung über eine »Komplikation bei seiner Kastration«. Ich beobachte das noch eine Weile, und wenn es so bleibt, gehe ich mit ihm in Amsterdam zum Tierarzt, Jasper muss ohnehin bald seine jährlichen Impfungen bekommen.

Im Garten mache ich nichts, es ist einfach zu warm. Das Haus schwitzt: Wenn die Außentemperatur sehr weit über der Innentemperatur liegt (im Augenblick beträgt der Unterschied fünfzehn Grad), muss das Haus seine Feuchtigkeit loswerden. Mir ist jetzt völlig klar, warum der Boden überall im Untergeschoss gefliest ist – und dass ich daran nichts ändern darf, ein Holzfußboden würde verrotten und schimmeln. Diese halbnackten Bauernsöhne lassen mich nicht kalt, trotz Citalopram. Ein Antidepressivum beruhigt nicht die Lust, es erschwert das Beruhigen der Lust, in dem Sinne, dass zum Orgasmus zu kommen furchtbar schwierig ist. Ich habe einmal zu meinem Therapeuten gesagt, jemand müsste all das erforschen. Wo ist der Orgasmus zu verorten? Ich würde sagen: in der Nähe von Angst. Also im Gehirn. So dass durch die Einnahme eines Mittels, das Angst verringert, gleichzeitig – weil beides so eng zusammenhängt – die Möglichkeit zur Befriedigung, ob sexuell oder nicht, stark eingeschränkt wird. Er hat nicht einmal darüber gelacht. Vielleicht erforscht er es ja gerade selbst.

Frau Trappen ist in Urlaub. Das heißt, sie verbringt drei Wochen in einem Pflegeheim in Balesfeld, zehn Kilometer von hier; so können Sohn Hansi und Tochter Sigrun auch einmal drei Wochen Urlaub machen. An dieser Seite des Hauses ist es sehr still, weshalb ich schon jetzt genau spüre, wie es sein wird, wenn sie sterben sollte. Ich mag kein leeres Haus nebenan, dann fühle ich mich einsam. Selbst wenn ich nie mit dem Bewohner des betreffenden Hauses spreche – allein die Vorstellung der Leere, die Unmöglichkeit eines Gesprächs, sollte es denn erwünscht sein, reichen aus, um dieses Gefühl der Einsamkeit auszulösen. Früher wollte ich nicht, dass Atie Eenhuistra, Lehrerin an der Grundschule in Wieringerwaard, in Urlaub fuhr. Sie bewohnte das ehemalige Knechtshaus neben dem Bauernhaus. Wenn sie zwei Wochen nicht da war, war das kleine Haus unheimlich leer. Schrecklich fand ich das. Die großen Ferien fand ich sowieso schrecklich, immer fuhren alle weg. Ich dagegen wollte, dass alles für alle Zeit unverändert blieb und dass Menschen da waren, wo ich sie erwartete. In Phasen, in denen ich es schwer hatte, ohne mir über das Wie und Was und Warum im Klaren zu sein, stellte ich mir im Bett oft vor, wo jeder Einzelne war. Mein Vater und meine Mutter ebenfalls im Bett, in dem inzwischen umgebauten, früher von Atie Eenhuistra gemieteten Haus, meine Schwester in Den Helder, meine Brüder dort, wo sie hingehörten, Freunde dort, wo sie wohnten. Ich hatte auch die Gewohnheit, meine Freunde zu zählen. Das beruhigte mich. Überblick und Sicherheit; ein fester Ort für jeden; und ich selbst, unter anderem deshalb, ebenfalls an einem festen Ort. Eine Konstellation, die Sicherheit gibt, so wie man – entsprechendes Interesse vorausgesetzt – Trost oder Ruhe in dem Gedanken finden kann, dass alle Sterne ihren festen Platz und alle Planeten ihre feste Bahn haben. Ich kenne gern die Häuser oder Wohnungen der Menschen, mit denen ich zu tun habe. Dann kann ich sie mir irgendwo vorstellen, ist alles weniger abstrakt.

9. JULI [SCHWARZBACH] »Sorgenkind«. So beschreibt also meine Mutter mich als Kind. Seit ich denken kann, hatte ich sonderbare Beschwerden. Bei Sportfesten der Grundschule neigte ich schon zum Hyperventilieren. Ich habe die Etymologin Nicoline van der Sijs gefragt, seit wann dieses Wort im Niederländischen nachweisbar ist; bisher keine Antwort, aber ich könnte mir vorstellen, dass Ende der sechziger Jahre kein Mensch je davon gehört hatte. Schluckbeschwerden, Beklommenheit, ein Gefühl, als wäre ich nicht ganz da. Und warum bei Sportfesten? Ich war sehr gut in Sport; bei »Superstars« – einem Wettbewerb mit Einzel- und Mannschaftsdisziplinen, der an aufeinanderfolgenden Wochenenden eine Vielzahl von Sportarten auf dem Programm hatte – erreichte ich immer einen der vorderen Plätze in der Rangliste. Da war ich schon auf der weiterführenden Schule. In einem Jahr wäre ich im Gesamtklassement sogar die Nummer eins gewesen, hätte nicht die Regel gegolten, dass die beiden schlechtesten Ergebnisse aus der Wertung herausgenommen werden konnten, weshalb ich letztlich nur Dritter wurde, da ich eigentlich in keiner Disziplin schlecht abschnitt, während Nummer zwei und drei in jeweils zwei Disziplinen miese Ergebnisse hatten. Selbst in dieser Zeit bekam ich allerdings beim Schwimmen kaum Luft, warum auch immer, war es übermäßige Nervosität? Ich wollte nicht beobachtet werden, wenn ich drei Kilometer lief, auch nicht beim Billard, beim Balancieren auf den Traktorreifen im Schwimmbad, beim Tauklettern.

Immer irgendwas. Ich erinnere mich an einen Abend, an dem Johan Klouwers, der Sohn von Tante Joek und Onkel Eef, zu Besuch war, er sollte bei uns übernachten. Alle saßen im Wohnzimmer vor dem Fernseher, ich saß ganz allein in der Küche beim Hund vor dem kleinen Schwarzweißgerät. Ich ahnte, dass etwas passieren würde. Plötzlich konnte ich mein

Zäpfchen nicht mehr wegschlucken. So fühlte es sich jedenfalls an: Irgendetwas steckte in meinem Schlund, und sooft
ich auch schluckte, es kam wieder hoch. Ich geriet in Panik
und rannte ins Wohnzimmer. »Ich hab was im Hals! Ich hab
was im Hals!«, rief ich. Da hört die Erinnerung auf, keine
Ahnung, was danach geschah. Ich kann mir gut vorstellen,
dass die anderen kaum darauf reagiert haben, denn mit mir
war ja immer irgendwas. Auf jeden Fall bin ich nicht erstickt,
denn natürlich hatte ich gar nichts im Hals. Johan Klouwers
wird wohl gedacht haben, ich wäre durchgedreht, trotzdem
blieben wir Freunde. Ich sehe ihn übrigens noch ab und
zu, er ist jetzt mit meinem älteren Bruder befreundet und besucht ihn an seinen Geburtstagen.

Außerdem hatte ich lange einen Nasentick. Dauernd musste
ich die Nase kraus ziehen, wie ein Kaninchen. »Lass das doch
mal!«, sagte meine Mutter. Aber ich konnte nicht, der Drang,
die Nase zu krausen, war unbezähmbar. Ich muss übrigens
aufpassen, dass ich nicht jetzt, beim Schreiben darüber, wieder anfange. Wenn sie mich – viel später – im Fernsehen gesehen hatte, sagte meine Mutter jedes Mal, ich solle doch
meine Nase in Ruhe lassen; anscheinend – ich merke das
gar nicht – fummele ich bei Fernsehauftritten zwanghaft daran herum. Zum Glück für meine Mutter trete ich nicht oft
im Fernsehen auf. Fast nie eigentlich.

Es gab eine Phase, in der ich davon überzeugt war, eine chroni-
sche Blinddarmentzündung zu haben. Eine, die über das An-
fangsstadium nicht hinauskommt, aber doch Beschwerden
verursachen kann. Unklare Beschwerden, eher eine unangenehme Empfindung als Schmerzen. Manchmal – heute –
glaube ich, dass ich diese Beschwerden hatte (das Verrückte
ist nämlich, dass ich nichts vortäuschte, ich hatte wirklich
welche), um mich Ereignissen entziehen zu können, bei denen viele Menschen zusammenkamen. Den Kopf auf den

Armen, die Arme auf dem polierten Nussbaumtisch von Oma Bakker, während ringsum der Geburtstag ebendieser Oma Bakker gefeiert wurde. Kaffee mit Milchhäutchen, Marzipanteilchen. Ich hatte die Augen geschlossen, dachte den vagen Schmerz im Bauch weg, hörte zwar Stimmen und Gelächter, aber irgendwo in der Ferne. Ich war nicht da, ich wurde nicht beachtet: Mit mir war eben immer irgendwas.

In der Zeit an der weiterführenden Schule wurde mir monatelang jedes Mal übel, wenn ich in der Wilhelminalaan in Schagen ankam, wie einem schwangeren Mädchen; ich konnte nichts essen, ich schwitzte, wenn ich das Gebäude betreten musste. Nicht weil ich gemobbt wurde oder unbeliebt gewesen wäre. Ich fügte mich reibungslos ein, tat, was alle taten, war ein vollwertiger Teil der Klasse, hatte zu jedem eine freundschaftliche Beziehung. Unter anderem, etwas mehr als freundschaftlich, zu Margriet van der Pas. Während einer Exkursionswoche auf Terschelling habe ich eine ganze Nacht auf Margriet van der Pas gelegen. Weil sämtliche Jungen – wir schliefen in einem riesigen Zelt – auf einem Mädchen lagen. Eigentlich hatte nicht ich zu jedem eine freundschaftliche Beziehung, die anderen hatten sie zu mir, ich ließ alles nur geschehen. Ich wünschte mir eine Beziehung zu den schönen Hopman-Jungen, Engel und Ivar, ich glaube, sie waren Brüder des Eismarathonläufers Emiel Hopman. Brüder oder Vettern. Große Jungs, aber erst im dritten Jahrgang des Realschulzweigs, wahrscheinlich sitzengeblieben, und wir vom Fachoberschulzweig hatten mit ihnen zusammen Sportunterricht. Schwarzhaarig, fast schon Männer. Und währenddessen habe ich den Jungen aus Tuitjenhorn, den mit den Staren und dem Hintern, völlig übersehen.

Vor einiger Zeit hat Margriet van der Pas in Amersfoort eine Lesung von mir besucht. Erst hinterher kam sie zu mir, zusammen mit zwei Freundinnen. »Kennst du mich noch?« Ich musste sehr tief in meinem Gedächtnis graben, um diese Frau mittleren Alters einzuordnen. Dann fiel mir plötzlich die Nacht im Zelt wieder ein, aber sie fand es nicht nett, dass ich in Gegenwart ihrer Freundinnen davon sprach. »Daran kann ich mich nun gar nicht erinnern.« Sie wiederum erwähnte manches, an das ich mich nicht erinnern konnte. In der Zeit der Fachhochschulreifeprüfungen hyperventilierte ich so stark, dass ich nicht mit dem Fahrrad zur Schule fahren konnte. Sondern gebracht wurde. Das dann doch. Ich nehme an, dass meine Mutter mich hinfuhr, denn ich kann mir nicht vorstellen, dass mein Vater bereit war, mich wegen meiner Anstellerei mit dem Auto nach Schagen zu fahren. Ich weiß auch noch, wie ich in der Examenszeit mit Margriet van der Pas Schluss machte. Oder machte sie Schluss mit mir?

Ich glaube, ich habe deshalb so wenige Erinnerungen an diese Zeit – im Grunde an sämtliche Zeiten –, weil alles an mir vorbeiging. Weil nicht ich eine Beziehung mit einem Mädchen einging, sondern das Mädchen mit mir. Weil ich gegen Übelkeit ankämpfte, während ich mich auf den Unterricht hätte konzentrieren und überhaupt auf die Welt um mich herum hätte achten müssen. Weil ich nicht hörte, was Oma und Opa Bakker sagten, sondern nur mit dem Kopf auf dem Nussbaumtisch lag. Weil ich nicht wirklich mit Johan Klouwers spielte, sondern etwas wegzuschlucken versuchte, was nicht da war. Weil ich mich zur Welt wie ein ängstliches, mit dem Näschen zuckendes Kaninchen verhielt.

Ich ließ alles nur geschehen. Bis ich nach Leeuwarden zog. Dort brach etwas, dort hatte der sanfte und unverstandene Kampf ein Ende.

10. JULI [SCHWARZBACH]   Um zehn Uhr saß ich bei *Hin & Hair* auf dem Friseurstuhl (ich nehme an, der Name soll ein witziges Wortspiel sein). In Lasel, zwei Kilometer von hier. Wie immer schnitt die dritte Friseurin mir die Haare, eine Auszubildende. Die beiden anderen kümmern sich um Frauen, die sich die Haare färben lassen. Letztes Mal musste ich hinterher mit meinem eigenen Haarschneider etwas nacharbeiten, weil die Auszubildende hier und da ein Büschel übersehen hatte. Ich bitte sie nicht, mich umzudrehen, schon gar nicht, wenn zwei Kundinnen im Laden sind, die sich die Haare färben lassen. Donovan von *Ton's Coiffures* hat dagegen jahrelang den Stuhl für mich umgedreht, weil ich ihn darum gebeten hatte. Kaum hatte ich den Laden betreten, war der Stuhl schon vom Spiegel weggedreht. Ich konnte und wollte mich nicht sehen. Dafür fragte er aber stur jedes Mal »Einen Kaffee?«, worauf ich jedes Mal »Nein« antwortete. Vor Donovan hatte mir Gary die Haare geschnitten, ein Schotte, der es bei mir zu Hause tat. Da hing sowieso kein Spiegel. *Ton's Coiffures* gibt es nicht mehr, Donovan fährt jetzt zu seinen Kunden, mit dem Auto von Almere aus. Ton selbst ist vor ein paar Jahren an Krebs gestorben. Donovan nimmt elf Euro. Das finde ich lächerlich wenig, weshalb ich immer auf fünfzehn Euro aufrunde. Bei den Preisen von *Hin & Hair* habe ich noch kein System entdecken können; mal kostet es acht Euro, mal elf Euro fünfzig, heute Vormittag dreizehn Euro neunzig. Auch da runde ich auf fünfzehn Euro auf. »So ist es doch angenehmer im Sommer, nicht wahr?«, sagte die Auszubildende, obwohl die Differenz zwischen vorher und nachher in eine Espressotasse passen würde.

Gestern, nach dem Schreiben, habe ich vier Buchen in meinem Wald gefällt. Die dickste blieb in benachbarten Buchen hängen. Dann wird es anstrengend, dann heißt es ruckeln und ziehen und zerren und drücken. Es machte aber nichts, ich hatte Lust zu schwitzen. Ich lasse ziemlich lange Stümpfe stehen, auf denen ich dann Steine aufstaple, es erinnert ein wenig an die »Erdpyramiden« in Norditalien, in der Nähe von Collalbo. Im Gemüsegarten gedeihen die Bohnen und der Mangold prächtig, und der Grünkohl, den ich vor kurzem ausgepflanzt habe, hat die Hitze und das Brennen der Sonne überstanden. Der neuseeländische Spinat dagegen entwickelt sich praktisch gar nicht. Ich sehe noch Maarten 't Hart in seiner Gemüsegartensendung im Fernsehen eine köstliche Suppe daraus kochen, mit Milch. Das dürfte hier schwierig werden.

In Leeuwarden mietete ich zwei Zimmer im Haus eines Bestatters. In De Meenthe. Am Anfang fühlte ich mich wohl. Ich aß viel Quark und Kuchen. Endlich Kuchen ohne Ende; in Wieringerwaard, mit all den Brüdern und einer Schwester und einer Mutter, die »Stopp« sagte, war das unmöglich. Die Gegend um die Straße De Meenthe war grauenhaft, wirklich grauenhaft, es gibt kein anderes Wort dafür. Nur gut, dass dort keine Hochhäuser standen, sonst hätten sich die Bewohner massenhaft in die Tiefe gestürzt. Ich nahm an Lehrveranstaltungen zu Themen aus dem Bereich Sozialarbeit, »Kulturarbeit« und »Gemeinwesenarbeit« teil. Jedes Wochenende fuhr ich mit dem Bus über den Abschlussdeich nach Hause, am Sonntagabend zurück. Der Bestatter war geschieden und hatte zwei Kinder. Er war kein Friese. Ein kleiner Mann aus der Provinz Limburg. Ein Limburger in Friesland! Er hatte eine »Handpuste«, wie er sein CB-Funkgerät nannte, und ich hörte ihn oft in die Handpuste sprechen. Die Kinder stöberten an den Wochenenden in meinen Zimmern herum, das merkte ich an Kleinigkeiten. Ich aß bei Mitstudenten, Mitstudenten aßen bei mir, ich rief meine Oma an und fragte, wie man mit Speck umwickelte Hackfleischröllchen brät. Ich weiß nicht, warum ich in diesem ersten Jahr immer nach Wieringerwaard fuhr. Um in Schagen auszugehen? Wie früher? Vermutlich. Die Freunde hatten sich in alle Himmelsrichtungen zerstreut, studierten in Amsterdam, Leiden, Leeuwarden; aber jedes Wochenende tranken wir »wie früher« Berenburg mit Orangensaft und roten Portwein, bis wir uns übergeben mussten. Ich hatte die Triumph Tippa mitnehmen dürfen. Zu Hause gehörte die Schreibmaschine uns allen, aber mir gab man sie mit. Darauf konnte ich meine Hausarbeiten und Referate tippen und die Briefe an meinen Freund, den Jungen, mit dem ich eine Beziehung hatte, weil es in unserer Gymnasialklasse keinen anderen Schwulen gegeben hatte, meinen Notstandsfreund. Ich schwätzte ein bisschen über Tageserlebnisse, von ihm bekam ich Briefe, die mich tief beeindruckten, bis ich entdeckte, dass es Reves Worte waren. Ich kannte von Reve praktisch nichts. Wenn mich jemand »Erbarmungslos schöner junger blonder Meister« nannte, glaubte ich ihm. Woher sollte ich wissen, dass er Briefe aus Büchern abschrieb? Hin und wieder schickte er einen Brief nach Wieringerwaard, den ich dann am Freitagabend vorfand.

15. JULI [SCHWARZBACH]   Ich habe furchtbar schlecht geschlafen. Ich versuchte mit aller Macht, mich an die beiden Zimmer in dem Haus in De Meenthe zu erinnern. Sie wurden immer dunkler, die Wände kackbraun. So können sie kaum gewesen sein. Wie ich mich kenne, habe ich in beiden Zimmern Wände und Decke gestrichen, vielleicht nicht weiß, aber bestimmt in einer hellen Farbe. Ich wälzte mich, fühlte mich immer schlechter. Auch ob ich Stühle mitgebracht oder nur die des Bestatters aus Limburg zum Sitzen hatte, wusste ich nicht mehr. Nur dass mein eigener Tisch dort stand, ein

ganz spezieller: die Tischbeine und Zargen aus Eichenholz waren alt, darauf lag eine nagelneue Tischplatte, vom Zimmermann in Barsingerhorn angefertigt. Wenn man einen Tisch hat – einen eigenen Tisch –, kann man zu leben beginnen. Es gab einen Flur, auch sehr dunkel, ich habe einen Trockenblumenstrauß auf einem dunkelbraunen Büfett vor Augen. Die Aussicht sehe ich nicht mehr, erinnere mich nicht, worauf man von meinen beiden Fenstern aus blickte, ich weiß nicht mehr, wo die Toilette und die Dusche waren, es hat auf jeden Fall eine Treppe gegeben, eine Haustür, vielleicht sogar einen Vorgarten? Dunkelbraun ist alles. Ich muss ständig in meinem Wohnzimmerchen gesessen haben – ohne Fernseher, Internet gab es noch nicht, immerhin hatte ich eine Stereoanlage, von Anstreichgeld gekauft, LPs von Pink Floyd –, und etwas in mir muss gebrochen sein, während ich darüber nachdachte oder eher nach*fühlte*, wo ich war und was ich da tat. Gedacht habe ich nie besonders viel. Es wurde Winter. Winter 1981/82.

Das war ein Winter mit viel Schnee, auch kalt wird es gewesen sein. Und dunkel, dunkelbraun mit zartgelbem Art-déco-Lampen-Licht wie im Haus des limburgischen Bestatters. Ich wollte nur noch im Dunkeln leben, abends, nachts. Den Tag ertrug ich nicht, bestimmt habe ich ziemlich viele Lehrveranstaltungen versäumt, und bei denen, die ich nicht versäumte, schlug mir das Herz bis zum Hals, wenn ich etwas sagen oder tun sollte. Ich trank Campari. Ich glaubte, verrückt geworden zu sein, und hielt krampfhaft den Mund. Das geht vorbei. Das geht vorbei. Das geht vorbei. Nichts sagen, zu niemandem, denn wenn du es aussprichst, ist es wirklich. Jetzt nicht. Jetzt ist alles nur in mir. Im Interliner-Bus über den Abschlussdeich, Schnee links und rechts, und ich kam völlig durcheinander, weil ich dachte, es wäre Sommer. Wie kann hier so viel Schnee liegen?

Fahrrad abholen bei den Leuten in Wieringerwerf, bei denen das Rad die ganze Woche auf mich wartete, vierzehn Kilometer über den nachtschwarzen Wieringermeer-Polder, überall Schnee, Schneewehen; lautes Singen, um die Stille nicht zu hören, erstmals ein schwaches Gefühl von Sicherheit beim Anblick eines erleuchteten Bauernhofs, dann sofort wieder Beklemmung. Ich kam nach Hause, wo ein Brief mit der Anrede »Erbarmungslos schöner junger blonder Meister« lag, und begriff nicht, dass dieser Brief von meinem Notstandsfreund kam, und die Familie aß vollzählig im grellen Neonlicht zu Abend, die Hündin lag in ihrem Korb in der Ecke. Ich überstand die Nächte, indem ich *Suske-und-Wiske*-Comics las, alte Kinderbücher las, mir krampfhaft gemütliche Sinterklaas-Abende vorstellte, mit allen vier Großeltern und knisterndem Geschenkpapier. Niemand sah oder merkte mir etwas an. Vielleicht ist das ja auch ganz schlimm: Wenn einem niemand etwas ansieht oder anmerkt, verstärkt das nur das Gefühl grenzenloser Einsamkeit. Ein paar Tage später wieder nach Wieringerwerf, das Fahrrad bei den Bekannten abgestellt – die Namen sind mir entfallen –, dann die Rückfahrt mit dem Interliner-Bus, wobei einmal eine Bustür vom Wind herausgerissen wurde – es muss ein heftiger Sturm gewesen sein – und ein alter Mann nach einer Weile dem Fahrer zurief: »Können Sie die Tür zumachen?!«

Ich klammerte mich an alles Mögliche, war mit Menschen zusammen, mit denen ich aus eigenem Antrieb nicht zusammen gewesen wäre, schlechten Menschen, die meine Weichheit missbrauchten, mein Verlangen nach Wärme, Geborgenheit und Sicherheit, vor allem Frauen, die darin sehr geschickt sind. Sie wollen einen vielleicht sogar retten. Ein Gedanke, der von Hochmut zeugt. Warten auf die Dämmerung, um im Dunkeln sein zu können, unsichtbar. Ich glaube wirklich, dass beides zusammenhing: Im Dunkeln sehen die Menschen einen nicht. Das Gesehenwerden ist für mich problematisch geblieben: Ein Eisschnelllaufwettkampf tagsüber war mir auch Jahre später viel weniger angenehm als einer am Abend. Ich mochte es nicht, wenn Zuschauer mich in grellem Sonnenlicht laufen sahen, obwohl ich eine schöne Technik zu haben glaubte und mein Körper sich im Wettkampfeinteiler (von Descente, wie bei den Russen, ich sehe noch Nikolai Guljajew in meinem Anzug laufen) durchaus sehen lassen konnte. Vermutlich war ich mir klar darüber, dass ich mit meiner Studienrichtung eine unglückliche Wahl getroffen hatte, dazu überredet von einem Klassenlehrer am Gymnasialzweig, der in mir einen Sozialarbeiter sah, und zusätzlich angespornt durch die Lektüre von *Jan Rap en z'n maat* von Yvonne Keuls. (Später, als ich sie kennenlernte, habe ich ihr herzlich für diese vier vielleicht vergeudeten Jahre gedankt.) Meine Einsicht war aber angesichts meines Seinszustandes in diesem Winter von keiner großen Bedeutung. Ich dachte nicht, ich quälte mich weiter, ich wollte, dass alles wieder normal würde, ich kämpfte keinen sanften Kampf mehr (einen unverstandenen schon), sondern einen harten, erbarmungslosen (und nicht einmal das war mir klar). Kämpfen hieß: nicht nachdenken, mich nur auf den jeweils nächsten Schritt konzentrieren, für Zwischenprüfungen lernen, wie gewohnt hin und her fahren, regressiv lesen (aber was las ich, wenn ich in meinem dunkelbraunen Schlafzimmer in De Meenthe lag, wo ich keine *Suske-und-Wiske*-Comics und keine Kinderbücher hatte?), im Dämmerlicht an der Theke des Studentenklubs Wolwêze Campari trinken. Ich musste mich oft übergeben, Campari ist nach drei, vier Gläsern ein unglaublich widerliches Zeug, und trotzdem trank ich weiter. Rote, dünne Kotze.

Überhaupt keine Verbindung zu den Menschen um mich herum, trotz Gesprächen, trotz gemeinsamem Tanzen, ebenfalls im Wolwêze, zur *re-remixed extended studio dub version* von *I Feel Love* von Donna Summer. Die dauert eine Viertelstunde. Auch schon tot, Donna Summer. Grenzenlos einsam war ich, eingeschlossen in einer für mich selbst vollkommen unverständlichen Welt. Eine Zeitlang glaubte ich, dass alle sich so fühlten wie ich, dass es dazugehörte. Dass Leeuwarden eben so war. Damals entwickelte ich eine – wie sich gezeigt hat, dauerhafte – tiefe Abneigung gegen diese Stadt.

Es gab dort einen blonden jungen Mann aus Den Helder, ich weiß sogar noch seinen Namen, nenne ihn aber nicht, eine Art Homo-Aktivisten, der Proteste organisierte, und er war auf eine ziemlich widerliche, hartnäckige, besserwisserisch-herablassende Art, die ich nicht ausstehen konnte, hinter mir her. Bestimmt bin ich einmal oder mehrmals mit ihm im Bett gelandet, woran ich mich aber nicht erinnern kann; ich glaube, ich landete öfter mit Leuten im Bett, weil ich so sehr *nichts* war, so willenlos, so leichte Beute. Im Grunde kein Mensch. Irgendwann war ich dann auch in der »Schwulen-Gesprächsgruppe«, unter anderem mit dem Jungen, der die Titelrolle in der Fernsehserie nach Anne de Vries' Roman *Bartje* gespielt hatte, Jan Krol, aus Drente. Er hatte sich kaum verändert. Ich erinnere mich an eine Fete in Amsterdam, in einem der Hochhäuser von Uilenstede, in dem mein Notstandsfreund ein Zimmer im dreizehnten Stock hatte; natürlich trank ich Campari, rauchte aber auch einen Joint und war dann eine Weile weggetreten, und als ich wieder aufwachte oder zu mir kam, hatte ich einen großen schwarzen Schwanz im Mund, und an dem Schwanz hing ein mir völlig unbekannter Junge. Anscheinend hatte es ihm gut gefallen, denn kurz darauf kam er nach Leeuwarden, klingelte bei mir und versuchte, mich anal zu ficken, und ich ließ alles geschehen. Er wollte nicht mehr weg. Ich wusste nicht, ob er bleiben durfte. Ich schubste ihn aus dem Bett, zog ihn dann aber wieder herein. Ich wusste gar nichts mehr, lebte in einer Art Parallelwelt, hatte schreckliches Heimweh, brutales Heimweh, sehnte mich nach Wiesen voller Wiesenschaumkraut. So sehr sehnte ich mich danach, dass ich in dem Bus auf einem wegen Schneewehen fast unbefahrbaren Abschlussdeich völlig durcheinanderkam.

»Interliner« habe ich geschrieben, aber damals gab es noch gar keinen Interliner. Es gab zwei Buslinien, umsteigen an der Haltestelle Kop Afsluitdijk bei dem AC-Restaurant, das dort steht oder stand. Ich starrte mein Spiegelbild in der Fensterscheibe an, dachte vielleicht: Jetzt hast du wenigstens noch schöne Haare, genieße das, sie fallen aus wie Löwenzahnsamen, und dann bist du bald tot. Kahle Bäume, Gesträuch, sonst nichts, außer dem Restaurant. Der Busmotor im Leerlauf, das Warten auf den zweiten Bus. Die Leere, das Nichts, und ich mittendrin. In der Ferne ein, zwei einsame kleine Bauernhöfe und ein schnurgerader, blassgrüner Deich. Jenseits des Deichs das Wattenmeer.

17. JULI [SCHWARZBACH]   Hier vollzieht sich gerade ein Durchbruch – glaube ich. Es geht um Jasper, und bei ihm weiß man nie. Schreibe ich, wie lieb er ist, stürzt er sich am nächsten Tag prompt auf ein kleines weißes Hündchen auf der Javakade oder dem Azartplein. Vorgestern ließ ich ihn von der Leine, ging aber mit ihm mit. Den Hügel hinterm Haus hinauf. »Bleib«, sagte ich die ganze Zeit. Und er blieb. Ich zweifelte an meinem Verstand. Ununterbrochen pfiff ich und klatschte in die Hände. Manchmal verschwand er im

Wald, kam aber schon nach kurzer Zeit wieder herausgeprescht. So ging es etwa eine halbe Stunde lang. Dann entdeckte er ein Reh, und sein durchdringendes Jaulen verklang in der Ferne. Ich machte mich allein auf den Rückweg, hörte aber nicht auf zu pfeifen und zu klatschen. Auf der Gartentreppe kam er mir entgegen. Gestern Nachmittag eine andere Runde, wieder die Leine losgemacht. Er blieb in der Nähe, fand mich sogar wieder, nachdem ich zweimal die Nims durchquert hatte. Dann entdeckte er ein Reh. Das verdammte Wild, dachte ich, ging und pfiff aber tapfer weiter; ein wenig nervös wurde ich an der Stelle, an der ich das Wespennest aus dem Boden gezerrt hatte. Fünf Minuten später holte er mich heftig hechelnd ein. Es ist also so weit, dass er sogar darauf achtet, was ich tue, wenn ein Reh (Fuchs, Eichhörnchen) seine Aufmerksamkeit in Anspruch nimmt. Denn das ist das Entscheidende: Plötzlich achtet er auf mich. Ihm ist klargeworden, dass er nicht allein auf der Welt ist und dass dieser Kerl, der ihm jeden Tag zu fressen gibt und ihn streichelt, *wichtig* sein könnte. Vielleicht bin ich eine Art Vorknecht geworden.

Nach einem guten halben Jahr zog ich um, das wird im Frühjahr 1982 gewesen sein. Mitstudentin Harriet fand eine aus zwei Etagen bestehende Wohnung mit Platz für zwei Leute. Ich bekam die obere Etage. Im Erdgeschoss unter Harriets Etage war ein Secondhandladen, darunter ein muffiger Keller, in dem das Wasser ständig etwa zwanzig Zentimeter hoch stand. In der Beijerstraat, schräg gegenüber dem Geburtshaus von Margaretha Zelle alias Mata Hari. Es war die Treppe in dem Haus mit dem Secondhandladen, auf die ich mich setzte, als der junge Mann mir die Nachricht vom Tod meines Vaters überbrachte. Ich habe unglaublich oft von diesem Haus geträumt. Niemals hatte ich einen Traum, in dem die dunkelbraunen Zimmer im Haus des limburgischen Bestatters vorkamen. Die Träume drehten sich um Haufen aussortierter Klamotten im Keller, in einer Schicht Wasser, um Post, die noch jahrelang an diese Adresse geschickt wurde und nachgesendet werden musste, nicht zuletzt auch um Glühbirnen, die kaputtgingen. Träume interessieren mich eigentlich nicht, wenn ein Autor in einem Roman über Träume schreibt, bin ich weg, das Buch meistens auch. Diese Träume waren halbe Albträume, obwohl ich mich doch in der neuen Wohnung langsam wieder aufrappelte.

Wir aßen zusammen, Harriet und ich. Das war gut. Wir spielten Karten, auch das war gut. Ich sagte immer noch nichts, war erleichtert, weil ich mich allmählich besser fühlte, hatte Angst, es wieder schlimmer zu machen, wenn ich über meinen Zustand sprach oder mir auch nur eingestand, dass es mir besserging. Ich fand einen Freund, Dick. Dick war ein netter Junge mit einem schwarzen Schnurrbart. Da küsste es sich verdammt gut, ich hatte sehr oft raue Lippen. Aber ich konnte keine Verbindung zu ihm herstellen, keine wirkliche Verbindung. Ich schämte mich, litt unter Schuldgefühlen, wusste, dass ich nie würde zurückgeben können, was ich bekam. Das schreibe ich heute, begreife ich heute. Damals begriff ich gar nichts. Idiotischerweise habe ich viele Jahre später noch einmal eine Beziehung mit ihm gehabt, als auch er nach Amsterdam gezogen war. Das war bequem, wir kannten uns schon, innerlich und äußerlich. Es gefiel mir. Eines Abends rief er an und sagte, er sei so verliebt. Ich fing an zu schmelzen. Bis er den Namen Geert nannte. Geert?, dachte ich. Wer ist das denn? Hat er getrunken? Geert war ein anderer Mann. Aha. Beim ersten Mal hatte unsere Beziehung übrigens geendet, nachdem ich zum Friseur gegangen war und »sehr kurzes Haar, das von selbst stehen bleibt« gewünscht hatte. Eh ich mich's versah, hatte ich einen Krauskopf, und so kurz die Friseurin das Haar danach auch schnitt, das Krause blieb. Dick erschrak bei meinem Anblick fast zu Tode, und kurz danach machte er brieflich Schluss. Er schickte den Brief nach Wieringerwaard, es war Sommer, ich werde irgendwo angestrichen haben. Sommer, Leere, Wärme, Stille, und dann in einem Zimmerchen bei den Eltern einen Brief bekommen, in dem der Freund Schluss macht.

Ich habe das Studium abgeschlossen, obwohl ich wusste, dass es nichts für mich war. Ich habe ein Diplom in »Kulturarbeit«. Nichts weiß ich mehr darüber, so gut wie nichts. Eine riesige Chilenische Araukarie sehe ich vor mir, auf dem Gelände eines Pflegeheims in der Nähe der Beijerstraat. Ein wunderschöner Baum. Und ich erinnere mich an eine Exkursion zu Steinbrüchen in Winterswijk, in denen wir Fossilien suchten. Die Freundin aus Leeuwarden, zu der ich noch Kontakt habe, war auch dabei. Als ich mich rasierte, fragte sie mich, warum ich mich nicht nass rasierte. Ich antwortete, wegen meiner Pickel sei das unmöglich, es würde sonst jedes Mal ein Blutbad geben. »Aber musst du deshalb so ein komisches Gesicht ziehen, wenn du dich elektrisch rasierst?«, fragte sie. Das ist meine erste Erinnerung an sie. Hin und wieder, am Telefon, versucht sie, über ihre Erinnerungen auch bei mir etwas aus dieser Zeit an die Oberfläche zu holen. Ohne oder nur mit sehr geringem Erfolg. »Ich kam doch auch zu Harriet und dir!«, ruft sie zum Beispiel. »Weißt du das denn nicht mehr?« Nein. In einer Nachttischschublade in Amsterdam liegt noch ein Stück Schiefer mit dem Fußabdruck irgendeines Sauriers. Ich habe vergessen, von welchem, groß kann er nicht gewesen sein.

Ich habe georgische und italienische Filmfestivals in Bolsward organisiert, wo ich ein Praktikum beim Fries Film Circuit machte. Otar Iosseliani, Tengiz Abuladse, Luchino Visconti. Im vierten Jahr kam ein – sehr langes – Praktikum bei der Open School in Herenveen. Es war ein Jahr mit nur noch wenigen Lehrveranstaltungen. Ich war dabei, wenn mein Mentor in Terkaple oder Joure unterrichtete. Ich schrieb Artikel für die Zeitung der Open School. Ich nahm an Sitzungen teil. Die Sitzungen waren furchtbar. Nach der Depression entwickelte ich allerlei Abwehrmechanismen, beispielsweise Panikattacken bei Sitzungen, Schweißausbrüche, Erröten, ein Puls von hundertzwanzig, wenn ich mit meiner Wochenbilanz an die Reihe kam. Die Eltern eines Mitstudenten arbeiteten an der Schule; er erkrankte an Knochenkrebs und starb.

Jemand dort fragte mich, ob ich ihm beim Renovieren des Hauses helfen könnte, das er und sein Mann kurz zuvor in Sint Nicolaasga gekauft hatten. Gerard Hemmes. Ich sagte Ja und lernte so Dolf Verroen kennen. Dolf behauptet, es sei ganz anders gewesen, Gerard habe mich eines Tages zum Essen mitgebracht (»netter, lieber Kerl«), und ich hätte beim Eintreffen in reichlich frechem Ton gesagt, das Haus könne mal einen neuen Anstrich gebrauchen. Dolf und ich sind uns oft uneinig, wenn es um frühere Ereignisse geht, Gerard muss dann entscheiden, wer recht hat. Dolf ist Kinderbuchautor, hat also eine sehr lebendige Phantasie. Andererseits weiß ich fast nichts mehr, unglaublich viel habe ich vergessen. Jahrelang war ich dort mit Anstreichen beschäftigt, innen und außen, manchmal blieb ich zwei oder drei Wochen. Konnte aus Wut einen Strauch kaputt machen, weil das Mistding meiner Leiter im Weg stand. »Mit dir war schwer auszukommen«, sagt Dolf über diese Jahre. »Ein unmöglicher, schwieriger Mensch. Und immer gärte irgendwas in dir.« Mal aß ich sehr viel, mal brachte ich keinen Bissen hinunter. Noch ein Abwehrmechanismus: Probleme beim Essen, vor allem in Gegenwart anderer. Das kenne ich schon seit dreißig Jahren.

Bei Lesungen komme ich oft auf Dolf zu sprechen, denn der Wunsch zu schreiben erwachte in mir ganz einfach dadurch, dass ich bei Dolf und Gerard war, in ihrem Haus. Ich lernte bei ihnen weitere Kinderbuchautoren kennen, Paul Biegel, Miep Diekman, Nannie Kuiper. Interessante Menschen, die soffen, brüllend lachten, tausend Anekdoten über Kollegen erzählen konnten. Von Dolf lernte ich, manierlich zu essen, sogar mit Fischbesteck.

Bei Lesungen sage ich: »Konnte es denn so schwer sein, ein Kinderbuch zu schreiben? Und wenn man dank der Kinderbücher in so einem feinen, schönen Haus wohnen konnte, mit Kunstwerken an den Wänden und gutem Wein und stärkeren Sachen, warum sollte ich das nicht auch versuchen?« Die Zuhörer lachen ein bisschen und schauen mich ungläubig an, trotzdem steckt ein Körnchen Wahrheit darin. Ich wollte in einer solchen Welt leben. Doch das Kinderbuchschreiben überforderte mich, es war viel schwerer als gedacht. Ich produzierte Müll, moralinsaures Geschwafel. Liesbeth van Houten, Dolfs damalige Verlegerin, ließ mich dann ein Buch übersetzen. Obwohl meine eigenen Hervorbringungen nichts taugten, wollte sie mich wohl in Reserve haben. Ich sehe noch das allererste rot durchgestrichene Wort »froh« und ebenfalls in Rot ihre Alternative »entzückt«. Ein für mich abstruses Wort. Vor allem eines, das nicht zu meinem aktiven Wortschatz gehörte. *Stories from a Shona childhood* und *One day, long ago* wurden zusammen unter dem Titel *De pratende pompoen*, der sprechende Kürbis, herausgegeben. Geschichten von Charles Mungoshi, einem Autor aus Simbabwe. Diese Übersetzung ist meine allererste Veröffentlichung, erschienen 1994 bei Leopold en Novib.

Vorhin habe ich Jasper wieder ohne Leine laufen lassen. Eine Viertelstunde ging es gut. Die letzten fünf Kilometer in der

Sommerhitze (wieder dreiunddreißig Grad und immer noch staubtrocken) habe ich dann allein zurückgelegt. Was ich erhofft hatte, trat ein: Als ich nach Hause kam, erhob sich Jasper auf dem oberen Teil der Terrasse, wo er auf mich gewartet hatte. Unterwegs hatte er mich also nicht mehr wiedergefunden.

19. JULI [SCHWARZBACH]   Schon an zwei Tagen hintereinander ist Jasper während der kleinen Morgenrunde bei mir geblieben. Heute Morgen lief er auf dem Rückweg im Wald vor mir her zum Haus hinunter. Er war triefnass, vergangene Nacht hat es endlich, endlich einmal nennenswert geregnet. Als ich ankam, stand er aber nicht vor der Tür, was mich wunderte. Kurz darauf hörte ich ihn in einiger Entfernung jaulen. Fünf Minuten später näherte er sich noch etwas unschlüssig dem Haus. Er zögert dann, man sieht ihn denken: Ich kann immer noch schnell weglaufen. Ich rief: »Essen!«, und er kam. Gestern ging es bei der großen Runde nicht ganz so gut, aber am Ende geschah genau das, was ich vorausgesagt hatte. Meine Freundin Joke – die mir früher, als ich furchtbare Zahnschmerzen hatte, nicht riet, den Kopf stillzuhalten, und so eine Gelegenheit zur Revanche verpasste – und ihr neuer Freund waren hier, sie übernachteten zweimal in einer Pension in Obere Hardt. Dorthin ging ich mit Jasper, er blieb angeleint, weil wir an der Straße entlanglaufen mussten. In Obere Hardt saßen wir eine Weile auf der Terrasse, der Hund bekam etwas zu trinken. Dann gingen wir zu viert den Plüscheider Berg hinauf. Diesmal war Jasper nicht angeleint; zuerst blieb er in der Nähe, dann lockte ihn irgendetwas zu weit weg. Wir gingen weiter. Ich schaute mich immer wieder um, pfiff ab und zu, aber Jasper blieb verschwunden. Als unsere Wege sich trennten – Joke und ihr Freund

wollten zurück zur Pension, ich nach Hause –, sagte ich: »Es kann sehr gut sein, dass er bei der Pension ist, da waren wir zuletzt längere Zeit zusammen.« Und ich hatte recht. Anscheinend ist der Weg vom Plüscheider Berg nach Hause für Jasper eine Idee zu weit, um ihn allein zurückzulegen. Die Pensionswirtin sagte, schon seit einiger Zeit treibe sich ein Hund beim Haus und im Garten herum. Jokes neuer Freund konnte ihn einfangen, Jasper hat dann zwei Stunden gepennt, bis sie zu dritt zu mir zum Essen kamen. Wie der Hund durch das Seitenfenster des Autos schaute, aufrecht auf der Rückbank.

Ich bin zufrieden. Ich habe mir immer vorgestellt, dass der Hund einfach durch das Zusammensein mit mir vieles lernen und begreifen würde. Außerdem habe ich ihn unterwegs belohnt, wenn er einmal auf mein Rufen hin kam. Das schien nichts zu bewirken, der Zusammenhang schien ihm nicht klar zu werden. Offenbar geschah das aber doch. Aber was genau hat sich in diesem Hundeköpfchen getan, dass er von einem auf den anderen Tag bei mir bleibt und auf mich achtet? Joke fragte mich gestern, ob ich nicht dahin zurückmüsste, wo ich ihn zuletzt gesehen habe. Nein, sagte ich, denn dann gehe ich wieder zu ihm, und er soll doch zu mir kommen. Laien-Hundepsychologie, aber ich möchte nun einmal selbst herausfinden, was in ihm vorgeht. Ich hoffe auch, dass unser neues Problem – er hat immer wieder ins Wohnzimmer gepinkelt und in einer Nacht sogar einen Haufen hinterlassen – mit diesem Umbruch zusammenhängt. Dass zu dem mentalen Sprung vorwärts (aus meiner Perspektive) ein hoffentlich kurzer Schritt rückwärts in puncto Stubenreinheit gehört. Seine Fortschritte und das Stubenrein-Bleiben scheinen zu viel auf einmal zu sein, ihn zu überfordern. Ob das nun so ist oder nicht, ich werde mich konsequent verhalten, ihm die Leine abnehmen, und wenn ich ihn dann vielleicht längere Zeit nicht gesehen habe, kurz abwarten, ob er nicht wieder auftaucht. Dadurch kapituliere ich nicht, wie ich es täte, würde ich hinter ihm herlaufen, um ihn zu holen. Und später werden wir es einmal in den Niederlanden am Strand versuchen, wo er beim ersten Mal wegrannte und erst viel später zurückkehrte.

Joke und ihr neuer Freund sind nach zwei Abenden mit gemeinsamem Essen und Stiche-Raten nach Trier weitergefahren. Jan van Mersbergen wohnt mit Freundin und Kindern seit gestern im Ferienhaus von Walter und Elisabeth in Nimshuscheider Mühle; heute Abend kommen sie zum Essen. Es ist bewölkt, vielleicht fällt gleich noch etwas Regen. Sonntag.
Ich glaube, ich habe das Kapitel Leeuwarden abgeschlossen. Wie ich gemerkt habe, ist es doch fast unmöglich, genau und verständlich zu erklären, was das nun eigentlich ist, eine Depression. Gleich nach meinem Diplom bin ich nach Amsterdam gezogen, um dort Niederländisch zu studieren. Darauf war ich ganz allein gekommen, niemand hat mir das eingeblasen. Dass 1985 mit einem Schlag die Hälfte aller Stellen im Bereich Kulturarbeit gestrichen wurde, lieferte mir ein gutes Argument. Nicht nur, dass ich aus eigenem Antrieb ein Niederländisch-Studium begann, zwei Jahre später wählte ich sogar den Schwerpunkt Historische Sprachwissenschaft, was fast niemand tat. Meinen Abschluss musste ich dann allerdings in Moderner Literatur machen, weil ein Jahr vorher der Fachbereich Historische Sprachwissenschaft aufgelöst worden war. Das ärgert mich noch heute, denn das steht auch in meinem Abschlusszeugnis. Zur feierlichen Überreichung, im August 1992, kam auch Opa Bakker. Wie ein Patriarch saß er danach in einer Kneipe neben dem P. C. Hoofthuis und trank ein Glas Orangensaft. Am nächsten Tag mähte er, dreiundneunzig Jahre alt.

20. JULI [SCHWARZBACH] Gestern Abend hat Jasper etwas getan, das mich denken ließ: Jetzt reicht's. Im Haus war ungewöhnlich viel los. Die van Mersbergens waren zum Essen da, und genau zur gleichen Zeit kamen auch Pauline Slot und Freund Pieter de Rijk auf dem Weg zu ihrem Eifelhaus vorbei. Wenn Pauline und Pieter hier sind, ist auch Cocker Spaniel Saar hier, und zwischen Jasper und Saar herrscht ein gespanntes Verhältnis. Saar ist der einzige Hund, der Jasper jemals gebissen hat, am Kopf. Wir aßen sehr spät, und auch Jasper bekam sehr spät sein Fressen. Irgendwann waren dann alle wieder weg, Jasper hatte sich nach oben verzogen. Das große Hundekissen lag nicht auf dem Sofa. Und er leerte seine Blase. »Runter!«, rief ich. Er gehorchte. Als ich einen Moment später mit einem nassen Lappen zurückkehrte, hatte er gerade eine große Pfütze auf dem teuren Wollteppich hinterlassen. »Was machst du denn?!«, rief ich. Ja was, pinkeln. Ich habe ihn hinausgeworfen, von mir aus konnte er die ganze Nacht wegbleiben. Nach zehn Minuten winselte er vor der Haustür. Ich sperrte ihn in den Hauswirtschaftsraum, wo er die Nacht verbracht hat. Heute Morgen lief er brav mit mir den Hügel hinauf. Bei einem Stapel runder Heuballen unter Plastikplanen ließ ich ihn zurück, dort hat eine verwilderte Katze geworfen. Nach anderthalb Stunden kam er nach Hause. Ich weiß einfach nicht, was mit diesem Tier los ist. Aber ich bin ständig mit Wischen und Waschen beschäftigt, das muss irgendwann aufhören.

Ich wurde zum Militär einberufen. Obwohl ich der dritte Sohn bin, sollte ich der Erste sein. Mein ältester Bruder berief sich auf eine Regelung, die meines Wissens »Bruderpflicht« genannt wurde: Um freigestellt zu werden, konnte er darauf verweisen, dass er noch vier Brüder »unter sich« hatte. Ganz feige. Piet, der Zweitälteste, gehörte zu einem Jahrgang, der gar nicht einberufen wurde. Jahrelang hatte ich die Einberufung mit meinem Studium hinauszögern können, aber nun, beim Übergang von der Akademie in Leeuwarden zur Universität von Amsterdam, fand man, es sei genug. Ich musste mir etwas einfallen lassen. Die Lösung war der Besuch bei einem Psychologen vom psychosozialen Dienst des Studentenwerks. Was ich dem alles erzählt habe, weiß ich nicht mehr. Nur dass ich übertrieben die Hände rang und sah, wie er die ganze Zeit auf meine Hände starrte. Der Tag, an dem ich ihn aufsuchte, war der Tag, an dem ich mich hätte melden müssen. Ich war also ein Wehrdienstverweigerer. Der Psychologe sprach sich gegen eine Einberufung aus. Dafür riet er mir dringend zu einer Therapie, und ich habe sogar auf ihn gehört. Weil ich die vage Vorstellung hatte, er könnte vielleicht recht haben. Zweieinhalb Jahre habe ich damals Verhaltenstherapie gehabt, bei einem Psychologen vom kommunalen Gesundheitsdienst. Zweieinhalb Jahre Verhaltenstherapie – das ist einmalig, glaube ich.

Meinem Selbstvertrauen hat die Therapie nicht wirklich gutgetan. Sie begann mit monatelangem Schweigen von seiner Seite, um mich zu brechen, nehme ich an. *Ich* sollte anfangen, von *mir* sollte etwas kommen. Monatelang geschah deshalb nichts. Warum ich stur blieb, kann ich heute nicht mehr ganz nachvollziehen, auf jeden Fall hatte ich aber das Gefühl, dass ich keine Verhaltenstherapie brauchte. Die Sitzungen fanden immer am Ende des Tages statt; oft dämmerte der Therapeut dabei ein, im Laufe der Jahre immer öfter. Und ich weckte ihn nicht. Er riet mir, als Mantra »*I'm okay. I'm okay*« zu denken, wenn ich in den aquarienartigen Hörsälen des P.C. Hoofthuis von Zwangsgedanken heimgesucht wurde, so einer war er. Und ich tat das auch noch. Tausend- und abertausendmal habe ich »*I'm okay. I'm okay*« gedacht. Warum es Englisch sein musste, weiß ich nicht. Es half auch nicht wirklich. Die dortige Mensa habe mich »negativ konditioniert«, meinte der Therapeut. Darin steckte ein Körnchen Wahrheit: Es war mir fast unmöglich, mich dort aufzuhalten, mit Kommilitonen an einem Tisch zu sitzen. Alles empfand ich als Angriff auf mich: die Gespräche, die Menschen, den Lärm. Einmal bekam ich einen Panikanfall, und sämtliche negativen Empfindungen verbanden sich für mich mit dem Ort. Immer wurde über »gefährliche« Themen gesprochen; egal, was gesagt wurde, es war bedrohlich für mich. Erröten, Schwitzen, ein Puls wie ein Marathonschwimmer. Ich weiß nicht, ob es den Begriff »Bezugswahn« gibt, jedenfalls war es das, worunter ich litt: Ich bezog alles auf mich. Wenn von einem Mord gesprochen wurde, war ich ein Mörder und glaubte, alle am Tisch könnten mir von der Stirn ablesen, dass ich einer war. Diebstahl, Raub – ich war der Täter. Kindesmissbrauch: Auch dessen war ich schuldig. So etwas macht die Teilnahme an Gesprächen unmöglich. Ich war ständig auf der Hut vor »gefährlichen« Themen, immer angespannt, immer in der Defensive. Das zermürbt. Und dieses Licht in der Mensa und in den Hörsälen! Als Kind hatte ich morgens früh die Neonröhren in der Küche nicht eingeschaltet, im P. C. Hoofthuis habe ich eine lebenslange Abneigung gegen Leuchtstofflampenlicht entwickelt.

Jahrelang habe ich es vermieden, mit einer Person allein bei mir oder ihm oder ihr zu Hause zu sein. Die Anstrengung, die es mich kostete, den anderen anzusehen, wenn er sprach, ihm zuzuhören, empfand ich als übermenschlich. Ich konnte das nicht, es wurde mir zu viel, ich fing an zu schwitzen, wurde rot, geriet in Panik. Schon die Angst davor, dass es geschehen könnte, führte zur Verkrampfung. Ich versuchte – unbewusst – auf jede Art, Kontakt zu vermeiden. Er überforderte mich. Und ich fing an zu glauben, dass ich wirklich ein Ladendieb, ein Vergewaltiger, ein Mörder war. Besonders denen, die gern endlose Geschichten erzählen, die immer wollen, dass man ihnen zuhört – und das sind nicht wenige –, ging ich aus dem Weg. Außerdem fühlte ich mich mit mehr als einer Person sicherer; man konnte mich nicht mit einem anderen allein lassen. Und in all den Jahren dämmerte der Therapeut bei unseren Sitzungen ein und nahm ich Roaccutane und verteilte flüssiges Napalm auf meiner Haut und musste zwischen Lehrveranstaltungen nach Hause, um die glättende Salbe aufzutragen. Es muss ein grauenhaftes Leben gewesen sein. Doch ich rempelte mich durch. Immer vorwärts, weil es rückwärts nun einmal nicht geht.

Ein sehr hartnäckiger Zwangsgedanke betraf meine Dozentin im Fach Etymologie. Ich saß in einem der Hörsäle, die ringsum zur Hälfte aus Glas bestanden, unter den eingeschalteten Neonlampen zwischen anderen Studenten. Es waren nicht viele, Etymologie war nicht sehr beliebt, die meisten hatten Sprachkompetenz gewählt, weil man damit später einmal Geld verdienen konnte. Meine Dozentin – die eine meiner Prüferinnen im Examen war und die ich sehr gut leiden kann – kam herein. Und ich dachte: Fette Sau. Grauenhaft ist das. Ich wollte das nicht denken und empfand es auch gar nicht so. Aber ich war machtlos dagegen. Und warum immer etwas Negatives? Man kann doch auch denken: Gute, Liebe. Je mehr man sich anstrengt, etwas nicht zu denken, desto stärker wird der Gedanke. »*I'm okay. I'm okay. I'm okay.*« Und ich saß dort so nackt, so verletzlich, hinter Glas und im Neonlicht, mit diesem Reißen und Jucken im Gesicht, das durch all das Giftzeug zum Schlucken und Schmieren noch empfindlicher geworden war. Ein Klumpen rohes Fleisch war ich. »Fette Sau. Fette Sau. *I'm okay. I'm okay.* Fette Sau.« Da soll man dann noch Lehrstoff aufnehmen oder sich überhaupt auf irgendetwas außerhalb seiner selbst konzentrieren.

Ich verstehe deshalb auch, dass ich gar keinen Versuch unternahm, der gespannten Atmosphäre in der Wohnung meines Notstandsfreundes zu entfliehen. Dass ich seine manchmal ziemlich gemeinen Winke mit dem Zaunpfahl ignorierte. Mir fehlte ganz einfach die Energie, etwas zu unternehmen. Mein Eckchen am Fenster, wo meine Matratze lag, war auch ein sicherer Ort geworden, und das ausgerechnet im Wohnzimmer, in dem sich außer meinem Notstandsfreund oft andere Menschen aufhielten, Freunde von ihm oder mir.

Ich habe Zwangsgedanken schon als Abwehrmechanismus bezeichnet. Als Schutz gegen Depression. Der Geist sucht irgendetwas, das ihn davor bewahrt, in dieser lähmenden dunklen Nichtsheit und Angst der Depression zu versinken. Er sucht Auswege, Ventile, Ablenkungen, was weiß ich. Vielleicht löst auch der unverstandene Kampf gegen etwas Unbekanntes Zwangsgedanken und Phobien aus und baut sich in ihnen der Druck ab, der durch die fortwährende Anstrengung entsteht. Niemals entspannt man sich. Jemand hat mal zu mir gesagt, ich sei so dünn, weil ich von meinen Nerven lebe. Das war schön gesagt, weshalb ich es inzwischen selbst sage, wenn dicker und dicker werdende Menschen mich fragen, wie ich es schaffe, so dünn zu bleiben, trotz all der Chips, des Kuchens und der Schokolade, die ich in mich hineinstopfe.

Was mich – aus heutiger Sicht, alles immer aus heutiger Sicht – durch diese Jahre hindurchgeschleppt hat, ist das Eislaufen. 1986 wurde ich Mitglied des Eislaufvereins der Universität und bin aktiver Eisschnellläufer geblieben, bis ich mir bei einem fliegenden Start die Leiste ruinierte. Insgesamt etwa fünfzehn Jahre. Danach habe ich noch jahrelang andere trainiert, bevor ich zu oft hier war und zu oft absagen musste. Bram Bakker, Psychiater und Kolumnist, liegt nicht immer richtig, aber wenn er die Wichtigkeit von Bewegung betont, hat er wirklich recht. Den Körper müde machen, ein müder Körper ist ein guter Körper, er muss sich entspannen und regenerieren. Der Geist zieht mit. Eisschnelllauf ist ein wunderschöner, aber auch schwieriger Sport, in dem es auf Technik ankommt, der Konzentration und sehr viel Training erfordert. Es gab Tage, an denen Sjoerd van Tiel, Marcel Beemsterboer und ich (alle drei Nordholländer) morgens an Hochschulwettkämpfen in Deventer oder Eindhoven oder Groningen teilnahmen (Aufstehen um vier Uhr), gegen sechs Uhr abends auf der Jaap-Eden-Bahn trainierten, dann bei einem von uns dreien aßen – immer mit zwei Gläsern Rotwein – und spätabends noch einen Marathon liefen, den Sjoerd sogar gewann. Sjoerd bringt es dann fertig, die Fäuste in die Luft zu strecken und »Ich bin der Beste!« zu rufen. Ich habe meiner Erinnerung nach nie einen Marathon gewonnen. Meistens hörte ich mittendrin auf, weil der Ansager meinen Namen entstellte, wenn er in seinen Papieren schnell Nummer 52 suchen musste. Dann hatte sich »Gerard Bakker« an die Spitze gesetzt oder unternahm »Gerrit Bakker« einen Ausreißversuch, und ich dachte: Du kannst mich, du Knalltüte. Während die anderen sich weiter mit aller Kraft über die Bahn wuchteten, lief ich übertrieben schön und in möglichst tiefer Hocke noch ein paar Runden aus und ging duschen. Was ich mir manchmal zurückwünsche, ist das Gefühl, schwere, dicke, wohlig erschöpfte Oberschenkel zu haben, das sich nach einem solchen Tag einstellt, ein Gefühl, das man nur nach dem Eisschnelllaufen hat. Nie habe ich nach dem Laufen oder Rennradfahren solche Beine gehabt. Ich glaube, ich fand das Eislaufen vor allem deshalb so schön, weil es nun – vielleicht zum ersten Mal in meinem Leben – etwas gab, das mich interessierte, in dem ich vollkommen aufgehen konnte und wollte, worauf ich jederzeit Lust hatte.

Die dicksten Beine hatten wir immer in Collalbo. Diese Woche war der Höhepunkt der Eislaufsaison. Wir taten den halben Tag nichts anderes, als auf dem Rücken zu liegen, die Fersen der hochgestreckten Beine an der Wand vor uns, weil unser bester Läufer – Casper Helling – uns gesagt hatte, das sei eine gute Methode, die Beinmuskulatur zu entsäuern. Wenn wir nicht mit hochgestreckten Beinen dalagen, trainierten, aßen oder schliefen wir. Sonst nichts, eine ganze Woche lang. Tief in die Hocke gehen, sich seitwärts abstoßen, in der Kurve mit dem inneren, also linken Bein stark nach rechts. Stundenlang. Dauertraining, Sprinttraining, Intervalltraining. Und etwas, das wir »Putzen« nannten, das machte uns großen Spaß, gerade auf dem phantastischen Eis dort, zumal es meist windstill war. »Putzen« bedeutet, in extrem tiefer Hocke zu laufen und ganz gleichmäßig immer wieder den Stoßfuß vor den Gleitfuß zu setzen, ohne Tempo zu machen, je langsamer, desto besser, im Grunde ist es Kraft- und Techniktraining zugleich. Selten fuhren wir zum Skilaufen auf das Rittner Horn hinauf. Es war nicht ratsam, weil Abfahrt sehr schlecht für die Technik ist: Beim Eisschnelllaufen liegt der Schwerpunkt weiter hinten, bei der Abfahrt lehnt man sich in den Stiefeln nach vorn. Etwas zu lange Skilaufen, und man konnte die Wettkämpfe vergessen. Und um sie ging es ja. In der Arena Ritten lief so mancher seinen persönlichen Rekord. Sie liegt auf zwölfhundert Metern Höhe und hat Eis aus sehr sauberem Wasser. In einem Jahr war Dianne Holum dort, die legendäre Trainerin von Eric Heiden und selbst olympische Goldmedaillengewinnerin, und eines Tages rief sie: »*That's the way to do it!*«, als ich eine »Steigerung« lief. Eine Steigerung ist ein Sprint über zweihundert Meter, bei dem man das Tempo immer weiter steigert, um möglichst schnell durch die Kurve schießen zu können. Im Grunde reichte dieser Ausruf, um in meinen Augen alles, was ich danach noch auf

Schlittschuhen leistete, zu entwerten. Wir liefen zig Runden hinter Gunda Niemann her, bestaunten Ids Postma und mehrere Kasachen, plauderten mit dem blutjungen Stefan Groothuis, und Gerard Kemkers coachte uns zu beachtlichen Zeiten über zehntausend Meter.

Wenn dann in Collalbo die Wettkämpfe nahten, wurde mir immer ein wenig mulmig. Es gab eine Saison, in der ich im Januar auf der Jaap-Eden-Bahn über tausendfünfhundert Meter 2:14 Minuten gelaufen war, und alle prophezeiten, dass ich in Collalbo mindestens 2:05 schaffen würde. Das machte mich so nervös, dass ich auf allen Distanzen außer den zehntausend Metern stürzte. Ich stürzte sonst nie. Und die zehntausend Meter interessierten mich nicht, nicht einmal mit einem Gerard Kemkers als Coach. Noch monatelang hat mich das Gefühl verfolgt, in einem entscheidenden Augenblick etwas vermasselt zu haben. Nie wieder würde diese Form zurückkehren.

Man drängte mich, das Rauchen aufzugeben. »Wenn du aufhören würdest zu rauchen, könntest du ein sehr guter Läufer sein«, sagte sogar der Trainer. Ich habe es nie getan. Hätte ich das Rauchen aufgegeben, wäre das Eislaufen viel zu wichtig geworden, und ich wäre gescheitert. Persönliche Rekorde kamen völlig unerwartet. Wenn ich mit den Gedanken woanders war, wenn in Herenveen rings um das Eisstadion Thialf schon die Lämmchen bei milder Frühlingssonne über die Weiden tollten und ich nichts mehr erwartete. Mitte März lief ich – nach einem entsetzlich schlechten Fünftausend-Meter-Lauf – meinen 41-Sekunden Rekord über fünfhundert Meter, als das Eis vielleicht noch für eine Viertelstunde wettkampftauglich war.

In Collalbo gewöhnte ich mir an, ganz allein zur Marienkapelle in Lengmoos zu wandern. Durch eine stille weiße Welt.

Einmal nicht den Clown spielen, fort vom Gruppendruck, der Fresserei, dem Geschrei. Befreit von der Rolle, von meinem selbstentworfenen Kostüm, das mir nicht passte. Die Kapelle ist bis unters Dach mit Votivgaben vollgehängt, fast alle für die Heilung eines Kindes, einer Mutter. Ich nahm Münzen mit, warf einen Gulden durch einen Schlitz und zündete eine Kerze an. Wenn ich das Gefühl hatte, dass mehr nötig war, zündete ich sogar zwei Kerzen an, natürlich nach Zahlung von zwei Gulden. Nie sprach ich meinen Wunsch laut aus, immer nur in Gedanken, aber sehr fordernd. *Bitte lass mich persönliche Rekorde laufen.* Wenn auch lediglich als Entschädigung für die Reisekosten, die für einen armen Studenten, später Sozialhilfeempfänger, recht beachtlich waren. Ich wusste nicht einmal, ob man um so etwas bitten durfte, vielleicht bittet man Maria nur um die Heilung eines Kindes oder der Mutter; oder um einen höheren Milchertrag, wenn die Kühe nicht ganz gesund sind. Um die Beseitigung eines Übels. Was sonst vielleicht noch von mir erwartet wurde, war mir auch nicht klar, ich bin alles andere als katholisch. Ich faltete weder die Hände noch senkte ich den Kopf. Ich warf Geld durch einen Schlitz, zündete eine Kerze an und bat um persönliche Rekorde. Fast immer erfüllte sich mein Wunsch; ob das nun Maria zu verdanken war, wird man natürlich nie erfahren.

Viel offensichtlicher als eine Gemeinsamkeit zwischen Schreiben und Gärtnern ist in meinem Fall die Analogie zwischen Eisschnelllaufen und Schreiben. In dem Sinne, dass es mir unbeabsichtigt gelingen muss. Ich darf mit nichts rechnen, muss mit den Gedanken woanders sein, darf nicht das Buch der Bücher schreiben wollen. Im Grunde darf ich gar kein Buch schreiben wollen. *Es muss versehentlich geschehen.* Was eigentlich nicht sein kann, es ist unlogisch: Das Verb »müssen« und das Adverb »versehentlich« passen nicht zusammen. Das kann das Schreiben eines Buches sehr schwierig machen.

Nach zweieinhalb Jahren hatte mein Therapeut sich angewöhnt – ich übertreibe ein wenig –, sofort nach meinem Eintreten einzuschlafen. Ich bin völlig uninteressant, dachte ich. Mir fehlt eigentlich nichts, wieso sollte er sonst immer eindämmern? Am wichtigsten war aber der Gedanke: Ich muss es selbst tun. Ich muss es allein tun. Das bedeutete das Ende der Verhaltenstherapie. Alles allein tun. Niemand kann dir helfen.

21. JULI [SCHWARZBACH] Jasper scheint wirklich über den entscheidenden Punkt hinaus zu sein. Er bleibt. Er läuft weg, kommt aber wieder zurück. Gestern ist es sogar bei der großen Runde gutgegangen. Er war verschwunden, aber irgendwann sah ich ihn auf einem Feldweg laufen, fast schon zu Hause. Ich pfiff, und er kam. Maria, Peters Frau mit den Hunden Ben, Jule und Jack, stand am Rand einer Weide und rammte Pfähle in den Boden. »Ja, gut!«, rief sie. Gut, in der Tat. Sie klagte über die große Zahl an Rehen. Früher habe es nicht so viele gegeben, da habe man noch in Ruhe mit seinem (Jagd-)Hund spazieren gehen können. Gestern Abend kroch Jasper unter die Planen, mit denen die großen runden Heuballen abgedeckt sind, er suchte Katzen. Seine Silhouette zeichnete sich unter dem weißen Kunststoff ab, während er sich daran entlangschob. In Gedanken sah ich ihn schon zwischen den Ballen feststecken und stellte mir vor, wie ich den Bauern anrufen würde, damit er mit seinem Traktor die Ballen auseinanderzog, um den Hund zu befreien. Nicht nötig, Jasper schaffte es aus eigener Kraft wieder heraus. Und

lief brav mit mir nach Hause. Ich sollte mit den van Mersbergens in den Eifel-Zoo, sagte aber ab, in letzter Zeit war hier schon genug los. Ich schrieb und sägte endlich die obersten Äste der Stechpalme an der Straße ab. Sie ist jetzt geschätzte drei Meter niedriger, so dass ich vom Schreibzimmer aus über sie hinwegblicken kann. Seit einer Woche habe ich schnelles Internet. Ich konnte die Sache dann doch nicht einfach laufenlassen, nach dem Anbringen des Kästchens im Hauswirtschaftsraum tat sich nämlich nichts mehr. Erst zwei Wochen und zwei Anrufe später kam jemand, der eine Telefonsteckdose anbrachte. Ich tippe diese Zeilen, während im Hintergrund die dritte Sinfonie von Górecki erklingt. Alles ist rasend schnell, auch YouTube. Nach fünf Minuten war es schon nichts Besonderes mehr, es ist, wie ich es gewohnt bin. Ganz ähnlich wie beim ersten Eistraining im Oktober. Immer hatte ich die vage Hoffnung, dass es sehr frustrierend sein würde, mühsam, aber jedes Mal war es, als hätte es keinen Sommer gegeben: Am 8. Oktober lief ich los, wie ich am 10. März zum letzten Mal auf der Übungsbahn in Richtung Umkleidekabine gelaufen war.

Inzwischen ist auch im *Guardian* eine Besprechung von *June* erschienen. Sehr positiv. »*Bakker is unafraid of stillness, and a master of emotional restraint, and on the small, quiet canvas of* June, *both of these are very much in evidence.*« Von dem Redakteur, der Per Petterson und mich in Hay-on-Wye interviewt hatte. Ich bekam eine Mail von Stuart Williams: »*Hi, Gerbrand, I'm guessing that you're comfortable with us entering* June *for this prize, but I thought I'd check. The entry requirements state it's for LGBT authors, not subject matter. Thanks, and hope you're keeping very well.*« Es ging, wie ich feststellte, um den Green Carnation Prize, »*celebrating LGBT literature*«.

Ich brauchte nicht lange über eine Antwort nachzudenken: »*Well ›comfortable‹ ... I think it's ridiculous! Do we need special treatment? Do women writers need special prizes? Of course not! So enter the book and hope and pray that* June *wins, so I can make a special speech! As always all best and keep well as well!*«

Worauf Stuart Williams wiederum antwortete: »*I thought you might say that! And I couldn't agree more. I'll put it in and would love nothing more than one of your special speeches. Take care, S.*«

Man macht was mit als Schriftsteller. Ein spezieller Preis für homo- und bisexuelle Autoren? Warum dann nicht auch Preise für Autoren mit Prostatakrebs oder Autoren, die der Vereinigung der Liebhaber des Meißener Porzellans angehören? Absurd. Der Preis wird in Form von »Kudos« vergeben. Ich musste im Internet nachsehen, was das ist: »*Kudos* kommt vom altgriechischen κύδος, kydos (Ruhm, Berühmtheit). Man gibt anderen ›kudos‹, um sie zu würdigen. In der Regel werden diese ›virtuellen kleinen Geschenke‹ durch die Bewertung mit +1 (positiv) im Gegensatz zu −1 (negativ) vergeben.«

Im vergangenen Herbst habe ich vier Schwarze-Johannisbeer-Sträucher gepflanzt, und die tragen nun schon so viele Beeren, dass ich mit Roten Johannisbeeren vom Kaufland drei Gläser Marmelade daraus machen konnte. Mehr Rote als Schwarze, und trotzdem schmeckt die Marmelade nach den Schwarzen. England. Wales. *Blackcurrant.* Nichts ist köstlicher.

5. AUGUST [AMSTERDAM]   »[...] June, *the author's latest offering, was actually published in Dutch as his second novel, back in 2009. It is another astonishing piece of work: quiet, meditative, defined by its tenderness, compassion, occasional soft humour and a relentless – though never overwhelming – air of melancholy. And as in his other novels, the story seems to lie largely beyond the margins of the page.*

What's here is sad and sometimes lovely, and demanding of stately consideration. Nothing happens because everything has already happened, and these days, years and decades are the broken aftermath. [...]

With this novel, his most ambitious yet and one likely to finish near or at the top of most year-end best-of lists, Bakker secures a place for himself among the world's greatest living writers. «

(*The Irish Examiner*, 1. August 2015)

Das Schöne an solchen Rezensionen ist, dass ich letzte Woche zu Dolf Verroen sagen konnte: »Ist dir eigentlich bewusst, dass einer der größten lebenden Autoren der Welt dir selbstlos beim Umzug hilft?!« Ansonsten weiß ich nicht so recht, was ich davon halten soll. Der Rezensent – Billy O'Callaghan, selbst Schriftsteller – schickte mir kurz danach eine Freundschaftsanfrage auf Facebook. Die habe ich akzeptiert. Ich musste an eine Bemerkung von Gerard vor fast zehn Jahren denken. Kurz nach dem Erscheinen von *Boven is het stil* war ich bei Dolf und ihm, und *Het Parool* brachte eine Besprechung, in der Maarten Moll schrieb, ein Schriftsteller sei »aufgestanden«. Als ich morgens in die Küche kam, sagte Gerard: »Aha, da ist ein Schriftsteller aufgestanden.« Das fand ich witzig.

Ich war im Aktivurlaub. In Friesland. Dort zogen Dolf und Gerard vom Dorfrand ins eigentliche Dorf, die Entfernung betrug vielleicht drei Kilometer Luftlinie. Acht Tage mitten in einem Umzug, es wurde geschimpft, geweint, geklagt und gelacht. Und hart gearbeitet, sehr viel Kaffee getrunken und Kuchen gegessen. Am Tag vor meiner Abfahrt aus der Eifel hatte mich eine Wespe in den Unterschenkel gestochen. Es tat wie üblich furchtbar weh, und fast während der ganzen Friesland-Woche bin ich mit einem dicken, harten Unterschenkel und einem Fuß, der nicht mehr in den Schuh passte, herumgelaufen. Natürlich fragte niemand danach, schließlich war es ein Umzug. Hin und wieder kann man dann sagen: »Nett, dass ihr euch so freundlich danach erkundigt, aber dem Bein geht es eigentlich ganz gut.« Hinter dem neuen Haus gibt es zwei Teiche, in denen ängstliche Frösche leben. Wenn man eine Runde um die Teiche dreht, springen die Frösche einer nach dem anderen ins Wasser, sie warnen sich nicht gegenseitig, es sind die Schritte, die das Springen auslösen. Geht man ganz langsam, sitzt am Ende der Runde der erste Frosch schon wieder auf seinem Uferplatz, und das Gespringe beginnt von vorn. Eine schöne Beschäftigung, wenn man an einem warmen Sommertag Langeweile hat. Im Dorf sausen Mauersegler um jedes Dach, während ich beim alten Haus in drei Jahrzehnten nicht einen einzigen gesehen oder gehört habe.

Die Umzugsfirma war etwa sechs Stunden mit dem Flügel zugange. Da hatte man sich ein bisschen verschätzt, vielleicht sogar überhaupt keine Erfahrung, obwohl der Chef gesagt hatte, ein Flügel sei gar kein Problem. Das Instrument hing vier Stunden auf der Treppe des alten Hauses fest. Zwei Helfer waren im Obergeschoss eingesperrt, ohne Essen oder Getränke, aber mit verstopfter Toilette. Am Ende musste der Zimmermann (einer der beiden Eingesperrten) am Treppenabsatz einen ganzen Balken heraussägen.

Jasper war bei Anton Dautzenberg in Tilburg zu Gast, wo

ich ihn gestern Abend abgeholt habe. Er hatte zweimal in die Diele geschissen und auch ein paarmal gepinkelt, trotzdem mochte Anton ihn noch und sagte, er dürfe gern wiederkommen. Bald muss Jasper wegen seiner jährlichen Impfungen zum Tierarzt; ich werde doch einmal fragen, woran es liegen kann, dass er plötzlich wieder nicht stubenrein ist. Vielleicht denken manche Leser jetzt: »Ja hallo, tut denn dieser Hund nichts anderes als pinkeln?!«, aber in letzter Zeit war es gutgegangen. Vielleicht endlich ein bisschen Trennungsangst? Das müsste mich eigentlich freuen, weil es bedeuten würde, dass er sich an mich bindet – was sich schon andeutete, als er bei unseren Eifeler Spaziergängen in meiner Nähe blieb. Anton lud mich zum Essen ein (»Nie isst hier jemand«), und das Essen war lecker. Danach bekam ich auch noch zwei Gläser Whisky mit Eis.

In meiner Amsterdamer Wohnung habe ich einfach mit der Umzieherei weitergemacht. Mein Neffe Casper wohnt hier, er studiert an der Fachhochschule. Eigentlich wohnt er im Casa 400, aber das ist im Sommer ein Hotel, dann müssen alle Studenten für vier Monate ausziehen. Es gefällt ihm hier, er würde gern bleiben. Wir haben mein Arbeitszimmer provisorisch vom Wohnzimmer abgetrennt, so dass wir beide einen Raum für uns haben. Vielleicht ist das ein Schritt in Richtung eines endgültigen Umzugs in die Eifel. Gestern wollte ich ein Bett haben – mein Bett hat Casper –, und das bitte sofort, das heißt auch sofort geliefert. Die Angestellte bei Slaapcomfort Oost im Zeeburgerpad war dermaßen eingebildet und arrogant, dass ich dort schnell fertig war. Das Geschäft führte Auping und ähnlich teure Marken, und eigentlich hatte ich auch gar keine Lust, so viel Geld für ein Bett auszugeben. »Einige Wochen«, antwortete sie mitleidig auf meine Frage nach der Lieferzeit. Deshalb ging ich zu einem

türkischen Laden in der Javastraat. Er hatte zwei Betten vor-
rätig. Da fiel die Wahl leicht, ich wählte das weniger hässliche, und das kostete zweihundertfünfzig Euro. Anderthalb
Stunden später wurde es geliefert, die Männer wollten Bar-
geld. Letzte Nacht schlecht geschlafen. Trotzdem gefällt mir
die Situation ganz gut. Ich habe hier eine Art kleines Amsterdamer Hotel mit allem, was ich brauche. Und Neffe Casper
hat nichts dagegen, wenn ich ins Wohnzimmer komme. Wir
vertragen uns prima. Ein paar Tage pro Woche arbeitet er in
einem Klamottenladen in der Kalverstraat. Er ist ein guter
Junge und hält sogar die Wohnung sauber. Die Pflanzen gießt
er allerdings nicht. Er sieht nicht, wenn es nötig ist, sagt er.
Ich habe insgesamt zwölf Neffen und Nichten. Eine angenehme Vorstellung. Sogar eine Großnichte habe ich schon, was
bedeutet, dass ich Großonkel bin. In früheren Zeiten waren
das uralte Männer, Witwer mit dicken Zigarren und Holz-
beinen, sonderbar gewordene Altbauern in Häusern mit ein-
frierenden Wasserleitungen. Heute also flotte dreiundfünf-
zigjährige Schriftsteller mit zwei Wohnsitzen, die sich teure
Unterhosen aus Australien schicken lassen, die keinen Führerschein besitzen, obwohl sie eigentlich nicht ohne Auto
auskommen, stattdessen am liebsten einen Hund, der weg-
läuft, der scheißt und pinkelt, wo er das nicht tun darf, einen
Hund mit »Altlasten«.

9. AUGUST [SCHWARZBACH] Gestern merkte ich, dass
ich erschöpft war. Kein Wunder nach den letzten zwei Wochen: ununterbrochen Menschen um mich herum, Übernach-
tungen bei anderen, harte Arbeit. Richtig erschöpft. Drei
Stunden habe ich hinten in Pauline Slots Auto geschlafen.
Noch länger als Jasper, der ziemlich unruhig war. Letzten Donnerstag war ich bei meinen Eltern. Als Erstes erzählte mein

Vater von einer Frau, die am Mittwoch im Garten herumgelaufen war. Nach einer Weile hatte er sich zu ihr gesellt, weil
sie keine Anstalten machte zu gehen. Ob dies das Elternhaus
des Schriftstellers Gerbrand Bakker sei. Nein, antwortete
mein Vater, das ist dort, und zeigte auf den Bauernhof. Außerdem sagte er ihr netterweise, dass der Schriftsteller Gerbrand Bakker am nächsten Tag da sein werde. Zum Glück
ahnte der Schriftsteller Gerbrand Bakker davon nichts; als
ich mit meinen Eltern eine Runde um Wieringen fuhr und
mein Vater von einer meiner Nichten angerufen wurde, die
ihm mitteilte, vor dem Bauernhof warte schon längere Zeit
ein deutsches Ehepaar, fühlte ich mich deshalb ganz unschuldig. Ich hatte damit nichts zu tun, hatte nichts verabredet.
Mein Vater dagegen fühlte sich schuldig, fast wäre er nach
Hause gefahren. »Spinnst du?«, sagte ich. Stattdessen aßen
wir bei 't Wad in Den Oever panierte Kabeljauschnitte mit
Pommes frites und fuhren anschließend zum Kaffeetrinken
zu meinem jüngsten Bruder. Jasper lief gegen einen Elektrozaun, was minutenlange Jaulerei zur Folge hatte. Ich wusste,
dass der Zaun an der Weide mit den beiden Ziegen unter
Strom stand; dass auch der an der Pferdeweide unter Strom
stand, erwähnte Brüderchen nicht. Jasper war mir den ganzen Abend böse; dass ich ihm im Zug nach Amsterdam mein
iPhone auf die Pfote fallen ließ, machte es nur noch schlimmer. In der Tasche hatte ich einen Zettel mit einer Nachricht
von der Frau aus Deutschland, einschließlich E-Mail-Adresse. Sie und ihr Mann, zurzeit auf einem Campingplatz in
Sint Maartenszee, fänden es jammerschade, dass sie mich verpasst hätten. Sie seien große Fans von mir, und zufällig stam-
me sie aus der Eifel. Dass ich jetzt dort wohne, wusste sie,
weil mein Vater auch das netterweise erwähnt hatte. Ich war
heilfroh, dass Jasper, meine Eltern und ich über den Friedhof
von Stroe gegangen waren, als die beiden vor dem Bauernhof

warteten. Fans sind nicht so mein Fall, vor allem nicht, wenn sie im Garten meiner Eltern oder meines Bruders herumstrolchen. Schon mehrmals ist es vorgekommen, dass meine Eltern mit Bakker-Lesern Kaffee getrunken haben, und hier in der Eifel hat mich einmal ein niederländisches Ehepaar besucht, das gern meine *Trouw*-Kolumnen las. Die beiden haben von mir immerhin ein Bier (er) und einen Weißwein (sie) bekommen. Immer Ehepaare oder ältere Leute, niemals ein netter junger Mann um die neunundzwanzig, der sagt: »Ich habe dich gefunden, darf ich für immer bei dir bleiben?« Mit »älteren« Leuten meine ich inzwischen natürlich auch Menschen in meinem Alter.

Ich wollte übrigens gern nach Wieringen, weil ich plötzlich großes Heimweh hatte. Als ich klein war, fuhren wir fast jedes Wochenende eine Runde über die ehemalige Insel Wieringen, in dem dunkelgrünen Simca-Kombi. Einfach so »eine Runde fahren«, das geht heute auch nicht mehr, ist nicht mehr zu verantworten. Feinstaub, globale Erwärmung, hohe Benzinpreise. Opa Bakker setzte sich – vor noch viel längerer Zeit – an die damals neue Landstraße, um Autos zu sehen, Benzingeruch einzuatmen, sich zu erholen. Wenn er nach Hause kam, hatte er sehr viel erlebt. Einmal ist er in Paris gewesen, allein, irgendwann in den zwanziger Jahren, vor seiner Heirat. Dort hat er Josephine Baker auftreten sehen, wovon er bis zu seinem Lebensende erzählte, nur wusste da kaum noch jemand, wer Josephine Baker war.

12. AUGUST [SCHWARZBACH]   Jasper ist einsprachig erzogen worden. Wenn ich *lopen* sage, spitzt er die Ohren oder gähnt lautstark. Beim Wort »laufen« reagiert er nicht. Das Wort *visite* lässt ihn – ganz besonders in Amsterdam, wenn

es geklingelt hat – wie wild im Kreis herumspringen. Das beunruhigt mich manchmal: Warum freut er sich so sehr darüber, dass jemand kommt? Will er abgeholt werden? Von mir fort? Ist ihm jeder andere lieber als ich? Nach einer Minute hat sich die Aufregung allerdings wieder vollständig gelegt, dann ignoriert er den Ankömmling. »Besuch«? Er öffnet träge ein Auge und pennt weiter.

Im Augenblick frisst er »holistisches« Trockenfutter der Marke Natural Health. Von einem niederländischen Hersteller, trotzdem steht *Dogfood* auf der Packung. Achtzehn Euro. Einmal habe ich einen Mitarbeiter in der Tierbedarfshandlung gefragt, was »holistisch« bei Hundefutter eigentlich bedeutet. »Und wenn man mich totschlägt, ich weiß es nicht, aber alle Hunde sind ganz wild drauf.« Hier in der Eifel mische ich es mit Premium-Hundefutter vom Kaufland in Bitburg. 2,99 Euro. Bei Wikipedia finde ich folgende Erklärung: »*Holismus* (gr. ὅλος, *holos*, ›ganz‹), auch *Ganzheitslehre*, ist die Vorstellung, dass natürliche (gesellschaftliche, wirtschaftliche, physikalische, chemische, biologische, geistige, linguistische usw.) Systeme und ihre Eigenschaften als Ganzes und nicht als Zusammensetzung ihrer Teile zu betrachten sind.« So etwas verstehe ich nicht, wirklich nicht. Holismus steht auch für eine Weltanschauung, im Wesentlichen die Überzeugung, dass alles untrennbar miteinander verbunden ist; ein Holist betrachtet sich selbst als Teil des Ganzen und den anderen (Mensch, Tier, Pflanze oder Gegenstand) als anderes Ich. Gut, darunter kann ich mir etwas vorstellen. Aber holistisches Hundefutter? Hängt dessen Geschmack nicht von den einzelnen Zutaten ab? Und wenn nicht, wovon sonst? Ist es wie mit dem Brot von Albert Heijn, das – so steht es auf den Beuteln – mit Wasser und Mehl und Liebe gebacken wird? Oder ist der Geschmack eben doch das Ergebnis einer besonderen Kombination von Zutaten? Wie auch immer, das Zeug

ist teuer, und je teurer das Hundefutter, desto weniger Stuhlgang bei Jasper. Gestern Nachmittag war zwei Stunden lang
eine neue Freundin hier, die Holländische Schäferhündin
Rintje. Zusammen sind die beiden eine schöne Runde gelaufen, immer brav in der Nähe ihrer Herrchen.
Rintjes Herrchen ist Ivo de Haas, der fast anderthalb Jahre
lang zwei Efeupflanzen in einem kleinen Topf für mich aufbewahrt hat, so lange hat es gedauert, bis sich eine Gelegenheit fand, sie mir zu bringen. Irgendwann hat er zusammen
mit seinem Vater diesen Efeu von einem Gebäude auf der
Krim geschnitten, ich stelle mir gern vor, dass es eine illegale
Aktion war und dass es sich um das Gebäude handelte, in
dem die Konferenz von Jalta abgehalten wurde. Als Ivo und
Rintje wieder weg waren, habe ich versucht, die Efeu-Art zu
bestimmen, aber es ist mir nicht gelungen. Deshalb habe ich
von jetzt an »Krim-Efeu« im Garten. Bis mir jemand etwas
anderes beweist.

Frau Trappen ist nicht mehr zu Hause. Vorige Woche hat sie
sich die Hüfte gebrochen, nicht bei einem Sturz, sondern
weil der Knochen durch Abbau geschwächt ist. Sie liegt im
Krankenhaus in Prüm. Und sie ist völlig verwirrt, zum Teil
auch infolge der Narkose, sagen ihre Söhne Hansi und Rainer. Vorgestern hat die Familie entschieden, dass sie nicht
mehr nach Hause kommt, das heißt, sie wird in dem Pflegeheim in Balesfeld untergebracht, in dem sie neulich noch drei
Wochen »Urlaub« gemacht hat. Die Verwirrtheit hat in ra-
sendem Tempo zugenommen. Auch im letzten Sommer hatte Frau Trappen zweimal im Krankenhaus gelegen, was der
Grund für die Einrichtung des »Kinderdienstes« war: Hansi
blieb während der Woche bei ihr, Tochter Sigrun an den Wochenenden. Damals war sie noch ganz helle. Sie nannte zwar
Jasper Casper, und mit meinem Namen ist sie nie zurechtge-

kommen, aber man konnte ein normales Gespräch mit ihr führen. Innerhalb eines Jahres ist sie hochgradig dement geworden. Unglaublich schnell. Ich hatte Hansi immer nur halb geglaubt, wenn er davon erzählte, ich dachte, er würde aus Ärger übertreiben, aber vor kurzem merkte ich es dann selbst. In den zweieinhalb Jahren, die ich nun hier wohne, habe ich sie immer seltener besucht, weil ich es nicht leiden kann, mit den Worten »Ah, sehen wir dich auch mal wieder« begrüßt zu werden. Dann fühle ich mich so unter Druck gesetzt, dass ich aufgebe und gar nicht mehr komme – zumal Sigrun es mit ihrer Frage, was ich gegen ihre Mutter hätte, noch schlimmer machte. Das ist dann natürlich das Gegenteil dessen, was der andere, ob sein Gekränktsein nun echt oder gespielt war, erreichen wollte. Es ist mir im Lauf der Jahre immer besser gelungen, Äußerungen zu ignorieren, die mir ein schlechtes Gewissen machen sollen, auch die von Bekannten oder Freunden. Nicht mein Problem, habe ich zu denken gelernt. Es ist ein Gedanke – man könnte ihn auch eine Beschwörung nennen –, der im Unterschied zu »*I'm okay*« seine Wirkung zeigt.

Ein anderer Gedanke hat mir geholfen, meine Flugangst zu überwinden. Etwa anderthalb Monate bevor ich mit dem Literaturfonds nach Istanbul sollte (siehe 26. April), konnte ich vor Angst und Verzweiflung schon nicht mehr schlafen. Bis ich erkannte, wie überflüssig das war. Warum sollte ich so lange im Voraus Angst haben? Eine Nacht vorher, gut, das war akzeptabel. Nicht jetzt, dachte ich, als sich das bekannte schwammige Gefühl in der Magengegend einstellte. *Nicht jetzt.* Diesen Gedanken habe ich bis zum frühen Morgen des Abreisetages hartnäckig wiederholt. Nicht jetzt. Er machte sogar die Nacht davor erträglich. Als ich aufstand, wusste ich, dass ich reisen würde. Tiziano Perez und Mireille Berman besorgten den Rest. »Wenn ich im Flugzeug sitze«, sagte Tiziano, »schlafe ich fast jedes Mal sofort ein.« Er saß neben mir. Wie schön für dich!, dachte ich neidisch. Aber immerhin saß ich in einem Flugzeug, und es stieg tatsächlich auf und hing drei Stunden in der Luft, und die Landung war perfekt. Danach hatte ich es überstanden. Ich sitze übrigens am liebsten allein in einem Flugzeug, ich meine, ohne Menschen, die ich kenne. So dass ich nicht zu sprechen oder zu lachen brauche, in meiner eigenen Welt sein kann. Ich kaufe am Flughafen immer ein *Landleven* oder eine andere Zeitschrift ohne eigentlichen Inhalt, ein Blättchen voller Wischiwaschi über die Zubereitung superleckerer Brombeermarmelade oder das Zusammenzimmern des allerschönsten Kastanienholzzauns, Werbung für sündhaft teure Blockhäuser, Inserate, in denen ganze Würfe Hundewelpen (meistens Labradore) mit Stammbaum angeboten werden. Oft komme ich mit einem ungelesenen *Landleven* wieder nach Hause. Weil ich nur aus dem Fenster geschaut habe. Ich sitze immer am Fenster, da ich am Flughafen an einem dieser Check-in-Automaten selbst meine Sitznummer ändere.

Frau Trappens Haus ist nun wirklich so leer wie das von Atie Eenhuistra, wenn sie in Urlaub war. Und noch heute, vier Jahrzehnte später, empfinde ich diese Leere als unheimlich und befällt mich ein Gefühl der Einsamkeit. Gestern kam Rainer, um zu mähen. Er gehört zu den Stillen, aber ich konnte ihm anmerken, wie nah ihm die Sache mit seiner Mutter geht. »Es ist schlimm«, meinte er einmal sogar. Er sagte nichts von einem geplanten Verkauf – in diesem Fall hätte ich bald neue Nachbarn, und das Haus wäre nicht mehr leer –, stattdessen erwähnte er, dass er nun öfter kommen will. Er hat keinen Garten oder Balkon und wünscht sich einen Ort, an dem er in der Sonne sitzen oder über eine Wiese gehen kann. Es

ist sein Elternhaus. Konkret bedeutet das wohl, dass er vielleicht einmal im Monat hier sein wird. Teilzeitnachbar Hansi
wird nicht mehr kommen, auch nicht Teilzeitnachbarin Sigrun. Monika, die Frau von Klaus, ist schon im Voraus depri-
miert, sie hatte immer viel Kontakt mit den Leuten, die sie
seit ihrer Kindheit kennt. Es wird hier immer leerer. Viele
sind alt und gebrechlich, und aus irgendeinem Grund verkaufen die Kinder die Häuser ihrer toten Eltern nicht. Auch
in Nummer 7 gleich um die Ecke sind vielleicht einen Tag
im Monat Menschen, und die müssen dann den ganzen Tag
im Garten arbeiten, damit der wieder halbwegs ansehnlich
wird. Aber verkaufen? Kommt nicht in Frage. Und so steht
das Haus leer, kalt und abweisend. Und wenn ich von »Kindern« spreche, sollte man nicht an Dreißigjährige denken,
die Kölner von Nummer 7 sind achtzig und zweiundneunzig.

Inzwischen liegen neben meinem Laptop stapelweise Briefe.
Briefe, die ich in Leeuwarden geschrieben habe. An meinen
Notstandsfreund und an Joke. Ich möchte den einen oder
anderen eventuell in dieses Buch einarbeiten, zögere aber noch,
den ersten aus seinem brüchigen Umschlag zu nehmen. Dass
ich sie einarbeiten will, hängt damit zusammen, dass ich darin bestimmt mit keinem Wort auf meinen geistigen Zustand
eingehe. Was man nicht benennt, ist nicht wirklich.

16. AUGUST [SCHWARZBACH]   In meinem Haus sieht es
auf einmal so aus, wie ich es mir vor langer Zeit gewünscht
und erträumt hatte, als ich so gern bei Dolf und Gerard zu
Besuch war und den Entschluss fasste, (Kinderbuch-)Autor
zu werden, um wie sie leckeren Wein trinken und Kunstwerke an den Wänden haben zu können. Während des Umzugs

haben sie alle Helfer (natürlich mit Ausnahme der professionellen Möbelpacker) gefragt, was sie gerne haben würden. Das neue Haus ist nämlich doch um einiges kleiner als das alte. Zunächst hält man den Mund, man möchte nicht für habgierig gehalten werden; wenn man dann aber doch etwas genannt hat (einen gusseisernen Hund, dem ein riesiger Zungenlappen aus dem Maul hängt) und die Zeit vergeht, wird man wirklich habgierig und schämt sich immer weniger dafür. Vorgestern kamen sie, die Rückbank des Wagens hatten sie umgeklappt, um alle Kunstwerke und anderen Gegenstände unterzubringen. Sie wollten eine Nacht bleiben und hatten zusammen nur eine kleine Tasche mitgenommen, mehr passte nicht ins Auto. Zwei Unterhosen, Zahnbürsten, Tabletten. Jasper hat anderthalb Stunden bei Dolf gelegen, den Kopf auf seinem Schoß, unglaublich brav. Gegen Gerard hegt er immer noch ein gewisses Misstrauen, der geht mit zwei Stöcken, und in Griechenland waren Stöcke dazu da, ihn zu schlagen. Am Samstagmorgen habe ich alles ausgeladen und im Hauswirtschaftsraum abgestellt. Ich bin jemand, der Räume gern allein einrichtet, in aller Ruhe. Das habe ich gestern Nachmittag getan, nachdem Dolf und Gerard wieder weggefahren waren. »Besonders zu dem Pferdchen musst du ein bisschen lieb sein«, hatte Dolf gesagt. Das Pferdchen ist ein etwa ein Meter hohes hölzernes Pferd, vor sehr langer Zeit vielleicht Teil eines Karussells für Drei- und Vierjährige. Es fiel ihm plötzlich schwer, sich davon zu trennen, und ich wollte es ihm wieder mitgeben. Nein, nein, so sei das nun auch wieder nicht gemeint. Das Verrückte ist, dass jetzt hier im Schreibzimmer, in dem ich die meisten der Sachen untergebracht habe, tatsächlich eine Atmosphäre wie in dem alten Haus von Dolf und Gerard herrscht, als wäre der stille Wunsch, den ich vor drei Jahrzehnten hegte und mit dem ich bei Lesungen immer noch Leute zum Lachen bringe, endlich in Erfüllung gegangen. Ich habe auch Gin im Kühlschrank und Tonic zum Mixen. Der einzige Unterschied ist der, dass ich damals bei den mehr oder weniger interessanten Gesprächen fast nur Zuhörer war. Schließlich war ich der studierende Teilzeitanstreicher, was wusste ich schon über berühmte Schriftsteller oder über Sex in öffentlichen Toiletten in Den Haag, und der Name Margaretha Ferguson sagte mir nichts. Heute muss ich mich an solchen Gesprächen beteiligen. Das kann ich auch, trotzdem wünsche ich mir oft, ich könnte noch wie damals schweigen, mich abseits halten, zuhören, heimlich oder offen. »Wie geht es mit deinem Buch voran?«, fragte Dolf, der selbst schon seit Jahren eher halbherzig an seinen Memoiren ,arbeitet. »Sehr gut«, sagte ich. »Ich habe schon zweiundneunzigtausend Wörter.«

»Lieber Himmel«, entgegnete er, »ich darf gar nicht daran denken.« Wahrscheinlich muss er aber daran denken, weil er weiterkommen muss.

17. AUGUST [SCHWARZBACH]

Leeuwarden, 6. Januar 1982
Liebe Joke,
ich bin jetzt noch schwer beeindruckt! Gestern Abend sind wir zu Leen Jongewaard und Robert Long gegangen. Es hieß »Bis hierher hat uns der HERR geholfen«. Das ist ihr neues Programm, und es war phantastisch! Allein schon, die beiden mal live zu sehen. Es war auch sehr lustig, weil ich manchmal bei einer doppeldeutigen Bemerkung geklatscht habe, die die anderen natürlich nicht verstanden. Der einzige Nachteil ist, dass es zwölf Gulden fünfzig kostete, aber das war es mir wert.
Wie laufen denn Deine Prüfungen? Gut hoffentlich, nein be-

stimmt, denn Fachhochschulreife ist wirklich einfach. Heute Abend habe ich bei Fokko gegessen, weil wir ihm beim Austragen seiner Zeitungen geholfen hatten. Makkaroni. Vor dem Essen hat Fokko versucht, Gert-Jans Kette zu kürzen, aber das hat nicht geklappt, deshalb hat er sie wieder zusammengesetzt. Aber als ich weggefahren und schon zu Hause war, merkte ich, dass ich meinen Shag vergessen hatte. Ich also den ganzen Weg zurück. Als ich bei Fokko ankam, erzählte mir seine Schwester, dass Gert-Jan auch schon wieder da gewesen war, weil seine Kette abgesprungen war und er deshalb nicht weiterfahren konnte. Er wollte dann mit dem Bus fahren und war zum Bahnhof gegangen, und dabei hatte er meinen Shag mitgenommen. Ich also aufs Rad und so schnell ich konnte zum Bahnhof, aber unterwegs bin ich Gert-Jan schon begegnet, zufällig genau vor der Plantage, also haben wir noch was gebechert. Nicht weil wir so harte Kerle sein wollen, aber der Alkoholkonsum erreicht jetzt doch ungeahnte Höhen. Montagabend haben wir zu zweit eine Flasche Rotwein und eine Flasche Madeira gekillt. Und gestern Abend nach der Show von unseren beiden Freunden sind wir zum Klub gegangen, wo ich mir so einiges an Jägermeister zu Gemüte geführt hab. Na ja, muss ich ja selbst wissen.

Heute Nachmittag hatten wir die erste Stunde Audiovisuelle Gestaltung, und wir haben auch gleich gefilmt. Arnold fand das ganz toll, und er hat mich ständig mit der Kamera verfolgt, was ich ja überhaupt nicht leiden kann, genauso wie fotografiert werden (puh), so dass ich nicht wusste, was ich machen sollte, und mich weggedreht habe. Das ist natürlich keine Katastrophe, aber dann haben wir anschließend gleich den Film zu sehen bekommen, und dann kriegt man natürlich schon einen Schreck. Gestern kam ich auch noch kurz mit einem dunklen Typ von plusminus fünfunddreißig ins Gespräch, aber weil Gert-Jans Schloss eingefroren war, wurden wir un-

terbrochen. Tja, das wär es so ungefähr (reimt sich), dann
hoffentlich bis Sonntag.
Tschüs etc.
Dein ergebener Gerbrand Bakker
PS: Schreib mir doch bitte in Deinem nächsten Brief Deine
Postleitzahl auf.

1982. Ich war neunzehn, es war Winter. Ich litt an einer schweren Depression, glaubte aber, verrückt geworden zu sein. Kein
Wort darüber, ebenso wenig in allen anderen Briefen an Joke
aus dieser Zeit.

26. 2. 85
Liebe Joke, meinen Herzlichen! Aber wirst du nun einund-
zwanzig oder zweiundzwanzig? Danke für deine Karte aus
Tirol. Dort solltest du nicht auf den Skilehrer, sondern auf
den Barkeeper achten. Eben bin ich aus einer Prüfung wegge-
laufen: Ich war nach der Sprintweltmeisterschaft in Heren-
veen noch viel zu melancholisch. Wir werden sehen, was pas-
siert … Mach's gut, Gerbrand
[Auf einer Karte von Martin Kers]

1985. Ich war zweiundzwanzig, es war Winter. Das Studium
an der AAF näherte sich dem Ende. Ich glaube, es ging mir
recht gut, jedenfalls viel besser als im Winter 1981/82. Vielleicht hatte ich schon meinen Studienplatz an der Universität
von Amsterdam und konnte kaum den Wegzug aus der Stadt
erwarten, die ich so hasste. Sprintweltmeister wurde in jenem Jahr übrigens Igor Schelesowski; Gaétan Boucher wurde Zweiter und Dan Jansen Dritter. Bester Niederländer war
Hein Vergeer auf Platz sieben.

Zweitausend

Ich dachte ein Gedicht
sollte ich mal machen,
eins mit sehr viel Neunen,
reichlich Wehmut,
betagten Wörtern
wie verloren *und* vergangen,
Sätzen wie
Alles ist vorbei.

Doch Neunen wurden Nullen,
müde Wörter wurden frisch,
graue Jahresendgedanken
werden grün.
[Neujahrskarte (grüner Karton)]

2000. Ich war achtunddreißig und gerade von der Eerste Atjehstraat 146-II ins Östliche Hafengebiet umgezogen. Ich
fühlte mich gut. Endlich erlöst von dem fürchterlichen ma-
rokkanischen Nachbarn unter mir, der mir elf Jahre lang das
Leben vergällt hatte, sogar einmal auf mich losgegangen war.
Er würde wohl sagen, ich hätte *ihm* elf Jahre lang das Leben
vergällt. Erst als ich ausgezogen war, wurde mir bewusst, wie
sehr ich diesen Mann hasste: Ich konnte nicht durch die Mo-
lukkenstraat radeln – auf dem Weg zur Jaap-Eden-Bahn und
zurück –, ohne dass eine dunkle, gärende Wut in mir aufstieg. Erst nach drei Jahren Hin- und Zurückradeln verflüch-
tigte sich dieses Gefühl allmählich.
In Leeuwarden hatte ich angefangen, selbst Neujahrskarten
anzufertigen. Tagelang konnte ich mich damit beschäftigen.
Schreiben, zeichnen, auf dickes farbiges Papier kopieren, Umschläge beschriften, Briefmarken aufkleben. Das machte mir

Spaß. Die Karte mit dem Gedicht war die erste, die ich von meiner neuen Adresse verschickte, und zugleich die letzte aus dem Stapel von Briefen, die Joke mir geliehen hat. Habe ich danach nie wieder selbstgemachte Neujahrskarten verschickt? Sehr gut möglich. Auch möglich, dass Joke spätere Neujahrsgrüße anderswo aufbewahrt oder zum Altpapier gegeben hat. Nie, wirklich nie habe ich so viele Karten bekommen, wie ich verschickt habe.

Immerhin: Nach der Lektüre der Briefe weiß ich wieder, wie mein Zahnarzt in Leeuwarden hieß: Moonen. Seine Praxis war im Zwenkgras 69, ist übrigens noch heute dort. Wenn etwas viele Jahre zurückliegt, denke ich immer, die Menschen von damals wären längst tot. Dabei kann es gut sein, dass er noch nicht einmal fünfundsechzig ist und in der Zeit, als ich neben seinem beruhigenden Aquarium lag, höchstens zehn Jahre älter war als ich. Es freut mich, dass ich jetzt die Namen all meiner Zahnärzte kenne. Das macht das Leben etwas übersichtlicher und lässt hoffen, dass dieser Text bis zum 15. März vollständig und fertig sein wird.

18. AUGUST [SCHWARZBACH] Ja, das Kapitel Leeuwarden ist mehr oder weniger abgeschlossen. Ich habe den ganzen Tag herumgesessen oder -gelegen und alte Briefe gelesen. Briefe an meinen Notstandsfreund. Der übrigens Koen heißt, Koen Kleijn. Ich hatte mit einer Menge Material gerechnet. Fehlanzeige. Das erste Lebenszeichen war eine Neujahrskarte, eine halbierte weiße A6-Karte, auf der in Maschinenschrift steht: ARME STUDENTEN SCHICKEN TATSÄCHLICH KLEINE UND KARGE KARTEN. EIN GUTES UND GESUNDES JAHR NEUNZEHNHUNDERTZWEIUND-ACHTZIG. An die Adresse seiner Eltern in der Nähe von Schagen geschickt. Ich hatte auf Plauderbriefe aus den letz-

ten Monaten von 1981 gehofft. Es gibt keine. Als ich mit Jasper durch den Wald nach Nimshuscheid ging, habe ich nichts um mich herum gesehen; ich war mit den Gedanken bei den Briefen, bei jener Zeit, bei der Erkenntnis, dass alles so ganz anders war als in meiner Erinnerung; ich wunderte mich darüber, dass ich mich für mein drei Jahrzehnte altes Geschreibsel nicht mehr schäme – und dass ich mich mit diesem Ich aus ferner Vergangenheit kaum verbunden fühle.

Ich habe Koen eine Mail geschickt und gefragt, ob nicht in einem anderen Karton (es sind ziemlich viele Briefe) noch eine Abteilung 1981 sein könnte – und was er von dem Ausdruck »Notstandsfreund« hält. Koen hat meine Briefe nämlich sorgfältig geordnet, mit Trennstreifen, auf denen die Jahreszahlen stehen. Nein, antwortete er. Wirklich nicht. Und dieser Ausdruck, tja, du schreibst das Buch, deshalb ist das deine Sache. Inzwischen ist mir ein besseres Wort eingefallen: Vorhandenfreund. Das klingt freundlicher. Außerdem schreibt er etwas über Namen, die ihm nichts mehr sagen, über das Vergessen und über Hans Warren und Gerrit Komrij, die beide tot sind. Ich spüre eine Art Dumpfheit, muss ein paarmal heftig den Kopf schütteln, wenn ich nach stundenlangem Lesen alter Briefe ins Freie komme. Aber in gewisser Weise berührt mich das Ganze nicht. Und die Namen? Ja, das ist wirklich schlimm: so viele Namen, mit denen man in Briefen ganz selbstverständlich um sich wirft und die später überhaupt keine Erinnerung mehr auslösen. Namen von Menschen, mit denen ich doch einmal befreundet war, nach der Häufigkeit ihrer Erwähnung zu urteilen.

Koen und ich sind uns sehr lange aus dem Weg gegangen. Nachdem ich mich wie ein halbtotes Vögelchen auf der Suche nach dem Nest bei ihm verkrochen hatte. Es war für uns beide zu viel gewesen. Mittlerweile treffen wir uns wieder ab und zu. In seiner Mail schilderte er zum ersten Mal, wie er selbst unsere Beziehung erlebt hat, die wie erwähnt auf dem Gymnasialzweig begann und danach noch ein paar Jahre weiter…, weiter… Wie soll ich das ausdrücken? Weiterköchelte? Seine Sicht der Dinge erschreckte mich, er meint, er habe sich immer die größte Mühe gegeben; dagegen empfand ich alles, was er in seinen Briefen schrieb, als ausweichend, vielleicht sogar als unecht. Weil er intellektuelle Briefe schrieb und ich versuchte, einfach nur zu beschreiben, was passierte. Ich weiß jetzt aber, dass auch ich bald Gerard Reve spielte. Außerdem wurde mir klar, dass ich sehr versiert darin bin, mir meine eigene Wahrheit zu schaffen, dass mein Denken von so etwas wie dem Selbsterhaltungstrieb bestimmt wird. Selbsterhaltungstrieb in Verbindung mit meinem verzögerten Reagieren und dem Alles-geschehen-Lassen und der Mal-sehen-wohin-es-führt-Haltung. Man könnte sagen, dass ich nie wirklich anwesend bin, wenn etwas geschieht, immer bekomme ich alles erst später mit. Vieles perlt einfach an mir ab. Es kann also sehr gut sein, dass Dolf recht hat. Mit allem. Diese Woche sagte er zu Pauline Slot (die aus Neugier »zufällig« bei ihm vorbeifuhr), Paul Biegel und er hätten von Anfang an gewusst und vorhergesehen, dass in mir ein Schriftsteller steckte und dass ich einer werden würde, sie hätten es an meinem »Brüten« gemerkt, wenn ich auf der Leiter stand und Wände strich, und an meiner unleidlichen Art. Das hörte ich zum ersten Mal, ich sah Pauline schräg an, dachte aber doch ernsthaft darüber nach. Er wird wohl recht haben. Ich war nicht anwesend, wenn ich dort auf der Leiter stand; ich kämpfte mit Phobien, Minderwertigkeitsgefühlen, Zwangsgedanken, einer nicht als solche erkannten Depression. Hörte stundenlang Radio, um all das in mir zu übertönen. Ich überlebte, dachte, dass vielleicht eines Tages alles gut werden würde; hoffte, ohne zu wissen, worauf, und wurstelte weiter, weil es rückwärts nun einmal nicht geht.

Vermutlich bin ich derjenige, der die Wahrheit ausgemalt, verdreht und manipuliert hat. Ich schreibe »Wahrheit«, meine aber wohl einfach Erinnerungen. Wenn ich so leicht so vieles vergessen kann, ist es ohne weiteres denkbar, dass ich das noch Erinnerte falsch in Erinnerung habe. Ich sollte wirklich öfter auf die Erinnerung anderer vertrauen, dann komme ich der »Wahrheit« näher, als wenn ich sie in meiner eigenen Erinnerung suche. Und: Liegt hier auch der Grund, weshalb ich schließlich (ich habe ja ziemlich spät debütiert) Schriftsteller geworden bin? Ich kann mir keinen anderen Beruf vorstellen, bei dem man so überwältigend viele Möglichkeiten zur Manipulation hat.

Koen beendete seine Mail mit einem Gedicht von Philip Larkin und der Frage, ob ich es kenne. Nein, ich kannte es nicht, ich lese nicht viel Lyrik. Aber es ist ein schönes Gedicht, obwohl ich weder Reim noch Rhythmus darin entdecke:

I have started to say
»A quarter of a century«
Or »thirty years back«
About my own life.

It makes me breathless
It's like falling and recovering
In huge gesturing loops
Through an empty sky.

All that's left to happen
Is some deaths (my own included).
Their order, and their manner,
Remain to be learnt.

Ich sage inzwischen
»Ein Vierteljahrhundert«
oder »vor dreißig Jahren«
bezogen auf mein Leben.

Es raubt mir den Atem
Wie fallen und fuchtelnd
sich fangen wollen
im leeren Raum.

Was jetzt noch kommt
sind Tode (einschließlich meines).
Das Wann und das Wie
wird die Zeit erweisen.

Während der Arbeit an *De omweg* (Ende 2009, Anfang 2010) habe ich ein halbes Jahr dafür gebraucht, ein einziges Gedicht von Emily Dickinson zu übersetzen. Als das Buch fertig war, konnte ich nicht aufhören und habe noch monatelang regelmäßig Gedichte von ihr übersetzt. Ich lese zwar nicht viel Lyrik, aber das Übersetzen von Gedichten macht süchtig. Ich könnte mir gut vorstellen, das berufsmäßig zu tun.

1985 und Speiseröhrenkrebs. Das waren das Wann und das Wie für Philip Larkin. Er ist dreiundsechzig geworden.

21. AUGUST [SCHWARZBACH]   Aus dem *Groene Amsterdammer*:

Augustruhe
In meinem Teil der Eifel herrscht Augustruhe. Es wird gestorben, ja, aber das geschieht meistens ruhig, und weil es jetzt ge-

schieht, ist es ebenfalls Augustruhe. An meinem uralten Birnbaum wachsen Birnen, und die Mirabellen, erst entengrützegrün, werden zitronengelb, bis sie abfallen und so matschig sind, dass ich sie nicht mehr verwerten kann. Die Stockrosen tragen nur noch Samenkapseln, die Schmuckkörbchen blühen so schnell, dass ich mit dem Abschneiden verwelkter Blüten nicht nachkomme. Je öfter man verwelkte Blüten abschneidet, desto mehr neue bekommt man dafür. Tagsüber haben wir um die fünfundzwanzig Grad, nachts mit einigem Glück fünf Grad. Die Vögel sind wieder an meiner Vogelfutterstation, manche habe ich nie zuvor hier gesehen, zum Beispiel den Hausrotschwanz, den ich übrigens zunächst für einen Bergfinken hielt. Ich habe einen Sack Sommerfutter gekauft und streue es unregelmäßig aus, in einem Monat werde ich einen großen Eimer Meisenknödel kaufen. Ich muss den nächsten angekündigten Besucher bitten, mir aus den Niederlanden vier Gläser Pindakaas mitzubringen. Die Erdnussbutter hier in der Eifel ist ungenießbar, nicht einmal die Vögel mögen sie. Ich rege mich über nichts auf, lasse den gewaltigen Flüchtlingsstrom gleichmütig kommen, habe auch keine Meinung dazu, die Insolvenz eines niederländischen Unternehmens namens Imtech interessiert mich nicht, den Gedanken an den Tumor im Kopf von Expräsident Carter schüttele ich ab, sogar das Wetter im südlichen Afrika – jeden Abend auf BVN wort- und bildreich erläutert – lässt mich kalt. Augustruhe.

Gleich fahre ich mit meiner Besucherin nach Gerolstein, um mir bei einem großen Baustoffhandel Fliesen anzusehen, es wird Zeit, das Badezimmer aus- und umzubauen. Sogar auf Jasper hat sich eine Art Augustruhe herabgesenkt. Seit er von einem Tag auf den anderen beschlossen hat, beim Spazierengehen in meiner Nähe zu bleiben, macht er einen zufriedeneren Eindruck, seufzt öfter tief und genussvoll. Ich spreche wohlgemerkt vom Spazierengehen ohne Leine. Wenn er frei läuft, *frei wie ein Hirschkalb. Jedes Mal, wenn er nach einer Wespe schnappt, rufe ich: »Nein!« Auch Hunde können an anaphylaktischen Schocks sterben, auch Hunde können Lyme-Borreliose bekommen, auch Hunde an Krebs erkranken. Man darf darüber nicht zu viel nachdenken. Mich sticht hin und wieder eine Wespe. Wenn ich sofort mit einer geschälten Zwiebel über den Stich reibe und die Stelle anschließend kühle, passiert nichts. Wenn ich es nicht tue, schwillt der Unterschenkel auf Nilpferdbeindicke an, wird steinhart und taub, und so bleibt er dann fünf Tage lang. Ich denke auch lieber nicht über Wespenstiche in den Nacken oder Hals nach. Wahrscheinlich würde ich ersticken.*

Kollegin Pauline Slot war bei Ikea in Koblenz, wo sie zwei Ivar-Stühle für mich gekauft hat. Jetzt habe ich hier vier Ivars. Sie haben zwanzig Euro pro Stück gekostet. Gestern Abend habe ich Dachdecker Rudi einen Geburtstagsbesuch abgestattet. Sechsundsechzig ist er geworden und lebt noch. Darüber bin ich sehr froh, er war schwer an Krebs erkrankt, und während der Chemotherapie musste auch noch seine Gallenblase entfernt werden. Einen lieberen Mann als Dachdecker Rudi gibt es nicht. Ich hatte kein Geschenk für ihn besorgt (weil ich ehrlich gesagt seinen Geburtstag vergessen hatte und er mir erst wieder einfiel, als wir auf dem Rückweg von Pauline Slot mit den beiden Ivars im Kofferraum an Rudis Haus vorbeifuhren und dort viele Autos stehen sahen), deshalb brachte ich ihm ein Glas selbstgemachte Rhabarbermarmelade mit. Er hat sich sehr gefreut. »Ich liebe Rhabarbera«, sagte er. Es ist kurios, alle sagen hier – wohl zum Scherz – Rhabarbera. Ich reibe vor dem Einkochen frischen Ingwer hinein. Diesen Tipp habe ich im Juni von einer Londoner Buchhändlerin bekommen. In Anwesenheit Per Pettersons, der aber das Gesicht verzog. Vielleicht hat er im Garten seines norwegischen Bauernhofs keinen Rhabarber. Ich gebe den Tipp jetzt weiter, ziehen Sie Nutzen

daraus. Anscheinend habe ich in meinem Garten den leckers-
ten Rhabarber weit und breit. Sogar bei der Geburtstagsfeier
herrschte Augustruhe, niemand wurde laut, niemand trank so
viel, dass er sich übergeben musste, Jasper legte sich brav auf
eine dreißig Zentimeter breite Holzbank. Unglaublich, wie diese
Tiere es sich auf und an unmöglichen Stellen bequem machen
können. Ich sah es und lächelte. »Darf ich noch ein Stück Mar-
morkuchen?«, fragte ich. Natürlich durfte ich. Meine »Besu-
cherin« heißt Annelore Kodde, sie bleibt drei Nächte. Annelore
hat vor sechs Jahren Boven is het stil *für die Bühne bearbei-*
tet. Es ist ein großartiges Stück geworden, Paul Hoes und Rick
Paul van Mulligen spielten die Hauptrollen. Als ich das Stück
sah, ist mir im Grunde erst wirklich bewusst geworden, dass
ich den Roman geschrieben habe. Eigenartig war das. Sie ist
die beste Besucherin, die man sich wünschen kann, durch sie
vertieft sich die Augustruhe sogar noch. Wenn ich sage: »Ich
muss ins Schreibzimmer, Marja Pruis hat gemailt, sie brauchen
meine Kolumne«, sagt sie: »Natürlich«, und hält ein Mittags-
schläfchen oder liest Graeme Simsions Rosie-Projekt. *Außer-*
dem spricht sie hervorragend Deutsch, weshalb sie sich gestern
Abend, als ich meine Runde durch die Festgarage ging, wun-
derbar ohne mich mit Rudi unterhalten konnte.
Augustruhe. Ich bin gespannt, wie lange sie anhält, es kommt
ja immer irgendetwas, das alles durcheinanderbringt. Zum
Beispiel der 1. September.

23. AUGUST [SCHWARZBACH] Manchmal möchte man
nur schlafen. Im Bett liegen und sämtliche Pkws, Lastwagen,
Mountainbiker, Wohnmobile, Nachbarskatzen und Renn-
radfahrer ungesehen vorbeilassen. Nicht selten habe ich das
mitten am Tag: Ich bin unterwegs, Jasper ebenfalls (irgendwo), und plötzlich verspüre ich ein heftiges Verlangen nach

meinem Bett, nach Schlaf, nach kurzem Wegtreten. Meistens ist das ein Indiz dafür, dass gerade zu viel passiert. Die oben zitierte Kolumne ist schon ein bisschen verrückt, ich bin jemand, der den Monat August immer herzlich gehasst hat, diesen langgezogenen Sommermonat, in dem nur noch wenig blüht, in dem die Menschen nicht da sind, wo sie sein sollten (zu Hause), in dem es viel zu warm ist, obwohl man sich gefühlsmäßig auf den Herbst zubewegt, und in dem alles und jeder Startprobleme hat; langweilige, schlaffe Tage, die schon durch den Klang des Wortes »September« vertrieben werden, denn dann kommen die frostig frischen Morgenstunden, die Spinnweben, dieser besondere Duft in der Luft, etwas wie Erwartung – obwohl viele Menschen den Herbst und noch mehr den Winter fürchten. Ich nicht. Ich liebe Herbst und Winter.

Die vergangene Nacht war eine Nacht mit Unterbrechungen. Jasper kam gestern Abend ungefähr eine halbe Stunde nach mir nach Hause; wegen eines Rehs tief im Wald hatte ich ihn nicht zurückhalten können. Passiert öfter mal. Irgendwann, ich kochte gerade, lag er vor der Haustür. Er kann dann so unschuldig gucken, als würde er schon eine halbe Stunde dort liegen und nicht erst zwei Minuten (ich gehe nämlich ziemlich oft zur Haustür und schaue durchs Glas). Er war sehr dreckig, auch das ist normal, die Nims ist ja gleich nebenan. Ich gab ihm sein Fressen. Er ließ es sich schmecken, anschließend legte er sich neben den Tisch, um mir beim Essen zuzuschauen. Dann nach oben, wegen der Nachrichten. Nach den Nachrichten kam eine Reisesendung, die ich gern sehe, später eine Sendung über niederländische Auswanderer. Die habe ich nicht zu Ende verfolgt. Jasper schaute mich plötzlich von seinem Sofa aus ganz merkwürdig an. Außerdem beschnüffelte er sich wie in Zeitlupe. Hin und wieder rief ich: »Jasper!« Darauf drehte er den Kopf wieder zu mir hin, schien mich aber nicht wirklich zu sehen. Manchmal blickte er auch in Richtung Fernseher, wo ein Ehepaar aus Almere (sie dreiundfünfzig, er zweiunddreißig, sehr schlichtes soziales Milieu) sich mit dem Kauf einer Bar in einem spanischen Badeort tief in die Nesseln setzte. Dann wollte er von dem Sofa hinunter, was ihm nur mit Müh und Not gelang, es war, als hätte er eine Flasche Doppelkorn getrunken. Anschließend spreizte er weit die Hinterbeine und begann zu pinkeln. Ich hatte nichts dagegen, streichelte ihm dabei sogar über die Flanken. Dann rief ich Gartenkumpel Han an. »Ich glaube, Jasper hat einen Schlaganfall«, sagte ich. »Also«, sagte Han, »bist du dir da wirklich sicher?« Ich versuchte, irgendeinen Tierarzt zu erreichen, der vielleicht Notdienst hatte (es war Samstagabend). Ohne Erfolg, und das deutsche Internet ist auch keine große Hilfe: Eine Seite verweist auf die andere, man findet nichts. Schließlich beschloss ich, Herrn Juncker anzurufen. Er nahm sofort ab. Ich erklärte ihm, was los war. Er vermutete, der Hund sei gegen ein Auto gelaufen, Gehirnerschütterung. Ich sollte ihn in einen stockdunklen Raum legen und ihm einen Eisbeutel auf dem Kopf festbinden. Das mit dem Eisbeutel klappte natürlich nicht. Wie um Himmels willen soll man einen Eisbeutel auf einem Hundekopf befestigen? Ich rief Klaus an. Er war auch ratlos, sagte aber, für den Fall, dass er uns irgendwo hinfahren könne und solle, stehe er bereit. Ich ging dann doch ins Bett. Um drei Uhr begann Jasper zu fiepen. Ich trug ihn die Treppe hinunter, und draußen vor der Tür ließ er sehr viel Wasser. Wieder ins Haus und nach oben, wo ich ihn auf mein Bett legte. Schnell das Licht aus. Ein Weilchen fiepte er noch leise, und plötzlich war es acht Uhr, und wir wachten gemeinsam auf. Er wankte immer noch, aber weniger als gestern Abend. Noch einmal rief ich vergeblich Tierarztpraxen an. Was ist das hier? Würde man in den Niederlanden nicht wenigstens vom Anrufbeantworter einen Tierarzt genannt bekommen, der gerade Notdienst hat, samt Telefonnummer? Ich traue mich nicht, Herrn Juncker sonntags noch einmal anzurufen. Immer habe ich schnell das Gefühl, dass ich mich anstelle, auch wenn ich selbst zum Arzt müsste, oder eben nicht. Wenigstens wollte Jasper mit mir spazieren gehen. Wir machten eine kleine Runde hinter dem Haus. Dreimal fiel er um, als er heftig den Kopf schüttelte. Trotzdem geht es ihm etwas besser als gestern. Er leerte Blase und Darm. »Es sieht so aus, als hätte er kein Gleichgewichtsgefühl mehr«, sagte Klaus, der mit eigenen Augen sehen wollte, wie die Dinge standen. Nun, so stehen die Dinge jetzt. Ich beobachte Jasper noch eine Weile und fahre notfalls morgen Nachmittag mit ihm nach Bickendorf. Das sei wahrscheinlich das Beste, meinte auch Klaus. Es ist immer schön, Menschen um sich zu haben, die sagen, was man hören möchte. Jasper hat übrigens sein morgendliches Trockenfutter nicht gefressen. Aber er trinkt, und Hundekuchen frisst er auch. Eigentlich verhält er sich genau wie sonst auch, nur dass sein Körper ihm nicht gehorcht. Ich hoffe und bete und bange. Im Augenblick liegt er neben meinem Schreibtisch und schnappt nach Fliegen. Auch das ist völlig normal. Er *tut* ganz einfach so, als wäre alles völlig normal. Gestern bin ich keinen Moment in Panik geraten. Ich dachte immer: Wird schon wieder gut werden. Das denke ich oft. Außer einem Schlaganfall könnte es also auch eine Gehirnerschütterung sein, oder ein Tumor im Kopf, oder eine Ohrenentzündung, oder ein epileptischer Anfall.

Das Haus von Frau Trappen steht zum Verkauf. Rainer hatte ja zunächst gesagt, es solle nicht verkauft werden, weil es sein Elternhaus ist und weil er gern dort in der Sonne sitzt oder ein bisschen über die Wiese geht (»Rasen« sagt er nicht, so nennt hier niemand seine Grasflächen am Haus). Am gleichen Abend gab es aber ein Gespräch zwischen den Brüdern Rainer und Hansi, und auf einmal sollte es doch verkauft werden. Teilzeitnachbar Hansi fertigte eigenhändig ein Schild mit den Worten ZU VERKAUFEN und einer Telefonnummer an, allerdings ziemlich unleserlich. Am nächsten Tag bot er mir den kleinen Topf mit schwarzer Farbe an, den er extra für das Schild gekauft hatte. »Willst du es nicht noch einmal auf der Rückseite versuchen?«, fragte ich. Darüber musste er lachen, er verstand den Wink. Er fragte, ob ich mich nicht in meinem Freundes- und Bekanntenkreis erkundigen könnte. »Vielleicht kaufe ich es ja selbst«, antwortete ich. »Dann eröffne ich ein ›Bett und Brot‹.« Das war es, was in mir am helllichten Tag den heftigen Wunsch nach meinem Bett weckte. Denn die Idee – mit Annelore Kodde besprochen – hat inzwischen konkretere Formen angenommen. Eine Pension wird es sicher nicht, die macht viel zu viel Arbeit. Einwöchige Schreibkurse, vielleicht fünfmal im Jahr, den Rest des Jahres Ferienwohnung. Pauline Slot wäre bereit, solche Kurse zu geben. Ich nicht, schon bei dem Gedanken wird mir ganz anders. Ich kann so etwas auch einfach nicht; einmal habe ich einen jungen Mann von der Schreibakademie Groningen unter meine Fittiche genommen, der dann nach anderthalb Jahren die Flucht ergriff. Aber ich habe beschlossen, für die Verpflegung zu sorgen, bei diesen Wochenkursen muss alles inbegriffen sein. Wieder eine Knechtrolle, was ist das bloß mit mir? Vielleicht möchte Gerard van Emmerik auch einen Wochenkurs übernehmen, er kann das sehr gut und außerdem wunderbare Bücher schreiben. Jan van Mersbergen? Vielleicht sollte ich mich außerdem mit den Jungs vom *Magazin* in Verbindung setzen, die organisieren selbst Schreibkurse, möglicherweise könnte man sogar zusammenarbeiten. Und wenn Schreibkurse, warum dann nicht auch eine Woche Raku-Keramik mit Gartenkumpel Han? Oder eine Woche Feldenkrais mit Freund Henk und Hündchen Bas? Ein Teil der Ligusterhecke kommt weg, auf der riesigen Rasenfläche pflanze ich Obstbäume, dann muss eine Art Dach konstruiert werden, damit die Kursteilnehmer bei schönem Wetter draußen sitzen und arbeiten können. Neue Fenster müssen eingebaut werden, eine neue Küche, Zentralheizung, denn die Gäste wollen nachts nicht frieren. Ein *Projekt.* Und reichen für acht Leute (die Kursleiter übernachten natürlich anderswo) ein Badezimmer und zwei Toiletten? Meiner Ansicht nach ja. Acht Ivars von Ikea. Es schwirrt einem der Kopf von all den Dingen, die zu bedenken sind. Müsste nicht der Dachboden – das Dach ist in Ordnung – noch zu einem großen Zimmer ausgebaut werden? Sind Kursteilnehmer bereit, sich ein Zimmer mit jemand anderem zu teilen? Kein Wunder, dass ich mich nach Schlaf sehne. Ich habe allen hier von meinen Ideen erzählt, ich kann mein Maul nicht halten. Rudi fand sie nicht schlecht. »Da musst du aber noch schnell einen Bestseller schreiben«, sagte er; als er später am Abend einmal allein mit Annelore zusammensaß, bemerkte er, ich müsse dann alles wirklich gut auf die Reihe bringen, finanziell. Und erst einmal gründlich nachdenken. Und plötzlich geht mir alles zu rasch, habe ich das Gefühl, dass die Sache mit mir durchgeht, will ich nur noch Ruhe und über nichts nachdenken, als hätte sich gar nichts verändert. »Tja, wir sind beide ziemlich impulsiv«, sagte der junge Mann aus Almere in der Auswanderersendung. »Wo andere 'n halbes Jahr gründlich drüber nachdenken müssen, das entscheiden wir in einer Nacht«, fuhr er fort, in einem Ton, der verriet, wie saudämlich er solche Leute fand. Er war Fensterputzer. Seine alte Gattin nickte, korrigierte ihn aber doch: »Zwei Nächte.« Sie hatte früher als Fitnesstrainerin gearbeitet. »Ja, reichlich lang für unsere Verhältnisse«, sagte er. Und dann ließen sie sich von einer betrügerischen englischen Barinhaberin und einem hinterhältigen spanischen Hauseigentümer übers Ohr hauen. Das war jedenfalls der Stand der Dinge, als ich mich aus der Sendung ausklinkte, als Jasper vom Sofa purzelte.

25. AUGUST [SCHWARZBACH]   Wir sind gerade von Tierarzt Juncker zurückgekommen. Ich wollte schon gestern hin, aber da operierte er gerade, wie mir die Assistentin sagte. »Was willst du?«, fragte er Jasper. »Weg!«, rief ich. Jasper sagte nichts, er zitterte am ganzen Leibe, als hätten wir fünfzehn Grad unter null. Kaum hatte ich dem Tierarzt die Symptome geschildert, ihn an unser Telefonat von Samstagabend erinnert und erwähnt, der Hund habe immer noch eine seltsame »Abbiegung« nach links, griff Juncker Jasper in den Nacken. »Wespe«, sagte er. Er könne noch die Verhärtung auf der rechten Seite spüren, deshalb lasse Jasper den Kopf so nach links hängen. »Ich weiß genau, wie sich das anfühlt«, sagte ich altklug. Deshalb also hatte er am Morgen nicht fressen wollen, das Kauen tat einfach noch zu weh. Unglaublich, wie ähnlich Chef und Knecht sich sind, sogar die Wespengiftallergie haben sie gemeinsam. Einen Schlaganfall hatte Juncker ja am Telefon schon ausgeschlossen, dafür sei der Hund viel zu jung, fügte er heute Nachmittag hinzu. Keine Verletzungen, deshalb sei es auch sehr unwahrscheinlich, dass er von einem Auto angefahren wurde. Ein herrlicher Anblick, wie der Hund auf das Ende meines Geplauders mit dem Tierarzt wartete, der Tür des Behandlungszimmers zugewandt und fest entschlossen, bei der ersten Gelegenheit nach draußen zu entwischen. Herr Juncker trug heute eine Art Knickerbocker oder Kniebundhose, in Grün, darunter dicke gestrickte Kniestrümpfe, wie gewöhnlich in Sandalen.
Im Augenblick habe ich ganze Schwärme von Wespen im Garten, sie stürzen sich auf die Birnen und Mirabellen, die

von den Bäumen fallen. Trotzdem war in keinem der Szenarien, die ich mir ausgedacht hatte, eine Wespe vorgekommen. Schreckliche Tiere, die ich meistens durch Zen wieder loswerde. Damit meine ich, dass ich nichts tue, ruhig sitzen bleibe, sogar, wenn sie mir fast in die Nase kriechen oder zwischen den Lippen hindurch in den Mund wollen. Die Wespe, die mich am Tag vor meiner Fahrt zu Dolf und Gerard stach, machte das ganz ohne Grund, ich hatte sie nicht einmal bemerkt, ihr erst recht nichts getan. Warum musste sie mich trotzdem stechen? Heute bin ich froh, dass sie mich und nicht Jasper gestochen hat, der etwa fünfzig Meter vor mir lief. Sonst hätte schon Anton Dautzenberg es mit einem Hund zu tun gehabt, der sich wie nach einer Flasche Doppelkorn benahm.

29. AUGUST [SCHWARZBACH] Tasso steht für »Tierauskunftssuchdienst systemorientiert«. Es ist ein Haustierregister, von einem Verein betrieben. Der griechische Tierarzt, der Jasper etwas genommen hat (seine Hoden), hat ihm dafür etwas anderes gegeben: einen Chip unter der Haut an seinem Hals. Der Nummer des Transponders sind mein Name, meine Adresse und Telefonnummer zugeordnet. Auch in den Niederlanden habe ich Jasper registrieren lassen. Gestern war es so weit. Wir gingen eine Runde über Feuerscheid, er ohne Leine. Er läuft jetzt immer ohne Leine, er soll lernen, brav bei mir zu bleiben. Aber gegen einen Fuchs oder ein Reh komme ich nicht an. Zwischen Feuerscheid und Hardt Kapelle begegnete er einem Fuchs. Das weiß ich, weil der Fuchs plötzlich in drei Metern Entfernung an mir vorbeirannte. Ohne mich auch nur zu bemerken, so sehr nahm ihn die Flucht in Anspruch. Ich pfiff und pfiff und pfiff, genau einmal bekam ich Jasper noch zu sehen. Am Ende bleibt nichts anderes übrig, als einsam und allein weiterzugehen und zu hoffen,

dass er mich irgendwann einholt oder etwas später nach Hause kommt. Ich betrat die Kapelle von Hardt Kapelle, betrachtete die brennenden Kerzen, die Votivtäfelchen mit den Worten »Maria sei Dank«, ein Fläschchen mit Weihwasser von der Ostermesse 2012. Schließlich ging ich an der L33 entlang nach Hause. Das war etwa um zwei Uhr.

Um sechs nahm ich das Rennrad und fuhr die Strecke zurück, soweit sie mit dem Rad befahrbar ist. Nirgendwo lag ein toter Hund am Straßenrand. An der Stelle, an der ich Fuchs und Hund zuletzt gesehen hatte, pfiff ich noch ein paarmal auf meiner Hundepfeife. Um neun Uhr war er immer noch nicht zu Hause, allmählich machte ich mir ernsthaft Sorgen. Das Telefon klingelte, es war eine deutsche Nummer. Eine Frau von Tasso teilte mir mit, dass mein Hund gefunden worden sei. »Sie haben doch sicher gemerkt, dass er weg ist?«, fragte sie. Natürlich, antwortete ich. Sie nannte mir zwei Telefonnummern, laberte dann noch endlos nebensächliches Zeug, und ich dachte immer: Nun sag mir doch, *wo* man ihn gefunden hat! Das war, wie ich schließlich erfuhr, in Hardt Kapelle. Eine Frau hatte ihn mitgenommen und ihren Tierarzt angerufen, der dann mit einem Lesegerät für Transponder vorbeikam. Die Tasso-Frau wusste nicht, wo Jasper im Augenblick war. Zuerst rief ich den Tierarzt an, der mir sagte, dass Jaspers Chip inzwischen bis zu seinem Brustbein gewandert sei (was ich schon wusste) und dass ich Jasper bei der Frau in Hardt Kapelle abholen könne. Ich rief sie an und sagte, ich würde zu Fuß zu ihr kommen. Sie war so freundlich, ihn mir mit dem Auto zu bringen. Es war einer dieser Wagen ohne Rückbank, und in dem Raum hinter Fahrer- und Beifahrersitz stand Jasper, mit einer schwarzen Leine gut festgebunden. Er kratzte mit den Vorderpfoten am Seitenfenster, als er mich sah. Ob der Hund etwas gegen das Autofahren habe, fragte mich die Frau. Sie habe ihn kaum in den

Wagen hineinbekommen. »Jasper fährt für sein Leben gern Auto«, antwortete ich. Wir standen in der Toröffnung, hereinkommen und etwas trinken wollte sie nicht. Sie hatte ihn schon gegen fünf eingefangen, er hatte vor der geschlossenen Tür der Kapelle gebellt und gewinselt. Also hatte er geglaubt, ich sei in der Kapelle, und wahrscheinlich nicht verstanden, warum ich die Tür nicht öffnete. Sie berichtete auch, er sei aggressiv gewesen, beim Einfangen habe er sie beißen wollen. Sie habe ihn mit etwas zu Fressen nach Hause gelockt und dabei ständig vorbeikommende Autofahrer mit Gesten zum Langsamerfahren auffordern müssen. »Aggressiv?«, fragte ich. Ich konnte es nicht glauben. Sie hockte sich neben uns hin und zündete sich eine Zigarette an. Und die ganze Zeit drückte Jasper sich an mich und unternahm keinen Versuch, noch einmal fortzulaufen. Als ich kurz nach sechs meine Suchrunde fuhr, war er also in Haus Nummer 3, an dem ich ahnungslos vorbeirollte. Im Haus sei er sehr lieb gewesen, erzählte sie, er habe eine unglaubliche Menge Wasser getrunken und einen großen Napf mit Futter geleert. Die anderen Hunde im Haus habe er nicht beachtet. Sie fragte mich nach unserem Tierarzt. »Juncker«, sagte ich, »Bickendorf.« Von dem halte sie nicht viel, ein Schwafler, dem es nur ums leicht verdiente Geld gehe. Sie schwöre auf die Tierärztin in Plütscheid. Anscheinend will die kein Geld verdienen. Sie fuhr wieder weg.

Wir gingen ins Haus. Ich schaltete den Fernseher ein, BVN übertrug das Prinsengracht-Konzert. Ein Solist spielte Violine, das fand Jasper interessant, jedenfalls schaute er aufmerksam auf den Bildschirm. Dann legte er sich mit einem tiefen Seufzer aufs Sofa. Als wäre nichts geschehen. Ich vermute, wenn die Frau ihn nicht mit Fressen gelockt hätte, wäre er bald nach Hause gekommen. Denn wenn er meiner Spur bis zur Kapelle folgen konnte, hätte er nach ausreichend langem Bellen und Winseln doch auch meine Spur an der Straße finden können. Hin und wieder bekomme ich von Tasso einen Infobrief plus Überweisungsvordruck. Beides habe ich immer gleich in den Ofen geworfen. Wenn das nächste Mal so ein Brief kommt, werde ich etwas überweisen. Das System funktioniert. Jasper steht weiter unter Beobachtung, weil ich das Gefühl habe, dass er mich manchmal etwas merkwürdig anschaut, außerdem hält er den Kopf immer noch ein bisschen schief. Ich habe mich bei einem herzlosen Gedanken ertappt: Ich hoffe, dass er zurückkommt, sonst wird das verzinkte Tor ganz umsonst angebracht. Der Torlieferant hat mir nämlich mitgeteilt, dass er das nächsten Donnerstag tun wird. Noch herzloser war der nächste Gedanke: Na ja, dann sind wenigstens ein Zaun und ein Tor für den nächsten Hund da.

5. SEPTEMBER [AMSTERDAM]   Ich verwandle mich schon in einen richtigen Deutschen. Ich brauche hier nur ein Auto zu sehen, und schon denke ich: Ach, ein niederländisches Nummernschild. Das neue Buch von Connie Palmen ist da, das neue Buch von Arthur Japin. Ich reise nach Spanien, Barcelona. Zur Präsentation von *Los perales tienen la flor blanca* und *Les pereres fan la flor blanca*. Immer noch bin ich aber nicht deutsch genug, um auf den Gedanken zu kommen, dass ich auch von Köln aus nach Barcelona fliegen und mir damit ein paar Tage Amsterdam und eine halbe Stunde Flugzeit sparen könnte.

Das Tor steht. Letzten Donnerstag, im Regen, von Christian und seinem Gehilfen Nikita aufgestellt. »Schade«, sagte ich zu Christian, der das Tor auch gebaut hat. »Wo mein Hund gerade beschlossen hat, meistens zu Hause zu bleiben.« Hahaha, machte Christian. Am selben Tag haben Gartenkumpel

343

Han und ich endlich ein Geländer am Balkon vor dem Schreibzimmer angebracht. Es ist sehr schön geworden, ich muss es nur noch anstreichen. Darauf freue ich mich, vor allem, weil ich das ganz in Ruhe werde tun können. In der vergangenen Woche hatte ich ständig Besuch, was mich viel Zeit kostete, nicht einmal zum Rasenmähen bin ich gekommen. Jasper hält den Kopf immer noch schief. Jule – von dem Dreiergespann Ben, Jule und Jack – ist gestorben. Sie war in ihren Korb gekrochen, und erst nach ein paar Stunden merkten Peter und Maria, dass sie tot war. Fünf Jahre alt ist sie geworden. Es macht mich traurig. Nikita kann gern noch einmal kommen, um mir bei irgendeiner Arbeit zu helfen. Oder auch zweimal.

7. SEPTEMBER [BARCELONA] Gestern ein Abendessen mit elf katalanischen Buchhändlern, von denen genau einer einigermaßen Englisch konnte. Weil ich die hiesigen Gepflogenheiten kenne, hatte ich vorsorglich schon gegen sechs eine Kleinigkeit gegessen, das Essen mit den Buchhändlern begann um halb zehn. Wie verhält man sich in einer solchen Runde? Schaut man scheinbar interessiert die gerade in einer völlig unverständlichen Sprache schnatternde Buchhändlerin an, oder lässt man seinen Gedanken freien Lauf und wartet auf die englische Übersetzung von Verlegerin Laura Huerga? Beides ist unendlich ermüdend. Ich esse und trinke dann so viel wie nur möglich und darf als Raucher regelmäßig nach draußen. Das bleibt doch ein großer Vorteil des Rauchens: Man kann sich aus dem Staub machen, wann immer man will. Es kam noch ein Moment heller Aufregung, als ich Bücher signieren sollte und in das Buch für Buchhändlerin Júlia »para Júlia« schrieb. »Nein!«, riefen alle, »das ist Spanisch!« Ich sagte: »Sorry, liebe Leute, aber ich bin in Spanien,

und eure katalanischen nationalistischen Gefühle sind natürlich nicht mein Problem.« Trotzdem schrieb ich von da an »per a«, das ist Katalanisch für »für«.

Das Hotel hat vier Sterne. Ich habe ein Fensterchen mit Aussicht auf einen Schacht, über mir weitere fünf Etagen. Es ist hier stockdunkel. Die Frühstücksbrötchen waren nicht frisch, und jeder Gegenstand in meinem Zimmer sieht abgenutzt aus, aber all das ist mir ziemlich egal. Laura Huerga ist heilfroh, dass die Organisation der katalanischen Buchwoche meinen Aufenthalt hier bezahlt. Nach früheren Erfahrungen mit Laura – die unglaublich lieb, zugleich aber eine Sklaventreiberin ist – bin ich wachsam und bestehe darauf, mich wirklich kurz hinzulegen, wenn ich mich kurz hinlegen will, und besteige kein Auto mehr, ohne zu wissen, wohin ich gebracht werde, sonst erfahre ich vielleicht nach einer Stunde und achtzig Kilometern, dass in irgendeiner Buchhandlung dreißig Leselustige auf mich warten, obwohl ich schon fix und fertig bin und einen gewaltigen Hunger habe. Rechtzeitig Nahrung zu bekommen ist mir sehr wichtig, ich habe immer noch nicht herausgefunden, wann diese Spanier richtig essen, ich meine, wann sie ihre Hauptmahlzeit zu sich nehmen. Deshalb habe ich mir angewöhnt, etwas zu essen, sobald sich die Gelegenheit ergibt, dann muss ich wenigstens nie hungrig ins Bett.

Andererseits bin ich froh über die richtige Dosis Beschäftigung, weil ich keine Großstädte mag. Ich weiß, dass andere bei solchen Anlässen möglichst viel von einer Stadt sehen wollen. So verwerflich es sein mag, mich reizt das nicht. Hier sind viel zu viele Menschen, die Sagrada Família habe ich schon auf Abbildungen gesehen und gestern während der Taxifahrt vom Flughafen zum Hotel auch die Standseilbahn zum Montjuïc.

Ich bin zufrieden mit meinem kleinen Ausschnitt von einer Stadt, mehr ist nicht nötig. Heute Mittag habe ich in demselben Restaurant gespeist wie gestern Abend. Vorzügliches Essen, zwei Gläser Weißwein – ideal – und anschließend ein kurzer Besuch in der Kathedrale, die zwischen meinem Hotel und dem Gelände der *Setmana del Llibre en Català* steht. Der Eintritt kostet sieben Euro, und dann stehen drinnen noch große Tonnen mit der Aufschrift *Help us!*. Nein, denke ich dann, jetzt reicht's. In einem Innenhof saßen etwa zehn weiße Gänse an einem Teich, das war schön. Danach habe ich am Plaça del Rei, gleich um die Ecke, noch einen Kaffee getrunken. Dort werde ich morgen wieder Kaffee trinken, es ist ein kleiner Platz etwas abseits der Gassen, durch die sich Horden von Touristen quetschen. In dem Café saßen zwei ältere Frauen mit einem kleinen, dünnen Pudelchen. Das Hündchen sprang auf meinen Schoß und leckte mir die Nase. Alle zufrieden. Ich bin hier, um zu arbeiten; was zwischen Hotel und Arbeitsstätte liegt, gehört mir, sonst nichts. Es gab eine Pressekonferenz auf einem Podium in der Sonne. Fernsehen, Fotografen, Zeitungsjournalisten. Ungefähr acht Bücher wurden verkauft. Wunderbar. Gleich ein Fotoshooting mit allen ausländischen Schriftstellern (drei) und um neunzehn Uhr die Buchpräsentation. Jetzt diesen Text tippen, ein Hemd bügeln und noch einen Augenblick in meinem dunklen, deprimierenden Hotelzimmer liegen. Es gibt hier massenhaft Schwule und Lesben. Nicht in meinem Hotelzimmer, draußen auf den Straßen.

8. SEPTEMBER   Eine schreckliche Nacht überstanden. Da überlegt man, ob vielleicht ein Pilz in dem Gericht mit Reis, Pilzen, Huhn und Blutwurst nicht in Ordnung war, hat das Gefühl, auf einem Trip zu sein, und eine Minute später fällt

einem ein, dass man am Morgen kein Citalopram eingenommen hat (einmal aus dem Rhythmus gekommen, und schon passieren solche Dinge). Man fragt sich natürlich auch, ob das Auslassen einer Tablette wirklich solche Folgen haben kann. Raus aus dem Bett, aber wohin in einem Hotelzimmer? Zur Toilette. Das Zimmer wird immer deprimierender, heute Morgen wurde irgendwo gevögelt, ganz in der Nähe, jedenfalls in Hörweite. Es nahm und nahm kein Ende, immer wieder dachte ich: Jetzt haben sie's geschafft, aber dann war es doch wieder nur ein vorläufiger Höhepunkt.

Vor kurzem habe ich einen Tweet von Matt Haig retweetet. Matt Haig ist ein britischer Autor. »*Depressed people often seem fine. They want you to smile. They want to entertain you. They don't want you ever to feel what they have felt.*« Ich empfand das als treffende Beschreibung. Und gestern während der Buchpräsentation auf einem Podium, das auf einem Platz im Schatten der Kathedrale von Barcelona aufgebaut war, geschah genau das, was er beschrieben hat. Ich kann bei öffentlichen Auftritten keine Standardgeschichte herunterleiern, nicht wie Kader Abdolah die immer gleiche Nummer zum Besten geben (vor einiger Zeit habe ich kurz hintereinander zwei Auftritte von ihm erlebt. Beim ersten Mal war ich begeistert davon, wie er scheinbar improvisierend anderthalb Stunden füllte, beim zweiten Mal waren es die gleichen Sätze, auf die Sekunde genau gleich getimt. Das verblüffte mich nicht nur, ich fand es unaufrichtig. Später änderte ich meine Ansicht, ich bewunderte ihn dafür, er tut es – nehme ich an –, um sich zu schützen. Es kostet ihn viel weniger Kraft, als wenn er sich immer wieder etwas Neues ausdenken würde). Wenn mir eine Frage gestellt wird, beantworte ich sie, so einfach ist das. Kurz bevor ich das Podium betrat, sah ich eine alte Frau mit einem blinden Hund. Er tat mir leid, und ich wollte ihn streicheln. Die Frau sagte etwas auf Katalanisch. Nachdem der Hund mich fast gebissen hätte (meine Reflexe sind völlig in Ordnung), hörte ich, dass sie »Vorsicht, er beißt« gesagt hatte. Gestern wurde sehr viel gelacht, obwohl ich erzählte, dass ich eine »*depressed person*« sei und »*therefore lonely, albeit partly self chosen*«. Jemand aus dem Publikum griff das auf und retweetete noch am Abend meinen Retweet von Haigs Aussage. Offenbar hatte er erkannt, dass ich mich genauso verhielt, und weil er meinen Retweet retweetete (was für ungeheuer hässliche Wörter), sah ich es auch. Dass ich nichts anderes tat. So dass die Leute auf dem Heimweg vielleicht noch eine Weile an diesen lustigen holländischen Schriftsteller dachten, ihren Männern oder Frauen oder Katzen von dem Witzbold erzählten, der behauptete, depressiv und einsam zu sein, hahaha, dabei haben wir so gelacht – und zufrieden ins Bett gingen. Und heute bei einer Veranstaltung der Katalanischen Buchwoche ein Buch von einem anderen Schriftsteller kaufen, der seine eigene Geschichte zum Besten gibt, und die Schriftstellerin von übermorgen erzählt wieder etwas anderes. Und all das ist völlig in Ordnung.

Es wurden eine Menge Bücher verkauft, ich habe auch ziemlich viele signiert. Irgendwann stand vor dem Signiertisch ein Mann, der zu mir sagte, ich solle doch einmal ein Buch über Aids schreiben. »Bitte?«, fragte ich. »*Sida*«, sagte er. »Warum um Himmels willen sollte ich das tun?«, fragte ich. (All das über einen Dolmetscher, denn der Mann sprach kein Englisch und ich kein Spanisch, von Katalanisch ganz zu schweigen.) Darauf bekam ich keine Antwort. Ich schaute ihn mir etwas genauer an, er war ein attraktiver junger Mann mit einem Gesicht, das mir ziemlich bekannt vorkam. Ich hatte sein Foto bei Twitter gesehen, wo er irgendeine Bemerkung über mein Buch gemacht hatte. »Okay«, sagte ich. »Wenn du mich füt-

terst.« Ich nehme an, dass der Dolmetscher »mich fütterst«
mit »mir Informationen verschaffst« übersetzte. Damit war
er einverstanden. »Über Twitter«, sagte er noch.

Danach aßen das Verlegerehepaar und ich Reis in einem Restaurant, das für seine exzellenten Reisgerichte bekannt ist.
Während des Essens nahm ich mir vor, ein so altes Buch (*Perenbomen bloeien wit*) künftig erst noch einmal zu lesen, bevor ich zu einer Werbetournee in irgendeinem Ausland auf-
breche. Außerdem nahm ich mir vor, mit dem Aids-Mann
Kontakt aufzunehmen. Das habe ich nicht getan.

Heute frei. Auch so eine Sache: Meistens sind die Tage hier
zu kurz, und plötzlich stehe ich vor einem leeren Tag. Ich beschloss, ins MACBA zu gehen. Das steht nämlich ganz in der
Nähe, von meinem Hotel bis zur Rambla ist es nur ein Kat-
zensprung. Dienstags geschlossen. Keine zeitgenössische Kunst
an Dienstagen. »Ach«, sagte ich laut zur geschlossenen Tür.
Auf einem Umweg kehrte ich zum Hotel zurück. Ich gehöre
wirklich nicht in Großstädte, ganz verloren fühle ich mich
dort, obwohl ich mich nie verirre. Überall Leute mit Selfie-
Sticks, wobei mich vor allem wundert, dass diese Selbstfoto-
grafierer einander nicht etwa ironisch grinsend anschauen
– seht her, auch wir mit dem neuesten Spielzeug –, nein, mit
feierlichem Ernst wird die Stange über den Tisch gestreckt
und dann ein Foto vom Essen und den Essern gemacht, wobei dieser Vorgang selbst wiederum von dem Stangentelefon
am Nachbartisch eingefangen wird. Als auf der Plaça del Rei
zwei junge Leute eine Frau baten, sie zu fotografieren, hatte
ich gleich das Wort »altmodisch« im Kopf. Ich habe einen
(noch) subkutanen Pickel auf der Nase. Ebenfalls Standard,
wenn ich auf Reisen bin. Kann man von Anspannung oder
Flugreisen oder einem Hotelaufenthalt Pusteln bekommen?
Nach einem Nickerchen ging ich die Rambla hinunter zum

Hafen, aber erst, nachdem ich zu Mittag gegessen hatte, um halb fünf. Ich lerne schnell. Im Hafen tat ich etwas Unerwartetes: Ich kaufte eine Karte für eine Rundfahrt. Der Höhepunkt war ein kurzer Abstecher aufs offene Meer, wobei das Rundfahrtboot gewaltig stampfte und rollte. Kleine Kinder an Bord kreischten, Erwachsene wurden kreidebleich. Nach dem Anlegen überkam mich ein Gefühl der Ruhe und des Friedens, wie es oft geschieht, wenn man sich der Wirkung eines Ortes ergibt. Eine Weile saß ich ganz still am Hafen, beobachtete spielende Hunde und Polizisten mit Maschinenpistolen und Jogger, schließlich machte ich mich auf den Rückweg. An der Plaça del Rei trank ich ein zweites Glas Weißwein. Anschließend las ich in meinem Hotelzimmer den *Groene Amsterdammer* vom 27. August von vorn bis hinten. Dann wurde es Zeit fürs Abendessen, inzwischen war es halb zehn. Ich ging in das Restaurant, in dem ich schon zweimal gegessen hatte, einer der Kellner begrüßte mich mit einem wiedererkennenden »ola«. Ich aß und trank, schaute kaum auf mein iPhone. An einem anderen Tisch saß eine Gruppe norwegischer Männer, was sie miteinander verband, blieb mir verborgen. Ich war in einer so angenehmen, friedlichen Stimmung, dass ich zum Kaffee noch einen katalanischen Likör trank, giftig gelb und ziemlich ekelhaft, doch nicht einmal das konnte mir die Laune verderben. Inzwischen hatte Joost Zwagerman sich umgebracht, und nach dem Essen sah ich in der Nähe des Hotels die Generalprobe für die morgen stattfindende Feier einer der nationalistischen katalanischen Parteien. Sehr beeindruckend. Bombastisch. Jetzt ist es 23:50 Uhr.

Ich habe keine Angst zu sterben, bin ein bisschen gespannt auf das Wann und Wie (wie Philip Larkin), werde es aber nicht selbst tun.

23. SEPTEMBER [SCHWARZBACH] Heute Morgen flogen etwa fünf Mehlschwalben eine Weile neben Jasper und mir her. Spät, dachte ich. Müssen die nicht schleunigst gen Süden? Andererseits, warum sollten sie? Es gibt noch genug Insekten, nachts friert es noch nicht, und so können sich die Kleinen weitere Kraftreserven anfuttern. Die Anwesenheit der Schwalben verwunderte mich vor allem deshalb, weil es mit einem Schlag Herbst geworden ist, über den Wiesen hängt Nebel, es nieselt, die Ahornblätter werden gelb, überall rauchende Schornsteine, und man fragt sich, wieso einem der Wechsel entgangen ist. Ich hatte nicht mehr mit Schwalben gerechnet. Gleich darauf dachte ich an meine Vogelfutterstation. Dort beginnt jetzt schon der Winter, es sind vor allem Kohlmeisen und Kleiber, die an den von mir geizig aufgehängten Meisenknödeln picken. Geizig, weil es noch keine neuen Meisenknödel zu kaufen gibt. »Die Vögel finden jetzt noch selbst Nahrung«, sagte vorgestern eine eingebildete Verkäuferin in Schönecken, nachdem ich sie nach Vogelfutter gefragt, sie mir Sittichfutter gezeigt und ich das Missverständnis aufgeklärt hatte. Das entscheide ich selbst, dachte ich. Und die Vögel. Außerdem kam mir das Wort »Trost« in den Sinn. Wie kommt das nur, dass Vögel Trost spenden? Vielleicht gilt das nicht für alle Menschen, aber für mich auf jeden Fall. Ich bin zufrieden, wenn ich an den zunehmenden Betrieb bei meiner Vogelfutterstation denke. An Vögel, die den ganzen Winter lang mein Futter fressen, sich streiten, hin und her fliegen, in der Stechpalme Unterschlupf suchen. Auf der Rückfahrt aus Schönecken, den Rucksack und die Kiste vor dem Lenker voll mit Nahrungsmitteln, entdeckte ich aus dem Augenwinkel in der Nims den Vogel, nach dem ich schon zweieinhalb Jahre Ausschau halte. Die Wasseramsel. Sie tauchte gerade unter, richtete sich auf dem Boden wieder auf, der weiße Kehl- und Brustfleck war deutlich zu sehen. Ich bremste ab

und wendete. Fünf Minuten stand ich am Flussufer, bekam sie aber nicht mehr zu Gesicht. *Dipper* heißt der Vogel auf Englisch, was genau das beschreibt, was ich ihn tun sah. Auf Niederländisch *waterspreeuw*, Wasserstar. Ich erzählte Rudi von meiner Entdeckung, mir fiel da aber noch nicht das deutsche Wort ein, und er sagte »Bachstelze«. Das kam mir komisch vor, da die Wasseramsel ja nicht durchs Wasser stelzt, sie taucht unter. Gerade habe ich alles nachgesehen, die Bachstelze ist das, was im Niederländischen der *Witte kwikstaart* ist. In der deutschen Wikipedia steht, die Bachstelze falle unter anderem durch den »stelzentypischen Wippschwanz« auf. Ja eben, deshalb *kwikstaart*! Es wird immer offensichtlicher, wie wichtig ein dickes Buch über europäische Vogelnamen wäre.

Zwei Wochen lang kein Wort geschrieben. Wer dies liest, merkt davon nichts, der Text geht einfach weiter. Das Dilemma des Tagebuchschreibers: Stelle ich mich dumm und tue so, als gebe es keine Lücke, oder flechte ich schnell noch überblickartig die zwei vergangenen Wochen ein? Schreibe ich über meine Mutter, die plötzlich wegen eines Vorhofflimmerns, das die Ärzte nicht in den Griff bekamen, ins Krankenhaus musste? Über meinen Besuch bei ihr im Gemini-Krankenhaus in Den Helder (wo sie in einem Zimmer mit drei anderen Patienten lag, zwei davon Vier-Zentner-Männer, die sich in alles einmischten und brüllend telefonierten; es war die Hölle auf Erden, ich wagte kaum etwas zu meiner Mutter zu sagen, eine Frage zu stellen war erst recht nicht ratsam, weil die sofort von einem der beiden Scheißkerle mit erhobener Stimme beantwortet wurde; als ich nach einer Stunde wegging – meine Mutter hatte inzwischen gegessen, ein vegetarisches Bami-Gericht, und wollte sich nun den Nachtisch schmecken lassen –, war ich völlig erschöpft und fühlte mich schuldig: Ich bin total überfordert mit einer kranken Mutter, ertrage es nicht, dass sie sich so vollständig einem Krankenhausregime unterwirft, dass sie nur über das Essen sprechen kann, dass ich – auch wegen der Umgebung – lethargisch neben ihrem Bett sitze, nicht fröhlich und unterhaltend bin, obwohl gerade das gut für sie wäre)? Über meinen Neffen Casper, dem es sehr angenehm ist, wenn ich in Amsterdam bin, während ich mich manchmal in meiner eigenen Wohnung ziemlich überflüssig fühle (am Freitag whatsappte ich ihm, dass ich nicht am Abend, sondern erst Samstag Morgen wegfahren wolle, worauf er zurückwhatsappte: »Ja! Dann können wir zusammen *Flikken Maastricht* sehen!«)? Über *Escape to the Country*, das ich jeden Nachmittag anschauen wollte, auf dem Sofa ausgestreckt, wie die Hauptperson in *De omweg* (was mich eigentlich beunruhigen müsste, mir jedenfalls bewusstmacht, dass die vergangenen zwei Wochen sehr voll und anstrengend waren und dass es höchste, allerhöchste Zeit wird, in die Eifel zu fahren, nur dass ich das nicht von einem Moment auf den anderen kann, eben weil ich immer noch keinen Führerschein habe und erst letzten Samstag auf der Rückbank von Pauline Slots Wagen hier angekommen bin)?

Ja, das ist meine Methode: in ein paar hundert Wörtern praktisch alles aufzählen und dabei so tun, als würde ich es nicht tun. Jetzt mit frischer Kraft weiter. Meine Mutter ist übrigens wieder zu Hause und wartet auf einen Operationstermin.

28. SEPTEMBER [SCHWARZBACH] Vorletzte Nacht hat Jasper zum ersten Mal in einem Hotel geschlafen. Hotel Apollo in Nimwegen. Ich übernachtete ebenfalls dort, weshalb es

weiter keine Probleme gab. Er machte seine Sache gut. Nicht gepinkelt, nicht gekackt, nichts demoliert, nur einmal aufgewacht und dann auch mich durch steinerweichendes Fiepen geweckt. Während der Aufführung von *Perenbomen bloeien wit* durch die Theatergruppe Kwatta lag er oben in der Kantine. Nicht auf seinem Kissen, das ich extra mitgenommen hatte, sondern auf dem braunen Ledersessel, der dort steht. Josee Hussaarts hat eine Bühnenfassung des Romans geschrieben. Für vier Schauspieler und sechs Puppen. Ich wollte eigentlich nicht zur Premiere, weil das Leben in letzter Zeit anstrengend genug war und außerdem für den 30. Oktober nach der Vorstellung im Jugendtheater De Krakeling in Amsterdam ein Gespräch zwischen Josee und mir geplant ist, so dass ich das Stück dort ohnehin sehen werde. Aber egal, wie man sich fühlt: Zur Premiere der Theaterfassung eines eigenen Romans kann man nicht nicht erscheinen. Deshalb wurde jemand (Xander) gechartert, um mich abzuholen und am nächsten Morgen um zehn wieder zurückzubringen.

Rogier van Erkel spielt Kees, Steven Stavast spielt Klaas, Leendert de Ridder spielt Gerson, und Joost Dekker spielt Gerard. Alles unheimlich liebe, nette Jungs, die für dieses Stück auch das Puppenspiel erlernen mussten. Der Hund Daan ist eine Puppe, die Großeltern sind Puppen, Krankenpfleger Harald ist eine Puppe, der Nachbar ist eine Puppe. Es störte mich überhaupt nicht. Ich kam gegen sechs an, aß mit den Schauspielern, trank zwei Gläser Weißwein – ja, genau die richtige Menge – und setzte mich um halb acht in den Zuschauerraum. Beim Essen hatte Josee mir gesagt, dass sie den Schluss verändert habe. »O verdammt«, sagte ich. Im Saal verkrampfte ich mich praktisch sofort. Eine Stunde lang musste ich mir die größte Mühe geben, mich zu entspannen, es fiel mir schwer, mir das Stück anzusehen, weil ich wusste, was geschehen würde. Ich fasste an Ort und Stelle einen Vorsatz: Wenn ich denn jemals noch einen Roman schreiben sollte, darf darin wirklich niemand sterben. Dass mir das Stück trotz der seltsamen Verkrampfung (hinterher trank ich viel mehr als zwei Gläser Weißwein) sehr gut gefiel, war einzig und allein Josee Hussaart zu verdanken. Sie macht eigentlich nie etwas Schlechtes, das kann sie gar nicht. Der neue Schluss erwies sich als großartiger Einfall. Wir kennen uns seit 2000, von der *Voorleeskaravaan*: Eine Gruppe von Jugendbuchautoren, deren Erstlingswerk gerade erschienen war, wurde in wechselnder Zusammensetzung durchs Land geschickt, und Josees Buch war wie meines bei Piramide herausgekommen. Sie hat zwei oder drei Bücher geschrieben und dann aufgehört, weil sie die Leitung von Kwatta übernahm. Mit diesem Stück tourt die Gruppe nun bis Ende Dezember durchs Land. Nach der Vorstellung wurden Bücher verkauft, ich signierte ein paar davon, obwohl ich die ganze Zeit das Gefühl hatte, nichts damit zu tun zu haben. Einige Leute sagten mir, wie sehr es ihnen gefallen habe, machten mir Komplimente. Die Sache ist natürlich die, dass ich wirklich wenig damit zu tun hatte. Der Roman ist inzwischen sechzehn Jahre alt, wenn ich bei Lesungen darüber spreche, sage ich »altbackenes Brot«, was mir meine Verlegerin Eva Cossee ausdrücklich verboten hat. Unvermeidlich ist auch die Frage, ob meiner Ansicht nach das, was ich mit dem Roman hatte sagen wollen, oder der Sinn des Textes in der Bearbeitung erhalten geblieben sei. »Das interessiert mich nicht«, sage ich dann, und das meine ich ernst. Ich weiß nicht einmal, was ich mit dem Roman hatte sagen wollen, stelle mir auch nie vor, wie eine Bearbeitung aussehen könnte. Das galt für die Bühnenbearbeitung von *Boven*, für die Verfilmung von *Boven* und gilt nun für die Bühnenfassung von *Perenbomen*. Ich fühle mich mit meinen eigenen Werken nur wenig verbunden. Wenig verbunden von dem Augenblick an, in dem ich das Manuskript dem Verlag einreiche, sollte ich vielleicht präzisieren. Selbst wenn Josee aus dem Roman etwas völlig anderes gemacht, ihn nur als Grundlage verwendet hätte, wäre ich noch begeistert gewesen, weil sie so großartiges Theater macht. Theater ist Theater. Ein Roman ist ein Roman.

In der Reihe vor mir saßen zwei Mütter und ein Vater und vier Mädchen. Eins der Mädchen sagte »blöaah«, als Gerson den Krankenpfleger Harald (eine Puppe) fragte, ob er ihm einen Kuss geben könne, und Harald das dann auch tat. Was ist das für ein Kind? Wie kann es so jung schon homophob sein? Oder lag es daran, dass die Puppe, die Harald sein soll, nicht gerade eine hübsche Puppe ist, was die Szene, in der Gerson zu Harald sagt: »Ich weiß nicht mal, wie du aussiehst«, worauf Harald antwortet: »Unheimlich gut«, zu einer komischen Szene macht, bei der gelacht wurde? Das könnte natürlich auch sein, und es wäre mir eigentlich lieber. Ich glaube auch zu wissen, das Kinder in diesem Alter das Küssen im Allgemeinen unappetitlich oder doof finden. In der *Theaterkrant* erschien bald eine Besprechung, eine sehr gute. Nur nicht für mich. Der letzte Absatz: »Mit *Perenbomen bloeien wit* verbinden Kwatta und Gnaffel ihre Spezialitäten, und das Ergebnis ist eine Vorstellung, die um vieles besser als das Buch ist und die man am liebsten gleich noch einmal sehen würde.« Nun ja.

Als Xander mich am nächsten Morgen am Hotel Apollo abholte, kam eine ziemlich abgerissene Frau auf uns zu und fragte, ob sie uns um »eine Kleinigkeit« bitten dürfe. Jasper wedelte mit dem Schwanz. Mit der Kleinigkeit war natürlich Geld gemeint, und ich gab ihr zwei Euro, obwohl mir klar ist, dass sie das Geld nicht für eine Tagesunterkunft brauchte, wie auch immer man sich die vorzustellen hat. Dann tat Jasper etwas, das ich ihn nie zuvor habe tun sehen: Er schnüffelte in ihrer Schamgegend. Dabei ist er glücklicherweise kein Schamschnüffler. Gleich darauf begann er laut zu bellen. »Hat er mich erschreckt«, sagte die Frau. Und dann: »Ich blute.« Igitt. Mich und Xander schauderte es noch auf den ersten Kilometern in dem Mietwagen. »Dafür gibt's doch 'ne Art Korken«, meinte Xander. Das dachte ich auch. »Aber den nennt man Tampon«, sagte ich. Manchmal ist es ganz lustig, zwei Schwule in einem Mietwagen auf dem Weg in die Eifel. Zwei Schwule fortgeschrittenen Alters noch dazu. Am Vorabend hatte Leendert, der Gerson spielt, mich seinem Freund vorgestellt. Ich war ein wenig verwirrt. »Moment«, sagte ich, »ihr seid doch höchstens achtzehn oder so?« Ach was, antwortete Leendert, ich bin sechsundzwanzig. Sein Freund war sogar schon siebenundzwanzig. Sie wohnten zusammen und hatten auch einen Hund. Leenderts Freund beschnüffelte Jasper, den ich aus der Kantine geholt hatte, und meinte, Jasper rieche sehr gut. Vielleicht erklärt sich meine Verwirrung dadurch, dass ich Leendert Gerson hatte spielen sehen (der im Stück wie im Roman vierzehn ist), wahrscheinlicher ist aber, dass ich den Kontakt zu dieser Altersgruppe so ziemlich verloren habe. Überhaupt kann ich oft nicht einschätzen, wie alt Menschen sind.

Hier angekommen, gab ich Xander etwas zu essen und zu trinken. Außerdem ein Exemplar *Perenbomen* und ein Glas Holundergelee. Um zwei fuhr er wieder weg. Danach pflückte ich am Waldrand an mehreren Stellen Holunderbeeren, zwei Plastikbeutel voll, die Hälfte habe ich sofort zu fünf Gläsern frischem Holundergelee verarbeitet. Damit war ich gut vier Stunden beschäftigt. Wie Xander mir geraten hatte, fügte ich den Saft einer halben Zitrone hinzu. Der zweite Plastikbeutel steht in der Diele, vielleicht mache ich aus dem Rest der Holunderbeeren Sirup. Wir haben schönes Wetter, die

Sonne scheint – was sie laut Vorhersage noch die ganze Woche tun wird –, und es sind fünfzehn Grad. Das Balkongeländer ist schon grundiert, diese Woche werde ich es antikgrün streichen. Ganz in Ruhe, es braucht nicht an einem Tag fertig zu werden. Vergangene Nacht habe ich wunderbar geschlafen, wie immer nach einer Hotelübernachtung.

Jasper und ich sind heute genau zwei Jahre zusammen. Am 28. September 2013 sind Gartenkumpel Han, Zwergdackel Jet, Jasper und ich von Mönchengladbach hierhergefahren.

Times Literary Supplement, 25. September: »[...] *As an examination of loss,* June *(crisply translated by David Colmer) is superbly upsetting. Bakker handles the solipsistic tedium of suffering very well. [...] We are guided, through a brilliantly economical series of snapshots, back to the moment of the accident, and out again to the present, where its impact continues to be felt –* ›The story taking shape in that instant‹, *as Bakker puts it in what is perhaps the novel's only overtly explicatory sentence,* ›from all the little things that come together as a greater whole‹. *[...] There are no forced epiphanies in this measured, low key novel, which derives its considerable power from a similarly dogged refusal to yield any unnecessary emotional ground.«*
Die Rezensentin schreibt viel über Johan, den Bruder, der »was am Kopf« hat, seit er beim Trial mit seinem Motorrad verunglückt ist. Das freut mich, während der Arbeit an dem Roman mochte ich Johan besonders gern. Ich bekam die Besprechung über Harvill Secker, aber auch David hat sie mir zugeschickt, der beobachtet die Reaktionen auf unsere Bücher sehr genau. »Grüße von deinem knusprigen Übersetzer«, schrieb er.

4. OKTOBER [SCHWARZBACH]   Jasper nahm den Welt-
tierschutztag zum Anlass, bei unserer Nachbarin Hannelore
sämtliches Katzenfutter aufzufressen. Ich sah, wie es geschah,
war aber noch ziemlich weit hinter ihm, so dass ich es nicht
verhindern konnte. Ich betrete dann ganz einfach das Grundstück und zerre ihn von den Futternäpfen weg. Die Schiebe-
tür stand weit offen, Hannelore hatte einen Sonntagvormittagsbesucher. Sie klagte. Der Besucher war ein rauchender
Mann, der mich zu meinem Schreck sofort an den Bauern
Rhys Jones in *De omweg* erinnerte. Er unternahm nichts, um
den Hund zu verjagen, sie schauten ihm beide untätig beim
Leeren der Näpfe zu. Allmählich gehe es ja schon ins Geld,
meinte Hannelore, ständig müsse sie neues Futter nachfül-
len. Der Sonntagvormittagsbesucher, Zigarette im Mund-
winkel, rieb die Fingerspitzen aneinander. Als ich sagte, ich
wolle gern ein paar Säcke Katzenfutter kaufen, bekam ich zu
hören, so sei es auch wieder nicht gemeint. Das Problem ist,
dass ich ihn nicht daran hindern kann, das Futter aufzufressen, es wird also noch öfter vorkommen. Im ersten Moment
bin ich dann auch wütend, weil ich finde, dass die Leute ihre
Katzen gefälligst im Haus füttern können, ich stelle Jaspers
Näpfe schließlich auch nicht vor die Tür. Nur im ersten Moment, denn natürlich bin ich im Unrecht.
Vor ein paar Wochen war ich mit Annelore Kodde im Bau-
stoffzentrum Henrich in Gerolstein und habe mit Hilfe von
Frau Kress schöne Fliesen für achthundertvierzig Euro ausgesucht. Dafür bekam ich nun von Nachbar Klaus eins aufs
Dach. Wie ich mich ausgerechnet von Frau Kress beraten lassen könne, die habe doch von nichts Ahnung! Warum ich
mich nicht an Frau Haas gewandt hätte! Klaus ist Fliesenleger und wird deshalb mein neues Badezimmer fliesen. Ich
ließ das an mir abperlen, ich dachte: Es sind meine Fliesen,
mir gefallen sie, also wo ist das Problem? Nun, das Problem

ist ihr Format, 10 x 10, Klaus hat keine Lust, so kleine Fliesen zu verlegen, das ist ihm viel zu viel Arbeit. Mir war schon aufgefallen, dass die Handwerker hier in der Eifel ihre ganz eigenen Vorstellungen davon haben, was zu tun ist, Vorstellungen, die sie gern durchsetzen. Meistens nicht auf unangenehme Art, eher um mir zu helfen, um mir meine holländischen Gewohnheiten auszutreiben.

Vorgestern bin ich mit Klaus noch einmal zu Henrich gefahren. Das war für mich höchst peinlich, weil wir vor Frau Haas' Schreibtisch Platz nahmen, während zwei Meter davon entfernt Frau Kress saß und sich verdammt gut an mich erinnerte. Hin und wieder schaute ich sie an und versuchte, entschuldigend zu lächeln, was ich aber nicht kann, wie es mir auch unmöglich ist, lieb zu lächeln. Am Ende wählte ich für die Wände die Rako Wandfliese Color TWO 20 x 20, für den Duschboden Jasba Mosaik 2,5 x 2,5 und für den übrigen Boden SUBWAY ASH 49SW2 450 x 900. Kosten: vierhundertzweiundsechzig Euro vierundsiebzig. Vor allem, da dank Klaus' Anwesenheit auf alles dreißig Prozent Rabatt gewährt wurde. Lieferzeit zwei bis drei Wochen. Ich hoffe, dass Klaus dann auch gleich anfangen kann, ebenso der Elektriker und der Installateur. Ich kann es kaum erwarten, ein neues Badezimmer zu haben. Ein Badezimmer mit barrierefreier Dusche, das ist erst Luxus. Sobald es fertig ist, kann ich auch das Gästezimmer (das wegen der Erweiterung des Badezimmers einen Meter verliert) neu einrichten.

Der Wunsch, das Nachbarhaus zu kaufen, ist ein wenig abgeflaut, es ist jetzt die Phase, in der ich heimlich hoffe, dass sich bald ein anderer Käufer findet, so dass ich nicht mehr darüber nachzudenken brauche. Als Hansi vorige Woche hier war, erzählte er mir, es gebe schon fünf potentielle Käufer. »Warte mal«, sagte ich drohend und zeigte mit dem Finger auf meine Brust, »sechs!« Ja sicher, und außerdem, sagte er, sei ich der Erste. Seit vier Tagen steht auch das Haus neben dem von Frau Trappen zum Verkauf. Martha, Monikas Tante, ist zusammen mit ihrem Mann – der schon seit Monaten in einem Pflegeheim in Balesfeld war – in ein Altenheim in Bitburg gezogen. Das bedeutet, dass von den acht Häusern in meinem Weiler drei zu verkaufen sind und eins leer steht. Die Bewohner von Nummer 1A bauen gerade ein Haus in Lascheid.

Gestern hörte ich aus dem Mund von Rudi, ich sei ein sehr guter Schriftsteller. Ich trank um halb fünf eine Tasse Kaffee bei Rudi und Christa, nachdem ich mir bei ihnen eine Schubkarre Sand geholt hatte. Wie er zu dieser Feststellung komme, fragte ich. Na ja, Walter von der Bergstraße habe ihm das erzählt. »Er hat gesagt, man muss ein außergewöhnlich guter Schriftsteller sein, um bei Suhrkamp verlegt zu werden.« Walter und seine Frau Elisabeth sind Leser, und Christa leiht ihnen meine Bücher. Walter hatte früher einmal eine Baumschule, vielleicht steht deshalb ein Quittenbaum bei ihm im Garten, der einzige weit und breit. Ich möchte ein paar Zweige davon abschneiden und in die Erde stecken, man kann sie durch Stecklinge vermehren, und jetzt ist die richtige Jahreszeit dafür.

6. OKTOBER [SCHWARZBACH] Ich bin einmal sieben Jahre lang einer richtigen Arbeit nachgegangen, womit ich meine, dass ich damals einen Chef hatte. Von 1995 bis 2002 war ich Untertitler bei Subtitling International, das später zu SDI Media wurde. Ich hatte mich auf eine Zeitungsanzeige hin beworben, eine Probeübersetzung angefertigt und war engagiert worden. Es war Heimarbeit, man bekam ziemlich viel Apparatekram zur Verfügung gestellt, im Büro holte man

sich die Videobänder ab, und wenn man fertig war, brachte man sie zurück. In den ersten Monaten tat ich kaum etwas anderes, als *The Bold and the Beautiful* zu untertiteln, und die Arbeit an dieser Seifenoper war anscheinend die ideale Schule für mich. Darüber spreche ich regelmäßig bei Lesungen. Erkläre, dass ein zweizeiliger Untertitel sieben Sekunden zu sehen ist, eine einzelne Zeile manchmal sogar nur drei Sekunden. Dass die Schauspieler darauf natürlich überhaupt keine Rücksicht nehmen, sondern einfach durcheinanderreden, sogar zu dritt, was bedeutet, dass der Text von einem der drei sowieso geopfert werden muss, weil nie drei Zeilen ins Bild dürfen. Viel später – 2007 wird es gewesen sein – war einmal ein Journalist von *HP/De Tijd* bei mir zu Hause, der mich fragte, ob ich nicht durch diese Untertitelarbeit die Grundlage für meinen kargen Schreibstil geschaffen hätte. Mensch … ja! Seitdem komme ich bei Lesungen gern auf diese Beobachtung zu sprechen, mal erwähne ich, dass sie von einem Interviewer stammt, mal nicht. Tatsache ist, dass mein Stil bei früheren Schreibversuchen alles andere als »karg« oder »schlicht« war. Ich schrieb viel zu viel Überflüssiges, trug viel zu dick auf, war viel zu moralistisch, die Sprache viel zu blumig. Vielleicht stimmt es wirklich, dass ich durch das Herausdestillieren des Wesentlichen aus den Äußerungen von Ridge und Thorne und Macy und Stephanie zu einem ökonomischen Schreibstil gefunden habe. Der erwähnte Journalist, seinen Namen habe ich vergessen, machte übrigens nach dem Interview keine Anstalten, wieder zu gehen. Er sagte nichts mehr, weil alles gesagt war, sondern blieb einfach auf dem neuen blauen Zweiersofa sitzen, das ich mir gerade angeschafft hatte. Es war beängstigend. Zu jener Zeit war ich anscheinend ziemlich labil, denn plötzlich – wenn ich ihn ansah, schaute ich gleichzeitig ins Licht – verwandelte er sich in meinen ältesten Bruder, und ich musste alle mir verbliebene Kraft aufbieten, um dieses Bild loszuwerden und ihn in den *HP/De Tijd*-Journalisten zurückzuverwandeln, der er war. Nie wieder habe ich danach einen Interviewer zu mir nach Hause kommen lassen.

Später untertitelte ich eine Weile *Rex Hunt's Fishing Adventures*. Das war schrecklich, weil in dieser australischen Serie ständig Fischnamen genannt wurden, für die es keine Entsprechung gab (warum sollten wir Namen für Fische haben, die bei uns gar nicht vorkommen?). Und das in einer Zeit, als man bei Übersetzungen nicht auf das Internet zurückgreifen konnte, so dass ich zur Redaktion von Subtitling International musste, die in einem Gebäude neben dem Concertgebouw untergebracht war. Dort stand in der Mitte des Büroraums ein riesiger Tisch, auf dem Stapel von Wörterbüchern und anderen Nachschlagewerken lagen. Am liebsten waren mir Naturfilme, die waren so wunderbar beruhigend. Schöne Bilder, nur eine Kommentarstimme, jede Menge Zeit, um den englischen Text fast vollständig übersetzt ins Bild zu bringen. Allerdings entdeckte ich auch, wie in den meisten Naturfilmen geschummelt wird: Die Bilder werden so montiert und kommentiert, dass genau das passiert, was der Dokumentarfilmer möchte. Das wurde mir klar, als ich in zwei verschiedenen Filmen genau die gleichen Bilder sah, wobei laut Kommentar in dem einen Film der Löwe die Impala-Antilope noch einholt und in dem anderen nicht. Eine Entdeckung, die mich schockierte.

Während meiner Tätigkeit bei Subtitling wurde anstelle des Minutentarifs ein Untertiteltarif eingeführt. Selbstverständlich zum Vorteil des Arbeitgebers. Schade vor allem für diejenigen, die Sexfilme untertitelten, was auch ich ein Weilchen getan habe. Ich glaube mich an eine Art Softporno für SBS 6 zu erinnern; diese Art Filmchen dauerten eine halbe Stunde, in der vielleicht sechzig Untertitel vorkamen, das war leicht verdientes Geld. Für eine halbe Stunde *The Bold and the Beautiful* kamen schnell über dreihundert Untertitel zusammen. Je mehr man arbeitete, desto höher der Verdienst. Einmal konnte ich monatelang nichts tun, weil ich zwei Tennisellenbogen hatte, ich hatte mich beim Betätigen der Videoapparatur und beim Tippen überanstrengt. Untertiteln bedeutet nicht nur, die jeweiligen Texte zu übersetzen, man muss auch timen, die Untertitel müssen genau im richtigen Moment ins Bild. Am 24. Juni habe ich schon angedeutet, dass ich Ausdrucke meiner Untertitel regelmäßig (eigentlich meistens) mit ziemlich viel Rot zurückbekam. Die Redakteure fragten, warum ich nicht dieses oder jenes Wort gebraucht hätte. Ich glaube, ich war nicht der allerbeste Untertitler, und wurde hin und wieder kurz freigestellt, um in einem Auffrischungskurs an der Qualität meiner Übersetzungen und an meinem Timing zu arbeiten. Irgendwann war ich all das Negative, die vielen roten Striche und nicht zu meinem aktiven Wortschatz gehörenden roten Wörter – nie bekam ich einmal ein rotes Kompliment – dermaßen leid, dass ich das Untertiteln aufgab. Zumal ich auch die immer gleiche Strecke zum Concertgebouw und zurück satthatte, ich konnte die Ceintuurbaan und die Van Baerlestraat einfach nicht mehr sehen, mir wurde beinahe schlecht, wenn ich aufs Rad stieg. Von einem auf den anderen Tag. Fast unmittelbar danach begann ich mit dem Schreiben von »Henk«, dem Roman, der vier Jahre später in *Boven is het stil* umgetitelt wurde. In Armut, denn als Untertitler ist man halb Freiberufler, halb Angestellter, weshalb ich Himmel und Hölle in Bewegung setzen musste, um wenigstens ein bisschen Arbeitslosengeld zu bekommen.

Übrigens finde ich Filme mit Bruce Willis immer großartig (RTL Köln brachte an zwei aufeinanderfolgenden Samstagen *R. E. D.* und *R. E. D. 2*), und ich würde mir wünschen, dass in allen Krimiserien die Polizisten schwedische Polizeiuniformen tragen, auch wenn die Serien in England, Deutschland, den Niederlanden oder sonst wo spielen. Außerdem ist mir aufgefallen, dass Besprechungen von Kinder- oder Jugendtheaterstücken anscheinend von Leuten geschrieben werden, die sich nicht zwischen dem Ton, in dem man mit kleinen Kindern spricht, und einem ernsthaften Ton für Erwachsene entscheiden können. Zahme, milde Wir-sind-alle-lieb-zueinander-Rezensionen sind es. In der Besprechung der Bühnenfassung von *Perenbomen bloeien wit* in der *Volkskrant* bezeichnet die Rezensentin (****) zudem die vier männlichen Hauptpersonen als Bauernfamilie. Wie kommt sie bloß darauf? Weder im Roman noch im Theaterstück deutet etwas darauf hin, nirgendwo tauchen Kühe, Schafe, Scheunen, Traktoren, Pferde auf. Über so etwas kann ich mich maßlos aufregen. Dieser Mangel an Sorgfalt, dieses gedankenlose Hinschreiben irgendwelcher Behauptungen, ohne sie zu überprüfen. Oder haben sich Bilder aus *Boven is het stil* so in ihrem Kopf festgesetzt, dass sie glaubt, alles, was ich schreibe, müsste mit Bauern zu tun haben?

Jasper hat etwas getan, das mich wirklich an seinem Hundeverstand zweifeln ließ. Er kam eine halbe Stunde nach mir nach Hause – was schon nicht in Ordnung ist –, und als ich die Haustür öffnete, sah ich ihn vor der Tür zum Hauswirtschaftsraum im Anbau stehen. Ich schaute um die Ecke, da kratzte er gerade wild mit den Vorderpfoten am Holz. »Hier!«, rief ich, drei Meter von ihm entfernt. Keinerlei Reaktion. »Na komm!« Noch mehr Pfotengekratze. Manchmal frage ich mich, ob dieser Hund so eigensinnig ist, dass er lieber ins Schreibzimmer oben im Anbau will als ins alte Haus, in dem ich, sein Lieblingsknecht, mich aufhalte. Ich musste ihn fast mit Gewalt von dieser Tür wegholen.

14. OKTOBER [SCHWARZBACH]   Ich konnte schlecht einschlafen, sah immer meine beiden Pseudo-Crocs auf dem
Dachfirst stehen, im Dunkeln, bei eisigem Regen. Ich hatte
mich nämlich barfuß über die Dachpfannen zum Dachfenster des Wohnzimmers geschoben, da ich schon auf der anderen Seite des Dachs gemerkt hatte, dass ich in den Plastikschuhen ausrutschte. (Noch einmal kurz zur Orientierung:
An der Rückseite des Hauses kann ich mit einem Schritt aufs
Dach steigen, weil das Haus am Hang steht. An der Vorderseite fällt man gut und gern vier Meter, wenn man den Halt
verliert.) Meine Besucherin – Annelore Kodde – hatte hinter
sich die Haustür ins Schloss fallen lassen, als sie mit zwei Tassen Kaffee in der Hand herauskam. So hatten wir erfreulicher-
weise heißen Kaffee, konnten aber nicht mehr ins Haus. Im
Hauswirtschaftsraum hängt zwar ein Reserveschlüssel, nur
hat man nichts davon, wenn von innen der Schlüssel im
Schloss steckt. »O je«, sagte Annelore. »Kann man wohl sagen«, sagte ich. Ich war ganz ruhig, antwortete zwar: »Weiß
ich auch nicht« auf die Frage, wie wir nun wieder ins Haus
kommen sollten, hatte aber Gartenkumpel Han vor Augen,
wie er vor Monaten durch das Dachfenster ins Wohnzimmer
verschwunden war. Ich wusste, dass es darauf hinauslaufen
würde, wenn ich auch etwas Muffensausen hatte und deshalb
erst noch nach einer anderen Lösung suchte. Hans Kletterei
hatte ich damals kaum mit ansehen können. Menschen auf
einem Dach oder auf etwas anderem Hohen, einem Baum,
nein, das ertrage ich nicht. Dachdecker Rudi hat vor zwei
Jahren stundenlang auf dem Dach gestanden, als er das Wohn-
zimmerfenster einsetzte. Auch da habe ich nicht hingesehen,
ich wagte kaum, ihm einen Kaffee zu bringen, aus Angst, er
würde zu sehr erschrecken. Aber selbst irgendwo hinaufzu-
klettern ist natürlich etwas ganz anderes. Es machte mir nicht
viel aus, und ich brauchte nichts zu zerstören, um wieder ins

Haus zu kommen. Außer den Plastikschuhen auf dem Dachfirst sah ich vergangene Nacht zwei Sockelleisten, die für den Spülenschrank bestimmt gewesen waren, auf einem Stapel Holz im HELA-Baumarkt liegen. Ich hatte sie für einen Moment dort abgelegt, auf dem Weg nach draußen, wo die Säcke mit Sand gestapelt sind, und dann völlig vergessen; erst Stunden später, längst wieder zu Hause, merkte ich, dass die Leisten fehlten. Alles Übrige war aber da: zwei Tontöpfe, ein Sack Kakteenerde, zwei Knäuel grober Gartenzwirn, ein Sack Vogelfutter, zehn Mikrofasertücher, ein Eimer Meisenknödel, zwei Beutel Krokuszwiebeln, eine Fünfundzwanzig-Watt-Birne, zwei Säcke Sand und eine Personenwaage. Die Waage vor allem wegen Jasper, der sehr dünn ist. Ich vermute, dass er wieder Würmer hat, eine Dosis Entwurmungstabletten habe ich ihm schon verabreicht, in zwei Wochen bekommt er die zweite, um eventuell vorhandene Eier abzutöten. Genau das Gleiche hatten wir Anfang Dezember schon einmal, vielleicht hat es also etwas mit der Jahreszeit zu tun. Als ich mich mit ihm zusammen wog und danach mein Gewicht abzog, stellte ich aber fest, dass er immerhin achtzehn Kilo auf die Waage brachte. Sehr merkwürdig.

Die folgende Kolumne stand letzten Samstag in *Trouw*:

Jäger

Jasper und ich haben einen seltsamen Tag hinter uns. Seltsam und unheilverkündend. Fast nie begegnen wir hier jemandem. Und wenn wir doch einmal einen Mountainbiker oder Jogger oder Traktorfahrer sehen, sind wir beide verwirrt. Wenn man nie jemanden sieht, hat man nach einiger Zeit das Gefühl, dass die Wälder und Wiesen im Umkreis von zehn Kilometern um das eigene Haus einem selbst gehören. Ein übersichtlicher Besitz: ein Hund, ich, Bäume, Gras, die Nims und viele in sie einmündende Bäche. Hier und da ein paar Kühe, die auffallend neugierig sind, vor allem den Hund im Auge behalten – mich sehen sie nicht an –, und immer die drei Haflinger, die an drei verschiedenen Stellen weiden können.

Gestern überholte uns auf einem Waldweg in der Gegend von Wawern ein großer, grüner Wagen. Dann weiß ich im Grunde schon, was die Glocke geschlagen hat. Jasper lief wie jetzt üblich ohne Leine. Der Wagen hielt an, und ein grauhaariger Mann stieg aus. »Das dürfen Sie nicht tun«, sagte er. »Was?«, fragte ich katzenfreundlich. »Sie müssen den Hund anleinen.« »Und Sie sind …?«, fragte ich. »Ich bin der Jäger.« Ein Ruhrgebietler, der die Jagd gepachtet hat. Es ist die Zeit, in der die Hirsche zu röhren anfangen, also auch die Zeit, in der sie abgeschossen werden. Was das eine mit dem anderen zu tun hat, weiß ich nicht, aber es ist so. Prompt lief Jasper weg. Der Mann stieg in seinen Wagen und fuhr weiter. Nach kurzer Zeit – von Jasper natürlich weit und breit noch nichts zu sehen – begegnete ich ihm wieder, er war ausgestiegen, hatte Handschuhe angezogen und schnitt vor der Leiter eines Hochsitzes Zweige weg. Wir unterhielten uns ein bisschen. An sich kein unsympathischer Kerl, aber seine Botschaft war eindeutig.

Bei unserer kleinen Abendessenrunde kam uns ein Auto auf dem Weg entlang der Nims entgegen. Jasper bellte laut, hinten im Wagen hockte ein Vorstehhund, Deutsch Kurzhaar. Der Fahrer – sein Sohn saß neben ihm – öffnete das Seitenfenster. »Sind Sie auch Jäger?«, fragte ich vorauseilend. Nein, das nicht, er sei Förster. Auch er kein auf Anhieb unsympathischer Mensch, aber er erwähnte, dass er Jasper schon einmal beim Herumstreunen fotografiert habe. Ich fragte nicht, warum, ich konnte es mir denken. »Passen Sie ein bisschen auf Ihren Hund auf«, sagte er. Das klingt vielleicht freundlich, doch ich spürte die Drohung darin, zumal er schon den fotografischen Beweis für das Herumstreunen meines Hundes in der Hand hat. Grotesk, *nie sieht man hier jemanden, und dann erhält man an einem Tag zweimal einen Verweis, so dass ich mich gezwungen sehe, Jasper wenigstens an den kommenden Tagen angeleint zu lassen. Denn ich bin gewarnt worden, und mit deutschen Jägern und Förstern ist nicht zu spaßen.*

Seitdem habe ich keine Ruhe mehr, wenn Jasper ohne Leine läuft. Leider bekomme ich einfach nicht heraus, welchen Status diese Leute haben. Ich weiß inzwischen, dass Jäger von den Gemeinden, die ja in der Regel nicht reich sind und zusätzliche Einnahmen gut gebrauchen können, und den privaten, in einer Jagdgenossenschaft zusammengeschlossenen Grundbesitzern die Jagd pachten. Aber hat von da an in dem jeweiligen Revier der Jagdpächter das Sagen, oder doch noch die Gemeinde und die privaten Grundeigentümer? Der Wald hier ist zum größten Teil in Privatbesitz: kleine Flächen zur eigenen Nutzung, teilweise sogar das Eigentum von Leuten, die beispielsweise in Köln wohnen. Hat die Jagd Vorrang vor dem Waldbau? Wie ich gehört habe, können die Jagdpächter privaten Waldbesitzern sogar verbieten, an Jagdtagen in ihrem Stück Wald Bäume zu fällen, und die Gemeinde hat auch nicht mehr Rechte als die Privateigentümer, eben weil die Jagd verpachtet ist. Was für die Jagdpächter gilt, gilt im Grunde ebenso für die Förster. Aber wofür genau ist der Förster zuständig? »Es ist kompliziert«, hat Ernst Görgen gesagt, der Altbürgermeister. Ja, wenn die Eifeler selbst es schon kompliziert finden, wie soll ich es dann verstehen? Ich empfinde die Äußerung des Försters immer deutlicher als Drohung. Er kam mir mit seinem Wagen aus einem Stück Wald entgegen, das vollständig in Privatbesitz ist. Steht der Förster in irgendeiner Hinsicht über den Waldeigentümern? Das kann doch eigentlich gar nicht sein. Welche rechtlichen Befugnisse hat er? Ich finde es nicht heraus, jeder und jede hat eine andere

Meinung dazu. Klaus hat einmal zu mir gesagt, wenn ein Förster in mein Wäldchen käme und mich ohne Schutzausrüstung mit der Kettensäge arbeiten sähe, könne er mir ein Bußgeld aufbrummen. Damals habe ich ihm ins Gesicht gelacht, nun schwant mir allmählich, dass er recht hatte. In den Niederlanden darf man sich ungestraft sämtliche Beine und Arme absägen, solange man es auf seinem Privatgelände tut. Privater Grund ist heilig, aber das gilt anscheinend nicht in diesem Stückchen Deutschland, vielleicht sogar in ganz Deutschland nicht. Wie dem auch sei: Sobald ich irgendetwas Ungewöhnliches sehe, befürchte ich das Schlimmste. Das Problem ist auch, dass Jasper immer wie besessen winselt und jault, wenn er hinter einem Wildtier her ist. Das hört man kilometerweit.

16. OKTOBER [SCHWARZBACH]   Ich bin im kommenden Winter mit Arbeit versorgt. Das ist erfreulich, da es doch immer wieder Tage gibt, an denen ich mich morgens beim Aufstehen frage, was um Himmels willen ich bis zum Abend tun soll; das sind auch die Tage, an denen mir bei Jaspers Anblick schon der Gedanke, dass ich wieder eine kleine Runde hinterm Haus mit ihm gehen muss, einen tiefen Seufzer entlockt. Ich habe eine Mail von der Direktorin der *Listowel Writers' Week* bekommen (siehe 23. Mai). Ob ich einer der beiden Juroren des Kerry Group Irish Novel of the Year Award sein möchte. Das ist der wichtigste irische Literaturpreis, und er wird am Eröffnungsabend des Festivals verliehen. Ich brauchte nicht darüber nachzudenken. Von November bis Anfang März – wenn eine Shortlist von fünf Büchern veröffentlicht werden muss – werde ich ungefähr vierzig Bücher von irischen Autoren zugeschickt bekommen. Die muss ich alle lesen und mich mit dem anderen Juror auf die fünf Titel für die Short-

list einigen. Die Preisverleihung findet am 1. Juni statt. Ob ich dabei anwesend sein möchte? Natürlich, mailte ich zurück und fügte hinzu, wir könnten dann am folgenden Tag einen zwei Jahre alten Plan in die Tat umsetzen: Lass mich an einem schönen und passenden Ort ein paar »*horticultural sessions*« veranstalten. Nichts Literarisches, nur Fragen zum Thema Garten beantworten: Wie schneidet man am besten Hortensien, wann pflanzt man Bäumchen um, welche mehrjährigen Pflanzen kann man teilen und welche nicht? Die Kerry Group ist ein großer Nahrungsmittelhersteller, der fünfzehntausend Euro im Jahr ohne weiteres entbehren kann.

Jasper hat sich etwas Neues angewöhnt. Mitten in der Nacht, gegen drei, kommt er in mein Schlafzimmer und fiept. Das bedeutet, dass er rauswill. Ich komme seinem Wunsch nach, weil ich befürchte, dass er sonst wieder auf den teuren Wollteppich pinkelt. Er stürmt ins Freie und ist meistens nach vier Minuten wieder da. Ich sitze inzwischen in der Küche und rauche; wenn ich ihn vor der Tür höre, öffne ich ihm, worauf er wie durchgedreht die Treppe hinaufsprintet und sofort auf mein Bett springt, hechelnd und aufgeregt. In der vergangenen Nacht versuchte er sogar, sich unter die Bettdecke zu schieben. Das ging zu weit. »Weg«, sagte ich. »Aufs Sofa!« Alles gut und schön, aber ich habe dann große Schwierigkeiten, wieder einzuschlafen. Ich sollte in der kommenden Nacht versuchen, ihn zu ignorieren, mal sehen, was passiert. Auf jeden Fall die Schlafzimmertür schließen.

Es gibt übrigens noch etwas anderes, das mir durch den Winter helfen wird. *Trouw* und der Verlag Cossee planen einen Band mit meinen Kolumnen der letzten Jahre. Und obwohl ich mir geschworen hatte, niemals, wirklich niemals wieder eine schnelle Nummer zwischendurch zu schieben, habe ich zugestimmt. Manchmal ringt man sich dann doch zu so etwas durch, beispielsweise, um seiner Verlegerin einen Gefallen zu tun (die schon seit mehr als fünf Jahren keinen Roman von mir herausgeben konnte), oder auch – wie jetzt – um eine Aufgabe zu haben, die überschaubar ist, die einem wenig abverlangt: sich hinsetzen und etwas relativ Simples tun. Alle Texte ausdrucken – seit ein paar Monaten steht hier ein schöner Canon-Drucker –, chronologisch sortieren (ich habe sie unter den Titeln abgespeichert), erneut lesen, manches aussondern. Das sagt etwas über meinen gegenwärtigen Zustand, was mir normalerweise erst später klar wird, diesmal aber gleich: Offensichtlich bin ich wieder in einer Durchschleppphase.

Ich habe auch deshalb zugestimmt, weil ich sofort wusste, wie ich es machen werde: Ich nehme nicht alle Texte auf, denn wenn man jede Woche einen schreibt, sind nicht alle von der gleichen Qualität; und was ich aufnehme, werde ich mit Kommentaren versehen. Selten komme ich auf früher Geschriebenes zurück, doch gerade bei diesen Texten über den Garten, aber auch über die Nachbarn und verwandte Themen ist das Zurückkommen naheliegend. Zu welchen Ergebnissen haben Arbeiten im Garten geführt? Wie ist es mit der und der oder diesem und jenem weitergegangen? Ich kann ihnen auch etwas hinzufügen, sie erweitern, wie man wohl bei Texten sagt, ob literarisch oder nicht, denn obwohl ich meistens etwa vierhundertachtzig Wörter schreibe, bräuchte ich oft eigentlich fünfhundertsechzig und muss teilweise Wichtiges auslassen.

Wenn ich so darüber nachdenke, kommt mir mein ganzes Leben wie eine Abfolge von Durchschleppphasen vor. Vom einen zum anderen, vom Hundertsten ins Tausendste; man erreicht das Ufer mit Müh und Not, über Eisschollen, nicht über dickes, schwarzes Eis. Oder ist das vielleicht der Normalfall? Gilt das für jeden?

19. OKTOBER [SCHWARZBACH]   Ich lese ein großartiges Buch. *Pure* von Andrew Miller. Eines der Bücher, die man nicht weglegen möchte, weshalb man immer weiterliest und dann kaum schlafen kann. Nicht wegen des Inhalts, sondern wegen des Lesens selbst, weil man unbedingt weiterlesen will. Es geht um einen Ingenieur, Jean-Baptiste Baratte, der wenige Jahre vor der Französischen Revolution den Auftrag erhält, den Cimetière des Innocents in Paris zu beseitigen. Leider ist es auch schon ins Niederländische übersetzt, sonst würde ich mich sofort an die Arbeit machen. Das Buch stand auf der Shortlist des IMPAC 2013, und ich besitze alle acht Bücher, die damals auf der Shortlist standen, weil ich über Twitter eine Frage richtig beantwortet habe. Die Frage lautete: Wer hat den IMPAC im vergangenen Jahr bekommen? Das war Jon McGregor, für *Even the dogs*, und ich war unter den ersten drei mit der richtigen Antwort. 2013 bekam Kevin Barry den Preis für *City of Bohane*. Also nicht Tommy Wieringa mit *Caesarion*, einem der anderen sieben Shortlister in jenem Jahr.

Das Radiomagazin *Met het oog op morgen* hatte Tommy Wieringa und seinen Übersetzer Sam Garrett interviewt, weil *Caesarion* es auf die Shortlist geschafft hatte. Ich habe herausgefunden – manchmal ist das Internet wirklich unbezahlbar –, dass sie in der Sendung vom 11. April 2013 interviewt wurden. Das bedeutet, dass sie noch nichts weiter wussten, die Preisverleihung fand zwei Monate später statt, und der oder die Auserkorene erfährt einen Monat vorher von seinem oder ihrem Erfolg. Rein zufällig hatte ich morgens gehört,

dass die beiden interviewt würden, bei mir ist nur noch selten das Radio oder die Musikanlage eingeschaltet. Das höre
ich mir an, dachte ich, das ist interessant. Wobei aber auch
das Gefühl des Übersehen-Werdens ein wenig an mir nagte,
weil David Colmer und ich nicht einmal nach dem *Gewinn*
des IMPAC 2010 eingeladen worden waren. (Im Frühjahr
2014, *The Detour* stand auf der Shortlist, saß ich ständig
am Computer und hatte immer mein iPhone bei mir, um sofort auf die Einladung antworten zu können. Ich habe in der
Zeit vieles erledigen können, aber eingeladen wurden wir
nicht.) »Ja, er ist eben Tommy Wieringa«, bekommt man dann
zu hören. Was mich wiederum zu der Frage bringt, ob man
denn ein »berühmter« niederländischer Schriftsteller sein
muss, damit eventuelle Erfolge im Ausland in Radio, Fernsehen oder Zeitungen erwähnt werden? Ich meine: Erfahren
die Radiohörer nur dann davon, wenn, wie in diesem Fall,
der Schriftsteller schon bekannt genug ist? Anscheinend ja,
weshalb ich die Sendung von Anfang an ein wenig grollend
hörte, das war unvermeidlich.

VIER TAGE SPÄTER   Gartenkumpel Han war hier. Mit Jet.
Jasper und Jet spielen nicht mehr miteinander, vielleicht sind
sie beide über die Pubertät hinaus. Es liegt allerdings vor allem an Jasper, er gibt sich uninteressiert, ignoriert den Hun-
dezwerg. Han war hier, um den Zaun fertigzustellen. Den
Jasperzaun. Und der ist nun fertig: Wenn ich das Tor schließe, kann Jasper nicht mehr ausreißen. Es hat eine Weile gedauert, bis das Projekt abgeschlossen war, und in dieser Zeit
ist Jasper viel ruhiger geworden; dass er plötzlich wegzuspur-
ten versucht, passiert eigentlich kaum noch. Nur wenn Besuch kommt, ergreift er nach wie vor die Gelegenheit zu entwischen, während ich davon ausgehe, dass er den Besucher

begrüßen will; es ist wie ein Reflex. Inzwischen habe ich *Pure* ausgelesen. Dem Schluss hatte ich mit ein wenig Sorge entgegengesehen, denn der ist für einen Autor das Allerschwierigste, aber ich wurde nicht enttäuscht. Ein wunderbares Buch. Han hat mir vier Päckchen Hagelslag mitgebracht, ich hatte plötzlich Heißhunger darauf. Hagelslag findet man hier in keinem Supermarkt.

Ich habe nicht nur herausgefunden, dass Wieringas IMPAC-Gespräch am 11. April 2013 stattgefunden hat, sondern mir dieses Gespräch sogar anhören können, weil ich auf Twitter @oogopmorgen danach fragte und einen Link zu einem Podcast geschickt bekam. Ich wollte mich vergewissern, dass ich das Gehörte nicht im Laufe der Zeit immer schlimmer gemacht habe, wollte meine Erinnerung testen, von der ich ja nun dank der Arbeit an diesem Buch weiß, dass ich sie nach Lust und Laune einfärbe. In diesem Fall galt das aber nicht. Wieringa: »Ich muss ehrlicherweise sagen, dass ich mir über die Tragweite nicht ganz im Klaren war, bis irgendwann eine Mail und SMS nach der anderen kam, Glückwünsche aus aller Welt, so dass ich dachte: Vielleicht ist das ja wirklich was.« Der diensthabende Moderator, Chris Kijne, fragt nach dieser Tragweite. »Es ist der größte Literaturpreis der Welt, abgesehen vom Nobelpreis, und das wusste ich nicht.« Auch der Moderator tut so, als hätte er noch nie von dem Preis gehört; anschließend kommen sie auf das Nominierungsverfahren zu sprechen. Sam Garrett freut sich natürlich auch sehr, er erwähnt, dass es für ihn das zweite Mal ist, beim ersten Mal stand die Übersetzung von Arnon Grunbergs *Fantoompijn* auf der Shortlist. Der Moderator fragt Wieringa, wie er es empfindet: Ist es ein Preis für sein Buch oder ein Preis für die Übersetzung? »Na ja, das ist das Schöne an diesem Preis, wenn ein Buch gewinnt, das sowohl einen Über-

setzer als auch einen Autor hat, dann bekommt der Übersetzer, ich glaube – was ist es, Sam? – ein Viertel des Betrags?«
Garrett sagt, es sei so ungefähr fünfundsiebzig zu fünfundzwanzig, ja, so ungefähr auf jeden Fall. Der Moderator hält nur der Deutlichkeit halber fest, dass man dann ja von fünfundsiebzigtausend und fünfundzwanzigtausend Euro spreche, »denn das ist nicht irgendein Preis«. Wieringa: »Das finde ich einfach super, weil Übersetzen so höllisch schwer ist. Das ist mühevolle Kleinarbeit, die immer im Schatten bleibt, und sie wird schlecht bezahlt.« Danach wird kurz über die Qualität der Übersetzung gesprochen. Der Moderator fragt Sam Garrett, wie es denn sei, Tommy Wieringa zu übersetzen. »Ich freue mich immer sehr, wenn ich höre, dass ein englischer Verlag wieder ein Buch von Tommy rausbringen wird. Ich muss sagen, wenn Tommy einen Satz schreibt, dann muss der so sein, und ich als Übersetzer brauche eigentlich nur dafür zu sorgen, dass er im Englischen auch so ist.« *Joe Speedboot* zu übersetzen sei traumhaft gewesen, und auch *Caesarion* einfach ein großes Vergnügen. Der Klang eines Buches sei für ihn wichtig, denn dann könne er die Stimme des Buches nachahmen. Der Moderator fragt, ob die Stimme von Tommy Wieringa, die Stimme im buchstäblichen Sinn, ihm helfe. Ja, eigentlich schon, sagt Garrett, als sie sich in einem Bagels & Beans in Amsterdam getroffen hätten, habe Tommys Stimme ihm manches bestätigt, als hätte er es schon früher so gehört. Der Moderator fragt, ob sie während der Übersetzung oft Kontakt gehabt hätten. Wieringa antwortet, Sam habe ganz selten einmal eine kurze Liste mit Fragen geschickt, »und meistens sind das auch sehr gute Fragen«. Bei *Caesarion* habe er sehr spezielle Fragen zum Rugby gehabt. Manche Leute hätten Schwierigkeiten damit, dass Sam Amerikaner sei, und meinten, es müsse das *Queen's English* sein – »Hahahahaha«, macht Garrett am Telefon –, aber da ihn die ame-

rikanische Literatur viel mehr als die englische beeinflusst habe, sei er sehr froh, einen Amerikaner als Übersetzer zu haben. Der Moderator fragt Garrett, was er im Fall des Gewinns mit seinen fünfundzwanzigtausend Euro machen wird. Er werde dann nur noch übersetzen, worauf er Lust habe – »Endlich das, worauf du Lust hast!«, ruft der Moderator –, nein, hahaha, er denke eher an ein Schlauchboot mit Außenbordmotor. Und dann ist die Sendezeit vorbei, Wieringa bekommt nicht mehr die Gelegenheit zu sagen, wie er seine fünfundsiebzigtausend Euro verjubeln wird.

Ich glaube mich zu erinnern, dass ich damals nach der Hälfte des ungefähr achtminütigen Gesprächs dachte: He, Leute, jetzt mal ein paar Worte über David Colmer und mich. Die drei tun die ganze Zeit so, als hätten sie noch nie vom International IMPAC Dublin Literary Award gehört. Hatte Chris Kijne sich denn überhaupt nicht vorbereitet oder eingelesen? Es war inzwischen nach Mitternacht, wahrscheinlich habe ich ein Limonadenglas Rutte-Jenever getrunken. Ich war fassungslos und fragte mich, wie Tommy Wieringa und Garrett so tun konnten, als wüssten sie nicht, dass David und ich drei Jahre zuvor mit dem IMPAC ausgezeichnet worden waren. Warum? Solche Dinge merke ich mir sehr gut, und ich habe mir seitdem die größte Mühe gegeben, Wieringa aus dem Weg zu gehen, beim *Boekenbal*, bei *Film by the Sea* in Vlissingen, überall. Es ist wohl kaum nötig zu erwähnen, dass ich eine boshafte Freude empfand, als zwei Monate später Kevin Barry den Preis bekam, zumal David und ich schon vorher – um genau zu sein: am 20. Mai – den Independent Foreign Fiction Prize für *The Detour* zugesprochen bekommen hatten. Schade für Sam Garrett, kein Schlauchboot mit Außenbordmotor. Was Tommy Wieringa sich für fünfundsiebzigtausend Euro nicht kaufen konnte, wird man nie erfahren.

26. OKTOBER [SCHWARZBACH]   Herbst. Dauernd verlie-
re ich Jasper aus den Augen, sogar wenn er nur fünfzig Meter
vor mir ist. Vor dieser Decke aus gelben und rostbraunen Blättern verschwindet der Hund. Heute weht nach einigen stillen
Tagen wieder Wind, das Laub fällt jetzt schnell. Ich finde es
jedes Mal schön, wenn im Laufe des Herbstes die Welt immer weiter wird, wenn neue Durchblicke entstehen. Jasper
ist nach wie vor extrem dünn, heute bekommt er die zweite
Dosis Entwurmungstabletten, aber ich glaube inzwischen, dass
etwas anderes dahintersteckt. Ich werde schon gefragt, ob ich
ihm denn genug Futter gebe – was suggeriert, dass ich ihn
vernachlässigen könnte, weshalb mich die Frage ärgert. Lothar, der Elektriker, war am vergangenen Wochenende hier,
schaute sich das Badezimmer an, sprach mit Klaus lautstark
Eifelisch – so dass ich kaum etwas von dem mitbekam, was
über mein neues Badezimmer gesagt wurde – und versicherte
mir, eine elektrische Fußbodenheizung brauche gar nicht so
teuer zu werden. Lothar ist ein sehr guter Elektriker. Eigentlich arbeitet er bei der Feuerwehr auf einem amerikanischen
Luftwaffenstützpunkt, wo er aber unglaublich oft nichts zu
tun hat. Noch nie hatte ich erlebt, dass jemand so sorgfältig
aufräumt, wenn er mit der Arbeit fertig ist. Jetzt muss ich nur
noch den Installateur bitten, sich um die Wasserleitung zu
kümmern, dann können sie loslegen. Vom 30. Oktober an
bin ich mindestens drei Wochen in Amsterdam, es wäre also
sehr günstig, wenn die Arbeiten in dieser Zeit erledigt werden könnten. Wochenlang ohne Dusche und WC zu sein wäre nämlich nicht das Wahre, obwohl ich meinen Darm sowieso hin und wieder frühmorgens im Wald entleeren muss,
weil ich nach dem Kaffee und der ersten Selbstgedrehten vergessen habe, zur Toilette zu gehen. Dabei schaut Jasper mich
an, als hätte ich den Verstand verloren. »Du scheißt ja wohl
auch in den Wald, oder?«, sage ich dann. Worauf er ein sehr

weises Gesicht macht, als würde er einsehen, dass dieses Argument stichhaltig ist.

Gestern wurde zum ersten Mal der Jasper-Zaun getestet. Pauline Slot und Pieter kamen auf dem Weg zu ihrem Haus vorbei. Ich arbeitete im Schreibzimmer an dem Interview, das in der Winternummer des *Feijerscheder Blättchens* – »Dorefbleadchen« sagen die Leute hier – erscheinen wird (Frage 6. »Welche Zukunftspläne haben Sie?« – »Ich habe keine Zukunftspläne. Die Gegenwart reicht mir.«), Jasper döste hinter mir, doch seine Müdigkeit wich sofort großer Aufregung, als ich »*visite!*« sagte. Vom Fenster aus rief ich den Besuchern zu, sie sollten bitte das kleine Tor oben am Terrassengarten schließen. Das tat Pauline, und als Jasper und ich unten ankamen, rannte er in alle Richtungen, konnte aber nirgends hinaus. Er ignorierte Saar, den schwarzen Cocker Spaniel, er ignorierte auch Pauline und Pieter. Er ignorierte alles und jeden. Er bleibt ein Fall für sich.

Noch eine Tücke der Tagebuchform: Man muss dafür sorgen, dass all die auf Stäben rotierenden Teller oben bleiben, anders gesagt, was noch offen ist, muss man im Gedächtnis behalten und wieder aufgreifen, sonst bleiben die Leser auf Fragen sitzen. Zum Beispiel zum Green Carnation Prize, »*celebrating LGBT literature*«, den ich am 21. Juli erwähnt habe. *June* hat es nicht auf die Longlist geschafft, eine *acceptance speech*, die es in sich hat, werde ich also leider nicht halten können. Dafür steht *Stammered Songbook* von Erwin Mortier auf der Liste. Nicht zu Unrecht, da Erwin Mortier in die LGBT-Nische gehört, aber ob er im Fall des Gewinns eine flammende Anti-Rede halten wird?

Ein bisschen enttäuscht hat mich auch, dass ich von Willeke Alberti, nachdem ich ihr ein *Boven is het stil* gegeben hatte (siehe 3. Mai), kein einziges Wort gehört habe. Ob sie es nicht gelesen hat? Ob sie die Rede, die fast nur von ihr handelte, blöd fand? Ich fürchte, ich werde es nie wissen.

Nachts die Rufe von ziehenden Kranichen, manchmal höre ich sie längere Zeit, und dann denke ich, dass sie auf der Wiese oben auf meinem Hügel gelandet sein könnten. Ich müsste einmal sehr früh aufstehen und nachsehen. Auf jeden Fall ist es erst die Vorhut, kleine Grüppchen.

3. NOVEMBER [AMSTERDAM] Jasper mag keine Personen, die sich verdächtig verhalten. Die beobachtet er scharf, und plötzlich bellt er sie dann an. Auf einem Parkplatz bei einer Tankstelle an der A2 ging eine Frau in einem roten Mantel hin und her. Auch mir kam sie verdächtig vor, ich beobachtete sie, wie Jasper es tat, und fragte mich, was sie vorhatte. Sie ging sehr langsam, sie rauchte, schließlich bückte sie sich und hob schwerfällig Dinge vom Boden auf. Ich konnte nicht sehen, was für welche, dafür war sie etwas zu weit entfernt. Jasper verbellte sie lautstark. Abends begegnet er den meisten verdächtigen Personen, nicht zuletzt, weil dann überhaupt viel weniger Menschen auf den Straßen sind oder – seiner Ansicht nach – sein sollten. Ich stimme fast immer mit ihm überein, kann gut nachvollziehen, warum er sich aufregt. Manchmal denke ich, dass er früher auf Thasos ein ganz spezieller Polizeihund war.

Vorgestern, bei einer unserer ersten Runden in Amsterdam, erkannte ich die Assistentin aus der Tierklinik wieder, sie stand mit ihrem portugiesischen Hündchen bei dem nagelneuen Hundeauslaufplatz und plauderte gemütlich mit anderen Herrchen und Frauchen. »Was fällt dir an meinem Hund auf?«, fragte ich. Sie kniete sich hin. »Ein bisschen mager ist er schon.« So kann man es auch ausdrücken, ich sage: ein Gerippe. Wir gingen eine Reihe von Möglichkeiten durch, sprachen über Stuhlgang und Gewicht und Futterqualität und anderes und kamen zu dem Schluss, dass er nicht krank ist. »Schön auffüttern«, sagte sie. »Brinta ist dafür sehr gut.« Schon seit drei Tagen leert Jasper deshalb in der Mittagszeit einen Napf mit Brei aus Brinta-Vollkornweizenmehl. Beim ersten Mal war mir der Brei zu dick geraten, weshalb Jasper fast daran erstickte. Dicker Brinta-Brei ist wie Tapetenkleister. Er hustete und schluckte und prustete und hatte überall Klumpen an der Schnauze. Jetzt bekommt er dünneren Brei, den er genüsslich aufschleckt.

Seltsam, dass ich im vergangenen Jahr nie daran gedacht habe, aber auf dem Weg von der Eifel nach Amsterdam fiel mir ein, dass ich ganze Jahrgänge an Tagebüchern habe. Schöne, grau marmorierte Kladden mit dickem Einband, Kladden, in die man eigentlich nur mit Füllfederhalter schreiben darf. Die werde ich morgen aufschlagen, das habe ich seit einer Ewigkeit nicht getan.

5. NOVEMBER [AMSTERDAM]   Der höchste Berg, den ich je bestiegen habe, ist der Jbel Toubkal. Ein Berg des Hohen Atlas, 4167 Meter hoch. Ich habe ihn zusammen mit einem jungen Deutschen erklettert, den ich nicht kannte, meine Reisegefährten hatten keine Lust oder trauten sich nicht oder fühlten sich nicht gut. Auf dem Gipfel musste ich furchtbar dringend meinen Darm entleeren und sah Sterne, ich hatte nicht bedacht, dass man innerhalb von zwei Tagen nicht ungestraft knapp vier Kilometer Höhenunterschied überwinden kann. Um die Kopfschmerzen zu bekämpfen, schluckte ich große Mengen Paracetamol. Ich bin oft in den Bergen ge-

klettert oder gewandert, doch von allen Bergen, die ich kenne, bleibt der Mount Snowdon für mich der allerschönste. Dort geht es von null auf 1085 Meter hinauf. Wenn es sich irgendwie machen lässt, besteige ich ihn jedes Jahr, am liebsten auf dem Rhyd Ddu Path. Auch der Monte Perdido (3355 Meter), der »verlorene Berg« in den spanischen Pyrenäen, ist großartig. Die Reichenspitze (3303 Meter) in den österreichischen Alpen war der schlimmste meiner Berge: Wir gingen eine hochalpine Tour, ich war durch ein Seil mit den anderen verbunden, und der Bergführer hämmerte uns ein, wenn einer von uns auf dem Grat einen Fehltritt machen würde, gäbe es ein Blutbad. Am Ende bekam der Bergführer (aus Friesland) einen Weinkrampf; die Anspannung während dieser Tour mit fünf Mann musste sich irgendwie lösen. Ich war so oft in den Bergen, dass ich ein paarmal selbst Touren geführt habe. Spezielle Touren für Geschiedene mit Kindern. Was bedeutete, dass die Kinder entweder nur von ihrem Vater oder nur von ihrer Mutter begleitet wurden. Vielleicht verfolgte man beim Reiseveranstalter Dynamic Holland auch die Absicht, alleinerziehende Mütter und Väter zusammenzubringen. Immer kommen in den Bergen Gefühle an die Oberfläche, entsteht Spannung, es gibt dort oben etwas, das Menschen verändert. Auch Angst kann eine Rolle spielen, und das Überwinden der Angst. Grenzenlose Stille, ein Zelt neben einem Gebirgsbach, so dass man bei jedem Aufwachen denkt, es stürmt; mitten in der Nacht braune Kühe, die das Zelt umwerfen, streunende Hunde, die einen zwei Tage lang begleiten, weil es in der Nähe von Menschen immer etwas zu fressen gibt. Kälte. Unfälle. Während einer Tour habe ich mich so unglaublich tollkühn in den Bergführer verliebt – ja, er war der ideale Junge mit schwarzem Haar –, dass ich am Ende der Tour, auf einer Terrasse vor einem spanischen Café, seine Wandersocken hätte fressen können. Später – nach unserer Gruppe führte er eine weitere – schickte er mir eine Karte mit dem Satz: »Wie träge ist das Leben und wie unbändig die Hoffnung.« Ja!, dachte ich, angebissen! Wochenlang lief und radelte ich in geblümten Hemden herum, und überall sprangen die Ampeln vor mir spontan auf Grün. Es war die Zeit, als ich noch Gedichte schrieb, als ich glaubte, vielleicht ein Dichter zu sein. Hier zwei Gedichte, die knapp zusammenfassen, wie es mir erging und wie es weiterging:

23. August. Torla
Ein Mädchen geht über die alte Brücke.
Bleibt stehen, lehnt sich über die Brüstung
und ruft etwas zu uns herunter.
Schwindelerregend schnell strömt das Wasser,
schaudererregend kalt auf unserer Haut.
Das Mädchen ruft, das Wasser strömt.
Tollkühne Liebe hat mich erfasst
zu dem Jungen mit dem schwarzen Haar.

19. Oktober. Amsterdam-Muiden
Das Mädchen, das rief, und die anderen
gehen über den alten Diemer Zeedijk.
Der Regen rauscht, der Sonntagmorgen
war schon grau und wird noch grauer.
Der Junge mit dem schwarzen Haar
ist auch gekommen,
doch er kam nicht wegen mir.

Ich habe mir manchmal wirklich Mühe gegeben, und es kamen auch Jungen oder Männer mit schwarzem Haar – der tadschikische Afghane, der Kubaner, der portugiesische PR-Mitarbeiter des Edinburgh Book Festival –, doch keiner von ihnen war *der* Junge mit schwarzem Haar. Immer Ausländer, das hat bestimmt auch etwas zu bedeuten. Und im Grunde gab ich mir nicht einmal übermäßig viel Mühe, sie waren einfach plötzlich da, es passierte aus Versehen. Aber nie war es Teun aus *Juni* oder Bradwen aus *De omweg.* Manchmal glaube ich, diese eine Verliebtheit in den spanischen Pyrenäen war so groß und allumfassend (Hand aufs Herz: Wie oft im Leben verspürt man den Wunsch, zwei Wochen nicht gewaschene Bergsocken zu fressen?), dass ich damit meine Fähigkeit, verliebt zu sein, aufgebraucht habe. Ich erinnere mich, wie ich – warum auch immer – versucht habe, es zu unterdrücken, obwohl ich schon in dem Augenblick, als er in Utrecht mit vierzehn Beuteln voll gefriergetrockneter Lebensmittel den Nachtzug nach Lourdes bestieg, in die Knie ging, aber nachdem er eines Tages ein Mentos, das ich im Mund gehabt hatte, übernommen und selbst aufgekaut hatte, war ich verloren, spätestens, als wir am gleichen Tag zu zweit im Rio Ara schwammen, unter einer Brücke, der Brücke, über die das Mädchen ging. Es hat sich noch etwa anderthalb Jahre hingeschleppt, bis ich beschloss, mich nicht länger zu quälen. Meine Verliebtheit – um das klarzustellen – wurde nicht erwidert, oder nur halb, oder alles blieb in der Schwebe; und wo wir auch waren, was wir auch besprachen, immer sah ich ihn in seiner kurzen Hose bei einem Benzinkocher knien, nach einer Weile mit schwarzen Benzinkocherhänden, vor dem Hintergrund irgendeines mächtigen Pyrenäenbergs. Später hatte er ein Verhältnis mit einer Deutschen. Alle meine großen oder weniger großen Lieben scheine ich an deutsche Frauen zu verlieren. Seltsam.

»Verliebtsein« bedeutete übrigens in den meisten Fällen etwas anderes. Ich glaube, ich wollte eher der andere *sein*, als dass ich in ihn verliebt war. Vielleicht habe ich jahrelang Verliebtheit und Neid verwechselt. Was – wie mir jetzt einfällt – wahrscheinlich bei Heterosexuellen nie vorkommt.

7. NOVEMBER [AMSTERDAM]   Ja, ich habe sie aufgeschlagen. Und auch ziemlich schnell wieder zu. Die erste Kladde trägt den Titel *Tja*. Angefangen am 16. Dezember 1985. Darauf folgen weitere fünf Bände *Tja*. Am 24. November 1989 beginnt *Jawohl!*. Anscheinend war der neue Tagebuchtitel für mich so gewöhnungsbedürftig, dass ich auf dem Vorsatz »(= Tja VII)« hinzugefügt habe. *Tja* I beginnt wie folgt: – *Aber ich habe eine zweifelhafte Moral. – Was nennst du eine zweifelhafte Moral? – Wenn man Zweifel an der Moral der anderen hat.* [Hiroshima, mon amour, *Alain Resnais, 1959.*] Was ist das für ein Unsinn? Warum habe ich das aufgeschrieben? Vielleicht habe ich die Kladde mit dem hübschen Einband hauptsächlich zu dem Zweck gekauft, darin mit einem (geschenkten?) Kalligrafiestift möglichst schön zu schreiben. *Was* ich schrieb, scheint unwichtig gewesen zu sein. Auf der dritten Seite steht: – *Gedichte sind nun einmal traurig. – Warum sind Gedichte traurig? – Weil ein Gedicht aus der Seele kommt und die Seele traurig ist. – Warum ist die Seele traurig? – Weil die Seele mehr weiß als der Verstand, deswegen ist sie traurig. [Lola, Rainer Werner Fassbinder, 1981.]* Natürlich kann ich mich nicht erinnern, ob ich diesen Film überhaupt gesehen habe. Ich blätterte hier und blätterte da und traf auf so entsetzlich viele Namen, die mir nicht das Geringste sagten, auf so viele Ereignisse, an die ich keinerlei Erinnerung habe, dass ich aufhörte zu blättern; immerhin war mir bis dahin aufgefallen, dass in den Tagebüchern sehr oft »ich konnte nicht schlafen« steht und dass ich anscheinend so gut wie jede Woche in jemand anderen verliebt war. Was ist passiert? Wodurch habe ich mich später so verändert, dass ich ganze Romane schrei-

ben konnte, ohne mich dafür zu schämen? Dass ich jede Woche Kolumnen abliefere, die ich sogar nach Jahren noch sehr gut lesbar finde? War es notwendig, achtzehn Jahre lang über Dinge zu schwätzen, die mir jetzt nichts mehr sagen, über Ereignisse, an die ich mich selbstverständlich ganz und gar nicht erinnern kann, mich vielleicht gar nicht erinnern will? Unnatürlich an vielen Stellen, unaufrichtig, auffallend humorlos, kein einziger schöner Satz. (Nein, stimmt nicht, unter dem Datum 12. März 1986 steht plötzlich am Ende einer Seite in Großbuchstaben: SÜSS IST ES, WENN AUF HOHER SEE DIE WINDE. Aber stammt das denn von mir? Habe ich es selbst erdacht oder gestohlen?) Irgendwo las ich: »sehr viele BenBits habe ich gekaut.« BenBits? Das war eine Kaugummimarke der achtziger Jahre. »14.3.1990: Paul Biegels Gewohnheit, Schokolade mit *Jacob's cream crackers* zu essen, ist seit einiger Zeit auch meine Gewohnheit.«

Der vorletzte Eintrag im dritten – und letzten – *Jawohl!* stammt vom 26. März 1999, darin erwähne ich, dass ich den Film *Gods and Monsters* mit Ian McKellen und Brendan Fraser gesehen, »*Zwart*« (= *Perenbomen bloeien wit*) beim Verlag Piramide abgegeben und Martijn Bovenmars eine Karte geschickt habe. Martijn Bovenmars war ein Eisschnellläufer und die Saison gerade zu Ende, es dürfte also eine Art Liebesgruß gewesen sein. Der allerletzte Eintrag ist vom 4. Februar 2003: »*Living with Michael Jackson* auf Yorin. Ich habe *Vriend van verdienste* von Thomas Rosenboom gelesen, völlig unlesbar. Seltsam. Jetzt wieder Iris Murdoch, *The Green Knight*. Murdoch ist gut, wenn ich selbst schreibe. Heute Kapitel einunddreißig von LAND geschrieben. Jetzt noch LAND, wrsch. HENK.«

Sieben Monate nach dem letzten Eintrag begann ich meine Ausbildung zum Gärtner am Clusius-Kolleg in Alkmaar. Der

Geldmangel entwickelte sich zu einem drückenden Problem, das Arbeitslosengeld, das ich seit der Beendigung meiner Untertitlertätigkeit bekam, wurde stark gekürzt. Ich fand es an der Zeit, etwas zu tun, womit ich immer Geld verdienen konnte. Da ich seit jeher »etwas mit Bäumen« hatte machen wollen, kam ich auf die Gärtnerausbildung. Zunächst stellte ich mir noch vor, sie könne ein Sprungbrett für eine Ausbildung zum Baumchirurgen sein. Doch das Retten von Bäumen ist aus der Mode gekommen, das Sichern mit Stahlketten und Stützen überholt, der einzige in jüngerer Zeit »gerettete« Baum war die Anne-Frank-Kastanie, die dann doch bald darauf umstürzte. Jede Woche fuhr ich an zwei Abenden mit dem Zug nach Alkmaar-Noord und zurück, ich war mit einundvierzig noch Schulpendler geworden. Es war eine schöne Zeit, ich stellte fest, dass ich mich unter meinen Landsleuten, spröden »Westfriesen«, wohlfühlte. Wir lachten viel, versuchten einander bei Tests zu übertrumpfen, aßen in der Kantine Rosa Kuchen. Im Juli 2006 erhielt ich mein Diplom. Bei der Überreichung musste jeder etwas über eine Pflanze sagen, die während der Ausbildung nicht behandelt worden war, im Unterrichtsraum stand ein Eimer mit Zweigen. Ich wählte das Blatt einer *Darmera peltata*. Inzwischen steht eine solche Pflanze an einem kleinen Gartenteich beim Eifelhaus. Niederländisch *schildblad*, deutsch Schildblatt. Sie blüht wie Pestwurzen: erst die Blüte, dann die Blätter. Ein Ruheplatz für kleine Tiere, die Nässe lieben, da in den kelchförmigen Blättern nach dem Regen eine Pfütze zurückbleibt.

Im Juli 2006 war nicht »HENK«, sondern *Boven is het stil* seit vier Monaten im Handel. Oek de Jong scheint für die zweite Titeländerung verantwortlich gewesen zu sein. Mein damaliger Lektor Alfred Schaffer hatte ihm das Manuskript zu lesen gegeben. Oek de Jong fand es gut, sagte aber: »Henk? Für einen Debütroman? Nein, das halte ich für keine gute Idee.«

Alfred solle einen anderen Titel suchen. Claudia van der Werf, damals für den Vertrieb zuständig, und ich waren für »Henk«, allein schon, weil es in den Niederlanden wahnsinnig viele Henks gibt, die jedes Jahr Geburtstag haben. Wie dem auch sei: Das Erscheinen des Romans machte die Gärtnerausbildung überflüssig: Plötzlich war ich Schriftsteller. Hätte ich damals einen Führerschein gehabt, hätte ich einen Lieferwagen kaufen und darauf BAKKER BÄUME & BÜCHER schreiben können.

10. NOVEMBER [AMSTERDAM]

Die Königin

Am 5. August habe ich einiges über den Umzug von Dolf und Gerard geschrieben. Ein langwieriger Umzug war das, obwohl sie bereits in den Wochen davor alles Mögliche selbst transportiert hatten. Einer der ersten Räume, die fertig wurden, war die Toilette bei der Haustür. Dort hingen schon sämtliche Fotos, Urkunden und kleinen Gemälde, die auch in dem entsprechenden Raum im alten Haus gehangen hatten, sogar annähernd an den gleichen Stellen, soweit ich mich erinnern konnte. Als ich pinkeln ging, fiel mir sofort wieder das Bild ins Auge, das ich lange Zeit kaum ansehen konnte. Eine Art offizielles Foto: Leute auf und vor einer Treppe, in der Mitte Willem-Alexander und Máxima. Dolf ist zu sehen, und auch Christiaan Weijts. Grün vor Neid war ich, weil Christiaan Weijts auf dem Foto war. Warum er und nicht ich?, dachte ich jedes Mal, wenn ich im alten Haus zur Toilette ging. Einmal habe ich Dolf sogar gefragt, ob das Foto nicht wegkönnte. »O nein«, sagte er und fügte, um mich zu ärgern, hinzu: »Und Christiaan Weijts schien mir ein sehr netter Kerl zu sein.« Letztes Jahr im August habe ich Christiaan über Twitter gefragt, wie dieses offizielle Mittagessen genannt wurde, ich wollte darüber für den *Groene Amsterdammer* schreiben. Er antwortete: »Gewinnerlunch«, und ergänzte: »Aha, der Anton Wachterprijs ärgert dich immer noch?« Da wusste ich auch wieder, warum er mit Willem-Alexander und Máxima hatte lunchen dürfen, was aber nicht die Frage beantwortete, warum ich nicht eingeladen worden war. Immerhin hatte ich für meinen Debütroman viel mehr Preise bekommen als Christiaan Weijts! Unsere Erstlinge kamen gleichzeitig heraus, und von Anfang an entwickelte sich eine Art Wettbewerb, das geschah ganz von selbst; aus Naivität und weil wir das Gefühl hatten, so etwas gehöre zum Schriftstellersein dazu, ließen wir uns davon mitreißen. Jedenfalls musste ich nun Anfang August gleich wieder dieses Bild mit Christiaan Weijts verkraften. Und es machte mir nichts aus. Überhaupt nichts. Keine Spur von Eifersucht oder Groll. Auf einmal sah ich auch andere auf dem Foto. Einige, die ich kannte, viele, die ich nicht kannte. Dolf – er war eingeladen, weil er den Deutschen Jugendliteraturpreis bekommen hatte – sieht sehr gut aus, er trägt den schönsten Anzug. Eigentlich wirklich ein nettes Foto. Máxima lächelt strahlend, ich glaube, die Aufnahme ist vor dem Essen entstanden. Ich kenne noch andere Leute, die irgendwann eingeladen wurden, und wenn ich davon hörte oder las, kränkte es mich ein wenig. Ich mag es nicht, übersehen zu werden, das habe ich hier bestimmt schon erwähnt. Ob die beiden jetzt als König und Königin weiterhin solche Lunchs veranstalten, weiß ich nicht.

Im März oder April 2011 bekam ich eine Karte von der Hofdame der Königin. Ob ich es schätzen würde, zu einem Lunch eingeladen zu werden. Äh, ja. Ich vermute, diese Anfragen dienen dem Zweck, der Königin aufsässige Republikaner vom Leib zu halten. Dann kam die richtige Einladung. »IM AUFTRAG IHRER MAJESTÄT DER KÖNIGIN BEEHRT

SICH DER OBERHOFMEISTER, HERRN G. BAKKER ZU EINEM LUNCH ZU EHREN IHRER EXZELLENZ FRAU M.P. MCALEESE, PRÄSIDENTIN DER REPUBLIK IRLAND, UND DR. M. MCALEESE AM DIENSTAG, DEM 3. MAI 2011, IM PALAIS NOORDEINDE EINZULADEN. DIE GELADENEN GÄSTE WERDEN ERSUCHT, SPÄTESTENS UM 12:15 UHR ANWESEND ZU SEIN. DUNKLER ANZUG. P. M.« Was p. m. bedeutete, wusste ich nicht, weiß ich im Grunde bis heute nicht. Pro memoria? Ich ging zu C&A und kaufte mir einen dunkelblauen Anzug von Frans Molenaar. Ein sehr guter Kauf, wie ich noch feststellen sollte: Ich konnte darin so viel schwitzen, wie ich wollte, ohne dass es jemand sah. Sehr praktisch war auch, dass auf einem niedrigen Regalbrett unter den Anzügen Schuhe standen, zu den Anzügen passend, auch sie von Frans Molenaar. Meine Mutter war ganz aus dem Häuschen. Ich auch. David Colmer war ebenfalls eingeladen, man hatte versucht, eine möglichst »irische« Gesellschaft zusammenzustellen. Wer »man« ist, wer die Gäste zu einem solchen Essen einlädt, weiß ich nicht. Der Pressedienst der Regierung? Nach dem Lunch mussten David und ich gleich weiter zu einer Lesung in Leiden, der Termin dafür war schon früher festgelegt worden. Vom Verein *Vrienden van Oxford*. Leiden und Oxford haben eine Städtepartnerschaft.

Wir fuhren mit dem Zug nach Den Haag und dann mit der Straßenbahn zum Palais Noordeinde. Dort wurden wir in einem Saal im Erdgeschoss empfangen, Kellner trugen Tabletts mit Alkoholika und Orangensaft herum, vermutlich trank ich dort schon mein erstes Glas Wein. Die irische Botschafterin Mary Whelan war da, die kannte ich, es gab einmal eine Art Präsentation von *De omweg* in ihrem Haus in Wassenaar. Ich kam ins Gespräch mit Henk Morsink, dem Generaladjutanten, diesem gutaussehenden, hochgewachsenen grauhaarigen Mann, den ich am Totengedenktag am 4. Mai immer hinter Beatrix hergehen sah. Niemand erklärte uns irgendetwas, zum Beispiel, was wir sagen sollten, welche Regeln galten, wie wir uns zu verhalten hatten. Schließlich mussten wir alle die Treppe hinaufgehen und wurden nacheinander beim Betreten eines Raums, in dem Beatrix, Mary McAleese und ihr Mann standen, mit lauter Stimme vorgestellt. Ich nehme an, dass ich »Guten Morgen, Majestät« gesagt und leicht genickt habe, als ich ihr die Hand gab. Die Königin sagte nichts, sie schaute ganz knapp an mir vorbei, so dass es zwar fast so wirkte, als würde sie mich ansehen, aber eben nur fast. Die irische Präsidentin und ihr Mann begrüßten mich herzlich und sagten, sie fühlten sich durch mein Kommen geehrt. Von dort ging es in den Speisesaal. Natürlich gab es eine Tischordnung, und David und ich hätten nicht weiter voneinander entfernt sitzen können, er am einen Ende der langen Tafel, ich am anderen. Insgesamt waren es etwa dreißig Menschen. Neben mir saßen ein Mann vom irischen Shell-Ableger und eine irische Künstlerin, mir gegenüber Wim Pijbes, Direktor des Rijksmuseum. Ich tat so, als fände ich diesen Lunch höchst vergnüglich, plauderte links und rechts, dabei war ich unter meinem Frans-Molenaar-Anzug schon bald nassgeschwitzt. Vielleicht nur, weil mich die Hofdame der Königin, die mindestens sieben Meter von mir entfernt am anderen Ende des Tisches saß, ständig so forschend anschaute. Noch dazu meldete sich eine Art Zwang, unter dem ich lange nicht mehr gelitten hatte: der übermächtige Drang, die Blase zu leeren, nicht weil es nötig gewesen wäre, sondern aus reiner Nervosität. Ich hatte das Gefühl, nicht aufstehen zu können, um zur Toilette zu gehen, die Tür war am entgegengesetzten Ende des kleinen Saals, und außerdem: Darf man das überhaupt? Rings um den Tisch mindestens zwanzig Kellner, mehr als einer für je zwei Gäste. Mein Instinkt befahl mir zu flüchten, einfach aufzustehen und wegzurennen. Stattdessen ließ ich mir ein weiteres Glas Wein einschenken, obwohl mir schon das erste ein wenig zu Kopf gestiegen war. Hin und wieder schaute ich zur Königin hinüber, doch jedes Mal fing die mürrische Hofdame meinen Blick ab. Schließlich wurde der Zustand vollends unhaltbar, weil der Kellner, der mir gegenüber stand, also auf der anderen Seite des Tisches, offen mit mir zu flirten begann, er kam sogar zu mir, um mich zu bedienen, obwohl meine Tischseite gar nicht seine Tischseite war. Das Menü war wie folgt zusammengestellt: »*Asparagus mousse with country ham, asparagus tips and quail egg – fillet of Dutch lamb morel mushroom sauce – courgette with a ratatouille stuffing and potato croquettes – rosé champagne bombe with raspberries and meringue raspberry sauce – mocha.*« Die Weine waren ein Puligny-Montrachet, Louis Latour 2003, und ein Château Lafon-Rochet, Saint-Estèphe 1995. Sobald man sein Glas geleert hatte, bekam man ungefragt nachgeschenkt, und die Speisen wurden einem nicht vorgesetzt, sondern die Kellner gingen mit Schüsseln und Platten herum – vermutlich waren es deshalb so viele –, und man musste sich selbst das Gewünschte nehmen. Schrecklich. Was kann nicht alles schiefgehen beim Umfüllen von der Schüssel auf den Teller. Nach drei Gläsern Wein fragte ich den mit mir flirtenden Kellner, der wieder einmal unerlaubt auf meiner Tischseite erschienen war, welche Pilze ich von seiner Schüssel auf meinen Teller löffelte. »Morcheln«, flüsterte er mir ins Ohr, in einem Ton, als wollte er mir eigentlich sagen, dass sein Bett warm und groß und gar nicht so weit von dem Speisesaal entfernt sei, in dem ich aß und er bediente. Es war bizarr, und es machte mich nur noch nervöser. Mein Glas wurde ein weiteres Mal nachgefüllt. Ich plauderte mit dem Shell-Mann und der Künstlerin. Hin und wieder schaute ich an einer langen Reihe von Essern entlang zu David hin, der mir zunickte. Dann blickte ich wieder geradeaus und sah über dem Kopf von Wim Pijbes meinen Kellner, der mich begehrlich und herausfordernd musterte.

Der »*mocha*« (ein sehr kleines Tässchen Kaffee) wurde in dem Raum vor dem Speisesaal getrunken, wo ein »zwangloses Beisammensein« stattfand. Ich sprach lange mit Jan Ligthart, einem Blumenzüchter aus Julianadorp, der eingeladen war, weil er eine seiner Tulpen nach Willem-Alexander benannt hatte. Der Anblick der Trauerränder unter seinen Nägeln hatte eine leicht beruhigende Wirkung auf mich. Ich sah, was geschah: Die mürrisch dreinblickende Hofdame wählte eine Reihe von Menschen aus, die kurz mit der Königin sprechen durften. Vielleicht hatte sie während der Mahlzeit beobachtet, dass mein Glas viel zu oft nachgefüllt wurde, möglicherweise sogar, was sich zwischen diesem Kellner und mir abspielte, vielleicht wurde ich deshalb nicht auserwählt, vielleicht wurde der Kellner noch am Nachmittag entlassen. Der niederländische Botschafter in Irland und seine Frau, eine liebenswürdige Griechin, waren ebenfalls anwesend, David und ich kannten sie noch von der IMPAC-Verleihung, damals hatte der Botschafter versprochen, *The Twin* Präsident Obama zuzusenden, und mir gestanden, er habe zu Hause viele Platten von Willeke Alberti. David hatte seiner Frau nach dieser Begegnung die englische Übersetzung von Annie M. G. Schmidts *Jip en Janneke* zugeschickt. Und dann war es vorbei. Erneut defilierten wir an der Königin und dem Präsidentenpaar vorbei. Die Königin sprach wieder kein Wort, und ich hatte inzwischen so viel getrunken, dass ich schlankweg »Danke und auf Wiedersehen« sagte. Mary McAleese dankte dagegen mir, herzlich sogar. Unten an der Garderobe sprach ich noch kurz mit Peter van Uhm, dem damaligen Befehlshaber der Streitkräfte. Ich weiß nicht mehr, worüber, laut David über Supermärkte und Bekanntheit, und dann holte jemand vom Verein *Vrienden van Oxford* uns beide ab.

Die Lesung wäre eine mittlere Katastrophe geworden, hätte nicht David das Heft in die Hand genommen, was er gut kann. Ich hatte vor lauter Anspannung viel zu viel getrunken und saß mit abgewinkelten Armen auf meinem Stuhl, um den Frans-Molenaar-Anzug ein bisschen trocknen zu lassen. Abends aßen wir in einer Leidener Pizzeria zusammen mit Davids Frau und Tochter. David und ich waren hungrig, weil wir beim Umfüllen der Speisen von den Schüsseln auf unsere Teller viel zu bescheiden gewesen waren.

»Es war ziemlich enttäuschend«, berichtete ich meiner Mutter am Telefon.

»War es nicht gemütlich?«, fragte sie.

»Nein, gemütlich kann man es nicht nennen.«

»Aber was hat sie denn so zu dir gesagt?«

»Nichts«, antwortete ich. »Nicht mal Guten Tag, als ich ihr die Hand gab.«

Sie blieb einen Moment still, so etwas erzählt sich nicht gut beim wöchentlichen Aerobic im Schwimmbad oder in der Handarbeitsrunde. »Na ja«, sagte sie dann energisch, »sieh die Sache doch so: Ich habe bei der Königin gespeist. Das können nicht viele Leute von sich behaupten.«

Da hatte sie recht. Und so saß ich nun nicht mehr grün vor Neid bei Dolf Verroen auf der Toilette. Man muss auch bedenken, dass es der 3. Mai gewesen war, die Ärmste hatte gerade erst den *Koninginnedag* hinter sich gebracht, der 4. und der 5. Mai, der Befreiungstag, standen ihr bevor, es war die anstrengendste Zeit in ihrem königlichen Jahr. Vielleicht hätte ich an ihrer Stelle auch das meiste an mir vorbeirauschen lassen.

Diesen Drang, die Blase zu leeren, selbst wenn sie leer war, den hatte ich vergessen. Ebenso die Angst, mich in dem Bus, mit dem ich über den Abschlussdeich pendelte, übergeben zu müssen. Weshalb mir in diesem Bus so gut wie immer schlecht war. Den überwältigenden Drang, an Bahnhöfen, die gar nicht mein Ziel waren, aus dem (vollen) Zug zu springen. Das Gefühl, dass der Körper wegrennen will, wenn ich ein Gespräch mit einer einzelnen Person führe, bei dem mir mein Gegenüber fest in die Augen schaut und mir eine Aufmerksamkeit abverlangt, die ich nicht aufbringen kann. Was ein Mensch sich selbst alles antun kann und wovon die Menschen in seinem Umfeld nicht das Geringste merken.

11. NOVEMBER [AMSTERDAM]   Gestern Abend ging ich noch spät mit Jasper spazieren. Es regnete nicht mehr, ich wollte eine längere Strecke gehen, weil er bei der Abendessenrunde nur zum Pinkeln draußen gewesen war, es hatte gegossen, und Jasper hasst Regen. In der Nähe des Rietlandparks war eine Frau mit ihrem Hund unterwegs. Der Hund hieß Gizmo und war nicht angeleint, er rannte auf Jasper zu und hörte nicht auf Frauchen. Jasper hatte nichts dagegen. Die Frau kam zu uns und hakte die Leine ein. Dann erkannte sie mich, sie habe in »irgendeiner Hundezeitschrift« ein Interview mit mir gelesen. Jasper sei ein sehr schöner Hund, meinte sie. Inzwischen waren wir plaudernd beim Lloyd Hotel angekommen; worüber wir sprachen, habe ich vergessen. Jedenfalls hatte Jasper unbemerkt den Radweg überquert, er lief an der langen Rollleine, und die hing nun über dem Radweg. Plötzlich schrie die Frau auf, ich hörte einen Motorroller kommen. Ich konnte nicht mehr viel tun, ich glaube, ich habe noch versucht, die Leine möglichst hoch zu heben, was ich öfter mache, wenn Fußgänger oder Radfahrer vorbeiwol-

len. Die gehen oder rollen dann – meistens lächelnd, selten mit bösem Blick – unter ihr durch. Was ich hätte tun *sollen*, fiel mir erst hinterher ein: den Griff mit aller Kraft von mir wegschleudern, damit die Leine sich von selbst aufrollt, dann wäre Jasper zwar frei gewesen, aber der Fahrer nicht gestürzt. Im Grunde passierte genau das, wovor ich in der Eifel oft solche Angst habe: dass Jasper einen Unfall mit einem Motorradfahrer verursacht. Der Motorradfahrer, der nun auf dem Radweg lag, war ein Rollerfahrer. Er blutete stark am Kopf und machte keine Anstalten aufzustehen, am Lenker des Rollers blinkte etwas. Und dann waren plötzlich viele Menschen da, obwohl die Frau und ich mit unseren beiden Hunden kurz zuvor noch allein auf weiter Flur gewesen waren. Einer der Ersten stellte dem Mann am Boden eine Reihe von Fragen, Fragen, die mir sehr bekannt vorkamen, weil ich selbst einmal blutend auf einer Eisbahn gelegen habe. Ob ihm übel sei, ob er dieses oder jenes bewegen könne, ob er bewusstlos gewesen sei. Ich hatte Jasper in die Obhut der Frau gegeben und holte im La Cantina einen Stapel Servietten. Als ich zurückkam, kniete der Rollerfahrer schon und nahm selbst die Servietten entgegen. Zuerst tupfte er sich damit die Stirn, dann wischte er sein Blut von den Klinkern. »Mensch, lass das doch!«, sagte ich. Schon nach kurzer Zeit traf Polizei ein, gleich darauf ein Rettungswagen. Eine Rettungssanitäterin stellte dem Rollerfahrer genau die gleichen Fragen wie der Mann, von dem ich annahm, dass er Arzt war. Ich hatte inzwischen den Motorroller aufgehoben und auf dem Gehweg abgestellt und sagte zu dem Mann, den ich für einen Arzt hielt, es sei doch gut, dass sofort ein Sachkundiger an Ort und Stelle gewesen sei. »Ja«, sagte er und fügte flüsternd hinzu: »Aber ich bin Psychiater.« Wenig später küssten und streichelten sich der Psychiater und seine Begleiterin gierig, keine fünf Meter von dem Verletzten entfernt. Das fand ich äußerst seltsam, der Unfall schien die beiden in einen Zustand höchster Geilheit versetzt zu haben. Psychiater und Freundinnen von Psychiatern sind eben oft ein Fall für sich. Die Frau mit dem Hund übergab mir Jasper, nachdem ein Polizist ihre Personalien aufgenommen hatte, und verabschiedete sich. Jasper hatte die ganze Zeit brav bei ihr gesessen, aber ich merkte ihm an, dass er erschrocken war und nicht begriff, was vor sich ging, seine Ohren lagen flach an. Auch meine Personalien wurden aufgenommen. Der Rollerfahrer saß inzwischen im Rettungswagen, ein Sanitäter und ein Polizist schlossen den Motorroller an einem Mast an. Beide sehr hübsche junge Männer, solche Dinge fallen einem dann auf. Die Polizisten fuhren weg, ich sprach noch kurz mit dem Verletzten im Rettungswagen, klopfte ihm aufs Knie und sagte: »Wir telefonieren, ja?«; es hätte genauso gut um eine Verabredung zu einem Kinobesuch gehen können. Dann fuhr auch der Rettungswagen weg. Plötzlich standen Jasper und ich mutterseelenallein auf dem Gehweg, als wäre nichts geschehen. Die Straßenlaternen schwankten im jetzt böigen Wind, Laub wurde aufgeweht, kein einziger Rad- oder Mopedfahrer war noch auf dem Radweg unterwegs.

Erst zu Hause merkte ich, dass auch ich sehr erschrocken war. »Ich trinke einen Schnaps«, sagte ich zu Casper. Er hatte volles Verständnis dafür und spielte mit dem Hund, als spürte er, dass Jasper das dringend brauchte. Ich trank einen weiteren Schnaps. Und natürlich war es nicht Jaspers Schuld. Es war meine Schuld. Er hatte eigentlich nichts anderes getan, als arglos an einem aufregend riechenden Laternenpfahl herumzuschnüffeln.

12. NOVEMBER [AMSTERDAM]   Ich habe den Rollerfahrer angerufen. Jedenfalls habe ich es versucht. Nach dem Dreitonsignal kam die Ansage, dass der Teilnehmer nicht erreichbar sei. Der Roller steht immer noch vor dem Restaurant La Cantina, genau so, wie der hübsche Polizist und der hübsche Rettungssanitäter ihn angeschlossen haben. Ich mache mir Sorgen, stelle mir verschiedene Szenarien vor und denke wieder einmal, dass Mitgefühl zu zeigen oder zeigen zu wollen fast immer eigennützig ist, Schuldgefühle mildern soll, beruhigen soll; dass letztlich auch jeder große Schmerz egoistisch ist. Man weint nicht um den Verstorbenen, man weint um sich selbst.

13. NOVEMBER [AMSTERDAM]   Der Roller war weg, und kurz darauf antwortete der Fahrer auf eine SMS. Es war alles halb so schlimm, wenn auch an dem Roller das eine oder andere beschädigt ist. Aber das kann die Versicherung übernehmen. Ich bin froh, dass ich Jasper, kurz nachdem er zu mir gekommen ist, in die Police meiner Haftpflichtversicherung habe eintragen lassen. Das ging ohne Schwierigkeiten, sogar ohne Beitragserhöhung. Jetzt tue ich doch wahrhaftig wieder so, als wäre es seine Schuld gewesen.
Ich habe bei Ikea einen Sessel mit passendem Hocker bestellt. Wird Dienstag geliefert. Im Media Markt habe ich mir einen WLAN-Repeater geholt, mal sehen, ob ich damit in der Eifel auch im alten Haus Signale empfange. Bei Pearle habe ich meine Augen vermessen lassen, das letzte (und erste) Mal lag fünf, vielleicht schon sechs Jahre zurück. Der Optiker, der mich bediente, sprach verächtlich über Nes Optiek, wo ich mir vor fünf oder sechs Jahren meine erste Lesebrille zu dem absurden Preis von sechshundertfünfunddreißig Euro gekauft hatte. Die neuen Gläser – die ich, wie ich mir schon

dachte, wirklich brauche – kosten hundertneunzehn Euro und werden in die alte, sündhaft teure Fassung eingesetzt. Ansonsten wenig Neues. Regen und Wind, Dunkelheit. Novemberwetter. Seit ich in Amsterdam bin, habe ich schon drei Filme gesehen. Den neuen Bond (großartig), *Das brandneue Testament* (sehr lustig, unter anderem mit Catherine Deneuve, die mit einem Gorilla vögelt) und *Son of Saul*. Damit konnte ich wenig anfangen, schon nach einer halben Stunde war ich das deutsche Gebrüll im Hintergrund leid. Ja ja, denke ich dann, wir haben's kapiert. Trotzdem soll das der Holocaust-Film schlechthin sein. Von Klaus bekomme ich über WhatsApp hin und wieder ein Foto vom Badezimmer geschickt, da geht es nicht wirklich voran. Ich habe gedroht, am nächsten Wochenende zu kommen. Eigentlich sollte ich an dem Wochenende eine Lesung vor einem Lesekreis halten, in London, organisiert vom *Magazin*. Auf diesen Termin, den 22. November, hatte ich meinen dreiwöchigen Amsterdam-Aufenthalt abgestimmt. Allerdings hatten die *Magazin*-Leute, wahrscheinlich, weil sie zu viel Arbeit in ihren neugegründeten Verlag stecken müssen, etwas zu wenig Energie für diesen Lesekreis übrig. Zu meiner Lesung haben sich drei Leute angemeldet, was aber natürlich auch an mir statt am *Magazin* liegen kann. Die Radboud-Universität Nimwegen hat angefragt, ob ich im nächsten Jahr einen Vortrag im Rahmen der Veranstaltungen zum fünfhundertsten Jahrestag von Thomas Morus' *Utopia* halten möchte. Ich habe geantwortet, dass ich dieses Buch nie gelesen habe und dass ich kein Denker bin, weshalb ich in einen solchen Vortrag unverhältnismäßig viel Zeit und Mühe investieren müsste. *De Gids* wollte von mir gern eine Geschichte für die Februar-Nummer haben, die im Zeichen des Themas Deutschland – Grenzland stehen soll, unter anderem im Zusammenhang mit der *Boekenweek*. Auch in diesem Fall habe ich dankend abgesagt. Ich bin jemand, der einen klar umrissenen Auftrag haben möchte, wie ich auch zu Andrea Bosman von *Trouw* gesagt habe, mit der ich diese Woche zu einem Kaffee verabredet war. Ich bin gern bereit, etwas zu schreiben oder zu tun, wenn ich nur weiß, was genau von mir erwartet wird. Sobald die Aufgabe auch nur ein bisschen vage ist, übernehme ich sie nicht, vor allem, weil ich befürchte, ihr nicht gewachsen zu sein. »Es geht uns dabei vor allem um Vorstellungen: von Deutschland und mehr noch von Grenzen (und Nationalstaaten) im Allgemeinen.« Das war's dann für mich, was *De Gids* angeht. Damit kann ich nichts anfangen. Auf beide Absagen natürlich keine Antwort.

16. NOVEMBER [AMSTERDAM]   Am 22. Januar habe ich geschrieben, dass ich unempfänglich für Lob bin. Was mein Werk betrifft. Dass ich aber leider nicht unempfänglich für Kritik bin. Nachdem ich mit diesem Buch so weit gekommen bin, verstehe ich das: Auch die Zeiten, in denen ich an den Romanen gearbeitet habe, waren Durchschleppphasen. Sechs Monate außerhalb der normalen Welt. Deshalb habe ich nicht das Gefühl, etwas geleistet zu haben, und deshalb perlt Lob an mir ab. (Einige Leser müssen jetzt wahrscheinlich lachen, denn warum all die Zitate aus englischen und irischen Rezensionen? Will ich denn damit nicht zeigen, dass *Juni* ein gutes Buch ist, für das ich Lob ernte? Ich glaube, es verhält sich anders. Nämlich eher so, dass ich ein Buch, dem ich mich gewissermaßen entfremdet hatte, wieder liebe oder mich mit ihm ausgesöhnt habe und die positiven Besprechungen diese Aussöhnung besiegeln. Es ist nicht das Lob, das mich berührt, es ist das Bild des Schwans, zu dem das hässliche Entlein heranwächst. Etwas sehr Persönliches; ein Begriff wie »Gerechtigkeit« oder ein »Na-seht-ihr«-Gefühl

haben damit nichts zu tun. Wenn ich »Lob« schreibe, denke ich nicht zuletzt an Menschen, Leser, die mich auf meine Romane ansprechen und mir Komplimente machen. Damit kann ich nicht umgehen, obwohl ich mittlerweile gelernt habe, freundlich »Ach, danke schön« zu sagen.)

Von einigen Büchern weiß ich – heute –, warum ich sie geschrieben habe. *Perenbomen bloeien wit* war 1999 eine Reaktion auf das Ertrinken der kleinen Tochter meiner Schwester. Und auf alles, was dieses Geschehen wieder zutage förderte. Ich sehe und höre noch meine Schwester die ganze Zeit »Warum?« fragen, manchmal gefolgt von dem Satz: »Das haben wir doch schon einmal erlebt.« In Romanen würde man es als unglaubwürdig empfinden: zwei knapp zweijährige Kinder aus zwei aufeinanderfolgenden Generationen einer Familie, die im Abstand von Jahrzehnten, aber fast am gleichen Tag ertrinken, dem 27. und dem 28. Juni. Das Unvermeidliche geschah: Der Tod meines kleinen Bruders wurde noch einmal erlebt, ich merkte das vor allem bei meinen Eltern. Als meine Mutter die Universitätsklinik in Amsterdam betrat, brachte sie nur ein »Fragt mich nichts« heraus.
Ein einziges Mal habe ich bei meinem Therapeuten geheult, an dem Tag, an dem ich sagte, dass ich so entsetzlich wenig, vielleicht beängstigend wenig Mitgefühl mit anderen Menschen empfinde, oder besser gesagt: dass es mir so schwerfällt, zu anderen Menschen eine wirkliche Verbindung herzustellen, dass es da immer eine Barriere zu geben scheint; immer hinke ich einen Schritt hinterher, sehe erst später klar. Ich heulte, weil ich von dem – meiner Erinnerung nach – einzigen Moment erzählte, in dem ich plötzlich hemmungslos und wirklich untröstlich weinen musste, dem Moment anderthalb Jahre nach dem Tod meiner Nichte, als meine Schwester mir sagte, dass sie wieder schwanger sei. Mit dem

Kind, das später mein Neffe Mees wurde. Wir weinten zusammen, es gab eine Verbindung, eine Berührung, eine Unmittelbarkeit, und es bedurfte sonst keiner Worte.

Bei den drei anderen Romanen lässt sich nicht so leicht sagen, was dahintersteckte, es war alles etwas diffuser, wenn ich auch inzwischen glaube, dass *Boven is het stil* letztlich eine einzige Selbsterforschung war. Eine Suche nach den Gründen meiner eigenen Einsamkeit. Wenn ich mich, soweit das geht, in die Zeit des Schreibens zurückversetze, spüre ich keine große Schwere, sehe ich keine Regenwolken oder Dunkelheit. Was ich wiederum darauf zurückführe, dass ich während der Arbeit an einem Roman Augenblicke eines Beinahe-Glücks haben kann, jedenfalls zu einer rauschhaften Konzentration fähig bin. Anscheinend ist das möglich: Man kann depressiv sein und zugleich Symptome der Depression wegschreiben. Genauer gesagt: so konzentriert sein, dass alles um einen herum unwichtig erscheint, vage, weit entfernt, in gewisser Weise unecht. So dass einem das, was man schreibt, zur Wirklichkeit wird, echter als die Wirklichkeit, genau wie Emily Dickinson es sah. Auf die Frage eines Journalisten zum Ausbleiben eines neuen Romans habe ich einmal geantwortet, dass ich – unabhängig von anderen Aspekten – manchmal vor allem Lust auf das Lusthaben auf einen neuen Roman habe.

Und warum jetzt nicht mehr? Warum schreibe ich keine Romane mehr? Woher mein Widerwille gegen das, was ich bei anderen Autoren als eingebildet empfinde, überhaupt so ungefähr gegen alles, was mit der Literaturszene zu tun hat? Vielleicht müsste man aber eine andere Frage stellen: Warum keine Notwendigkeit des Durchschleppens, kein Bedürfnis danach? Liegt es einfach am Citalopram? Ist es so simpel? Diese Woche war ich im Verlag, um zwei Exemplare des schwedischen *Boven is het stil* abzuholen – *Däruppe är det tyst* –, außerdem zwei Päckchen Brotklee aus Südtirol (mit Brotklee kann man wunderbar selbst Brot backen, das nach Urlaub in Collalbo schmeckt). Christoph Buchwald sprach von einem Schwimmbad und vom Schwimmen, und ich verstand nicht, worauf er hinauswollte. Ging es um eine Idee für einen Roman, die ich selbst einmal ins Spiel gebracht hatte, und er fragte sich, ob ich damit vorankomme? Wie könnte ich, ich schreibe jetzt dies hier. Ich sagte aber auch: »Vielleicht sollte ich einfach mit meinem jetzigen schriftstellerischen Handwerkszeug einen Roman zu schreiben versuchen.« Als handwerkliche Arbeit sozusagen, als eine »Ich-bin-nun-einmal-Schriftsteller-also-schreibe-ich«-Arbeit. Aber bin ich wirklich Schriftsteller? Oder bin ich jemand, der Bücher geschrieben hat? Das läuft scheinbar aufs Gleiche hinaus, tut es aber doch nicht. Manchmal denke ich, wenn ich Schriftsteller wäre, würde ich Aufträge wie die von der Radboud-Universität oder *De Gids* annehmen. Ich kann mich nicht zwingen, einen Roman zu schreiben. Entweder es kommt einer, oder es kommt keiner. Von dem Roman hängt es ab, von einem Grund oder der Notwendigkeit, ihn zu schreiben. Aus meiner Sicht bin ich deshalb eher jemand, der Bücher schreibt oder geschrieben hat, als ein Schriftsteller. Letztlich läuft das natürlich doch aufs Gleiche hinaus: ein Buch. Der Unterschied liegt darin, wie derjenige, der es geschrieben hat, damit umgeht.

Der schwedische Verlag ist wieder einer, der nichts von sich hören lässt. Mit dem Übersetzer hatte ich kein einziges Mal Kontakt. Die beiden Exemplare stehen in meinem Regal, und das war's wohl.

Jasper hat Blut im Stuhl. Vielleicht ist also wirklich passiert, was ich vor ein paar Tagen zu beobachten glaubte: dass er ein paar Glassplitter mitfraß. Immer ist irgendwas mit diesem Hund, ich werde wieder mal einen Tierarzttermin ausmachen. In den Tagen nach dem 11. November war die Straße für ihn hochinteressant. All die verwöhnten Plapperblagen waren offenbar so begierig, noch mehr Süßigkeiten einzusammeln, dass sie es nicht einmal merkten, wenn sie ihnen aus den Taschen oder den Händen fielen.

Gestern Nachmittag zum dritten Mal *Perenbomen bloeien wit* gesehen, im Stadttheater in Amstelveen. Eine schöne Aufführung, jede ist doch ein bisschen anders. Es war fürchterliches Wetter, Sturm und Regen, das Theater nur halb gefüllt. »Und die Konkurrenz von Sinterklaas«, sagte einer der Darsteller hinterher. Sinterklaas ist nämlich gestern mit dem Dampfschiff in Amsterdam eingetroffen. Auf *nu.nl* kam dazu folgende Meldung: »Neben traditionellen *Zwarte Pieten* hatte die Hälfte der Gehilfen von Sinterklaas Ruß im Gesicht, wie die Organisation der Ankunft angekündigt hat.« Der Verfasser dieses Textes hat Probleme mit den Zeitstufen.

Pawel Kulischnikow hat einen neuen Weltrekord über fünfhundert Meter aufgestellt, er lief in Calgary 34:00 Sekunden. 2007 war Jeremy Wotherspoon 34:03 gelaufen. Wotherspoon war ein lethargischer Sprinter, lang, dünn, abwesender Blick, und immer zog er vor dem Start ein paarmal eine Schulter hoch, langsam und bedächtig, während andere Sprinter sich hart auf die Oberschenkel oder ins Gesicht schlagen oder mit den Armen schon blitzschnelle Startbewegungen machen. Wenn er dann lief, glitt er wie ein Bügeleisen übers Eis, auch auf den ersten hundert Metern. Bei Interviews nach Wettkämpfen war nie viel aus ihm herauszubekommen. Ich folge ihm auf Twitter, wenn es da auch wenig zu verfolgen gibt, er stellt fast nie etwas ein. Aber jetzt: »*Farewell #world-record, I'll always cherish our time together even though you left me for another man.*« Das nenne ich Stil und Klasse. Wenn mir solche Texte einfallen würden, wäre ein Tweet pro Halbjahr genug.

18. NOVEMBER [AMSTERDAM]   Jasper und ich waren heute bei meinen Eltern. Später als geplant. Im Amsterdamer Hauptbahnhof wurde durchgesagt, wegen des »schweren Sturms« sei der Zugverkehr nach Den Helder »angepasst« worden. Es rührte sich kein Lüftchen, aber die Einschränkung war schon am Vortag beschlossen worden, vorsorglich. Außerdem gab es einen »Personenunfall« irgendwo bei Ede-Wageningen, wo der Zug nach Den Helder herkommt. Und dann tritt Murphys Gesetz in Kraft. Die ganze Niederländische Bahn *ist* Murphys Gesetz. Nicht dass es in Deutschland – wie man vielleicht erwarten könnte – besser wäre, der große Unterschied besteht aber darin, dass die DB-Mitarbeiter sich sehr bemühen, einen zu informieren, und nach alternativen Fahrmöglichkeiten und Anschlüssen suchen, um Murphys Gesetz auszuhebeln. Ein kleiner Vorteil für Jasper: Er konnte eine Viertelstunde durch Alkmaar laufen, wo er noch nie gewesen war. Wir bekamen Streit mit einem Asi-Pärchen, das einen sehr kleinen Hund in einem Pulli an der Leine führte. Jasper schoss auf das Hündchen zu, aber nicht aggressiv, er bellte nicht einmal, und es passierte auch gar nichts. Doch dem jugendlichen Paar gefiel Jaspers Verhalten nicht, die beiden beschimpften mich. »Es ist nichts passiert«, entgegnete ich ruhig. Das interessierte sie nicht, sie keiften einfach weiter. Bestimmt haben sie später, daheim auf dem Sofa, in süßlichem Ton zu dem Hündchen im Pulli gesagt: »Ach,

Kimberley, hat dich der böse große Hund so erschreckt? Na komm, Herzchen, hier, lecker Leberwurst.« Und dann gemütlich zu dritt *RTL Boulevard* oder ähnlichen Müll geguckt.

Mein Vater stand vor der verglasten Schiebewand und schaute durch seine neue, kecke Brille in den Garten hinterm Haus. Es ist die Zeit, in der die Blätter des alten Birnbaums wieder über die Terrasse aus kleinen gelben Natursteinen wirbeln. Ganz hinten im Garten steht das Hühnerhaus mit dem Auslauf davor. Seit kurzem hat mein Vater neue Hühner.

»Einem Huhn geht's nicht gut«, sagte er.

Meine Mutter hantierte in der Küche. »Na, besser dem Huhn geht's nicht gut als dir«, rief sie. Sie wartet auf ihre Operation, hat noch nichts gehört, ist ungeduldig. Geplant ist, ihre Herzklappe von der Leiste her zu reparieren.

Wir spielten eine Partie Stiche-Raten, auch meine Schwester, die ihre Enkelin, meine Großnichte, mitgebracht hatte. Lejla heißt die Kleine, ihr Vater stammt aus Bosnien. Sie hatte große Angst vor Jasper, obwohl der alles tat, um sich bei ihr einzuschmeicheln. Er liebt Welpen und ganz kleine Kinder. Ich gewann mit hundertachtundvierzig Punkten.

Weil die Wiesen viel zu nass waren, hatte ich mir vorgenommen, mit Jasper an der Straße entlangzugehen. Er war kaum von der Stelle zu bewegen, und ich verstand erst gar nicht, was los war. Er hatte einen Rückfall, einen schweren. Als wir im vergangenen Sommer dort waren, hatten wir schönes Wetter, es war warm, alle Bäume und Sträucher waren belaubt, er wusste vielleicht nicht so genau, wo er war. Als ich mich gründlich umschaute und schnupperte, während der Hund sich acht Meter hinter mir in den Asphalt krallte, wurde mir klar, dass jetzt alles genauso war wie Weihnachten vor zwei Jahren.

Übermorgen mit Gartenkumpel Han und Trijntje wieder in die Eifel. Han hat vorgeschlagen, mich mit dem Wohnmobil abzuholen. »Ist wohl das Beste«, sagte ich. »Auf dem letzten Foto, das Klaus mir geschickt hat, sind weder Dusche noch Toilette zu sehen.« Und soweit ich weiß, wird der Installateur am Samstag die Wasserleitungen im Badezimmer verlegen, das heißt, auch in der Küche gibt es dann kein Wasser. Scheißen, pinkeln und waschen also im Wohnmobil.

23. NOVEMBER [SCHWARZBACH] Die Wände des Badezimmers sehen aus, als hätten wir das Jahr 1856, auf dem Boden liegt Erde. Mit einer Schaufel könnte ich leicht ein Grab ausheben. Drei Wochen war ich weg, und in diesen drei Wochen ist viel herausgerissen, aber bis auf eine neue Gasbetonmauer zwischen Gäste- und Badezimmer nichts gebaut worden. Ich habe einen Eimer mit Wasser in den Hauswirtschaftsraum gestellt, den benutze ich fürs große Geschäft, an der Spüle wasche ich mich, so gut es geht. Vor nicht allzu langer Zeit machten das natürlich alle so oder ähnlich, da gab es noch keine WCs und Duschen. Ich versuche, ruhig zu bleiben, nicht in Selbstmitleid und Trübsinn zu versinken, aber das ist schwierig. Wenn ich mit Jasper unterwegs bin, purzeln mir allerlei Gedanken durch den Kopf. Gestern hat er auf einer Wiese eine junge Katze erwischt. Als ich ankam, hatte er Blut an der Schnauze, von seinen Lefzen wirbelten Katzenhaare zu Boden. Das Kätzchen war noch voller Kampflust, und ich konnte nicht erkennen, ob das Blut aus den Wunden an Jaspers Nase oder von dem kleinen Katzenkörper stammte. Danach musste ich erst einmal den Gedanken verarbeiten, dass mein Hund eine Mordmaschine ist, und die Frage, ob ich ihn einschläfern lassen muss. Und ich versuchte mit aller Kraft, das Bild dieses wilden Kätzchens wieder loszuwerden.

Vorgestern sollte der Installateur kommen. Er kam nicht. Wenn der Installateur seine Arbeit nicht tut, kann der Fliesenleger seine Arbeit nicht tun. Am meisten ärgert mich, wie selbstverständlich Menschen andere Menschen (in diesem Fall mich) einfach hängenlassen, dass sie sich für das, was sie zu tun versprochen haben, nicht verantwortlich fühlen. Aber in ihren eigenen warmen Häusern auf der Luxushängetoilette sitzen und heiß duschen. Ich hoffe, der Schluss dieses Buches wird nicht ein einziger Klagegesang. Noch zehn Tage bis zum 3. Dezember. Ich fühle mich beschissen. Der WLAN-Repeater funktioniert sehr gut; die Installation war ganz einfach, und so habe ich auch im alten Haus schnelles Internet.

Ich kann mich jetzt leicht beklagen, aber das Haus ist nun einmal sehr alt. Mir schwante längst, dass der sandsteinerne Datumsstein mit der Jahreszahl 1739 nicht irgendein Zierelement ist, das ursprünglich von einem anderen Gebäude stammt, sondern tatsächlich zu diesem Haus gehört. Ich bekomme nicht einfach ein neues Badezimmer, es ist ein äußerst schwieriger Umbau, bei dem immer wieder neue Mängel zutage treten, Probleme, für die erst eine Lösung gefunden werden muss, bevor weitergearbeitet werden kann. Und außerdem: Je länger es dauert, desto glücklicher werde ich sein, wenn alles fertig ist.

24. NOVEMBER [SCHWARZBACH]   Lastwagen voller Weihnachtsbäume fahren vorbei, und Tausende von Kranichen ziehen nach Südwesten. Das ist jetzt der Hauptzug, reichlich spät. Gestern habe ich drei Kormorane gesehen, Vögel, mit denen ich in der Eifel nun wirklich nicht gerechnet hätte. Heute Morgen bin ich unerwartet heiter und früh aufgestanden, was allerdings daran lag, dass ich Dachdecker Rudi zu

Pauline Slot navigieren sollte. Dem bevorstehenden Abschluss dieses (Tage-)Buches sehe ich mit Sorge entgegen. Es ist ungewöhnlich kalt, vergangene Nacht vier Grad unter null, und oben auf dem Berg bei Pauline heulte der Wind. Während ich dies tippe, fängt es an zu schneien. Der Installateur ist mit seinem Werkstattwagen vorgefahren, aus dem alten Haus höre ich laute Bohrgeräusche. *Es geht voran.* Endlich habe ich mich bei *NUBeterDuits.nl* angemeldet, einer Website, von der man täglich einen neuen Sprachtest zugeschickt bekommt. Ich habe »Niveau 2« angehakt, jeden Tag vier Aufgaben, schon am zweiten Tag habe ich drei von vier richtig gelöst. Das ist natürlich nicht gut genug. Aber auch nicht schlecht. Ab und zu löse ich heimlich die Aufgaben von »Niveau 3«, und sogar da komme ich auf drei Richtige.

25. NOVEMBER [SCHWARZBACH]   Manchmal habe ich das Gefühl, dieser Hund ist in mein Leben getreten, um mich zu triezen und zu testen. Während unseres Spaziergangs hatte ich mir schon überlegt zu schreiben, dass wir noch nie eine so gute Runde zusammen gegangen seien, so brav, so folgsam war er, holte sich sogar dreimal ein Leckerli ab. Auch kurz vor dem Haus, als ich ihn anleinen wollte, trieb er sich noch in meiner Nähe herum. Und plötzlich überquert er die Straße, läuft über die Brücke und verschwindet in Nimshuscheider Mühle. Ich hinter ihm her, er nirgends zu sehen. Eine Dreiviertelstunde später kommt er von der entgegengesetzten Seite laut bellend angerannt, das Bellen gilt Rudi, der mir gerade sagen will, dass wir Freitag Vormittag einkaufen fahren. Sofort stürmt er die Treppe zum Schreibzimmer hinauf, wo er mit seinen schmutzigen Pfoten auf mein altes Bett springt. Das darf er nie, ich habe dieses Bett als Ruheplatz eingerichtet, voll mit Kissen, für die ich von Hand Bezüge ge-

näht habe, aus dem schönen, teuren Stoff, mit dem auch die Matratze bezogen ist. Das Bett – so erzähle ich es Besuchern –, auf dem ich mich ausruhe, wenn ich sehr müde vom Schreiben bin; dann lege ich mich hin und bedecke die Stirn mit dem Handrücken. Gestern habe ich auf dem Bett *Bidden en vallen* ausgelesen, das neue Buch von Henk van Straten. Ein altmodischer, solider Schmöker, ein Buch, auf das man sich schon den ganzen Tag freut, ich meine: für das man ins Bett geht, wenn man ein Bettleser ist. Heute Abend fange ich mit *De nieuwe Kratz* an, dem neuen Roman von Gerard van Emmerik. Immer noch Lastwagen voller Weihnachtsbäume, schon Tausende müssen vorbeigekommen sein.

27. NOVEMBER [SCHWARZBACH] Heute Vormittag war ich mit Dachdecker Rudi in der Halle in Bitburg, in der jeden Freitag und Samstag der Bauernmarkt abgehalten wird. Wir warteten auf Christa, die zum Optiker gegangen war, weil die Nasenpads ihrer Brille drückten. Ich nahm zwei Tassen Kaffee und zwei Stück Stachelbeerkuchen. Damit setzten wir uns an einen Tisch, der zu nah am Eingang stand, es war eisig kalt. Als wir beide die Hälfte unseres Kuchens gegessen hatten, zogen wir an einen Tisch weiter hinten um, wo Heizstrahler hingen und wo man gemütlicher saß, vor einem Likör- und Schnapsstand statt vor einem Stand mit toten Hühnern. Wir hatten schon Kartoffeln und Äpfel gekauft und sie ins Auto gelegt. Es wurde Zeit für ein gutes Gespräch. Ich fragte Rudi, wie es bloß möglich sei, dass Deutschland ein so reiches Land ist. »Hä?«, machte er. Ich präzisierte meine Frage. Woher nimmt der deutsche Staat sein Geld? Das frage ich mich nämlich schon lange und wundere mich darüber, dass hier alles billiger ist, abgesehen von Chips und Strom,

um es ein bisschen zu vereinfachen. Das mit dem Strom verstehe ich, in Deutschland werden durchschnittlich dreißig Prozent des Energiebedarfs durch erneuerbare Energien gedeckt, und am 9. Juni 2014 lag der Anteil der Solarenergie schon bei fünf Prozent. Das will natürlich bezahlt sein, das ist mir klar, Elektrizität aus erneuerbaren Energiequellen ist teuer, der Bau von Solarkraftwerken und Windparks kostet viel Geld. Warum Chips relativ teuer sind, weiß ich nicht. Werden in Deutschland zu wenig Kartoffeln angebaut? Tabak und Alkohol sind viel billiger, die Grundsteuer ist ein Witz (ich glaube, ich bezahle pro Jahr dreißig Euro für ein Haus und ein Grundstück von fast zweitausend Quadratmetern).

»Woher nimmt der deutsche Staat sein Geld?«, fragte ich Rudi.

»Geld?«, sagte er. »Wir ersticken in Schulden.«

Ja, sagte ich, die Niederlande haben auch Schulden, alle Welt hat Schulden, das spielt aber keine Rolle, weil Geld ja eigentlich nicht mehr existiert.

Christa kam, sie nahm auch einen Kaffee. »Esst ihr etwa Kuchen?«, fragte sie. Sie wollte keinen. Wir erzählten ihr, worüber wir sprachen.

»Die Steuern sind in den Niederlanden und Deutschland gleich hoch«, meinte sie.

Wir dachten alle drei tief nach, Rudi rührte in seinem leeren Kaffeebecher.

»Liegt es vielleicht daran, dass in Deutschland einundachtzig Millionen Menschen leben?«, fragte ich. »Die alle Steuern zahlen? In den Niederlanden leben viel weniger Menschen, die Steuern zahlen.«

»Ja, aber die kosten natürlich auch wieder Geld«, sagte Rudi. »Das gleicht sich aus.«

Die Frau am Likör- und Schnapsstand hatte nichts zu tun,

niemand wollte Alkohol kaufen. Sie zählte an einem Tischchen Münzgeld. Elena vom Obst- und Gemüsestand nebenan hatte eine Kundin, die Trauben kaufte. Beim Metzger standen die Leute Schlange, die Nasen bläulich, Kältetränen in den Augen.

»Oder exportiert Deutschland viel mehr als die Niederlande?«, fragte ich. »Und importiert weniger?«

Rudi rührte in seinem leeren Kaffeebecher.

»Komm«, sagte Christa. »Wir gehen Wurst kaufen. Der Metzger da hat ganz, ganz leckere Wurst.«

Ich hatte ihr erzählt, dass ich jetzt meinen Grünkohl ernten kann, weil er Frost bekommen hat. Und so hat sie sich gedacht – obwohl sie nie welchen isst, für die meisten hier ist Grünkohl Kaninchenfutter –, dass ich Wurst dazu haben möchte. Vielleicht sollte man sich gar nicht mit Dingen wie Wirtschaft und Geld, Bruttosozialprodukt und Unterschieden zwischen Ländern beschäftigen. Vielleicht sollte man einfach die leckerste Wurst kaufen, die in Bitburg zu haben ist. Deutlich billiger natürlich als Unox-Wurst und unvergleichlich viel billiger als Wurst von der Metzgerei an der Veemkade in Amsterdam. Und eines Tages, wenn ich schon lange nicht mehr daran denke, wird ein Deutscher mir genau erklären, wieso in Deutschland so gut wie alles billiger ist und das Land trotzdem die viertgrößte Wirtschaftsmacht der Welt.

Heute Nachmittag hat Klaus im Badezimmer den Untergrund für die Fliesen aufgebracht, Estrich nennt man den hier. Der Installateur hat vor vier Tagen sämtliche Wasserleitungen und Abflussrohre verlegt und die Aufhängungen für die Toilette und das Waschbecken befestigt. Der Estrich muss jetzt zwei Tage trocknen. Am Montag kann Klaus mit seiner eigentlichen Arbeit beginnen. Müsste das Badezimmer dann nicht am Ende der Woche fertig sein können? Es ist doch undenkbar, dass ich dieses Tagebuch abschließe, während ich immer noch in einen Eimer scheißen muss!

29. NOVEMBER [SCHWARZBACH] Auf Seite 84 von *Oben ist es still* fragt sich Helmer van Wonderen, die Hauptperson: »Genügt es, dass der Anstrich tadellos in Ordnung ist und kein Dachziegel schief hängt? Dass die Weiden sorgfältig gekappt sind und die Esel warm und wohlgenährt in ihrem Stall stehen?« Ja, finde ich, das genügt. Ich vermute, dass es auch Helmer van Wonderen genügt, doch die Außenwelt drängt sich in sein Bauerndasein, und obwohl es ihm an Ehrgeiz fehlt, obwohl er nur reagieren kann und immer einen Schritt zu spät kommt (verflixt, er ist mir doch viel ähnlicher, als ich immer gedacht habe), verändert sich etwas, und zwar so, dass er auf der allerletzten Seite, im allerletzten Satz, seinen vielleicht ersten individuellen, nicht von jemand anderem eingegebenen Gedanken denkt. *Ich bin allein.* Mit diesem Satz ist Helmer van Wonderen mir einen Schritt voraus. Ich habe ihn für jemand anderen geschrieben, ich selbst bin noch nicht ganz so weit. Ich stelle mir gern vor, dass dieser Moment – er sitzt in Dänemark auf einem Kliff, schräg hinter ihm steht ein Hängeohrschaf, ein warmes, edles Tier, dessen würzig riechender Atem an seinem Hals entlangstreift – ein Moment des Glücks und der Erfüllung ist, einer tiefen Erkenntnis. Ich tue mein Möglichstes, mehr ist es nicht. Ich strebe.

Etwas war falsch an dem Manuskript »Henk«, das Andrea Kluitmann – ich hatte schon aufgegeben – beim Verlag Cossee in den Briefkasten warf. Ein Kapitel von fünfundfünfzig. Später, viel später kam noch ein Kapitel sechsundfünfzig hinzu. Eigentlich war an dem Manuskript also zweierlei falsch: ein Kapitel, das störte, und ein Kapitel, das fehlte. So ungefähr das Erste, was Christoph Buchwald zu mir sagte, als man mich zu einem Besuch gebeten hatte, war: »Kapitel fünfunddreißig muss raus.« »Ja«, sagte ich sofort. Das war es, das war falsch an dem Buch, ich wusste, dass etwas darin nicht gut war, ich wusste es, fand aber selbst nicht heraus, was es war. Ich zog das Kapitel aus dem Text, wie ein Imker ein Rähmchen mit Waben aus der Beute zieht, und schrieb es um. Einen Teil davon konnte ich wiederverwenden. Auf »›Komm‹, sagte er. Freundlich, wie er in all den Jahren mit uns gesprochen hatte«, jetzt auf S. 186, folgte im ursprünglichen Manuskript dies:

Ich stieg hinter ihm her die Treppe hinauf. Das Dachgeschoss war ein einziger Raum, ein Holzgeländer begrenzte das Treppenloch. Die Dachgauben in den schrägen Wänden lagen sich genau gegenüber. Ich stellte mich ans offene Fenster an der Vorderseite und sah, was ich auch unten gesehen hatte. Den dampfenden Wassergraben, den Bodennebel. Ich hörte ein Rumoren unter den Dachziegeln. Kleine Vögel. Die Sonne war gerade untergegangen.

»Ich hab sie gesehen«, sagte ich zu dem dampfenden Wassergraben.

»Deinen Bruder und das Mädel?«

»Ja.« Ich drehte mich um.

Der Knecht stand vor dem offenen Fenster an der Rückseite des Hauses, neben dem ungemachten schmalen Bett. An seiner Schulter vorbei konnte ich die Bosman-Mühle sehen. Die Flügel standen still.

»Es ist besser so, glaube ich«, sagte er.

»Wie meinst du das?«

»Du bist nicht dein Bruder.«

»Nein. Natürlich nicht.« Ich war jung, plötzlich ungeduldig, hart und gedankenlos.

Er zog sich aus, kroch aufs Bett und legte sich auf die Seite, die
Knie ein wenig angezogen. »Komm«, sagte er wieder, ohne
mich anzusehen.

Auch ich zog mich aus und passte mich seinem Körper an, wie
ich mich jahrelang Henks Körper angepasst hatte. Der Knecht
war groß und warm und schwer. Er streckte den rechten Arm
nach hinten und streichelte mit seiner rauen Hand meinen
Hintern. Woher weiß er das?, dachte ich. Woher weiß er, was
Henk und ich gemacht haben? Aus dem Knecht wurde Jaap,
und Jaap nahm eine Dose Eutersalbe vom Boden neben dem
Bett. Zusammen gingen wir weiter, wo Henk und ich eine
Grenze gezogen hatten. Er unterwarf sich, als wäre er Knecht
nicht von Beruf, sondern von Natur aus. Unsere Körper
waren warm und klamm, der ranzige Geruch der Eutersalbe
verbreitete sich, und nie hatte etwas Ranziges so gut gero-
chen.

Später, als es fast ganz dunkel war, lag ich in dem schmalen
Bett auf dem Rücken. Etwas abgekühlte Luft von draußen
strich über meinen Bauch und seine Hand, die auf meiner
Brust lag. Die Hand war groß und trocken und beschützend.
Das Kläffen der Blässhühner klang jetzt völlig anders. Wie
auch das bellende Husten eines Schafs und das anschwellende
und abklingende Geräusch eines vorbeifahrenden Autos.
»Schöner, schwarzer Junge«, sagte Jaap zu mir.

Wir zogen uns an und gingen die Treppe hinunter. Jaap holte
zwei Flaschen Bier aus dem Keller. Er setzte sich wieder aufs
Sofa, ich mich wieder in den Sessel. Er machte kein Licht.
Schweigend tranken wir von dem Bier. Das Radio spielte noch
leise vor sich hin, eine Art Jazz. Mit der rechten Hand rieb er
sich zwischen den Beinen, so lange, bis seine Bierflasche leer
war.

»Man könnte vielleicht denken, es wäre umgekehrt«, sagte er
langsam, nachdem er den Kronkorken von einer zweiten Fla-

sche gehebelt und sich wieder hingesetzt hatte, »aber von jetzt
an stecke ich in dir drin.« Er seufzte, als hätte das Aussprechen
eines so langen Satzes ihn ermüdet. Wieder rieb er sich ruhig
zwischen den Beinen, während er von dem Bier trank.
Ich fragte nicht, wie er das meinte. Als ich mein Bier ausge-
trunken hatte, stand ich auf und ging nach Hause.

Wenn ich in den Jahren 2006 oder 2007 bei Lesungen
schwätzte und schwadronierte, ganz erfüllt von meinem unerwarteten Erfolg, mit stolzgeschwellter Brust und feuchten
Achseln, erwähnte ich manchmal die ursprüngliche Fassung
des Kapitels. »Es kam ziemlich viel Sex drin vor«, sagte ich.
»Mit Eutersalbe.« Das interessierte die Zuhörer, sie wollten
Genaueres wissen. »Zwischen wem denn?«, fragten einige
erregt. Darüber schwieg ich mich aus, die lüsterne Fragerei
machte mir klar, dass ich zu weit gegangen war. Dass es auch
nicht mehr wichtig war und ich mich nur interessant machen
wollte. Es gab im ursprünglichen Kapitel fünfunddreißig
noch eine zweite Sexszene, eine Szene, die auf einen Dialog
zwischen Helmers Vater und Helmer folgte, jetzt auf Seite
190-191:

Danach, Ende August und Anfang September, besuchte ich
Jaap noch ein paarmal.
»Was willst du dauernd bei Jaap?«, fragte Vater argwöhnisch.
»Nichts«, sagte ich.
»Hat er schon eine andere Wohnung gefunden?«
»Weiß ich nicht.«
»Oder andere Arbeit?«
»Ich glaube nicht.«
»Worüber redet ihr denn?«
»Alles mögliche.«
»Früher bist du nie zu ihm gegangen.«

»Jetzt ja.«

»Seltsam«, sagte Vater zögernd. »Sehr seltsam.«

Er war nun Jaap und blieb der Knecht, als wäre er in Henks Zimmer gewesen, wenn ich dort war, und als wüsste er, was ich durchs Schlüsselloch gesehen hatte. Einmal, das eine Mal, als ich tagsüber zu ihm ging – es war ein Sonntag, das letzte Mal –, legte er sich neben dem Bett auf den Rücken. Dann zog er die Beine an und spreizte sie. Es regnete, trotzdem stand das Fenster weit offen. Die Dose Eutersalbe war fast leer. Er kräuselte die Oberlippe, sein kaputter Schneidezahn wurde sichtbar. Ich machte es lieber auf die andere Art, er schaute mir die ganze Zeit in die Augen, und wir atmeten uns ins Gesicht. Ich scheuerte mir auf dem Holzfußboden die Knie auf. »Schöner, schwarzer Junge«, sagte er. Ein Schweißtropfen fiel von meiner Nase in seinen offenen Mund. Hinterher setzte er sich mit dem Rücken ans Bett und legte die Hand um sein Geschlecht. Während er das tat, schaute er mich an, mit diesem schwülen Blick von ganz früher. Schwül und sanft zugleich. Ich lehnte mich mit dem Hintern an das Geländer überm Treppenloch und hielt die Arme verschränkt. Immer schneller ächzte er, ein Seufzen wurde es, sein Geschlecht schwoll noch stärker an, platzte fast aus seiner Hand hervor, und er sagte: »Komm mal her.« Ich ging langsam zu ihm und blieb vor ihm stehen. Er zog ein Bein unter sich, beugte sich vor und leckte mir das Blut vom Knie.

Jemand hämmerte gegen die Haustür. Wir schauten uns an.

»Ich bin nicht zu Hause«, sagte der Knecht.

»Ich auch nicht«, sagte ich.

Noch einmal das Hämmern an der Tür, kurz darauf wurde ans Fenster geklopft.

»Ich glaube, das ist mein Vater«, sagte ich.

»Keine Sorge. Er sieht uns nicht.«

Dann stand er auf und küsste mich, zum ersten Mal. Ich schmeckte mein eigenes Blut. Ein metallischer Geschmack, er erschreckte mich.

Nach diesem regnerischen Tag mied ich das Knechtshaus. Zwei Wochen später war er weg. Ich habe ihn nie wiedergesehen. Zu Hause konnte ich allen in die Augen schauen, und wenn ich das bei Henk tat, dachte ich: schöner, schwarzer Junge, *wusste aber nicht genau, ob ich damit ihn oder mich meinte. Riet konnte ich ignorieren, und nun nicht mehr wegen des Gefühls von Verlust. Ein halbes Jahr später war Henk tot, und ein paar Tage danach hockte ich unter den Kühen. Dort bin ich nie mehr weggekommen.*

Wenn man jung ist, lässt man so leicht alles laufen. Warum hatten seine Eltern ihn nicht mehr besucht? Wo war er hingezogen? Weshalb habe ich ihn nie gefragt, wie er zu seiner schiefen Nase gekommen ist? Wenn man jung ist, denkt man nur an sich selbst. Warum stellte ich mir vor, dass er gesehen hätte, was Henk und ich taten, warum dachte ich, wenn ich bei ihm tat, was ich Henk bei Riet hatte tun sehen: als wüsste er, was ich durchs Schlüsselloch gesehen habe? Erst später, viel später, begann ich die Sache mit seinen Augen zu sehen, und mir kam der Gedanke, dass der Knecht sich an Vater hatte rächen wollen und das getan hatte, indem er dem Sohn das Blut von den Knien leckte.

Da steht es. Vielleicht befriedigt es die Neugier von ein paar Leuten, die vor zehn Jahren eine meiner Lesungen besucht haben. Vielleicht verleidet es ihnen das Buch, so wie der Film manchen das Buch »verleidet« hat. Natürlich konnten diese Passagen nicht im Buch bleiben. In einem Buch, das durch seine Atmosphäre von Ruhe und Einsamkeit, Dahinplätschern, Zurückhaltung und Gleichmut wirken muss. Außerdem ent-

sprachen sie nicht dem, was im *Umweg* auf Seite 96-97 steht: »*Noch einmal setzte sie sich an den Schreibtisch, schlug es auf und blätterte es rasch mit dem Daumen durch. Auf Seite 249 – hier blieb der Band wie von selbst offen – war etwas dick rot unterstrichen:* since nothing is as real as ›thought and passion‹, our essential human truth is expressed by our fantasies, not our acts.« Und auf Seite 108: »*Wie hatte Dickinson das bloß gemacht. Sich zurückziehen, immer mehr; dichten, als hinge das Leben davon ab, und sterben. Ein Leben im Geist; Wahrhaftigkeit – oder Authentizität? –, die sich in der Phantasie ausdrückt und nicht in Handlungen. Sie nahm einen Schluck Rotwein. Nie Weißwein, immer Rotwein, als wäre das Medizin.*«
Ich habe *De omweg* zwar sieben Jahre später geschrieben, aber diese Abschnitte kommen mir gerade sehr gelegen.

Als ich an »Henk« arbeitete, hatte ich noch nicht ganz begriffen, dass man einen Text nicht schreibt, um sich damit zu erfreuen, oder in diesem speziellen Fall: um sich selbst zu erregen. Man schreibt einen Text – Szenen, Sätze, Absätze, Dialoge –, um ein möglichst gutes, in sich stimmiges Ganzes zu schaffen. Vor Missklängen muss man sich hüten. Wenn etwas Selbstgeschriebenes einen erregt oder zum Weinen oder zum Lachen bringt oder auch nur zu sehr zufriedenstellt, wäre es dann vielleicht sogar das Beste, das Geschriebene sofort wegzuwerfen? Ein Schauspieler sollte ja auch nicht wirklich auf der Bühne einen Weinkrampf bekommen, weil das für die Zuschauer nicht zum Aushalten ist. Und außerdem: Sind Sexphantasien nicht viel erregender als der Sex selbst? Wie oft hat man nicht hinterher ein furchtbar mieses Gefühl? Als ob die Befriedigung im buchstäblichen wie im übertragenen Sinn enttäuschend wäre und einem erst danach klarwürde, dass der Anlauf dazu viel besser war, möglicherweise sogar der phantasierte Anlauf zum Anlauf.

Noch etwas: Wie schnell kann man für den Bad Sex Award nominiert werden. Nicht, dass man dann in schlechter Gesellschaft wäre (Murakami, Cunningham, Ben Okri, Miller), aber wenn ich etwas gewinnen soll, gewinne ich lieber etwas anderes.

Da nun ohnehin von Sex die Rede ist: Seit ich *De nieuwe Kratz* ausgelesen habe, würde ich selbst mit einem dicken, schwitzenden Mann ins Bett gehen können, hätte sogar Lust darauf, so schön und rührend beschreibt Gerard van Emmerik die Freundschaft zwischen Julien (dem »neuen Kratz«) und seinem Freund Neil (dem dicken, stotternden Mann).
»An wen hast du gedacht? Ich an Scarlet.«
»Wen?«
»White, Scarlet White. Breaking Bad.«
»Skyler, nicht Scarlet.« War das nun ein Gespräch, wie man es nach dem ersten Sex führte? Er wischte Neil mit Papiertüchern den Bauch und das Kinn ab. »Sonst noch an jemanden?«
»Vielleicht.«
»Also ich hab auch kurz an dich gedacht.«
»Echt? Und ich an dich, Mann.« Neil richtete sich nun ebenfalls auf und knöpfte sich schnell das Hemd zu. »He, sind wir jetzt ... ich weiß nicht, gays?«
»Wir sind Kerle. Kerle, die sich gern mal küssen.«
»Ja ...«, flüsterte Neil. »Kerle. Einfach Kerle.«

1. DEZEMBER [SCHWARZBACH]   Ich habe ein bisschen durch mein Blog-Archiv gezappt, weil ich etwas nachsehen wollte. Idiotischerweise befällt mich jetzt, wo allmählich die Zeit drängt, manchmal eine fast panische Angst, ich könnte etwas *vergessen* haben, etwas sehr Wichtiges. Unter den Blogtexten von 2007 – die mir wie erwähnt heute fast alle sehr

zuwider sind – fand ich ein *dingetje* (der Blog heißt *gerbrands dingetje.nl*, wobei »Dingelchen« für »kleiner Text« steht, aber Besucher von Lesungen finden es immer wieder zum Grinsen komisch), ein kleines Ding also, das ich noch ertragen konnte. Es ist von Donnerstag, dem 22. März, hat den Titel *In between on the road and the hairdresser* (was das bedeuten sollte, weiß ich nicht mehr, hatte ich am Vorabend eine Lesung und wartete nun darauf, aufs Fahrrad steigen und zum Friseur fahren zu können?) und lautet:
Heute kann ich mich nicht ausstehen und kann deshalb kein dingetje *schreiben. Ich nehme an, dass ich mich morgen auch noch nicht werde ausstehen können. Samstag kann das aber plötzlich wieder anders sein. Ein sehr altes Gedicht (siebzehn Jahre, um genau zu sein), aber passend zur Jahreszeit:*
   Die Esche vor dem Haus
   wird grün und schlägt aus.
   In dem Quartett, das ich erdacht,
   ist das in zwei Zeilen abgemacht.

Ich finde, dass Jasper außergewöhnlich schnell laufen kann. Trotzdem, wenn zwei Rehe den Weg überqueren und zwischen den Bäumen verschwinden und er eine halbe Minute später jaulend hinterherrennt, dann ist das so, als würde ich gegen Pawel Kulischnikow die fünfhundert Meter laufen. Kulischnikow hat übrigens seinen Weltrekord inzwischen auf 33:98 verbessert.

3. DEZEMBER [SCHWARZBACH]   Klaus ist jetzt dabei, die Badezimmerwände zu glätten. Jasper hat wieder einmal etwas laufen lassen, nachdem er heute Morgen noch kurz zu mir unter die Bettdecke gekrochen war, weshalb nun die Waschmaschine in Gang gesetzt ist, ich räume und putze wie im-

mer hinter ihm her, dafür bin ich schließlich eingestellt worden, und Nachbar Max hält im Augenblick Nachbar Klaus vom Glätten ab, weil er mal sehen wollte, wie es um das neue Badezimmer steht.

Und wieder hätte in drei Tagen mein Großvater Geburtstag. Er ist noch mit zweiundneunzig Fahrrad gefahren. Oft hatte er dabei einen kleinen Hut auf dem Kopf. Eines Tages landete er in einer Rinne, die gerade von ein paar Arbeitern entlang dem Heerenweg gegraben wurde. Dabei wehte ihm der Hut vom Kopf, später hat einer der Rinnengräber den Hut aus dem Wassergraben gefischt und ihn meinem Großvater gebracht. Vielleicht war auch erst der Hut vom Kopf geweht worden, und mein Großvater war bei dem Versuch, ihn festzuhalten, in die Rinne gefahren. Verletzt war er nicht, trotzdem blieb von dem Tag an das Fahrrad in der Waschküche stehen. Er sagte regelmäßig »*Mary had a little lamb*«, ich kann mich nicht erinnern, dass darauf jemals »*His fleece was white as snow / And everywhere that Mary went / The lamb was sure to go*« gefolgt wäre.

Ich bin einmal sogar selbst in dem Wassergraben gelandet, eigentlich ist es gar kein Wassergraben, sondern ein schmaler, seichter Kanal, die Westergraftvaart. Beim Angeln. Opas Vorgarten fiel ziemlich steil zu dem Graben hin ab, und als bei mir ein Fisch anbiss, verlor ich plötzlich das Gleichgewicht. Eine Nachbarin gegenüber sah, wie es passierte, und lachte schallend. Angel und Fisch musste ich loslassen, um wieder aufs Trockene zu kommen. Ich glaube, auch ein kleiner Gartenstuhl war ins Wasser gefallen, der Stuhl, auf dem ich gesessen hatte. »Mit dem Kind stimmt was nicht!«, hat dieselbe Nachbarin einmal meiner Oma zugebrüllt. Sie meinte meine Beinchen, die ziemlich krumm waren. »Kümmer dich um deinen eigenen Dreck!«, brüllte meine Oma über den Graben zurück. Ich finde es großartig, dass sie mich so

in Schutz nahm, es könnte sogar sein, dass sie auch noch »blöde Kuh« geschrien hat. Ich kann mich natürlich nicht daran erinnern, es wurde mir später erzählt. Dieses Foto ist früher aufgenommen worden als das von mir neben dem Kalb. Vor noch längerer Zeit. Dass so etwas möglich ist, dass ein Mensch einfach immer weiterlebt, hinter sich eine immer längere Spur aus Augenblicken, Ereignissen, Fotos, toten Großeltern, Eltern, Brüdern und Schwestern, Freunden, Selbstmördern (nicht nur Freund Leonard hat sich erhängt, auch meine erste kleine Freundin Ingrid Hemke hat sich umgebracht, deshalb konnte ich David Colmer bei unserem Friedhofsbesuch in Wieringerwaard ihr Grab zeigen); immer wieder Weihnachten und immer wieder ein neuer 1. Januar; neue Badezimmer, neue Dachgauben, so vieles neu und anders, und nach zehn Jahren ist es schon wieder alt und normal, und alle machen ganz unbekümmert weiter.

Oma strickte, und Opa löste Kreuzworträtsel. Und ich war fast jeden Freitagnachmittag bei ihnen. Wenn ich die Augen schließe, komme ich immer noch in jedes Eckchen des Hauses, sehe ich alles vor mir, sogar das Schlafzimmer, obwohl ich das fast nie betreten habe, eigentlich nur, als sie im Sarg dort aufgebahrt lagen, zuerst Oma und sieben Jahre später Opa. Ich erinnere mich an ein Spielzeug, Miniröhren, die man ineinanderstecken konnte, wie man ein Abflussrohr in die Muffe eines anderen schiebt, sie hatten die Farbe von Schlümpfen; auch T-Stücke und Bögen waren dabei, man konnte die tollsten Sachen daraus bauen. Und an das Stoffbuch mit Abbildungen verschiedener Tiere, von denen ich den Hahn am deutlichsten vor Augen habe; es ging nie kaputt, eben weil es aus Stoff war. An den kupfernen Aschentopf neben dem antiken, bauchigen Schrank, einen Aschentopf, der keine Asche, sondern Kekse und Süßigkeiten und Erdnüsse enthielt. An das Transistorradio, das mittags für die Nachrichten eingeschaltet und erst wieder ausgestellt wurde, wenn sämtliche Wasserstände gemeldet worden waren. Und an die friesische Pendeluhr natürlich. An ihr ewiges Tocktock. Es setzte sich gegen das leise, regelmäßige Ticken von Omas Stricknadeln und den Klang von Opas Stimme durch. Oft wollte ich wegen dieser Uhr wieder weg, sie tickte mir zu laut und zu nachdrücklich. Sie hängt heute bei meinen Eltern in der Diele. Wenn ich einmal bei meinen Eltern übernachte, was sehr selten vorkommt, kann ich sie schlagen hören. Das Ticken dringt glücklicherweise nicht bis ins Gästezimmer. Neulich habe ich meine Mutter gefragt, ob sie die Uhr im Schlafzimmer ticken hört. Ja, sagte sie. »Macht dich das nicht wahnsinnig?«, fragte ich. »Im Gegenteil«, antwortete sie. »Wenn ich morgens aufwache und sie ticken oder schlagen höre, drehe ich mich noch mal schön auf die andere Seite.« Meine Eltern haben mindestens drei Uhren im Haus, die hörbar ticken und schlagen. Alle antik, Erbstücke. Die friesische Pendeluhr wird einer von uns bekommen. Später. Bei uns sagt einer dem anderen gern, dass auf der Rückseite eines Möbelstücks oder einer alten Uhr oder unter schönen Tellern schon das eigene »Etikett« klebt, wenn er merkt, dass ein begehrlicher Blick darauf fällt; besonders meiner Schwester macht das Spaß. Und wenn man zu einem festlichen Anlass einen Briefumschlag mit Geld überreicht bekommt – sagen wir: hundert Euro –, ruft man aufgeregt: »Mensch, zweihundertfünfzig Euro!« Immer fällt jemand darauf herein. Nun, ich möchte diese Pendeluhr jedenfalls nicht.

Wenn mein Opa seinen Namen schreiben musste, schrieb er immer »Jan Bakker Czn.«. Jan Bakker Corneliszoon. Das war früher üblich, und praktisch, man wusste dann, von wem jemand abstammte, dass er zum Beispiel ein Sohn von Cornelis war. In Russland ist das bekanntlich heute noch so: Wladimir Wladimirowitsch Putin. »Und jetzt ziehst du dir mal ordentliche Sachen an und gehst zack, zack an die Arbeit.« Das hat er eines Tages zu mir gesagt. Nicht wie Oma Keppel so etwas sagte, sie sagte es, weil sie meinte, dass ich mit meinen absichtlich zerrissenen Jeans und den Sicherheitsnadeln im Ohr meiner Mutter Schande machte. Nein, er sagte es für mich. Er sah etwas in mir, das ich selbst nicht sah. Und er sagte es mir nicht persönlich, sondern über einen Auraleser, den ich aufsuchte, nachdem ich in meinem Briefkasten seinen Handzettel gefunden hatte. Das muss 2001 gewesen sein, ich fand den Handzettel im Briefkasten meiner Wohnung am Tindaplein, in die ich im Dezember 2000 eingezogen war. Ich hatte schon das eine oder andere geschrieben, wusste aber offenbar nicht, wie es weitergehen sollte, und brauchte dringend jemanden, der mir einen Rat geben und auf die Sprünge helfen konnte. Kurz danach habe ich

»Henk« geschrieben und mich selbst bei SDI Media entlassen. Manchmal glaube ich, wenn ich jemanden nennen sollte und könnte, der mich zum Schreiben gebracht hat, wäre er das, Jan Bakker Czn. Er gab mir den entscheidenden Anstoß. Nicht den Anstoß, anzufangen, den Anstoß, weiterzumachen. Aller Anfang ist leicht, im Grunde nichts Besonderes. Weitermachen ist das, was zählt.

Er starb am 12. März 1995. Einem Sonntag. Er war einer von dreihundertachtzig Niederländern, die an diesem Tag gestorben sind. Am Tag davor waren es vierhundertzehn, am Tag danach vierhundertdreißig. Tante Lief war bei ihm. Tante Lief ist die hübsche dunkelhaarige Frau, die sich auf dem Foto, auf dem meine Eltern ihre Heiratsurkunde unterschreiben oder unterschrieben haben, zu fragen scheint, wann sie selbst wohl einmal heiraten wird. Schon ein paar Tage war ihm »nicht ganz wohl« gewesen. Er hatte drei Arten Krebs, war aber so alt, dass er daran nicht mehr sterben konnte, weil seine Zellen sich viel zu langsam teilten. Tante Lief hat hinterher etwas getan, das ich ihr nie ganz verziehen habe. Sie hat nämlich gesagt: »Er ist sehr erschrocken, als er starb.« Das will ich gar nicht wissen, und ich glaube, dass auch mein Vater und alle anderen es nicht wissen wollten. Warum erzählt man so etwas? Wenn es denn so war, hätte sie es für sich behalten sollen. Es ist für mich ein scheußlicher Gedanke, dass mein sanfter, weiser und lieber Großvater, sechsundneunzig Jahre alt, im Moment des Übergehens Angst gehabt hat, sich vielleicht sogar hat sträuben wollen.

Schon am Mittwoch, dem 15. März, wurde er beerdigt. Seine Enkel trugen den Sarg. Es gibt sieben Enkel, ich kann mich nicht erinnern, welcher der beiden Söhne von Tante Lief nichts zu tun hatte. Dieser siebte wird mit seinen drei Cousinen dem Sarg gefolgt sein. Alles klappte sehr gut: Der Sarg wurde aus dem Schlafzimmer getragen, es folgte eine Drehung nach rechts, um ihn durch die Tür zum Garten aus dem Haus zu bringen. Niemand stolperte auf der Stufe. Dann am Haus entlang, links um die Ecke, vor das Haus und schließlich ein Schwenk nach rechts in Richtung Brücke. Neben der Haustür meiner Großeltern stand ein Feuerdorn. Fürchterliche Sträucher. Dort passierte es. Der Träger, der links hinten ging, wurde bei dem Schwenk nach rechts in den Feuerdorn gedrückt. Dieser Träger war ich. Ich werde einen Moment festgehangen haben, jemand könnte »Halt!« gerufen haben, es tat zuerst auch ein bisschen weh, vielleicht hatte ich ein paar Löcher und Risse in meinen Sachen, aber bald schon gingen wir geradeaus über die Brücke. Für mich ist der Zwischenfall in gewisser Weise ein schönes Bild, eine Metapher. Ich habe in meinem Leben öfter in einem Feuerdorn festgehangen, das war ärgerlich und unangenehm, manchmal tat es weh, aber ich konnte mich jedes Mal befreien und ging dann wie meine Geschwister wieder geradeaus, vorwärts. Während ich dies schreibe, fällt mir auf, dass ich die Botschaft, die ich über den Auraleser von meinem Opa erhalten habe, zum Teil sogar wörtlich hätte nehmen können. Dass ich tatsächlich von den gemeinen Feuerdorndornen Risse in den Sachen hatte. Und dass er das gemerkt hat.

Es war außerordentlich schönes Wetter, typisches Märzwetter, wie bei den Filmaufnahmen für *Boven is het stil* genau siebzehn Jahre später, der Himmel blass, aber das Sonnenlicht grell, weil noch kein Laub da ist, das es schluckt. Der Friedhof von Barsingerhorn liegt inmitten von Wiesen, völlig frei. Ein wunderschöner, uralter Friedhof. Vor langer Zeit sind dort Szenen für den Film *Van de koele meren des doods* mit Renee Soutendijk und Erik van't Woud gedreht worden.

Auf den Weiden ringsum blökten schon Lämmer, vielleicht sang auch eine Lerche. Bestimmt. Ich habe bei der Beerdigung nicht geweint.

30. DEZEMBER [SCHWARZBACH]   Badezimmer fertig.

EPILOG

19. FEBRUAR 2016 [AMSTERDAM]   Jasper. Diese Woche war ich mit ihm bei der Tierärztin; ich hatte durch die große Fensterscheibe gesehen, dass niemand im Wartezimmer saß, und wollte ihn wiegen. 17,7 Kilo. Das ist viel zu wenig. Ich darf ihm jetzt mindestens eine Woche das Doppelte (!) von dem zu fressen geben, was er sonst bekommt. Die Ärztin sah sich auch noch sein rechtes Auge an (von uns aus gesehen). Darauf war ein Kratzer. Vermutlich von einer Eifeler Katze. Er ist so dünn, dass die Fettreserven, die Hunde normalerweise rings um die Augen haben, verschwunden sind, weshalb er hohläugig aussieht. Am nächsten Tag wurde sein anderes Auge eitrig, und ich fing an, mir ernsthafte Sorgen zu machen. Wie soll ich sein Verhalten schildern? Als wäre er taub und blind, ohne es zu sein. Er läuft gegen Möbel und andere Gegenstände, sieht Casper an, wenn ich rufe, und schon zweimal hintereinander ist er nur nach draußen gegangen, um zu pinkeln, beide Male kam ungewöhnlich viel heraus. Vorhin hat er sogar den kleinen Pitbull des Polizeibeamten hier um die Ecke ignoriert.

Gestern schnüffelte er gerade noch einem Dackel hinterher, der weglief – ich hockte neben ihm –, als hinter mir ein riesiger Berger Blanc angeprescht kam. Jasper fuhr herum und knallte mit dem Kopf gegen mein Knie. Gejaule, Gewinsel, und dann sah er mich an, als hätte ich ihm einen gewaltigen Stoß verpasst. So sind Hunde. Anschließend purzelte er zweimal von der Kaimauer. Es gibt in dieser Gegend Kaimauern, an die kein Wasser schwappt, sondern vor denen Rasenflächen liegen. Immer wieder erschrak er vor dem Berger Blanc, der hin und her rannte und laut bellte. Das Herrchen gehörte zu denen, die ihren Hund für den liebsten Hund der Welt halten, er rief ihn nicht zurück. Zweimal fiel Jasper von der Mauer, rutschte mit seinen langen Beinen einfach aus. Und das, nachdem ich ihm, wie er es sah, diesen Stoß gegen den Kopf verpasst hatte. Mit eingekniffenem Schwanz trabte er etliche Meter vor mir her nach Hause. Und das Auge eiterte.

Auf der Galerie vor der Wohnung schafft er es nicht, die Hundesnacks zu finden, die ich immer ein paar Meter vor ihm auf den Boden werfe. Er blickt sich verstört um, begreift nicht, was los ist. Wie gesagt: taub und blind, ohne es zu sein. Verstört, kopflos, verwirrt, desorientiert. Als wäre er von einem Moment auf den anderen dement geworden. Oder als hätte er einen Hirntumor. Bei dem Kommando »Fang!« schaut er auf, aber nicht in die Richtung des auf ihn zusausenden Hundesnacks, der auf den Boden fällt und den er dann nicht findet. »Immer was mit dem Hund«, sagte meine Mutter am Telefon. Stimmt: immer was. Aber jetzt ist es besorgniserregend.

23. FEBRUAR [SCHWARZBACH]   Es schneit. In der kommenden Woche sollen hier jede Nacht fünf Grad unter null sein. Der Holzvorrat schwindet. Jasper hat vergangene Nacht bei mir im Bett geschlafen. Ich brachte es nicht übers Herz, ihn allein in der Küche zu lassen, erst recht nicht, nachdem er statt die Treppe hinunter gegen die Wand neben dem Ofen gelaufen war und vorher, als er auf dem Sofa lag, bei der kleinsten meiner Bewegungen die Augen weit aufgerissen hatte. Er war ziemlich ruhig. Gerade habe ich meinen Vater

angerufen, um zu fragen, wie die Herzklappenoperation meiner Mutter verlaufen ist. Dafür war ich in die Küche gegangen. Jasper begann in meinem Bett laut zu bellen. Als ich nach dem Telefongespräch hochging, sah ich, dass er aus dem Fenster schaute oder jedenfalls mit dem Kopf in Richtung Fenster lag. »Pinkeln«, sagte ich. Auf der Stufe zwischen Schlafzimmer und Wohnzimmer rutschte er aus. Den Schnee würdigte er keines Blickes, er pinkelte stoisch auf die Steinplatten vor der Tür zum Hauswirtschaftsraum. Ein Hund kann beim Pinkeln so unsagbar zufrieden aussehen. Danach fraß und trank er. Jetzt liegt er in seinem Korb vor dem Ofen.

Um halb vier werden wir bei Tierarzt Juncker in Bickendorf erwartet. Ich weiß nicht, wie er herausfinden soll, was mit dem Hund los ist. Vielleicht kann er aber wenigstens feststellen, ob Jasper noch etwas sieht. Das kann ich nämlich nicht, auch Klaus konnte es gestern nicht. Ich vermute, dass Blut abgenommen werden muss. Das findet Jasper nicht so schlimm, glaube ich. Viel schlimmer, das Allerschlimmste, ist ein Thermometer in seinem Po. Ich werde den Tierarzt fragen, ob er sich an unseren Besuch im letzten Sommer erinnert, als Jasper vom Sofa gepurzelt war und tagelang schwankte, ob er noch weiß, dass der Hund auch damals verwirrt und desorientiert war. Und ob sein jetziger Zustand etwas damit zu tun haben kann, ob es letztes Mal also vielleicht doch nicht an einem Wespenstich gelegen hat. Auch Jaspers ungewöhnliche Magerkeit werde ich erwähnen und – wie ich mir vergangene Nacht überlegt habe – die Tatsache, dass sein Wesen sich nicht verändert hat. Ich habe das Gefühl, dass jedes Detail wichtig ist.

Vielleicht hätte ich ihn schon früher zum Tierarzt bringen sollen, aber ich selbst warte auch immer lange ab, bevor ich zum Hausarzt gehe. Erst mal sehen, ob es schlimmer wird. Warum sollte man zum Arzt, wenn die Beschwerden von allein verschwinden? Gleich ein Stückchen gehen, vielleicht möchte er mit. Gestern hatte er nicht viel Lust. Es schneit immer noch, und ich habe zwei weitere Holzscheite ins Feuer geworfen.

24. FEBRUAR [SCHWARZBACH] Erstaunlich, wie Hunde sich mit großen Veränderungen abfinden, wie gleichmütig sie auf etwas reagieren, das uns, würde es uns widerfahren, regelrecht in Panik versetzen würde. Zumindest, wenn sie keine Schmerzen haben, vermute ich. Tierarzt Juncker machte ein sehr ernstes Gesicht, nachdem er Jasper untersucht hatte. Er hatte mal in dieser, mal in jener Ecke des Behandlungszimmers in die Hände geklatscht, hatte sich durch irgendein optisches Instrument Jaspers Pupillen angesehen, hatte Jaspers Hals bis zur Genickbruchgrenze nach hinten gebogen und zeigte sich mehr als geneigt, die am 22. August aufgetretenen Symptome nicht mehr einem Wespenstich zuzuschreiben.

Junckers Tierarztpraxis ist eine kleine Dorfpraxis, er hat keine großen Apparate für CT, Ultraschall, Röntgen. Ich sollte deshalb nach Trier oder noch besser Gießen. Gießen ist etwa zweihundert Kilometer entfernt. »Das wird nicht gehen«, sagte ich. »Aber nächsten Montag bin ich wieder in Amsterdam.«

Natürlich grüble ich hier führerscheinlos vor mich hin, natürlich geht mir sehr vieles durch den Kopf, natürlich denke ich: Ist Montag zu spät? Heute Morgen fand ich in seinem Korb etwas vor, das ich nicht einordnen konnte. Es erinnerte an Schalen, harte Schalen von irgendetwas, avocadoähnlich, in einer hellbraunen Substanz. Der kleine Teppich weicht inzwischen in einem Eimer mit Lauge. Gestern habe ich Jasper die ersten zehn Milliliter Vitamin-B-Lösung ins Maul gespritzt, sie hatte ungefähr die Farbe der Substanz auf seinem Schlafteppich im Korb. Ich habe Juncker nicht gefragt, wofür dieses tägliche Einspritzen gut sein soll. Er wollte ihm die Lösung nicht injizieren, weil das sehr schmerzhaft sein würde und er Jasper als »Jammerlappen« in Erinnerung hatte. Im Internet fand ich heraus, dass Vitamin B12 unentbehrlich für ein gesundes Nervensystem ist. Jaspers Pupillen reagierten auf nichts mehr, und Geräusche konnte er nicht lokalisieren. In seinem Nacken sei etwas nicht in Ordnung, sagte Juncker, möglicherweise habe er da einen Tumor, deshalb müsse eine Computertomographie gemacht werden. Aber auch eine Blutuntersuchung, fügte er hinzu. Und ein Borreliose-Test. Lyme. Vorhin, während unserer Morgenrunde, hatte ich den Eindruck, dass er praktisch nichts mehr sieht. Aber nicht das kleinste Anzeichen von Panik oder auch nur Unruhe. Es kommt einfach über ihn, vielleicht glaubt er, es müsse so sein. Jetzt schnarcht er leise in seinem sauberen Korb. Wenn er schläft, plagt ihn nichts.

25. FEBRUAR [SCHWARZBACH] Gestern war ein ganz merkwürdiger Tag. In meinem Hin-und-Her-und-Wie-und-Was-Überlegen in Sachen Jasper trieb es mich mal hierhin, mal dorthin. Zu Nachbar Klaus und Nachbarin Monika, die ihrem Ärger über alles Mögliche Luft machte, es war sehr heftig, eine Art Entladung. Zweimal war ich bei Christa, der Frau von Dachdecker Rudi, stieg dann den Hügel hinauf, wo Rudi selbst mit seinem Sohn Johannes Holz spaltete. Ich sprach mit Elisabeth, der das Ferienhaus in Nimshuscheider Mühle gehört; sie war mit Hündchen Billy unterwegs, das bedrohlich bellt, aber nie beißt. Während unseres Gesprächs kam Marco Trappen, der Zimmermann, in seinem Werkstattwagen vorbei und sagte, meine neuen Fenster seien einge-

troffen. Später hielt Pferdemann Peter neben mir an und fragte, warum ich schon wieder nicht mit Jasper unterwegs sei. Das gehe nicht mehr, erklärte ich. Er stieg aus und weinte. Er, nicht ich. »Lass das Tier doch nicht so leiden«, sagte er, als ich erzählte, dass ich für morgen Nachmittag einen Termin in der Tierklinik in Amsterdam habe. »Juncker ist ein sehr guter Tierarzt«, fügte er hinzu, womit er, glaube ich, auf ein mögliches Ende anspielte. Meine Mutter rief an, um mir zu sagen, dass sie wieder zu Hause ist. Sie klang munter, fing aber an zu weinen, als wir auf Jasper zu sprechen kamen. Als Nächstes rief jemand von der Tierklinik an, teilte mir mit, dass ich eigentlich zum Medisch Centrum voor Dieren müsse, und sagte den Termin ab. Gerade eben, heute Morgen, hat Jaspers Tierärztin in Amsterdam einen Termin im MCD für uns vereinbart, morgen um 11:45 Uhr. Ein hektischer, übervoller Tag, und sonderbarerweise waren alle sehr erregt, offen und direkt, als hätte mein kranker Hund eine Barriere geschleift.

Es ist jetzt halb eins. So habe ich noch ein wenig Spielraum. Um allein, später aber auch mit Gartenkumpel Han, der zu mir kommt, zu grübeln. Gedanken zu wälzen über Leben und Tod, Gedanken über Lebensqualität, Gedanken über einen Hund von gerade einmal drei Jahren, der wie ein Zombie durch den Garten stelzt (vorsichtig, es hat tüchtig gefroren, das Gras ist hart und kalt), so unsicher und zaghaft, dass man sich fragt, ob er sich je an völlige Finsternis wird gewöhnen können. Er scheint auch Geräusche wirklich nicht mehr lokalisieren zu können, und wenn ich ihm ein Stück Brot vorhalte, riecht er es nicht, muss ich es ihm ins Maul schieben. Letzte Nacht hat er es trotzdem geschafft, die Treppe hinaufzugehen, in mein Schlafzimmer zu kommen und unter meine Bettdecke zu kriechen. Noch ein bisschen Spielraum, Zeit, aber irgendwann muss eine Entscheidung getroffen werden. Ich habe für ihn zu sorgen, worauf auch immer das letztlich hinausläuft. Ich tippe in der Küche, Sonnenlicht flutet herein, wir haben strahlendes Wetter. Fröhliches, beschwingt machendes Wetter. Frühlingshaft, trotz der Schneeglöckchen. Noch ein paar Stunden Raum und Zeit.

26. FEBRUAR [AMSTERDAM]   Gartenkumpel Han und ich haben Jasper nicht unter dem alten Birnbaum in der Eifel begraben. Wir sind gestern nicht zu Tierarzt Juncker gefahren. Der Grund war die kleine Talrunde. Jasper hat nämlich Han, Jet und mich begleitet, manchmal wollte er sogar losrennen, weshalb es gut war, dass ich ihn an der kurzen Leine hatte, denn auf der fünf Kilometer langen Strecke kommen wir an ziemlich viel Stacheldraht vorbei. Am Ende fand er einen Knochen, den er dann anderthalb Stunden lang genussvoll benagte.

Heute Morgen – wir fuhren um sieben Uhr los – wurde mir im Auto ein wenig übel. Stellvertretend vielleicht. Wie ist das für ihn: auf der Rückbank eines Autos zu liegen, ohne etwas zu sehen, sich im Stockdunkeln Kurven und Gewackel hinzugeben. Ich dachte vage an Tierkrematorien, bis Han fragte: »Du denkst nach?« »Ja«, antwortete ich. Wegen irgendetwas bei Station Amsterdam RAI steckten wir im Stau, und um 11:45 sollten wir im MCD sein. Ich rief an und sagte Bescheid, dass wir später kommen würden. Han fuhr ein Stück über eine Straßenbahntrasse, schnitt haarscharf ein Behinderten-Elektromobil, ich selbst wünschte lautstark alle um uns herum zum Teufel, sogar Frauen, die den Zebrastreifen überquerten. »Scheiß Amsterdamer!«, brüllte ich. Und dann die Ruhe dieses Behandlungszimmers, das unglaubliche Verhalten von Jasper, der ohne einen Mucks alles Gepiekse und Gespritze über sich ergehen ließ, wie ein preisgekrönter Hund stolz auf dem Behandlungstisch stand, obwohl nicht einmal ich ihn festhielt, sondern eine Assistentin. Zwischendurch mussten wir raus, um ihn pinkeln zu lassen und dann Urin mit einer Spritze aufzusaugen. Gartenkumpel Han und ich benahmen uns wie ein verheiratetes Paar. »Jetzt!«, rief ich. »Han, jetzt! Er pinkelt!« »Immer mit der Ruhe«, sagte Han. Er fing den Urin zunächst in einem nierenförmigen kleinen Becken auf, wie ich es mir immer unters Ohr halten muss, wenn es ausgespült wird.

Hier zu Hause haben Jet und Jasper sich gebalgt, ausgelassen. Das hatten sie gestern nicht getan, aber vielleicht hing das mit diesem Knochen zusammen. Jasper erforschte die Wohnung bis in Ecken und Winkel hinein, in denen er noch nie gewesen war, und trank einen Liter Wasser. Jetzt warten wir ab. Natürlich habe ich im MCD die wichtigste Frage von allen gestellt: Besteht die Chance, dass er wieder wird sehen können? Darauf bekam ich – zu meiner Überraschung – kein Nein zu hören. Alles hängt von den Ursachen seiner Krankheit ab. Mit einem blinden Hund kann ich leben, glaube ich. Dann bleibt nur zu hoffen, dass er selbst auch damit leben kann. Nie mehr in gestrecktem Lauf hinter einem Reh her. Dick werden. Lernen, dass man nur noch Riechen und Hören als Navigationsmittel hat. Gleich gehen wir eine kleine Runde, mal sehen, ob es auch hier klappt.

28. FEBRUAR [AMSTERDAM] Ich habe meinen Neffen zu seiner Mutter geschickt. Oder vielmehr ihn gebeten, wenn möglich ein Wochenende nicht hier zu sein. Am Freitagabend merkte ich, dass es mich überfordert, mit einem blinden Hund *und* einem Zwanzigjährigen in einer Wohnung zu sein. Er ist wirklich ein lieber Kerl, aber auch ein Junge, der stundenlang *Family Guy* sieht, es zumindest im Fernsehen

laufen lässt, und sich gleichzeitig mit irgendwelchem ebenfalls geräuschvollen Kram auf seinem Smartphone beschäftigt, während er der Länge nach auf dem Sofa liegt. Das ist
ja völlig in Ordnung, weil es jetzt im Grunde seine Wohnung
ist. Aber ich bin eben auch da und plage mich mit dem
Hund. Genau das ist das Problem: Ich muss mich, will mich
jedenfalls allein mit dem Hund plagen. Will nicht immer vor
den Augen meines Neffen Urin aufwischen, will nicht, dass
dieser Neffe mit einem Hund konfrontiert wird, der nichts
mehr kann. Das ist doch eklig für ihn. Denn so sieht es im
Augenblick aus: Jasper ist so unsicher, dass man nicht einmal die kleinste Runde mit ihm gehen kann. Schon zweimal
hat er auf der Galerie vor der Wohnung seine Blase entleert.
Dann muss das eben so sein; ich spüle den Urin mit einer
Gießkannenfüllung heißem Wasser weg. Es bricht mir das
Herz, ihn herumtappen zu sehen, und ich sehe ihn den ganzen Tag. Warum läuft und schaut er in die falsche Richtung,
wenn ich ihn rufe? Liegt es nur an der Desorientierung, weil
er nichts mehr sieht? Ich fürchte, jetzt rächt sich, dass meine
Befehle und Hinweise ihn nie besonders gekümmert haben. Er verlässt sich nicht auf mich, wenn wir draußen sind,
er verlässt sich nicht einmal auf mich, wenn wir im Haus
sind. Er lässt sich nicht von mir führen.

»Wo ist der Hund?«, fragten Freunde in Haarlem, bei denen
ich gestern Abend zum Essen eingeladen war. Ich spürte,
dass mich die Frage jetzt schon aufregt. Er wird nie mehr
zu ihnen kommen, das müsste ihnen doch klar sein. Er will
nicht, er geht nicht mit, er hat kein Vertrauen. Als ich einem
Mann mit Hund hier im Viertel erklärte, warum wir uns so
merkwürdig fortbewegten, sagte er: »Pah, wie ärgerlich.«
Auch das erweckte Wut in mir. *Ärgerlich*! Der innere Kampf
der vergangenen Woche ist natürlich keineswegs vorbei, er
tobt weiter, Zeit und Raum reichten nicht aus. Wir warten

jetzt auf die Blutwerte. Die kommen sicher nicht vor Mittwoch. Ich wage kaum, ihn allein zu lassen, schon zweimal hat er nachts gewinselt, weil er sich in einen Winkel der Wohnung verirrt hatte, in dem er vielleicht wirklich nie zuvor gewesen war, und sich vollkommen verloren fühlte. Dann muss ich ihn auf sein Kissen tragen, und es ist wieder gut. Aber was ist gut?

1. MÄRZ [AMSTERDAM]   Tjerk Bosje, der Tierarzt, der Jasper letzten Freitag untersuchte, hat einen vorläufigen Bericht für die Tierärztin geschrieben, zu der ich sonst immer mit Jasper gegangen bin. Darin steht eigentlich nichts, die Ergebnisse der Blutuntersuchungen lassen auf sich warten. Dafür findet sich in der Rubrik KÖRPERLICHE UNTERSUCHUNG die Bemerkung: »Jasper ist ein ein netter Hund.« Zweimal »ein«, weil solche Berichte hastig getippt werden. Das ist wirklich lieb von Tjerk Bosje. Er hätte das nicht zu schreiben brauchen.

Heute Morgen bekam ich einen Anruf: um 12:45 ein Termin im MCD, jetzt mit dem Augenarzt. Tjerk Bosje ist Internist, der konnte uns am Freitag im Grunde nicht weiterhelfen. Um 13:15 Uhr, als ich gerade wütend zu werden begann, hatte der Augenarzt Zeit für uns. Er war ruck, zuck fertig und sehr streng. Eine Assistentin gab es nicht, Gartenkumpel Han und ich mussten Jasper festhalten. Mir ging alles viel zu schnell. Ich bekam eine Abbildung von einem Hundeauge zu sehen: dies und das und so und so, Aderhautentzündung, »alles breiig, wahrscheinlich haben sich die Netzhäute abgelöst«. Erst sprach er von hundert Prozent, später ging er auf fünfundneunzig herunter. Er sprach von der Wahrscheinlichkeit, dass Jasper nie wieder wird sehen können. Dann wollte er mit dem Internisten reden, damit je nach Blutwerten Medikamente verordnet werden können. Im Warteraum – umgeben von bellenden und nervösen Hunden – ein Gespräch zwischen Internist, Augenarzt und mir, gleich nachdem Jasper vor lauter Stress aufs Linoleum gepinkelt hatte und während Gartenkumpel Han die Pfütze kniend mit Papierhandtüchern beseitigte. Han ist ein so unglaublich lieber Kerl. Sie fragten, ob Jasper das getan habe. »Nein, ich«, antwortete ich. Alles ging viel zu schnell. Die Blutuntersuchung hatte nichts ergeben, deshalb gab man mir Medikamente mit, Tropfen und eine Salbe.

Viel später, im Auto auf der Rückfahrt von Wieringerwaard, wo ich endlich meine Mutter zum ersten Mal nach ihrer Operation besucht hatte, wurde ich wütend. »Hängen die fünf Prozent von diesen Tropfen und der Salbe ab?«, fragte ich Han. »Hast du ihn verstanden?« Warum sagt ein Arzt so etwas? Warum pflanzt er diese Unsicherheit in mein Herz? Was soll ich nun machen? Ich fühlte mich wie ein Idiot, ein Versager, so ohne Führerschein. Ohne Hilfe komme ich nirgendwohin. Und es war das schlimmste Wetter von allen: grau, schrecklich kalt, nass. Der Wieringermeer-Polder. Warum keine Silbe über Parasiten im Blut, obwohl man Jasper doch Blut abgenommen hatte, um dem nachzugehen? Ich glaube mich zu erinnern, dass Tjerk Bosje sagte, man könne das noch weiter untersuchen, allerdings entstünden dadurch zusätzliche Kosten. Natürlich, da wird Geld verdient, in diesen hochspezialisierten Tierkrankenhäusern. Aber was hat man von alldem? Was hat man davon, wenn jemand noch auf die Möglichkeit hinweist, dass auch Diabetes die Ursache sein könnte? Das spielt keine Rolle. An der Ursache kann man jetzt nichts mehr ändern, insofern ist sie bedeutungslos. Der Hund ist blind.

Ich bin so furchtbar wütend. Und ich spüre einen Klotz in

meiner Brust. Ich kenne das Gefühl, es ist kein Tumor und auch keine Lungenentzündung, es liegt nicht einmal am übermäßigen Rauchen. Es ist etwas Aufgestautes. Der Vergleich geht etwas weit, aber ich muss an Meryl Streep denken, die in *Sophie's Choice* zwischen ihrer Tochter und ihrem Sohn wählen muss. Wie ich mich auch entscheide, es wird schrecklich sein. Der Form halber tröpfele ich ihm Tropfen und streiche ich ihm Salbe in die Augen. Vielleicht hoffe ich auf eine Wunderheilung. Vorhin hat er ein Drittel der Pommes frites gefressen, die ich bei Kwalitaria geholt hatte; ich hielt sie ihm mit dem Mund hin, er saß neben mir auf dem Sofa. So ein warmes, gut riechendes lebendiges Wesen, das für nichts etwas kann. Er pinkelt überall hin, letzte Nacht sogar auf sein Schlafkissen.

14. MÄRZ [AMSTERDAM] Jasper ist auf eine Weise gestorben, die ganz zu ihm passt. Bis vor zwei Stunden hat er auf seinem Kissen im Wohnzimmer gelegen, hart wie ein alter Teddybär. Gartenkumpel Han kam, er hatte Dackel Jet bei sich. Es war herzzerreißend. Jet konnte Jasper nicht wach bellen, sie fing an zu winseln und zu jaulen und bellte dann doch wieder sehr laut. Sie beschnüffelte Jaspers Pfoten und Ohren. »Er wacht nicht mehr auf, Jet«, sagte Han. Wir fuhren zum Tierkrematorium in Amsterdam-Noord. In genau der gleichen Besetzung waren wir am 28. September 2013 von Mönchengladbach nach Schwarzbach gefahren. Ein Kreis hat sich geschlossen. Am Mittwoch kann ich die Asche abholen, dann kommt er mit in die Eifel. Doch der alte Birnbaum.

Vergangene Woche war ich mit Dimitri Verhulst in Salamanca. Dort fand eine Tagung von Dozenten statt, die in Instituten rings ums Mittelmeer Niederländisch unterrichten. Es war eine fürchterliche Woche. Ich konnte nur an Jasper denken. Überall in der Stadt sah ich Menschen mit Hunden, es waren Tausende von Hunden, so kam es mir vor. Fröhliche, schwanzwedelnde, bellende, rennende und trottende Hunde. Auch weitere Blutuntersuchungen hatten nichts ergeben. Am Samstag vor meiner Abreise, mitten in der Nacht, hatte er plötzlich wieder einen seltsamen Anfall wie im letzten Sommer, war desorientiert, ängstlich, konnte sich nicht auf den Beinen halten. Sturzbetrunken. Ich lag die ganze Nacht neben ihm auf dem Boden, war ruhig, wusste, dass der Sonntag der letzte Tag sein würde. Doch er stand unerwartet munter wieder auf. Ich mailte Tjerk Bosje, der Epilepsie vermutete und vorschlug, doch noch die Lunge und die Bauchhöhle zu untersuchen. Am Sonntagabend holte Han Jasper ab.

Schrecklich war es in Salamanca und auch an dem einen Tag in Madrid, wo ein junger Mann von *El Mundo* mich interviewte und nach einer Stunde merkte, dass sein Aufnahmegerät nicht funktionierte. Ich wusste nicht, wie ich die Tage überstehen sollte, besorgte mir bei der ersten Gelegenheit meine zwei Gläser Weißwein, auf die abends noch viele folgten. Am Freitagnachmittag, auf dem Rückflug nach Amsterdam, bat ich eine Stewardess um ein Fläschchen Weißwein. Sie drückte es mir mit einem strahlenden Lächeln in die Hand, vermutlich weil sie sah, dass ich es wirklich brauchte. Ein Fläschchen Weißwein und anderthalb Oxazepam sind eine ziemlich gute Kombination. Dort, in zehn Kilometern Höhe, unter mir ein wolkiger Himmel, fasste ich den Entschluss, für Jasper zu sorgen, ich brachte es nicht übers Herz, ihn einschläfern zu lassen. Und ich würde jede Untersuchung durchführen lassen, die man mir vorschlug. Jetzt wollte ich auch wissen, was er hatte, was die Ursache seiner Blindheit war und eventuell seiner Epilepsie. Das war eine so gute, beruhigende Entscheidung, dass ich einen sehr schönen Bücherball hatte, der erst morgens um sieben zu Ende ging.

Am Samstagnachmittag holte ich Jasper bei Gartenkumpel Han und Trijntje ab. Es war zu viel für mich, ich musste weinen. Jasper begrüßte mich, wie er es noch nie getan hatte, er bellte und jaulte, wollte sich in mich verkriechen, sprang und drehte sich, stieß sich heftig den Kopf und jaulte noch ein Weilchen weiter. Er war völlig außer Rand und Band. Wir aßen und tranken, Jasper lag unter dem Tisch auf meinen Füßen. Auch das war neu.

Am Sonntag – gestern – bin ich drei Stunden lang als Hund verkleidet im Mittelteil des Eisstadions in Haarlem Schlittschuh gelaufen; ich schob Kinder mit Downsyndrom vor mir her, die auf Gleitdelfinen saßen. Ich hieß Bernie, Eislauffreund Sjoerd war Pluto. Es war eine Benefizveranstaltung für die Stiftung Contacthond. Vor Monaten hatte ich meine Teilnahme zugesagt. Ich schwitzte fürchterlich und bekam in dem großen Plüschhundekopf kaum Luft. Eins der Mädchen zog ständig an meiner (Bernies) Zunge und dem Hundeschwanz, es war sehr schlecht gelaunt und wollte lieber die Musik von One Direction hören. Erst hatte ich wenig Lust, mein Kopf war voll von etwas anderem, aber dann fand ich es doch schön und rührend. Ich war ein Hund.

Um halb fünf kam ich nach Hause. Mein Neffe war ungefähr um eins gegangen. Jasper saß auf dem Sofa, auf dem er nicht sitzen durfte, die Augen fest zugekniffen. Zitternd. Keuchend und winselnd. Ein letztes Mal pinkelte er auf den Teppich. Er war in einem schrecklichen Zustand. Eine Freundin mit Auto angerufen und zum MCD am Isolatorweg gefahren. Ungefähr um Viertel nach sechs bekam er ein Schlafmittel, er drehte den Kopf ein wenig benommen in Richtung der Stelle an seinem Hinterteil, wo ihn die Nadel stach. Es war eine große Menge Flüssigkeit, es muss ihm sehr weh getan haben. Er zuckte nicht einmal. Ich saß auf dem Boden, ich weiß nicht, warum. Nach zehn Minuten schlief er, Vorderpfoten und Kopf auf meinem Schoß. Ich sagte immer wieder »Fein schlafen«, weil ich das zweieinhalb Jahre lang jeden Abend zu ihm gesagt habe, immer gefolgt von einem »Gute Nacht, Junge«, um zu betonen, dass es nun wirklich an der Zeit war, sich hinzulegen, dass auch der Knecht ins Bett ging. Dass es draußen dunkel war, die Welt still und ruhig und sicher, und dass am nächsten Tag alles wieder neu beginnen würde. Jedenfalls für ihn, er war der Hund. Ich vermute, dass für Hunde das Leben jeden Tag neu beginnt, sie wissen es nicht anders. Vielleicht ist das mit unserer unvollkommenen Vorstellung von Reinkarnation zu vergleichen: vage Erinnerungen, Gerüche und Laute aus einem nebelhaften vergangenen Dasein. Nach der Injektion des eigentlichen Mittels war er innerhalb von fünf Sekunden tot. Ungewöhnlich schnell, und das hat etwas zu bedeuten.

Jemand hat mich darauf aufmerksam gemacht, dass Jasper auf mich gewartet hat. War diese ganze Woche bei Han und Trijntje für ihn eine Woche, die er noch überstehen musste? Haben Han und Trijntje und Jet ihn durch sie hindurchgeschleppt? Hat er sich darum so unbeschreiblich gefreut, als er meine Stimme hörte und meinen Geruch wahrnahm? Ich vermute wirklich so etwas, denke es mir, wünsche es mir womöglich. Und so war Jaspers Art zu sterben bezeichnend für ihn: Ich traf eine Entscheidung, traf nach Wochen des Abwägens und Mich-schlecht-Fühlens eine positive Entscheidung, doch der Chef selbst entschied weniger als zwei Tage später anders. Und wenn es stimmt, wenn er wirklich auf mich ge-

wartet hat, war das, endlich, ein großartiger Beweis der Anhänglichkeit und Treue und vielleicht sogar Zuneigung zu
mir, von einem Hund, der sich damit immer schwertat.

Mein Dank gilt allen, die mir etwas erzählen konnten, das ich selbst vergessen hatte, oder die mir Briefe zur Verfügung gestellt haben, darunter Koen Kleijn, Joke Oosterbaan, Lotus Zweers, Syberthe Langedijk, David Colmer, Christiaan Weijts, mein Vater und meine Mutter.

Die in *Jasper und sein Knecht* erwähnten Ausgaben
der Bücher Gerbrand Bakkers

Boven is het stil. Amsterdam: Cossee, 2006

Däruppe är det tyst. Ins Schwedische übersetzt von Per Holmer. Malmö: Nilsson, 2015

Oben ist es still. Ins Deutsche übersetzt von Andreas Ecke. Frankfurt a. M.: Suhrkamp, 2008

Todo está tranquilo arriba. Ins Spanische übersetzt von Julio Grande. Barcelona: Rayo Verde, 2012 / Buenos Aires: Bajo la Luna, 2013

The Twin. Ins Englische übersetzt von David Colmer. London: Harvill Secker, 2008

Ezel, schaap en tureluur. Amsterdam: Cossee, 2009

Komische Vögel. Ins Deutsche übersetzt von Andreas Ecke. Berlin: Insel, 2012

Juni. Amsterdam: Cossee, 2009

June. Ins Englische übersetzt von David Colmer. London: Harvill Secker, 2015

Juni. Ins Deutsche übersetzt von Andreas Ecke. Berlin: Suhrkamp, 2010

De omweg. Amsterdam: Cossee, 2010

The Detour. Ins Englische übersetzt von David Colmer. London: Harvill Secker, 2012

La Deviazione. Ins Italienische übersetzt von Laura Pignatti. Turin: Einaudi, 2015

Der Umweg. Ins Deutsche übersetzt von Andreas Ecke. Berlin: Suhrkamp, 2012

Perenbomen bloeien wit. Amsterdam: Piramide, 1999 und Cossee, 2007

Birnbäume blühen weiß. Ins Deutsche übersetzt von Andrea Kluitmann. Berlin: Suhrkamp, 2010

Los perales tienen la flor blanca / Les pereres fan la flor blanca. Ins Spanische und Katalanische übersetzt von Maria Rosich. Barcelona: Rayo Verde/ Raig Verd, 2015

Winterboek. Amsterdam: Cossee, 2011

Der Abdruck des Nachworts zu Johannes J. Voskuils *Das Büro 3: Plankton* in der Übersetzung von Gerd Busse (Berlin: Verbrecher Verlag, 2015, S. 939-946) erfolgt mit freundlicher Genehmigung des Verbrecher Verlags.